Wolf von Niebelschütz • Kinder der Finsternis

Wolf von Niebelschütz

Kinder der Finsternis

Roman

KEIN & ABER
POCKET

Ebenfalls von Wolf von Niebelschütz:
Der blaue Kammerherr

Erstausgabe: 1959
Coverbild: akg-images
Satz: Dörlemann Satz, Lemförde
Druck und Bindung: CPI – Ebner & Spiegel, Ulm
ISBN 978-3-0369-5942-9
Auch als eBook erhältlich

www.keinundaber.ch

INHALT

EIN NATUREREIGNIS

Es lag ein Bischof tot in einer Mur am Zederngebirge fünf Stunden schon unter strömenden Wolkenbrüchen. Die Mur war hinabgemalmt mit ihm und seinem Karren und seinen Maultieren und seiner Geliebten, unter ihm fort, über ihn hin, als schmettere das Erdreich ihn in den Schlund der Hölle, kurz vor Anbruch der Nacht.

Fünf Stunden donnerten die Gießbäche, Felsen und Schuttlawinen; die Bergflanke bebte. Fünf Stunden kauerte die Geliebte neben dem Gehaßten, unverletzt, naß bis zur Haut, frierend, obwohl es warm war. Fünf Stunden schrien und keilten hufoben die Mulis und rüttelten durch das verknäulte Geschirr den Wagenkasten, der ohne Räder hintüber auf dem Steinmeer saß, bedeckt von grauenvoller Dunkelheit.

In der sechsten hob sich die Regenbank, der Mond jagte hinter finsteren Schleiern und bestrahlte im Winkel den weich lehnenden Leichnam, dessen Blicke erglitzerten, loschen, glitzerten. Sein höhnisch zudringliches Schillern steigerte die Angst der Verlassenen. Aus Angst, er sei nur betäubt gewesen, wagte sie nicht, ihm die Lider zu schließen; aus Angst vor den Muren wagte sie keine Flucht. Zwanzig Klafter tiefer gischtete der Wildfluß, Ziel aller Wächten und Tobel. Wohin flüchten? zu wem? Niemandem konnte sie begegnen, der nicht Böses vorhatte, niemand in der Mauretanischen Mark öffnete nachts ein Haus, die Nächte waren von Raubkatzen durchschlichen. Nicht einmal wehren konnte sie sich: Dom Firmians Schwertgurt, beim Fallen hinausgeschleudert, ruhte unter Klötzen begraben am Grunde der Schlüfte. Auch beten konnte sie nicht mehr, hatte der Bischof doch alles Fromme in ihr zunichte gemacht.

Unheimliche Geräusche spielten mit ihren aufgepeitschten Sinnen: vor dem Rumpeln und Schroten der Wasser im Tal das Gurgeln zum Tal; Hall und Nachhall von Steinschlägen; das Knarren im fernen Hochwald, Windesgesause; Fauchen; Geflatter; knackendes Astwerk; am unheimlichsten das Zwitschern und Seufzen des Geriesels in der Kleidung des Toten, der zu stöhnen schien. »Dom Firmian? lebt Ihr?« Ihre Hand schreckte zurück. Kalt und starr nickte der Herr von Trianna. Was da stöhnte, stöhnte unter dem Fahrzeug, dessen Längsbaum die Kruppe eines der Maulesel zerwirkte. Das zweite Tier, in der Qual des Verendens, erwachte zu schauriger Klage, die den Luchs anlocken würde. Ein großer Vogel strich ein. Wo er die Schwingen faltete, ragten aus den Felsmassen die bespornten Beine des Bereiters. Sie bekreuzigte sich. Der Geier faßte Stand und hackte.

Durch das Knappen des Schnabels hindurch horchte sie, mürbe vor Grausen, auf ein schleifendes Schurren auf das immer nähere Schleifen und Schurren und Trappeln den Saumpfad entlang. Ein paarmal stockte es, trommelte gedämpft weiter; jetzt war es über ihr; es verhielt. Am Hang trabten wolfsartige Schatten, bellten auf und schnürten in das Düster zurück. Wenn es Schakale waren oder ludernde Hunde, genügte der Bischof zum Fraße; einem Wolfsrudel genügte er nicht, Wölfe rissen nur dampfendes Fleisch. Sie duckte. Streunten sie schon auf der Schweißfährte?

Statt des Rudels wuchs aus dem Berg etwas schwarz gespenstisch Flappendes, wuchs riesenhaft, stand eine Weile, schaute umher wie mit einem Gesicht, das viel zu klein war, legte die Geisterhand vor den Streif Stirn, und fiel zusammen; das Trappeln begann wieder; dann verstummte alles; der Geier entflog. Und dennoch waren sie in ihrer Lautlosigkeit da, gierige Schemen. Abermals wuchs das Gespenst in den Silberdunst. Sie rührte sich nicht. Abermals zuckten die Hufe der Kreatur. Sogleich drehte der Unhold; das Grauschwarze wurde schmal, glitt, beutelte sich und enthüllte im Sinken seinen Kern: Schultern, Arme und Rumpf eines nackten Mannes zwischen Mond und Erde. Ein Mensch! Ein Mensch in der Nacht war immer ein Mörder. »Herr mein Gott, erbarmt Euch, schützt mich, heilige Mutter Maria, ich bin noch so jung.« Sie preßte die Handwurzel in die Zähne, denn er kam.

Seine Hüfte blitzte von Messern; Schenkel und Fuß schimmerten in der Luft. Ein gigantischer Schritt, und er schwebte voran; ein zweiter, und er stieg durch das Geröll talwärts; beim fünften sah sie, daß er auf Stelzen daherfuhr; mit dem achten sprang er geschmeidig zu Boden, stach die Tiere ab, trat an den Wagen, das Fangmesser gezückt, tastete nach Dom Firmians Halswirbel, neigte das Ohr, um den Atem zu prüfen, und blickte, indem er horchte, der Lebendigen, die sich tot stellte, in das Mark. Nun hob er den mächtigen Rücken, seidig von Haut, und streckte ihn waagrecht. Ihre Lungen schmerzten. Ein mißtrauisches Knabenlächeln begleitete das Emporstreifen der Dolchhand an ihrer Schulter. Die Berührung durchflammte sie, während er pantherhaft jäh die Linke um ihre im Schoß verkrampften Hände schlug, deren Finger der Schreck spreizte; wild atmend, fühlte sie seine Gewalt errichtet. Noch tat er ihr nichts. Sie rang um Luft. Rätselhaft wurde das Lächeln. Als er sie losließ, löste sie sich und schmiegte den Nacken zitternd in seinen Griff. Da überlief ein Leuchten den ganzen goldbraunen Körper, er drückte ihren Kopf nieder, stieß den Bischof hinaus, schnitt ihr das Kleid vom Rückgrat und ging zu ihr ein, ohne Wort.

Ohne Wort lud er sie über die Schultern, trug sie, den Messergurt in der Hand, wie ein Lamm zur Bergweide empor, die voll Herden war, und warf sie aufs Lager. Ohne Wort, im Rausche der Zeugung, schöne, leise und schlanke Tiere, verlangten sie einander, Geflechte der Zärtlichkeit, immer aufs Neue, bis aus den Lustgewittern die schwarze Windstille der Schwermut brach.

Der Morgen graute; bald färbte purpurnes Blau den Rücken des Schweigsamen in den Knien der Schweigsamen, deren Augen, offen im Himmel, den Wandel des Purpurs zu Hyazinthen-Azur und Flamingoflaum spiegelten. Verloren liebkoste sie seinen Kopf, während ihr festes Gemüt gegen leidenschaftliche Wünsche kämpfte. Oben vor dem Frühgewölk floß in fächelnder Brise die Erinnerung des Ausdrucks, mit dem der Schäfer sie nahm in der Mondnacht. Er atmete auf ihr, ein durchsonnter Fels, und war doch schon fort, ein Mann der Unrast. Sie wappnete ihr Herz. Von der Sippe befohlen um der Sippe willen, hatte sie, eine Farrancolin, den Bischof erduldet, in Schande trotz ihres Opfers, niemandem mehr zu verheiraten, und konnte nach Farrancolin nicht zurück. Farrancolin hieß Nonne im Kloster oder Steinigung wegen Buhlschaft. Kein Kirchenfürst schützte sie mehr vor der Kirche; keiner, er sei denn Fürst der Kirche, durfte sich erlauben, was Dom Firmian, ein streitbarer Dreißiger, Monate hindurch sich erlaubte: sie mitzuführen wie im Kriege den Knappen, wie im Pontifikaldienst den Ornatkoffer. Der Ornatkoffer war nun frei; frei war sie, mußte sich kleiden. Jenseits der Grenze kannte man sie nicht; wohl kannte man Bischöfe vorkanonischen Alters und herbergte sie, wenn sie nach Rom pilgerten. Dorthin wollte sie. Und wer etwa forschte, aus welchem Grunde der geistliche Herr in Pontifikalien statt in Reisetracht wallfahrtete, der ehrte wohl ein geistliches Schweigegelöbnis.

Von Dom Firmian, trotz wachsender Helligkeit, war kaum noch etwas zu unterscheiden. Die Geier hockten auf dem Kadaver. Ameisen und Käfer wimmelten durch die aufgepflügten Aasbänke. Für einen Moment barg sie das Gesicht an der Brust des Hirten, der sie begütigte, wie es der Seelenhirt nie getan hatte. Sie verscheuchten die Leichenvögel und holten den Koffer unversehrt aus dem Wagenfach. Weitab von der Walstatt öffneten sie ihn. Ein Hemd fand sich nicht; so glitt der Chorrock tiefrot leuchtend an der weißen Haut bis zu den Füßen und schlug sich im Staube auf. Mit dem Cingulum band der Schäfer ihn hoch und streifte die Alba, durchbrochene Stickarbeit, darüber, kreuzte die Stola, hängte das Pluviale um ihre Schultern, nahm die Wollschere, ihr die Locken zu stutzen, setzte Bischofskäppchen und Mitra darauf und reichte den Krummstab, sorgfältig zusammengesteckt. Sie zögerte. »Ist das Kirchenfrevel?« – »Gewiß.« – »Mein Haar in Eurem

Gürtel. Das bleibt Euch von mir.« – »Warum willst du nur fort?« – Sie legte den Finger auf die Lippen, als sei sie schon unterwegs. »Weil Euer Stern meinen Unstern nicht mag; er brächte Euch Unglück. Was mißfällt Euch?« – »Ich glaube dir deinen Bischof nicht. Steig vorauf zur Wiese.« Schaudernd raubte er, was noch fehlte: von Dom Firmians Finger den Ring, vom Nacken das Brustkreuz.

Sie sprachen nichts mehr. Keiner wußte des anderen Namen, keiner begehrte ihn. Keiner rührte an das, was sein würde, wenn der Bischof gebar. Sie lächelten beide, jung, unsicher und mutig. Nun war sie es, die ihm den Mantel reichte, den grauschwarzen Filz ihres nächtlichen Erschreckens. Er faßte hinein, sie teilten das Brot, das Salz, Feigen und Münzen. Dann fing er ein Milchschaf, je zwei Läufe in jeder Faust, und hielt ihr das Euter vor den Mund; sie trank, ihre Augen waren fröhlich. Als sie plötzlich voll Tränen standen, kehrte sie sich um, Stab und Mitra funkelten, und ging davon in die Fremde, nach Osten, den lombardischen Schneebergen entgegen.

Der Schäfer ging südwärts, hoch über Herden und Hunden, in langen Gesängen des Jubels. Als der Tag zu glühen begann, sah er unter sich mit ihren Inseln und Kiesbänken, schwimmenden Baumkronen und toten Buchtwassern die weißgrau schäumende Gallamassa. An der wanderte er dahin wie seit Jahren stets, auf der uralten Schaftrift oben am Hang, der Furt von Ongor entgegen. Immer wieder, beim Beobachten des Weges, schob er die Hand in die knisternden Goldflechten der Herztasche. Unter dem Schilfhut hervor hefteten sich seine lavendelfarbenen Augen auf die jenseitigen Hügel, wo er, zwischen erfrorenen Mandel- und Ölbaumwäldern mit silbrig rosigen Blättern, die Ruinen von Ghissi suchte. Dorthin wollte er. Dort lag, was ihn umtrieb: eine vergrabene, blutige Monstranz, Inbild seines abergläubischen Glaubens, der aus Erde und Himmel gemischt war.

DIE FURT

Mauretanische Mark hieß das kaiserliche Grenzland nach seinen morddurstigen Nachbarn am Meer, den Mauren, Mohren oder Sarazenen; bei seinen Bewohnern hieß es Kelgurien. Kelgurien bestand aus sechs Grafschaften unter dem Markgrafen Dom Rodero, der in Cormons residierte, aus acht Bistümern unter einem Erzbischof Patriarchen in Cormons, aus befestigten Abteien, umtürmten Städten und mauergepanzerten Dörfern auf Felshorsten, aus Karst, Hitze, Armut und Angst. Gegen Sonnenaufgang in das Eis der Gebirge gefaltet, gegen Untergang flach am Tec-Strom endend und mit dem Königreich Franken durch eine einzige Brücke, die von Rodi, verbunden, wurde es in der Quere zerschnitten durch die tückische Gallamassa, an der es Brücken nicht gab, nur Furten. Zu Füßen des Zederngebirges waren es zwei: eine bei Lormarin zwischen Trianna und Cormons, eine bei Ongor, siebzehn Meilen oberhalb ihrer Mündung in den Tec; hier führten die burgundische Heerstraße und die Heerstraße aus dem Reich, die eine am Tec entlang von Sartena über Lorda, die andere aus den Alpen über Sedisteron, Farrancolin und Trianna kommend, durchs Wasser nach Süden, in die Grafschaft Ortaffa, von der das Schicksal Kelguriens abhing; Ortaffa wieder hing von der Furt ab, die Furt vom Wetter.

In jenen Apriltagen des Jahres 1115 blickte Kelgurien gebannt in den Himmel hinauf und flehte in Bittprozessionen ohne Zahl, er möge die Wolken abziehen, den Schlammfresser nicht bringen, die Kare trocknen, die Furt nicht überschwemmen, die Kelgurische Nachtigall hindurchlassen. Nicht nur der Hirt, alle, Kind, Weib und Greis, Herren und Knechte, Ritter und Jude, horchten mit dem Entzükken der Verhungernden auf das Mahlen und Knirschen und Ächzen hinter den Horizonten, Musik der Kaufmannswagen, die, bis unter die Planen gefüllt, auf ungefügen Scheibenrädern ihre Last heranbrachten von fernher – Salz, Hirse, Bohnen und Korn; Salz, Roheisen, Leder und Waffen; Salz, Feuerstein, Zunder und Tuche; Salz, Salz und Salz. Salz war ihre Nachtigall. Salz war das Kostbarste, was da herbeischwankte auf monatelanger Reise: weder Vieh noch Mensch konnte leben, weder Mensch noch Vieh sterben ohne Salz. Man brauchte es für das Fleisch der Herden, wenn man sie schlachten mußte auf den Fliehburgen, brauchte es für die eigenen Gefallenen, salzte sie ein in den Türmen und bestattete sie nach überstandener Gefahr unverwest zur Erde; Burgen hatten nur Stein.

Die Furt, bis zu zwei Meilen breit, ein Gewirr von Flußläufen, die nach jeder Schneeschmelze im Toben der Flut ihr Bett veränderten, bot den Anblick eines Heerlagers. Der Graf, kaiserlicher Richter über Leben und Tod, war in ihr, hüben wie drüben hingen Diebe am Galgen, Berittene wogten, an den Ufern stauten sich Fahrzeuge – nördlich die vollen, südlich die leeren. Auf den Inseln wälzten Trauben von Handlangern bruststarke Felstrümmer, mit denen sie die Fahrspur erhöhten. Der Jude, weithin sichtbar im gelben Hut, rang die Hände und bat den Grafen, noch zu warten.

»Worauf denn? Auf die Schneeschmelze?« Kriegsknechte zu Hunderten, priesterlich eingesegnet, schwärmten stromab als dreifache Sperrkette ins Wasser, das sie hüfthoch umschäumte. »Anfahren der erste!« Von der Hauptinsel hinunter schwankte die Fracht; mittstroms brach sie kreischend über das Rad, die Plane zerriß unter dem Druck der Säcke, sie schwammen davon; die Posten fingen sie, schulterten die Last und begannen ihren Weg zu den Mauthäusern. Scharfe Augen bewachten jeden einzelnen Packen, bis er, vom Mautner verzollt, in den Leerkarren festgezurrt, nach Ortaffa knirschte, nach Rodi, nach Franken, mancher gar in die kronunmittelbare Meerstadt Mirsalon, deren Handels-Privilegien sich nicht auf die Christenheit beschränkten.

Drüben im Mittagsglast, der Mautner beobachtete es zwischen zwei Säcken, belebte sich der Auslauf des Zederngebirges; eine Herde stieg zu Tal. Das wunderte ihn, es war nicht die Zeit für Herden; überdies wußte er, daß der Schäferkönig sich nie in die Furt teilte, schon gar nicht mit Wagen, deren schwieriger Durchgang die Tiere verstörte. Es schien ein einzelner Hirt zu sein; wie wollte der durch so reißendes Wasser? Nun, vielleicht ging er nach Lorda; der dortige Bischof liebte es, seine Auwiesen zu düngen.

Auch am Nordufer wunderte man sich. Zu Haufen standen die Fuhrleute beisammen, teils vor dem Wirtshaus, um zu schwatzen, teils vor der Kapelle, um die Absolution zu erhalten; nie wagte man sich in die Furt ohne Beichte; schwimmen zwar konnten sie alle, aber schon mancher war trotzdem ertrunken. Die Herden lagerten in einem Kiefernwäldchen; der Hirt verließ sie. »Gut gezogen die Hunde. Äh, der Pfaffe macht Mittag. Hochwürden, können wir nicht noch beichten?« – »Liebe Söhne, der Tag ist lang, ihr dürftet bis morgen mindestens hier sein.« – Der Hirt, ein Töpfchen Öl in der Hand, kam aus dem Wirtshaus. »Hochwürden, kann ich noch beichten?« – »Heute kaum, morgen vielleicht, es sind fünfzehn vor dir.« Er segnete mit flüchtiger Ungeduld, bestieg den Esel und trabte ins ferne Ongor.

»Das ist ja«, sagte ein Fuhrmann, »der Seelenstier mit der Seelenkuh. Stellt euch vor, die Bauern haben ihm ein Mädchen gewählt, damit ihre Weiber verschont werden.« – »Wie die Herrlichkeit, so die Geistlichkeit. Dafür beschlief der Baron eine Braut.« – »Auf Bitten des hochzeitenden Paares immerhin, es ist sein Recht, das edle Blut breitet sich aus, und dem Ort werden die Zehnten erlassen. Was erläßt der Pfaff? Unsere Sünden. Und die seinen.« – »Das meinst du. In Ortaffa ist ein Pfaffe gesteinigt worden mitsamt seiner Buhlschaft. Mein Bischof hat es gebilligt. Ei, was eine Sammlung Waffen!«

Im Schatten des Daches, der Herde gegenüber, saß der Hirt auf dem Wollfilz, breitete seine Dolche, sein Krummschwert, seine Gerätschaften aus und begann sie zu putzen. Die Fuhrleute umringten ihn; man erzählte sich vielerlei Neuigkeit. »Das Neueste ist: die Häuser Cormons und Ortaffa haben sich geeinigt – ein Vertrag mit achtundzwanzig Siegeln! Ortaffa! da geht der Böse um: alle Söhne, alle Töchter gestorben; und in Cormons geht der Gute um: alle fünf Söhne auf einen Tag ins Kloster; ich habe sie gekannt – blühende, edle Menschen! Was bleibt? In Ortaffa ein Kegel von der spanischen Hexe, vorvorehelich, Dom Otho. Wird adoptiert. In Cormons ein Sohn ersten Bettes der Markgräfin, ehelich, Dom Carl. Wird adoptiert. Und von des Herrn Rodero Blut ein schönes, junges, armes Wesen, Judith heißt sie. Ein Wesen aus dem Märchen. Man kauft es aus dem Verlöbnis aus und prügelt es dem ortaffanischen Kebssohn ins Brautbett, dem Alchimisten, er ist in der Furt.« – »Der Graf auch?« – »Graf auch. Sind ja seine Waren. Der handelt jüdischer als der Jud.« – »Wie darf Er so von Seinem Herrn sprechen?« – »Ich bin bischöflich.« – »Dann will ich dir einmal etwas über deinen Bischof sagen. Dein Bischof von Rodi, wenn er ein Kerl wäre, hätte die Hexe Barbosa, wenn sie Hexe wäre, in der Hand zerquetscht, statt von ihr Stiftungen zu nehmen! Austreiben den Teufel! auspeitschen!« – »Ich«, rief der Gegner, »peitsche dir eins!«

»Friedlich«, sagte der Hirt, stand auf und trennte sie, indem seine Arme sie links und rechts an die Hauswand schoben. – »Ein Mensch wie Goliath«, bemerkte der Ortaffaner. – Der Bischöfliche streckte die Hand hin. »Wer ist stärker?« Er wußte es, als er unten saß. – Der Hirt setzte sich wieder. »Was tut der Mohr?«

»Er scheint ruhig, sonst würde der Jude nicht fahren. Nach sechsundzwanzig Schlachten ist es ruhig. So schnell kann auch der Mohr nicht Kinder machen, wie sie umgebracht werden. Schaurig sieht es aus am Mohrengebirge: die Wälder abgebrannt bis auf die Stümpfe, die Felsen fußtief durchsickert von Blut; Ruinen, Skelette, verrostete Brustpanzer, Ratten. Da wird einem der Hals zum Kloß. Ich kam aus Mirsalon. Die christlichen Hafensäcke scheren sich einen Dreck um Kaiser und Reich; die zahlen ihren Tribut an den Mohren und lassen uns hier die Gurgeln durchschneiden; Prà hält es ebenso, christliche Republik! Franken hält es ebenso: leben in Saus und Braus. Unserm Markgrafen aber befiehlt der Kaiser, er soll den Emir von Dschondis ins Meer werfen. Und dem Emir befiehlt der

Sultan, er soll Ortaffa schleifen. Fünf steinerne Festungen im Schilfmeer schleifen! Könnte ers nur! dann wären die Scharen des Propheten hinter Mirsalons Rücken am Tec, Rodi und Lorda muselmanisch und der Handel der lieben Christenheit am Ende.«

»Und nie kommt ein Kaiser«, sagte der Älteste. »Nie in meinen dreißig Fuhrjahren ist ein Kaiser gekommen, sich das anzusehen, was er da verlangt. Der sitzt jenseits der Alpen.« – »Und nie kommt ein Sultan, der sitzt jenseits des Meeres.« – »Und nie kommt ein Papst, vergiß den nicht; der verlangt das Gleiche.« – »Papst?« – »Er meint den Bischof von Rom.« – »Ah, den flotten Jüngling, der sich Heiliger Vater nennt?« – »Fragt sich, wer ihn so nennt. Von den hiesigen Bischöfen jedenfalls keiner, das sind kräftige Ritter, die ihren Mann stehen im Krieg, in der Liebe und vor dem Weinfaß. Denk an den in Trianna, an den in Frouscastel. Es dreht sich halt um den Peterspfennig, den will Rom abschöpfen von den Kirchenzehnten.« – »Peterspfennig? es dreht sich um Herrschaft! Das Heiraten hat er ihnen verboten, er selbst hurt auch nur, Simonie hat er verboten, weiß der Schinder was das ist, aber wenn er den Kaiser in den Bann tut, wie ers getan hat, dann machen sie alle mit, auch der Kardinal von Cormons, der hochfromme, Gott schütze uns. Wahr und wahrhaftig: der Kaiser ist im Bann, ist nach Haus geritten.« – »Das nutzt ihm wenig. Seine Großen, verlaß dich drauf, sind schneller. Kein Wolf reißt einen Wolf, keine Krähe hackt der andern die Augen aus. Fürst frißt Fürst. Ob wir noch lange kaiserlich sind?«

Der Hirt putzte sein sarazenisches Krummschwert und dachte an die Leichenvögel auf dem bischöflichen Kadaver in der Mur; an das Ergebenheitszittern der Schönen, ihre

Liebeswollust, ihre betränten glücklichen Augen beim Abschied. Das alles dürfte Absolution erhalten, der Ornatfrevel auch, als Leibes Notdurft. Aber immer wieder kam er an die Erscheinung seiner toten Mutter. Manchmal erschien sie ihm, nie ohne Anlaß; immer war Sinn und Befehl dabei; jeden Befehl hatte er befolgt, keine ihrer Erscheinungen erzählt. Ihm war sie das Heilige. Konnte er beichten, daß sie gestern im Lager der Hirten nicht nur sich selbst, sondern die Monstranz offenbarte? Ein untergründiger Schauer sagte ihm, sein Leben werde verwirkt sein, sobald die Monstranz in ihrer Erde von Ghissi das Licht des Himmels erblicke. Konnte er den Raub eines Altargerätes beichten, ohne es herzugeben? Und ob absolviert oder nicht: er mußte noch heute, noch jetzt über die Gallamassa. Konnte er beichten, weshalb es notwendig war, sie zwischen sich und den Schäferkönig zu bringen, der wie ein Graf über Leben und Tod herrschte? Was verstanden die Priester von den Mannbarkeitszaubern, Geisterbeschwörungen, Fackel- und Trommeltänzen, die unter dem einsamen Nachthimmel des Hochlandes das heidnische Beilager eröffneten? Unter Schäfern und Bauern gab es das Sakrament erst, wenn die Bräute trächtig wurden. Aber die Entsiegelung galt. Schwerer als das Bespringen wog das Verschmähen. Mitten im Tanz erschien ihm die Mutter, mitten im Rausch machte sie ihn nüchtern. Erwählter Eidam des Schäferkönigs und ungekrönter Nachfolger, stahl er sich fort, ein Beleidiger der Ehre, verfolgt von Blutrache, denn das Mädchen hatte sich zu töten.

Zwei der Fuhrleute wurden abgerufen; ein Wagen lag um in der Furt, sie sollten anfassen. »Das Wasser fällt. Wenn Er hinüber will mit der Herde: jetzt wäre es günstig.

Wir begleiten Ihn gern.« – »Ich gehe nur eben beten.« Er betrat die Kapelle. Sie war leer. Ein verlassenes Waisenkind, flehte er um Vergebung der Sünden, es sei kein Geistlicher da, sie zu beichten. Ausführlich bekannte er, was ihn bedrückte, bat um Schutz vor den heidnischen Kräften des Wassers und legte für die Seele des Bischofs von Trianna eine Münze in den Opferstock. Im Portal nahm er den Mantel ab, verschnürte ihn mit den Stelzen zum Bündel, ließ mit dem Reste des Öles Rücken und Schultern salben, Minze dareinreiben, die von den Stechmücken verabscheut wurde, salbte Arme und Beine gegen die Hitze über dem Fluß, rief den Hunden, die Helfer zu beschnobern, gab die Kette des Leittieres ab und ging voran in die Kieswüste, voran durch die Wasserarme, die sein Fuß prüfte, voran über Sandbreiten. Auf der Hauptinsel küßte er den Steigbügel des Herrn, den die Satteldecke als Herrn kenntlich machte: ob er, wenn die Handlanger die Fahrspur kurz freimachen könnten, seine Herden durch den Strom bringen dürfe. Der Herr peitschte einen Wasserbüffel, der ins Knie gebrochen war. Die Fuhrleute schüttelten den Kopf: »Nicht so!« riefen sie, »nicht so!« Der Hirt nahm das Tier beim Halfter, es erhob sich. »Scher dich hinüber!« sagte der Herr. – »Das war Dom Otho«, verriet man.

Hier strömte die Gallamassa schnell, glatt und schmutzig, da sie zuvor in gekrümmten Schleifen das Ufer auswusch, in der Mitte so tief, daß die Schafe eine kleine Strecke schwimmen mußten; die Lämmer trug man; die Fuhrleute standen als Fangwehr. Von den Mauthäusern herab trabte eine Reiterschar ins Wasser, vorweg ein äußerst vornehm gebarteter Herr. »Teufel! der Graf! jetzt setzt es Schwefel!« – »Was sind das für Herden?« schrie der

Graf, während die Herden beunruhigt in Gegentrab fielen, kümmerte sich aber gar nicht um die Antwort, so gereizt war er durch den Aufenthalt der Wagen. Erst der Mautner verlangte nähere Auskunft, warum, da die Winterherden seit einer Woche nach Norden weideten, der Weg umgekehrt werde. – »Sie gehören dem Herrn von Ghissi, der will sie bei sich grasen.« – »Vernünftig. Zwei Silbergroschen.« – »So viel?« Er zahlte mit einer mirsalonischen Achtelmark, schwerem Geld. Der gräfliche Münzbeamte wog das Stück, warf es in die Schmelze und gab in ortaffanischen Stübern heraus, deren Prägung den Gebarteten zeigte.

Dies Kleingeld vertranken die Fuhrleute mit dem Schäfer. In der Ecke der Wirtsstube, den gelben Spitzhut auf dem Kopf, saß der Jude. Seine Finger spielten an dem ganz von Pocken vernarbten Munde. Glühende Augen richteten sich aus dem Dämmer auf das Goldbraun des Hirtenkörpers. Der Hirt begegnete dem Blick, zwang ihn zu Boden und brach auf. Ihm war nicht wohl unter dem Schatten des Galgens.

Still und gespannt, entlang dem Strome zurück, nach einer Wegstunde die sanfte Hügelflanke empor, zog er dahin und dachte an die Folge, die das Wort haben könne, die Herden gehörten dem Herrn von Ghissi. Nachmittags erreichte er den verkrauteten, schräg in den Himmel gestemmten Felssturz, auf dem, zwischen mannshohen Disteln und Opuntien, nur noch die Kirche halb verfallen ragte, durchwanderte Ring um Ring die Fundamente der toten Stadt, sprach ein Gebet über der Stelle, wo die Gemordeten begraben lagen, und blickte oft hinter sich beim Davongehen, schloß die Augen und sah Ghissi, wie es gewesen, gestaffelt zu mehrfacher Krone, eine weiße Stadt in lauter rosa Mandelblüten. Er sah sie lodern unter finsterer Rauchwolke, seine Erinnerung hörte Prasseln, seine Haut fühlte das Sengen der Luft, es kamen ihm Tränen. Damals hatte er nicht geweint.

In der Talfalte gegen den cormontischen Heerweg fand er, ohne zu suchen, den gezeichneten Baum, stark geworden, lotrecht, die Äste dicht geschlossen anliegend. Der Schnitt in der Rinde war von sechs Jahren Wachstum auseinandergetrieben; das Wurzelwerk, vom Wetter unterspült, hing über den Weg, der gestern als Kar geschäumt haben mußte. Der Hirt erklomm die Böschung, nahm den Krummsäbel, den er quer zum Rücken trug, klopfte mit dem Griff die verfilzte Grasnarbe, bis er den hohlen Klang hörte, den zu hören er sein Leben gewagt hatte seit gestern, wickelte den Mantel um und legte sich, die Kette des Leittieres am Fußknöchel, im Schatten eines Feigenbusches zum Schlafen nieder. Heute noch würde er in die Wurzeln Erdreich einbringen, morgen früh aus Feldsteinen ein Halbrund gegen den Hohlpfad schichten.

GHISSI

Das Wort von den Herden beschäftigte den Mautner. Durchaus war es möglich, daß damals in irgendeiner Talfalte Herden überlebten: damals, als der Mohr, einzeln bei Nacht durch die Grenzwachen geschlüpft, mit vier Hundertschaften Reitern in vier entsetzlichen Sichelschneisen alles, was Atem besaß, abschlachtete, Weiber und Kinder noch auf den Altären zerstückte, die Städte anzündete und hinter dem Flammenvorhang brennender Felder einen ungeheuren Bogen aus Feuersäulen über Nord nach Ost schlug. Von Marradî her war Ortaffa hinterdreingesetzt durch den Qualm der Zypressenhecken, durch den Rauch der Wagen in der Furt, durch Blutseen, Kadaver und glosende Asche, von überall stießen die Heerhaufen zu ihnen, Markgraf, Grafen und Bischöfe, Kriegsknechte, bewaffnete Mönche, bis sie in den Schluchten und Myrtenheiden an der Draga Rache nahmen auf eine Weise, daß ihnen der Schaum aus den Helmen trat.

Niemals wieder war Dom Peregrin, Herr auf Ghissi, in Ghissi gewesen; wohl in Amlo und Galabo, die gleichfalls zerstört lagen. Ghissi mied er; vielleicht um jener goldhaarigen Graziella willen, die er beschlafen hatte nach dem Rechte der ersten Nacht und später mehrfach. Goldenes Haar gab es selten in der Gegend, selten den hohen Wuchs. Die Kelgurier waren schwarz und klein. Menschen wie Graziella stammten immer von Herren und wußten es nicht. Niemand fragte, es tuschelte niemand, der Herr forschte nicht. Und jetzt also wollte Dom Peregrin seine Herden bei sich grasen. Wollte er das, warum murrte er dann, was das für Herden seien? warum ritt er an dem Schäfer vorüber, ohne auf Antwort zu bestehen? Nun, man war seine Launen gewöhnt, seit Schmerzen hinter der Stirn ihn quälten. Es hieß, er lasse seine Speisen vorkosten und hänge vorm Trinken seinen Smaragd in den Wein, auch bei der Messe: Smaragde, in Gift gebracht, verfärbten sich, sagte man, und wem die harten, stechenden Augen Domna Barbosas vorübergingen, der zeichnete heimlich das Kreuz.

Der Mautner, ein alter Mann, kannte Herrn Peregrin noch als jungen Ritter, frisch aus Böhmen in die Schlacht geworfen und sogleich mit dem Reichslehen Ghissi belohnt, kannte auch Domna Barbosa schon, als sie noch nicht Domna, sondern unverheiratetes Fräulein war – eine flaumbärtige, schöne Aragonierin, die, als der Letzte des uralt angestammten Hauses fiel, das Weiberlehen Ortaffa erbte. Sie wirkte ruhig und leutselig, aber Wunderdinge wurden geraunt von ihrer Leidenschaft, Mannstollheit und Teufelskunst. Man raunte, sie gehe über Leichen. Fest stand, daß sie schwanger wurde, bevor man in fliegender Eile einen Gemahl für sie suchte. Der Graf, kaum belehnt, verblich zwei Monde nach der Hochzeit. Kaum in der Grube, wurde er Vater eines Knaben. Der Knabe Otho konnte die Ritterschaft nicht befehligen; die Aragonierin auch nicht; Herr nach Herr lehnte ab zu vogten. Endlich zog Dom Peregrin mit seiner tirolischen Gemahlin und einer Schar kleiner, reizender Kinder auf die gewaltige Zuchtburg.

Als Erste starb die Tirolerin; die Witwe Barbosa bot dem Vogt mit der Ehe Grafenamt, Landnutz und Wechselbalg. Seither führte Herr Peregrin im Wappen den Stern der Verkündigung Christi, den Kometen des Magiers Balthasar, eines der Heiligen Drei Könige, der das Haus Ortaffa stiftete. Sie zeugten Kinder. All diese Kinder, mitgebrachte wie nachgeborene, hatten zu sterben um Othos willen, die Grafschaft wußte es, nur wußte sie weder wann noch in welcher Reihenfolge, noch unter welchen Umständen, die dann stets recht natürlich aussahen, Seuche, Bluthusten, ein Genickbruch beim Turnier, ein Kindbettfieber. Gott aber schlug Domna Barbosa mit Totgeburt über Totgeburt, Beelzebub würgte die Frucht im Schoße, bevor eine Seele hineinfuhr. Prälaten gingen aus und ein, Dom Peregrins Lachen schwand in der Wollust frommen Duldens. Als der doppelte Stammbaum bis zum letzten Blättchen entlaubt war, adoptierte er den Stiefkegel, für den sich eine Heirat nicht fand; gelegentlich rief er ihn Kain statt Otho; und er selbst oder der Markgraf oder beide sorgten bei der Krone Aragon als dem Lehnsherrn, daß die Grafschaft, in ein Mannlehen verwandelt, auf Peregrin übertragen wurde; das war des Markgrafen Bedingung; von der rührten die Kopfschmerzen; klar wie das Licht der Sonne stand vor den Ortaffanern die Gewißheit, daß die Tage ihres Herrn gezählt seien. Sie liebten ihn nicht; aber sie fürchteten sich vor dem, was hinter der Stirn des nun anerkannten Erben hervorkommen werde, eines bleichhäutig gedunsenen, trotz Ritterschaft dumpf geduckten Grüblers, der im alchimistischen Turm seinen Pakt mit dem Satan geschlossen hatte und vielleicht wirklich vom Nöck stammte, der Wöchnerin untergeschoben.

Der Mautner ging in die Wirtsstube, einen Krug Wein zu trinken. Dort saß noch immer der Jude, den gelben Hut seines Makels neben sich, und winkte ihm mit den Augen. Es war kirchlich verboten bei Strafe der Exkommunikation, der Aufforderung zu folgen, außer für regierende Herren und für Unehrliche; so übernahm der Schenke den Mittlerdienst. Es handle sich um den Knaben im Leopardenschurz; wer der sei? Ein Hirt. Ja, das hätten die Fuhrleute ihm schon gesagt. Ob er nicht wisse, wohin der gehöre? Der Mautner erklärte grob, er verkaufe keine christlichen Lustknaben, stürzte den Wein hinter die Kehle und stand auf. Im Fenster erschien der Kopf des Grafen. »Kammerknecht! Komm heraus!« Der Jude entschritt würdevoll.

Nach einer Weile, der Mautner aß seinen Ziegenkäse und bespülte ihn mit weiterem Wein, wurde die Tür aufgestoßen. Alles sprang von den Bänken. Graf Peregrin trat ergrimmt an den Tisch. »Was trinkst du hier, statt zu mauten? Schenke! einen Krug!« Seine Miene glättete sich zu gewittriger Stille. Er zog den Ring vom Finger, ließ ihn in die blaß rosafarbene Tiefe und fragte, während er auf eine Veränderung des Smaragdes wartete, was das für ein Hirt gewesen sei? ob er ihn kenne? – Ja, er kenne ihn seit sechs Jahren, vor einer Woche erst sei er nach Norden gezogen mit den Winterherden. – »Gestohlen. Wie hoch hast du gemautet?« – »Zwei Silbergroschen.« – »Für achthundert Tiere? Die Grafschaft lebt von der Furt! Wohin ist er gegangen?« – »Nach Ghissi, gräfliche Gnaden.« – »Sagte er das?« – »Er sagte, es seien die Herden des Herrn von Ghissi, der wolle sie bei sich grasen.« – »Ghissi bin ich. Ich habe nichts von Grasen befohlen. Holt mir den Fähnleinführer. Heda, Schenke: was ist mit dem Wein?«

Der Schenke betrachtete entsetzt den Krug. – »Nun, was ist?« – »Nichts ist, gräfliche Gnaden.« – »Warum schaust du so ertappt?« – »Erbarmen, Ihr macht Euch einen Spaß.« – »Ich spaße nie. Trink du den Wein!« Der Schenke ergriff den Krug. »Gut so. Gib ihn her. Fähnleinführer, reit Er sofort nach Ghissi, such Er da einen jungen Hirten mit seiner Herde und nehm Er den fest. Der Hirt trägt unter dem Mantel einen Gurt mit Messern, also Vorsicht. Und lebend will ich ihn haben. Die Herden: lebend. Reit Er nach Marradî; nach Ghissi nur, wenn auch der Meier nichts von dem Schäfer weiß.«

Graf Peregrin, mißtrauisch am Weine nippend, wandte sich aufs Neue an den Mautner. »Seit sechs Jahren, sagst du? Wie alt schätzest du ihn? Achtzehn? Zwanzig?« – »Vierzehn.« – »Niemals. Er ist mannbar, sein Körper ein Gebirge.« – »Auf dem Lande, gräfliche Gnaden, heiraten wir mit Vierzehn, die Mädchen mit Zwölf. Sicherlich ist er mannbar, Tag und Nacht im Freien, sicherlich ist er kräftig, Tag um Tag werkend, aber Schultern und Brustkorb werden noch viel mehr in die Breite gehen.« – »Demnach ist er Acht gewesen, als Ghissi umkam?« – »Jawohl.« – »Aber«, überlegte der Graf, »wer weiß, ob er aus Ghissi stammt?« – »Das weiß man fürs Erste nicht. Obwohl er blond ist.« – »Was hat seine Haarfarbe mit Ghissi zu tun?« – »Es hat damals ein Kind das Gemetzel überlebt, und zwar ein blondes.« – »Ich höre.« – »Es stand ein Kind beim Begräbnis am Rande des Kirchhofes, die Hände hinterm Rücken, und sah zu, und ist dann fort gewesen, Eure Leute haben noch Tage nach ihm gesucht, er blieb aber verschollen.«

Dom Peregrin, einen ungewohnten Schimmer von Weichheit in den Augen, blickte durch den alten Mann hindurch, den er am Wams hielt. Der alte Mann ahnte, an wen der hohe Herr, nun auch schon über die Sechzig, dachte. Niemand in der Wirtsstube rührte sich. »Hinaus ihr alle«, murmelte der Graf; sie schlichen vor die Tür.

»Wenn dies mein Blut wäre …« fuhr er ebenso leise fort. »Was treibt ihn nach Ghissi? Wird schon jener Knabe sein. Es war ein Knabe bräunlich und schön, sagt die Heilige Schrift, von wem?« – »Von David.« – »Es war, sagt der Jude, ein Hirt wie David, bräunlich und schön, ein Erwählter des Herrn. Was versteht ihr Juden, habe ich ihn gefragt, unter einem Erwählten des Herrn? Gibt es die häufig? Nein, sagt er, einen einzigen außer diesem habe er getroffen sein Lebtag; wen, das verriet er nicht; sie seien geboren zu Großem. Sie brächten, sagt er, Glück über die Menschen, indem sie das Unglück auf sich zögen wie der Baum den Blitz; und wie das Wasser sickerten sie durch alle Mauern. Soll ich einen solchen aufhängen, weil er Herden stiehlt? Wer stiehlt, ist gewiß meines Blutes nicht. Was meinst du?«

»Gräfliche Gnaden«, sagte der Mautner, »Ihr zeichnet Euren Knecht aus durch Vertrauen; Ihr denkt an jene Graziella, die Ihr auszeichnetet durch Herablassung, vor fünfzehn Jahren, Anno Elfhundert. Ihr liebtet jene Graziella. Darf ich weitersprechen?« – »Sprich.« – »Ihr sprachet von Eurem Blute. Jener Schäfer ist nicht gewöhnlicher Artung, die Begegnung nicht gewöhnlich.« – »Du meinst, sie sei eine Herausforderung?« – »Vielleicht nicht das. Vielleicht ein Fingerzeig des Himmels.« – »Inwiefern?« – »Insofern Ihr alle Eure ehelichen Söhne verloret.«

»Schweig!« rief der Graf, »ich wünsche nicht an Tote erinnert zu werden!«, kehrte sich brüsk um und verließ die

Schenke. »Dom Otho!« Man blies den Stiefsohn herbei, der aus dem Sattel glitt, die Hand des Vaters zu küssen. Dom Peregrin, eine steile Zornesfalte zwischen den Brauen, entzog sie ihm, befahl seine Falkner, sein Pferd, saß auf und verkündete, was bis Sonnenuntergang nicht über den Fluß sei, solle am Nordufer eine Wagenburg bilden, er reite jetzt heim, Herr Otho habe über Nacht an der Maut zu verbleiben. »Seht zu, was ihr in den zwei Stunden noch schafft.«

Von widerstreitenden Empfindungen zerrissen, ritt er gegen Ortaffa nach Süden, wendete hinter Marradî mitten in das Gefolge hinein, machte auch im Meierhof, als er kein Fähnlein sah, auf der Hinterhand kehrt, preschte die cormontische Heerstraße ostwärts, fiel in Trab zurück, dann in Schritt und horchte über die Höhen zur Gallamassa hinunter. Von jenseits eines Opuntiendickichts hörte er vielstimmiges Hundegekläff. Er sprengte an der Kaktuswand entlang und zurück, bis der verwachsene Durchlaß gefunden war, den er freihieb. Am Hang gegen Ghissi unter verdorrten Ölbäumen erblickte er in der Herde sogleich den Hirten, nackt bis auf Schilfhut und Gurt. Graf und Kavalkade verhielten im Hohlweg. Der Hirt regierte die Stelzen mit den Achseln; in jeder Hand ein Messer, zwischen den Zähnen ein Krummschwert, nach hinten von der stachligen Hecke gedeckt, nahm er seinen Weg von Baum zu Baum, umschwärmt von den Reitern, die ihn fangen sollten. Schneidig fuhren die Hunde den Pferden in den immer erneuerten und immer neu abgeschlagenen Angriff. Dom Peregrin lächelte.

Die Knechte bemerkten ihn nicht. Sie verhandelten, schimpften, drohten, legten entgegen ausdrücklichem

Auftrag ihre Lanzen ein und trafen Anstalt, über die Tierrücken hinwegzusetzen. In diesem Augenblick blitzte ein Messer durch die Luft. Der Graf beobachtete. Ein Igel taumelte durchs Gras, den Dolch quer unter dem Rückgrat. »Sperber!« Der Vogel krallte sich in die Handschuhstulpe, schwankend, weil noch blind. »Kappe ab!« In die Richtung geschleudert, segelte er flach auf, stieß nieder, schlug das Wild und landete auf der Stulpe des Herrn. Des Herrn Kinnladen mahlten. Er prüfte den Dolch auf das Genaueste, steckte ihn ein und zog umständlich sein Schwert. Die verendete Beute aufspießend, befahl er zu blasen und ritt vor, indem er Waffe und Kadaver weit seitwärts in die Luft hielt. »Triff!« Die Hunde nahmen ihn an, beruhigten sich und kehrten zu dem Stelzhirten zurück. »Triff!« Der Hirt lächelte, wie zuvor der Herr, gehorchte auch der zweiten Aufforderung nicht, sondern schob Messer und Säbel in die Schlaufen des Schurzes, sprang von den Hölzern und kam, die trottende Herde hinter sich, den Steigbügel des kaiserlichen Blutrichters zu küssen.

Der Gebartete, umringt von grauwollenen Schafen, weißen Lämmern und maronenfarbigen, schwarz geflammten Ziegen, dafür getrennt von seinen Leuten, warf ihm den Igel vor die Füße. »Auf Wildfrevel steht Galgen!« rief er hart. »Entwaffnet ihn.« – Der Schäfer sah ihn voll an. »Das wäre Heimtücke, und ein Fleck auf der Ehre des Herrn Grafen.« Die Knechte zögerten. Dom Peregrin äußerte sich nicht. Vom Sattel herab betrachtete er das flüssige Gliederspiel des Gesuchten, der, ohne die Aufhebung des Befehls abzuwarten, den Rücken beugte, die Kette des Leittieres vom Knöchel nestelte und sich wieder aufrichtete.

»Sollte der Igel«, fragte Dom Peregrin, »meinen Knechten zeigen, was sie von dir zu gewärtigen hätten?« – »Ja, Herr.« – »Ins Gesicht?« – »Ja, Herr.« – »Das wäre am Rade gebüßt worden. Tu den Hut ab! Wie kommst du an solche Messer?« – »Ich schmiedete sie bei den Nomaden.« – »Und das Krummschwert?« – »Ich nahm es einem Mohren.« – »Ah, der erlaubte es?« – »Nein.« – »Wie also?!« – »Ich erwürgte ihn.« – Die Knechte pfiffen durch die Zähne. – »Zeig mir deine Hände. Nicht gebrandmarkt? Gib mir deine Hand. Gib sie. Nun? Drück zu. Drück.«

Im Sattel niedergezwungen, nutzte er die Bewegung, um abzusitzen. »Laßt mich allein«, befahl er. Und heftiger: »Ihr sollt mich allein lassen, der Mann ist gutartig.« Das Gefolge entfernte sich. »Komm näher«, sagte der Graf, während seine Hand in der Mähne des Falben spielte. Sie standen einander Auge in Auge gegenüber, der stählerne Panzer dicht an der Haut des Totgeglaubten. Des Hirten Blick irrte nicht ab, trübte sich nicht, nur hie und da ging das Lid nieder und schlug sich voll wieder auf. Dann nahm der Graf Abstand, faßte den Jungen am Kinn, drehte ihm den Kopf zur Seite, zur anderen, und nochmals zurück. »Du siehst deiner Mutter recht ähnlich«, sagte er. »Deinem Vater weniger. Er war ein tüchtiger Gastalde meiner schönen Stadt. Wie heißt du?« – »Ich weiß es nicht.« – »Du hast keinen Taufnamen?« – »Die Taufpaten sind tot.« – »Wurdest du gefirmelt?« – »In Trimarî.« – »Nun, und? auf welchen Namen?« – »Der Bischof hat im Kalender der Heiligen nachgeschaut.« – »Gut. Dann hast du doch einen Namen.« – »Ich vergaß ihn.« – »Aber die Hirten werden dich schließlich irgendwie angeredet haben!« – »Mon Dom.« – Der Graf lachte kurz. »Empfanden sie dich als Herrn. Und die

Mutter?« – »Mom Barrâl.« – »Dachs? Du scheinst mir eher ein Marder!« – »Manchmal, wenn sie sehr traurig war«, ergänzte der Hirt, »Barralî.«

Bart und Lider des Grafen zuckten. Barral bemerkte es. Dies wieder bemerkte der Graf. »Setzen wir uns. Erzähle. Aber nichts weiter von der Mutter. Nichts davon, daß sie traurig war. Erzähle mir dein Leben, und warum du zurückkamest in die Trümmer, das Unkraut, die Ödnis.« – »Da ist nicht viel zu erzählen, Herr. Ich bin der Letzte von Ghissi, die Herden von Ghissi habe ich groß gemacht, nun will ich Ghissi bestellen.« – »Gehört es dir?« – »Der Herr, dem es gehörte, Herr, hat nichts getan. Die Brache kennt diesen Herrn nicht.« – »Deine Sprache ist kühn, mein Junge. In Kelgurien benötige ich keine Ackersleute, Brache habe ich genug, sondern Metzger. Was war mit dem Mohren, den du umbrachtest? war das damals beim Untergang von Ghissi?« – »Da drüben«, sagte Barral. »Aus der Pinienkrone bin ich auf ihn gesprungen, sein Pferd lahmte.« – »Hast du es eingefangen?« – »Ich verkaufte es gegen Schafe und Ziegen. Nur die Satteldecke behielt ich, für den Gürtel.«

Zäh floß das Gespräch, die Sonne ging hinunter. Immerhin erfuhr der Graf von dem Schweigsamen eine Menge des ihm Wissenswerten. Aus hundert kleinen Antworten setzte er sich die sechs Jahre zusammen, in denen ein Waisenkind, begabt mit Umsicht, Neugier und Mut, den steinigen Weg neben der Straße gegangen war, wobei es, während des Überwinterns der Herden in den Mündungen des Tec, sich Künste angeeignet hatte, die nicht einmal Ritter beherrschten: dieser Schäfer ritt; er ritt ohne Sattel und Zügel, was ihn die Pferdehirten der Sumpfhöfe lehrten; er focht; er pflügte, und zwar mit der eisernen Schaar, die Bauern blieben störrisch bei ihren Astgabeln; er schrieb, las und rechnete beim Pfaffen in Trimarî. »Woher nahmst du die Zeit?« – »Wir Schäfer haben Zeit.« – »Muß man das alles können als Schäfer?« – »Das und mehr.« – »Zum Beispiel?« – »Den Biß der Schlange ausglühen.« – »Rede.« – »Eine Wasserader im Erdreich finden und anschlagen.« – »Rede, rede.« – »Wir verstehen uns auf Kräuter und ihre Heilkraft.« – »Weiter.« – »Auf Wundverbände und Brüche; auf Verrenkungen; das ist wichtiger als Schreiben und Lesen.« – »Weiter?« – »Wir entbinden die Weiber und schneiden Verwachsungen der Mannsrute. Wir zähmen den Milan, wir sehen bei Nacht ohne Licht, und wenn wir so viel schwatzen wie ich, stößt man uns aus mit Schimpf.«

An der Furt loderten die Wachfeuer auf, man sah den Schein hinter den Hügeln. Ein Herr des Gefolges kam: »Herr Graf, es wird bald zu dämmrig für den Heimritt.« – »Such Er den Mantel des Hirten«, sagte Dom Peregrin. Der Herr entfernte sich feindselig. Barral gab die Kette des Leittieres dem Grafen, der sie verdutzt entgegennahm, und sprang in langem, flachem Lauf durch das schon betaute Gras, den Mantel zu holen.

Inzwischen hatte Dom Peregrin, an Graziella denkend, wieder den weichen Zug angenommen, der von Traum und Güte sprach, bei Barrals Rückkehr jedoch sofort verschwand. »Setz dich«, befahl er. »Nicht dort. Zu meinen Füßen, mir gegenüber. Du äußertest, ich habe für Ghissi nichts getan, seit es umgebracht wurde; das ist richtig, das hatte Gründe; ich kann nur ackern mit Leuten, die es tun; tote Leute ackern nicht mehr. An jenem Tage sind gut fünftausend Menschen in den Himmel oder zur Hölle gefahren, erschlagen, erwürgt, erstochen, in den Flammen erstickt und verbrannt, vier Städte dem Erdboden gleichgemacht, die Brunnen mit Leichen gefüllt. Dann kam der Frost, und die Bäume starben.« – »Die Ölbäume«, unterbrach Barral, »wären zu retten gewesen.« – »Weißt du nicht«, fragte Dom Peregrin, »daß man mich unaufgefordert nicht anzusprechen hat? Lerne deine Aufsässigkeit unterdrücken. Senke den Blick. Auch um Bäume zu beschneiden, brauche ich Menschen. Weil ich die Menschen zu den Bäumen nicht hatte, behauptest du nun, ich habe mein Recht verwirkt. Das ist ein Irrtum. Weder verfällt das Recht noch verfällt die Pflicht. Sogar von dieser Erde, die nicht mehr trägt, muß ich, weil sie mir verliehen wurde, meinen Zehnt an den Kaiser zahlen und meinen Zehnt an die Kirche. Nach dem Recht, gewöhne dich daran, ist diese Erde mein, der Igel mein, der Dachs, der Baum, die Frucht, der Mensch ohnehin, jede Stadt, jedes herrenlos gewordene Gut, das Pferd, das du raubtest, die Waffen, die du trägst, auch deine Schafe und Ziegen mein. All das gehört mir von Gnaden des Kaisers, gegen den zehnten Teil des Ertrages. Ich verleihe es weiter an meine Nachlehner, gegen den zehnten Teil des Ertrages, den sie daraus ziehen. Sie ziehen ihn aus dem, was ihre Pächter, ihre unfreien Meier, ihre leibeigenen Bauern schaffen. Der Bauer ist der Letzte und Ärmste und hat es am schwersten; nie kann irgend etwas aus ihm werden, er kommt nie weiter als das Geviert ihm erlaubt, das er akkert. Ghissi ist Baronat. Kein Bauer kann es bestellen, das könnte nur ein landsässiger Baron, der viel Geld, viele Pächter, viele Bauern besitzt. Dafür wird er dem Markgrafen heerespflichtig, das ist der Sinn des Lehnsrechtes; er muß Ritter sein und ein freier Mann. Frei ist man nicht von Geburt, sondern man wird gefreit, vor dem Heere.«

Er erhob sich. »Hirt bist du gewesen, Bauer wirst du nicht werden. Aufhängen will ich dich nicht, obwohl du gestohlen hast. Still, kein Wort! es ist so; auch wenn du dich im Rechte glaubtest. Mit dem höheren Rechte dessen, dem du gehörst, verzeihe ich dir die Unkenntnis des Gesetzes und nehme dich in ritterliche Zucht, denn ich brauche Fäuste, die ein Schwert führen, keinen Ölmüller.«

»Und meine Herden, meine Hunde?«

»Die lasse ich dir; suche dir einen anderen Hirten; den besoldest du aus dem Ertrag der Herden. Du wirst sie nach Marradî auf meinen Meierhof bringen, wo gesonderte Rechnung zu legen ist. Ich gebe in Marradî Bescheid, du findest dich auf Ortaffa ein. Versprich es mir in die Hand.«

Barrals Mißtrauen erwachte. »Ich soll Euch etwas versprechen, und Ihr versprecht mir Ghissi nicht?«

Dom Peregrin biß sich die Lippe. »Halte mir den Bügel«, befahl er frostig, saß auf, unvermittelt, ohne Gruß, wendete und sprengte von dannen. Der Falbe setzte über den Hohlweg, die nächste Senke verschlang ihn. Hinter den Opuntien löste sich das Gefolge, um hinterdreinzustieben. Bald waren sie im Abendgrau hinter dem steinbesäten Kamm gegen Marradî versunken. Barral blickte ihnen nach, bis er die Schnauze des Lieblingshundes gegen die Handfläche stoßen fühlte. Das hieß Schlafengehen. Schlafengehen hieß einen Pferch suchen.

Die Kirche von Ghissi war ein guter Pferch. Wie fast alle Kirchen Westkelguriens hatte sie klafterdicke Wände, winzige Fenster im Chor und auf der Längsseite gegen Süd,

Türen nur in Süd und West, weil, wenn der Schlammfresser eisig von Norden durch das Stromtal des Tec tobte, jedes Fenster von ihm eingedrückt, jede Tür hinaus geblasen worden wäre, und das Hauptportal mit der Vorhalle, wo die Katechumenen standen – ungefirmelt durfte niemand hinein –, war nicht jenes an der Stirn des Schiffes wie in Rodi und Sedisteron, sondern zur Seite des Altars, unter der dunklen Blindkuppel, aus der die Glockenseile herabhingen einst: zerstört nun, die Wölbungen halb herabgebrochen, ihr Schutt überwachsen, Vogelnester und Spinnweben.

An den Eingängen schichtete er Steine auf gegen wildes Getier, kappte ein paar trockene Ölzweige, schnitt Späne von einem angekohlten Deckenbalken, holte aus dem Mantel Zunder und Feuerstein, schlug Funken und ließ die Flammen prasseln; den Igel weidete er aus, wälzte ihn in zusammengescharrtem Staube, den er mit Ziegenmilch feuchtete, briet ihn und freute sich seines jungen Lebens, mit sich selber ganz unbeschäftigt.

Das Glosen der Asche aber, während er einschlief, machte ihn doch träumen von damals: wie er, obwohl alles tot war, zögerte, als Nichtkonfirmierter die geweihte Schwelle zu übertreten, und wie er sich umschaute, ob niemand ihn sehe. Die Glieder noch zuckend von dem kurzen Mordkampf mit dem Mohren, die Zunge noch salzig von dem zermalmenden Biß in die Gurgel, die Augen verklebt von Schweiß, Erde, Gräsern und Rauch, war er durch die Blutlachen gewatet bis zu dem wespenhaft hochgekrümmten Rumpf des geköpften Dekans, der sich, als er ihn mit dem Fuß umdrehte, langsam ausstreckte und dem Letzten von Ghissi die Monstranz freigab.

ORTAFFA

Marradî, Fliehburg und fester Ort, lag wie Ghissi als Sturz in Hügelwellen, die sich weithin zur Gallamassa senkten, gegen Südwinde geschützt durch den bizarren Hahnenkamm eines vielfach gebuckelten, vielfach gestaffelten, schrundigen Felsgebirges, das Schulter Satans hieß. Im Schatten des von Türmen und Zinnen starrenden Kastells streckte der Meierhof, auch er ein Kastell, seine Gebäude vor, niedrig, die Dächer steingedeckt, die Torflügel eisenverkleidet, die Fenster gesichert mit tischgroßen, armdicken Steinläden auf steinernen Zapfen. Inzwischen schien Friede eingekehrt. Alles stand offen, Schweine und Federvieh waren draußen, man häckselte Stroh vom Stadel, wendete Dung, Knoblauchdüfte entwölkten den Küchen. Der Meier begrüßte Barral und schlug ihm vor, die Herde zu überantworten auf Treu und Glauben, er werde es eilig haben nach Ortaffa.

Barral sah ihn tiefsinnig an. Er beschaute das Wetter, den Hof, die Mönche im Priorat, im Kastell die Schmiede. Der Schmied vermittelte einen Notpferch, denn in der Meierei war kein Pferch verfügbar, wohl aber Ödland. »Dies wird ein Feld«, sagte der Meier. – »Dies wird ein Pferch«, sagte Barral und begann ihn zu errichten, zunächst allein, weil ihm Hilfe geweigert wurde, dann mit den Kindern des Ortes, die ihn liebten, weil er Märchen erzählte, nach einer

Woche mit Kriegsknechten. Er baute ihn auf aus toten Ästen, Steinen und Lehm; er schnitt, ihn zu decken, Schilf in den versumpften Altwassern der Furt Ongor; er baute ein Zähltor, das den Meier und die Frau nach zehn Tagen überzeugte, es seien wirklich achthundert und zweiundfünfzig Tiere, nicht gerechnet jene zwei, die er dem Prior schenkte, nachdem er gehört hatte, man munkele, der Graf wolle Ghissi verklostern. Gegen diese zwei Tiere meißelten die Mönche einen Betstock, den der Bischof – der Pfarrer versprach es nach der Beichte – bei nächster Visitation weihen würde, so daß auch ein Abt den Baum, zu dessen Füßen der Heilige stehen sollte, nicht konnte schlagen lassen.

Über den Pfarrer wurde ein Hirt gedungen, von den Mönchen ein Herdenbuch angelegt, besser als dasjenige des Meiers, und mit der Kastellbesatzung so mancher Schwatz gehalten. Da drehte sich alles um Ortaffa, die Zuchtburg, wo man wie Brotlaibe Ritter buk; wo Weltliche und Geistliche ihre Pflichtlanzen stachen; wo Schmiedefeuer sausten, Helme und Schwerter gestählt wurden, Pferde im Stall nach den Ratten keilten; wo in Gewölben sich weiße Hügel Salz, graugelber Schwefel und schwarzes Pech häuften; wo die Mauern bespickt waren mit zentnerschweren Rundsteinen aus der Gallamassa, sie dem Angreifer auf den Kopf zu fällen; wo junge Herren zur Laute Liebe sangen; wo Gespenster erschienen in der Nacht und der Böse am hellichten Tage umging, und wo ein starker, geschickter, beherzter Mann im Turnier nicht nur Ehre, Pferd und Rüstung, Preis und Vermögen erwerben, sondern gar mit der Hand einer Erbin in die höchsten landsässigen Familien aufrücken konnte: Erzählungen, hinter denen Barral, verschlossen zuhörend, Herrn Peregrin vermutete.

Argwöhnisch beobachtete er, daß er beobachtet werde, beobachtete auch den Himmel, der sich zu undurchdringlicher Finsternis bezog, und lieh vom Prior einen Esel, Spaten, Hacke und Licht; beim Abendläuten ritt er nach Ghissi, die Manteltaschen mit Vorräten gefüllt, und untersuchte das Mäuerchen vor den Wurzeln der Zypresse. Das Wetter gefiel ihm nicht; der Hohlweg gefiel ihm nicht. Es gab eine Stelle, an welcher der Weg höher lag als das angrenzende Feld, vom Feld getrennt durch einen vier Klafter breiten Buckel. Den grub er an, grub die Wegsohle auf in der Schräge und lagerte die Steine, die er herausholte, talwärts zum Deich. Die Müdigkeit überwältigte ihn, er schlief bis zur Dämmerung. Mit den ersten Tropfen wach, stopfte er Zweige, Blätter und Lehm in die Fugen. Es regnete sich ein. Rinnsale kamen, Pfützen sammelten sich. Von der cormontischen Heerstraße herab rieselten Bäche unter den Opuntien querfeld, suchten und vereinigten sich, stürzten über verkarstendes Land, nirgends durch Wurzeln gehalten, und rissen die Krume fort. Braungelbe Fluten gurgelten dem Damm entgegen. Mäuse liefen aus ihren Löchern. Barral tat den Messergurt ab, legte ihn über die Kruppe des Esels, deckte das Tier mit dem Mantel zu und sprang in den Stau. Bis zu den Knien im Naß, erweiterte er den Anstich des Trennbuckels. Bald netzte der Spiegel seine Brust, seine Achseln, netzte die Deichkrone und leckte hinüber.

Gleichmäßig rauschend, schüttete der Himmel unendliches Grauschwarz hinab; die Äcker tranken. Gleichmäßig rauschten die Silbersträhnen über den Deich, wuschen den Boden aus und bespülten das Mäuerchen der Zypresse. Barral ging zu ihr. Noch erreichte kein Sogwirbel das Wurzelwerk. Was aber, wenn das Wehr brach? Gelang die Ableitung nicht, mußte es brechen. Er kannte die Zerstörungskraft solcher Urfluten, wie sie im Nachbarkar schäumten, tiefer unten andere Wegbäche aufnahmen und bei dem gewesenen Stadttor als breiter Wildfluß donnerten, kochend von Ästen, Kadavern, Gischt, Kakteen und Käfern. Im Olivenfeld stapfte er zurück; das Feld hielt seine Füße fest, mit Seufzen gab es sie frei.

Wieder grub er; die überlaufenden Wasser neben ihm, eine Elle stark jetzt, wuchsen noch immer. Noch hielten Wehr und Zypressenmauer. Endlich, gegen Mittag, stieß sein Eisen, wie erhofft, auf bäuerliches Steinwerk als künstlichen Kern der Wallschwelle. Er lockerte die Deckenkloben, hob sie aus und stach die Abseite an, die, schon durchsickert, aus Kies unter dünner Grasnarbe bestand. Vom Weg her arbeiteten und zerrten die Lehmstrudel, von oben Barrals Hände. Seine Füße waren auf dem Sprung. Breit gespreizt, fühlten sie, wo es wankte. Dann schoß der Strom mit Wucht durch die Enge, riß sie auf über zwei, über fünf, über sieben Ellen und schwemmte in die Mulde hinein, die der Buckel einst hatte schützen sollen; in der Grundwoge polterten die Schichtsteine. Sogleich verstummte der Überlauf.

Auf dem Weg zur Zypresse rann nur noch das, was unterhalb des Deiches aus der Wolke regnete. Erschöpft legte Barral die Stirn gegen den feinsträhnigen, leuchtend braunroten Bast der Rinde, raffte sich und ritt auf mühsamen Umwegen zur Kirchenruine, seiner Wohnstatt. Nach zweimal zwölf Stunden traumlosen Schlafes unter der Chorwölbung schreckte er auf. Es regnete. Was machte die Ableitung? wohin trug sie die Scholle? Schon im Portal verklärte sich sein Gesicht. Er wiegte den Kopf, schürzte die Lippen, seine Augen glänzten. Die Hangmulde stand gut eine Meile lang voll Wasser, nächsten Tages maß sie anderthalb Meilen, breit zwischen vierhundert und siebenhundert Schritt. Er durchschwamm seine Schöpfung, er beging ihre Ufer. Watend verwehrte er den Zungen das Ausbrechen, schichtete Dämme und erhöhte sie. Kein Jagdfrevel würzte ihm die Tage, kein Tier zeigte sich außer ertrunkenen, die gedunsen auf der blasenspritzenden Fläche trieben.

Der Regen schüttete achtzig Stunden. Dann fuhr mit Sonne und Wolkengebirgen der eisige Nordsturm über das Land; die Ölbäume raschelten tausendstimmig mit ihrem toten Laub, Myriaden von Blättern fegten durch die Luft, Ast nach Ast splitterte. Die Krone der Zypresse bog sich zum Viertelrund, ihr Schaft knarrte, die Wurzeln hielten. Barral saß gegen die Kirchwand gekauert, eng im geschütztesten Winkel, durchfroren bis ins Mark. Sein Kopf war benommen. Nachts bebte der Turmstumpf über den Resten der Kuppelruine, morgens kam eine Galerie Steinwerk herunter. Draußen weit fort schrie ein Baum, als werde er abgedreht, mit Knattern barst er zu Boden. Barral wußte, nur die Pinie konnte es sein, von der herab er vor sechs Jahren das Gemetzel von Ghissi gerächt hatte. Seine Augen, weiß nach oben gekugelt, während er sich hart an den Wänden entlangpreßte, blickten gegen die Ränder des letzten heilen Gewölbes, das, von einer Bö gepackt, in den tiefblauen Himmel auseinanderwich; es hagelte Tuffstein.

Er schnürte ins Freie. Die Felder waren trocken, die Pfützen fort, die Hohlwege vermurt. Aber noch immer wehte das Schnauben den See hügelauf. Im dichten Filzmantel, auf allen Vieren unter den Orkan geduckt, kroch er an die Deiche, stach sie mit der Hand an, beobachtete, wohin die Rinnsale liefen, die er zwanzig Klafter weiter in der Quere abfing, und stopfte die Löcher wieder zu. Als der Schlammfresser auch den Stau zu verzehren begann, erlegte der Dachs einen Dachs und briet ihn im Windschatten des Altars – das erste warme Essen seit einer Woche. »Darauf steht Galgen«, sagte er – das erste Wort seit einer Woche. Nachts träumte er von Kanälen, Schaffs, Wasserstufen und den blühenden Feldern auf der Erde Ghissis – das erste Lächeln seit einer Woche. Er krönte sein Werk, indem er die Wedel der abgedrehten Pinie als Landmarken in das Unkraut setzte.

Die Herrlichkeit Ghissi lag bis zur Gallamassa von Schlammbahnen verwüstet; an der Furt Ongor sah es nicht anders aus; nicht anders in Marradî. Lawinen von Stein und Kies, Dachpfannen und Ästen bedeckten die Felder. Das Kastell stand in Alarm. Man erwartete einen Wetterwechsel, mit ihm den Mohren. »Da glaubte ich nun«, forschte der Meier beim Nachtmahl, »es dränge Ihn auf die Burg und Er wolle Großes werden. Stattdessen treibt Er sich herum, niemand weiß wo, während wir hier die Hölle hatten. Wollte Er nicht nach Ortaffa?« – »Den Pferch muß ich decken.« – »Jaja, im Kleinen, im Kleinen ist Er genau. Herren sind nicht genau, merk Er sich das. Damit bringt Er es unter den Rittern zu keinem Ansehen.« – »Was man hat, hat man.« – »Und hat man es, dann heckt es noch obendrein. Gefällt Ihm der neue Schäfer? Ich entlohne ihn also von Seinem Gewinnst; ich selber bin ja gräflicher Rentmann.«

»Wenn es heckt«, erwiderte Barral, »heckt auch Christi Barmherzigkeit.« – »Ohm Barral Märchen«, bat das Kind, das er auf seinen Knien hielt und fütterte. – »Iß deine Grütze, Kind.« – »Bianca keine Grütze mehr, Bianca Märchen.« – »Schlafen gehen«, befahl der Meier. Und der Frau befahl er, die Becher, den Wein, die Würfel zu bringen. Sie tranken viel den Abend, lallten am Schluß auf Kelgurisch miteinander, und noch von der Strohschütte her, als der Öldocht gelöscht war, schwor der Meier, er sei nie, außer dem Juden Jared, einem geschickteren, vorsichtigeren, schlaueren Bauern begegnet, der, wo er nicht reden wolle, sich hinter Lächeln und Schweigen verschanze. »Braucht man«, sagte Barral, stieß das Fenster auf und horchte. »Ich schau mir morgen Tedalda an. Auf Stelzen bin ich abends zurück, und Bianca bekommt ihr Märchen.« – »Wo willst du wieder ein Märchen hernehmen?« brummte der Verwalter. Barral, von den Schultern bis zur Hüfte goldleuchtend, träumte in den Mondschein. »Aus der Erde.« – »Was hat denn da gestern gebrannt in Ghissi? hast wohl gezündelt? es roch nach Pinie.« – »Es riecht nach Töter. Der Tag ist verloren ohnehin.«

Schon vor Morgen wehte der Töter, ein steifes, warmes Geblase. Die Sonne ging nicht auf, war aber überall da; nichts warf Schatten, doch die Farben lebten; es gab keine Wolken und auch keinen Himmel, keinen Nebel und keine Sicht – alles milchig. Von Marradî her, über der Ebene, hätte man den Tec erkennen müssen, fern blitzend im West; im Norden die Gallamassa, ihm entgegen strömend vor dem Zederngebirge; in Auwäldern die Türme von Lorda; nichts davon zeigte sich. Man unterschied knapp die Nähe: schöne, fruchtbare Felder, Geviert nach Geviert in hohen Umzäunungen von dicht stehenden, mit Schilfrohr verflochtenen Zypressen, deren Wurzeln mit Steinen beschwert waren, während die Kronen sich unter den Wind bogen. Alle Hecken und Pflugfurchen liefen quer zum Wind – wehte es doch oft in Kelgurien, oft eine Woche so, die nächste umgekehrt. Die Erde wartete nicht; zu bestimmter Zeit mußte gepflügt, gedüngt, gesät und geerntet werden; all das tat man im Windschatten, heute des Schlammfressers, morgen des Töters. Der Töter brachte die Mohren: schlug er um in den Nordsturm, standen sie plötzlich im Feldgeviert; zwei Minuten, und die zerschnittenen Kehlen leerten ihr Blut in den Boden. So war einst Ghissi geschlachtet worden.

Schräg seitlich rückwärts auf den Südostwind gelehnt, strebte Barral nach West, die Füße voran, den Mantel eng um Brust und Stelzen geschlungen. Hinter einer der Hekken hörte er stöhnen; eine Bäuerin kreißte am Ackerrain. Daß ein Schäfer erschien, war ein Glückszeichen, auch für den Schäfer. Er feuchtete seinen Daumen und benetzte die Fußsohlen des eben Geborenen; er feuchtete den kleinen Finger und benetzte die Ohrläppchen der Mutter; dreimal umschritt er das ländliche Wochenbett. Da die Wöchnerin sich erhob, mußte er, der Zauber verlangte es, die Arbeit übernehmen, von der die Niederkunft sie abgerufen hatte: eine vom Winde gestürzte Hecke aufrichten. Sein breiter Rücken stemmte Zypresse nach Zypresse, seine Stelzen stützten Stück nach Stück ab, der Bauer und seine Kinder stampften die Wurzeln ein und beschwerten sie neu mit Steinen. Mittags beendete man die Arbeit, von der es abhing, ob die Krume auf den Feldern blieb. Man teilte das Brot, man reichte dem Schäfer den Weinschlauch, aus dem er sich einen langen Strahl in den Mund spritzte, ehe er Mut faßte, dem Säugling die Schicksalsfrage zu stellen, ob Herz oder Leber. Die ganze Familie sah gespannt auf die Fäuste des schlafenden Bündels, wohin die erste Bewegung zucken werde. »Leber!« rief der Bauer. Barral atmete auf. »Ist gut«, sagte er, »also doch«, und erkundigte sich nach der ortaffanischen Straße; sie zweigte vierhundert Schritt weiter von der tedaldanischen ab. Er hatte nie nach Tedalda gewollt; er wollte nur, daß der Meier ihn nicht an Ortaffa verrate; darum mied er den cormontischen Heerweg, der von Marradî aus, etwas kürzer, zur Burgstadt führte; über die Handelsstraße würde Graf Peregrin ihn kaum erwarten.

Auf Satans Schulter, von Steinen übersät, wuchs nichts als mageres Gras; der Töter peitschte den Mantel. Barral zog ihn aus, knotete ihn um die Hölzer, hielt das Paket von sich vor die Augen, sie gegen den Sand und das Salz zu dekken, und setzte seinen Weg fort, halb stolpernd, halb auf dem Meersturm liegend. Ihm entgegen kamen Esel geweht, neben den Eseln blies es die Treiber dahin; die hatten es einfacher. Zwei Stunden kämpfte er sich bergan, ein Rudern von Klotz zu Klotze; dann schlängelte sich der Weg in einen Paß; höher und enger traten weiße, rundgeschliffene Wände heran, von Höhlen und Buchtungen durchsetzt; in der Talkerbe sang und sauste, pfiff und jammerte das Blasen, ohne noch als Bewegung der Luft bemerkbar zu sein. Hier wartete Fuhrwerk hinter Fuhrwerk, viel Kriegsvolk auf den Bergmatten darüber. Der Dachs wurde bedenklich. Sollte er umkehren? sich vorbeistehlen? Die Mutter war ihm nicht erschienen. Vorsichtshalber legte er den Mantel an; man brauchte seine Messer nicht zu sehen.

Mit gleichmütiger Miene schritt er weiter, geraden Weges in die Arme eines baumlangen Ritters, der zwischen zwei Wagen hervorkam, die Hände gegen Felswand und Planenholm stemmte und ihn mit eigentümlich wohlwollender Schärfe anblickte. »Wer da?« – »Ein Hirt ohne Herde.« – »Wohin?« – »Nach Tedalda.« – »Nach Tedalda«, wiederholte der Ritter und lächelte milde. »Nicht nach Ortaffa?« – »Nein, nicht nach Ortaffa.« – Gelassen gab der Herr den Weg frei. »Hinter der Paßhöhe rechts«, sagte er freundlich.

Der Fußpfad hinter der Paßhöhe führte hart unter dem Kamm entlang. Auch dort warteten Menschen die nächste Windpause ab. Die Landschaft bestand aus schneeweißen Felsklötzen, Schrunden über Schrunden, Steinflechte, Ginster und Myrtenbüschen. Nach wenigen hundert Schritten öffnete sich die Enge, linkerhand sank der Hang ab, und überwältigend zeigte sich vor diesigem Horizont ein fernes, wildes Stück Bergwelt. »Das ist Ortaffa«, erklärte ein vornehm Gekleideter, der Barrals Staunen mit Rührung verfolgte. »Er erlebt es zum ersten Mal? Mir erging es nicht anders. Er als Schäfer, ich als Kaufmann, wir kommen weit herum. Eine Burg wie diese finden wir nirgends. Fünf steinerne Festungen mit steinernen Dächern, steinernen Schlagläden, glatten, gemeißelten Wänden auf senkrechtem Sturz. Dahinter das Schilfmeer, unzugänglich, davor das Höllental, ein Park- und Mühlengrund, reich bestellt. Kann Er die Schluchtscharte links erkennen? Da kommen die Straßen zusammen, die cormontische, die unsere und die Platanen-Schüttung, an ihrem Ende das einzige Tor. Durch das muß jeder, der nach Ortaffa Markt oder Burg will, zum Grafen, zum Juden, zum Dekan. Das engbrüstige Häusergewirr ist Ortaffa Markt.« –

»Der Jude«, fragte Barral, »hat hier Wohnung?« – »Der Jude wohnt überall; zur Zeit in Ortaffa, weil der Erbgraf Dom Otho demnächst heiratet mit Pomp und Gaukelei, dazu braucht man den Juden, Jared sein Name, des Grafen Kammerknecht, denn die Zehnten seines Geldes und mehr gehen zu Kammer in die Rentkassen.«

Barral erinnerte sich, daß der Jude in der Furt keinen Finger krümmte, während der Graf die Arbeit tat. »Knecht?« fragte er, »kein Herr?« – »Er scherzt. Christus wurde von Juden gekreuzigt, wie sollen da Juden Herren sein? Man duldet sie, zumal es ja irgend jemanden geben muß, der Geld leiht; uns verbietet es die Kirche, leihen dürfen wir, aber ohne Zins, das hat keinen Witz. Er nimmt Zins, und weil ihm das Paradies verwehrt ist, nimmt er tüchtig. Judenhände, feine Hände, kräftige Hände, beschäftigt in allen Kammern, in der des Partriarchen, und manchen Bischofs, und der Grafen ohnehin, ja selbst des Emirs von Dschondis. Dieser Jared häuft seine Summen auf dem Banco in Prà, und was in Prà liegt, versichert er wieder in Pisa und Venedig.« – »Ein solcher Knecht ist er?« – »Ein solcher, daß er nicht einmal Knechte halten darf, jedenfalls keine Christen, es seien denn Christen ohne Daumen oder linke Hand, Diebe und begnadigte Galgenvögel.« Barral entsann sich der christlichgräflichen Fuhrleute und ihrer heilen Daumen. Man konnte wohl manches Verbot umgehen; wer wußte, ob nicht gar der Graf Zins nahm und wer von den beiden wessen Geschäft besorgte?

Die Böen ließen nach. Ein schriller Pfiff rief die Menschen zusammen. Auch der Kaufmann eilte, gern schloß der Dachs sich ihm an. Man benutzte den Juden, indem man von ihm benutzt wurde: im Windschatten gehend, stützte man den Wagen mit drei Dutzend Händen gegen den Winddruck. Zwischendurch mußte die Seite gewechselt werden, dann wieder konnte man getrost flanieren. Der Wagen enthielt Bohnen. »Getrocknete gelbe Bohnen. Die kauft Jared um eine Sechzehntel Mark Silber je Sack, nicht billig, also gelogen, hortet sie in seine Gewölbe und verkauft, wenn Ortaffa vor Hunger schreit, gegen das Vierfache von dem Gelogenen. Das ärgerte den Gastalden, von Amtes wegen hat er einen Wagen nach Burgund geschickt, der kam nie heim, Räuber verschleppten ihn, die Leute sind tot; dem Juden gibt der Graf zehn Fähnlein Reiter mit, Geleitbriefe, Empfehlungen, und jüdische Verträge hat Jared außerdem mit jedermann, mit Mirsalon, Dschondis, mit den Banditen; selbst die Seeräuber lassen ihn ungeschoren.« – »Ein solcher Knecht ist er«, wiederholte Barral. »Hat er den Viehhandel auch?« – »Auch; und den Waffenhandel; und Pferde; und Häuser; sogar Land; sogar Lehen!« – »Lehen?« – »Das macht sich.« – »Ja wie denn?« – »Man kauft. Der Verkäufer schreibt einen Auflassungsbrief, schlägt den Käufer als neuen Lehnsnehmer vor, von Kauf ist nicht die Rede, und zahlt dem Lehnsherrn eine Kleinigkeit, der Lehnsnehmer dem Lehnslasser die Summe, dem Juden die Vermittlung.«

Der baumlange Ritter trabte den Paß hinab und überholte den Wagenzug. – »Grüß Gott, Dom Lonardo!« rief der Kaufmann, der in Tuchen handelte. – Abermals ruhte der mild scharfe Blick auf Barral. »Nicht nach Tedalda?« – »Nach Ortaffa, Herr.« – »Neugierig geworden?« – Barral wiegte den Kopf und sah dem schönen Pferd hinterdrein. – »Das war der gräfliche Fechtmeister«, erklärte der Kaufmann. »Ein großer Herr.« – »Kein Knecht?« – »Ein großer Herr.«

Man erreichte die Platanen-Steige; das Fuhrwerk erhielt sechsfachen Vorspann. Im Trab donnerte es über die mächtigen Eichenbohlen der Zugbrücke. Aus der Schlucht jaulte der Töter. Die Fußgänger rankten sich am Geländer. Dann nahm die Torfahrt sie auf, eine dreimal gekrümmte, dreimal mit zugespitzten Fallgattern gesicherte Wölbung; hinter ihr begann die gepflasterte Gasse. Pflaster nannten sie es. Barral fühlte sich wie daheim in Ghissi. Rodi, die Städte Frankens drüben am Tec bis hinauf zu den vulkanischen Kegeln, die Städte der Alpen bis zu den klaren Bergseen, sogar Trianna, die Residenz des Bischofs aus der Mur, sie alle kannten bestenfalls steinerne Fahrspuren im Kot. Hier schritt man auf blankem Fels, in den für das Wasser eine Rinne gehauen war; Stein waren die Häuser, jedes bis an den ersten Stock, manches bis oben zur Traufe, mit gemeißelten Fenstern und Galerien; Schwibbögen spannten sich über Gasse und Hof; oberhalb der Balkone wuchsen weiße, lavendelfarbene, hellgrüne, flamingorote, ockergelbe Lehmwände auf, aus denen wiederum Galerien ragten, holzgezimmert, mit Haken und Hanfseilen für die Wäsche. Unzählig viel Volk stand in den Haustüren, an Halteringen Esel und Maultier; aus Kellerluken stiegen Katzen, Hunde strichen umher, lärmende Kinder jagten einander, kleinere saßen auf den Armen der Mütter, aus der Höhe unterhielten sich ganze Sippschaften mit denen unten.

Unten war es windstill und stickig. Die Stelzen in der Hand, den Mantel offen, schlenderte Barral in Muße; schöner wurden die Häuser; vor dem schönsten, ganz aus

Stein gehauen, stieß er auf den Wagen, den er zu stützen geholfen hatte. Ausgespannt waren die Zugochsen, an Ketten schwebten die Säcke zum Speichergeschoß, vom Pflaster rumpelten auf Brettern Weinfässer in schwarze Tiefen. Die Knechte hantierten ohne gelben Hut, ohne Daumen. Jared, auch barhäuptig, beobachtete sie aus bösen Augen; am Gürtel flatterten pergamentene Listen. Hier blies es heftig; die Gasse weitete sich zu einem dreiseitigen, abschüssigen Platz; rechts ruhte massig die Kirche auf hohen Stufen. Der Sand wirbelte in kleinen Wolken, hie und da lief er als eiliger Windtrichter aufrecht dahin und sank wieder zusammen.

Der Dachs schlüpfte in den Hausflur, nahm die Lungen voll Atem, stemmte unter dem Umhang, der sich aufschlug, die Hände ein und lehnte sich gegen den Pfosten der Treppe. So sah ihn Jared vor dem dunklen, schmalen Gang stehen, der für Sekunden durch den Lichteinfall der Türe erhellt wurde: einen hünenhaften Brustkorb über dem Kranz von Messern, ein gespanntes, scharfes Gesicht hoch über dem seinen.

»Jahwe soll schützen!« rief er erschrocken, »was führt den Herrn Christ in die Hausung eines Ausgestoßnen?« Er warf die Tür zu und verwahrte sie mit dem Rücken. Sein Körper war klein, gedrungen und kräftig, die Finger arbeiteten erregt an dem seltsam gebeulten Munde, die Pupillen wanderten. »Wenn wer täte kommen«, sagte er; »wenn wer täte sehen den Herrn Christ! Es darf beehren kein Goj keinen Jüd.« Ein weicher Zug trat in sein Gesicht. »Nu«, meinte er wie zu einem Dritten, »der Herr will dem Jared nichts, kommt er aus Neugier der Herr, ist er ein Gerechter und weiß es nicht. Oder weiß ers, was ist ein Gerechter des

Herrn für die Kinder Israel? Ist ein Erwählter, die Haut vergüldet von innen und strahlend.« Tiefer und leiser werdend, fiel seine Stimme aus dem wunderlich verstellten Latein in eine Sprache, die Barral nicht verstand.

»Ich brauche Geld«, unterbrach er.

Jared lächelte. »Taubenaugen die deinen zwischen deinen Locken«, sagte er träumend. »Der Herr hat das Ohr schräg auf dem Duft von den Worten Schaloms des Königs, und des Herrn Odem läßt hängen die Lefzen, weil er schlürft Myrrhen. Der Herr braucht kein Geld, woher? Der Herr will prüfen, und der Jared wird ihm geben das Geld, wenn es der Goj wird brauchen wahr und wahrhaftig, eher nicht, später nicht, ohne Wucher wird ers geben.«

»Ich brauche es jetzt«, beharrte Barral, »du wirst mir ein Lehen verschaffen, ich will Ghissi haben.«

Wut glitzerte im Ausdruck des Juden. »Wenn du willst haben Lehen, Goj, wirst du werden Ritter. Das ist der Weg. Der Herr entschuldige. Ist er zu jung noch der junge Herr, als daß er schon kennt wie ich den jungen Herrn. Der Herr Christ wird haben einen Gang in der Welt, daß die festen Mauern umfallen, wenn er bläst die Posaune! Lehen zu Haufen unter den Füßen! Blut wird ihn bedecken, und Schorf und Eiter, Fliegen in Wolken werden ihm sitzen auf der gesalbten Haut, und er wird sein wie der Knecht Hiob, weinen wird er voll Kummer. Dann! wird der Jared ihm bringen das Geld, und der Herr wird sprechen zu der Geliebten, Spangen von Gold sollst du haben mit silberne Pöcklein, und die Geliebte wird sprechen: ein Büschel Myrrhen ist mir mein Freund, zwischen meinen Brüsten übernachtend, ein Taubenschlag ist mir mein Freund zwischen den Weingärten. Geht beichten, Herr, und wenn Ihr den Jared braucht, der Jared wirds wissen, Mut ist in Eurem Zwerchfell und großes Gelächter, Kraft im Fleische, und die Schlauheit der Schlange hinter der jungen Stirn, drüben ists Beichthaus, die Gojim müssen beichten, wenn sie haben beehrt ein Kind Israel. Ich halte dem Herrn die Tür, der gewürdigt hat meine Schwelle. Der Herr nehme den Mantel um den Kopf, daß ihn nicht reißen die Wölfe im Priesterrock.«

Er spähte durch einen Spalt, schlüpfte hinaus, schmälte mit den Knechten und scheuchte sie. In Sandböen, die Kapuze vor das Gesicht gezogen, ging der Schäfer zwischen Wagen und Haus davon. Eine Geliebte durfte niemand haben; weder der Wanderhirt noch der Bischof. Auch hier wurde mit zweierlei Maß gemessen. Hätte die Kirche den Bischof nicht verklagen müssen bei der Grafschaft Farrancolin? Nackt hätte man ihn und sie eingegraben bis zum Gürtel und beide gesteinigt. So das Gesetz, ein Gesetz der Liebe, wie die Priester behaupteten: jeder Stein ein Stein in Sankt Michaels Waage. Und Sankt Michael würde die Seele des Bischofs fragen: Bruder, wo sind deine Steine? geh du zur Hölle; die Schale, an die der Böse sich hängte, wiegt schwerer. Demnach kam der ortaffanische Pfaff, weil vom Bischof gesteinigt, in den Himmel? und der Bischof, weil von der Mur erschlagen, nicht? Er betrat die Kirche und betete zum heiligen Erzengel, dem Bischof von Trianna die Mur anzurechnen; mit Gott dem Herrn besprach er sich, ob es gut sei, wenn ein armes Waisenkind seinen Stand wechsle, oder ob besser, er verdinge sich ohne Herde irgendwo und bleibe auf ehrliche Weise niedrig. »Heilige Mutter Maria, ich traue dem Herrn Grafen nicht, erleuchtet mich, was ich tun soll.« Unerleuchtet von Christi Mutter, ungewarnt von der Mutter Graziella, beschloß er, die Burg zunächst einmal zu betrachten, über Nacht die Einladung des Kaufmanns wahrzunehmen, denn für den Rückweg war es zu spät, und in der Frühe das Orakel des Pendels zu fragen. Schon jückte die Neugier. In die Mur war er ohne Neugier gegangen, um der sterbenden Maultiere willen, und war als Taubenschwarm eingefallen in den süßen, glühenden Weinberg der Schönen.

Die Türen hörten auf. Die Fenster hörten auf. Schwibbogen nach Schwibbogen gegen feindliche Pfeilschützen überbrückten die Gasse. Die Mauerwände verengten sich zum Trichter. Gemeißelte Nasen für siedendes Wasser, Schwefel und Pech bildeten den einzigen Zierat. Bergan aus Nischen fällten Kriegsknechte die Lanzen. »Wohin?!« – Barral, in den Augen das Glück, mit dem er der liebesfrohen Kirchenschänderin nachgeblickt hatte, blickte die Kriegsknechte an. »In die Weingärten, Freunde. Da liegt ein krankes Schaf.« – »Was sollen die Stöcke?« – »Hirtenstelzen. Eine Bahre dem Schäfchen, es kann nicht mehr laufen. Schäfchen hat Schmerzen, Schäfchen wartet.« – Sie lachten. »Pfleger fürs kranke Schaf!« riefen sie der nächsten Wache zu, die nächste rief es weiter. Schlendernd hielt er seinen Einzug: unter Fallgattern durch das Tor, auf der Zugbrücke über die Gräben, durch einen zweiten Schlund mit doppelten Bastionen. Die Gatter hingen über ihm wie Reißzähne, wie Wolfsrachen waren die Tore, mit ausgewölbten Maultaschen für die Wagen, wenn sie einander begegneten, und als Gaumsegel ragte am Ausgang zum Inneren ein fester, vielfach gescharteter Turm.

Damit verschlang ihn die Zuchtburg, in der er nichts wollte als das Aprilwetter beschauen, und Ortaffa gab ihn nicht wieder heraus, so viel er es versuchte; es verschlang ihn sogar der Kerker, denn der Graf liebte es nicht, angeschrien zu werden. Dort unten erst mäßigte sich das kochende Herz. Dom Lonardo der Fechtmeister ließ ihn abketten auf Ehrenwort. Innerhalb der Mauern war er frei.

DER SCHWARZE SATAN

An einem glutheißen Augustmorgen zu Cormons gefiel es dem Markgrafen Dom Rodero, die Festlichkeiten zu verlassen, deren aufwändige Dauer sowohl dem Range des Hauses wie der Liebe zur einzigen Tochter Judith entsprach. Mit seinem Stiefsohn und präsumptiven Nachfolger Dom Carl, dem Eidam Dom Otho und dessen Stiefvater Dom Peregrin, alle gepanzert, gefolgt von ihren gepanzerten Schildknappen, ritt er gegen Osten einen ganzen Tag und nächtigte königlich bewirtet in der Abtei von Sankt Maximin. In der nächsten Frühe stießen hundert Bewaffnete zu ihm, vor den kahlen Steinflanken des Mohrengebirges die jüngst auf Ortaffa Ritter Gewordenen, am Blutkessel des letzten Treffens die Besatzungen der Kastelle. Die Wachtürme waren stärker bemannt als je. Kein Wind wehte, von keiner der Zinnen bis hinter die Horizonte stieg Rauch, demnach zeigte der Mohr sich nirgends, andernfalls man sogleich aufgebrochen wäre, mit gesamter Macht den Gegner zu werfen.

Dom Rodero, ein frischer Jäger von wenigen Vierzig, ließ die neue Ritterschaft drei Stunden hindurch stürmen, sich auflösen, in Linie fechten, Rückzug vortäuschen, aus dem Rückzug vorgehen, schräg angreifen, absitzen, Zweikämpfe zu Fuß üben. Schweiß rann aus den Kettenhemden. Immer neu wurden die Helmdecken gefeuchtet. Das Wasser der

Ziegenschläuche nahm ab. Mittags lagerte man am Fluß zum Imbiß, füllte die Schläuche aus der Strömung und begoß die Rüstungen, sich zu kühlen. Den Herren rammte man Lanzenschäfte in den Kies und legte ihre Schilde darüber; so hatten sie Schatten. Die Schilde waren bemalt: in Gold auf Scharlach der steigende Löwe von Cormons mit zwiegeteiltem Schweif; in Silber auf Nachtblau der Komet Ortaffas. Über den Gesichtern der Schlafenden breiteten sich gleichfarbig die Helmdecken, an denen man in der Schlacht die Befehlenden weithin erkannte.

Dom Peregrin hob das blauweiße Tuch. – »Feuchten?« fragte der Knappe. – »Den Fechtmeister Dom Lonardo.« Er deckte sich wieder zu. »Nehmt Platz, Dom Lonardo. Was tut der Dachs? schäumt er noch?« – »Abgeschäumt haben wir ihn.« – »Wird er sich fügen?« – »Kaum.« – »Ich höre.« – »Fechten, Dom Peregrin, kann er, aber nicht wie es verlangt wird; reiten kann er, aber nicht wie es verlangt wird; gehorchen nur wenn er es einsieht.« – »Weiter?« – »Ich fürchte, Dom Peregrin, Ihr fordert von dem Jungen zu viel; der Junge leidet.« – »Er soll ja leiden; zweifeln soll er. Hat er nichts gefunden, was ihn freut?« – »Schmieden; er schmiedet Härtungen, die wir nicht kannten; Rattentöten; er wirft sie mit dem Messer unfehlbar. Die Roßknechte vergöttern ihn, Waffen- und Grobschmied sind vernarrt.« – »Weiber?« – »Bisher nein, obwohl sie ihm Augen machen.« – »Fromm?« – »Zur Messe geht er selten, in die Kapelle oft, weil der Steinmetz ihn mag.« – »Hat er Freunde?« – »Euren Neffen Walo.«

»Walo?« fragte der Markgraf und streckte sich aus dem Schlafe, »kein guter Umgang. Von wem sprecht Ihr?« – »Von einem jungen Schäfer, Dom Rodero. Er reitet wie der

Teufel, ficht wie der Teufel, mit drei Stumpfhieben haut er den Fechtsack durch.« – »Dann macht ihn zum Ritter.« – »Leider, Dom Rodero, gehorcht er nicht; es wird niemals ein Ritter aus ihm.« – »Woran liegt es?« forschte Graf Peregrin. – »An Euch. Wie können wir jemanden erziehen, den wir nur beobachten dürfen? den wir bitten müssen, ob er vielleicht Lust hat? und vor dem wir, er spürt es, als gräfliche Mitverschworene stehen? Es ist nicht angenehm, Dom Peregrin, wenn man solchen Augen standhalten soll und die eigene Ehre nicht stimmt. Seine Augen, ob in Mißtrauen, ob in Zutrauen, gehen bis ins Mark.« – »Ich kenne sie, Dom Lonardo. Er ist also nachtragend? er verübelt mir, daß ich sein Glück will?« – »Nachtragen und Verübeln«, sagte der Fechtmeister, »sind zweierlei. Wer einen Funken Ehre hat, verübelt es, gelockt, gefangen, verleugnet und eingesperrt zu werden. Stellt seine Ehre wieder her, und er wird nicht nachtragen.« – »Ehre?! Das Gesetz erkennt ihm keine Ehre zu!« – »Sein Herz erkennt sie ihm zu. Lonardo Ongor erkennt sie ihm zu.« – »Ihr maßt Euch einen Ton an, der mir von Fechtmeistern nicht paßt.« – »Ich gestatte ihn mir, Graf, als freier Herr, dem es nicht paßt, mit Ortaffa verwechselt zu werden. Ich kann sehr gut ohne Burgamt leben, und ich hätte auf Ongor Platz auch für diesen Jungen. Gebt ihm ein Zeichen, daß er gebraucht wird, oder gebt ihn mir, oder gebt ihn auf Zucht anderswohin.«

»Ihr seid beide ganz schön gerötet«, bemerkte der Markgraf, während er mit dem Dolch eine Zuckermelone löffelte. »Der Junge hat Zukunft, wenn er jetzt schon, ohne überhaupt anwesend zu sein, die Gemüter erhitzt. Ich habe das Gefühl, es mangelt an nichts als an klaren Befehlen.« – Dom Peregrin rötete sich abermals. »Ich wünsche nicht zu befehlen. Ich wünsche zuzusehen, ob dieser aufsässige Knabe sich überwindet oder nicht!« – »Wie soll denn«, fragte der Fechtmeister, »ein so armer Mensch, ein so reich begabter, ein so neugieriger, sich zurechtfinden in so schwierigen Verhältnissen, während er längst ahnt, wohin er gehört?« – »Was ahnt er?« – »Ich war zufällig hinter den Strohballen Zeuge der Begrüßung mit Walo, einem Ausbund an hoffärtiger Liebenswürdigkeit und frecher Witterung, einem Sartena eben. Walo geht auf ihn zu, beschaut ihn und sagt: ganz anständiges Gesicht; bist du Familie? oder Dreck?« – »Alle Wetter!« rief der Markgraf. »Den sollte man verknechten! Und? Antwort?« – »Antwort: ich bin der Dachs von Ghissi.« – Graf Peregrin zuckte zusammen, äußerte aber nichts. – »Daraus schloß Walo, wortreich und stammbaumkundig, auf einen Vetter Ortaffa, bis er unter Barrals Schweigsamkeit die Lippen spitzte und sich einen anderen Reim machte.«

»Es ist gut, Dom Lonardo«, sagte Graf Peregrin. Dom Rodero winkte zu bleiben, stand auf und ordnete das Kettenhemd unter den Panzerblechen. »Ich will den Schäfer sehen. Der spaßt; der beobachtet Euch, besser als Ihr ihn; der wartet, ob Euch bei Gelegenheit etwas einfällt, was Vernunft hat, denn das Bisherige ist Blödsinn. Entweder, Herr Vetter, man bricht solchen Leuten das Rückgrat, bis sie kriechen lernen, oder man nimmt sie mit Rückgrat, oder man läßt sie laufen. Was heißt, Dom Lonardo, er ficht wie der Teufel? ficht er gut? ficht er schlecht?« – »Unrichtig.« – »Also vortrefflich, also unangenehm. Der Teufel, mein Lieber, ist überhaupt inorthodox, daher bekämpft ihn die Kirche. Ihr habt ihm das Inorthodoxe nicht ausgetrieben? Fein. Eure jungen Leute da, von vorhin, mein Lob.

Und ich sage Euch, wenn der Mohr gekommen wäre, nicht Einer mehr wäre am Leben, so richtig reiten sie, so richtig fechten sie, so dämlich stünden sie da, wenn ihnen der Satan von letzthin zeigen wollte, mit wie wenig Unrichtigkeit man einer Vielzahl von richtig gedrillten Leuten die Gurgel durchschneidet. Auf jetzt! Jetzt möchte ich wissen, warum wir siebenunddreißig Tote hatten und der Mohr sechs.«

Über dem Blutkessel waberte die Hitze. Die Herren stiegen die Runse aufwärts. »Hier!« stellte Dom Rodero fest, »hier wars. Hier kam dieser Satan auf seinem Fuchs, hinter diesem Stein; dort und da drüben und an jener Flankensteinreihe saßen die Bogenschützen, zogen die Sehnen an und schossen. Daraufhin, Dom Lonardo, bitte?« – »Daraufhin rissen wir natürlich den Schild hoch.« – »Ist das natürlich?« – »Leider, Dom Rodero.« – »Freut mich, daß Ihr leider sagt. Und wir sahen nichts mehr. Niemand? Wer hat gesehen, was der Satan aus Dschondis tat?«

Schneeweiß, von Ginster bebuscht, starrten die wilden Bergzinnen in den tiefblauen Himmel.

»Justin!« befahl der Markgraf, »mein Pferd! Hinter den Block. Dom Pankraz, bitte. Hier waret Ihr, zu Fuß, geduckt; unter den Schild?« – »Unter Schild und Stein, Herr Markgraf.« – »So, wie ich es vormache?« – »Genau so.« – »Und als Ihr wieder aufschautet, wo war da der Satan?« – »Hinter Euch.« – »O nein, mein Freund. Hinter Euch. Hinter mir gewiß nicht, hinten habe ich keine Augen. Stattdessen habe ich Ritter, die, wenn Pfeile fliegen, nicht ahnen, warum sie fliegen. Damit nämlich meine Herren Ritter ein Pferd, das über sie hinwegsetzt, nicht von unten abstechen.

Der Satan wäre des Satans gewesen; habe ich recht? Weiter. Der Fuchs, in diesem Gelände, kam auf die Füße, ohne sich die Fesseln zu brechen. Dom Lonardo, könnte das der hochgräfliche Schafhirt? Ah, ich nehme ihn Euch nicht fort.«

Graf Peregrin warf ein, Ortaffa habe ein solches Gelände nicht. Dom Rodero winkte zornig ab. »Vetter Peregrin«, sagte er kurz, »wo rittet Ihr?« – »Dort herauf, Vetter, in Linie.« – »Gerader Linie oder gebogener?« – »Gebogener.« – »In den Kessel hinein gebogen oder durchhängend?« – »Hätte sie nicht durchgehangen, wäre viel Schlimmeres geschehen.« – »Glaube ich nicht. Schlimm genug, daß geritten wurde, in einem Gelände, in dem sich Reiten verbietet! Das war der erste Fehler; den trage ich. Den zweiten, daß die Mitte durchhing, trage ich nicht; der reizte den Gegner. Denn, Dom Lonardo, was tat der Satan? was tat der Fuchs, kaum auf die Beine gekommen? Niemand hat hingeschaut? Niemand kann sich erklären, wieso er dann plötzlich rechts stand? dort drüben? Wie macht man das, Dom Pankraz?« – »Er muß mit dem Teufel im Bunde gewesen sein, Herr Markgraf.« – »Schnickschnack. Vetter Ortaffa, stellt Eure Leute so auf, zu Fuß, wie sie damals zu Pferde die Linie gebildet haben. Dom Pankraz, in Eure Deckung, ich setze jetzt über Euch hinweg; und wenn mein schöner Gaul dabei den Hals bricht!«

Es gelang ihm, das Kunststück des Sarazenen zu wiederholen. »Und jetzt«, Dom Rodero demonstrierte es, »hat der Satan, weil er reiten kann wie nur der Satan, auf der Hinterhand gedreht, und weil die Linie durchhing, hat keiner von euch dem Fuchsen die Sehnen durchgehauen, keiner dem Satan den Schädel gespalten, es war ja niemand da außer euch Dreien vorn am rechten Flügel, sondern er, der Satan, hat den damaligen drei Vettern, nun sind sie tot, im Vorbeispazieren Hieb rückwärts, Hieb senkrecht, Hieb über die Achsel sein Krummschwert durchs offene Maul gezogen. Wo jetzt ich langsam reite, hier entlang, hier zwischen den beiden Kloben durch, hier auf dem kleinen Grat, ist dieser gottbegnadete Reiter getanzt auf den vier Hufen, hier hat er gewendet, hier ist er in euren Rücken geraten, stehen bleiben! hier hat er meinen Neffen ins Jenseits befördert, dort den jungen Schwaben, die rappelten sich just, weil sie, als er vorn vorbeiflog, mitsamt ihren Mähren vor Schreck hingefallen waren, und hier, in diesem Gerippe, das war die gescheckte Stute vom Leibknappen des Domherrn, im Gedärm dieser Stute, während die Hiebe auf euch prasselten, drehte er nach oben, der Domherr schlug nach dem Beinpanzer, stimmt es? statt Gott verdamm es nach den Haxen des Tieres, und du und du und du, ihr habt nur noch gestaunt, und hier, am linken Flügel entlang säbelnd, verschwand er, gesund an Leib und Seele. Dieser eine Mann, in der einen Minute höchstens, auf der einen Schleife, die ich ihn reiten sah, geradeaus über den Stein, rechts hin bis zum Grat, links hinter eurem Rücken bis zum Bauch der Stute und Haken wieder hinauf, hat uns acht Leute gekostet, ohne Gegengabe. Was bedeutet das? Es bedeutet, Mitstreiter Christi, daß, wenn wir jemals durch das Gebirge stoßen wollen, wir umlernen müssen. Der Mohr kann es besser. Der Mohr zeigt uns, was wir zu können hätten. In der Ebene sind wir ihm über – noch! Noch bricht er nicht durch, noch verfängt er sich in den gestaffelten Treffen, die wir damals anlegten, als Noves, Ghissi, Amlo, Galabo in Rauch aufgingen – und statt eurem Feldhauptmann zu danken, ihr Hintertreffen, tragt ihrs ihm nach bis heute, ihr wollt ja vorn sein, recht so, immer vorn, kämpfen und siegen, dreschen und nicht verdroschen werden, verdroschen werden gibts ja auch gar nicht. Ihr denkt Dschondis, recht so, und an elende Fallen wie den Kessel hier, an die denkt ihr im Traume nicht, ich auch nicht, aber hinterher träume ich schon davon! Noch drei solche Prügel, und wir können anfangen, unsere Weiber über die Alpen zu frachten. Abrükken zum Flußlager! Dom Lonardo, übernehmt das. Vetter Peregrin, auf ein Wort. Die Knappen: Abstand auf Rufweite; aber macht uns Schatten.«

Markgraf und Graf, während die Fähnlein sich ordneten, lehnten die Rücken gegen den Steinklotz, von dem herab Dom Rodero gesprochen hatte, streckten die Beine und schwiegen. Es war an dem Jüngeren, sich zu äußern; er tat es nach langer Stille. »Ich bin die Blutsuppe satt«, sagte er. »Ich mag sie nicht mehr, nicht kochen, nicht riechen, löffeln schon gar nicht. Von Mögen ist übrigens keine Rede. Wir können nicht mehr. Der Mohr kann auch nicht mehr. Keinmal in den letzten Wetterwechseln hat er das Geringste gewagt. Aber wenn wir – Euer Vorschlag, Dom Peregrin! – nachdrängen, kann er, das seht Ihr ein? Umgekehrt wird es fürchterlich. Wenn Imâm und Mufti sagen, der Prophet habe geweint, weil der Tec noch immer nicht muselmanisch fließt, dann kann der Mohr, dann stürmt er. Das ist eine Religion mit Verstand: hopp! vom Schlachtfeld ins Paradies, ohne langes Warten auf Jüngstes Gericht. Vetter, frommer Mann, es verhält sich so, der Mohr, ob es weh tut oder nicht, stirbt mit Vergnügen, weil ihm für da oben ein Harem versprochen wurde, den er hienieden sich nicht leisten kann, und wovon er da oben sofort etwas hat. Haben wir eigentlich etwas davon, wenn wir Dschondis erobern?«

»Wenn«, seufzte Dom Peregrin.

»Ich könnte mir«, sagte der Herr der Mauretanischen Grenzmark, »manches billiger vorstellen Die christlichen Kaufleute in Prà und Mirsalon leben nicht schlecht von der christlichen Art und Weise, mit der ihre Tribute es dem Mohren ermöglichen, uns das Blut abzuzapfen, denn der Mohr wird nicht vom Sultan bezahlt, so wenig wie wir von der Pfalzkasse. Ihr äußert Euch nicht?«

Der Herr der Schlüsselgrafschaft zuckte die Achseln. »Wie soll ich da helfen?« – »Indem Ihr mir weder in den Arm fallt noch in den Rücken.« – »Und Sartena? Farrancolin? Die Bischöfe?« – »Die gehen dann schon mit, Vetter. Die Schwierigkeit liegt bei Euch.« – »Da liegt sie nicht, auf mein Ehrenwort.« – »Ich danke Euch, Ihr erleichtert mich. Mit den Pfalzräten des Kaisers werde ich fertig.« – »Hoffentlich auch mit dem Heiligen Vater.« – »Welch feierlicher Titel! Für uns Kaiserliche ist es der Bischof von Rom. Hätten wir Zeit, könnte ich abwarten, was für uns bei dem Zank herausspringt.« – »Vergeßt Ihr, daß die Kurie des Patriarchen sich Rom beugte? Ich an Eurer Stelle würde schweigen und handeln, nur etwas schneller und lauterer als bei den Erbverträgen.«

»Ah, fandet Ihr mich unlauter? Hübsch, das hinterdrein zu hören. Hübsch, Euer Gesicht so verkniffen zu sehen. Erklärung, Herr Vetter!«

»Meine Tochter ist in Eurem Bett gestorben.«

»Dafür kann ich nichts. Ich liebte sie, ihre Frucht war schwarz, ich habe sie beweint und begraben.«

»Sie starb in Eurem Bett. Dies Bett wollte vor mir niemand beschicken. Mit meiner Tochter machte ich Euer Haus groß vor zwanzig Jahren, so groß, daß selbst die Sartena sich mit Euch einließen, so groß, daß Ihr glaubt, mich jetzt übergehen zu können. Es war Erntebetrug, Vetter Rodero.«

»Zum Teufel, Herr Krämer! Und Judith wird nicht gerechnet?«

»Ich meine Eure zweite Heirat mit Oda Farrancolin.«

»I was nicht gar! Warum sollte ich Oda nicht heiraten? Sie war jung, war schön, war Witwe; sie kommt aus gutem Hause; sie ist ein Engel. Obendrein zeugte ich mit ihr jene Judith, die ich Herrn Otho sonst schwerlich hätte geben können. Der Mohr tat also recht, ihr den Herrn Gofrid zu erschlagen.«

»Aber die Güter dieses Gofrid, diese konfiszierten burgundischen Güter, diese Besitzmasse, die eines Tages Euer Carl erbt! Wo bleibt da Ortaffa, wo bleibt Otho, wo Judith?«

»Vetter, laßt meine Judith aus dem Spiel. Nichts hat sie gemein mit Eurer widerwärtigen Ländergier. Ihr habt die Verträge so gut gesiegelt wie ich. Und daß Dom Carl auf Länder im Monde anwartet, Vetter, das ist noch keine Erbschaft. Bis auf das Haus in Prà und den Güterprozeß beim Pfalzgericht hinterließ ihm der Herr Generalkapitän der Republik keinen Stüber. Was soll übrigens diese Unterhaltung? Koppelt Ihr Euer Einverständnis von eben mit einem neuerlichen Feilschen um Gerechtsame? Das sähe Euch ähnlich.«

»Wollen wir jetzt«, sagte Dom Peregrin, »vielleicht bitte reiten, ich habe schreckliche Kopfschmerzen.«

»Oh, das tut mir leid. Ihr wißt, man nimmt sie Euch übel in der Ritterschaft? Man hält sie für Ausflucht, um nicht mehr kämpfen zu müssen.«

»Ich habe mir die Schmerzen nicht angeschafft!« grollte Herr Peregrin. »Die Mönche, in welchem Hospital ich auch war, verschreiben Gebete, behaupten, es sei Strafe, für dies, für das, ich solle ihnen im Namen der Jungfrau wieder etwas stiften, dann gehe es fort. Vielleicht ist es wirklich Strafe. Jetzt wollen sie Ghissi haben. Hätten wir das Mannlehen nur auf Otho übertragen!« Er bekreuzigte sich. »Wer, wie Ihr, Vetter Rodero, einen Engel zur Gemahlin hat und diesen Engel liebt und von ihm geliebt wird, der ahnt ja nicht! Ich kann also nicht mehr kämpfen? Wir wollen ein Turnier gegeneinander reiten, ich muß mich frisch halten mit bald Dreiundsechzig.«

Dom Rodero erhob sich. »Knappen! Auf!« Im Hinuntersteigen zog er Dom Peregrins Ohr an sich. »Ihr solltet einen Arzt fragen, keinen Mönch, Jared besorgt Euch das aus Dschondis oder sonstwoher, einen Juden, einen Sarazenen, einen der gegen Geld arbeitet, das ist billiger als Christi Barmherzigkeit, und erfolgreicher.« Dom Peregrin bekreuzigte sich abermals. »Nichts für ungut«, sagte der Markgraf und saß auf. »Durch meinen Kopf ziehen manchmal Gedanken wie durch Euren die Schmerzen, Gedanken die man vielleicht zu beichten hätte, wenn der Patriarch sie verstünde. Das Kapitel ist wütend auf den Armen, wegen des Purpurs, den er neuerdings trägt. Mit dem Nachfolger werden wir leichteres Spiel haben, sie werden alles tun bei der nächsten Wahl, sich auf Kelgurisch aus der Schlinge Petri zu ziehen. Nun, vergebt meine lockeren Sprüche, aber man lernt es zu scherzen im Umgang mit solchen doppelt genähten Veilchenrökken. Ich spüre nicht übel Lust, der Wahl ein wenig vorzugreifen. Oh, nicht mit Gift, da gibt es vornehmere Mittel. Kennt Ihr etwa nicht die Geschichte von dem Erzbischof Joseph?«

Dom Peregrin kannte sie, wie jeder, nur kannten wenige das Rezept. Dom Rodero, während sie dem Lager entgegentrabten, verriet es mit Genuß, genoß auch das säuerliche Lächeln des hohen Untergebenen. Dieser Erzbischof Joseph, inzwischen Eremit in einer Höhle an der Draga und noch gar nicht sehr alt, denn er war als Dreißiger inthronisiert worden, hatte seinerzeit als begnadeter Teufelsaustreiber gegolten, der Kurie aber viel Schwierigkeiten gemacht, daher sie ihm einen Kardinal sandte. Der sorgte dafür, daß der Gottseibeiuns, statt mit Gestank in das Schwein oder Huhn oder Gänschen zu fahren, das bei derlei Exorzismen als künftige Wohnstatt für Beelzebub oder Asmodi herhielt, in den exorzierenden Erzbischof fuhr, mit Gestank, der Kardinal stellte es fest; da ging Bruder Joseph in die Einöde; alle Kirchen, die er geweiht hatte, mußten neu geweiht werden, alle Gefirmelten neu gefirmelt, alle Getauften neu getauft, und ein Teil der Ehen, ein kleiner, neu gesegnet.

Dies begriff Dom Peregrin nicht. »Ein kleiner?« – »Je nun, für so manchen war das ein muselmanischer Glücksfall. Ihr werdet mir einräumen, Vetter, daß die meisten Heiraten stumpfsinnige Dinge sind, Inkorporationen der Sippen und ihrer Besitzstände, zwar ohne die zufälligen Körper von Braut und Bräutigam nicht möglich, aber außer Begattung wird schließlich nichts verlangt. Hinterdrein spricht man von Erntebetrug. Ich, Rodero, spreche heute noch von

Liebe, heute noch bete ich jeden Tag für die engelsgute Seele.« – »Verzeiht. Wie sollte ich ahnen, daß Ihr liebtet? es ist wirklich selten.« – »Sehr. Eure schwächlichen Minnesänger waren, wie ich hörte, oder sind, obwohl von Euch verboten, der Meinung, Liebe finde jenseits der Ehe statt. Ich fürchte, sie findet im selben Schoße statt, da trifft sich dann eines Tages der Zuchtstier mit dem Hätschelhündchen, das wird lustig; dann rollen die Köpfe. Euer Otho zählt auch zu der Brüderschaft, wie Walo, wie Hyazinth, wie alle die Grafensöhnchen außer den meinen, und offenbarte mir in Unschuld, er wolle den Klingklanglautenschlag wieder aufleben lassen. Der Teufel soll ihn holen. Kein schlechter Ritter, er beherrscht was er soll, und gleichwohl stimmt es nicht, im Gehirn, Vetter, im Gemüt, in der Erziehung. Odas Carl macht mir mehr Freude; etwas lustiger könnte er sein; wir haben viel zu viel ernste junge Leute, neben viel zu vielen unernsten. Und die Kirche, statt der unernsten, scheffelt die ernsten in ihre Betscheunen. Ein Jammer um die Fahnenflucht meiner Fünf, Gott habe sie selig mit ihrer geistlichen Seuche! Und ein Jammer um Judith! Geht eigentlich der Stallbursche noch um auf Ortaffa?«

Dom Peregrin bekreuzigte sich zum Dritten. Der Heerhaufen kam in Sicht.

»Sonst hätte ich«, schloß der Markgraf, »Euch gern den Patriarchen geschickt. Schickt mir stattdessen jenen unrichtigen Schäfer. Wenn er, wie Lonardo sagt, nur gehorcht, wo er einsieht, so gefällt mir das. So wird er beim Fechten ebenfalls nur lernen, was er als besser einsieht, in den Sand gestreckt nämlich. Predigten helfen da nichts. Gebt ihm Kleider, Waffen und Pferd, ich lade ihn ein, gegen mich zu turnieren. Neugierige mag ich. Und Walo, den schickt Ihr mir auch, den Liebling. Auf jetzt nach Sankt Maximin! zu den Kapaunen des Herrn Abtes! zu den dicken Fässern! Galopp wer will!«

HERAUSFORDERUNG

Judith Cormons, fünfzehnjährig aus dem Kloster ins Brautbett befohlen, war ein lebhaftes, schönes Geschöpf von wolkenhaft schnellem Wechsel des Ausdrucks, der ihre faßbaren Reize um einen unfaßbaren steigerte. Ihr Frohsinn, durch die Erweckung verstört, tauchte nach drei Wochen Hochzeit heiter aus der Wehmut hervor, sie lächelte wärmer als früher, nicht glücklicher, und die Art, in der sie ging, niedersank, Reverenz, Handkuß, Wangenkuß zelebrierte oder entgegennahm, sich erhob, einen Raum durchschritt und ihn beherrschte, sprach von dem, was das Zeitalter an den Frauen schätzte, von Maß, Selbstzucht und Milde.

»Es brodelt unter deiner Milde«, sagte Domna Oda. »Du mußt lernen, ganz gelassen zu sein; niemand hat dir das Mindeste anzumerken.« Ihr Blick streifte die Schultern der Tochter, die in feuerrotem Gewande aus dem Hofknicks auferstand. »Und ohne Mantel? Auf Ortaffa wirst du das kaum dürfen. Möchtest du nicht die Haube abtun.« – »Gern, Frau Mutter, wenn Ihr es wünscht.« – »Noch einmal den Knicks. Tiefer neigen. So bleib. Dom Gofrid von Burgund hat mir zwei kostbare Erinnerungen geschenkt. Die eine ist dein Stiefbruder Carl, den du dir einst als Gemahl erträumtest. Vergiß nie, daß Carl nicht dein Maßstab sein darf, nie, daß Dom Otho tausendfach besser ist als es

Dom Gofrid war. Die zweite Erinnerung kennst du nicht, sie war seine Morgengabe, sie steht dir gut. Still, bleib. Es ist ein goldener Reif mit großen Edelsteinen. Ich schenke ihn an dich weiter. Er gehe von Tochter zu Tochter. Hin und wieder geschieht es ja, daß wir Töchter gebären, zum Zorn der Männer, die uns dafür züchtigen.« – »Als ich zur Welt kam, hat der Vater Euch gezüchtigt?« – »Wofür hältst du ihn? Du hattest fünf Brüder, warest ein Zwilling und kamest etwas später als der kleine Mann, der den Vater nun nichts genutzt hat. Dein ritterlicher Vater hat seine Kinder geliebt ohne Unterschied, auch meinen Carl, und hat, statt euch zu schlagen, mit euch gespielt und getollt. Merke: du bist schlecht erzogen. Die Ortaffa werden dir das vorrechnen. Handkuß. Erhebe dich. Tut der Rücken weh?« – »Nein, Frau Mutter.« – »Dritter Knicks. Heute ist dein letzter Tag daheim. Bedanke dich.« – »Ich danke Euch für die Kindheit, die ich hatte. Für Eure Nachsicht und Güte. Für alles Glück, das ich Euch schulde.« – »Weiter. Was versprichst du?« – »Ich verspreche feierlich, daß ich, wenn es mir zu schwer wird ohne Glück, an Dom Gofrid denken will. Ich verspreche, Dom Peregrin und Domna Barbosa unaufsässig zu ehren als meine Eltern. Ich verspreche, Dom Otho eine gehorsame Gemahlin zu sein.« – »Und was denkt dein aufsässiges Herz in Wirklichkeit?« – »Daß ich kein Besitz bin, Frau Mutter.«

Sie nahm das Diadem ab, bewunderte es, setzte es wieder auf und besah sich im Spiegel. »Wenn sie es mir denn doch vorwerfen, die Ortaffa, daß ich nie eins mit dem Ochsenziemer bekam, in Gottes Namen dann lieber sogleich! Was habe ich mich früher heimlich über sie lustig gemacht, drüben über den Hof, die steifen, kalten Menschen! Und nun bin ich eine der ihren. Sagt, Frau Mutter: ist das schon wieder ein richtiges Turnier mit Preisen und Beute und verarmten Helden? Keiner verliert Pferd und Rüstung? Keiner weint? das finde ich immer ganz köstlich.« – »Pferd und Rüstung, mein Kind, sind ein Vermögen wert. Wer in die Schranken reitet, muß glauben, er sei der Beste, sonst kann er nicht kämpfen. In der Niederlage verzweifelt er an sich selbst. So ist halt die Welt der Männer. Heute stechen die Prälaten ihre Pflichtlanze, danach deine Väter. Von diesen Waffenübungen, Judith, hängt die Schlacht ab, von der Schlacht unser Leben.«

Der Turnierhof, ein unregelmäßiges Langrund, aus dem die vielerlei Fachwerkhäuser der markgräflichen Residenz aufwuchsen, trug über steinernen Hallen einen ringsum reichenden Laubengang von Holz unter geziegeltem Schleppdach. Man hatte Schutz vor der Sonne, Gesellschaft, Unterhaltung, man konnte sitzen oder umherwandeln, da gab es keine Vorschrift, während unten auf der weichen Schüttung von Sand und Kleie, zwischen Schranken aus Strohballen, das stets erregende, harte, schnelle Spiel wogte, das auch die Damen mit Sachverstand betrachteten.

Die Markgräfin nahm ihren Platz ein, ohne daß der Zweikampf davon berührt wurde. Dom Rodero hatte nicht durchsetzen können, daß die Welt des Mannes der Frau, die als Besitz galt, Ehre erwies. Aber mit Judith, während sie den holzduftenden Gang entlangschritt, richteten sich alle Rücken auf, drehten sich alle Köpfe, lief ein Gemurmel und Geraune, bis sie, bei den Ortaffa angekommen, der schwarzgewandeten Domna Barbosa die Hand küßte und sich niederließ. »Ohne Mantel?« fragte Dom Peregrin. –

»Es ist zu heiß, Herr Vater.« – »Was soll der Mummenschanz auf dem Haar? Ihr seid verheiratet! Wo ist die Haube?« – »Es ist zu heiß, Herr Vater«, antwortete sie abermals freundlich. – Domna Barbosa legte ihr die Hand auf das Armgelenk; sie begann zu zittern. »Warum zitterst du, Kind?« – »Verzeiht.« – Gräfin Barbosa schüttelte den Kopf. – Dom Otho neigte sich zu Judith hinüber. »Ich befehle«, sagte er leise, »Euch unverzüglich zu kleiden, wie sich ziemt.« – »Es ist meine Sache, das zu befehlen«, rief Dom Peregrin, nun bereits halblaut. – »Sie bleibt«, entschied Domna Barbosa. »Der Reif kleidet sie besser.« Die Herren beobachteten mit gespannter Aufmerksamkeit den Schlagwechsel der zwei Domherren, dessen Ausgang sich abzeichnete. Schon wurden die Bottiche hereingeschafft.

Judith warf einen verstohlenen Blick auf die Schwiegerin Mutter. Wie brachte sie es nur zuwege, umwittert von Legenden, als Frau rechtlos, den Mächtigen mit ein paar ruhigen Worten den Willen zu nehmen? Mitte der Fünfzig, trotz starker Fülle, hatte sie die Haut eines jungen Mädchens, von zartestem Wangenflaum, eine Zahnreihe ohne Ausfall und tief geheimnisvolle Augen, nicht hart und stechend, wie die Welt tuschelte, selten einmal aus feuchter Schwärze drohend.

Unten entkleidete man die Kanoniker, wusch sie im Zuber, walkte und ölte sie auf den Bahren, während die Pferde, bereits trocken gerieben, hinausgeführt wurden. Das gehörte zur Welt der Männer. Niemand nahm Anstoß an niemandes Nacktheit, jeder kannte jeden, wie Gott ihn geschaffen. Hätte man, mit verschwitzten Filzbinden unter dem eisernen Kettenhemd, erst die Rüsthalle aufsuchen müssen, so wäre das Heer bald dezimiert worden. Sünde, von der Kirche verboten, war einzig das heidnische Wildbad im Fluß, des Teufels wegen, der darin lebte, nicht weil die Bischöfe ihren Diözesanen das Wohlgefühl mißgönnten, sonst hätten sie das allgemein übliche Nacktschlafen ebenso verbieten müssen wie das Regenbad ganzer Städte in den Gassen unter der Dachtraufe. Der Körper war ein Gottesgeschenk, von Gott so gemeint, wie er sich darbot, sonst wäre er bekleidet gewesen von Geburt an. Bei den neuzeitlichen Liebeshöfen sollte, so hatte Judith gehört, dem Sieger gar das Recht zustehen, die angebetete Herrin auszuziehen, bevor sie zu Bett ging, unter Zeugen freilich, und wenn der Ehemann das Spiel nicht duldete, erklärte man ihn für einen groben Dümmling. »Dom Otho«, fragte sie, »werdet Ihr einmal für mich singen?« – »Würde Euch das Freude bereiten? Ich habe meine Laute mitgebracht.« – »Ach ja, bitte, Dom Otho, werbt um mich.« – »Das darf ich nicht.« – »Warum nicht?« – »Weil ich Euer Herr bin. Wer um Minne wirbt, beugt sich unter Befehl und Laune der Frau.« – »Zum Spaß?« – »Im Ernst.«

Man hatte die Kampfbahn neu gerichtet. Am Ende des Hofes wurde die Standarte des Markgrafen gepflanzt. »Schaut, Dom Otho!« rief Judith, »ein Mohr!« Gegenüber, unter der Estrade, auf der soeben Dom Carl seine Mutter begrüßte, ritten zwei Gerüstete ein, noch ungehelmt, der eine mit geschwärztem Gesicht, aus dem die Augen grell abstachen; unter dem Schwertgurt trug er einen Leopardenschurz, mit Messern bestückt. Dom Peregrin hatte sich vorgebeugt, seine Rechte beschrieb einen heftigen Kreis in der Luft, als der Mohr, das Haus Ortaffa zu ehren, sich im Sattel neigte. Daraufhin wendeten beide, sehr ungeschickt. »Teufel!« zischte der Schildknappe, »wie soll ich da mitwenden?« Sie neigten sich vor der markgräflichen Laube, wendeten erneut, diesmal besser, neigten sich vor den Ortaffa. Die Trompeten bliesen. »Es turniert der Herr Markgraf gegen den Dachs von Ghissi.« Dom Peregrin wurde weiß vor Wut. – »Wer ist der Beistand?« fragte Judith. – »Walo Sartena.« – »Der sieht nett aus, das Gesicht gefällt mir. Da kommt der Vater!«

Die Ränge standen auf. Kettenrock und Kettenbeinlinge mit blauschwarzen Panzern besetzt, hielt der Markgraf seinen Umritt, dann hob er den Kopf; belustigte Augen blickten dem Bemalten entgegen, der die Dankformel fehlerlos sprach und die Hand des Gegners empfing. Dom Rodero, ohne die Rechte freizulassen, lupfte ihm den Arm, schätzte die Gestalt von oben bis unten, drehte sie wie beim Tanzen, bis die Pferde nebeneinander waren, und legte die Eisenpranke auf das eiserne Ringgewebe der fremden Schulter. »Schon Turnier geritten?« – »Kein ritterliches.« – »Dachte ich mir. Üben.« – »Ja, Herr.« – »Wie wollen wir fechten?« – »Wie Ihr befehlt, Herr.« – »I daß dich! Da zieht Freund Hirt den Kürzeren. Fecht Er wie gewohnt.« – »Gern, Herr, aber da zieht der Herr den Kürzeren.« – »Abwarten. Welche Waffen?« – »Lanze, weil ich sie lernen will. Krummsäbel und Wurfmesser kann ich.« – »Nicht schlecht. Also scharfe Waffen. Jedes Mittel erlaubt?« – »Ich habe es nicht anders gelernt, Herr.« – »Desto besser. Meine Anrede ist Herr Markgraf, obwohl du noch unfrei bist. Reite Er an Seinen Platz.« Die ritterliche Regel, verkündete er, sei für diesen Gang sistiert bis auf diejenige, daß die Pferde nicht angegriffen würden. Sie tauchten in die Helme; auch den Helm hatte der Mohr als Fratze geschwärzt und mit überbreiten, blutroten Wulstlippen bemalt; man befestigte den stählernen Halskragen, unter welchem hindurch bei Zweikämpfen ums Leben der Todesstich erfolgte; man reichte die Schilde; die Beistände ritten zum Lanzenstapel, wählten, prüften und brachten die doppelt mannslangen Eschenschäfte; der Turniermarschall knickte einen Span übers Knie, die Feindschaft war erklärt; dann bliesen die Herolde.

Eine Sekunde zu spät kam der Markgraf ab, dafür lag er tiefer im Sattel, die Pferde sprengten aufeinander zu, bäumten, beide Lanzen zersplitterten, die Reiter blieben im Sitz. Man trennte. »Ich denke, Er kann nicht Lanzenforkeln?« rief Dom Rodero. »Brav! Weiter!« Diesmal stach er Barral in die Luft, glitt aus dem Bügel und riß das Langschwert aus der Scheide; er hatte es nicht gewechselt, es war eine stumpfe Turnierwaffe. Barral, hart auf die Erde gesetzt, schüttelte sich, kam gereizt auf die Knie, täuschte, sodaß Dom Rodero ins Leere schlug, und sprang im Laufen auf das galoppierende Pferd. Von den Rängen wurde gepfiffen, die Herolde trennten. Dom Rodero winkte, die Trompeten einzusammeln, man habe sich auf Regellosigkeit geeinigt, der Mohr sei um den Erfolg seines Einfalles geprellt.

Der dritten Lanze wich Barral aus: er lenkte scharf am Gegner, in abenteuerlicher Wendung, quer vor den Nüstern nach rechts, der Gegner flog in den Sand, sein Tier streckte die Hufe zum Himmel. Schon war Barral, weit aus dem Sattel hängend, heran, den Krummsäbel gezogen; Dom Rodero rollte sich flach am Boden fort, der Hieb traf seinen Schild, der nächste die Scheide, der dritte ging ins Leere; abermals rollte er, der Mohr besprang ihn, herrenlos trabten die Pferde; es trabten auch Walo und der gegnerische Beistand, sie hinter die Schranken zu bringen. Judith glühte vor Begeisterung. »Das ist doch einmal etwas Neues!« rief sie. »Kennt Ihr den Mann, Herr Vater?« Domna Barbosa wandte kaum merklich den Kopf. Dom Peregrin antwortete nicht.

Unterdessen hatte der Markgraf mit einem Griff der Jahrmarktringer den Bedränger geworfen, der sofort wieder stand, und ließ das Schwert kreisen, um sich Raum zu schaffen. Als er angreifen wollte, sauste das erste Wurfmesser, ein zweites, ein drittes, federnd fuhren sie in den zwiegeschweiften Löwen des Wappenschildes, ein viertes, auf den Fuß, das fünfte prallte mit Funken am Beinpanzer ab, ein neues auf den Helm, und so schnell warf der Hirt, so seltsam gedreht schleuderte er zu Dom Peregrins Behagen die Dolche, daß der Feldhauptmann, hinter den Schild geduckt, sie nicht alle vermeiden konnte, die nächsten saßen ihm in den Maschen der Beinlinge. Gespickt unterlief er das Geblitze, die Zuschauer tobten, und mit langen Schlägen von unten begann er nun seinerseits den Gegner zu treiben. Aus dem dritten Langschlag heraus schrieb seine Faust eine Schleife bis hinter den eigenen Nacken. Alles hielt die Luft an. Heruntergerissen schmetterte das Schwert auf die Schulter des Mohren.

Barral brach in die Knie, gegen die Strohballen gelehnt, vor sich den Wappenschild Cormons, über sich neuerdings den Stahl. Unversehens war er zu Boden getaucht, an der Wade entlang hieb er mit der Sarazenenklinge im Streifschlag die Lederriegel über dem Beinling durch; die Panzerschiene klirrte und hing, der Markgraf stolperte; Barral warf sich auf ihn; ein wilder Ruck schleuderte ihn ab; jetzt mußte er sich sputen, den Säbel zu greifen, griff ihn eben noch und zielte, im Knien fechtend, auf den Knöchel. Der

Gegner wechselte den Fuß; Abstand trat ein, für die Messer zu nah. Nun war es Barral, der mit Paradeschlägen aufwartete. Tosender Beifall. »Fein!« sagte Judith, »der kann etwas.« Barral streute eine Finte ein. »Finte«, sagte Judith. »Siehst du!« Der Vater hatte zu antworten gewußt. Gefährliche Belehrungen machten den Dachs vorsichtiger.

Eine Viertelstunde ging es Hieb um Hieb, flüssig aus der Hüfte, Füße und Knie im Spiel; dann beschleunigte sich der Rhythmus; trockener, schärfer krachte das Schwert auf den Säbel; leidenschaftlicher wurden die Ausrufe, mit denen die Menge den Kampf verfolgte. Nur Dom Lonardo, Baron von Ongor, bewahrte in selbstvergessener Aufmerksamkeit seine Ruhe. Dom Carl trat zu ihm. »Das ist ein Fechter von gutem Schrot. Solche Schultern möchte man haben.« – »Die habt Ihr, Dom Carl. Es ist bei beiden die Kraft aus dem Kreuz. Beherztheit und Fechtverstand. Euer Vater steigert; da gibt man sich Blößen; da kann der Gegner mit Nachbars Kalb pflügen: aber regnet es Brei, fehlt den meisten der Löffel; der Mohr, statt kopfscheu zu werden, verkürzt!« – »Wie alt mag er sein? Zwanzig?« – »Dann wäre er längst beim Heer.« – »Es scheint ein Fremder. Donner! das nenne ich Gewalt verstärken.« – »Standbein, Spielbein, Kraft aus dem Kreuz, Dom Carl. Und die Krummwaffe. Der Markgraf hat den Vorteil nie einsehen wollen; man muß sie halt führen können. Er pariert mit der Breitkante, in der rutscht unser Zweischneider weg und dreht sich um. Jetzt Hieb mit der Schneide, ja. Die schneidet, weil gebogen, fürchterlicher als die gerade, auf Dauer sogar durch eiserne Maschen.«

Das Gespräch verstummte: der Markgraf hatte nun doch den ersten seiner Halbschritte gewagt; auch Barral wagte ihn; das konnte nicht gut ausgehen; beide wagten den zweiten; die Sichelkante drückte das Schwert hoch; beide zogen den Fuß zum neuen Stand nach. Schild neben Schild, atmeten sie Brust an Brust, die Waffen zitterten über den Köpfen und kamen nicht auseinander. »Was nun, Herr Dachs?« fragte Dom Rodero. – »Nun«, sagte Barral, »deckt Eure Gurgel, Herr Markgraf.« Noch war das Wort Markgraf nicht gesprochen, so riß er den Säbel scharf herunter und hinter dem Löwenschild wieder herauf, der mit zerschnittener Halterung dahinrollte, ihm aber krachte das Schwert in derartiger Macht auf den Topfhelm, daß es stekken blieb. Fast auf den Knien, ließ er Waffe und Schild fahren, umarmte die Waden Dom Roderos und kugelte sich rücklings über ihn; ringend wälzten sie sich in der weichen Schüttung. »Schade«, sagte man. Die Federbuschen brachen ab, die Wulstlippen verschmierten, Leopardenschurz und Schwertgurt platzten, aufgewühlt wölkten Sand und Kleie, die Kettenhemden knirschten, aus den Sehschlitzen rieselten salzige Rinnsale. Auf den Estraden fragten die Zuschauer den Zuschauer, wer oben sei.

»Der Vater ist oben!« rief Judith.

»Nun, mein Dachs«, tönte es aus dem Helm, »wie liegt es sich da? jetzt sitzt der Goliath auf dem David.«

»Hat nur keinen Dolch mehr bei sich zum Abstechen«, erwiderte Barral.

»Ei, trefflich beobachtet. Dann wollen wir aufstehen.« Er winkte dem Turniermarschall, dem er, während gewaltiger Jubel brandete, das Unentschieden nebst der Begründung bekannt gab. Knechte die Menge schleppten Bottiche und heißes Wasser herbei, Pagen und Knappen stürzten sich auf die Kämpfer, sie zum Bade zu entkleiden.

Man blies. »Unentschieden!« rief der Turniermarschall. Der Markgraf lachte über die langen Gesichter, lachte noch mehrmals von Herzen auf, als er schon, Zuber an Zuber neben Barral, begossen, geschrubbt, getrocknet und geölt wurde, und betrachtete sachverständig die geschwollenen Flecke, die er dem Dachs gehauen hatte. »Er wird Ritter, Herr Schäfer?« – »Ich hoffe es, Herr Markgraf!« – »Freut mich. Macht Spaß, wie?«

Und nun auf die Bahren, auf den Bauch, unter die Hände der Walkknechte! »Muskeln der Herr, schöne Muskeln, ausstrecken, schön locker, ja das tut weh, das hilft nichts, da hat sich das Blut ergossen, das muß weg, wer läßt sich auch die Schulter prügeln? lernt man denn nichts in der Fechtschule? Und der Herr Leichnam unseres Herrn Markgrafen zeigt wieder einmal keine Spur. Ja, das ist ein Kämpfer, der Herr Markgraf – ein Leichnam wie der wächst nicht alle Tage! Aber der junge Herr wird schon noch werden, starkes Zwerchfell, Brust wie ein Löwe. Ha, da sitzts auch, weih! weih weih das tut weh, locker locker der Herr, nicht krampfen, da nehmen wir unser bewährtes Pinien-Öl und denken daran, wies in der Schlacht ist, der Herr, da fliegt so ein Arm ab, und man geht betteln vor der Kirchentür, und so ein Bein, so ein hübsches, das schmeißt man den Aasgeiern hin und verpicht den Stumpf, und dankt unserm Schöpfer, wenn der Stumpf heilt. Wird er brandig, ists aus. So, Herr, nun springt! Da sind Eure Kleider.«

Der Markgraf saß bereits auf der Bank. Man bewickelte ihn mit Leinen- und Filzstreifen. Die brauchte man leider, damit sich die Haut nicht unter der Panzerung aufscheuerte. Offenbar wollte er sogleich weiterkämpfen. Zu Füßen des Feldhauptmanns legte Barral sich auf die Lederpritsche. Walo zog ihm die tuchenen Strumpfhosen an, die niemand allein bewältigte, wenn sie straff sein sollten. Dom Rodero reichte den Becher hinab, an dem er kaum genippt hatte. »Zitronenwasser, Dachs?« – »Oh danke, gern!« – »Das bekommt nicht jeder von mir. Ah, da ist ja auch Walo.« Er lächelte versonnen und gutmütig. »Walo Sartena. Freches Loch im Kinn, hat Er vom Vater. Friede seiner Seele, das war ein tüchtiger Mann. So, jetzt das Eisenhemd. Ein edler Mann. So edel, daß er elend ertrinken mußte, weil er Mütter und Kinder aus dem Hochwasser rettete. Macht Walo auch, nicht wahr?« – »Gewiß, Dom Rodero.« – »Ach, du bist ja ein Niedlicher, ein hübscher Storch mit deinen fünfzehn Jahren.« – »Ich verbitte mir das Du.«

Der Markgraf streckte sich auf die Pritsche und hob die Beine. »Hopp! die Kettenhosen! Werde Ritter, mein Junge«, sagte er von unten herauf, »dann bist du ein Ihr, dann ihre ich dich, und Dom Walo titelt mich auch dann noch mit Herr Markgraf, bis ich ihm Dom oder Vetter anbiete. Fertig mit der Plage?« Er stand auf, man gürtete ihn. Barral, im graugrünen Schoßrock des Knappen, wurde von Walo den Rücken hinab geknöpft. Am anderen Ende des Hofes pflanzten Herolde das Banner Ortaffa. Aus den Rängen beugte man sich vor, um vielleicht doch ein Weniges von dem zu erhorchen, was dort unten zwischen Cormons und Sartena sich abspielte, zwei seit alters rivalisierend verfeindeten Häusern. »Und da steckt die Mutter Willa«, sagte Dom Rodero, »Friede ihrer Asche, in dem Auge steckt sie, da steckt das Spanische, das Verächtliche, dreh Er sich, zeig Er das andere, aufregend zwei so verschiedene Augen, mit dem einen macht Er den Mädchen heiß, mit dem andern grusekalt. Ein Schmelz, mein Guter, ein satanischer. Und das sind die schmalen Hände, um Klampfe zu spielen auf den kleinen Mädchen. Ihn kenn ich, aus Ihm wird etwas, aber was, das möchte ich so genau nicht wissen.«

»Das geht Euch wohl auch einen Dreck an«, erwiderte Walo kühl und winkte Barral, sich zu entfernen.

»Dreck! richtig. Dreck wars. Holla, Herr Dachs, was gibt es? Hier wird nicht fortspaziert, ohne daß man sich anständig verabschiedet! Ist dieser Storch Sein Freund?«

»Er ist mein Freund, er war mein Beistand und hat es nicht verdient, daß Ihr ihn peinigt.«

»Spricht für dich, mein Junge. So, mach weg. Herr Walo: es ist mir berichtet worden, nicht durch diesen Seinen Freund, sondern durch einen Zufallszeugen, daß Er die Welt einteilt in Leute von Familie und in Leute aus Dreck.« Walo bestätigte es. »Er ist Familie?« – »Die vornehmste in Kelgurien.« – »Und ich?« – »Ich sagte, die Sartena seien die vornehmste. Also könnt Ihr nicht ganz so vornehm sein.« – »Wer bestimmt das?« – »Die Qualität des Stammbaums, Herr Markgraf. Eure Aszendenz weist einen Bastard auf.« – »Mut hast du, mir das ins Gesicht zu sagen.« – »Zum zweiten Mal: ich verbitte mir das Du, ich bin kein Knecht.« – »Das kann schneller geschehen als Er denkt. Selbst Rittern, selbst Grafen habe ich schon die Sporen abgeschlagen und sie verschimpft aus dem Stande der Freien. Es fehlt nicht viel!« – »Es fehlt eine ganze Menge, Herr Markgraf; verstieß ich gegen die Ehre?« – »Gegen die meine: ja.« – »Die betrifft mich nicht.« – »Ah, Ehre hat nur der Vornehme mit den untadeligen Ahnen?« – »Wenn Ihr so bündig fragt, ist alles Andere mehr oder minder unehrlich.« – »Darf aber kämpfen, bluten, sterben?« – »Wovon reden wir, Herr Markgraf? Ein Bastardfleck bleibt ein Bastardfleck. Ich habe Euch nicht gebeten, einen Streit darüber vom Zaune zu brechen. Laßt meinen Rock los. Die Sartena sprechen Euch das Recht ab, einen Sartena anzubrüllen, auf dessen Stammbaum nun einmal besser aufgepaßt wurde.« – »Die Sartena?« – »Selbstverständlich. Hier steht das Haus Sartena.« – »Dann steht hier der Kaiser. Da hast du den Dreck!«

Er zog ihm den Handschuh durch das Gesicht; der Handschuh fiel in den Sand. Walo bückte sich, ihn in den Gürtel zu stecken. »Ich hob Euren Handschuh auf. Ihr werdet mir Genugtuung geben.« – »Da irrst du! Sei froh, wenn ich dich nicht verknechte! Turnieren gern, mit einem unritterlich Denkenden niemals! Vor Gott trittst du, wenn je, als eine Laus, und jeder fromme Knecht nimmt den Vortritt vor dir. Nur in die Hölle, da kommst du bequemer, da heizt man dir mit deinem Stammbaum einen Extrakessel, verziert mit der Grafenkrone, das schätzen die. Der Satan, Herr Hochmut, war nämlich auch solch ein Hübscher wie du, Erzengel sogar, Lichtengel sogar, Lucifer, und Gott hat ihn gestürzt in die Finsternisse. Hebe dich hinweg! hinweg mit dir!!«

Schwefliger Glanz funkelte in Walos Blick. »Das heißt Blutfehde«, sagte er. Dom Rodero wandte sich ab. Über die Ränge lief erregtes Gemurmel. Die Arena wurde hergerichtet, Herolde traten heran, die Trompeten bliesen. »Es turniert der Herr Markgraf gegen den Herrn Grafen von Ortaffa. Die Atzung ist für das Mittagläuten bereit in der Zehntscheuer, die große Kollation im Rittersaal nach dem Vespergottesdienst.«

Walo, als ob nichts gewesen sei, begab sich auf die Estrade. Wo er vorüberkam, drehte man sich nach ihm um; dieser und jener beglückwünschte ihn verstohlen. Unten begann das Lanzenstechen. Es war sofort zu Ende, denn Dom Rodero fuhr in solcher Wucht einher, daß Dom Peregrin, aus dem Sattel geschleudert, nicht mehr aufstand, sondern wie tot im Sande blieb. »Helm herunter!« schrie der Markgraf, »den Kaplan! die Bader! den Feldscher!« Die Estrade entvölkerte sich, an den Treppen entstand Gedränge, der Hof war im Nu mit Menschen gefüllt. Gelassen saß Domna Barbosa an der Brüstung. »Müßt Ihr nicht zu ihm?« fragte Judith. – »Die Katze ist zäh«, erwiderte die Gräfin. – »Wie sagt Ihr?« – »Ich sagte, die Katze sei zäh. Kopfschmerzen wird er haben. Erkundigt Euch.«

Es verhielt sich wie vorhergesehen. Dom Peregrin, in der Rüsthalle bleich aus seiner Ohnmacht erwachend, äußerte keinen Wunsch nach dem Beichtiger, nur nach Ruhe und Dunkelheit. Die Waffenübung ging weiter, Dom Carl focht gegen Dom Otho, ein schleppender, langwieriger Gang, den Carl gewann. Mittags traf man sich in der Zehntscheuer beim Imbiß. Danach schlug Dom Rodero seinen Stiefsohn, dann den Eidam. Erst als der Kardinal Patriarch, ein hoher Vierziger, angesagt wurde, nahm man die Plätze im Laubengang wieder ein. Dieser Gebirgslombarde, frostig und glatt wie die Gletscher seiner Heimat, galt, wie beim Schach, so beim Fechten, als unübertrefflich kunstreich berechnender Gegner. Man fürchtete ihn, zumal er den Bösen Blick haben sollte und kirchlich ein harter Eiferer war. Dafür ritt er schlecht; der Markgraf stach ihn mit der ersten Lanze in die Luft.

Als Judith zurückkehrte, vom Schlaf erfrischt, Domna Barbosa ruhte noch, sah sie Herrn Otho an der leeren ortaffanischen Brüstung lehnen, die Laute im Arm, und zu jedem Schwerterklirren einen Akkord greifen. Er bemerkte ihr Kommen nicht. Sein Gesang war mehr ein Summen und Probieren als ein ausgeführtes Singen. »Meine Dame ist schön«, sang er mit halber Stimme,

> Meine Dame ist schön wie der weiße Milan,
> Beute hat sie genug,
> Nie wird sie auf mich hinabstoßen,
> Ich vergehe in Kummer.

Sie trat hinter ihm an das Geländer, um zu sehen, wie der Kampf stand. »Mögt Ihr das?« fragte er und legte den Kopf nach hinten. – »Wäre es auf mich gemünzt«, erwiderte sie, »würde es mich entzücken. Die Gemahlin darf man nicht bedichten?« Er setzte sich auf, hob das Instrument und winkte hinüber zum Gegenrang. »Wem winktet Ihr?« – »Einem, der Euch minnen darf. Die Regel bestimmt, daß die Frau, der man dient, verheiratet und unerreichbar sein muß.« – »Wenn sie es nun aber tut?« – »Was tut?« – »Hinabstößt auf ihre Beute?« – »Dann ist es für die Beute der Gipfel des Glücks.« – »Und doch will die Beute eigentlich nicht Beute, sondern traurig sein?« – »Wir singen aus Traurigkeit.« – Judith schüttelte den Kopf. »Ich habe immer nur aus Freude und Jubel gesungen. Könntet Ihr das, so könntet Ihr auch mich ansingen.« – »Euch? Was gäbe es da zu jubeln? Ihr gehört mir ohnehin.« Der Markgraf durchbrach die Verteidigung des Kardinal-Erzbischofs, das Gefecht wurde lebhafter. »Ich will Euch das erklären.« – »Nein,

Dom Otho. Ich bin es, die Euch etwas erklärt. Man hat Euch meinen Leib ausgeliefert, der gehört Euch vielleicht, und ich gebe mir Mühe, Euch lieb zu haben. Meine Seele aber, die wehrt sich, wenn sie verletzt wird; doch, doch, doch, Ihr verletzt mich, Tag für Tag, durch Mißachtung, durch Grobheit, durch unritterliche Worte!«

Otho legte den Finger auf die Lippen und griff auf der Laute eine schnelle Tonfolge, die von anderer Laute wiederholt wurde. Walo Sartena verneigte sich. »Vetter Walo«, rief Judith, noch ganz Zorn, »Er beleidigte meinen Vater, mit meinem Vater mich.« – »Nicht Euch, Domna Judith. Ihr habt Eure untadligen Ahnen, die Bastardise fährt mit ihm in die Grube, der Fleck ist getilgt; wenn Ihr wolltet, Ihr könntet Äbtissin des Damenstiftes zum Heiligen Grabe werden.« – »Das will ich.« – »So schnell? so jung? Überlegt es, nehmt mich als Knecht in Euren Dienst, setzt Euren Fuß auf meinen Nacken, gebt mir ein Zeichen Eurer Liebe. Daß Ihr lacht, ist ein schlechtes Zeichen. Ich knie, ich warte.« – »Auch ich warte.« – »Auf was wartet meine süße Herrin?« – »Daß Er singt.« – »Ich winde mich in den Qualen der Verzweiflung. Verknechtet mich, süße Herrin!« – »Vom Vater war es Ihm nicht recht.« – »Von Euch ist es mir Honig.« – »Du bist lustig, Knecht Walo. Aber in deinem Honig schwimmt Galle. Steh auf. Laß mich in dein grusekaltes Auge sehen. Oh ja. Und in das heiße auch. Vor denen habe ich keine Angst. Wirst du jeden meiner Befehle erfüllen?« – »Das gelobe ich.« – »Gib mir den Handschuh des Markgrafen. Nun, gib ihn. Die Klampfe will ich nicht.« – »Ihr sollt sie halten, Domna Judith.« Während sie die Laute entgegennahm, zog er seinen Dolch, steckte den Handschuh auf und spießte das Messer durch die Panzerschuppen hindurch in das Holz der Brüstung. »Zu Euren Diensten, Herrin. Nun will ich um Euch singen.«

Es war die besondere Kunst der Minneritter, daß sie aus dem, was die Sekunde verlangte, das Wort und die Weise zauberten, und daß ihre Weise sich eignen mußte, in mancherlei Spielarten abgewandelt zu werden. Es gab dafür Regeln; jeder konnte jeden begleiten; aus dem, was der Begleiter mit der Weise machte, stieg für den Finder ein sich verdoppelnder Anspruch. »Grüngolden sind ihre Augen wie der Mittag im Walde«, sang Walo. Sie blickte über ihn hinweg in die Augen Barrals, der im Schatten an der Wand lehnte. »Dem Salamander gleich in der Felsenspalte läuft ihre Zunge«; auf beiden Lauten wechselte die Melodie. »Wie ein Waldbrand wabert ihr Scheitel von Kastanien und Kupfer.« Judith ging auf Barral zu. »Schon faßt mich die Flamme, ich liebe!«

»Meinen Glückwunsch, Herr Mohr«, sagte Judith, »Er hat fein gekämpft. Er heißt Dachs?« – »Barral. Auf gut Kelgurisch ist das der Dachs.« – »Will auch Er mein Knecht sein?« – »Gern.« – »Und mir in allem den Willen tun?« Barral verneinte. »Woran«, fragte sie, »hat Er gedacht, als der schöne Teufel so schön sang?« – »An den Waldbrand.« – »An welchen Waldbrand?« – »Den ich erlebte.« – »Er hat einen Waldbrand erlebt? Bitte! erzähl Er!« Er trat an die Rampe, zog mit einem Ruck den Dolch heraus, gab ihn Walo, gab Judith den zerschlitzten Handschuh und erzählte auf seine karge Weise. Vorangetrieben durch immer neue Fragen, begleitet durch immer schärfere Rhythmen der Lauten, erzählte er von den ölblättrigen Bäumen, die nur winters wuchsen; sommers breiteten sie, sich vor der Sonne zu schützen, ihr Aroma aus; jede Sorte ein unverkennbares; es roch nach Harz, nach Felsen; Bienen gab es, Eidechsen, Schlangen. Was er berichtete, spiegelte sich in der Musik, spiegelte sich in Judiths Zügen: die Wolke von sengendem Therebinthenduft; die Sandviper, die er beschlich, der Messerwurf, der aus dem Stein Funken schlug und die Wolke aufpuffen ließ; das knisternde Geprassel; die kriechenden, laufenden Flammen am Boden; das Fortbleiben der Luft; das winselnde Singen in den Wurzeln; der Sprung in die Felsenspalte; das kleine Stück blauen Himmels über dem Gewabere. »Und Er hat nicht gebetet?« – »Dazu hatte ich keine Zeit.« – »Aber Angst?« – »Ach.«

Walo hatte recht: Judiths Augen waren goldgrün; ihre Zunge salamanderflink; das Gesicht in ständiger Bewegung, aufleuchtend, sich trübend und wieder klärend; ihre hellroten Lippen erblaßten, füllten und feuchteten sich; unter der Frische der Haut, die über gemeißelte Grate gespannt war, glaubte Barral den Pulsschlag zu sehen; manchmal, wenn sie Walo oder Dom Otho ansprach, die immer kürzere Töne aus der Laute rupften, warf er einen Blick auf die wirklich kupfersprühende Woge kastanienfarbenen Haares, das unter dem Diadem herausflutete und neben der Schläfe zurückfloß.

»Ja, Er stammt aus der Wildnis«, sagte Judith. »Wo war es schöner: in der Wildnis oder hier?« – »In der Wildnis.« – »Tanzen!« rief Walo. – Barral streckte die Arme aus. »Am Lagerfeuer.« Seine Lider schlossen sich. »Bei den Mannbarkeitstänzen der Hirten.« Domna Barbosa, soeben zurückkehrend, war die Erste an seiner Hand. Ihr spanisches Blut überschwemmte die Bedenken. Unten ergab sich der Kardinal. Von den Rängen kam viel Volk. Nach einer halben Stunde tanzte der Laubengang in Prozession, drehte, wiegte sich, wirbelte, stampfte nach den Figuren des Vortänzers in einer Begeisterung, als habe Cormons, müde der kalten Pflicht, nur auf den Brandstifter gewartet, der es endlich in Flammen setze. Die Prälaten fochten ohne Zuschauer. »Schade«, sagte Judith, als man zur Vespermesse blies. »Das war einmal etwas zum Freuen, Herr Dachs. In Ortaffa tanzen wir weiter!« Plötzlich fühlte er ihren Atem an seinem Ohr: »Er schützt mich vor Walo?« – »Ich gelobe, Euch zu schützen, so wahr mir Gott helfe.«

Bein Hinabgehen zum Hof war Dom Peregrin den halben Treppenlauf an Barrals Seite. Ohne ihn anzublicken, sprach er halblaut durch die verschlossenen Zähne: »Bereithalten morgen; Aufbruch beim ersten Angelus; du wirst mir als Leibknappe dienen. Wirst du?« – »Ich gehorche meinem Herrn.« – In Dom Peregrins schräg stehenden Lidern zuckte etwas Dankbares. »Barralî«, sagte er.

DIE HERREN

Das Land schmorte. Man hatte in einem Korkeichenwäldchen gerastet; nun brach die Kolonne wieder auf, gerüstet, weil man mit Räubern und sarazenischen Streifscharen rechnete. Vor den Sätteln lagen die Wasserschläuche, an den Gürteln gluckerten verstöpselte Kürbisse. Jedermann trug über dem Helm zur Kühlung eine halbe Melone, über der Melone einen Schilfhut; auch die Pferde gingen beschattet. Zwischen Eseln schwebten drei Sänften aus Gestänge, Gurtleder und Röhricht; darin schliefen, mit Leinen verschleiert, die Damen Barbosa, Oda und Judith. Vor ihnen ächzten die Wagen, die das Heiratsgut nach Ortaffa brachten. Niemand sprach. Einzig der Markgraf, allein reitend mit weitem Abstand nach vorn und nach hinten, nutzte den sonst verlorenen Tag, indem er bald diesen, bald jenen an seine Linke befahl, den Juden, der noch in Cormons zurückblieb, den Vicedom der Erzdiözese, der sogleich hinter der Stadt wieder umkehrte, Gastalden und Lehnsmänner der berührten Gemarkungen, den Fechtmeister Lonardo, den Stiefsohn Dom Carl. So regierte er.

Dom Carl, ungewohnt blaß unter der gebräunten Haut, verhielt am Feldrand im Sattel. Ein seltsam kleiner Kopf, doppelt klein unter der Wassermelone, wuchs ihm aus überbreiten Schultern. »Barral«, sagte er, »zum Markgrafen.« – »Nicht ohne meine Erlaubnis«, knurrte Dom Peregrin. –

»Ich habe an Euch eine vertrauliche Botschaft, Dom Peregrin, und bitte um diese Erlaubnis.« – »Bitte.«

Der Herr der Marken schien von der letzten Besprechung verärgert; er sah kurz auf und äußerte zehn Minuten lang nichts. Ein paar Mal blickte er Barral von der Seite an. Die Gallamassa war fast versiegt; drüben am Hang des Zederngebirges zogen Nomaden dahin. Die Ruinen von Galabo kamen in Sicht. Zwei Gabelweihen segelten spähend im Blau.

»Ein irres Land!« bemerkte der Markgraf endlich. »Also, diese Handschuhgeschichte. Meine Tochter gab mir das zerschlitzte Ding. Damit, meint sie, sei der Fall aus der Welt. Was meinst du? Verzichtet Walo auf seine Blutfehde?« – »Nein, Herr Markgraf.« – »Blutfehde müßte von der Gesamtsippe Sartena angesagt werden. Sie wird es nicht tun. Demnach fragt sich, ob Walo eines Meuchelmordes fähig wäre.« – »Nein, Herr Markgraf.« – »Du denkst hoch von deinem Herrn Freund. Was will ein Herr von Sartena mit einer solchen Freundschaft? Wo ist dein untadeliger Stammbaum?« – »Den besitze ich nicht.« – »Ich möchte wissen, woher du kommst.« – »Mein Vater war Gastalde von Ghissi.« – »Tatsächlich. Daher die Ähnlichkeit.« – »Mit wem?« – »Mit Adam und Eva. Augen hast du, mein Junge, die mag nicht jeder. Sage: war deine Mutter blond? hieß sie Graziella? Aha.«

Er versank wieder in Schweigen. Diese Graziella hatte er einstmals heiß begehrt, sein Vater verbot sie ihm wegen Blutschande, sie sei markgräfliches Fallobst. Da ritt man nun also neben einem Neffen, dem letzten Blutsträger der Häuser Cormons und Ortaffa, die fremdes Blut adoptierten, um das Wappen nicht aussterben zu lassen. »Ein irres

Land!« wiederholte er. »Es wird dir manches klarer werden in Zukunft. Klar ist, daß ich dir gestern den Schädel gespalten hätte, wäre mein Schwert scharf gewesen. Klar ist, daß wir noch häufiger fechten; du fochtest gut, fast so lange wie der Kardinal. Sein Vicedom Dom Guilhem war bei mir; ein Sartena; einer von den tüchtigen Sartena, die ich schätze. Es macht mir Eindruck, wie die Familie zusammenhält; so wie mir auch gestern Walos Mut schon Eindruck machte. Ich habe dem Vicedom gesagt, ich sei kein Mörder. Ein scharfes Turnier kann für Walo nicht anders als tödlich ausgehen. Darauf schlug mir der liebe Geistliche vor, dem lieben Neffen in einer vertretbaren Form Genugtuung zu geben. Die beste Form ist immer, man entschuldigt sich, falls man im Unrecht war. Habe ich mich zu entschuldigen? oder hat Walo sich zu entschuldigen?« – »Davon verstehe ich nichts, Herr Markgraf.« – »Nun schau mich einmal an, Gastaldensohn. Wenn aus dir je etwas wird, und dich könnte man schon gebrauchen mit deiner Verschlagenheit, so merke dir, daß die Gehirne der kelgurischen Großen zwei säuberlich in Stroh gebettete Gedanken enthalten: Besitzgier und Ehrsucht. Die sollte man nicht unterstützen. Bestelle deinem Walo, von mir aus könne der Streit vergessen sein. Reitet meine Tochter?« – »Sie sitzt in der Trage.« – »Dann soll sie aufs Pferd steigen, das ist gesünder, und herkommen. Gieß mir deinen Kürbis über den Kopf.« Der Raubvogel stieß hinunter.

Als Judith kam, war der Markgraf im Reiten eingeschlafen. Eine lange Wegstrecke ritt sie neben ihm. Fern am Horizont nahte eine Kavalkade; sie schien auf der tanzenden Hitze zu schweben. Dom Rodero erwachte, benommen von der Kürbislauge. »Mir dampfts im Helm wie vor dem

Gewitter. Fehlt nur der Blitz. Jetzt ist Cormons weit. Du wirst es schwer haben. Kannst du das Banner da hinten erkennen? Ich fürchte, es wird Farrancolin sein, dein Oheim Berengar. Unbedingt immer im falschesten Augenblick. Vor drei Wochen bei deiner Trauung hat er den Mund nicht auseinanderbekommen. Dabei steht es ihm bis an die Gurgel. Nun, dann kurz, Judith. Dein Bruder Carl weigert sich zu heiraten. Er wolle, sagt er, keine Frau heiraten, die er nicht lieben könne. Er habe immer nur dich geliebt. Rede ihm den Unsinn aus. Zum Heiraten braucht man keine Liebe. Viel zu viel Liebe habt ihr gehabt. Und immer euren eigenen Kopf. Daher eure Phantasterei. Deine fünf Brüder im Kloster, wenn man sie läßt, reformieren den Benediktiner-Orden, statt sich für die Markgrafschaft zu schlagen. Die ruht jetzt allein auf Carl. Er soll Söhne zeugen. Sonst geht die Nachfolge im Erbgang auf das über, was Otho mit dir zuwege bringt. Dann zerfleischen sich die Ortaffa, die Sartena und die Farrancolin. Hast du dich inzwischen an Otho gewöhnt?« – »Nein.« – »Dann gib dir Mühe.« – »Ich gebe mir Mühe.« – »Und? warum gelingt es dir nicht, dich zu gewöhnen?« – »Weil er sich keine Mühe gibt.« – »Kind, stell deinen Kopf fort! Die Frau dient und gehorcht.« – »Herr Vater, ich weiß meinen Platz.« – »Vernünftig. Mit Eigensinn kommst du nicht weit. Halte dich an Domna Barbosa; das ist auf Ortaffa der einzige Mensch, der Verstand und Witz hat. Ich bin stets gut mit ihr gefahren; weil ich die Legende nicht ernst nahm. Es fuchst sie, wenn man vor ihr zittert. Dom Peregrin zittert, Otho zittert, du zitterst auch.« – »Nicht mehr, Herr Vater.« – »Doch, du zitterst. Es gehen Geister um; Seelen, die nicht erlöst sind; bösartige Sagen. Nichts davon ist erwiesen. Hätte sie jemanden kalt gemacht, so würde weder ihre Schönheit noch ihr Rang sie geschützt haben vor Prozeß und Räderung. Der Prozeß fand übrigens statt; ergebnislos; man verzichtete sogar auf die Feuerprobe, denn eine Schuldige bietet das nicht an. Der Kegel, für den man sie hätte verurteilen können, stand nicht zur Anklage; ich glaube, der Ankläger hatte Furcht, die Kreise eines ganz Hohen zu stören. Mein Gott, solch einen leidenschaftlich betuschelten Fall erlebt man selten; ich entsinne mich; damals war ich auf Zucht in Ortaffa. Und sie hat es bis heute nicht gesagt, von wem, welchem Kaiser, welchem Papst, Kardinal oder Herzog dein Otho in die Welt gesetzt wurde. Es ist tatsächlich das gräfliche Banner. Also? Judith? Mut, nicht wahr? So lange ich auf Erden bin, bist du nicht ohne Schutz. Dom Peregrin lebt nicht ewig, Dom Otho wurde aus weicherem Stoff gemacht, und meine Tochter, wie ich sie einschätze, wird das Zeug haben, Herrin zu sein. Oder? Maulen wir um Glück?« – »Ein klein wenig schon, Herr Vater. In Cormons waren Liebe und Glück, und niemand mußte gedemütigt werden.«

Graf Berengar von Farrancolin tauschte den doppelten Wangenkuß mit dem Gemahl seiner Base Oda, dann mit Judith, der reizenden Nichte, der er viel Artigkeiten widmete, bis der Markgraf sie fortschickte. »Bitte«, sagte Dom Rodero, »reiten wir weiter. Oder wolltet Ihr nach Cormons?« – »Vetter, Ihr wißt, ich ritt Euch entgegen; und wißt auch, warum. Ich hoffe immer noch, Ihr werdet verwandtschaftlich genug denken, um Odas willen zu helfen. Euer Schweigen ist furchtbar. Ihr könnt nicht zusehen, Rodero, wie uns der Hals umgedreht wird. Oder könnt Ihr? Lieber, Ihr braucht mich, Ihr braucht Farrancolin, braucht es gegen Ortaffa, gegen die Sartena.« – »Davon still. Immer, wenn es darauf ankommt, steht Ihr auf der Gegenseite. Nach Pflicht und Recht, Vetter Berengar, hätte jeder andere Markgraf als ich, der ich ein gutmütiges Schaf bin, längst einen Vogt über Euch gesetzt. Wenn Ihr nicht baldigst Ordnung schafft, mit Eurer eigenen Einsicht, Euren eigenen Kräften, Eurer Vollmacht als kaiserlicher Graf, dann geschieht es; dann erblickt Ihr mich eines Morgens vor der Zugbrücke, mit dem Vogt, mit dem Juden, mit dem Bischof, und Ihr werdet mir die Brücke hinunterlassen. Sonst gnade Euch Gott! Begeht Ihr schon den Wahnsinn, Euren Besitz von Erbteilung zu Erbteilung zu zersplittern, so ist es am Grafen oder, wenn der schlapp spielt, am vorgesetzten Markgrafen, der verzankten Ganerbenschaft die Trense anzulegen. Siebenundzwanzig Familienstämme Farrancolin auf einer und derselben Burg – Vetter, das schreit nach dem Donnerschlag! Die Burg ist in einem jämmerlichen Zustand, keine der Parteien tut, was sie soll, nichts mehr für das Gesamtwesen, aber drinnen, ich bemerkte es mir, bauen sie Türme gegeneinander, Schildmauern, Gräben! In einem halben Tag höchstens ist das Nest gestürmt und ausgeräuchert, das dürft Ihr mir glauben. Und keiner der siebenundzwanzig Familienstämme, die ihre Länder, statt sie zu ackern, beleihen und verpfänden, keiner entgeht der Verknechtung, denn jede Beleihung eines Lehens ist ein Lehnsfehler, durch den das Lehen sofort verfällt.« – »Aber wir mußten beleihen lassen, wie sollten wir Heerfolge leisten?« – »Das ist Eure Sorge. Eins steht fest: in diesem Wucher kommt Ihr um; da nutzt auch nichts, daß man verarmte Nichten in das bischöfliche Bett pfeffert. Was hat der Kerl dagegengegeben?« – »Nun, ein paar Dörfer immerhin.« – »Gratuliere. Die Kleine war übrigens sehr nett, sehr hübsch, sehr gut gezogen. Wurde die Leiche gefunden? Ach, Vetter, was sind die armen Weiber arm dran!« – »Ja, das arme Ding ist tot. Grausig, diese Muren! Es muß noch eine zweite darüber gegangen sein, denn als der Waldläufer uns hinführte, war bis auf ein paar Gewandfetzen alles so von Steinen begraben, daß wir nur noch ein Kreuz errichten konnten.« – »Der neue Herr will keine Nichte?« – »Das ist es ja, Vetter. Der damalige ließ sich hinhalten, der jetzige will die Länder.«

Dom Rodero brütete vor sich hin. Graf Berengar, mit dem gläubig-irren Ausdruck der Frauen, die um Kindersegen nach Trianna wallfahrteten, hing an den Zügen des Einzigen, der ihn retten konnte. – »Warum verlobt Ihr Hyazinth nicht?« fragte der Markgraf. – »Es mag keiner mehr einen Farrancolin nehmen.« – »Vermutlich fordert Ihr zu hoch. Wie alt ist die hübscheste Eurer Nichten?« – »Für Euch?« – »Wir Cormons pflegen zu heiraten.« – »Für Carl?!« – »Schreit nicht so. Natürlich für Carl.«

Graf Berengar stürzte sich weinend über Dom Roderos Hand. »Ich habe es gewußt, daß Ihr kein Unmensch seid! ich habe es gewußt, Ihr habt ein Herz, Ihr werdet mich nicht umkommen lassen in den Klauen des Bischofs und des Juden!« – »Das hängt«, erwiderte der Markgraf melancholisch, »wie üblich von der Zartheit der Hühnerbrüstchen ab, die ich demnächst mit Carl besichtigen und für die ich Euch meine Bedingungen machen werde. Gegenüber Carl keine Silbe, vorerst sträubt er sich gegen das Heiraten. Seid Ihr eilig, nach Haus zu kommen? dann schlage ich vor, besauft Euch heute Abend mit mir im Kastell von Marradî, denn mir geht morgen mein liebstes Hühnchen für immer fort.«

An diesem Abend brandete Marradî über. Die Ochsen brieten am Spieß, der Wein floß aus den Fudern in Helme statt in Becher, Scheiterhaufen loderten gegen die Nachtkälte an. Man trank, sang und tanzte, der offene Kastellhof brodelte, drei Lauten wurden gerührt, da Graf Berengar seinen Sohn Hyazinth aus Ortaffa kommen ließ, wo man ihn zog, und bald war alles so betrunken, daß niemand mehr eines Vortänzers bedurfte, geschweige ihn vermißte, er schlich sich davon. Das Jaulen der Hunde im neuen Pferch der Meierei wurde zum schrillen Freudengekläff; es entfernte sich; es verstummte. Auch das bemerkte niemand mehr, der Lärm übertönte es längst: Gröhlen und Stampfen, Gelächter, das Kreischen und Kichern der Mägde, die an die Stelle der Damen getreten waren, Handgreiflichkeit und Brunften der Lust.

Dom Peregrin, mit Kopfschmerzen früh ins Stroh gegangen – das gräfliche Quartier bewohnten die drei Frauen –, tauchte plötzlich gegen Mitternacht wieder auf. Halme im Haar und im Bart, eine Wolldecke über dem nackten Körper, stellte er den Markgrafen zur Rede, wo er den Dachs habe, er habe ihn gestohlen. Die Tänzer ergriffen und drehten den Zeternden, gossen ihm Wein über und zerrten an der Decke; stolpernd, weil man ihm Füße stellte, rief er nach den Wachen und ohrfeigte, wen er treffen konnte. Einer der Getroffenen, gräflicher Kriegsknecht, schlug seinem Herrn die Faust ins Gesicht.

Dom Rodero, augenblicklich nüchtern, brach ihm den Arm. »Dein Name?!« – »Thoro, Markgräfliche Gnaden.« – »Hand gegen den Herrn heben ist keine Kleinigkeit! Verletzung des kaiserlichen Blutbannes keine Kleinigkeit! Darüber wird das Gericht befinden. Ins Bett jetzt! Alles geht schlafen, ohne Widerspruch. Wer versteht sich auf Brüche?« – »Der Dachs!« – »Wo ist der Dachs?« – »Bei seinen Hunden wird er sein, sie waren wie verrückt.« – »Bringt ihn. Bringt ihn mit seinen Hunden, dann will ich sehen, ob es jemanden gibt, der es wagt, meinem Befehl nicht zu gehorchen! Vetter Peregrin, es tut mir leid, daß die Fröhlichkeit unschön endet. Ich schicke Euch den Dachs.« – »Die Fröhlichkeit«, erwiderte Graf Peregrin, »war Euer Werk, vom Teufel wie der Tanz. Hier sind wir auf ortaffanischem Boden, hier bin ich der Herr.« – »Das bestreitet Euch niemand, Vetter. Wohl, wenn ich das auf Eurem Boden äußern darf, bin ich im Hinblick auf den Teufel anderer Meinung. Den Wein gab uns Gott, lest es nach in der Regel des Heiligen Benedikt, und Gott, nicht der Teufel, gab uns, wenn ers uns gab, ein fröhliches Herz.«

»Es kann weitergetanzt werden!« rief Dom Peregrin. Der Markgraf hatte sich abgekehrt; seine Hände verneinten den neuen Befehl. Im Torgang erschien, unter dem Schäfermantel, umdrängt von Hunden, Barral. Er war soeben in scharfem Ritt aus Ghissi zurück; der Betstock an der Zypresse trug die Kreuze der bischöflichen Weihe. »Leibknappenschaft«, zürnte der Graf, »heißt zu Füßen des Herrn schlafen, den zu schützen man sich verpflichtete! Leibknappenschaft heißt, daß du mit deinem Leibe den meinen deckst, wenn man ihn angreift wie eben jetzt!«

Barral blickte ruhig. »Wo ist der Bruch?« Er untersuchte den Arm. »Filzbinden. Einen Helm Wein. Spanholz.« Schweigsam verrichtete er sein schmerzbringendes Handwerk, schweigsam übergab er den Geschienten dem Kerkerknecht, die Hunde dem Hilfshirten, schweigsam rollte er sich zu Füßen Dom Peregrins in den Mantel.

JUDITH

Wer Ortaffa von der Cormontischen Heerstraße sah, dem erschien es wie das Traumbild des Himmlischen Jerusalem. Grau silbrig, eine meilenlange Steinwand, lag es wie schwimmender Dunst über dem Horizont, trotz seiner Ferne sogleich gegenwärtig, weil die Höhenkastelle auf Satans Schulter den Blick fortrissen. Ihrem Viertelbogen folgte in der Tiefe die Buchtung des Schilfmeeres; von Kanälen durchteilt, in denen Fischreiher und Flamingos stelzten, uferte es als Sumpfried und tränkte das Saftgrün eines reichen, geschachzabelten Felderkranzes. Die Burgtafel hing als Zunge mit Spitze und Kante über den tragenden Fels und bedurfte keiner Befestigung. An der Hangschräge schimmerten schneeweiße Trümmerbrocken, gebettet in Weingärten, zu denen zwischen Palas und Herrenstallung ein Zugbrückenweg hinabführte. Diese Seite war uneinnehmbar; man hatte sogar auf die steinernen Schlagläden verzichtet; der Grafensaal unter dem Frauenhaus bezeugte durch Altane und Galerien gewölbter Säulenfenster, wie sicher man sich fühlte in den fünf Festungen.

Daß es fünf waren, bemerkte man von außen kaum. Wie Zähne im Kiefer saßen die Hauptgebäude vornan einzeln auf durchgehendem Felsstock, zwischen sich glatt behauene Schächte. Aus dem Burginneren ragte der Grundfels bis zu sechsfacher Mannshöhe, überfurcht von gemeißelten

Knicktreppen, durchhöhlt von Kellereingängen. Fünf uneben gebuckelte Höfe, jeder so groß wie der Turnierhof in Cormons, unterbrachen die Bergfläche viermal mit doppelter Mauer, Stachelgraben, Zugbrücke, Fallgatter und Turmbastion, die Tore verschränkt übereck, so daß der Angreifer, wenn er stürmte, die Flanke zeigen mußte. Man war für den Ernstfall gerüstet und übte ihn; stand das Gefecht heikel, goß man Öl über den Stein; Pfeile schossen es in Brand; aus Wehrgängen und Fenstern oder von Wurfmaschinen geschleudert flogen Fässer mit Fett in die Flammen. Über die Stufen wälzte sich Honig. Die Tücken des Geländes taten ein Übriges. Wer sie nicht kannte, setzte den Hals aufs Spiel. Wer sie kannte, wie die auf Ortaffa Gezogenen, durfte froh sein, wenn man ihn nicht mit geprellten Rippen, Verstauchungen oder ausgekugelten Gelenken den Badern und Walkern überantwortete, die bei schwierigen Fällen zum Grafen schickten, ihnen den Leibknappen zu leihen. Sie hatten herausgefunden, daß seiner fähigen Hand eine innere Gabe entsprach, die sie nicht besaßen.

Der Dachs wußte es einzurichten, daß die Fälle sich häuften, die Hilfe sich hinzog. Ein einziges Mal schaute Dom Peregrin zu und äußerte Ärger, als die Leute lachten. »Bei großem Schmerz lacht man«, knurrte Barral in gereizter Kürze. Nach dem Schlafensgebet stellte der Graf ihn zur Rede: ob er es darauf ablege, aus dem Dienst gestoßen zu werden? Ob er wisse, daß er dann auch die Herden los sei? Was also? – »Nichts.« – »Du sprichst wie die Weiber. Wenn sie sagen Nichts, meinen sie Alles. Lösche die Lichter. Worüber beklagst du dich?« – »Soll ich Euch Märchen erzählen?« – »Wahrheit.« – »Wahrheit vertragt Ihr nicht.«

Dom Peregrin fand keinen Schlummer. »Erzähle mir dein Märchen.« Barral schlief. Der Graf weckte ihn. »Erzähle mir dein Märchen!« – »Märchen, Herr Graf, erzählt man Kindern. Kinder können lachen und weinen. Ihr nicht. Darum ist Ortaffa wie es ist.« – »Sprich schon.« – »In allen Spinnweben hängt Weihrauch; alle Gesichter sind sauertöpfisch; die Dienerschaft stiehlt; wie die Kletten filzen sie aneinander; Fröhlichkeit wird als Werk des Teufels betrachtet; ein freies Wort als Feindschaft; jeder soll Euch nach dem Munde reden; von jedem glaubt Ihr Euch verfolgt.« – »Ich höre.« – »Dieser Wahn, Herr Graf, ist Eure Art Märchen. In dem Märchen, nicht im Wein, sitzt das Gift, von dem Ihr träumt. Das Gift lehrt die Leute heucheln und lügen, kriechen und wedeln lehrt es sie, und wer nicht heucheln will, wie ich, wer nicht lügen will, wie Domna Judith, wer nicht kriecht, wie Dom Lonardo, den behandelt Ihr als Dreck unter Eurem Stiefel, sie werden beobachtet von früh bis spät, sie werden umgeben mit aufmerksamen Zuträgern, man nimmt ihnen die Luft zum Atmen.« – »Mach die Fenster auf, wenn du nicht atmen kannst, und hole Domna Judith.« – »Jetzt?« – »Jetzt.«

Barral kleidete sich an, nahm das Notlicht und ging hinüber zum Frauenhaus. Sein Herz schlug in den Fingern, den Schläfen, auf der Zunge, überall. Endlich kam sie. Ihr Haar floß aufgelöst als Woge in den Mantel. »Seltsamer Einfall«, sagte sie. »Geb Er mir Seine Hand. Es ist ja schwarz.« Sie legte die Linke leicht, wie sich ziemte, auf seine Rechte. Da beide Hände zitterten, zog sie die ihre wieder fort. Die gräfliche Kemenate war dunkel bis auf das Notlicht, das Barral neben der Tür auf den Estrich stellte, während Judith die geschuldete tiefe Reverenz zelebrierte.

Der Graf stand im Hausmantel am anderen Ende des Saales. »Erhebt Euch, Tochter Schnur.« Ihr Schatten, über Wand und Decke wachsend, erschreckte ihn. »Barraal!! Barrâl! Tu das Licht weg.« Barral nahm es mit in den Treppenflur. Die Gedanken weilten bei Judith.

Nach gut einer Stunde kam sie heraus, verschönt von Erregung, blaß und rot im Wechsel. »Seine Hand.« Das Zittern war stärker als zuvor. Sie preßte die Nägel in Barrals Finger. »Das ist kein Mensch«, sagte sie unten am Stiegenfuß und blieb stehen. Ihre Augen trafen sich. »Horcht er?« Sie horchten. »Er wollte wissen, worunter ich leide. Das geht lautlos vor sich. Ausweichende, stille, dumpfe Feindschaft, ranzige Freundlichkeiten, verlogene Güte – oh diese Gleisner überall, immer auf der Jagd nach Verborgenem, ich beiße mir noch die Zunge ab.« – »Wir müssen hinüber, Domna Judith.« – »Hinüber. In meinem Zimmer schwebt ein Nebel; oft; es soll die Tirolerin sein.« – »Ihr ängstigt Euch?« – »Ich bete für sie; Unerlöste werden durch vieles Beten erlöst; ich stifte mein Nadelgeld an Seelenmessen. Ich, wenn ich tot bin, gehe beim Grafen um. Ich bin in Hoffnung; niemand weiß es; Hoffnung nennen sie das. Ein halbes Jahr, und ich sterbe am Kindbettfieber. Wenn er weiß, daß ich erwarte, darf ich nicht einmal mehr ausreiten.« – »Domna Judith, wir müssen gehen.« – »Ja. Gehen wir. Er wird aus dem Fenster schauen. Nichts von dem, was du und ich ihm gesagt haben, wird helfen, ihn auch nur nachdenken zu lassen, diesen Stein! Ein trauriger Stein wie das ganze Ortaffa. Ich möchte zurück nach Cormons.« – »Ich auch, Domna Judith.« – Judith erheiterte sich und lächelte ihn an. »Was wir zwei so Geheimnisse miteinander haben.«

Ihr Zimmer war schön; es blickte nach Sonnenaufgang, auf die Salzbracke des Schilfmeeres und die Flamingovölker, die manchmal zu Tausenden einfielen. Manchmal, in hellen Nächten, sah sie die rosigen Vögel in ihren Sumpflöchern schlafen, mattviolette Flecke auf schimmerndem Schwarz. Manchmal wartete sie am Fenster, bis die tirolische Dame vorüber war; manchmal stand sie noch dort, wenn die Zofe kam, um das Waschwasser zu bringen. Morgens stickte sie hier, nachmittags gegenüber zum Hofe hin, aus Hunger nach Licht. Domna Barbosa warnte, das Licht schade der Haut. Domna Barbosa trat stets so leise ein, daß Judith, wenn sie nicht zufällig die Tür ansah, stets erschrak. Manchmal brachte die Gräfin einen ihrer Lieblinge mit, den ebenso leisen Neffen Walo oder den wie Öl dahinfließenden Kaplan. Niemals versäumte Walo, sich nach der Gesundheit des Markgrafen zu erkundigen; niemals, das Gespräch auf Handschuhe zu bringen.

Judith hütete ihre Geheimnisse: nichts war ihr anzumerken. Nur wenn sie Hufschlag im Herrenhof hörte, schoß Hoffnung in ihr Gesicht: sie hoffte, ihr Vater komme. Heute war es Dom Peregrin. Der Leibknappe Barral blickte kurz hinauf. Sie zog sich sofort aus dem Fenster zurück; was seit dem nächtlichen Gespräch zwischen seinen und ihren Augen sich abspielte, war eine gefährliche Probe. Als sie sich umschaute, sah sie kältere Augen auf sich gerichtet. Domna Barbosa stand am Stickrahmen. Nun betrachtete sie wieder das Muster. »Hübsch«, sagte sie düster. »Du brauchst nicht jedes Mal in den Knicks zu sinken. Die Absicht, etwas zu verbergen, ist mir bekannt. Deine Mutter Cormons erzog dich mit Sorgfalt gegen Ortaffa. Du schweigst. Auch ich bin verschwiegen. Verschwiegener, als du meinst, und weniger zwielichtig, als du fürchtest.« – »Ich fürchte mich nicht.« – »Dann fasse Vertrauen. Was ist auf dem Hof?« – »Der Bischof kommt.« – »Wie erhebend. Ich gedenke dem Zittergreis keinen Schritt entgegen zu tun. Neunzig! und visitiert noch! Er überanstrengt den Rest seines einst großen Verstandes, mir den Himmel schmackhaft zu machen. Er kommt in der Sänfte?« – »Man trug ihn in der Sänfte hinein, gnädigste Frau.« – »So gnädig bin ich nicht. Sage Mutter zu mir, oder will es dir nicht über die köstlichen Lippen?« – »Doch, Frau Mutter. Es will mir Vieles über die Lippen.« – »Das ist ein eherner Ton. Ich glaubte, sie hätten dir die Flügel gebrochen. Mädchen wie dich mag ich. Nun?« – »Ich möchte etwas zu tun haben.« – »Gut so.« – »Einen Anteil an Eurer Schlüsselgewalt.« – »Noch besser.« – »Die Dienerschaft stiehlt, Frau Mutter.« – »Gewiß stiehlt sie.« – »Und meine Zofe soll hier heraus.« – »Stiehlt sie auch?« – »Schlimmer. Sie lauscht. Sie verleumdet mich.« – »Bei wem?« – »Bei Euch.« – »Du gefällst mir. Hast du die Ohrenbläserin entlarvt. Oh, Herr Bischof. Ich ahnte nicht. Judith, hilf. Küsse dem Prälaten die Hand. Dies ist meine Schnur Otho, Herr Bischof, Domna Judith, eine Cormons.«

Der Bischof blieb in der Sänfte, so schwach war er. Die Lider zuckten ihm, unaufhörliches Beben schüttelte die Arme. »Dein Blick ist stark, meine Tochter. Was hast du auf dem Herzen? Scheue dich nicht vor deinem Hirten. Möchtest du beichten?« – »Nein, Herr Bischof. Ich möchte einen anderen Kaplan.« – »Warum, meine Tochter?« – »Weil er lügt. Was ich beichte, weiß nächsten Tages der Graf.« – »Ei? So?« – »Und ich möchte, daß die Kapelle, obwohl der Steinmetz in ihr arbeitet, neu geweiht wird.« –

»Warum, meine Tochter?« – »Damit ich nicht jedesmal, wenn ich beten will, demütig um Ausgang zur Stadtkirche einkommen muß.« – »Fällt dir die Demut schwer?« – »Weltliche Demut, Herr Bischof: ja.« – »Tochter Barbosa, was sagst du? ein mutiges Kind. Filia Roderi in diocesi Rodi. Häh; häh; welch ein Wortspiel! Dein Hirt ist ein Methusalem, er freut sich auf Jerusalem. Ich eile, die Kapelle zu weihen. Wiewohl der Stifterwille Dom Peregrins noch nicht erfüllt wurde. Es wird Jahre dauern, ehe die Kammer der Engel bewohnt ist.«

Er hatte sie kaum geweiht, so traf ihn endlich der Schlag. Das Kapitel atmete auf. Ein Hüne wurde sein Nachfolger. Dom Peregrin mochte ihn nicht, er mochte überhaupt keine neuen Gesichter, bestätigte ihm aber die gräflichen Lehen und investierte ihn, denn weit weniger als neue Gesichter mochte er Konflikte. Der neue Bischof, wie sich herausstellte, liebte sie. Vergeblich hoffte Judith, ihn auf Ortaffa zu sehen. Der Graf verbat sich auch nur die Namensnennung. Dreimal wechselte der geistliche Herr den Burgkaplan. Ihrer zwei warf der Graf hinaus; den dritten duldete er in Erschöpfung. Er vermutete hinter der Maßnahme zu Recht ein Komplott der Frauen.

Der neue Kaplan war ein Mann. Geradeaus und tatkräftig, dabei geschickt, erreichte er sogar, daß Dom Peregrin dem Steinmetzen ab und an seinen Leibknappen zur Verfügung stellte. Der Steinmetz fand, Barral habe Farbensinn, um auszumalen, was gemeißelt war. Der alte Schweiger liebte den jungen Schweiger seit je. Selten kam er in den fertigen Teil geschlurft, brummte Zustimmung, trank einen Schluck und ging wieder ans Werk. Er meißelte auf Leitern an den Säulenköpfen, schmucklosen Würfeln bisher; jenseitige Augen prüften aus schweren Tränensäcken durch den Steinstaub hindurch das von Kerzenwäldern beleuchtete Relief; er zog die Kappe und wartete, bis Domna Judith im Betstuhl kniete; er entblößte sich abermals, wenn sie vorüberschritt oder stehen blieb, seine Visionen von Hölle, Fegfeuer und Paradies zu betrachten. Untiere bissen den Menschen die Nacken durch oder quetschten ihnen die Brust, daß die Zunge austrat. Hinter mannshohem Schild kämpfte Sankt Michael stürmisch gegen den Drachen. Sechsflüglige Seraphim blickten aus fernem Dämmer. Zwei Teufel packten die Seele eines eben Gestorbenen bei den Beinen und zerrissen sie in der Luft, während unter dem Bettschragen die Schlange sich in eine Kiste drängte. »Sind das seine Reichtümer?« fragte Judith. – »Seine Reichtümer.« – »Warum schaut Er mich so an?« – »Ich meißele, was ich gesehen habe.« – »Was sieht Er an mir?« – »Die Eva im Granatbusch für den Türsturz.« – »Den Reichen hat Er gesehen? die Teufel? die Untiere?« – »Die sehe ich.« Sie nahm ihren Mantel zusammen und verließ die Kapelle. Die Mittagsglocke läutete. Auch Barral eilte. Es war ihm lieb, daß Domna Judith ihn nicht beachtete. Sie verhielt sich, wie sie als Dame sollte.

Judith aß bei Tafel so gut wie nichts mehr; fast immer wurde ihr übel; sie sprach auch nichts, es sei denn man fragte sie. Da kein Niederer keinen Höheren fragen durfte, geschah das selten. Ihr Platz war der dritte. Dom Otho öffnete den Mund nur um zu essen oder um Domna Barbosa Antwort zu geben. Zwischen ihm und dem Burgmeister saß die zukünftige Gräfin wie Luft; sie sah zwei Rücken, es folgte der Fechtmeister Lonardo; weder ihm noch ihr behagte es, durch den Burgmeister hindurchzusprechen.

Die Gegentafel war fern. Sie begann mit dem Kaplan und den gräflichen Räten; Rentmeister und Verwalter blickten Rittmeister, Waffenmeister, Zuchtmeister an; das waren die obersten Ränge; im nächsten Zönakel Gesinderitter und Knappen; im übernächsten die Knechte. Dom Peregrin speiste allein an einzelnem Tisch; er sprach das Gebet; das dauerte, in drei Sälen nachgebetet, seine zwanzig Minuten; er setzte sich als Erster; ging er, so hatte jeder zu gehen; ihm wurde vorgeschnitten vom Braten, wenn es Braten gab, doch ließ er die Platten meist weiterreichen, ohne zu nehmen, und sie plötzlich zurückholen, und wählte dann lange. Den Suppentopf winkte er fort und befahl einen anderen, einmal den vom Kaplan, einmal von Domna Barbosa, von diesem, von jenem, und hängte stets erst den Ring hinein; auch in das Waschwasser für die Hände; auch in die Weinkaraffen. Wollte er jemanden anreden, so schickte er den Leibknappen Vorkoster, der hinter ihm stand; Barral, den aufreizenden Messergurt umgeschnallt, ging durch die Hallen, trat an die Seite, von wo aufgetragen wurde, und fragte: »Tochter Schnur, warum eßt Ihr nichts?« – »Mir ist nicht wohl, Herr Vater.« Er kehrte auf das Podest zurück; man hörte ihn sagen: »Mir ist nicht wohl, Herr Vater.« Er kam wieder: ob sie in Hoffnung sei? – »Ich weiß es nicht, Herr Vater.« Barral berichtete die Antwort. – »Dergleichen weiß man, Tochter Schnur.« – »Das ist kein Tischgespräch!« rief sie so laut, daß jedermann aufhorchte. Domna Barbosas Augen erglänzten freudig. – Barral trat zu Judith. »Ich dulde kein Zeichen von Unbotmäßigkeit, soll ich Euch sagen. Ist Euch nicht wohl, so geht auf Eure Kemenate.«

Im Zimmer fiel ihr Blick auf den befestigten Stickfaden. Draußen ertönten alsbald, wie seit Wochen täglich, die klatschenden Geräusche der Waffen auf dem Fechtsack; das Klirren der Stumpfschwerter gegeneinander; das ferne Quietschen und Rumpeln des Tretrades, in welchem der blinde Esel vor sich hin trottete, Wasser aus dem Brunnen heraufzuseilen; die Dreschflegel und das Kettengerassel der Winden im Zehnthof; das Dengeln aus den Schmieden; die einsilbigen Befehle der Fecht- und Rittmeister; Dohlengekreisch, Pferdescharren und Wiehern. Judith suchte sich zu erinnern, was der Knoten bedeutete. »Du hattest dir etwas vorgenommen, Judith.« Seit sie hierher verbannt war, redete sie gelegentlich mit sich selbst, ja sie hielt ganze Zwiegespräche, oft sehr fröhliche, verstummte aber meist schnell, aus Furcht, belauscht zu sein.

Lange ging sie diesen Tag auf und ab. Es war verboten, Dom Otho im Turm zu stören. Sie mußte ihn stören, wenn sie leben wollte. Es war Sache des Mannes, die Frau zu schützen, Sache der Frau, den Mann an die Ritterpflicht zu erinnern. Hatte sie nicht eigens dafür Stärkung im Gebet erfahren? Sie zweifelte, verzweifelte, sie ermutigte sich, hoffte. Verführung fruchtete nichts; alle weiblichen Künste versagten. Vielleicht freute es ihn, wenn er sah, sein Weib nahm Anteil an dem, was ihn freute? Wenn sie es jetzt nicht tat, tat sie es nie.

Dom Otho, mit einem Ausdruck, den sie nicht kannte, stand über Töpfe und Flaschen gebeugt, umgeben von bauchigen Gläsern, Mörsern, Metallgefäßen, Holzkohle und aufgehäuften Mineralien. Er wog ein Ingrediens ab, schüttete es gespannt in die Mischung, rührte sie und hielt den Tiegel über die Flamme, zog ihn zurück, ermunterte das Feuer, schrieb auf. Der neue Versuch machte ihn lebhaft, gesünder schien sein Gesicht. Er entstöpselte ein Glas, entnahm ihm ein rötliches Wasser, schrieb auf, ließ eintropfen. Mit brausendem Zischen entfalteten sich Brodem und Gestank in die Esse empor. Er griff in einen Käfig, fing eine Maus, strich ihr die Lösung auf den Rücken und setzte sie in einen leeren Verschlag, den er beobachtete. Nach einigen Minuten begann sie zu toben, nach zwei weiteren wurde sie stumpf; empfindungslos gegen Reiz und Schmerz hockte sie im Winkel, verendete aber nicht. Otho, wieder grau, ging an das Wasserschaff und wusch die Hände. »Der Mohr«, sagte er, »schießt eine Flüssigkeit, die uns die Haut verätzt. Ein Tropfen von dem sarazenischen Arkanum auf Eure Augen gebracht, und Ihr seid blind. Was bezweckt Euer Besuch hier oben im Turm?« – »Warum bezweckt? Erfreut er Euch nicht? Wir sind Mann und Frau. Soll die Frau keinen Anteil nehmen dürfen?« – »Ihr seid siebzehn Jahre jünger als ich, ein grünes Ding.« – »Pfui, Dom Otho. Pfui.«

Er begab sich aufs Neue an seine Tiegel und Phiolen und kam über den Verweis nicht hinweg. Judith sah es. Seine Bewegungen wurden heftig. »Mein Lebtag bin ich bevormundet worden! allein will ich sein! Ich wünsche keine Gemeinsamkeit mit Euch außer im Bett! Wann werdet Ihr schwanger? Nein nein, ich bitte um Auskunft. Was bezweckt Ihr? Hat man Euch hinterbracht, ich braute ein Gift?« – »Jeder braut, was ihm möglich ist, Dom Otho. Laßt mein Handgelenk los. Ich hatte Euch fragen wollen, ob Ihr mir nicht doch ein wenig Liebe gönnt, ein wenig Herzenswärme.« – »Was sind das immer für Frauenworte! Wärme ist ein alchimistischer Vorgang. Wenn ich so wenig Sorgen hätte wie Ihr!« – »Ja, Dom Otho, ich habe es begriffen. Ihr bringt Eure Mäuse langsam und wohlüberlegt an den Rand des Todes. Da sitzt sie nun. Für Euch ist alles gelöst. Und für mich? Gelobtet Ihr mir nicht Treue?« – »Ich bin treu. Ich schaue kein anderes Weib an.« – »Tut es! ich flehe, tut es! Ihr seid treu, weil Ihr kein Feuer habt! In Euren Adern jedenfalls fließt es nicht.«

Sie hörte Schritte auf der Wendel. Die Schritte versetzten Otho in fahriges Flattern. Judith fixierte ihn mit spöttischer Traurigkeit. Sie hörte das Hüsteln des Grafen. »Schert Euch weg!« fauchte Otho. – »Wie ungezogen Ihr seid, Dom Otho. Alles Schlechte an Eurem Stiefvater ahmt Ihr nach, alles Mißtrauen, alle Roheit.« – »Roheit?« – »Roheit.« – »Ja ja, Ihr Cormons mit Eurer geschliffenen, leisen, milden Überhebung, mit Eurer Engelsmiene, empfindlich und zerbrechlich.« – »Ich zerbreche nicht. Aber so, wie Ihr es wollt, lebe ich nicht weiter. So nicht.«

Der Graf trat ein; Barral zögerte unter dem Türrahmen. »Bist du auf der Spur?« fragte Dom Peregrin. – »Ich hoffe, Herr Vater.« – »Gut, ich reite dann ohne dich. Tochter Schnur, was sucht Ihr im Turm?« – »Meinen Mann.« – »Warum?« – »Um ihm mitzuteilen, daß ich nicht seine Magd bin, und daß ich ins Kloster gehe, wenn er und Ihr mich nicht behandelt, wie es mir zukommt.« – Dom Peregrins Bart bewegte sich im Spiel der Muskeln. Wortlos kaute er auf den Lippen. Ab und an traf sein Blick Judiths Augen, deren Zorn er nicht aushielt. »In welches Kloster?« – »Das findet sich, Herr Vater. Der Bischof wird mir eins nennen.« – »Der Bischof!« schnaubte der Graf, »der Bischof! der Bischof! der Bischof!«, machte auf dem Absatz kehrt und klirrte zur Tür. Plötzlich verhielt er. »Nach Euch, schöne Frau«, sagte er. – »Der höfliche Herr«, erwiderte Judith, »geht voraus.« – »Was für eine Sprache!! was bildet

Sie sich ein!?« – »Sie bildet sich ein, Herr Vater, daß ein Herr von Ortaffa sich besser benehmen könnte.« – »Wie benimmt er sich?« – »Beleidigend.« – »Und Sie? benimmt sich nicht beleidigend?« – »Sie wehrt sich, Herr Vater.« – »Sie weiß, daß ich Sie wegen Aufsässigkeit gegen den Herrn der Sippe hinrichten kann?« – »Das weiß sie.«

Bei der Abendtafel herrschte großes Raunen: der Leibknappe fehlte. Zur Schleifmühle war er noch mitgeritten, auf dem Rückweg im Teufelstal sei ein Wortwechsel vorgefallen – um was, wußte niemand. Es habe ein Wagen dort gelegen mit gebrochenem Rad und verwirrten Zugseilen, die Barral, statt sie in Ordnung zu bringen, durchhieb, zähneknirschend, wie behauptet wurde. »Und dann?« fragte Judith. – »Dann hat er zur Burg vorausreiten sollen«, sagte Dom Lonardo. »Er scheint fahnenflüchtig. Schade. Der Junge ist mir ans Herz gewachsen. Er hat, was wir brauchen.«

Barral war spornstreichs zu seinen Herden nach Marradî galoppiert, wo ihn des Nachts, mitten im Aufbruch nach Cormons, ein Fähnlein aushob, fesselte und in die Kerker von Ortaffa warf. Dort befreite ihn anderntags ein Gerichtsbote, es verlange der Markgraf nach ihm, er sei im Fechthof. »Grüß Gott, Herr Mohr. Ich habe ein paar sarazenische Säbel mitgebracht. Du hattest da einen Schlag, einen abgewinkelten, den zeig mir, den möchte ich lernen, einen Rückhänder von unten herauf. Was ist mit dir?« – »Nichts, Herr Markgraf.« – »Dom Lonardo, ich bitte Herrn Peregrin. Mein Junge, diese Wut? schlechtes Zeichen. Du fühlst dich nicht wohl hier?« – »Nein. Ich möchte zu Euch.« – »Was macht meine Tochter?« – »Sie wird umgebracht.« – »Äußert sie das?« – »Das äußert sie nicht, das geschieht, ich war dabei!« – »Hole sie.« – »Ich darf das Frauenhaus nicht betreten.« – »Wieso? du bist Familie.« – »Dreck bin ich, Herr Markgraf.« – »Ruhig, ruhig. Der Zorn ist heilig. Eifer gewaltig wie die Hölle. Wie solltest du auch Familie sein? Gastaldensohn ... Derweil ich nachdenke, laß uns einen Gang fechten, beim Fechten denkt es sich ausgezeichnet.«

Dom Peregrin kam; Markgraf und Graf spazierten zu zweit unter den Platanen. Der Fechtmeister wurde gerufen; man spazierte zu dritt. Die Herren gingen in den Palas. Dom Lonardo kehrte zurück. »Es fiel«, sagte er, »was gestern und heute vorfiel, nicht vor.« – »Jawohl, Herr.« – »Ab morgen bist du Jungherr wie alle Übrigen und redest mich Dom Lonardo an, Fechtstunde täglich nach dem Frühstück. Junge! reiß mich nicht um! Nach dem Fechten Reiten, nach dem Reiten Zucht, nach der Zucht Schach. Leibknappenschaft nur noch beim Essen und Schlafen. Du, wenn du weiter so tobst, schmeiß ich dich wieder in den Kerker.« Barral jagte durch den Hof, auf die Platanen, in den Platanen durchs Geäst und wieder hinunter und hinauf. »Ghissi!« jauchzte er, »Ghissi!« Unter ihm ritten Dom Rodero und Domna Judith dem Stadttor entgegen.

Die Aufenthalte des Markgrafen wiederholten und verlängerten sich; die Tafel wurde sehr fröhlich. Mehrmals erschien, wie ein Gefangener unter Bewachung, der Jude Jared. In der vorletzten Adventwoche kam Dom Rodero zur Linken eines verschlossenen Herrn, von dem das Gerücht ging, er sei kaiserlicher Gewaltbote. Er saß an Stelle Dom Peregrins einsam vor dem erhöhten Tisch und war wirklich Pfalzgraf, von Herkunft einfacher schwäbischer Ritter, vertrat aber, getitelt auf Zeit, gültig den deutschen König und römischen Kaiser. Nachts schneite es. Der nächste Morgen brachte den Kardinal Patriarchen, der dem Markgrafen mit glatter Stirn erklärte, er habe die zur Entscheidung stehenden Dinge pflichtschuldigst nach Rom berichtet, dessen Legat, Kardinal Dom Fabrizio, bereits in Mirsalon sei. An St. Thomas, fünf Tage vor der Heiligen Nacht, wurden die Mohren blutig abgewiesen weit südlich Cormons. Immer mehr Weltlichkeit und Geistlichkeit versammelten sich. Burg und Bürgerquartiere schwollen über. Man sprach von einem Konzil.

Zur Mitternachtsmesse war der Schnee geschmolzen. Kerzen flackerten vor allen Fenstern. Was in Kelgurien Namen hatte, zog zur Stadtkirche, in deren Chorwölbung die Engel auf verkleideten Leitern in Wolken stehend sangen und redeten. Barral vermißte die Darbringung des Lammes, die in Trimarî bei der Hirtenweihnacht das Schönste gewesen. Der römische Bischofsmacher saß mit skeptischem Ausdruck in der Grafenbank, leuchtend von hochroter Seide, ab und an schob er das Käppchen zurecht.

Morgens zelebrierte Dom Fabrizio unter Assistenz der Bischöfe von Trianna und Rodi das Hochamt, wonach er eine noch längere Predigt hielt als man vom Dechanten gewohnt war, eine Predigt, wie sie sein sollte, witzig, gewürzt, ein Auf- und Abschreiten in der Gemeinde, Stunden hindurch, mit Zuruf und Frage und Wechselrede, Gelächter, sarkastischen Antworten, allgemeiner Teilnahme der Männer, während die Frauen zu schweigen hatten. Und sehr scharf mußte man aufpassen. Der Legat, ein offenkundig gemütlicher Mann, dem die Herzen bis auf diejenigen des regierenden Hauses entgegenschlugen, verfügte über eine so verfeinerte Kunst, jedwedes Argument zu Gunsten des

Stuhles Petri zu wenden, daß binnen Kurzem praejudiziert war, es habe vor etlichen elfhundert Jahren der berühmte Ahnherr Ortaffas, Dom Balthasar, einer der Heiligen Drei Könige, seine Länder hier an den Ufern des Tec im Stalle von Bethlehem aus den Händen Jesu des Kindes, indem er das Knie beugte, zu kirchlichem Lehen genommen. »Das ist eine niederträchtige Lüge!« begehrte Dom Peregrin auf. Aber der Kardinal ließ sich weder das Wort abschneiden noch die Ruhe verstören. Man wußte nicht einmal, ob er das Ganze ernst nahm, so listig blitzte es in seinen Augen. »Neben dir, mein Sohn«, sagte er, »der du ein frommer Sohn bist, sitzt deine Schnur, ein holdseliges junges Weib, so alt wie damals Maria, und erwartet ihr erstes Kind, und Ihr Ungläubigen –«

Mit diesem auf der Luft hängenden Satz hatte die Predigt ihr Ende, ein gewolltes vielleicht, ein wirksames jedenfalls, denn die Gemeinde, Ortaffa Markt und Burg, brach in einen Jubeltumult aus. Judith lächelte melancholisch. Sie spürte die Bewegungen ihres Kindes, über dem sie die Hände gefaltet hielt, und dachte an das herzlose Examen, das der Gebieter der Grafschaft ihr gewidmet hatte: »Wann gebärt Ihr?« – »Ende April, Herr Vater.« – »Es muß ein Sohn sein.« – »Jawohl, Herr Vater.« – »Laßt beizeiten die Wehmutter kommen, geht beizeiten in die Gebärkammer.« Auch sie wäre lieber in einem Stall niedergekommen bei Ochs und Esel, statt daß Herr Peregrin den befohlenen Enkel frostig in den Stammbaum eintrug. »Das Weib«, verfügte er, »gebiert und gehorcht.«

Der Kardinallegat, nach einigen Scheinversuchen, das allgemeine Umarmungsgetanze zu beschwichtigen, das immer neu aufflammte, weil immer neue Ortaffaner von draußen herzugeholt wurden, setzte sich. Judith stand auf, um zu gehen. »Ihr bleibt!« zischte Dom Peregrin. Da erhob sich das Massiv des Bischofs von Rodi unter seinem Pontifikalthron – Ortaffa war Basilica minor –, stülpte die Lippen vor und bahnte ihr mit dem einfachen Mittel des Segens den Weg nach draußen.

DER APOSTOLISCHE LEGAT

Über Nacht wurde es schneidend kalt. Der Felsstock vereiste, die Sümpfe bezogen sich. Ein im Fluge erfrierender Flamingo fiel vor Barrals Füßen in den Herrenhof nieder, den man mit Asche, Viehsalz und Teppichen gangbar gemacht hatte. Die kelgurischen Großen begaben sich vom Gottesdienst in den Grafensaal. Dom Peregrins Leibknappe kümmerte sich weder um Feierlichkeit noch um Festgewand, sondern stürzte über den Vogel her und stach ihn ab. Es kam zu einem scherzhaften Streit, wem nach dem Herrenrechte der Fund gebühre: Dom Peregrin als Inhaber Ortaffas, Dom Rodero als vorgesetztem Regierer der Mark, oder dem Pfalzgrafen, da er den Kaiser darstellte. »Der junge Herr mit den Messern«, bemerkte Kardinal Dom Fabrizio, »bildet momentan den Mittelpunkt der Welt. Du wirst wissen, mein Sohn, daß, wer einen Flamingo fand, ein Glückszeichen vom Himmel erhielt, ja, dem verdammenswerten Aberglauben zu trauen, gar unsterblich wird. Davon versteht der Nordländer nichts, nichts von der unter Feinschmeckern begehrten Zunge. Es wäre ein Jammer, wenn Er sie äße, sie ist köstlich in nicht zu beschreibender Weise. Wem also soll sie gehören? Wem das Fleisch, wem der Balg?« Die rosa Pracht im Arm, fand Barral sich zum Ringkuß zugelassen, dem ersten seines Lebens.

»Entscheide«, befahl der Markgraf. Barral wiegte den Kopf, schaute auf Dom Peregrin und fällte, als alle ihn aufforderten, seinen Spruch: der Braten denjenigen Herren, die in der Verhandlung am wenigsten oder am friedfertigsten geredet, er müsse bis Neujahr abhängen; die Zunge gepökelt dem vollkommensten Redner und dem mutigsten gemeinsam; der Balg, sobald vom Bader ausgestopft, dem unparteiischen Richter. »Gib mir den Vogel, Märchenkenner«, sagte der Legat. »Ich gedenke wenig aber sehr schön zu reden, friedfertig aber sehr mutig; unparteiisch ist der Stuhl Petri ohnehin.« Zu Dom Peregrins Erleichterung, dem der Vorkoster wichtig war, wurde beschlossen, Barral nicht nur als Schiedsrichter für den Flamingo, sondern, woran bisher niemand gedacht hatte, als Bediener der Kamine und als Knappen für kleine Hilfsleistungen mit hinein zu nehmen; er legte, wie in den Vorverhandlungen festgesetzt, die Waffen ab und leistete die Eide der Verschwiegenheit – einmal auf das Brustkreuz des Legaten, einmal auf das kaiserliche Richtschwert des Nordländers.

Man saß beidseits des Saales auf den Steinbänken vor den Fenstern und fror trotz Kissen und Decken, trotz den zwei prasselnden Feuern, trotz fußlangen, pelzgefütterten Röcken: Pfalzgraf, Markgraf, fünf Grafen, für den unmündigen sechsten der Vogt, zwei Kardinäle, fünf landsässige Bischöfe, acht heerespflichtige Äbte, während die Abgesandten der Städte in Nebensälen warteten. Die geistlichen Hirten, dicker als sonst, trugen das Grauwerk unter den Soutanen, die Kardinäle dazu über den Schultern den Hermelinkragen.

Der Markgraf, vom kaiserlichen Gewaltboten aufgefordert, eröffnete das Konzil ohne Umstände. So sicher wie er focht, so sicher sprach er. Er sprach davon, daß es Helden nicht mehr gebe; daß die Verluste sich nicht mehr ausgleichen ließen, die neuen Ritter den toten in allem nachstünden, die Zucht wanke, Verknechtungen zunähmen; daß man letztlich nur noch Gesinderitter habe, denen Nachtgeld gezahlt werde, weil ihnen die Zeit nicht bleibe, ihr Land zu bestellen; daß diese Ritter nicht nur von der Brache, auf der sie säßen, keinen Zehnt, weder an Obrigkeit noch an Kirche, mehr abführten, da sie eben nicht säßen, es sei denn im Sattel, sondern überdies entgegen dem Buchstaben des Gesetzes ohne Pferde, ohne Rüstung, ohne Waffen, ohne berittene und bewaffnete Knechte dem Heerbann folgten, wenn sie es nicht vorzögen, als Briganten im Buschwerk vom Raube zu leben; und daß die kaiserlichen Subsidien, solange sie gegen den Zehnt, den man nicht aufbringe, verrechnet würden, keine Hilfe seien. Entweder, es komme der Kaiser mit dem Reichsheer, oder mit einer Fracht Silber, oder man müsse den Frieden suchen.

Darauf schilderten im Wechselgespräch mit Dom Rodero der Graf von Ortaffa, der Graf von Bramafan-Zwischenbergen, der Abt von Sankt Maximin und der Abt von Sankt Januarius als die Nächstbetroffenen, wie es bei den Grenzgefechten aussehe, sie schilderten die glühenden Steinflanken des Mohrengebirges, und der Bischof der Grenzdiözese Frouscastel sekundierte ihnen, indem er, obwohl ein tollkühner Haudegen, sich zu dem Ausspruch verstieg: »Es ist die Hölle!«

Kardinal Dom Fabrizio verwies ihm das mit einer unmutigen Handbewegung. Er hörte sehr aufmerksam zu.

Nun begann der Gewaltbote eine schier unendliche Rede, die sich mit Kelgurien und Dschondis durchaus nicht beschäftigte, sondern eingangs mit den Reichsfinanzen und ihrem Zustande, einem, wie zu erwarten, außerordentlich schlechten, also, wie Dom Rodero einwarf, fast schon wieder ordentlichen, weil normalen Zustande, und war bis zum Mittagläuten noch nicht über die Exposition hinausgediehen. Die Tafeln wurden hereingetragen; man aß; nach einer Stunde hob man sie wieder auf. Inzwischen hatte der Markgraf den Bischof von Trianna beiseite genommen: der Jude sei bereit, die bischöfliche Schuldtilgung drei Jahre zu stunden, falls der Bischof gegenüber Farrancolin ebenso handle. Bischof Dom Fortunat war es zufrieden, Schriftliches vorausgesetzt. Und während der kaiserliche Gesandte eintönig weitersprach, winkte Dom Rodero sich durch Vermittlung Barrals den Grafen Berengar heran. »Der Handel ist geschlossen, Jude und Bischof sind einverstanden. Als Braut für Carl möchte ich die kleine Smeralda, die kleine Marisa und den Schelm mit dem Kirschenmündchen in engere Wahl ziehen, Ihr besucht mich mit ihnen vor Fastnacht in Cormons.« – »Aber die Mitgift?« – »Das mache ich schon, Vetter.« – »Ja, wie denn? ich muß Näheres hören.« – »Gott, wie macht man das? ich kaufe dem Vater der Erwählten ein verpfändetes Lehen ab. Aha, der Kampf geht an.«

Alles richtete sich auf, die Schläfer erwachten. Der Pfalzgraf war auf die Politik der römischen Kurie zu sprechen gekommen, die, da sie den Kaiser mit dem Bann belegt habe, eine Gemeinsamkeit in der strittigen Frage unmöglich mache.

Hier unterbrach der Legat. »Mein Herr Pfalzgraf«, sagte er mit wohllautender Stimme, die kernig und glatt wie kelgurisches Öl floß, »Ihr solltet wissen und wißt es als juridisch gebildeter königlicher Rat, daß die Kurie nicht von Kindern gelenkt wird. Würde sie das, so wäre ich nicht hier, um als Legat Seiner Heiligkeit, die den Bann schleuderte, mit einem Legaten des Gebannten zu plaudern. Ebenso wißt Ihr, daß die Heilige Kirche, in principiis niemals nachgebend, über Dinge, die das principium nicht berühren, sich jederzeit mit ihrem weltlichen Partner unterhält, sei er auch in principiis Gegner und als solcher, solange er im Banne ungehorsam verharrt, corpus diaboli. Das principium, lieber Bruder aus Schwaben, laßt mich ausreden, betrifft einzig die Frage, ob der Satansleib Eures Herrn einen ihm genehmen, der Kurie aber vielleicht nicht genehmen, präsumptiven Bischof in seine Reichslehen einsetzen darf, bevor Seine Heiligkeit zugestimmt hat, diesen Prälaten, der, bevor er geweiht wurde, kein Bischof ist, zum Bischof inthronisieren zu wollen – hat also mit Dschondis, so weit ich sehe, wenig zu tun.«

»Eine Menge«, entgegnete der Pfalzgraf. »Wenn, wie in derlei Kriegen geschieht, Bischöfe fallen, verlangt man von uns für den Nachfolger die Lehnsinvestitur. Der allerheiligste Teufel zu Rom würde mit dem Rebellen Lothar, quod ad principium, kaum besser fahren.«

»Lieber Bruder aus Schwaben, es führt zu nichts, die im Augenblick offiziell gewordenen Titulaturen auszutauschen. Die Sachlage ist, daß der deutsche König –«

»Der römische Kaiser«, verbesserte der Pfalzgraf ohne Schärfe. »Mein kaiserlicher Herr wurde rechtsgültig gekrönt durch Euren damals von dem meinen noch anerkannten.«

»Es führt zu nichts«, wiederholte der Kardinal. »Ob gültig, ob ungültig, die Sachlage ist die, daß Herr Heinrich in jenem Bereich des Reiches, der ihm noch gehorcht, nach wie vor Bischöfe einsetzt, wie ihm beliebt, alle diese Bischöfe demnach als nicht konsekriert zu gelten haben, alle diese Bischöfe sich demnach im Bann befinden und, sollten sie vor ihrer Unterwerfung unter Petri Stuhl sterben, in der Hölle enden, einschließlich derer, die bona fide, mißleitete Schäflein, von solchen Hirten das Sakrament nahmen, Taufe, Firmelung, Ehe, Lossprechung von Sünden, letzte Ölung, Aussegnung zum Grabe. Dies am Rande. Zu jenem Bereich des Reiches zählt Kelgurien nicht. Kelgurien hat klugerweise, indem es mich rief, die Stellvertretung Christi auf Erden durch den jeweiligen Inhaber des Stuhles Petri, des einzigen apostolischen Stuhles auf Erden, anerkannt.«

Der Bischof von Rodi verwahrte sich, auch die übrigen Hirten zeigten Unruhe; es blitzte von schaukelnden Brustkreuzen. Der Kardinal breitete die Hände, seine Augen strömten Besänftigung aus und schienen eine Rechnung besonderer Art anzudeuten.

Diesen Moment benutzte der Markgraf. »Wir sprechen«, rief er, »von Krieg oder Frieden zwischen Kelgurien und Dschondis.«

»Wie soll der Friede aussehen?« fragte der Kardinal; auch der Pfalzgraf zeigte sich teilnehmend.

Dom Rodero, froh, den Kaiser gelähmt zu wissen, stellte fest, es sei die Erkundigung ein Vogelleim; die Kirche möge sich wie die Pfalzkanzlei äußern, zum Prinzip, nicht zur Einzelheit. »Wie steht, welches Aussehen der Friede auch habe, die Kirche zu Krieg oder Frieden zwischen dem Markgrafen von Cormons und dem Emir von Dschondis? Nein, nicht der Patriarch ist gefragt. Wenn Ihr schon hier seid, ich habe Euch nicht gebeten, wie stellt sich Rom?«

»Wollt Ihr Euch in Verlegenheit bringen?« fragte Dom Fabrizio. »Bruder Cormons, ich gab Euch und Euren Suffraganbischöfen das Prae, die Antwort auf Kelgurisch zu formulieren.«

Abermals verwahrte sich der Herr von Rodi, sein Anhang murrte. »Ich gehöre zum Erzbistum Mirsalon, nicht zu Cormons, und selbst für Mirsalon bin ich als Primas von Gallien kein Suffraganhirt. Suffragan! wir sind eine Kollegiatbrüderschaft!« Der Legat hob die Hände.

»Ihr werdet Schiffbruch erleiden«, sagte der Markgraf, »wenn Ihr die vielen roten Kappen auf den einzigen apostolischen Stuhl nageln wollt.«

»Die Zeit, mein Sohn, arbeitet immer für den Stuhl Petri. Ich möchte nicht gern meine Brüderschaft übergehen.«

»Und ich, Herr Kardinal, möchte den Stuhl Petri, in Person des Kardinals Fabrizio, darauf festlegen, was der Stuhl Petri zu einem Friedensschluß mit dem Emirat von Dschondis sagt. Ich kenne das, hinterdrein stirbt man im Bann.«

»Das werdet Ihr nicht, mein Sohn.«

»Bitte, die Stellungnahme, ex officio, in Eurer Vollmacht!«

»Ihr seid ein Heißsporn. Kämpfen wir Turnier?«

»Leider nein, Herr Kardinal. Da wird mit gleichwertigen Waffen gefochten, da hält sich jeder an die Spielregel und spricht, wenn er spricht, die Sprache des Gegners. Ich spreche wie mein Waffenfreund Vito Frouscastel einzig davon, daß die kelgurische Ritterschaft sich an einer Grenze verblutet, die sie weder überschreiten noch auf die Dauer halten kann. Bitte, wovon spricht der Stuhl Petri?«

»Petri Stuhl, mein Sohn, verlangt nicht, daß Ihr die Grenze überschreitet.«

»Aber halten sollen wir?«

»Haltet Ihr sie nicht, so geschieht schlimmsten Falles was? Wieviel Kraft hat Dschondis?«

»Das weiß ich nicht. Auf jeden Fall, nicht nur im schlimmsten, sterben Zehntausende von christlichen Seelen.«

»Es sterben Körper, mein Sohn. Die Seelen, auf die allein es ankommt, sind, indem sie des Leibes sich für den Glauben entschlagen, ohnehin des Himmels. Und freuen sich auf den Himmel.«

»Fein!« rief der Markgraf. »Dann wollen wir schleunigst weiterfechten, damit wir so schnell wie irgend möglich aus der Hölle dieser Grenze, der Bischof hat recht, es ist die Hölle!, ins Fegfeuer finden.«

»Nicht so heftig! Ihr werdet zu Füßen Christi sitzen.«

»Schnickschnack, Herr Kardinal! Da sitzen bereits die Mönche von Zisterz!«

»Die sitzen, soweit ich ihre Legenden kenne, im Mantel der Heiligen Mutter Gottes.«

»Dom Fabrizio, Ihr habt eine kunstvolle Art abzulenken! eine lässige Art! Uns ist nicht lässig zumute!«

»Wollen wir doch, mein Sohn, Ihr seid erregt, die Verhandlung ein wenig unterbrechen.«

»Das bestimmt die Gesamtheit. Wenn Ihr uns nicht sagen wollt, wie das Heilige Officium zum Frieden steht, so sage ich es. Ihr wünscht nicht, daß wir leben können, sondern Blut muß fließen, damit die Kirche Tote scheffeln kann.«

»Warum alles so hart ausdrücken? Der Glaube, mein Sohn, ist ernst nur, so lange er bedroht wird. Fängt das Wohlleben an, ist auch die Ketzerei da, wie wir es drüben in Franken erleben. Diese Weber dort drüben –«

»Ich pfeife auf Eure Weber, Herr Kardinal! Ich spreche von Kelgurien und seiner blutenden Grenze gegen Dschondis. Soll sie weiter bluten?«

»Ihr müßt –«

»Ja? oder nein?«

»Lieber Sohn, es kann –«

»Ja? oder nein?«

»Nun gut, wenn Ihr mich zwingt, so hat verständlicher Weise der Stuhl Petri, immer unter Würdigung Eurer Gründe –«

»Ja oder nein?«

»Ja, mein Sohn, und nein.«

»O diese verdammte Langmut und Geduld! Ja und Nein gibt es nicht!«

Der Kardinal erhob sich. »Wer zu fluchen beginnt«, sagte er milde, »hat einen schlechten Stand.« Er streckte die Hand mit dem geweihten Ring aus und wartete. »Wollt Ihr den Ring eines Erzdiakons der Kirche Christi nicht küssen?« fragte er mit verhaltener Erregung. Schweigen breitete sich aus. Man hörte das Knistern der Feuer. Mancher der Herren faßte heimlich nach dem Waffengehänge, das leider leer war. »Der Kerl spricht zu gut«, murmelte der Bischof von Sedisteron. »Unerträglich«, bestätigte sein Nachbar, Vogt von Sartena, und der Abt vom Stuhle Gottes, ein für seine Gefräßigkeit berühmter Schläger und Frauenheld, schien drauf und dran, den Brachial-Akt ins Werk zu setzen, auf den man hoffte. Aber nichts geschah, außer daß ein glühender Holzkloben umfiel.

Dom Rodero, allein gelassen, beugte sich.

Der Legat, nachdem er den Reuigen gesegnet, nahm wieder Platz, lüftete das Birett und rückte das Käppchen auf den weißen Haarstoppeln zurecht. »Ihr sagtet, Ja und Nein gebe es nicht. Gibt es nicht Himmel und Hölle? Gott und den Teufel? und ihrer beider Stellvertreter auf Erden? Papst und Kaiser, geistliche Fürsten und weltliche Fürsten, Mann und Weib? Also gibt es auch Ja und Nein, Entweder und Oder.«

»Zur Sache!« verlangte der kaiserliche Gewaltbote, der sich wachsam vorgeneigt hatte.

»Ja bitte, lieber Bruder aus Schwaben: was ist die Sache? Ich nannte sie. Im theologischen Sinne sind weltliche Fürsten Corpora diaboli, woran sie eben so wenig Schuld tragen wie das Weib, das durch Eva Unglück über die Welt brachte und noch bringt und bringen wird – weshalb sich der wahre Gläubige des Weibes enthält, denn das Weib ist unrein.«

Erzürnt schnaubte der Graf von Zwischenbergen auf. »Schiebt er da auch noch unsere Weiber ins Spiel! Was macht denn ihr dreimal gescheiten Kirchenmänner, wenn unsere Weiber euch keine Pfarrkinder mehr gebären? Dann sterbt ihr aus mitsamt euren Stühlen!«

Jetzt sagte gar der Patriarch von Cormons etwas. »Dann bricht das Reich Christi an.«

»Und die Erde ist wüst und leer wie zu Anfang«, brummte der Graf. »Ziemlicher Blödsinn, sie dann erst zu bestellen – sie dann überhaupt zu erschaffen!«

Der Legat überhörte die Ketzerei, indem er seinen Faden wieder aufnahm. »Aber wie das Weib Eva, das ihr alle mit Füßen tretet, durch Maria die Unbefleckte, die ihr alle ehrt, mit erhöht und erlöst ward, soweit sie Befleckung bereut, also werdet ihr Weltlichen, insofern ihr als Ritter ausdrücklich und nur für die Verbreitung des Glaubens streitet, in den Himmel Christi kommen: als Ritter Christi. Daraus folgt, daß im Glaubenskampf- wie demjenigen gegen Dschondis – nicht der deutsche König entscheidet, sondern zuvor das Heilige Officium zu erlauben hat, ob der deutsche König dem Markgrafen von Cormons die Schwertruhe genehmigen darf.«

Vielerlei Räuspern, Kopfschütteln und Stirngekräusel antwortete dem kühnen Gedankenschluß. »Der Heerbann«, wandte der Pfalzgraf ein, »läßt juridisch nicht die geringste Möglichkeit zur Theologie. Er befindet sich, auch wenn an Herzöge und Gewaltboten delegiert, expressis verbis unter der Verfügung des Kaisers in seiner Eigenschaft als deutscher König.«

»Da seid Ihr nicht gut beraten. Ich könnte mich wie Ihr auf den Gewaltboten versteifen. Es würde eine schreckliche Lage entstehen, wenn diese meine Hand mit diesem ihrem bevollmächtigten Ring die Gewalt des Lösens und des Bindens, die sie hat, ausnutzen und meine Zunge zu Eurem Ja das kirchliche Nein sprechen wollte mit allem Entsetzen, das die Verdammnis der Seelen nach sich zieht.« Sogar dies hatte er in leidenschaftslosem Fluß formuliert. Er legte die Hände übereinander und sah unverwandt auf Dom Rodero, der drüben vorm Fenster die Luft aus den Lippen blies, die Augen umherschickte, zu den Vettern, dem Pfalzgrafen, den Bischöfen, den Äbten, zum Sprechen ansetzte und es dann doch vorzog zu schweigen.

»Ihr wolltet etwas sagen, mein Sohn.«

»Ja. Du sollst nicht töten, spricht der Herr. Ihr tötet!«

»Wenn, mein Sohn, so im Namen des Herrn; so tötet Euch der Glaube; wie er vor Euch Christum tötete; und dieser Tod ist ein Freudentod. Er tötet Euren Leib, auf daß die Seele, des Leibes ledig, den Himmel gewinne – wohingegen das zeitliche Leben Eures Leibes die Seele um das ewige betrügt, Stunde für Stunde zu viel des Sündigen, Sünde der Gedanken, Sünde der Tat.«

»Herr Kardinal, ich wiederhole, wir sprechen zwei verschiedene Sprachen. Ihr tötet uns um der Theologie willen, und die Waffen, mit denen Ihr kämpft, sind nicht anständig. Ich kann nur entweder Christ sein oder Theologe, ich kann nur entweder leben oder sterben, aber mir und meinen Kindern und meinem Lande das Leben mit dem Interdikte zu bedrohen, weil wir nicht sterben wollen, das ist nicht anständig! das ist nicht christlich!«

»Es fiel kein Wort vom Interdikte. Sondern vom Lösen und vom Binden. Wenn der Herr Pfalzgraf mir bestätigt, daß in dieser Frage die Kirche den Primat hat, so können wir uns den secundariis widmen.«

Der Pfalzgraf schlug die Hand auf den Tisch. Dom Rodero war aufgesprungen. »Nein! nein! nein!« schrie er, blaurot von Gesicht. »Der Herr dieser Mark bin ich, von Kaisers Gnaden! und bin ein getreuer Fürst des Reiches immer gewesen! ein getreuer Sohn der Kirche immer gewesen! Aber lieber nehme ich des Reiches Acht und den Bann der Kirche auf mich, vogelfrei jedem Mörder, als daß ich zuschaue, wie auf dem blutenden Rücken Kelguriens zwei Schemen Schach spielen! Leicht vor uns hin bluten, das sollen wir, das ist, was die Kirche möchte. Bischöfe Kelguriens! ich ehre den Standpunkt des apostolischen Officiums, aber, damit nicht die Kirche, welche höher ist als das Kollegium der Kardinäle, in den Geruch gerät, heuchlerisch, zwiedeutig, hinterhältig, menschenverachtend zu handeln, bitte ich als der vorm Kaiser und auch vor Gott Verantwortliche, verantwortlich ich ganz allein für das Leben der Lebendigen und der Ungeborenen, ich bitte euch Hirten, daß ihr den Schafen, die euch anvertraut wurden, in der Predigt verkündet, es habe der Bischof von Rom, nicht ihr, nicht ich, uns zum Lamm Gottes bestimmt! Öffnen wir die Grenzen! ich verteidige sie nicht mehr. Streifen wir ein Wolfsfell über, damit uns die Hunde der Heidenheit desto schneller zerreißen und wir morgen schon Christum sehen!«

Der Kardinal schüttelte den Kopf, seufzte und breitete die Hände. Seine Lippen bewegten sich, seine Augen waren voll Kummers. »Wir sprechen, wie mir scheint«, sagte er dann, »wirklich verschiedene Sprachen, aber ich verstehe die Eure, denn es ist fast die Sprache der Ketzerei, ich habe die Unterscheidungen, die spalterischen, wohl gehört. Hütet Euch. Hütet Euch, mich herauszulocken, daß ich im Zorne rede. Ihr habt an Dom Fabrizio einen wahren Vater, der Eurer edlen, tapferen Seele manches nachsieht. Daß Ihr kein Theologe seid, weiß ich, niemand verlangt das. Ich verlange nur, daß Ihr uns Kardinälen, die wir als Gewand Christi Blut tragen, den guten Willen nicht absprecht. Wir kennen Eure Sorgen, auch wenn wir in Rom weit von Euch fort sind. Wir haben solcher Sorgen unzählige zu erwägen und oft mit einer einzigen Entscheidung kommenden Jahrhunderten vorzugreifen. Die Welt brennt, wohin wir schauen. Wohin wir schauen in der Welt, hebt der Teufel der Ichsucht seine Fratze. Selbst im Heiligen Lande, das doch erobert ward im Namen des Glaubens, zerfleischen die christlichen Fürsten einander, paktieren mit den Ungläubigen, erschachern sich Vorteile, führen den Zehnt nicht mehr ab, schreien aber um Hilfe, und es wird ihnen übel ausgehen.«

»Was hat das«, fragte gelangweilt der Stuhl Gottes, »mit uns zu schaffen?«

»Sehr viel, Bruder Abt. Wer steht mir dafür, daß nicht auch hier die Fahne des Glaubens eingezogen wird, weil es in der Tat erfreulicher ist, ein Weib zu beschlafen oder einen Kapaun zu essen, als sich für Christi Liebe des tierischen Daseins zu begeben? Setzt Euch, Bruder Abt, setzt Euch. Ich bin noch nicht am Ende.«

»Ihr seid am Ende«, erwiderte der Abt. »Wir haben Euer Geschnatter satt!« Er riß das Fenster auf. Eine Gruppe von Herren kam gewalttätig herbei, den Legaten hinauszuwerfen, der, bevor sie ihn bei den Gelenken packten, ein echter Römer, mit dem rotseiden gefütterten Hermelinkragen das Haupt verhüllte. Barral fand sich an die Ergebenheitsgeste der Hunde erinnert.

»Ein Hund«, sagte der Markgraf nach wohlerwogener Pause in die Stille hinein, »ein Hundsbalg der Ritter, Herr Graf von Zwischenbergen, der sich an einem Wehrlosen vergreift. Ein Köter, Herr Abt, laßt ihn los oder ich zertrümmere Euch den Schädel! Gehorchen sollt ihr! Hinweg! Auf eure Bänke! Barral, schließ das Fenster! Dom Fabrizio, Ihr seid wahrhaftig bis an die Grenzen gegangen. Enthüllt Euch.«

»Diese Grenzen«, fuhr der Kardinal ungerührt im gleichen schönen Tonfall fort, »mußte ich prüfen. Ich prüfte sie. Wie soll nun der Friede, von dem Ihr träumt, aussehen im Einzelnen? Das Wort Traum heißt nichts Böses, beruhigt Euch, auch Träume sind von Gott, unter Umständen werden sie Wahrheit. Nennt mir die Umstände, prüfen wir die

Umstände. Ich sagte deutlich, die Kirche wird nicht von Kindern gelenkt, wir sind erwachsene Menschen allesamt, begabt mit Vernunft, einem Geschenk des Himmels, einem gefährlichen freilich, das leicht auf den Scheiterhaufen führt; plaudern wir also, entschließen wir uns zu dem, was sein muß, wenn es anders nicht sein kann.«

Dom Rodero klingelte. »Jared!« befahl er. Der Legat flüsterte mit dem Patriarchen.

Zwischen vier Bewaffneten wurde der Jude hereingeführt, den gelben Spitzhut auf dem Haar, die Hände hinter dem dunkelbraunen Kaftan verschränkt. Sein Blick schweifte an den Balken der Decke. Zu grüßen war nicht an ihm; grundsätzlich grüßte der Höhere.

»Was sprach Dschondis? Erzähle es diesen Herren.«

Jared nahm die Rechte an den Mund. Sein Kopf pendelte. »Der Herr Emir«, sagte er, »hat sich nicht wollen sprechen lassen; hab ich gefragt die Kaufleut, Kaufleut haben gefragt den Herrn Wesir, der Herr Wesir hat gefragt den Herrn Emir; der Herr Wesir hat gesagt über die Kaufleut, er kann noch, der Herr Emir. Gut, sag ich, geh ich wieder. Fragt der Herr Emir den Herrn Wesir: kann er noch, der Herr Markgraf? Sag ich, er kann. Jüd, sagt er, sag mir die Wahrheit, immer über die Kaufleut. Sag ich, er kann. Kann der Herr Emir, kann der Herr Markgraf. Kann der Herr Emir erfinden was Besseres, wird der Herr Markgraf anhören das Bessere. Fragt er mich, was. Sag ich Tribute.«

Der Saal erregte sich. »Niemals Tribut!« rief der Graf von Farrancolin. Dom Rodero klopfte auf den Ehering. »Vetter Berengar, denkt an die zarten Hühnerbrüstchen.«

»Tribute«, erläuterte Jared, »können sein Tribute von dem Herrn Emir an den Herrn Markgraf, dann schmecken sie. An den Herrn Graf hier von Ortaffa sogar. Sie rechnen das Gebiet, das sie haben, gegen das Gebiet von der Grafschaft mit Rodi und dem Krautlehen Ghissi-Galabo.«

Neues scharfzüngiges Flüstern. »Ortaffa wird zu mächtig«, zischte der Vogt von Sartena.

»Wenn aber zahlt Ortaffa«, bemerkte nicht ohne Lust der Jude, »freut sich Sartena. Woran hängts, möchten sie nun wissen die Herren. Sagt der Herr Emir, was sollen sie bluten die Herren Christen und wir bluten auch, was sollen sie kämpfen und wir kämpfen auch, was sollen sie vergießen zehntausend Zuber sauren Schweiß und wir die andern zehntausend? Sollen sie mir schicken Einen auf Tod und Überleben, kämpfen wir zwei, schwitzen wir zwei, bluten wir zwei; wers überlebt, kriegt die Tribute und zahlt das Begräbnis für den Herrn Gegner. Balsamierung stiften sie. Und weil die Einladung kommt von Dschondis, werden die Moslemun sorgen für die Walstatt und fürs Lager, für die Bäder, für den Fraß, für die Weiber, Weiber zum Klagen und Weiber zum Freuen, Tribute laufen auf zwanzig Jahr, die Markgrafschaft wird sie garantieren mit Siegel und Unterschrift, auf der anderen Seite der hohe Magistrat von Mirsalon und die Generalkapitäne von Prà.«

»Diese Schweine!« knurrte der Bischof von Rodi, Mirsalons nächster Nachbar. »Speckschweine!« ergänzte Dom Vito, Bischof von Frouscastel, zu dessen Sprengel die Exklave Prà zählte. »Was soll der Spaß kosten?«

Der Jude blickte weiter die Decke an. »Fünfhundert Pfund Silber per Annum.«

Der Kardinal, ohne sich zu äußern, ließ das Pektorale durch die Hand gleiten.

»Unmöglich«, sagte Herr Peregrin. »Woher nehmen wir die Summe?!«

»Will der Herr Markgraf gütig siegen, ist die Summe schön. Siegt er nicht, ist sie häßlich, aber nicht zu hoch.«

»Wieso Markgraf?« unterbrach der Kardinal von Cormons. »Es ist doch wohl unser, nicht dein Amt, den Kämpfer zu wählen!«

»Die Kirche«, bemerkte Dom Fabrizio, »könnte zum Exempel den Gedanken haben, daß ein Träger des Heiligen Purpurs als Erretter Kelguriens gute Figur macht.«

»Und wenn er verdroschen wird«, rief Bramafan, »ist er Märtyrer!«

Der Legat räumte das zwinkernd ein. »Überlassen wir es demnach der Weltlichkeit und substituieren wir, es werde, woran ich nicht zweifle, der Heeresbeste gewählt werden.«

»Der Herr Markgraf gegen den Herrn Emir«, bestätigte der Jude. »Ist es so gesprochen die letzten zwei Mal von den fünf, die ich war in Dschondis. Sind auch ungefähr gleich im Alter, stark sind sie, und die Moslemun fürchten sich.«

»Die Summe ist zu hoch«, beharrte Dom Peregrin.

»Hoch ist der Einsatz, Herr Graf, nach der bescheidenen Meinung vom Jared. Ein Jüd kann ausdrücken alles in Summen; rechnet man die Percente vom Einkauf. Wie wird gehandelt heutzutage ein Held? Verschnittene weiß ich, kauf ich jeden Tag. Held hab ich nicht.«

»Müssen wir uns«, fragte der Abt vom Stuhle Gottes, »solche unverschämten Belehrungen bieten lassen?«

Der Kardinal bekannte, er finde sie nicht so sehr unverschämt wie beschämend. »Beschämend, Eure Seligkeit. Gleichwohl erscheinen auch mir fünfhundert Pfunde etwas hoch. Hörte ich doch stets, es sei für den Peterspfennig kein Geld da. Falsch Zeugnis ein fauler Fisch.«

Ein tief trauriges Lächeln huschte über Jareds Gesicht, während er sich linkisch vor dem Legaten neigte. »Die Stimme allein könnt einen machen christlich, Jahwe verzeih mirs. Aber was angeht Summen, davon versteht hier ein einziger was. Wenns der einzige nicht sagt, sagts der Jared. Ist sie hoch nur im ersten Jahr, da liegt man krumm, oder man bebaut die Äcker. Die Äcker bringen den Zehnt. Und man spart die Waffen, die Pferde, die Nachtgelder, die Läger in den Fluchtburgen. Und die Prediger predigen, und die Gaukler gaukeln. Im zweiten weiß es die fernste Kirmes, hier ist Frieden, und es kommen Leute von weither fragen, ob sie können Land haben. Und die Ritter haben geheiratet und die Stuten gefohlt, die Frauen sind in Hoffnung. Im fünften spürt man nichts mehr. Im sechsten schießts über.«

»Also doch Wohlleben«, sagte Dom Fabrizio. »Zehnte, Herr Pfalzgraf.«

»Wohlleben auch für die Kirche«, erwiderte der Kronbote.

»Frieden auf zwanzig Jahre«, der Kardinal wiegte den Kopf, »das hieße, daß die Mauretanische Mark, da keine Verteidigungsmark mehr, ihre Vorteile einbüßt, Herr Pfalzgraf? Der Heerbann, bislang nicht abrufbar, wird anderswo fruktifiziert, die Zehntvergünstigungen entfallen.«

»Was ist«, fragte der Bischof von Rodi, »falls wir ablehnen? Rodi bedarf keiner Hilfe, aber wenn es teilen soll von der Mautung, steht es nicht mehr gut da.«

»Rodi«, ließ der Markgraf einfließen, »liegt am weitesten von der Grenze, obendrein durch das Vorhandensein von Ortaffa am sichersten.«

Der Jude beugte sich zu Dom Rodero, hielt die Hand vor und enthüllte ein offenbar außerordentliches Geheimnis, nach des Markgrafen Mienenspiel zu urteilen.

»Laut!« rief der Bischof. »Können wir das nicht alle hören?«

»Erzähle, Kammerknecht. Erzähle es allen. Der Bischof ist zu fromm, als daß er deinen Speichel in seinem gesalbten Ohr haben möchte.« – Jared, indem er sich duckte, spreizte die Hände. »Und mir, Herr, ist es zu gefährlich. Es sollte bleiben zwischen dem Herrn und dem Jüd, schließlich handelt der Jüd mit Mirsalon.«

Der Bischof kam heran, ein Hüne, zwei Köpfe größer als der Israelit, neigte sein Ohr an dem Spitzhut nieder, erbleichte und kratzte sich am Käppchen. »Geistlicher Herr«, tuschelte der Jude, »in der Bucht von Dschondis liegt eine Pachtflotte aus Mirsalon, die wird bemannt mit Moslemun, zu überfallen Rodi, ist Rodi dem Magistrat von Mirsalon ein Dorn im Fuß, wegen der Zölle auf dem Tec. Die Brücke wäre schnell zerstört. Von Rodi sind sie im Kloster Berge, auf dem Tec segeln sie nach Tedalda und Lorda, von drei Seiten sind sie hier, und die Tasche ist zu. Der Jüd hats verraten, verratet ihn nicht, aber trefft die Maßnahmen, dazu braucht Ihr Ortaffa und die Schwarzkutten vom Sumpfe Michael.« – Ein in der Liturgie nicht vorkommendes Wort beendete die bischöfliche Audienz. – Der Haudegen Vito Frouscastel hob seine buschigen Augenbrauen. »Wir reden zu viel! Wie lange haben wir Zeit?« – Jared verkroch sich in den Schultern. »Die Sterndeuter wissens. Der Jüd weiß nur, daß die Moslemun werden verzögern die Verträge, wenn die Herren Christen nicht handeln eilig.«

Nun, die Herren Christen handelten noch über Neujahr hinaus; zum Neujahrsfest gab es Flamingobraten; der Markgraf war zornbebend abgereist, seinen Teil Zunge hatte er dem Juden geschickt. Als er wiederkam nach Dreikönig, zerfleischten sie einander über der Frage, wer, wenn der Markgraf siege, die Tribute einstreiche, wer, wenn er falle, die Summen aufbringe für Ortaffa; der Emir wünschte ausdrücklich mit Ortaffa abzurechnen. Ortaffa verlangte, weil ihm Zahlungen zu unsicher schienen, außer Zahlungen mindestens die Vogtei über die Grafschaft Lorda, sie gehörte einem fränkischen Edelmann von Murol auf Murol, der als fränkischer Vasall nicht den Eid auf den Kaiser hatte ablegen wollen; der jetzige Vogt war Dom Rodero. Andererseits verlangte der Lordaner Bischof, wenn Dom Rodero das Vogtland auf Dom Peregrin übertrüge, mindestens aus der Grafschaftsmasse die Maut an der Tec-Schiffahrt; als er die nicht bekam, die Herrlichkeit Kelmarin mit der Wildquelle; auf die reflektierte Sartena; die anderen Bischöfe unterstützten den Vogt, weil sie sich ärgerten, daß Bruder Lorda schon zu reich war durch den Schneehandel vom Berge Nevado; der römische Legat, während er die halbe Flamingopökelzunge verspeiste, weigerte sich, ex cathedra Petri in den Schiedskampf zu willigen, ehe ihm nicht aus den geistlichen Zehnten der umstrittene Peterspfennig zugesagt werde; das aber wollten die Bischöfe nicht, dann wieder wollten sie doch, vorausgesetzt, man entschädige sie vorher durch Abfindung von Ländereien, Zöllen, Marktgerechtsamen und Ähnlichem.

Unterdessen übte der Markgraf sich Tag für Tag mit Barral im sarazenischen Säbelfechten und im unorthodoxen

Querreiten vor dem Bug des gegnerischen Pferdes; mit Dom Lonardo im Lanzenstechen; mit beiden wechselnd im Ausdauerfechten; mit Dom Peregrin im Feilschen; und als es endlich so weit gekommen schien, daß im Saal das Konzil sich geeinigt hätte, so hatte es sich darauf geeinigt, die seit anderthalb Jahren angefochtenen Erbverträge Cormons-Ortaffa neu zu verhandeln, weil durch die eventuell nah bevorstehende Nachfolge Dom Carls, der auf die sagenhaften Gofrid'schen Güter in Burgund anwartete, das gesamte Besitzgefüge Kelguriens durcheinandergebracht werde.

Da trat denn Dom Rodero die Vogtschaft Lorda ab an Ortaffa außer der Maut, in die er sich mit dem Lordaner Stuhl teilte; an den Patriarchen einen Wegzoll, nach dem der Lombarde schon lange gierte; an Farrancolin einen Landstrich zu Füßen des Nevado; und viele Dinge mehr, an Krethi und Plethi, wie er biblisch grollte. Immer wieder wurden die Summen verglichen und neu verglichen, was jeder zu zahlen haben werde im Falle des markgräflichen Hinschiedes, und was zu bekommen, falls Tribute einströmten. Die zwei Kardinäle lenkten das Spiel mit Geschick. Der Pfalzgraf jagte in den Einöden von Ghissi, wo er den Gofrid'schen Streitfall sich anhörte, im März verlobte sich Dom Carl fünfundzwanzigjährig mit der bitter armen, aber lieblichen Smeralda Farrancolin, und es wurde April, ehe die Dokumente, nachdem das Wort Konzil, als der Kirche vorbehalten, durch das Wort Kongreß ersetzt war, neuerdings umgeschrieben, ihren Wald von hängenden Siegeln erhielten. Der Emir war leider in Rodi nicht gelandet, was der Markgraf, dem Schacher ein Ende zu setzen, Tag für Tag fast sehnsüchtig gehofft hatte.

Oben richtete man die Gebärkammer, über drei Wochen sah Domna Judith ihrer Stunde entgegen; Dom Rodero küßte seine Tochter zum letzten Mal auf die Stirn, und das Heer zog aus gegen Sonnenaufgang nach einem Feldgottesdienst an den Ufern des Schilfmeers.

DAS TREFFEN IM GEBIRGE

Soeben war Jared, der Händler, beim Rabbi von Mirsalon unter das Gastlaken geschlüpft, um des Morgens nach Dschondis in See zu gehen, da furchte eine sarazenische Flotte das nächtliche Meer, erreichte im Frühgrau die einsame Welt der Tec-Mündungen und segelte mit dem Töterwinde den Strom hinauf. Bei nämlicher Dämmerung stießen die Scharen des Propheten, aus dem Mohrengebirge hervorstürmend, tief in die rückwärtigen Treffen Kelguriens. Der Markgraf, durch das Lodern der Wachfeuer benachrichtigt, ließ Rodi Rodi sein und warf sich mit allem, was er zu Cormons hatte, aus dem Bett in eine Schlacht, wie selbst er sie niemals zuvor erlebte. Drei Tage und zwei Nächte kam niemand aus dem Panzer; gleich am ersten traf es Dom Peregrin; ohnmächtig lag er für tot; Barral schaffte ihn zum nächsten Kastell; derweil ging im dichten Getümmel Graf Berengar blutströmend zu Boden; er wurde, als man suchte, nur noch an seinen Helmfarben erkannt; Wolken von Geiern kreisten über der Steinwüste; am Morgen danach schon war toter Feind von totem Freunde nicht mehr zu unterscheiden.

Barral schlug sich zu dritt auf eigene Faust, eine Erfindung des Mutwillens, die freches Gottvertrauen und Reitkunst verlangte. Dachs Ghissi, Walo Sartena und Hyazinth Farrancolin, Dom Berengars Ältester, trabten in lockerem

Abstand, bis ein Gegner auftauchte. Barral fiel auf den ersten Hieb, Hyazinth fing das herrenlose Pferd, Walo nahm den Kampf an, den er mit Ausweichen, Hinhalten und Täuschen in die Nähe des Scheintoten verlegte. Wenn dann der Mohr über der vermeintlichen Leiche tänzelte, wachte sie auf und hieb ihm das Tier unter dem Leibe weg; er stürzte in eine Dolchtarantel; Walo deckte nach vorn, Hyazinth galoppierte den Hengst zur Stelle. »Nun du, Hyazinth!« – »Den Haufen links!« Sie sprengten einen einzelnen Reiter ab, Hyazinth rollte als Ball aus dem Sattel, Barral und Walo kreisten den Mohren ein. Wieder wechselten sie. »Habt ihr meinen Vater gesehen?« fragte Hyazinth.

Am dritten Abend vor Sonnenuntergang zog sich die grüne Fahne des Propheten, die man nicht hatte erobern können, hinter den Kamm des Gebirges zurück; man nahm den Helm ab. Barral erbrach sich. Der Markgraf preschte heran. »Verletzt?« – »Mir ist übel.« – »Das kommt, wenn man nachdenkt. Du bist gefreit, Junker Dachs von Ghissi!« Wachen wurden ausgestellt, Fackeln entzündet. Das Heer, wofern es nicht blutete oder dahin war oder mit gebrochenen Gliedmaßen gesammelt wurde, stieg aus den Panzern, sich im Flusse zu baden. Dom Rodero liebte keine falschen Feiern. Ein Adam im Wellengeriesel, umsummt von Mükken, lobte, tadelte, ermunterte er und wußte die Fehler, die begangen waren, sinnfällig zu machen. Sechsundachtzig Adams freite und tauchte er unter viel Fröhlichkeit. Ohne Freiung kein Rittertum.

Noch im Fluß erreichte den Markgrafen die Nachricht, daß die Sarazenen beiderseits Rodi gelandet seien, den südlichen Haufen habe der Bischof in den hochgehenden Strom geworfen, wobei er ertrank; den nördlichen, der das

Kloster Sankt Michael zum Berge überfiel, hätten die Benediktiner und Ortaffaner teils in der Kirche, teils im Sumpf, teils zu Füßen Ortaffas aufgerieben, unter schweren eigenen Verlusten; die Flotte habe nach zwei weiteren Versuchen nächsten Tags abgedreht. – »Meine Tochter wohlauf?« – »Domna Judith gebar vorgestern einen Sohn.« – »Wie? zwei Wochen zu früh!« – »Das Kind ist tot, sie hat die letzte Ölung erhalten.« – »Fiebert sie? Abtrocknen! Mein Pferd!«

Kardinal Fabrizio trat heran. »Pfui Eurer Blöße«, sagte er ohne besonderen Stimmaufwand. »Ihr versündigt Euch mit dem heidnischen Bade. Das ganze Heer, wie ich sehe?« – »Gott schuf das Wasser«, entgegnete Dom Rodero, »vermutlich damit wir es nutzen. Nackt kommen wir auf die Welt, nackt gehen wir wieder dahin, den Geiern zum Fraße. Wäret Ihr eine Jungfrau, Dom Fabrizio, so würde ich sagen: zimpere nicht, Schatz, daran stirbst du nicht. Was ist, Dom Lonardo?« – »Es sind zwei Unterhändler zu mir geführt worden, goldene Stäbe am Turban. Wollt Ihr empfangen?« – »Herbei mit ihnen! Nackt wird empfangen, Herr Kardinal, würde ich der schämigen Jungfrau sagen, wenn sie je auf den Gedanken fiele, mich für heidnisch zu halten, weil ich mir Blut und Schmutz und Ekel und Schweiß abwasche. Ich erwies dem Himmel viel Gutes heute, Legate Petri, viele schöne Leichen. Ihr entschuldigt mich, meine Tochter liegt auf den Tod, und da sind die zwei Mohren, mit denen möchte ich Komplimente tauschen. Die wissen, was sich gehört. Ihr sprecht Latein, edle Prinzen? ich bin der Markgraf. Die Kleider!«

»Ihr solltet«, sagte der Kardinal, »jetzt besser nachstoßen, statt zu verhandeln.«

Die Mohren, dunkelhäutig, nicht schwarz, weißäugig glitzernd im Fackelschein, überbrachten, während der Markgraf angezogen wurde, den Glückwunsch ihres Herrn, des Emirs von Dschondis, an den Ritter aller Ritter, dem es gelungen sei, den Sieg in der Schlacht an sein Banner zu heften. Ihr Herr, nachdem er leider zu spät erfahren, daß der furchtbare Bergtiger sich herabgelassen, die bescheidene Turnier-Einladung mit lächelnden Lefzen aufzunehmen, werde sich überglücklich schätzen, wenn der heutige Waffengang dem nicht entgegenstünde, und biete, bis der Termin festgesetzt sei, auf ritterliches Ehrenwort Schwertruhe zwischen Kelgurien und Dschondis.

Der Markgraf verneigte sich. »Die Tapferkeit war auf Eurer Seite wie auf der unseren, der Kampfwert ausgewogen, das Gefecht prächtig. Ihr werdet eine noch offene Schachpartie nicht aufgeben. An welchem Tage gedenkt Seine Hoheit mich die Überlegenheit seiner Kraft und seines Geistes fühlen zu machen?«

»Es ist«, sagten die Mohren, »alles gerichtet, wir erwarten Eure Fürstlichkeit übermorgen beim Frühgrau, denn unser erhabener Emir tat bei den hundertundvierundzwanzigtausend Propheten den Schwur, er wolle spätestens gegen Abend den Vorhof des Paradieses schauen, das Testament ward gesiegelt.«

»Eure Tochter liegt auf den Tod«, warf Dom Fabrizio ein.

Der Sprecher der Mohren wandte sich zu ihm. »Wenn, Heilige Eminenz«, rief er, »Jesus der Gesalbte, den ja auch wir als Propheten verehren, diese herrliche Tochter in ihrer unbeschreiblichen Schönheit bei sich wird sehen und lassen erstrahlen wollen, wie wäre es da kleingläubig, sie etwa an solcher Himmelfahrt zu hindern durch Tränen und Gebete!«

»Daran«, sagte der Kardinal, »denkt niemand, ein Markgraf weint nicht, aber Euer Herr wird den Wunsch eines Vaters begreifen, der, um von seiner Tochter zu scheiden, für den Zweikampf einen genehmeren Vorschlag erhofft.«

»Prinzen«, entschied der Markgraf, »die Ehre eines Turniers mit Seiner Hoheit, ich sehe es ein, denn ich dürste danach, duldet keinen Aufschub. Morgen wenn die Gräser ihren Frühtau der Luft schenken, wird die Spitze meines Geleites aus dem Felsenkessel des Junitreffens aufsteigen entlang dem Wadi in das Land jenseits unserer Türme, das zu sehen Eure Krummsäbel uns bis heute verwehrten.«

»Und die Blüte von Dschondis«, rief der Mohr, »wird Eure gewaltige Hoheit empfangen. Wir küssen Eure von Güte strömenden Hände, der Segen Jesu des Propheten leuchte über Eurem Schlummer die ganze Nacht, er heile die rosengleiche Tochter, er verkläre Euren Traum mit dem Blute des zerfleischten Gegners und sei mit der Eminenz des Kardinalfürsten, dessen Weisheit uns half. Bindet uns, Herren Ritter, die Augen, auf daß wir eilen, unserm Herrn zu berichten, das Paradies sei ihm nahe.«

Der Kardinal lächelte den Mohren hinterdrein, als sie nach weiteren Beteuerungen, Schwüren, Handküssen und Fußfällen, die auch seinem eigenen Rocksaum gegolten hatten, würdevoll davonschritten. »Zu mir«, sagte er, »waret Ihr weniger höflich.« – »Ihr kamet auch nicht, Dom Fabrizio, mir die Gurgel zu schlitzen, sondern damit ich den Peterspfennig bezahle. Das ahnt man bei Euch Rotfüchsen leider immer zu spät, Ihr seid mir über. Was wollt Ihr jetzt holen aus meinem Hühnerstall?« – »Nichts, nichts. Ich wollte Euch im Namen Seiner Heiligkeit danken für Euren Sieg.« – »Ei was, das fiel Euch zu spät ein. Rotfuchs, Euch kitzelt etwas im Gaumen.« – »Es freut mich, Euch guter Dinge zu sehen; und wenn Ihr mir zusetzt, nun, ich hätte, da ich einmal hier bin, ganz gern wegen der Besetzung des Stuhles Rodi vorgefühlt.« – »Haltet Ihr mich schon für so tot wie den Vetter Rodi? Sein Leichnam wird das Meer noch nicht erreicht haben, die weißen Milane zanken sich mit Gekreisch um seine Augen, zerren ihm das Herz aus der Brust und hacken nach seinen tapferen Händen.« – »Ihr weint?« – »Ach verflucht, Kardinal, wie soll man da nicht weinen? Einen Bischof wie ihn wird das Kapitel nicht wieder wählen, seines Schlages ist niemand mehr da. Ich mische mich nicht ein, das ist Angelegenheit der Domherren. Keinen Namen, ich will nichts wissen. Ich will nicht, Dom Fabrizio. Ich lebe noch! Ich kümmere mich jetzt um den Vetter Ortaffa, und dann gehe ich schlafen.«

Herrn Peregrin setzten die Kopfschmerzen grausam zu, doch war er bei Bewußtsein; die Quetschungen, Schürf- und Platzwunden, die er Pferdehufen verdankte, wogen geringfügig. »Wir werden Euch tragen lassen, Vetter«, bestimmte Dom Rodero. »Auf jeden Fall wickelt Ihr in Dschondis die Verträge ab. Das dauert, hört Ihr mich?, so lange, bis man Euer Übel findet und heilt.«

Die Sarazenen hatten hoch im Gebirge, mitten in tellerflacher, beginsterter Ebene zu Füßen von Wäldern und weißen Schroffen, aus Zelten eine ganze Stadt errichtet, mit Mauern und Zinnen aus Leinwand, mit Palästen aus Teppichen, mit Moscheen, Badhäusern und Brunnen, auf das Kunstvollste gespeist von einem in Kaskaden fallenden Bach und seinen Ableitungen. Musik erscholl, man fand Harem und Gastgeschenke. Der Emir erstattete seinen Besuch im Zelte des Markgrafen. Eine halbe Stunde später ritt der Markgraf aus, dem Emir aufzuwarten; sie spielten eine Partie Schach.

Die Ärzte und Bader, Christen darunter, des Lateins kundig und sogar des Kelgurischen, verweilten sich zwei Stunden bei Herrn Peregrin. Ein junger vornehmer Moslem mit goldener Agraffe am Turban betrachtete abschätzend den Leopardenschurz und die Waffen Barrals. In seinen Augen lag etwas Weiches, Träumerisches und Liebebedürftiges, lagen Stolz und Stille. Barral erwiderte den Blick; er dachte an Domna Judith; ob sie sterben mußte? sie hatte die letzte Wegzehr empfangen. Der Mohr berührte mit den Handspitzen die Stirn, die er neigte. Barral tat ein Gleiches. Die Ärzte, über Dom Peregrin gebeugt, disputierten. Der junge Moslem, nicht mehr Kind, noch nicht Mann, einen Kopf kleiner als Barral, legte die Zeigefinger nebeneinander und rieb sie; Barral desgleichen. Heiße Freude überlief das Gesicht des Sarazenen; er trat näher, tastete nach einem der Messer, wartete, bis Barral nickte, und zog es vorsichtig aus der Schlaufe. Die Fäuste vor der Brust, lachte er lautlos mit blendenden Zähnen, streckte die Linke flach aus und schnitt eine kleine Hautwunde in den Ballen. »Bibere«, sagte er leise, »amicus, cor«, und zeigte am Arm entlang bis zum Herzen. Barral sog das Blut auf. Schon wurde seine Linke ergriffen, der Mohr ritzte sie leicht und schnell, trank das Blut, küßte den Dolch, ließ ihn am Halse hinter das Gewand gleiten und wiederholte die drei Worte Latein in seiner Heimatsprache. »Ishrab; trinken. Sadîkh; Freund. Gallobne; unser Herz.« – »Sadîkh«, sagte Barral, »Gallobne«, und legte die Hand vors Herz. Der Mohr verbesserte ihn: »Galbî, mein Herz; Galbég, dein Herz; Gallobné, unser Herz.« Barral sprach es nach, aber noch immer nicht war der neue Freund zufrieden, den er halb aus Versehen, halb aus Neugier erworben hatte. »Galbî, cor meum. Gallobné, cor nostrum.« – »Corda nostra«, wandte Barral ein, es waren zwei Herzen. Heftiges Kopfschütteln: ein Herz, ein einziges.

Die Ärzte beendeten ihren Disput; mit Verbeugungen erstatteten sie dem jungen Herrn Bericht. Barral zupfte einen der Bader. »Wer ist das?« – »Der Prinz? Salâch-ed-Dîn, jüngster Sohn des regierenden Gebieters, als Ehrenritter zugesellt dem in der Tat schwerkranken Fürsten von Ortaffa.«

Damit entfernten sich alle; Barral setzte sich an das Bett seines stumm leidenden Herrn. Wenig später wurde auf rotem Lederkissen ein goldener Dolch überbracht, bescheidener Ersatz für den Verlust, mit der Bitte, an der Tafel des Prinzen speisen zu wollen; man werde dem Kranken jetzt Fleischsaft und Honig geben, damit er nicht kauen müsse, und ihn einschläfern, damit er morgen erfrischt dem Schiedskampf beiwohnen könne. »Geh nur«, sagte der Graf, »hier bin ich gut aufgehoben.« Hinter den Zeltwänden erklang Musik; sie klang, als strichen Sommergrillen zum Tropfen und Sickern einer winterlichen Schneeschmelze; dazu wurde gesungen, tief aus der Kehle und wie in Tonkrüge hinein. Es gehöre das zur Einschläferung, sagte der Sarazene in fließendem Latein. Barral folgte gern. Er sah gerade noch eben die galoppierenden Reiterabteilungen, die ihre scharf geschliffenen Säbel in die Luft warfen und sie fünfzig Fuß weiter mit Daumen und Zeigefinger an der Spitze wieder auffingen; schon nötigte man ihn unter Komplimenten überschwänglichster Art in einen von Kissen, Teppichen und Stoffen schwellenden Zeltsaal, den Düfte durchzogen.

Für den Schiedskampf war festgelegt worden, daß, da die Moslemun sich fünfmal des Tages gegen Mekka verneigen, die drei mittleren Gebetsübungen als Pflichtpause zu gelten hätten; nach jeder Pause mache das Lanzenstechen den Beginn; wenn bis Sonnenuntergang keiner der Kämpfer gesiegt habe, solle der Gang am nächsten Morgen neu anheben, dann aber ohne Lanze und außerhalb jeder ritterlichen Regel, Rücksicht oder Gnade. Die Nacht sei im Tempelschlaf zu verbringen, auch von den Beiständen, kein Weib dürfe berührt werden. So schlief der Emir, behütet von psalmodierenden Mullahs, mit einem seiner Söhne in der Zeltmoschee; der Markgraf und Barral, bebetet von den Litaneien der Mönche aus Sankt Maximin, schlummerten zwischen Bäumen unter mitgebrachten Paramenten, nachdem durch die Bischöfe der Teufel ausgetrieben und mit geweihten Aschenkreuzen der Kirchenbezirk bezeichnet war. Dort empfing morgens Dom Rodero aus der Hand seines Cormonter Patriarchen den Leib Christi und Christi Blut und die Sterbesakramente. Man panzerte ihn; er saß auf; den Federbuschhelm im Arm, ritt er unter betont wildem Jubel der christlichen und sogar der sarazenischen Ritter in das Blachfeld ein. »Anständige Leute«, bemerkte er zu Barral. »Ei! er ist es! Der schwarze Satan. Das hoffte ich! das haben wir um einander verdient!« Er sagte es beim Handschlag auch dem Gegner, und der Gegner, die Hand eine Weile festhaltend, sagte es ihm. Alle vier wendeten, an ihren Schranken sich zu versammeln.

Der Markgraf, die Panzerhandschuhe gefaltet, ritt nur mit den Knien. Barral trabte vor und nahm die Zügel des Rappen an. »Jungfrau Marî«, betete der Markgraf, »bittet Euren Sohn, daß der Sieg mein werde um seinetwillen;

falle ich, so bittet ihn, daß ich zu ihm darf in das hochheilige Paradies; er sehe mir nach so manches Schlechte; er habe nicht gehört so manches Wort; er vergebe meine Sünden, die mir vergeben wurden am Altar. Ich gelobe, wenn ich am Leben bleibe, daß ich zu seinem heiligen Grab wallfahren werde in Jerusalem; muß ich hinab zur Grube, so wird mein Sohn Carl die Wallfahrt leisten für mich; stärkt meinen Sohn Carl; tröstet meine Gemahlin Oda; schützt meine Tochter Judith; grüßt meine fünf Söhne, denen ich verzeihe; gebt mir Kraft, Jungfrau Maria, und laßt mich ehrlichen Ritter nicht unehrlich werden in diesem Gang. Und segnet mein Grab auf dem Felsen von Rimroc, wo ich schlafen will, getrosten Glaubens, bis an die Auferstehung, unter Eurem schönen Himmel, Gott, unter Gras und Schnee und Sturm. Amen. So, mein Junge; setz mir den Helm auf; den Schild; danke; die Lanze. Rimroc, vergiß das nicht. Und deine Augen auf Judith, vergiß das nicht. Leb wohl. Aus dir wird Großes; bleib fromm; bleib edel.«

Die Trompeten bliesen. Drüben am Ende des Blachfeldes schrie der Sarazenenfürst; das brauchte man, um in Stimmung zu kommen; seine Ritter auf den Rängen schrien es nach: Namen verlorener Schlachten, zerstörter Dörfer, verbluteter Helden. Der Markgraf schwieg. Der Dachs drängte sein Pferd gegen das des Herrn. »Ghissi, Herr Markgraf.« Dom Rodero schwieg. Barral richtete sich in den Bügeln auf. »Ghissi!« rief er, »Ghissi! Ghissi! Ghissi!« Jetzt tobten die christlichen Ränge. »Ghissi! Noves! Galabo! Amlo!« Der Markgraf schwieg. »Gott mit Kelgurien!« sagte er beim zweiten Trompetenstoß; beim dritten fuhr er derart aus der Sandschranke, daß der Emir unter dem Anprall wankte.

In zwei Stunden gelang es keinem, den Gegner aus dem Sattel zu heben; auch nicht nach der Pause, in der Dom Rodero, durch einen Strohhalm in den Luftlöchern des Topfhelmes, den Saft einer Zitrone trank. Dem Emir reichte man Fleischsaft. Nach jedem Wechsel sprangen sie, wie sie waren, gepanzert, in einen Bottich mit Wasser; die Filzbinden sogen sich voll, die Verdunstungskühle ließ sie den Mittag bestehen.

Die neununddreißigste Lanze wirbelte den Emir in die Luft. Er schien von dem Stoß mitgenommen; Krummschwert gegen Krummschwert, focht er auf Zeitgewinn; die Gebetspause rettete ihn. Der nächste Lanzenritt warf ihn sofort in den Sand, der Markgraf sprang ab und hieb, ehe der Gegner sich aufsammelte, dreimal hintereinander in die Schulter; die Panzerung platzte fort. Die Christenheit trieb und hetzte im Chor, doch ließ Dom Rodero sich nicht beirren. »Säbel!« rief er, denn die Schneide war ausgebrochen. Während Barrals Pferd ihn umtänzelte, ging er mit schmetternden Schlägen vor, einer beulte das Helmkinn ein, der nächste traf unter allgemeinem Aufschrei zum vierten Mal in die gleiche Schulter, das Kettenhemd riß. »Her!« Er wechselte die Waffe. Noch einmal dieselbe Kerbe. Blut rann hervor. Der Emir vertauschte Schild gegen Schwert; Dom Rodero hätte es verhindern können; die Mohren zollten ihm Beifall.

Der schwarze Satan focht linkshändig so kräftig wie rechts, aber immer tiefer sank der Schild; der nächste Schlag fegte ihn in den Sand. Da ergriff den Wehrlosen das Entsetzen. Unter dem Pfeifen und Heulen seiner Ritter suchte er das Heil in der Flucht, herrlich laufend, wennschon behindert durch die Verwundung des Arms, den er festhielt, wobei er den Säbel verlor. Des Emirs Beine waren länger als die des Markgrafen; er täuschte hervorragend. Immer wenn das Schwert herabsauste, hatte er sich rechtzeitig umgeschaut, einen Haken geschlagen und Vorsprung gewonnen. Sein kurzer Atem allerdings zeigte, daß der Kampf, der fast sechs Stunden dauerte, sich dem Ende näherte. Desto erbitterter führten die Mohren sich auf, desto grausamer wurde die Jagd ums Leben. Jetzt stolperte der Emir; er lahmte. Sein Beistand warf ihm einen Säbel zu, er fing ihn nicht mehr, sondern schleuderte sich rücklings gegen die Füße des Verfolgers. Dom Rodero, der mit Fangen gerechnet hatte, fiel über ihn hinweg der Länge nach hin, rollte sich ab und trat dem Angreifer senkrecht aus dem Liegen derart unter den Bauch, daß es nun diesen im Schwung durch die Luft hob. Zur selben Sekunde stehend, hatte der Emir den nächsten Säbel in der Hand, der Markgraf schlug ihn fort, von neuem begannen Flucht und Verfolgung.

Diese Flucht war Finte; blitzschnell sich herumdrehend, stach der Mohr seinen Dolch in das Visier Dom Roderos, der sich zurückbog; auch dort lief Blut. Sie umarmten und warfen einander. Jetzt war der Markgraf oben; wieder kam der Emir aus, wieder flüchtete er, Dom Rodero holte ihn ein, besprang ihn von hinten, riß ihn zu Boden, zuckte und war tot. Unter dem Ringkragen hindurch steckte der Dolch in seiner Halsschlagader, noch hielt der Emir mit beiden Händen das Heft, drehte es, stach, dann ergoß sich ein Strom von Blut und Schaum auch aus seinem Visier, und er sank vornüber auf die Leiche, schwer atmend mit langen Pausen.

Schweigend sahen es die Sarazenen. Die Großen Kelguriens hoben ihren neuen Markgrafen Dom Carl auf den

Schild. Turniermarschall, Beistände, Ärzte und Rüstknechte nahten. Barral öffnete den Helm Dom Roderos und schloß ihm das Auge. Helm, Rüstung und Pferd lieferte er dem Sieger ab. Unterdessen stimmten die Klagefrauen ihre Gesänge an, ein Gewinsel, zum Schluchzen wachsend; aufweinend zerrauften sie sich die Haare, stürzten in die Arena, schlugen die Stirn auf den Boden, zerrissen ihre Gewänder und steigerten das Geheul, wie ihnen befohlen war, damit die Helden es leichter hätten, dem Gram ohne Mannesscheu Lauf zu lassen.

Dom Carl entblößte den Kopf. Man öffnete ihm die Schranke, die Herolde bliesen, das Klagen verstummte. Man hörte nichts als das Röcheln des Sterbenden, den die Prinzen und Ärzte umstanden, und das Knirschen der Schritte im Sand. Der Markgraf küßte dem Pferde des Emirs den leeren Steigbügel; er warf sich nieder, küßte im Liegen den Panzerschuh des Siegers und sprach den Tributeid. Barral, in Tränen schwimmend, schnallte ihm die Sporen, das Schwert und den Schwertgurt ab. Des Emirs Beistand nahm sie entgegen, reichte sie weiter und setzte seinen Fuß auf Dom Carls Nacken. Dann hob er ihn auf und ließ durch zwei knieende prinzliche Brüder die Waffen neu anlegen. Das Jammern begann wieder; Dom Carl küßte die blutige Stirn des Stiefvaters; der Emir wurde hinausgetragen. Man amputierte den Arm. Er erbrach weiterhin rosigen Schaum aus der Lunge; gegen Abend Galle; dann schwarzes, galliges Blut; in der Nacht verschied er.

Noch in der Nacht stattete Dom Carl den Kondolenzbesuch im Zelte der siebzehn Prinzen ab; wer von ihnen der neue Emir sein werde, war nicht bekannt. Anderen Morgens, nachdem der Markgraf Dom Peregrins Huldigung entgegengenommen und ihm Ghissi nebst anderen Reichslehen bestätigt hatte, zog das Heer der Christen zurück nach Sankt Maximin und Cormons, wo der Gewaltbote aus Schwaben den neuen Herrn über Kelgurien von Reichs wegen investieren würde. Die Mohren, gegen Dschondis aufbrechend, bis wohin sie anderthalb Tage brauchten, führten mit sich an fränkischen Gästen – jeden Weißhäutigen nannten sie fränkisch – in einer Sänfte den Gesandten, zu Pferde seinen Leibknappen, zu Esel die Räte. Mit sich führten sie ferner, in Eiskies gebettet, die sterbliche Hülle Dom Roderos, sie zu Dschondis im Totenbad neunmal zu waschen: dreimal in lauterer Flut, einmal in Sandelessenz; in Darira, Ambra, Kampfer; in Rosenöl; zuletzt in einem Wasser, das sie aus Dampf gefangen hatten. Was sie ausweideten, wurde verbrannt bis auf Herz und Leber. Die Leber bestatteten sie am Orte des Todes; sie war der Mut. Das Herz war die Treue; in Kampfer gesetzt und eingeschmiedet in eine aufs Feinste ziselierte goldene Kapsel, wurde es an Goldketten über dem Hauptaltar der Kathedrale zu Cormons aufgehängt, nachdem durch des Patriarchen Kunst die Spuren des Teufels getilgt waren. Das Gesicht, dem sie für das zerstörte Auge ein gläsernes machten, bestrichen sie mit Salbe, füllten Ohren und Nase mit Kampfer und überzogen mit Kampfer alle Haut. Oberhalb Rimroc in der Grafschaft Farrancolin erbauten sie durch christliche Sklaven einen Grabturm hoch an der kahlen Gebirgsflanke, denn sie verstanden sich auf Gewölbe, wie sie kein Baumeister Kelguriens zu denken gewagt hätte. Derweil kam aus Cormons das bestickte markgräfliche Staatsgewand. Der balsamierte Körper, in kostbare Tücher gewickelt, wurde gekleidet. Etwas unnatürlich von Farbe, etwas wächsern, die zwei großen Wunden vernäht, lag er aufgebahrt in der Krypta von Sankt Peter und Paul zu Dschondis. Diese Kirche, eine mirsalonische Prälatur, hatten die Mohren erlaubt seit eh und je. Sie behinderten niemanden, selbst nicht wenn ein Chorbischof oder der Patriarch visitierte. Sie legten auf Bekehrung ihrer christlichen Haustiere keinen Wert, ja sie erschwerten den Glaubenswechsel, indem sie ihn fühlbar besteuerten.

DSCHONDIS

Als Franke in Freiheit lebte man zu Dschondis wie im Traum, Dom Peregrin schon gar, denn er verließ das Haus nicht, das er bewohnte – ein reiches, von leisen Dienern und dämmrigen Gazevorhängen durchschwebtes, durch dauernde Fächelung kühl gehaltenes Haus. Er hörte das Knarren der Schiffstaue, das Plätschern der Wellen, das vielstimmige, volkreiche Fluten der Basare. Aber er war zu geschwächt, überdies zu gewissensstreng gegen die Verlockung des Fremdartigen, als daß er sich hätte aufraffen mögen, auch nur ans Fenster zu treten. Man badete und salbte ihn täglich, seine Wunden verschorften; man flößte ihm Fleischsud, Honig und Säfte ein; er ahnte nicht, daß er täglich Gift nahm. Täglich kam ein Kaplan, ihm die Messe zu lesen, täglich befragten ihn die Ärzte, danach schlief er; wachte er zwischendurch auf, so saß fast immer der Mohrenprinz mit Barral am Schachbrett, und der Latein sprechende Ritter dolmetschte die artigsten Erkundigungen.

Nach zwei Monaten eröffnete man ihm, er habe den Stein im Hirn, das Hirn brauche einen Ausgang, durch den es atmen könne, dafür sei eine bestimmte Sternkonstellation nötig, die man errechnen werde nach des erhabenen Fürsten Horoskop; er müsse, wenn er es heil bestehe, ein Käppchen mit durchbrochener Kuppel aus Golderz tragen; kämpfen werde er nicht wieder dürfen, sonst aber ein gesunder Mann sein. Da bat Dom Peregrin um den Besuch des Markgrafen Carl.

Dom Carl, unruhig wegen des bevorstehenden Reichstages, für den er die Verträge brauchte, ritt aus mit einer Menge von Räten; er sah die steilen, waldbedeckten Gebirgszüge; tief eingeschnittene Talschrunden; befestigte Dörfer auf Hängen und Stürzen; er sah im gewundenen Engpaß kirchturmhohe Kaminfelsen, von denen herab ihn Bogenschützen grüßten, und seine wortkarge Seele überschlug, welches ungefähre Aufgebot an kaiserlichen und päpstlichen Heeren man wohl benötige, um das Evangelium gewaltsam nach Dschondis zu tragen, wohin es durch die mirsalonische Hintertür längst getragen war. Er sah das Meer und die vom Meere aus uneinnehmbare Bucht mit ihren dunstweißen Klippen und Nadeln, Nebenbuchten, Inseln und befestigten Riegelbergen; Landhäuser in Palmenhainen, am Hafenrund zehnstöckig getürmte Wohnviertel; Moscheen, Minarette; Dachgärten mit blühenden Sträuchern und bunten Schirmen, holzvergitterte Altane; verschleierte Frauen, Turbane überall. Er blickte in der Krypta dem toten Stiefvater in die Augen, rührte vorsichtig die Haut an, sprach ein Gebet und wohnte der Messe bei. Bleib edel, hatte der Vater ihm gesagt; bleib fromm; und kämpfe nie gegen die Kirche – sie bringt dich um in deinen Worten, kaum daß du sie eben gesprochen hast. Verbeiße, was du denkst.

Seither war Dom Carl mit sich übereingekommen, noch wortkarger zu werden. Er hörte an, was die Ärzte sagten, und erlaubte es durch ein Kopfneigen. Er prüfte den Stand der Verträge und befand sie durch ein Kopfneigen für gut. Er nahm entgegen, was Dom Peregrin bewegte, und hob die Schwurfinger zum Zeichen, daß er die zwei gräflichen Zusatztestamente hüten wolle. Nur als der Name Graziella fiel, tat er für drei Worte den Mund auf. »In Cormons erinnern«, befahl er dem Kanzler. Am Schluß fragte er, ob Dom Peregrin von seiner Sippe jemanden wünsche. – »Nein. Nicht. Streut aus, ich sei guter Dinge.« – Der Markgraf nahm Abschied. Im Vorraum unterlief ihm das Mißgeschick, den Junker Barral, der sich nach Judiths Befinden erkundigte, ganz in Gedanken zu vettern. Es ging ihr zufriedenstellend. Dom Carls kühle, graue Augen, Erbschaft des Vaters Gofrid, ruhten, während er die Anrede berichtigte, in denen des Bastards von Ghissi.

Dom Peregrin beichtete dem Kaplan, der ihn nicht absolvierte. Er beichtete dem Dechanten und stiftete viel Geld; fast hätte er, um losgesprochen zu werden, auch Land gestiftet. Sein Kammerrat erinnerte ihn, dies Land sei vergeben. Barral wurde hereingerufen. Der Graf kämpfte mit dem Schlummer. »Da bist du. Beuge dich über mich. Schau mir in die Augen. Aus welchem Grunde bliebest du bei mir?« – »Wegen Ghissi, Herr Graf.« – »Kein Herz dabei?« – »Doch.« – »Ich möchte dich verheiraten; damit du Land hast; und möchte Ghissi der Kirche schenken. Du sollst mir in die Augen schauen, Junge. Nicht zu Boden. Ich sehe, daß du nicht heiraten willst. Warum verschließest du dich stets dem, was ich vorhabe? Ich will dein Bestes. Du bist mein Vorkoster. Das ist ein Truchsessen-Amt. Der Titel Truchseß von Ortaffa gehört meinem Lehen Amlo. Ich löse ihn von dem Lande ab und verleihe ihn dem Lande, das du erheiratest. Du trägst ihn vom Tage der Ritterschaft an. Damit kannst du auftreten. Was hast du mir zu sagen?«

Die Lider fielen ihm zu. Die Hand sank über den Bettrand. Barral holte sich ein Sitzkissen. »Ich habe Euch zu sagen, daß Ihr Leim ausstreicht und nicht gut genug lügt. Einem Märchenerzähler muß man keine Märchen erzählen.« – »Weißt du ein besseres?« fragte der Graf und streckte sich behaglich. – »Oh ja. Es war einmal ein Kater, der hatte gut gefrühstückt. Schnurrend lag er im Bett, ließ die Maus kommen, die er schon neunzig Mal in den Zähnen gehabt hatte, und sprach: liebe Maus, das Spiel ist aus, du bist keine Maus. Halte dich grade, du bist meine Tochter. Drum! sagte die Maus. War mir doch immer, wenn Ihr mich kautet, als werde ich zärtlich gekaut. Siehst du, entgegnete der Kater, das ist die Stimme des Blutes. Wünsche dir etwas. Er schleckte sie glatt, und sie wünschte sich das Mausloch ihrer Eltern. Wie? rief der Kater; das bekommt die Ratte! Schade, sagte die Maus, und ich? Du bekommst einen Mäuserich, der soll für dich sorgen. Oh vielen Dank, Herr Kater. Aber ein so kleines Mausloch für eine so feiste Ratte? Gehorche. Aber Herr Kater, wenn ich doch eine Halbkatze bin, was soll ich dann mit dem Mäuserich? Ihm Kinderchen schenken! fauchte der Kater und wurde allgemach hungrig, die Unterhaltung strengte ihn an. Maus, ich habe Kopfschmerzen. Das fürchtete ich, Herr Kater. Du bist ein braves Kind. Komm in meinen Rachen. Ehe ich dich dem Mäuserich gebe, will ich dich lieber noch ein wenig zurechtkauen. Gern, Herr Kater, flötete die Maus, es ist das schönste und wärmste Heim, das ich auf Erden mir denken kann. Ihr freßt mich auch ganz bestimmt nicht? Das wird sich finden, gähnte der Kater und verschlang sie.« – »Und?« fragte Dom Peregrin. »Aus?« – »Das wird sich finden, Herr Graf.« – »Dann geh jetzt,

Maus, und tummle dich unter den Heiden Babels. Brauchst du Geld?«

Barral brauchte kein Geld. Wohin er kam, öffneten sich die Türen, und was immer er kaufen wollte in den lärmenden, wogenden Basaren, das war bezahlt. Eines Tages beim Schach, er sprach nun schon fließend Sarazenisch, bat er den Prinzen, ihm Beschämung ersparen zu wollen, er besitze ja Geld. Der Prinz lächelte. Mit kurzem Wink den Dolmetsch entfernend, lehnte er sich auf den Kissen vor. »Glückseliger, der ich bin! Ich habe einen Freund! einen edlen! er erkannte mich warmen Herzens; einen herrlichen Herrn mit dem mächtigen Kreuz einer Löwin, mit Schiffsmasten von Armen und einer Brust, in welcher der Meersturm wohnt; mit Augen gleich Hyazinthen, dem vertraue ich mich. Wisse: Mordsucht umgibt deinen Sklaven, er ist der Jüngste, furchtbar ist es, der Jüngste zu sein unter den Söhnen eines toten Emirs. Nicht hier, Herr, will ich es dir erörtern. Laß uns einen Ritt machen, wenn dein Fürst Vater gesundet sein wird, einen Ritt zu meinen Bergwassern, da du die Wasserkünste liebst.«

»Graf Peregrin«, sagte Barral, »ist nicht mein Vater.« Der Mohr wandte ihm über das Schachbrett hin das Gesicht rechts, wandte es links, drehte es in das halbe Profil, in das verlorene, lachte lautlos, setzte sich wieder und beließ es auch künftig dabei, ihn nach dem Ergehen des lebenspendenden Ahnfürsten zu fragen, der zwei Tage nach Neumond die letzte Ölung empfing und Barral auf die Stirn küßte. »Ich war hart zu dir«, brachte er mühsam, da Zoll für Zoll durchgiftet, heraus, »verzeihe es, wenn du wissen wirst, warum ich so handelte.« – »Ihr werdet gesund«, entgegnete Barral. – »Maus«, sagte Dom Peregrin, legte die Hand auf

Barrals Scheitel und redete nichts mehr; seine Lippen bewegten sich noch eine Weile; er schlief ein. Der Prinz gab den Trägern ein Zeichen, hob den Freund am Ellbogen auf, und während man den Grafen hinaustrug, raunte er in Barrals Ohr: »Es war der Segen eines Vaters, Freund. Höre. Ich bin bedroht. Wir haben Nachricht vom Propheten, mein toter Vater wird sterben in diesen Tagen. Beschütze mich, sie wollen mein Blut. Geh nicht von meiner Seite. Schlafe bei mir. Wache, wenn ich schlafe; wache!« In der Nacht, alle Prinzen schauten zu, bat man Barral, den schlummernden Zornesgebietiger des himmelragenden Ortaffa an genau bezeichneten Stellen mit Nadeln auf Schmerz zu prüfen, sie wagten es nicht aus Furcht, von dem Bergpanther zerfleischt zu werden. Barral, dicht bei Salâch stehend, erklärte, es sei besser, die Ärzte täten es, der Panther wünsche sich nichts Ersprießlicheres. Salâch kniff ihn aus Freude in den Arm, währen die Ärzte Dom Peregrin anstachen. Sie fanden, er schlafe vortrefflich – ob der sonnengegürtete Herr Franke ihn an den Stuhl binden wolle? »Der Herr Franke«, sagte der Prinz, »ist voller Bewunderung eurer göttlichen Fähigkeiten.« Barral nickte zuvorkommend. Also banden sie den Grafen, er fühlte es nicht, rasierten ihm eine Tonsur, wie die Mönche sie hatten, er fühlte es nicht, wuschen ihn mit Wassern und Essenzen und deckten weiße Tücher über die Ränder der Tonsur, die sie, während Musik einsetzte, mit schnellem Kreuzschnitt häuteten. Barral sah weder die blutige Arbeit, noch hörte er das Meißeln. Sie meißelten ein Stück Hirnschale aus, vernähten die Hautlappen mit gepichtem Garn, stillten das Blut und enthüllten den Schlafenden; Atem und Puls lebten; die Farbe war kreidig. Er blieb an den Stuhl gefesselt.

Die Ärzte, Bader und Handlanger warfen sich zu Boden; die Prinzen verneigten sich vielmals gegen Barral, auch Barral verneigte sich vielmals. »Du mußt ihnen sagen«, flüsterte Salâch, »daß er nicht tot ist, sonst werden sie ausgepeitscht. Frage ihn, ob er tot ist.« Barral beugte das Ohr an Dom Peregrins Bart. Ein unbekanntes Gefühl von Angst, Weichheit und Zuneigung durchströmte ihn. Er horchte auf den Atem; heimlich betete er, Gott möge den Vater heilen; andererseits dachte er an das Testament für den Todesfall: ob ihm Ghissi vermacht wurde? Während er zum Heiligen Dionys flehte, Schutzpatron gegen Leiden des Kopfes, suchte sein Gedächtnis nach Märchenformeln, die den Mohren genügen könnten; und während er sah, daß die Augen der Mohren, nicht minder ängstlich, an den seinen hingen, sah er aus dem Lidwinkel die des Grafen zucken. Ein Faden Blut rann an der Schläfe hinab in den Mundwinkel, der Mund verzerrte sich. »Ist er tot?« fragte Salâch.

Barral nahm das Blut auf den Finger und streckte den Rücken. »Nein, er knurrt. Hört ihr den Bergpanther nicht fauchen? So Viele seid ihr, und das ist alles, was er hinterließ. Wo habt ihr sein Fell? Ihr erlegtet ihn nicht? Oh, er wird eure Lämmer reißen!« Schon stürzten die Ärzte ihm zu Füßen, küßten seine Schuhe, küßten die Geldbeutel, die von den Prinzen gestreut wurden, küßten die Hände des Patienten und untersuchten ihn abermals, bevor sie ihn mit dem Stuhl nach oben schafften. Die Prinzen luden den Franken zum Nachtmahl bei Seiner Hoheit dem Emir Sâfi.

Emir Sâfi lag balsamiert im Thronsaal des Palastes, grimmig lächelnd aus dem gestutzten, tief schwarzen Vollbart unter goldbesticktem Turban; seine Hände, über dem grüngrundigen Brokate der Brust gekreuzt, schienen zu leben.

Sterndeuter waren bei ihm; die Sterne, nachdem man dem Propheten Zeit gelassen hatte, ihn würdig zu empfangen, stünden, berichteten sie, über achtzehn Tage so günstig, daß ihm der Weg ins Paradies leicht werden müsse; er habe also bestimmt, für diesen Tag das Fest seiner Freude zu rüsten, an dem er die Regierung abtreten wolle; wann aber das Testament eröffnet werde, das habe Herr Sâfi nicht gesagt; mitessen möge er nicht.

»Hast du bemerkt«, fragte Salâch den Dachs beim Schlafengehen, »sie wechselten die Schüsseln aus, als du den ersten Bissen mir fortnahmst, du bist es, dem ich mein Leben danke. Hätten sie dich vergiftet, so könnten sie nie das Paradies schauen, heilig ist dem Propheten der Gastfreund. Schlummere süß, Gastfreund, Rosenträume mögen deine Seele erheitern.« – Barral träumte einen kastanienfarbenen Traum, Wogen Kupfers überströmten ihn, er beglückte Judith und Judith ihn. Mittags, als sie gebadet wurden, fragte der Prinz, was er geträumt habe, der erste Traum hinter neuer Schwelle sei stets ein Wahrtraum. »Dann bin ich des Todes«, sagte Barral. »Wer in Kelgurien die Ehe bricht, bekommt den Prozeß und wird gesteinigt.« – »Wie?« rief der Prinz. »Ein Prozeß? Bei uns ersticht man sofort, und niemand fragt. Ich mache mir bitterste Vorwürfe. Mein Löwe darbte; ich ließ ihn ohne Löwinnen, nur um beschützt zu sein! Wir werden feststellen, ob der Traum sich erfüllt.«

Er befahl einen Sternkundigen ins Bad. »An welchem Tage des Jauchzens gebar deine über und über geschmückte Mutter dich Ersehnten? zu welcher wolkenlos schönen Stunde? an welchem begeisterungstrunkenen Orte?« Barral wußte einzig den Ort, Ghissi, der bestürzte die Moslemun, und mutmaßte als Geburtsmonat Ende Februar, wollte aber von der Zukunft gar nichts erfahren – zur größten Verwunderung des Gastgebers. »Mein Herz verzeihe!« sagte Salâch. »Ein Mensch ohne Zukunft ist ein Tier!« – »Wenn ihr alles berechnen könnt«, erwiderte Barral, »warum fürchtest du dich dann? Und wenn alles von den Sternen entschieden wird, warum sorgt ihr euch noch ums Regieren? Bei uns ergibt sich die Zukunft aus der Vergangenheit. Wir vertrauen Gott, und wenn es gehen heißt, gehen wir gefaßt. Wie hätte Dom Rodero sonst kämpfen sollen?«

Salâch betrachtete ihn mit Scheu. »Oh Freund, deine Augen schwimmen. Du setzest dem Hohen ein Denkmal. Aber wie seid ihr uns fremd, fremdartige Franken! befremdende, bewunderte, blaublütige Wesen, die nicht zu weinen verstehen und des Zartsinns ermangeln. Es macht mich betroffen, zu erkennen, wie sehr du aus ihnen herausragst. Goldbraun deine Haut. Groß dein Herz. Ohne Ehrsucht und neugierig dein Blick. Und nicht neugierig auf das Schicksal? Arme Menschen, die ihr seid! tatkräftig und wirtschaftlich in allem! nur mit dem eigenen Leben nicht. Der Hohe lebte noch heute, wenn er nicht blind vertraut hätte. Die Sterne standen günstig für Dschondis an jenem Tag, nur an jenem, schlecht für Sâfi, sehr feindlich für den gewaltigen Kriegselefanten, vor dessen zermalmendem Schritt uns grauste. Tags zuvor, tags darauf, wann immer, hätte er siegen müssen. Der Mufti befahl.« – »Und die Schlacht bei Rodi? Wozu?« – »Der Mufti befahl. Sie war gesetzt auf das gleiche Horoskop. Es verriet uns jemand.« Barral schwieg. Man salbte ihn. »Freund, erlaube es!« bat Salâch unter den Händen der Walker. – »Ich werde

Achtzig. Mehr brauche ich nicht.« – »Viel brauchst du. Du sollst ein Amulett haben, und dein Aufgang soll errechnet sein aus dem Untergang deines betränten Ghissi. Nenne mir irgend eine Stunde, eine Stunde der Propheten, in der dein Leben sich wendete; besser zwei.« – »Lassen wir das für später, Salâch. Eine könnte ich dir nennen; später. Jetzt will ich nach Herrn Peregrin schauen, ob er bei Wohlsein ist oder Schmerzen hat.«

Dom Peregrin war bei Wohlsein; er schlief. So oft er erwachte die nächsten Tage, schläferte man ihn neuerdings ein. Immer ein wenig geringer wurden die Gaben; er erholte sich. Die Stadt schwoll von Besuchern, die zu Sâfis bevorstehender Himmelfahrt eintrafen. In der Residenz des Gesandten gab Dom Carl ein Essen für den mirsalonischen Magistrat und die Generalkapitäne von Prà. Des Emirs Testament wurde eröffnet. Es hielt sich an die Sitte, die stets den Jüngsten, sei er auch nicht so klug wie der Älteste, zum Nachfolger bestimmte. Die Sarazenen schoben der Mordlust einen Riegel vor – hätte doch im Fall Dschondis der Erstgeborene, bevor die Reihe an ihn kam, sechzehn Brüder umbringen müssen. Ihrer drei bildeten einen Regentschaftsrat, bis Emir Salâch großjährig sein würde. Zunächst hatte er genügend zu tun, den Vater zu bestatten, die Glückwünsche der Tributare zu empfangen, den Vasallen die Lehen zu bestätigen und, über das Meer segelnd, sich vor dem Sultan der Berberei niederzuwerfen, danach in der Moschee die schneeweißen Füßchen des Imâms zu küssen.

Die Bucht lag voller Schiffe, die Hitze züngelte. Emir Salâch lief aus, Prinzen und Mufti verabschiedeten ihn. Barral, frei, da Dom Carl ihn nicht liebte, spazierte mit dem Latein sprechenden sarazenischen Begleitritter durch das bunte Gewühl des Marktes, der seit Tagen gehalten wurde. »So habe ich hier auch gestanden«, sagte der Ritter, »lange her. Ich glaube gar, es ist noch das gleiche Bretterpodest.« Auf dem Podest wurden numidische Mädchen versteigert; indische; schwarze von den afrikanischen Küsten; Köchinnen aus der Tatarei; ältliche Wirtschafterinnen, die sehr viel kosteten; ein muskulöser Mohr, als Pflüger versteigert; nebenan, umlagert von Kunden, blonde Knaben zu Hunderten.

»Ihr seid kein Sarazene?« – Es stellte sich heraus, daß der Ritter geschminkt war, muselmanische Kleidung trug und aus der Askanischen Mark stammte, verkauft von seinen christlichen Eltern, die vierzehn Kinder hatten; so geschehen in einer heimlichen Gasse zu Magdeburg, das mit Prag und Wien der größte Handelsplatz sei für Sklaven, ein Nabel der Welt, ein Wald von Kirchen über dem hohen Ufer des Grenzstromes; vom Reich hätten sie, aneinandergefesselt im Rollwagen, kein Hälmchen erblickt, nicht eher als bis sie zu Schiffe den Tec hinabschwammen nach Mirsalon. »Ich hatte Glück, das Heer kaufte mich.« – »Das Heer?« rief Barral, »kaufte?« – »Das Heer, Herr, sind fast alles Christen, nur die höheren Ränge nicht. Die mittleren wie ich traten dem Glauben des Propheten bei.« – »Wir Christen schlachten euch Christen? ihr Christen schlachtet uns Christen?« – »So ist es. Wie hätten die Moslemun sich halten sollen? Sie bauen ihre Felder, wässern sie, erzielen das Zehnfache dessen, was Kelgurien erzielt, sie garnen und tuchen, schmieden, ziselieren, treiben Handel und leben. Hier zieht man es vor zu leben. Für das Sterben hält man sich Sklaven.« – »Man lernt viel«, stellte Barral fest, »wenn man einmal über den Zaun schaut. Wie ist die Sklaverei? Sie sehen verängstigt aus.« – »Das kommt, weil sie geschönt sind und die Verkäufer Angst haben, die Schönung könne gemerkt werden. Hat man den Verkauf hinter sich, so genießt man den Schutz der Gesetze. Wer geprügelt wird, klagt; wer hungern muß, klagt; wenn der Richter den Herrn schuldig findet, ist man frei und tut die Ohrringe ab. Ihr seht meine Ringlöcher kaum noch. Dort handelt ein Pascha. Nein, dort: der mit den zwei Roßschweifen; er wird bald drei haben. Vor ihm der Arzt. Kluge Leute bringen einen Arzt mit. Jetzt untersucht er die Muskeln. Der Knabe, um den es geht, könnte erwachsen sein oder ein Mädchen. Manchmal sind sogar die Haare entfernt.« – »Warum kauft man nicht auf Probe? Die Haare wachsen doch nach?« – »Darauf läßt sich der Händler nicht ein, übermorgen ist er fort; wer falsch gekauft hat, trägt den Schaden.« – »Die groben Burschen da sind die Händler?« – »Die Händler des Händlers. Der Händler sitzt drinnen im Haus, wo das Kostbarste verschachert wird, Sängerinnen, Verschnittene, milchhäutige Knaben, gerade eben erwachsen. Wollt Ihr sehen?« – »Wenn Ihr mir sagen könnt, daß der Händler einen pockennarbigen Mund hat, möchte ich ihn gern sehen.« – »Den hat er. Ihr kennt Seif-ibn-Amân?« – »Ich werde ihn wohl kennen, auch wenn er so heißt, wie er bei uns nicht heißt. Der Pascha geht hinein. Schließen wir uns an?«

Man nötigte den Heerführer auf einen kissenschwellenden Diwan; man bot ihm Erfrischungen, kandierte Früchte Eissäfte, Duftgesprüh. Und mit freiem, wiegendem Gang, teefarben gewandet, einen in Rot und Ocker gestreiften Turban auf dem Kopf, nahte Jared, sich bis auf die Erde zu neigen. Dem Pascha wurden feinste Lustknaben unterbreitet, schmalhüftig und langbeinig; er rührte ihre Nacktheit an. »Pfui Teufel«, sagte Barral, hinter einer Säule gedeckt. »Gegen solche Gockel haben wir gekämpft?« – Der Ritter verneinte durch ein vieldeutiges Lächeln. »Man findet bei uns«, erläuterte er, »männliche Harems. Die hohen Herren lieben anders.« Jared, indem er die Knaben drehte, machte, daß sie zeigten, was sie sollten, pries ihren Bau und rief, während der Arzt an mitgebrachten Tinkturen die Echtheit ihrer Milchhaut prüfte: »Ich weiß, wen ich bediene! keine Fehlfarbe darunter! Schenkel wie von Kapaunen!«

»Die Ware ist hübsch«, erklärte der Pascha, »etwas reif schon. Jetzt möchte ich einen Verschnittenen sehen, kräftig, Fünfzehn höchstens, voll ausgeheilt, für einen nicht sehr begüterten Freund.« – »Als Obereunuch?« fragte Jared. Der Arzt nickte, worauf ihn der Pascha zu Boden schrie. Jared ließ vorführen. Er habe leider viel Ausfall gehabt; der Pascha verdüsterte sich; jeder Vierte sei ihm gestorben bei dem Eingriff; der da? hundertachtzig. Der Pascha barst. »Achtzehn!« brüllte er, »keinen Piaster mehr!« Man war in den Präliminarien des Handels. Die nächsten Stadien wurden übersprungen. Der Pascha ging von Wutausbrüchen sofort zu Schmeicheleien und Schwüren über, Gottesanrufungen folgten auf Lobpreis und Naserümpfen, Fangfragen des Juden wechselten mit Erkundigungen beim Arzt, Tränen und Erschöpfungszustände mit verstärkten Demonstrationen der Muskulatur. Beiderseits täuschte man mehrfach den Abbruch der Verhandlungen vor. Schließlich sprach der Israelit nur noch vom Herrn Wesir und was der Herr Wesir als Obereunuch brauche; dann ging der Pascha, mit allen Zeichen des Zornes; Jared rieb sich die Hände. Auch Barral ging.

Er ging zu früh. Am Treppenfuß stieß er auf den umkehrenden Pascha, auf dessen Umkehr oben am Geländer Jared lauerte. Barral machte Platz; der Pascha beschwor ihn unter Verneigungen, einen Diener des erhabenen Emirs nicht in Konflikt mit des erhabenen Emirs Gastfreundschaft zu bringen, bitte: wonach stehe sein Wunsch, dieser sei sogleich erfüllt. Der Ritter, auf Latein, drängte, er müsse, um nicht zu beleidigen, einen Wunsch, welchen Wertes immer, nennen. Jared eilte hinab. Barral, wie ein hoher Fremder begrüßt, äußerte Neigung zu einem Eistrank. »Dies Sitzkissen, Herr? jenes? dieses. Zu Diensten. Ein Eistrank! Orange? Pistazien in Melone. Hundertfünf, alleredelster Herr Pascha, fünf, mein letztes Wort.« Neuerdings wurde gefeilscht, geklagt, getastet und verglichen. Moslem und Jude riefen des Franken Spruch an, der Hundert nicht teuer fand. Jared erglänzte, der Pascha schwoll und fuhr an den Säbel. Barral nahm die gekreuzten Füße auseinander, atmete aber erst wirklich frei, als er nach Ablauf einer Stunde das Haus verlassen durfte, ohne gemetzelt oder verkauft worden zu sein oder gar selbst gekauft zu haben. Unten bedankte sich der Pascha in den erlesensten Wendungen und entfernte sich melodisch, gefolgt von dem Schellenbaum, der die Roßschweife seines Ranges trug.

Zu Dschondis verschloß man keine Türen. Abends tauchte Jared linkisch und katzbuckelnd in Barrals Zimmer auf. »Muß ich Euch hier finden wieder?« fragte er in seinem verdrehten Latein. »Muß ich Euch murmeln Entschuldigungen?« – »Nichts da! Mich ekelt dein Handel.« – »Hier dürftet Ihr sagen Ihr zu mir, hier ist der Jared frei und ein Herr, und trotzdem kommt er. Warum kommt er wohl?

Ist er ein armes Schwein der Jared, überall dulden sie ihn, nie hat er Heimat nirgends, haut er sie übers Ohr alle, weils das Einzige ist was Spaß macht. Was ist denn das Leben, Herr, für den Jüd? Hab ich gestanden auf Ortaffa wie der Verbrecher am Galgen, nur weil ich den Markgraf hab geliebt, das war ein Erwählter auch, ein Gerechter des Herrn, und es war der Einzige vor Euch, das müßt Ihr doch können anrechnen dem Jared!«

In seinen Augen schimmerten Tränen. »Tot ist er! und er wirds gut haben im Himmel, aber was nutzt es mich? Friede! brauchen wir Frieden zum Handel. Dafür hab ich verraten Dschondis. Dafür hab ich gewollt den Schiedskampf. Ist überzahlt, Herr, ist überzahlt, ist überzahlt! Der Jüd verspricht Euch was. Weil er den einen Erwählten hat umgebracht, ja ja ja ich!, wird er hochbringen den andern. Der Jüd wird wissen wann. Oder, Herr Christ: bitte. Soll ich werden Christ? Hat der Herr Kardinal sich lassen erkundigen, gleich den Tag, ob ichs gemeint hätte ernst, daß die Stimme allein einen könnt machen christlich. Sagt der Jared: wie sind die Bedingungen? Hier sind sie: alles, alles, alles soll ich stiften, alles; dann könnt ich kommen in Euern Himmel. Sonst nicht. Bin ich aber getauft, kann ich handeln nie mehr, wozu dann werden Christ? und nie nirgends Heimat!«

»Wo hätte denn ich Heimat?« fragte Barral. »Wo hätte denn ich Liebe?«

»Kriegst du. Kriegst du, Knecht Hiob. Spangen von Gold sollst du haben und silberne Pöcklein in den Wingerten Engedi. Soll ich schicken eine unberührte Jungfrau, schönste am Lager? Nein? Nein, hat er gesprochen. Der Herr beginnt das Begreifen. Seh ich an seinen Augen. Begreift Ihr den Jüd? Wie soll der Kuchen gehn ohne Hefe? Wenn die Hefe getauft ist, was ist mit dem Kuchen?«

Barral lächelte. »Wir wollen bleiben, was wir sind.«

Jared stürzte davon, ohne Gruß. »Wir, hat er gesagt! wir!« jubelte er auf der Treppe, »wir, hat er gesagt.« Seine Lippen formten uralte priesterliche Schutzworte. Auf der Straße, Barral sah es vom Altan, hüpfte er wie ein Kind.

Der Emir war kaum zurück aus der Berberei, so verlangte er nach dem Freunde. Sie ritten hoch über der Bucht unter Palmen, ritten durch Pinienhaine und bogen in ein sanft steigendes Seitental. Salâch zeigte, an welchen Künsten es lag, daß die Moslemun so schöne Frucht erzielten. Es lag an den Künsten des Wassers, für die sie ein eigenes Wasserbauamt hatten; die Beamten studierten zwanzig Jahre. Sie stauten und leiteten es ab in tausend kleine Kanäle, die weder stocken noch rieseln durften; mit kaum spürbarem Gefälle durchfloß es ein Bett aus Palmfasern, Kuhfladen und wurzelnden Gewächsen – ohne zu schleimen, ohne blind zu werden. Die Kanäle hatten Schaffs, die man hochzog; das kannte Barral; aber auch auf den Feldern durfte das Wasser nicht stehen, nicht schwemmen; das kannte Barral nicht; er kannte keines der Instrumente; er kannte die Regeln nicht, nach denen man die Flut einließ bei bestimmten Mondständen. Die Mondstände erregten ihn weniger als das Instrumentarium. Salâch überhörte den Wunsch. Wichtig sei ferner der Dung. Die Mohren düngten mit Taubenmist, vorzüglich vor anderem Dung, überall errichteten sie Taubentürme, weitab von Bäumen, damit sich in ihrer Nähe kein Raubvogel niedertat, und umgaben die Türme mit Rautengewucher, das von der Schlange verabscheut wurde. Stand aber ein trächtiges Feld voll Unkraut, so mußte ein jungfräuliches Mädchen, nackt, das Haar aufgelöst, einen Hahn in der Hand, darüber hingehen; alsbald welkte das Unkraut. Schilfrohrwände gab es in Dschondis wie in Kelgurien. Die Sarazenen rankten Gurken hinauf, deren Triebe sie mit Wasserschalen voranlockten; kam der Trieb nah, rückten sie die Schale ein Stückchen weiter. Sie bauten zwölf verschiedene Art Bohnen; sie bauten Reis auf geschlammten Feldern; sie pflanzten Baumwolle; Orangen gossen sie mit Menschenblut an; sie setzten den Ölbaum in der zweiten Hälfte des Zeichens der Fische bei wachsendem Mond, und nur sittsame Leute schwarzer oder dunkelbrauner Hautfarbe durften von ihrem dreißigsten Jahr ab in Ölpflanzungen arbeiten; auch das erst, nachdem sie sich rituell gereinigt hatten, sonst schrumpfte die Ernte. Warf ein Baum nicht genügend Frucht, so gingen zwei Männer zu ihm und stritten sich, während er zuhörte, ob man ihn ausroden solle, er trage ja nicht; schon schlug der Eine die Axt stumpf gegen den Stamm, danach mit der Schneide, diesen Schlag fing der Andere ab und bat für den Baum, er werde sich ganz gewiß Mühe geben, wenn man ihm nur ein halbes Jahr Zeit lasse. Erfolg: der Baum bekam Angst, strengte sich an und warf das Dreifache.

»Drei Wünsche, Freund«, sprach der Emir, »hast du frei, denn ich höre zu meinem Kummer, daß der Fürst Vater, gesundet, dich mir entführen will.« Er sprach von Gold, von Waffen, von den Mädchen, die Herrn Barral gedient hatten, von einem Pferd, von Jagdfalken, einem Lustschiff, und vielen Dingen mehr, nicht von den Instrumenten. – »Ich bin lange genug bei euch«, sagte Barral, »um zu wissen, daß ihr die armen Mädchen umbringt, die ein Fremder beschlief. Ich bitte für ihr Leben.« – »Das war der erste

Wunsch«, rief Salâch zornig, »er sei dir erfüllt.« – Sie schwiegen. »Der zweite«, fuhr Barral fort, »ist der größte. Daß du mir, was auch geschieht, ohne zu zürnen, deine Freundschaft erhältst, für das ganze Leben; was auch geschieht.« – »Dieser Wunsch«, erwiderte der Emir, »war ganz und gar unnütz, lieber Blutsbruder. Doch ehrt er dein Herz und heitert das meine auf. Deine Großmut verzeihe. Nun der letzte Wunsch, aber schone mein aufbrausendes Blut. Es braust, wenn der Koran des Propheten mißachtet wird. Was benötigst du daheim und kannst es daheim nicht haben?« – Barral überlegte, daß notfalls Jared ihm das so betont überhörte Instrumentarium kaufen könne. »Einen Mann«, sagte er, »der das Wasser auf die Felder Kelguriens bringt. Nur muß er Christ sein, denn ich darf keinen Moslem halten.« – »Gut gewünscht!« schloß der Emir in mühsam unterdrücktem Ärger. »Ich werde dir diesen Mann senden, Bruder, heute über zwanzig Jahr.«

Sie schieden, als der hohe Herbst überging in den ersten Winterfrost, an einem Tag, den die Sterndeuter berechnet hatten. Barral erhielt ein Leibpferd geschenkt, einen Krug Oliven der neuen Ernte und das härteste, schärfste, schönste Krummschwert, mit ihrer beider Namen graviert. »Entblöße deinen Nacken. Ich versprach dir ein Amulett. Du erzähltest mir, daß man bei euch Franken viel Geld verschwendet, um den Zeh oder das Nasenbein eines Hingerichteten zu erwerben. Bei uns liebt man andere Talismane, man schützt sich vor dem Bösen mit Gutem. Diese kleine durchbrochene Kapsel, betrachte sie gegen das Licht, enthält das geopferte Auge jenes furchtbaren Kriegselefanten Rodero, den du, ich weiß es, liebtest. Willst du die Kette abnehmen können? oder soll sie der Goldschmied auf dir verschmieden?« – »Eng verschmieden.«

Auf dem Heimritt hängte Dom Peregrin ihm ein ähnliches Amulett um den Hals; darin befanden sich die gräflichen Kopfschmerzen – ein Stück Hirnschale, so groß wie der Daumennagel.

DER VICEDOM

Die Moslemun nutzten ihr Land. Das Blachfeld des Schiedskampfes lag bereits umgepflügt und geschlammt; waffenlose Krieger bauten sich Hütten; man glaubte an das Wort der Verträge. Drüben in Kelgurien waren die Kastelle noch besetzt, der Karst noch Karst, die Ödnis noch Ödnis; Ruinen, Skelette, verbrannte Wälder. Nirgends unterwegs ein neues Haus, nirgends ein Anfang.

Ungewaschen betrat kein Mohammedaner die Moschee; die Mönche zu Sankt Maximin wuschen morgens ihre Hände; das Gesicht zu waschen, war ihnen freigestellt; die Füße säuberte der Bruder dem Bruder jeden vierzehnten Tag, ein Bad erlaubte die Ordensregel zweimal im Jahr. Sie schliefen in der Kutte auf Stroh; sie arbeiteten in der Kutte auf den Feldern. Selbst die Felder rochen nicht so, wie sie hätten riechen sollen; in Dschondis rochen sie nach Wasser, Fruchtbarkeit und Vernunft. Dem Abte zu trauen, hieß das: dem Herrn vorgreifen; ein frommer Abt wartete, bis Gott regnen ließ; ließ er nicht regnen, erntete man nicht. Dom Peregrin fragte, ob der Regen Weihwasser sei; die Brüder bekreuzigten sich; und ob man einen Bach, den man herbeileite, nicht segnen könne. Abt und Prior versprachen, die Frage prüfen zu wollen.

Bei den Ungläubigen, die auch, wennschon anders, glaubten, saß man auf Polstern am Boden, aufrecht, in artiger Haltung, die Füße gekreuzt; schöne Gewebe hingen von den Wänden; das Gespräch blieb leise. Auf Stein und Holzbänken räkelte sich zu Cormons die Ritterschaft; Weinsäure, Ziegenkäse und Gegröhl stieg aus ihren Schlünden; Knoblauch, Bocksdunst und Schweiß aus den Kleidern. Dom Peregrins Nasenflügel bebten.

Sie bebten den nächsten Morgen stärker, als man ihn und den Dachs vor das Ketzergericht lud. Dom Carl war beim Kaiser; Graf Bramafan, der ihn vertrat, weit fort; der zuständige Bischofsstuhl Rodi unbesetzt; kein Schutz zu erhoffen, keine Fürsprache. Die Patriarchenstadt bildete eine Stadt für sich, mit eigenen Mauern, eigenen Söldnern und eigenen Gesetzen. Wer sich der Ladung entzog, nahm die Verstoßung aus der Gemeinschaft der Gläubigen auf sich. Der weltliche Arm hatte zum Bann die Acht zu fügen, Lehen und Habe einzuziehen und den Vogelfreien, den jedermann straflos erschlagen durfte, verfolgen, fangen und ausliefern zu lassen.

Der Kardinal, auch er beim Kaiser um der Verträge willen, besaß neben der Kathedrale, die dem Kapitel gehörte, getrennt durch den zierlichen Kreuzgang, eine vom Kapitel exempte Bischofskirche, in der er Lehnsherr und Richter war. Auf ledernen Faltstühlen entlang den Pfeilern wartete lesend der Klerus, angetan mit liturgischen Gewändern; Schwarz, Violett, Rot; darüber der Schnee der durchbrochenen Chorhemden. Beim Eingang forderten Lanzknechte die Waffen. Laut Reichsgesetz ging man zur Kirche stets ungewaffnet, nachdem der Kaiser bei einer Schlacht im Dome zu Goslar einmal fast umgekommen war. Trotzdem wurden die Beklagten betastet und, als der Graf sich wehrte, gewaltsam durchsucht, seine Räte nach

Hause geschickt. »Ich verlange Respekt!« rief der Graf. Zwei Geistliche kamen. »Ich verlange Entschuldigung!« Sie entschuldigten sich und stülpten ihm einen grobleinenen Büßersack über. Zwei Andere taten Barral ein Gleiches. Ihren Scheitel mit Asche zu bestreuen, nahte in violetter Schärpe der Vicedom; man führte sie vor den Chorbischof; sie küßten seinen Pantoffel, er verweigerte den Segen; ganz in Weiß stand der Advocatus angelicus, ihr Examinator. »Zu Boden!« rief er. Sie warfen sich nieder. Er befahl ihnen, auf der Sünderbank Platz zu nehmen, den Rücken zum Altar, der Herr trage Abscheu, ihr Gesicht sehen zu müssen.

Es habe, sagte der Vicedom in kurzer Ansprache, der hochwürdigste Dom Fabrizio, Legat Seiner Heiligkeit des Papstes, um der Ketzerei zu steuern, die heilige Inquisition und Pönitenz für das Gebiet der Markgrafschaft, auch Rodi, in die Hände des hochwürdigsten Patriarchen von Cormons gelegt, mit der Maßgabe, die Häresie auszurotten von der Wurzel bis in die höchsten Verästelungen; wer sich, wenn für todeswürdig befunden, nicht unter Gottes Weisheit beuge, solle gerädert, wer bereue, dem Scheiterhaufen überantwortet sein: als einem Gnadentod christlicher Liebe, durch den die Sünden zu Staub gebrannt, die Seelen vor dem Satan gerettet würden. »Welche Klagen bringt die heilige Inquisition vor? Der Beistand der Engel begebe sich auf den Evangelien-Ambo. Der Beistand des Teufels verdolmetsche die Ausflüchte der Beschuldigten sine ira et studio von dem weltlichen Latein in Kirchenlatein.« Die Vorsorge erwies sich als weise. Was der empörte Graf auch immer herausschäumte, zumindest im Anfang der fünfstündigen Verhandlung, zornig bedacht auf seine Prärogativen, Titel und Patronatsleistungen: all seine Heftigkeit wurde überhört, außer daß sein Anwalt, ganz in Rot, mit einer Fratzenkapuze bedeckt, ihm mehrmals zuflüsterte, es biete Vorteile, sanft zu sein wie die Tauben, klug wie die Schlangen, geduldig wie der Esel, es gehe um Kopf und Kragen. Barral kannte die Taube als zänkisch, als schläfrig die Schlange, den Esel als mutig und voll unberechenbarer Heimtücke – eine Kenntnis, die er für sich behielt.

Peregrin also, die Anrede Herr entfiel, hatte der Vorsehung Gottes entgegengewirkt, indem er sich von den Heiden den Kopf aufmeißeln ließ. »Die Schmerzen«, rief der Engelsbeistand bewegt, »die Schmerzen, die der Ewige Gott ihm zumaß, entfernte er!« In scharfem Disput verstand der Advocatus diaboli die Richter zu überzeugen, daß Gott, da allmächtig, allwissend, allgegenwärtig, auch die Heiden benutze, die Genesung demnach von Gott sei; überdies habe der Diakon von Sankt Peter und Paul zu Dschondis, Christi bevollmächtigter Mittler, von dem geplanten Eingriff nicht nur gewußt, sondern ihn mit Erteilung der Sterbesakramente gutgeheißen, leider aus kirchlicher Habgier, wofür dem Bruder in Christo Tadel gebühre.

Der nächste Vorwurf betraf das Baden, das der Engelsbeistand nur bis zur Genesung billigte, bei Barral nicht; der dritte die Horoskope: hier erglänzte Barral in Reinheit, er hatte sich geweigert, das seinige zu ermöglichen. »Geweigert warum? aus Glaubensgründen? oder aus abergläubischer Scheu, von der Zukunft zu wissen?« Er antwortete zur Zufriedenheit; Peregrin wurde verurteilt. Ebenso verurteilte man ihn im vierten Punkte, der schweren Gedankensünde, geäußert gegenüber Seiner Seligkeit, dem hochwürdigsten Herrn Abte von Sankt Maximin, ob denn der Regen Weihwasser sei. Das »denn« bestritt Peregrin mit Erfolg, den Zweifel vergebens. Regen, da von oben, kam von Gott, war also geweiht, ein Zweifel Frivolität, Frivolität strafbar.

Anders der Bach: »Ist das Wasser der Erde«, fragte der Examinator, zum Klerus gewendet, »grundsätzlich teuflisch und nicht zu vergöttlichen? oder trotz heidnischer Urkräfte sakramental zähmbar?« Hierüber disputierten die Gelehrten eine Stunde; sie fanden die Antwort nicht, räumten aber zu Peregrins Gunsten ein, daß der Bach, aus dem Chaos des Erdinneren kommend, vielleicht durch Regen gespeist werde. »Hast du das gemeint, Peregrin, so bedenke, daß Gottes Weihe auf jeden Fall durch die Krume geht, demnach durch Satans Versuchung. Wie hast du es gemeint?« – »Ich habe gemeint, ob ein weihebefugter Priester, ein Abt, ein Bischof, wenn er die Felder, die aus Krume bestehen, segnen darf und segnet, nicht auch der Krume des Baches Herr wird. Es hängt daran unser Landbau.« Der Chorbischof entschied, es solle die in der Tat schwerwiegende Frage einem Konzil vorgelegt werden, und belobigte den theologischen Mut des Inkulpaten.

Endlich strebte der Engelsbeistand mit oratorischem Blitz und Donner auf den Gipfel: »Ich klage an die gotteslästerliche Freundschaft eines getauften und konfirmierten Christen zum Haupte der Ungläubigen! Dachs Ghissi, rechtfertige dich!« Der Dachs, viereinhalb Stunden auf der Lauer, was die Peterpauls-Schnüffler belauscht haben könnten und was nicht, war die Zerknirschung selber; er bat den Anwalt, dem heiligen Gerichte zu sagen, daß Dom Peregrin, sein weltlicher Herr, ihm schon unterwegs davon gesprochen habe, Freundschaft mit einem Heiden mache den Ritterschlag unmöglich, er wolle Ritter werden. Das Ganze, er schilderte es, sei ganz aus Versehen geschehen;

als es aber geschehen, habe er sich überlegt, es könne für Kelgurien einmal nützlich sein, in Dschondis über Freundschaft zu verfügen, doch werde er sie, wenn das heilige Gericht wünsche, aufkündigen, ja, auch schriftlich, nur beherrsche er leider die gehörigen Formeln nicht. Der Engelsanwalt erbot sich, ihm das Schreiben aufzusetzen. Barral errötete vor freudiger Dankbarkeit, daß seine Verbindung zum Juden Jared offenbar nicht bemerkt wurde. Er dagegen bemerkte das Wohlwollen der Richter, die zum Abendmahl strebten, und dankte Gott, daß der lombardische Eiswind fehlte.

Die heilige Inquisition sprach Beide schuldig der läßlichen Sünde, die sie gegen das Versprechen, sich in tätiger Reue zu bessern, verzeihen wolle, und befahl, ihnen das Büßerhemd abzunehmen. Sie kommunizierten am Altar, legten in tätiger Reue ihren Münzvorrat nieder und empfingen den Segen des Chorbischofs. Vor dem Portal erwies das Lanzknechtpikett die Ehren, die einem Feldhauptmann ad interim zukamen.

Sie übernachteten in der markgräflichen Residenz. Dort statteten in der Frühe des nächsten Morgens, vor dem Ausritt nach Ortaffa, Chorbischof und Vicedom Herrn Peregrin als dem rangältesten Markgrafen-Stellvertreter einen Höflichkeitsbesuch ab; es wurden die liebenswertesten Worte gewechselt; man bewunderte, wie gedeihlich der Graf sich erfrischt habe, ja, der Chorbischof lüftete gar das rotseidene Käppchen, setzte stattdessen für einen Moment die Brokatstickerei mit ihrer durchbrochenen Goldkuppel auf und segnete die Pechfäden in der vernarbten Tonsur des Weltlichen. Offenbar gab es nichts, was man nicht segnen konnte. Der Graf fand es reichlich, fand es gedankenlos und fand seinen Gedanken so ketzerisch, daß er ihn lieber verschwieg. Er hatte wirklich gewonnen, lachte häufig und ärgerte sich selten, nicht einmal darüber, daß daheim, wie er hörte, die Minnesingerei hoch in Flor stehe.

Der Vicedom, Dom Guilhem Sartena, nahm den Dachs beiseite: was von dem Emir zu gewärtigen sei, wenn er den Brief erhalte. Barral sah den zierlich gewachsenen, straffen Geistlichen lange an; noch länger las er das Schreiben. – »War das Blutsbrüderschaft?« – »Eine Beleidigung«, erwiderte Barral über der Lektüre, »bleibt es immer.« – »Die Sarazenen sind grausam, wenn sie beleidigt werden?« – »Sehr. Sie brausen schnell auf.« – »Grausamkeit und Rachdurst«, fuhr Dom Guilhem fort, »gibt es auch bei uns Christen. Nicht wahr? Oder gefiel dir die Verhandlung?« – »Sie war mir lehrreich.« – »Ich komme übrigens nicht in Fortsetzung des gestrigen Examens; ich komme als Hirte, dem lebende Schafe lieber sind als geschlachtete. Vertraue es mir im Geheimnis, was ich mit deinem Brief tun soll.« Er neigte sein Ohr. – »Ich, wenn ich Verantwortung trüge für Leben oder Tod von Hunderttausenden, würde ihn vier Wochen beschlafen.« – »Und ihn dann abschicken?« – »Als Verwalter eines Erzsprengels vielleicht nicht.« – »Du würdest ihn unterzeichnen, damit der heiligen Inquisition Genüge geschieht?« – »Die heilige Inquisition hat mich verurteilt.« – »Aber sie hat dich nicht verurteilt, ihn zu überbringen.« – Barrals Mundwinkel zuckten gespannt. »Sie wird wissen, warum.« – »Sie weiß es, denn sie ist unfehlbar. Was geschieht dem Überbringer?« – »Die Kirche hätte einen Märtyrer mehr.« – »Wäre es nicht das Einfachste, du legtest einen zweiten Brief bei?« – »Haltet Ihr es, geistlicher Vater, für einfacher, zwei Schreiben oder ein

Schreiben in den Schädel genagelt zu bekommen?« – Sie tauschten einen Blick. »Jaja«, sagte Dom Guilhem, »der Dachs hat einen besonderen Ruf. Er schaut einen an bis ins Rückenmark, denkt doppelt und gibt Antworten, die keinen Boden haben. Möchtest du nicht Geistlicher werden?« – »Ich bin Schafhirt.« – Der Seelenhirt wiegte den Kopf, feuchtete die Lippen und freute sich der Erwiderung. »Mut und Vorsicht«, sagte er, »eine gute Mischung, zumal wenn man so durchtrieben ist. Mit Gott, Herr Schafhirt. Mit ihm, nicht ohne ihn.«

Er schlug ihn leicht auf die Schulter, wandte sich und wurde vier Wochen später auf den Stuhl von Rodi erhoben. Auch ihm ging der Ruf des Besonderen vorauf, und nicht zuletzt ging er vorauf dem Kapitel, das die Sedisvakanz hingezogen hatte, bis der römische Bischofsmacher endlich davongereist war und der cormontische Vicedom in das kanonische Alter von Dreißig eintrat. Nie war Herrn Fabrizio der Name Guilhem genannt worden, wohl aber dem Oberhirten zu Mirsalon, den es beglückte, dem lombardischen Bruder die Säule zu stehlen. Sechs Corpora diaboli investierten den noch nicht Gesalbten mit seinen Lehen und Nachlehen; elf Bischöfe, voran die zwei Patriarchen, wohnten der Konsekration und Inthronisation in seiner Kathedrale bei, die so baufällig war, daß er sie gleich danach aufhob und ein ganzes Konglomerat von Kirchen abreißen ließ, um zum Neubau zu schreiten.

Zur Fastenzeit visitierte er den Dekanatssprengel Ortaffa, besuchte Dom Peregrin auf der Burg und besichtigte die Engelskammer, in der er den Dachs beim Malen antraf. »Nun, Schafhirt«, fragte er, »wonach steht dein Sinn? nach Ritterschaft? oder doch nach Geistlichkeit? oder nach Anderem? du siehst bedrückt aus.« – »Mein Sinn steht nach Ghissi, bischöfliche Gnaden. Es war mir halbwegs versprochen; ich frage den Herrn seit Monaten, er weicht aus. Die Oliven sind vorgekeimt, sie müssen in die Erde.« – »Da soll ich ein gutes Wort einlegen?« – »Ja. Es ist ein Jammer um das Land, niemand bestellt es, ein Jammer um die Kirche, sie liegt als Ruine.« – »Im allgemeinen«, sagte Dom Guilhem, »wirft man nach der Speckseite mit Wurst, nicht mit Pfarrstellen. Wie ich den Dachs kenne, bringt er die Ölkerne in den Boden, wo es ihm paßt. Oder sollte er den Knecht mit der gebrandmarkten Hand einzig zum Vorkeimen eingestellt haben? Dieser Thoro scheint fleißig und anhänglich. Trotzdem könnte er eines Tages auch gegen dich die Faust ballen.« – »Kaum. Ich las einen Bettler auf, den das Heer verstieß, und brandmarkte ihm meinerseits auch noch die Linke. Es bleibt ihm nichts, als mir treu zu sein.« – »Der Graf weiß davon?« – »Wovon?« – »Daß du, ohne Herr zu sein, einen Knecht hältst?« – »Ich bin gefreit, bischöfliche Gnaden. Von mir verlangt der Herr mehr als Treue. Mir heilte er keinen gebrochenen Arm, wie ich dem Knecht, und doch will er Dank. Wofür?« – »Warum so erregt, Schafhirt? Es kleidet dich nicht. Gedanken für Andere kleiden dich besser. Ich müßte mich sehr in dir getäuscht haben, wenn sie einzig um dein eigenes Heil kreisten. Tun sie das?« – »Nein.« – »Was soll ich Dom Peregrin sagen, außer Ghissi?« – »Bitte sprecht bei dem Herrn ein Wort für Domna Judith; sie ist in Hoffnung; sie wird neuerdings niederkommen mit einem toten Kind, wenn man ihr nicht die Geburt in Cormons erlaubt.« – Dom Guilhem strich die Lippe. Mehrmals, während Barral über Judith und das Martyrium redete, das ihr zuteil werde, sah er kurz in die von schönem Feuer erhellten Lavendel-Augen, schürte das Feuer behutsam, ohne Betroffenheit zu verraten, und erfuhr viel. »Wandeln wir ein wenig«, sagte er. »Für einen schon gefreiten, demnächstigen Ritter bin ich Herr Bischof, nicht bischöfliche Gnaden. Und Martyrium, um auch das zu berichtigen, ist geheiligter Bluttod für den Glauben.«

Sie gingen auf die gewaltige Steinfläche, die den Stallhof sich gegen den Himmel verlieren ließ. Eingehend betrachtete Dom Guilhem die gepflasterten Flanken des Berges, die schräg und glatt zu Führungsmauern abfielen, um den Regen, wenn er strömte, in verborgene Zisternen zu leiten. Solch eine Zisterne war der Bischof auch, eine dunkle Kammer des Wissens, ein gegen Einbruch verriegelter Speicher fremder Tränen und Ängste. Aus diesem Vorrat schöpfte der Seelsorger die Tröstungen und Stärkungen, die er von Amtes wegen schuldete; in diesen Kellern lagerte der geistliche Regent seine Kenntnisse über Menschen und ihre Zusammenhänge. Das Haus Ortaffa mußte er kennen, um nicht zum Spielball Ortaffas zu werden. Er hatte viel Zeit für Barral, über dessen Herkunft Gerüchte gingen; Herkunft hieß immer auch Zukunft in derlei Fällen. Geduldig und vorurteilslos, ohne Eile, ackerte er den vernachlässigten, gärenden, der Fruchtbarkeit fähigen Boden einer Seele, die, aus dem Dasein des bäuerlichen Waisenkindes nur scheinbar hinausgeschleudert, am Rittertum manches ernster als nötig nahm, ihrer selbst aber Herr bleiben würde, weil sie aus Erdkräften lebte und nicht zur Gewalttat, sondern zur Ordnung neigte.

»Heidenknabe«, unterbrach er schlicht, »wovor fürchtest du dich? Seit einer Stunde versuchst du in dem Bild, das du mir entwirfst, eine noch nicht einmal ausgemeißelte Stelle zu verdecken. An die Stelle gehört ein Teufel. Diesem Teufel bist du befreundet, meinst also von ihm nicht sprechen zu dürfen, es sei denn als Freund; in Wahrheit verzehrt dich Eifersucht. Was geht zwischen Domna Judith und meinem Neffen Walo vor?«

Barral berichtete stockend. Es handelte sich um den Handschuh des toten Markgrafen. Der Markgraf hatte dem Beleidigten die Genugtuung verweigert. Walo war damals ungefreiter Knappe, seit der Schlacht am Mohrengebirge gefreit, irgendwann würde er Ritter werden. »Er wartet den Ritterschlag ab, Herr Bischof. Bis dahin spielt er mit Judith. Er besingt sie in Versen; ihr gefallen die Verse; er lockt und gurrt wie der Tauber; es schmeichelt ihr, daß er schmeichelt. Er reizt sie aus Berechnung; sie, um Dom Otho zu reizen, geht auf die Reizung ein. Sie sieht ihn, wann er will, er ist Verwandtschaft. Ich sehe sie nicht, ich bin niemand. Und doch befahl mir der Markgraf: dein Auge auf Judith. Und Judith befahl mir: du schützt mich vor Walo. Ich weiß, sie ist rein; und ich weiß, sie fürchtet sich.« – »Was hat Domna Judith mit dem Handschuh zu schaffen?« – »Daran stirbt sie, Herr Bischof. Der Tod vor Dschondis, sagt Walo, spielt keine Rolle, Blutfehde vollzieht man am Blute.« – »Oh«, rief Dom Guilhem leise. »Nun, vorerst sind da fünf Söhne.« – »Da sind keine Söhne, Herr Bischof. Ordinierte Priester zählt er nicht zu den Menschen. Er hat mir gesagt, wer für ihn Blut ist vom Blute Dom Roderos: Judith! Wenn wir allein sind, er und ich, und es fällt ihr Name, hat er eine Bewegung wie Halswürgen. Was tun?«

»Zunächst eines, mein Sohn. Ich nehme dein Geständnis, ein beunruhigendes, das ich nicht verkleinern will, in die Verschwiegenheit meines priesterlichen Gewissens, und ich nehme die Bedrohte in mein tägliches Gebet. Niemandem außer mir eine Silbe, auch Domna Judith nicht! Noch hoffe ich, die Sache sei harmlos, und das Leben werde darüber hingehen. Geschieht etwas Schwerwiegendes, so gibst du dem Stadtpfarrer einen Brief an mich, der Brief erreicht mich innerhalb eines Tages. Blutfehde. Meine Sippe hat nie Blutfehde angesagt. Das kann nur die Sippe. Dem Einzelnen, wenn er Ritter ist, steht die Fehde frei. Oder hat er Urfehde gesagt? Urfehde heißt der Fehde abschwören.« – »Blutfehde, Herr Bischof.« – »Schwierige Freundschaften hast du. Auch in Sartena wirkt das Spanische nach, seine verstorbene Mutter Willa, Barbosas Schwester, eine verehrungswürdige Frau. Der Erbstrom reicht weiter zurück. Jetzt richte es ein, daß mir Domna Judith begegnet.« – »Sie wird in der Kapelle sein, Herr Bischof.« – »Dann fehlt nur Walo. Hole ihn.«

Dom Guilhem, in den Herrenhof zurückkehrend, setzte sich auf einen der Steinblöcke vor dem Portal, dessen auflagernde Mauern abgestützt waren, damit man es fortreißen könne. Er examinierte den Steinmetzen über den Glaubenskatalog. Es solle, berichtete der Steinmetz, der verbreiterte Eingang aufwachsen mit geketteten Sarazenen, die den Türsturz trügen; der Türsturz werde Adam und Eva, kriechend im Granatapfelgebüsch, zeigen, wie sie die Frucht brächen unter heimlichem Umsichschauen; das halbrunde Giebelfeld enthalte unten einen Abendmahlfries, das Brechen des Brotes genau über dem Brechen der Frucht; darüber die Tiere der Apokalypse; auf ihren Rücken schwebend die Anbetungsgruppe der drei Magier unter dem Stern von Ortaffa, gerahmt von posaunenblasenden Engeln; das göttliche Kind auf Mariens Schoß wiederum genau in der Mitte. »Also Sündenfall, Heilslehre, Schrecken und Verkündigung«, rekapitulierte der Bischof. Der Steinmetz widersprach: »Die Verkündigung zuoberst, bischöfliche Gnaden, man muß es von oben nach unten sehen, so ist es festgelegt von Eurem seligen Vorvorgänger. Die Heilsverkündigung triumphierend auf den Köpfen der apokalyptischen Ungetüme; das Brechen des Brotes triumphierend über den Ungehorsam des paradiesischen Fruchtraubes; die Schlange vom Baum der Erkenntnis triumphierend über den gefesselten Unglauben; der Unglaube blind in den Boden starrend, während die Könige ihre Augen zum Himmel aufschlagen.«

»Warum Granatapfel?« fragte Dom Guilhem. »Läge nicht Weinlaub näher? Wein zieht man niedrig über dem Boden, der Granatapfel wächst auf dem Stamm. Wenn du kriechen lassen willst, dann Wein. Wein ist Notdurft des Lebens, der Granatapfel nicht, wir Christen ehren den Wein, der Heide verbietet ihn.« Walo und Barral erstiegen die Treppen zur Kapelle. – »Wein, bischöfliche Gnaden«, wandte der Steinmetz ein, »ist Christi Blut. Heißt das nicht Evas Verbrechen entschuldigen?« – »Adam, wo bist du?« fragte Dom Guilhem. »Bist du nicht Samen von Adams Samen? bin ich nicht Frucht aus Evas Schoße? Ehre Vater und Mutter, spricht der Herr. Eva sündigte, damit Christ erstehe. Das Licht leuchtet in der Finsternis, die Sündenvergebung im Sündenfall, das ewige Leben im zeitlichen Leben. Dichte also meiner Mutter Eva kein Teufelsgesicht an; und mache sie nicht zu unähnlich unserer himmlischen Königin Maria.«

»Ihr sprecht wie ein Minnesinger, Herr Oheim«, sagte Walo. »Ich küsse Euren Ring.« – »Sprechen die von Sündenvergebung?« – »Von Sündenfall; aber sie geben sich wie die Bischöfe Mühe, das Weib von dem Fluch zu erlösen, der über ihm liegt.« – »Prächtig, prächtig«, erwiderte Dom Guilhem, »wir verstehen uns. Nehmt Platz, da drüben auf dem Stein; ich liebe es, Gesichter zu sehen, wenn sie reden; Dachs Ghissi setzt sich dazu, und nun, Vetter Walo, malt Eurem unwissenden Oheim das Paradies der hohen Minne. Um was geht es bei ihr? Der Steinmetz darf zuhören. Was für ein Fluch liegt über dem Weibe?« – »Die Bibel, Herr Bischof.« – »Dann sieh dich vor, daß du nicht von der Inquisition zitiert wirst.« – »Warum duzt Ihr mich?« – »Weil ich dein Hirt bin, den du als Bischof ansprachest. Ihr meint also, Vetter, Ihr seiet fähig zur Exegese. Wollt Ihr Geistlicher werden?« – »Muß man Geistlicher sein, um zu erkennen, daß die alten Juden unritterlich waren? Sie logen uns vor, Eva habe den ersten Schritt getan, Eva den Apfel gebrochen, Adam sich füttern lassen.«

In der Tiefe des Portals noch in der Kapelle, blieb Judith stehen. Dom Guilhem legte den Finger vor die Lippen. »Fahrt fort, Vetter. Wenn ich Euch recht begriff, wurde die Schöpfungsgeschichte von Menschen geschrieben? nicht von Gott?« – »Von Judenpriestern, Oheim, die das Weib verleumdeten, und wir Christen beten es nach. Ich bin überzeugt: seit Gott die Welt schuf, hat sich der Vorgang niemals geändert. Die Frau lockt, der Mann erliegt. Aber angreifen muß der Mann; eine Frau, die angreift, gibt es nicht. Gott schuf sie als Lockung; er stattete sie aus mit Reizen, die uns reizen sollen; er legte eine Seele in sie, schöner als die unsere; er legte in den Körper das Kindhafte und Mütterliche, in die Seele das Leichte, den Tanz, das Spiel, er durchsonnte das Weib mit etwas Fröhlichem, Glücklichem, das auf die Männer, wenn es erweckt wird, herabstrahlt.«

»Herab?« fragte der Bischof und verfolgte den lebhaften Wechsel des Ausdrucks in Judiths Gesicht. Seine skeptische Bemerkung veranlaßte Walo, der den Mißgeschmack überhörte, zu einem unzarten Auflachen. »Ich muß sagen, Herr Oheim, Ihr versteht einen.« – »Nicht ganz, Herr Vetter. Ich verstehe nicht recht, was an dem Spiel neu ist, wenn es so alt ist wie die Welt. Alt ist, daß Ihr die Frau ins Bett wollt; neu, daß Ihr feiner zu Werke geht, Garn um sie spinnt, Flitter streut und die Frau für dümmer haltet als Gott sie machte.« Judith lächelte. »Die Frau hat es längst gemerkt, daß der Mann, wenn er Edelmut heuchelt, balzen will.«

»Nun, Balz, Herr Oheim! Wir verneigen uns vor der Frau. Denkt an die rohen Sitten, in denen wir aufwuchsen. Liegen die wirklich hinter uns? Der Schlachthof vielleicht; das Gegröhl vielleicht; die Grobheit vielleicht. Aber die Frau bleibt mißachtet. Bei den Mohren wie bei uns. Bei den Vätern wie den Söhnen. Grob gegröhlt: die Frau ist Stute, der Hengst bespringt sie, sie soll fohlen, und im übrigen keilt er sie unter die Hufe. Es schreit gen Himmel, was allein hier auf Ortaffa geschieht. Seht Euch die hübsche Judith an. Seht Euch an, wie mein Oheim Peregrin, wie mein Vetter Otho sie täglich behandeln. Dabei hat diese Frau einen Stolz, einen Mut, einen Verstand, einen Schalk, daß die zwei sich einsalzen können.«

»Das wäre dein Adam, Steinmetz«, sagte der Bischof, »mit diesem gewissen Zug in den Augen der Eva nachkriechend durch das Weinlaub. Kurz, Vetter, Ihr werdet Domna Judith helfen, ihre wahre Natur zu entdecken?« – »Ich hoffe es, daß sie sich helfen läßt.« – »Mit Ehebruch?« – »Wir sprachen von Minne, Herr Oheim, nicht von Liebe.« – »Ah? ist das ein Unterschied?« – »Ein großer. Liebe meint den Körper, Minne bedarf keines Körpers. Minne ist Geist. Ihr erseht es daran, daß wir Minnesinger, die wir ein für alle Male eine einzige Frau erwählen, um ihr zu dienen, nur darauf schauen, ob sie verheiratet ist und vom Stande. Ob gut verheiratet oder schlecht, ob fett von Gestalt, ob häßlich von Gesicht: wir dienen ihr, als sei sie so schön und jung wie Judith.« – »Und die Erwählte gehorcht auch einem Einzigen?«

Judith verneinte erheitert mit Kopfschütteln und wandte sich zurück in die Kapelle. »Oder gehorcht sie keinem?« – »Das steht ihr frei, Oheim. Auch die Zahl der Verehrer steht ihr frei. Auf meine Schwester Loba warten schon über vierzig Ritter.« – »Hübsch genug ist sie, die Wölfin, nun heiratet sie ihren Löwen, das Spiel ist aus.« – »Ihr hört schlecht hin. Verheiratet fängt es an. Verheiratet wird das Spiel gefährlich, dann erst macht es Spaß!« – »Also doch gefährlich. Der Krieg hat Euch nicht so viel Spaß gemacht?« – »Welche Frage, Herr Oheim! Der Krieg kann nicht lächeln, der Krieg hat keine opalgrünen Augen, der Krieg hat Verschiedenes nicht, was meine minnigliche Frau hat.« – »Das läßt sich vorstellen. Wann werdet Ihr Ritter?« – »Ein Sartena mit Achtzehn.« – »Den Spruch kenne ich. Und ein Sartena der geistlichen Bahn hat Bischof zu werden, das erwartet man von Gott.« – »Seid Ihr etwa kein Bischof geworden?«

Der Bischof erhob sich. »Tec-Toc, mein Sohn! Die Elstern keckern hinter uns drein und verschreien unseren Hochmut. Gab es dir nicht zu denken, daß die Nöckergreise im Toc dich bei der Grafung deines Bruders Gerwin für einen tadellosen Sartena von echtem Schrot erklärten?« – »Warum sollen sie das nicht?« – »Weil es dem Hause besser anstünde, durch Leistung berühmt zu sein als durch Anspruch.« – »Oheim, unser Anspruch gründet sich auf Leistung. Unsere Länder sind die bestbestellten in Kelgurien, man fürchtet uns als die härtesten Herren.« – »Wenn ich Du zu dir sage, spreche ich als Hirt. Als Hirt und Oheim würde ich dringlich raten, Vetter: hütet Euch vor dem Eigenlob!«

Damit betrat er die Kapelle. Er netzte die Stirn mit Weihwasser, beugte das Knie gegen den Altar, nahm einen geflochtenen Stuhl und setzte sich Auge in Auge zu Judith, die nicht mehr betete, sondern den Bischof erwartet hatte. Schweigend blickten sie sich an. »Gestern abend, meine Tochter«, sagte er nach einer Weile, »warest du trauriger, als ich nach den Schilderungen dachte. Heute stolzer. Ich lese einen Zug von Verachtung, ja von Spott. Wie alt bist du?« – »Ich werde Siebzehn im Mai.« – »Wann wirst du deinem Kinde das Leben schenken?« – »Im Mai.« – »Deine Ehe ist nicht gut?« – »Muß ich darauf antworten?« – »Als dein Seelsorger bitte ich darum.« – »Ich gebe mir so viel Mühe, Herr Bischof. Es sind überall Wände. Sie nehmen mir den Frohsinn, wo sie können.« – »Wie machen sie das?« – »Sie hören über mich hinweg; sie denken über mich hinweg; sie bemerken mich nicht. Ich bin eine Zeile Pergamententext, ein Vertragstitel. Das Kind stammt dennoch von Dom Otho. Selbst da bemerkt er mich nicht mehr. Verhungert ist auch gestorben.«

Dom Guilhem erinnerte sich der Hochzeit vor anderthalb Jahren. Es erstaunte ihn, das schöne Wesen nach so kurzer Zeit so gereift zu sehen. Die Augen waren klar bis zum Grund, die Linien der Lippen von feiner Bitternis umspielt. Der süße Wein, auf herben Kräutern veredelt, schien ausgegoren. »Sprich weiter von deinem Gemahl. Du hast versucht, ihm in seinem alchimistischen Turm nah zu sein?« – »Ja. Seither schließt er ihn ab. Er ätzt Mäuse zu Tode; über Jahr und Tag wird er sich selbst zu Tode geätzt haben. Wer weiß, wen noch. Ich möchte seinem Gemüt helfen; ich kann es nicht; hier wird nicht geholfen.«

Die Mittagsglocke läutete. »Hier wird geholfen«, sagte Dom Guilhem. »Du zitterst. Du wirst deinem Kinde schaden.« – »Was es von mir hat, das schadet ihm nicht. Wenn es nur das Gemüt seines Vaters nicht hat. Ich empfing es, als wir zeitweilig ein wenig glücklicher waren. Ich zittere, weil ich zum Essen muß.« – »Wann waret ihr glücklich?« – »Als Dom Peregrin in Dschondis weilte.« – »Wurde er seither nicht umgänglicher? Ich fand ihn zu mancherlei Spaß aufgelegt.« – »Seine Späße sind schlimmer als seine Launen. Man duckt sich wie vor dem Gewitter. Wäre Domna Barbosa nicht, dürfte ich nicht einmal atmen. Dom Peregrin haßt es, wenn ich atme.«

In Judiths Worten war kein Aufwand. Leidenschaftslos gab sie Auskunft. Der Bischof sah sich beobachtet. Noch immer konnte er dies Geschöpf nicht mit demjenigen reimen, das vorhin im Portal stand, geschweige mit jenem, das den Teufel herausforderte. Er brauchte einen Zugang. Zwar war ihm bei der Frage nach dem alchimistischen Turm ihr Argwohn, woher er das wisse, nicht entgangen. Trotzdem mußte er es wagen, sie auf Walo anzusprechen. Ob sie ihn möge, fragte er. Auch hier blieb sie ruhig. »Es schaudert mich.« – »Warum?« – »Ich weiß es nicht. Mich schaudert.« Plötzlich belebte sich ihr Gesicht. »Wenn Ihr ahntet, Herr Bischof, was mich die Haltung kostet! Es tut einer Frau nicht gut, in die Ecke getrieben zu werden. Es tut ihr nicht gut, sich zur Wehr setzen zu müssen. Ich war so glücklich daheim. Nie gab es Streit, nie ein häßliches Wort. Wir blühten in lauter Sonne. Hier sind die Menschen aus Eis, kalt genug, um ein Schmiedestück abzuschrecken.« – »Du mußt nun essen gehen, meine Tochter. Obwohl ich dein Hirt bin und mein Beichtkind vermissen werde, veranlasse ich, daß Dom Peregrin dir erlaubt, bei deiner Mutter in Cormons niederzukommen. Nicht. Nicht so. Man küßt mir den Ring, nicht die Hände, nein nein, fasse dich, warum denn weinen?« – »Vor Freude, Herr Bischof, daß mein Kind leben wird!« – »Fasse dich. Du kannst es. Und denke daran, was in der heiligen Schrift geschrieben ist: Gott wischt uns die Tränen ab, Gott, nicht der Bischof.« – »Aber, Herr Bischof, dürft Ihr denn mein Kind dann taufen?« – »Warum so ängstlich?« – »Ich habe Angst vor dem Herrn Kardinal.« – »Kind, es steht uns nicht zu, den Priester zu wählen, der uns gefällt. So wie der Ring die zufällige Hand unbeschadet ihrer Sterblichkeit bevollmächtigt, auf ewig zu binden, auf ewig zu lösen, so wird deinem Kinde das Sakrament gespendet von wem immer als Spende Christi, das nämliche, einzige, ewige Sakrament über den Erdball hin bis an die Pforten des Paradieses.«

Er taufte das Kind dann doch, eine Tochter, Fastrada ihr Rufname nach der Gemahlin Carls, des großen Kaisers. Er konnte sie taufen, weil alle Bischöfe und Grafen Kelguriens in Cormons versammelt waren, wohin ein feierlicher Anlaß sie rief: Dom Roderos Begräbnis. Sein balsamierter Leichnam schwebte von Dschondis durch das Mohrengebirge zur Kathedrale des Patriarchen. Dort wartete er, bis die Gallamassa das Hochwasser der Schneeschmelze in den Tec geströmt hatte, und schwebte durch das Zederngebirge zur Kathedrale von Trianna. In Wäldern von Kerzen lag er vor dem Altar, zu dem die Frauen, wenn unfruchtbar, wallfahrteten; jetzt wallfahrteten sie zu dem toten Retter. Der Klerus mußte ihn schützen, daß er nicht angebetet oder der Kleidung beraubt wurde wie eine Reliquie. Im Bischofspalast machte der Kardinal Herrn Carl Vorwürfe, weil er den Wegebann aufgehoben hatte, so daß jeder ohne Erlaubnis reisen konnte. Dom Carl schwieg. Der Vater zog weiter nach Nord, hangauf an leuchtenden Ockerbrüchen vorbei, durch Kiefernhaine, deren einige wieder einmal brannten in der Junihitze; viele der Pilger kamen um, teils in den Flammen, teils von der Sandviper gebissen, teils aus Erschöpfung. Man hatte eine Fluchtburg gerüstet, aber nicht gerechnet, daß derartige Völkerschaften unterwegs sein würden: aus Westen über den Kamm die Lordaner; von Sonnenaufgang die aus Farrancolin, von der Draga, aus Bramafan-Zwischenbergen und dem fernen Frouscastel; von jenseits Rimroc durch die Schrunden des Nevado-Massivs die von Sartena am Tec, von Corasca in der Freigrafschaft, von Sedisteron, der nördlichsten Stadt Kelguriens, sogar solche aus Franken und Klein-Burgund, nicht gerechnet den Heerwurm der Sarazenen, die dem tapferen Gegner eine letzte Ehre erwiesen. Ihre Zeltstadt füllte das Tal.

Der Grabturm stand einsam auf unermeßlicher, steinbesät wogender Bergflanke, befremdlich außen, fensterlos, ein runder, konischer Tumulus aus roh geschichteten Felsplatten, innen zwölfeckig mit Arkaturen, über denen gekantete Rippen ein kirchenhohes Kuppelgewölbe in den Himmel hoben; der Schlußstein war leer gelassen; durch den gemeißelten Ring beschien ein steiler Strahl Sonne den Boden.

Frühmorgens trieben die Bischöfe den Teufel aus, dann wurde Dom Rodero eingesegnet, sein Sarg verschlossen, in die Nische geschoben, die Nische mit der Grabplatte vermauert, am Ende auch die Turmpforte zugemörtelt. Der Kardinal Patriarch sprach das Gebet für den, der als Nächster aus ihrer aller Mitte gehen, und für den, der als Nächster des markgräflichen Hauses Einlaß begehren werde; sein Krummstab zeichnete das Kreuz von Staub. Die fünf benediktinischen Söhne des Toten waren fortgeblieben, da sie geistlichen Exerzitien oblagen. Dom Carl, als Stiefsohn nicht blutsverwandt, überließ es den Frauen, die Kondolenzen entgegenzunehmen. Domna Oda, zum zweiten Mal Witwe, schien manchmal ganz abwesend; so oft ihre Tochter dem Kinde die Brust reichte, vergaß sie, wo sie war. Unter dem Baldachin saßen sie Parade, bis der Abend sank.

Abends gaben die Mohren für Dom Carl und die Großen Kelguriens ein Fest; auch der hohe Klerus war geladen und gehorchte dem Tributherrn. Gleich anfangs wurde Barral zum Grafen gerufen. Der Emir, als er den Freund sah, legte die Fingerspitzen erst an die Stirn, dann an das Herz, dann rieb er sie gegeneinander. Barral berührte verstohlen das Amulett auf der Halsgrube; mehr wagten sie nicht nach den Botschaften, die sie heimlich gewechselt hatten; daß sie sich grüßen konnten, war nur möglich, weil

Dom Peregrin dem Leibknappen zu sagen vergessen hatte, er solle aufbrechen, die Damen nach Trianna zu bringen.

Beim Aussteigen, der Osten graute schon, sah ihn Judith an mit einem Blick, der in seiner Unschuld und Urgewalt das Schicksal ganzer Familien enthielt.

WÖLFIN UND LÖWE

Der kürzeste Weg von Ortaffa nach Rodi führte durch das Schilfmeer. Die Gesichter mit Mückenschleiern behütet, bestieg man im Mühlengrund neben der Schwertfegerei eine Lastschute, die von Wasserbüffeln gezogen wurde. Anfangs schwimmend, fanden sie unter den Hufen bald Boden, am Kloster Sankt Michael Fels. Von dort ging ein breiter Treidelkanal zwischen Dammwegen geradeaus durch verlandende Sumpfpappelwälder; an die Stelle der Büffel traten Maultiere, an die Stelle der Wasserspiegel Äcker. »Was pflücken die Mönche da, Barral?« fragte Dom Peregrin. – »Baumwolle, Herr Graf.« – »Und das Grüne dort auf den Schachfeldern?« – »Da wächst Reis.« – »Die Benediktiner lernen schnell, scheint mir, und kommen vor kein Ketzergericht. Walo! zu mir! Was sucht Er bei meiner Schnur?« – »Ich erging mich, Herr Oheim.«

Der gräfliche Hof in Rodi war verpachtet. Der Bischof bewohnte ihn. Sein bisheriger Palast lag in jenem Kirchenbezirk, den man abriß, um die Kathedralpläne des Vorvorgängers Methusalem zu verwirklichen. Nur Dom Peregrin, Judith und ihre kleine Tochter nächtigten dort als Dom Guilhems Gäste. Der Leibknappe wurde ins Kloster geschickt und teilte seine Zelle mit Walo. Walo liebte es nicht, belauscht zu schlafen. Er pflegte im Schlaf mit den Zähnen zu knirschen, manchmal gar sprach er.

»Was sprach ich im Traum?« fragte er bei der Morgenwäsche. Kein Wort ließ Barral sich entlocken. Er habe nichts verstanden. Walo hatte im Traum einen Feigling gefordert, ihn umgebracht und nach einigen Pausen, in denen die Kiefer malmten, um Judiths Hand angehalten. »Sprach ich nichts von Loba?« – »Loba. Ja, ich glaube.« – »Siehst du. Ein munteres Geschöpf, diese Loba! eine alte Frau, wie die Sartena behaupten, zwei Jahre älter als du. Oheim Peregrin hatte sie dir zugedacht, als die Greise im Toc meinten, sie sei nicht mehr loszuschlagen. Die Wölfin dem Dachs! Du schaust wie ein Schaf. Die Wölfin dem Löwen! sie tut, was ich will, ich bin ihr Ein und Alles. Weil ich wollte, heiratet sie nun doch, statt, was ich keinen ganz guten Ausweg fand, Äbtissin zu werden. Wir hätten ihr zwar ein Stift dotiert, denn es geht nicht an, daß eine Sartena einfache Betschwester ist, aber das wäre noch teurer geworden. Und wem verdanken wir den Verdruß? Immer dem Herrn Rodero. Fünf Söhne läßt dieser Held ins Kloster gehen! Ein Sartena, der ins Kloster will, wird so lange durchgepeitscht, bis er nicht mehr will. Stell dir vor, ein Sohn Rodero wäre, wie ursprünglich vereinbart, mein Schwager; er muß von der Blutfehde geahnt haben. Oder stell dir vor, Oheim Peregrin wäre weniger geizig gewesen. Dann führen wir heute zu deiner statt zu Leons Hochzeit, du bekämest einen klingenden Titel, ein schönes Stück Land und würdest zum Ritter geschlagen wie ich. Aber so ganz ohne Stammbaum: kurz, ich erhob Einspruch. Du bist mir nicht böse?« – »Dankbar bin ich.«

Walo sah ihn spöttisch an. »Weißt du«, sagte er unterwegs, »es ist nicht das Schlechteste, eine anständige Abkunft zu haben. Othos Abkunft ist noch bei weitem unanständiger; trotzdem bekam er Judith; eine scheußliche Zusammenstellung. Du solltest versuchen, in die Bramafan einzuheiraten. Die Bramafan haben sehr viele Töchter. Die Töchter des Bischofs Vito wollen wir nicht rechnen. Ich bin gern erbötig, dir zu helfen. Oder hast du schon Fühler ausgestreckt?« – »Ja. Zum Kaiser. Wenn ich vierzig bin, gibt er mir seine jüngste Tochter, die ist dann fünfzehn.« – »Ah! klug! und bis dahin lebst du muselmanisch.« – »So ist es.«

Auf dem Bauplatz trafen sie das Haus Ortaffa. Hebebäume und Brecheisen kreischten. Befehle gellten über die Wüstenei. Zehn Seilschaften zu jeweils zwei Dutzend Menschen rissen die Mauern um. Der Bischof erklärte Herrn Peregrin, wo das Hauptportal entstehe, wo der Kreuzgang, wo Turm und Vierung. Der Palast sah aus wie vom Kriege verheert. Ohne Schindeln ragten die Dachsparren in die Luft. »Vorsicht, bischöfliche Gnaden!« Giebelquadern stürzten hinab. Überall Gerüste, Hütten, tückische Gruben. »Das sind die Fundamente für das nördliche Seitenschiff. Wir bauen das Mittelschiff sehr hoch und schultern es mit zwei Halbschiffen.«

Judith trug ihr Kind auf der Hüfte. Sie weigerte sich, zu den Steinmetzen mitzugehen; es sei zu viel Staub dort, Fastrada möge keinen Staub. Barral wurde abgeordnet, bei ihr zu bleiben. Wollte er reden, so redete der Säugling, mit dem die Mutter nach der ewigen Weise aller jungen Mütter sich vortrefflich unterhielt. »Domna Judith«, sagte er endlich. »Achtet auf Dom Otho.« – »Was ist mit Dom Otho?« – »Wenn wir in Sartena sind, bitte achtet auf Dom Otho. Ich träumte, es werde ein Anschlag auf ihn verübt.« – »Träumt Er derlei Dinge? Hör Er, Dachs, ich träume auch oft.

Es gibt einen Menschen, der dem Bischof ausschwatzt, was nur mich angeht.« – »Domna Judith, Ihr befahlet mir, euch vor Walo zu schützen.« – »Ja, das tat ich. Ich fragte sogar, ob ein gewisser Dachs mein Knecht sein wolle. Er wollte nicht.« – »Er will, Domna Judith. Aber Ihr: wenn Ihr vor Walo geschützt sein wollt, warum spielt Ihr dann? Ihr spielt Euch in seine Hände.« Judith lachte so heiter, daß Dom Peregrin mißtrauisch hinübersah. Gleich darauf setzte die Gruppe sich in Bewegung. Walo winkte, sie sollten folgen. »Weshalb spielt Ihr?« – »Zum Spaß. Zur Warnung. Du meinst, mein Gemahl sei bedroht? Gib mir die Hand. Hier fällt man.« – »Er ist bedroht, Domna Judith. Irgend jemand wird ihn unter irgend einem Vorwand fordern.« – »Nun«, schloß Judith, »er ist Ritter, da soll er sich verteidigen.«

Jenseits des Tores bestiegen sie Dom Guilhems Lustschiff. Auf den Mauerkronen der Stadt und am Geländer der Brücke stand viel Volk. Die dunklen Steinwölbungen machten das schnell strömende Wasser kaum strudeln. Die Fallbohlen des rodianischen Durchlasses lagen auf; die der fränkischen Seite wurden mit Rasseln hochgezogen. Offenbar ging ein Kauffahrer von Mirsalon bergwärts. Der bischöfliche Bootsmann ließ ablegen. Achtzehn Ruderer brachten die Bark in den Tec, Segel wurden gesetzt, die Leinen strafften sich; in langer Reihe zogen die Treidelpferde an. Drüben treidelte der Jude, sein gelber Hut leuchtete. Fern in Franken sah man Staubwolken nordwärts wandern. Alles strebte zur sartenatischen Hochzeit, auf der Domna Barbosa, von Dom Otho mit einem Kriegshaufen vorausbegleitet, ihre tote Schwester Willa als Brautmutter vertrat.

Dom Guilhem hatte noch nicht gefrühstückt. Nun wurde aufgefahren, gezecht und getafelt. »Tochter Schnur, Ihr könnt auch hier nähren.« – »Herr Vater, es ist zu laut für Fastrada. Ich gehe nach vorn.« – »Habt Ihr Schatten?« – »Eine Plane.« Als sie ihr Mieder schloß, kam Barral. »Setz dich zu mir. Haben sie dich fortgeschickt?« – »Der Herr Graf streitet sich mit den Sartena.« Man hörte den Wortwechsel bis zum Bug. Dom Peregrin warf dem Bischof vor, niemand als er habe den Kuchen gerührt. Dom Guilhem leugnete es nicht. Der ortaffanische Wunsch sei vielleicht ernst, aber nicht opferfreudig gewesen. Man könne es dem Oheim eines so schönen Mädchens schwerlich verübeln, wenn er eine Gelegenheit wahrnehme. Die Gelegenheit bot sich in den zwei Minuten, da der neue Hirt den huldigenden Lehnsmann in seinen rodianischen Lehen bestätigte. »Zwei Minuten genügen?« fragte der Graf hämisch. Einem Bischof genügten sie, um außer den Augen den doppelten Ehering des Witwers zu sehen und einen Blick in die Tiefe der Seele zu werfen, in der sich aufzuhalten angenehm war.

Fastrada schlief. Judith lächelte gespannt und horchte auf den erbitterten Hader. Walo sagte etwas Schneidendes über zu kurze Ahnenreihen, der Bischof etwas Mildes über zu hübsche Äbtissinnen, die man nicht ungestraft weihe. »Ungestraft heiratet man auch nicht«, bemerkte Judith. Ihre Blicke, mit jedem Milan ins Wasser tauchend und aufkreisend, gerieten durch Zufall in die Blicke Barrals, in denen sie, halb erstaunt, halb neugierig, blieben. »Lavendelblau«, stellte sie träumerisch fest. Nach einer Weile floß Rosenmilch durch Wangen, Schläfen und Stirn. Das Opalgrün der Iris wurde dunkel, in den Lippen erschien ein winziges Zucken – Vorbote der Eidechse. Die Zunge spielte. Die Zähne nahmen etwas Haut vom Handrücken auf. Auch Barral errötete. »So nimmt die Bärin ihr Junges beim Nackenfell«, sagte er. – »Schön mit dir, Mann aus der Wildnis. Vor dir habe ich keine Angst.« – »Warum solltet Ihr vor mir Angst haben, Domna Judith?« – »Vor mir, nicht vor dir.« – »Ihr sagtet, Ihr hättet keine Angst.« – »Wenn du es nicht verstehst, daß ich Angst habe, warum redest du dann?« Sie atmete kaum und ließ seine Augen nicht los. Dom Peregrin beschwerte sich, die Sartena hätten mit dem Verlangen nach vorzeitiger Anerkennung Unmögliches verlangt. »Glaube nicht«, sagte Judith, »daß ich Unmögliches verlange. Ich spreche nur, damit du nicht hörst, was sie über dich sprechen. Hörst du, was sie sprechen? Nein?« – »Ich schaue Euch an.« – »Und willst nichts. Kein Wort, keine Bewegung, nichts darfst du.«

Er beugte sich etwas vor, so leise sprach sie. In ihren Augen erglomm ein Feuer, gefolgt von einer Wolke der Scheu. Sie schüttelte heftig den Kopf. »Ich erlaube es dir nicht. Ich bin mit niemandem vertraulich. Und du hast gedacht, wenn man nach einem ganzen Jahr an einem und dem selben Tage gleich zweimal unter vier Augen beisammen ist –« Sie brach ab und begann zärtlich ihr Kind zu schaukeln. Verstohlen wischte sie Tränen aus den Lidern. – »Domna Judith, auf Ehre, ich habe Euch nie etwas gewollt.« – »Nichts? Fein. Da drüben liegt Tedalda, das ist fränkisch, die Insel ortaffanisch. Die Häuser rechts haben keinen Namen.« – »Kelgurisch-Tedalda. Es liegt auf meiner Schaftrift.« – »Du möchtest wohl wieder Wanderhirt sein, zurück in das Märchen, wo alles so einfach ist. Wie macht es der Tec, daß er rechts weißgrau aussieht und links olivsilbern?« –

»Das Weißgraue ist die Gallamassa.« – »Die vermischen sich nicht?« – »Die fließen unvermischt nebeneinander.« – Judith nickte tiefsinnig, ihre Gedanken waren beschäftigt. »Wie viele Jahre, meinst du?« – »Bis ein Wirbel sie durcheinander bringt.« – »So wird es sein. Wo ist der Wirbel?« – »Er kommt.« – »Wer?« – »Walo kommt.«

Walo ging lässig an der Brüstung entlang. Ein kurzes Kopfheben bedeutete den Freund, Dom Peregrin verlange nach ihm. »Störe nicht«, sagte Dom Peregrin. Als Barral aus dem Zelte trat, sah er, daß Walo Judiths Schultern von hinten umfaßte und begehrlich ihren Nacken küßte. Vom Kinde behindert, versuchte sie ihn abzuschleudern. Barral nahte so laut wie möglich. »Laß das«, sagte er kalt. – Walo lachte. »Küß du sie, Freund«, stieß ihm den Ellbogen in die Magengrube und packte Judiths Armgelenk. »Ihr sollt Euch nicht wehren! Ich liebe Euch; Ihr liebt mich. Heute nacht in Lorda!« Er beugte sich über das Geländer. »Oh, Barral! bist du ins Wasser gefallen. Bootsmann! Bootsmann!! eine Leine! Halte dich fest, Barral! Ich werfe dir eine Leine zu!«

Auch Dom Peregrin und der Bischof schauten hinunter. Barral hing an den Rudern. »Ich weiß nicht, Herr Bischof, mir wurde übel.« Fastrada weinte. – »Womit«, fragte Judith, »verdienst du einen solchen Freund, Knecht Walo? Ich liebe dich nicht, werde dich niemals lieben und verbitte es mir, von dir geliebt zu werden.« – Walo betrachtete sie tückisch weich. »Gibt es Andere? Wie war die Nacht mit dem Bischof? Ohrfeige, schöne Frau.« – Er erhielt sie und schlenderte gebrandmarkt zu den Herren. »Domna Judith«, erklärte er, »meinte, ich habe ihren Leibknappen in den Tec gestoßen. Wie verräterisch doch Behendigkeit ist.«

Unter den schon gilbenden Auwäldern von Lorda gingen die Treidelpferde in die Gallamassa. Pferde und Ruderer hatten hart zu tun, die Querströmung zu überwinden. Dom Peregrin übernachtete im Stadtpalaste des Herrn von Murol, den er bevogtete, Barral zu Füßen des gräflichen Bettes, Judith mit Fastrada in eigenem Zimmer. Dom Guilhem, bevor sie ihn hätte bitten müssen, hatte den Neffen Walo mit zum Lordaner Bischof genommen. Dom Guilhem machte sich Sorgen. Sein hurtiger Geist reimte die Tatsachen zusammen und fand sie unbehaglich. Am unbehaglichsten war ihm der Gedanke, daß Walo und Loba etwas Gemeinsames aushecken könnten, wie schon in der Kindheit zum Schrecken der Sartena häufig geschehen. Während er noch überlegte, klopfte es. »Ich wollte Euch gute Nacht sagen, Herr Oheim.« – »Die wünsche ich Euch auch, Vetter.« – »Warum so höhnisch? Habt Ihr nicht alles getan, mir statt einer guten eine schlechte Nacht zu bereiten? Ihr steht wie eine Bildsäule. Einmal für immer, Herr Oheim: es zählt zu meinen besten Eigenschaften, daß ich ehrlich bin. Ehrlich gesprochen, war es nicht nett von Euch, mich daran zu hindern, daß ich eine junge Frau, die sich nach Liebe sehnt, glücklich mache. Die ritterliche Regel erlaubt es. Wofern man nicht vergewaltigt, darf der Begleitritter, es sollte Euch bekannt sein, die Dame, die er begleitet, erfreuen. Beklagt sie sich, wird er gestraft. Sie hätte sich nicht beklagt.« – Dom Guilhem strich mit dem kleinen Finger die Schläfe. »Wie schade«, äußerte er. »Das ahnte ich natürlich nicht. Könnt Ihr nicht jetzt noch zu ihr gehen?« – »Ich muß sagen, Herr Bischof: meine Achtung.« – »Nicht wahr? Ich bin schließlich kein Dorfpfarrer, der jeden Tag predigt. Überhaupt gibt es Dinge, bei denen

Predigen nicht hilft. Wenn die Brunft schreit, schreit sie. Falls die Dame mein Beichtkind ist, ist sie es gewesen. Aber wahrscheinlich denke ich an eine ganz falsche. Diejenige, an die ich denke, müßte vergewaltigt werden. Das mag für einen Sartena von Schrot und Korn erregend sein; sie ruft um Hilfe; sie wehrt sich, die Wachen laufen zusammen, Prozeß, Räderung, ein Sartena weniger. Aber ich halte Euch auf. Nochmals: gute Nacht. Und vergeßt nicht, daß wir morgen sehr zeitig ablegen.«

Mittags bereits tauchte aus der fernen Talenge des Tec über Weinfeldern und Maulbeerhainen der Toc empor, die Residenz der Sartena. Eine finstere Ballung von acht befestigten Türmen, lag er oberhalb der Stadt, raffte sie mit getreppten Mauern an sich, schröpfte die burgundische Straße von Mirsalon, Rodi und Lorda, schröpfte drüben die parisische auch und mautete auf der Insel an hochwasserfestem Kastell den Schiffshandel, der links wie rechts auf sartenatische Ketten stieß; die Reichsgrenze gegen Franken sprang hier westwärts ins Land. Stromauf mündete von Ost ein Bergfluß. Der Kies- und Buschwinkel zwischen Strom, Fluß und Stadt war ausgefüllt von Zeltlager neben Zeltlager; Wappen stand neben Wappen, in der Mehrheit fränkische.

Den Bischof, obwohl nicht er, sondern der Patriarch die Trauung zelebrieren würde, empfingen an der Schiffslände Tausende von Schaulustigen. Dom Otho wartete mit Pferden und Reitknechten. Man brauchte bis Sonnenuntergang, bevor man, heiser von Platzda-Rufen, durch Menschenknäuel und wogende Volksbelustigungen, durch Ehrenpforten, geschmückte Gassen und Fahnenkronen im Toc-Schloß anlangte, dessen Höfe illuminiert waren.

Schon in der ersten Nacht entlud sich heidnische Lebensfreude. Die Stiegenhäuser polterten von Küchengeschirr, Brustpanzern, Schilden und Kupfergefäßen; man verscheuchte, wie man dem zornigen Lombarden erklären mußte, dem hochzeitenden Paar die bösen Geister. Im ehelichen Bett unter dem Dachboden, wo man zu Siebzig auf Stroh schlief, gestand Judith ihrem Gemahl, daß sie durch üble Träume Anlaß sehe, ihn zu warnen. Es könne sein, daß nach seinem Leben getrachtet werde. Er solle hitzige Dispute meiden. Den ersten Disput hatte er morgens am Waschtrog. Ein betrunkener Ritter spuckte ihn an und verfolgte seinen vorsichtigen Abgang mit unflätigem Gelächter. Ein ähnlicher Zwischenfall ereignete sich auf dem Weg zur Kathedrale. Überall torkelten Weinselige.

Messe und Trauung gingen sittsam vor sich. Bischof Guilhem assistierte. Er empfing und geleitete die Nichte durch das nördliche Seitenschiff. Im südlichen empfing und geleitete der Bischof von Sartena den fränkischen Bräutigam. Als der Kardinal seine Stola um die Armgelenke des Paares legte, bemerkte Dom Guilhem erleichtert, daß beide überrascht waren, einander so schön zu finden. Selten hörte man ein so freudiges Ja. Anderntags, bei der Frühsegnung in der Schloßkapelle, liebten sie einander bereits; er brachte sie zu Bett, in das sie sich angezogen hineinlegten; es stand klugerweise im Hof. Dom Pantaleon, genannt Leon, überreichte seiner Gemahlin die Morgengabe in Gestalt einer mit Schmuck behängten Schimmelstute; abends lagen sie noch immer; die Tore zum zweiten Hof mußten geöffnet werden; der erste faßte die Geschenke nicht. Am dritten Morgen trug man die Vermählten durch eine so vollkommen bezechte Stadt, daß man die Kathedrale, um weiteren Sudel zu verhindern, abriegeln ließ; Dom Guilhem besprengte die Fröhlichen von fern, das Weihwasser netzte sie kaum. Gaukler begleiteten den Zug, auf den Händen laufend; die Buden der Schausteller waren umlagert; Sänger priesen zur Leier die Stammbäume des Löwen und der Wölfin, von deren Wesensart sie eingehende Kenntnis hatten; die Ringer rangen, die Bettler bettelten; jeder von ihnen mußte nach der Sitte, die über alles die Milde stellte, seine Gaben erhalten; am Schluß war mancher wie ein Prinz staffiert. Es gab Herren, die ihre gesamte Kleidung verschenkten und sie abends am Galgen hängen sahen. Walos Bruder Graf Gerwin hatte zu tun, die vielen Urteile, die nötig wurden, zu sanktionieren. Sartena wimmelte von Schnapphähnen, Ratten, Messerstechern, Zechprellern und gedungenen Mördern. Sich um die Hintergründe zu kümmern, fand das Gericht keine Zeit. Dom Otho entging mit Mühe dem Verbluten. Seither trug er unter dem Rock ein Kettenhemd, und Judith begleitete ihn. Er wurde schreckhaft. »Domna Judith«, sagte er, »es ist unmännlich, zu zittern. Aber ich zittere, daß Euch etwas zustoßen könnte.« – »Endlich«, entgegnete Judith. Ihr zitterten nur die Nasenflügel. Sie hoffte wieder.

Am vierten Tage begann das Turnier. Die Teilnahme kostete so viel, daß mancher sich den Eintritt beim Juden vorstrecken ließ. Wer verlor, verlor außer Pferd und Rüstung manches Stück Land, gegen das ihm Jared Pferd und Rüstung verkaufte; die Sartena hafteten. Gewann er, so gewann er nicht nur Pferde und Rüstungen zu Haufen, sondern das einladende Haus beschenkte ihn fürstlich, das gehörte sich, und Herolde bliesen seinen Ruhm aus wie den des parisischen Recken, dessen Auftritt bevorstand –

Herolde, die dann weiterzogen zu anderen Turnieren; solcher Ruhm verbreitete sich bis Aquitanien und Aragon, bis in das Herz des Reiches und in das Heilige Land. Gnade gegenüber dem Unterlegenen war unritterlich. Nie durften Pferd oder Rüstung zurückgeschenkt werden. Sie wanderten zum Juden. Walo, Sieger im Knappenturnier, brachte ihrer elf und verwandte den Erlös bis zum letzten Heller, damit die Spielleute sangen; den Oheimen schwoll der sartenatische Kamm. Und wiewohl sie dem Markgrafen Carl nahegelegt hatten, die Einladung zur Hochzeit nicht wahrzunehmen, erwarteten sie als selbstverständlich, er werde kommen, ihren Neffen vorzeitig zum Ritter zu schlagen.

Das tat er. Er tat es auf ausdrückliche Bitte des Bischofs von Rodi, der ihm vorstellte, es sei um Judiths willen notwendig, Walo unter ehrenhaftem Vorwand aus Ortaffa zu entfernen. Dom Carl verlangte nur, daß ihm von den Grafen neunundzwanzig weitere Knappen benannt würden, da er Sartena nicht bevorzugen könne. Graf Peregrin weigerte sich, Barral rittern zu lassen, er sei nicht reif genug. Der Markgraf zuckte die Achseln. Dom Otho wurde ihm vorgeführt nebst dem parisischen Recken, der ihn vergeblich gefordert hatte. Nach einem Gespräch mit seiner Stiefschwester Judith lehnte er es ab, einen markgräflichen Tadel auszusprechen. Als der Franke beharrte, sagte er kühl: »Herr Vetter, ich weiß zu unterscheiden zwischen Streitfall und Streitlust. Meine Ritter sind kein Freiwild. Gehabt Euch.«

Am achten Tag, einem frischen Oktobermorgen, hielt er seinen Einzug in die Arena, die auf freiem Feld errichtet war – ein teppichbehängtes Gerüst auf der Tec-Seite, auf der anderen die Stadtmauer, Strohschranken davor, darüber ein Wald von Bannern. Weit über zweitausend Ritter, sagte man, seien anwesend. Am schmalen Ende stand eine Liebesburg aufgebaut, gleichfalls aus Zimmermannsbalken, Brettern, Leinwand und Teppichen. Sie wurde belagert von Minnesingern, die, nachdem sie durch Stunden hin schmelzend, werbend, drohend, erbittert gesungen hatten, zum Angriff schritten. Die Damen unter ihrem rührigen Feldhauptmann Domna Barbosa verteidigten sich heldenhaft mit einem, wie sie glaubten, unerschöpflichen Vorrat an Wurfgeschossen: Töpfen, Sandkübeln, Eiern, Birnen, Wassermelonen, Würsten, Schinken, am Schluß gar mit ihren eigenen Schuhen, und selbst als sie gestürmt wurden, balgten, traten und kratzten sie noch. Kußraub, Umarmung und miedersprengender Griff in den Latz waren das Geringste, was ihnen geschah. Hochrot vor Kampfesbegeisterung, bemerkte Judith zu spät, daß drei Gegner in schiefer Ordnung sie überflügelten. Jubelgeschrei, Röhren und schrilles Kreischen umtobten sie, ihr Kleid zerfetzte. Schon lag Walo auf ihr; wild biß sie in seinen Hals. Domna Barbosa und der Kardinal Patriarch retteten sie.

Der neunte Tag, wieder sehr heiß, brachte den Höhepunkt: das Turnier der Besten. Alle Damen besaßen ihren Erwählten, der ihre Farben trug. Je weiter der Kampf fortschritt, je mehr gaben sie dahin: anfangs das Taschentuch, später die ausgeknöpften Zierärmel, den Mantel, das Kleid. Eine ganz Selbstvergessene warf das Letzte, was ihr eignete, das Hemd, hinunter; ihr Ritter streifte es über die Rüstung, es wurde vom Schwerte des Gegners zerhauen und leider vom Gegner erobert. Der Lombarde schäumte. Man machte ihm klar, im Turnier schlüge die ritterliche Leidenschaft, davon verstehe die Klerisei nichts. Kalten Ärger im

Gesicht, befahl er den Bischöfen, mit ihm zur Stadt zurückzukehren.

Am zehnten Morgen, die Strohschranken waren abgeräumt, ließ Dom Carl, um die Schlachtfähigkeit zu erproben, jeweils zehn Ritter zugleich gegeneinander kämpfen, mittags ihrer hundert zugleich, nachmittags tausend. Die Sonne brannte. Der Markgraf verteilte die ausgesetzten Preise. Die Tribüne leerte sich, denn nun gab es nichts mehr zu sehen. Er war kaum aufgesessen, so ergriff Dom Leon, neben ihm reitend, seine Linke; der parisische Turniersieger, von vorn ihm entgegenkommend, die Rechte. »Kringel, Herr Markgraf.« Dom Leon streckte die freie Hand aus, der Sieger desgleichen, zwei andere Ritter faßten sie. »Was ist das, ein Kringel?« fragte Dom Carl, während die Nachbarn ihn auf der Stelle zu drehen begannen. »Geschicklichkeitsübung für gute Reiter, Herr Markgraf. Ein fränkischer Übermut. Für uns in der Mitte ganz langweilig.« Dom Carl richtete sich in den Bügeln auf. Es stand aber bereits eine solche Staubwolke in der Luft, daß er nicht mehr erkannte als knapp die nächsten zehn Pferderücken nach links und nach rechts. Die Erde donnerte von Hufen. Immer neue Gruppen stießen dazu, rissen ab, galoppierten hinterdrein, der Wirbel wurde zur Schleuder. »Es ist der Witz beim Buhurt«, erläuterte der Hüne, »daß ein Flügel den anderen zu überholen versucht.« – »Ein Spiel mit der Hölle«, sagte Dom Carl. – »Möglich. Wer mitmacht, muß drinbleiben und kniereiten können. Ausbrechen gibt es nicht.«

Eine halbe Stunde später beendete der Kardinal von der Stadtmauer her, wohin ihn erschreckte Bürger gerufen hatten, den teuflischen Spuk, wie er sich ausdrückte. Chöre von Trompeten bliesen, Geistliche jeden Ranges eilten auf das Blachfeld, Bader, Feldschere. Allein vor der Querwand der Tribüne, in ihr und unter ihr, lagen elf sterbende Pferde, sieben zertrampelte Ritter; im Sande ihrer zehn, neunzehn Erstickte; Ungezählte hatten sich schwierigste Brüche und Wunden zugezogen. Dom Guilhem kniete bei seinem ohnmächtigen Neffen Walo, dem ein Hufschlag die Braue klaffend zerschmetterte. Dom Otho, lauchbleich aus dem Taumel erwachend, sammelte sich, stöhnte und fiel wieder zusammen. Der parisische Hüne und seine Leute setzten ohne Abschied über den Strom.

In der Abendpredigt verweigerte der Kardinal den Toten das christliche Begräbnis, belegte die Flüchtigen mit dem großen Bannfluch und zitierte Dom Carl vor die Inquisition. Dom Carl vereinigte sich bis tief in die Nacht im Grafensaal des Toc mit dem jungen Grafen Gerwin, den drei alten Sartena-Oheimen, dem Grafen von Ortaffa und dem Bischof von Rodi. Walo war auf das Lustschiff verbracht worden. Otho rang mit dem Tode. Nach Leon wurde vergeblich gesucht. Auch Loba blieb unauffindbar. Ein Haufe empörter Ritter durchzog das Schloß, verwüstete die leeren Zimmer des Kardinals und zerspießte sein Bett. Der Klerus hielt sich im bischöflichen Palast verschanzt, die Sturmglocken läuteten. Ein paar unschuldige Priester hatte man aufgehängt; keiner wollte den Toten Absolution erteilen, keiner für kirchlichen Ungehorsam zur Hölle fahren. Einige Male brachen die Wütigen in den Saal ein und verlangten lärmend, das einladende Haus solle die Schmach der Verunglückten rächen. Dabei entdeckten sie Dom Guilhem, spien ihn an und hätten ihn aus dem Fenster geworfen, wäre nicht Gerwin, kenntlich an der wappengestickten Brust, dazwischengetreten.

Das Gespräch drehte sich, wie der Buhurt, im Kreise. Die Oheime führten das große Wort. Der Graf, eben Einundzwanzig, ein schöner, hochgewachsener Mann, konnte sich nicht entschließen, zu bestimmen, was bestimmt werden mußte. Dom Peregrin schwieg, der Markgraf redete Demut und Ausgleich. Die Alten bestanden im Namen Kelguriens darauf, daß er, wie sein heldenhafter Vorgänger, der Kirche die Stirn biete. »Die Ritterschaft hat ihre eigenen Gesetze. Wir verbitten uns, daß die Kirche die ihrigen darauf anwendet.« – »Sie besitzt aber die Macht«, wiederholte Dom Carl. – »Ihr seid ein lendenlahmer Schafskopf! Spuckt diesem lombardischen Schwein unsere Verachtung ins Gesicht, und die ganze Mark folgt Euch, wie sie Dom Rodero folgte.« – »Sie ist ihm nicht gefolgt.« – »Wann nicht?!« – »So oft es sich darum handelte, das Kreuz in seine Schranken zu weisen, mußte er es küssen.« – »Carl, wenn Ihr in dieser Sache zu Kreuze kriecht, erwürge ich Euch mit eigenen Händen!«

Dom Guilhem warf ein, daß man lediglich die Wahl habe, den Standpunkt der Kirche so still wie möglich anzuerkennen, damit sie von dem hohen Ast wieder hinunter finde, oder die Geschichte so laut auf die Spitze zu treiben, daß dem Lombarden nichts übrig bleibe, als von ganz oben den ganz großen Bann zu schleudern. – »Dazu wird es nicht kommen! wir schneiden ihm vorher die Kehle durch!« – »Er ist«, fuhr Dom Guilhem fort, »das Lieblingskind Roms. Ich kenne kein Beispiel, daß ein noch so mächtiger Fürst christlichen Glaubens dem römischen Interdikt auf die Dauer Schach geboten hätte.« – »Dom Carl sagt nie Schach!« – »Mein heldenhafter Vorgänger«, sagte Dom Carl, »ich bedanke mich in seinem Namen für diesen Titel, hat mir als letzten Rat hinterlassen: kämpfe nie gegen die Kirche, sie bringt dich um in deinen Worten, verbeiße sie. Mordet Ihr den Patriarchen, so mordet Ihr nicht das Amt. Der Nachfolger schleudert den nächsten Bann, die Buße kostet das Doppelte; sie kostet den Kopf. Ein Markgraf ist niemals in der Lage, sich zwischen Kaiser und Papst zu behaupten.« – »Der Papst«, bestätigte Dom Guilhem, »bannt ihn, der Kaiser läßt ihn fallen.« – »Dann wird man Euch wegfegen! Sartena duldet keinen Feigling!«

»Oheim, bitte«, sagte Graf Gerwin. »Was Sartena duldet oder nicht, habe ich zu bestimmen. Bitte geht jetzt schlafen. Kein Wort. Ich gebe Euch den gräflichen Befehl.« – Der alte Herr sank in des Bischofs Arme. »Nehmt mir die Konfession ab, Vetter Guilhem.« – Sein hagerer Bruder äußerte etwas von Schaustellerei. »Weiter«, befahl er.

Judith trat ein. Sie ging auf Dom Peregrin zu, der sich sofort erhob. »Stirbt er?« – »Es scheint so, Herr Vater. Er hat Schaum vor dem Mund und spricht wirr. Er liegt bei den barmherzigen Brüdern.« – »Was spricht er?« – »Immer von Walo. Walo habe ihm gesagt, er könne nicht immerfort kneifen.« – »Wir wollen hoffen«, bemerkte der Bischof, »daß Gott nicht den Falschen sterben läßt. Wie sieht es in der Stadt aus? Soll ich zu ihm gehen?« – »Sie würden Euch an den nächsten Baum knüpfen. Wofür? Otho fällt unter den Bann.«

Im Stiegenhaus hörte man Lärmen. Man horchte geduckt, ob es Aufrührer waren. Es war Dom Pantaleon mit den Seinen. »Vetter Bischof: kann man ein Sakrament zurücknehmen?« – »Nein, Vetter Leon.« – »Auch der Papst nicht?« – »Nein, Vetter.« – »Gut. Den Toten ist wohl. Sie liegen in Franken auf dem Gottesacker, kanonisch bestattet, ihrer Sünden ledig gesprochen. Ihr verzeiht, daß ich Euer Schiff benutzte.« – Der Bischof äußerte sich nicht. »Wie befindet sich Walo?« fragte er. – »Loba ist bei ihm. Ich fürchte, er wird nicht mehr aufwachen. Das Herz schlägt noch.« – Dom Guilhem bekreuzigte sich. »Gott sei seiner Seele gnädig.« – »Wieso? Er lebt.« – »Trotzdem möge Gott dieser Seele gnädig sein.« – Dom Leon räusperte sich etwas ratlos. »Dom Carl, habt Ihr eigentlich dem Kardinal gesagt, daß ich es war, der den Kringel begann?« – »Nein, Dom Leon.« – »Dann erlaubt Ihr wohl, daß ich Euch umarme.« – »Gern, Vetter Leon.«

Dom Leon, als Franke dem cormontischen Patriarchat nicht unterstehend, begleitete den Markgrafen aus freien Stücken vor das Ketzergericht. Das Gericht rührte mit keinem Wort an die Frage, ob, wann, wo und durch wen die Toten christlich oder unchristlich bestattet lägen. Dom Otho, dem ein Pferdehuf in den Rippen gesteckt hatte, erholte sich wider Erwarten. Dom Walo, nach drei Wochen Ohnmacht, das heiße Auge starr, eine scharfe Narbe in der Stirn, erinnerte sich als Letztes an die Preisverteilung, an den Buhurt gar nicht, an die Erstürmung der Minneburg nebelhaft. Der Oheim Bischof machte ihn in der Residenz von Rodi mit den Strafen, Zeichen und Heilsgütern des Himmels Christi bekannt. Es war in den fränkischen Bergwäldern ein sartenatisch dotiertes Benediktinerpriorat zu vergeben. Zur Weihnacht holte Dom Guilhems Lustschiff Dom Otho und Domna Judith heim. An Michaelis kam Judith nieder mit einem Sohn. Auch Loba gebar einen Sohn. Zur gleichen Zeit, ein Jahr nach den Ereignissen von Sartena, nach ungezählten Seelenmessen, die von den beteiligten Sippen gestiftet wurden, erhielt Dom Carl gegen den Eid, nie wieder einen Kringel erlauben zu wollen, seinen Freispruch. Der parisische Hüne turnierte fröhlich in Burgund, da der fränkische Klerus den Bannfluch nicht anerkannte. Die Leichen wurden exhumiert und in ihre Familiengrüfte verbracht. Dom Carl schrieb seine Hochzeit aus auf Farrancolin für den April 1119.

»Herr Oheim«, sagte Dom Walo, als der Hochzeitsbrief eintraf, »ich würde als Prior, das verspreche ich Euch, ein so heidnisches Leben führen, daß selbst der tolle Papst vor Scham versinken müßte.« – »Der tolle Papst«, erklärte Dom Guilhem, »ist in die Grube gefahren. Dom Fabrizio bestieg den heiligen Stuhl.« – »Oh verdammt. Verzeihung, Herr Bischof. Kommt Ihr mit auf das Minneturnier, unser Beichtkind wiederzusehen?« – Der Bischof über seiner Arbeit musterte ihn kurz, aber eindringlich. »Erzähle mir etwas von deiner Blutfehde, mein Sohn.« Die Feder raschelte über das Pergament. »Du schweigst beredt. Ich will dir sagen, was es mit deiner Blutfehde auf sich hat. Wenn Dom Rodero noch lebte, hätte Er, nicht Dom Carl, dich geritttert; dankbar, wie du bist, hättest du ihn gefordert und wärest jetzt entweder in Ehren tot oder in Ehren lächerlich. Ich halte dich nicht für einen Menschen, der sich gern lächerlich macht. Lächerlich wäre es, zu hoffen, daß von den fünf Söhnen Roderos einer die Klostergelübde bricht, um als Nichtritter, von der Kirche gebannt, sich wie ein Schlachtochse dem Schwertstreich eines Helden zu beugen. Es bleibt unser schönes Beichtkind. Wie fordert man eine Dame? auf Angst? Auf Angst, nicht wahr? Du beliebst sie mit einem Possen zu schrecken. Dieser Possen ist abgeschmackt, wenn nicht roh. Zur Roheit gehörte, daß du ihn ernst meintest, was ich von einem Sartena nicht annehme.«

Der Streusand ergoß sich über die Schrift. Der Kiel wurde angespitzt, der Bogen knitterte beim Löschen.

»Eure Ausführungen, Herr Oheim«, sagte Walo, »waren so klug und so gut instruiert, wie man von einem Priester erwarten kann, der das Geheimnis der Konfession nicht genau nimmt. Meine kleine Fehde mit einem toten Mann hat keine Eile. Aber daß die schöne Frau ängstlich ist, stimmt mich traurig für sie. Wertet sie Unruhe als Angst? Wie kümmerlich! Unruhe ist ein Gewürz, damit das Leben nicht fade wird. Unruhe ist Sauerbrunnen, ist die Gärung im Wein. Sagt ihr das. Sagt es ihrem gepeinigten Beschützer.« – »Hat sie einen Beschützer?« fragte Dom Guilhem, die Finger in verschiedenen Seiten der Bücher, die er nachschlug. – »Einen herzlieben Beschützer. Es belustigt mich, wie dieser nette, verständige, durchtriebene Mensch mit seiner Schleichwitterung sich in alle Verhältnisse drängt. Das liegt natürlich an seiner Herkunft. Wer aus so vielen zwielichtigen Betten, Wiesen und Gebüschen stammt, kann schwerlich Anderes tun als immer zwischen sämtlichen Stühlen sitzen.« – »Von wem sprichst du?« – »Von einem Niederwild, Herr Oheim; verschlagt Euer Zitat nicht. Kirchenväter? Es baut sich Höhlen mit vielerlei Fluchtröhren, heimst Vorräte und zehrt, wenn es nottut, vom eigenen Fett, ist umsichtig, mißtrauisch und im Gelände kaum zu jagen, übrigens nützlich, ein einsam lebender Sohlengänger.« – »Wie jagst du ihn?« – »Man verstopft seinen Bau, läßt einen Dachshund einschliefen, der ihn verbellt, gräbt auf und spießt mit der Forke.« – »Unschön«, sagte der Bischof. »Was fesselt dich an ihn?« – »Eine Laune, Herr Oheim, Ihr dürft mich Vetter nennen.« – »Keine Berechnung, Vetter?« – »Vielleicht auch Berechnung. Wenn er vermeiden kann, in gelegentlichen Anwandlungen von Mut umzukommen, der nicht seine Sache ist, so prophezeie ich, daß die Bänkelsänger sich seiner bemächtigen werden. Fünfzig Jahre weiter, und der Grimbart von Ghissi gibt eine herrliche Fabel.« – »Schleichwittenrung«, wiederholte Dom Guilhem. »Du kennst die Menschen. Wie wäre es, der Kaiser nutzte deine brachliegenden Gaben für Kurialmissionen? Die Pfalz braucht Stare wie dich.« – »Ah, Ihr wollt mich loswerden. Ich gehe.«

LIEBESKRIEG

Den Dachs plagte schlechtes Gewissen. Tag für Tag bangte er, man werde bemerken, was in Ghissi geschah. Ghissi hatte zehn heimliche Siedler. Sie handelten nach heimlichen Befehlen, die Thoro sich aus Ortaffa holte. Noch war es nicht vorgekommen, daß man den Gebrandmarkten von der Burg wies. Noch blühten die jungen Mandel- und Ölbäumchen nicht. Noch wässerten die Ableitungen der zwei Brunnen, die wieder erbohrt waren, den verstecktesten Hang. Aber die drei Taubentürme sah man. Wennschon der Graf niemals nach Ghissi ritt, irgendwann mußte er sie sehen. Er sah sie auf einem Heimweg von der Furt bei Ongor, als Domna Barbosa ihn aufmerksam machte. Er ging nicht darauf ein, sondern kaute Bart.

Abends wurde Barral zur Gräfin gerufen. »Was sind das für merkwürdige Türme in Ghissi?« – »Taubenkofer, gnädige Frau.« – »Du düngst mit Taubenmist?« – »Ja, gnädige Frau.« – »Laß dich einmal anschauen. Judith, komm. Schau ihn dir an von nah. So sieht ein Landräuber aus. Vor wem schützest du meinen Gemahl?« – »Das hat er mir nicht verraten, gnädige Frau.« – »Du nimmst Geld vom Juden?« – »Von wem sollte ich es nehmen, gnädige Frau?« – »Von mir. Deine Bauernschläue gefällt mir. Verschlagenheit gegen Heimtücke. Gut das. Zeige es ihm. Was benötigt der Herr?« – »Wäre ich Herr, könnte ich ehrlich sein. Dürfte ich ehrlich sein, benötigte ich nichts.« – »Judith, was sagst du? Ein Dummkopf, wie?« – »Ich finde, Frau Mutter, er hat schon recht.« – Domna Barbosas Augen und die Augen Barrals maßen sich. »Wer von uns hält das länger aus?« fragte sie leise. Die Stimme war satt und tief. Barral nahm den Blick fort. »Habe ich dich verwirrt. Du hörtest Märchen. Die Hexe beschäftigt dich. Schöner Hengst im Stall.« Ihr Kopf ging hin und her. Sie glänzte von männlicher Wohligkeit.

Der Graf kam. »Wo bleibst du?« rief er verärgert. – »So lange er bei mir ist«, erwiderte die Gräfin, »habt Ihr von mir nichts Übles zu gewärtigen. Judith, küsse dem Herrn Vater die Hand. Er liebt feine Formen. Er genießt sie schwelgerisch. Was die Taubentürme betrifft, Dom Peregrin, so scheint mir in Ghissi ein Nachlehner am Werk.« – »Ich verlehnte nichts. Tochter Schnur, was macht mein Enkelsohn Balthasar? Ihr habt abgestillt?« – »Noch nicht ganz. Er ist grausam. Soll er der Amme die Brust zerbeißen.« – »Eine Mutter hat selbst zu nähren. Barral, morgen bist du frei. Erkunde, was in Ghissi geschieht. Übermorgen reitest du mit nach Farrancolin.« – »Herr Graf, könnte ich in Ghissi bleiben? Es ist die wichtigste Zeit.« – »Wenn ich verlange, daß mein Leibknappe begleitet, so begleitet er. Du stehst in ritterlicher Zucht, bis du Ritter wirst.« – »Ich bin erst Achtzehn. Soll ich bis Einundzwanzig warten, um etwas zu lernen, was ich gelernt habe? Soll ich Euch schützen gegen niemanden?« – »Gehorche. Morgen beim Abendläuten bist du mit Dom Lonardo an der Schleifmühle und empfängst den Bischof nebst seinem sartenatischen Anhang. Dein Freund Walo ist auch dabei. Warum werdet Ihr blaß, Tochter Schnur?« – »Ich fühle mich krank, Herr Vater.« – »Euer Bruder heiratet. Da ist man nicht krank.«

Vor dem Mittag schon brachten sie die Furt bei Ongor hinter sich; sie ritten weit auseinander, vorn Leon und Loba mit ihrem Säugling Gero, hinter dem bischöflichen Kriegsvolk Dom Guilhem mit Walo, in der Mitte Graf Peregrin mit Otho und Barral, hinter ihnen Barbosa und Judith, dazwischen Lanzknechte, Diener und Zofen. Barral war voller Erinnerungen. Beim Vorbeitraben am Grabkreuz in der Mur faltete er verstohlen die Hände. Aber seine Gedanken waren nicht heilig. Wo lebte die Schöne jetzt? unter welchem Namen? und ein Kind sollte sie wohl haben, ein Kind, das wie so viele Kinder den Vater nicht kannte. War sie schöner als Judith? war Judith schöner? Er sah sich um. Ihre Blicke trafen sich.

Vier Stunden später, nachts, in einem düsteren Gang der bischöflichen Residenz von Trianna, trafen sich ihre Hände, ganz kurz, ganz heftig. »Du schützt mich vor Walo?« – »Ich schütze Euch.« – »Wo schläfst du?« – »Vor Eurer Schwelle.« – »Merkt das der Graf nicht?« – »Nach langem Ritt nein.« – Ihr Krampf lockerte sich zu einem scheuen, kleinen Streicheln. »Barralî«, sagte sie und huschte davon. – Er hielt Wort. Als die Kathedrale zwei Uhr schlug, wachte er auf. Am Ende des Ganges knarrte eine Tür. Nackt auf Zehenspitzen schlich Walo an den Wänden entlang. »Ach? Barral? Unbequem da, so auf den Steinen.« – »Ich bin es gewöhnt, Walo.« – »Dann schlaf nur wieder. Zu lästig nachts, das viele Trinken.« Beim Zurückkehren stieß er ihn im Vorübergehen freundschaftlich mit dem Fuß an und verschwand in seinem Zimmer.

Wenig später querte Dom Otho, in eine Decke gehüllt, den Gang. Barral machte Platz. Der Erbe von Ortaffa starrte ihn an wie eine Erscheinung. »Nein nein«, murmelte er.

»Ich will nicht. Ich nicht.« In seinen Augen saß bleiche Furcht. »Ist er bei ihr? Schau Er nicht so blöd. Für wen sitzt Er denn hier? Für einen, der sich auf Weiber versteht!« – »Es ist niemand bei ihr, Dom Otho.« – »Dann kommt er noch; er kommt gewißlich.« Stark nach Wein riechend, setzte er sich neben den Leibknappen des Vaters und winkte das Ohr heran. »Ich bin des Todes, wie damals in Sartena. Er legt mir die Hand um die Gurgel. Ich lasse mich nicht fordern auf scharfe Waffen. Ich mag nicht sterben. Sie soll es gut haben. Nur Lärm darf es nicht geben. Er beschläft sie noch nicht? Er wird ihr vorlügen, ich hätte es erlaubt. Man muß sie warnen. Sie meint mit Liebe Anderes, als ich kann. Sie ist mir kostbar, wie ein gläsernes Gefäß. Angerührt, fühlt sie sich beschmutzt; rühre ich sie nicht an, sagt sie, ich vernachlässige sie. Fürchterlich sind die schönen Wesen, ihre Launen zum Anbeten. Der Vater befahl. Ich mache ihr Kinder; es freut sie nicht. Sie verlangt keine Kinder, sie verlangt mich. Ich? wer ist das? Weiberworte, dreimal verrätselt, das Rätsel versiegelt. Vergeß Er das wieder, ich trank zu viel.«

Ohr und Hände wechselten. »Wenn sie weiß, Dom Otho, daß Ihr sie verkauftet, seid Ihr bei Lebzeit in der Hölle und in der Ewigkeit auch. Von mir erfährt sie es nicht. Ich liege vor ihrer Tür, weil sie Angst hat vor Walo. Ihre Angst ist beherzt. Er rechnet falsch. Bei Euch rechnet er Feigheit. Seid Ihr feige? Ihr glaubt Euch gelähmt. Die Schlange lähmt den viel schnelleren Hasen, obwohl sein Hinterlauf sie zerschmettern kann.« – Dom Otho nickte erregt. »Er nötigt mich. Notzucht will er. Ich stelle ihn. Ich schreie in sein Gesicht, was ich von ihm denke. Ich knie vor Domna Judith. Sie ist ein so edles Wesen, ein so hohes, so treu, sie kann doch diese Schlange nicht lieben, man liebt doch keinen Stammbaum! Meint Er, ich solle hinein? sie streicheln?« – »Ich meine, Ihr solltet ins Bett, in das Eure.« – »Ich tue, was Er mir rät. Ich bin ratlos mit der Engelskatze. Was sie spricht, ist Schall; was sie verschweigt, soll ich hören und höre es nicht; ihre Worte schwirren wie zehntausend Vögel. Wenn der Sperber hineinstößt, greift er keinen. Sie lachen, die Zehntausend. Er aber, er aber sagt, er versteht sie, und die Bibel sagt, Eva war es, Eva verstand die Sprache der Schlange.«

Unversehens rutschte er zurück und drückte sich in die Leibung der Türnische. Aus dem letzten Zimmer schaute neuerdings Walo. Barral ging ihm entgegen. »Kannst du noch immer nicht schlafen?« – »Wie du siehst. Komm, trinken wir. Du wirst ja wohl bald zum Oheim Peregrin müssen.« Ein schwaches Talglicht erhellte die Stube. »Nimm dir den Weinsack da.« Er hielt einen zweiten Ziegenschlauch von sich und ließ den Strahl in die Kehle schießen. »Ach? kostest du immer erst?« Barral spuckte aus. »Gütiger Gott! Verzeih! eine Verwechslung! Das ist mein Schlaftrunk. Wie soll ich schlafen, so nah bei Judith? Höre zu. Otho kennt sich in ihr nicht aus. Sie ist ihm zu schwierig. Er bat mich, ihm das Geschäft abzunehmen. Sie beklagt sich, daß sie nicht glücklich gemacht wird. Du wirst so einsichtig sein, jetzt entweder ohne mich weiter zu zechen oder dich zum Oheim Peregrin zu legen. Ich entbinde dich des bischöflichen Auftrages, mir im Wege zu stehen.«

»Judith gehört dir nicht«, sagte Barral. – »Aber sie sehnt sich nach mir.« – »Sie sehnt sich nicht.« – »Barral, du wirst lächerlich. Glaube mir, ich verstehe mich auf Frauen. Die Frauen spüren das. Hättest du je eine besessen, würdest du wissen, sie träumen von Vergewaltigung. Es gelüstet sie, sklavisch zu gehorchen. Ihre Zunge sagt Nein, ihr Schweigen schreit Ja. Im Kopf sind sie kühl, unten brodelt die Lust, und der Kopf möchte sagen dürfen bitte komm. Komm doch, tus doch. Sie reizen und widersprechen und locken und wehren sich und spielen so lange, bis wir es tun, zitternd ergeben sie sich, das ist das Schönste, da freut man sich Mann zu sein, und im Taumel der Liebeswut stammeln sie es heraus: endlich. Nun, du bist Jüngling; ein weniger grünes Holz wäre längst hineingeschlichen, sie anzuschauen, wie sie schläft, und so weiter. Dich auf ihr hätte ich sehr gescheit gefunden, wir sind ja nicht eifersüchtig. Oder? Aha? Wollen wir um sie würfeln? Du willst sie nicht haben? Gut, dann gehe ich jetzt.« – »Du gehst nicht.« – »Oho! steck das Messer fort.«

Er streckte sich auf dem Bett. »Was soll ich mit einem Freunde mich streiten? Es muß nicht heute sein. Das Leben hat viele Nächte. Auch in Farrancolin fehlen die Riegel. Schließlich bin ich es, der das Turnier gewinnt, zumal Oheim Peregrin so gütig war, Minnesang mit Lanzen- und Schwertgang zu koppeln, damit, wie er sagt, etwas Ritterliches in das Gebalze kommt. Es ist niemand da, der mich aussticht. Die Franken bleiben fern. Auf Armeleutehochzeiten geht man nicht. Habe ich gesiegt, ziehe ich sie aus, um das Hemd zu erhalten. Habe ich sie nackt, liegt sie.« – »Ich denke, die Damen des Liebeshofes sind dabei?« – »Ach, du Unschuld! Es gibt immer zwei Möglichkeiten. Es gibt sogar, mein Dachs, wie es zwei Ziegenschläuche gab, auch zweierlei Minne, die ich singen könnte. Du hast es in der Hand. Entweder ich singe den ersten Fall und tummle mich mit ihr, oder den zweiten, und sie ist erledigt. Würfeln wir, was ich singe. Schmollerchen, willst du unauffällig aus dieser hübschen Welt verschwinden?« – »Ich bin auf der Hut, Walo.« – »Leider zu wenig, Freund. Du bist nicht der Mann, dich zum Beschützer aufzuwerfen. Es wäre schade um die Erde, die du bebauen willst. Deine Liebe gehört dem Land. Mit dem Land kannst du Großes werden. Von der Frau hast du nichts. Von dieser nichts. Sei vernünftig, und ich verschaffe dir eine Heirat, einen Namen, eine Baronie. Abgemacht? Wenn man einmal begriffen hat, auf welchen Anreiz hin die Menschen leben, kann man sie leicht regieren. Man muß nur den Schlüssel wissen.« – Barral warf ihm den Baldrianweinschlauch zu. »Der deine ist Rechthaberei«, sagte er, ging rückwärts zur Tür und verließ das Zimmer.

Vor Judiths Schwelle schlief er den wachsamen Schlaf des Hirten, bis der Palast lebendig wurde. »Wo warst du?« fragte der Graf. – »Im Hof, Herr, ich trank zu viel. Seid Ihr schon lange auf?« – »Ein Viertelstündchen. Der Morgen scheint angenehm frisch. Wir werden den schönsten Ritt haben.« – »Da Eure Laune so gut ist, Herr Graf: darf ich unterwegs Domna Judith sprechen?« – »Warum?« – »Das kann ich nicht verraten.« – »Dann wirst du sie nicht sprechen.« Unterwegs schickte er Dom Otho, sie zu rufen, er solle derweil seine Mutter unterhalten. »Mein Leibknappe, Tochter Schnur, hatte den Einfall, Euch sprechen zu wollen. Das scheint Euch nicht sonderlich zu behagen. Es ziemt sich auch nicht.« – »Wenn es wichtig ist, Herr Vater?« – »Wenn es wichtig ist, geht es das Haupt der Sippe doppelt an.« – »Herr Graf«, bat Barral, »Maus hat gesagt, Maus kann nicht verraten.« – »Warum rufst du sie dann?« – »Ich bitte um Vergebung, daß sie gerufen wurde.« Judith lächelte warm. Ihre Wangen waren wie Frührot. Barral kannte seinen Kater: er brauchte Zeit. »Was ist denn wieder da vorn?!« rief der Graf und trabte zu Dom Leon.

Blässe und Hitze schossen in Judiths Züge. Lederzeug und Sättel knirschten. Barrals Augen waren bei Dom Peregrin, Judiths Augen bei Dom Peregrin. Sie wagten einander nicht anzuschauen. »Schenk mir einen Dolch«, befahl sie. – »Den von vergangener Nacht«, sagte Barral, ritzte sich die Hand und reichte ihn blutig zu ihr hinüber. – »Wem drohtest du?« – »Walo.« – »War er da?« – »Zweimal. Einmal Dom Otho.« – »Otho? was wollte er?« – »Er beunruhigte sich um Euch.« – »Dazu hat er keinen Anlaß. Schnell. Was ist mit Walo?« – »Der Sieger des Turniers erringt Euer Hemd nicht unter Aufsicht, sondern allein.« – »Weiter?« – »Wird das verhindert, so weiß er es vorher. Er hat nicht einen, er hat zwei Schlußgesänge.« – »Worin unterscheiden sich die?« – »Der erste raubt Euch die Ehre heimlich, der zweite in voller Öffentlichkeit. Ihr wollt Euch ihm ausliefern?« – »Wer sagt das?« – »Euer Gesicht. Ihr liebt ihn.« – »Liebe … Ich liebe einen Mann, der es nicht merkt. Mein Gesicht hat lernen müssen zu täuschen. Du weißt also, daß ich ihn liebe, und wirst mich nicht schützen. Da ich liebe, ziehe ich die öffentliche Beleidigung der heimlichen vor. Du schweigst?« – »Ich schweige nicht. Ich erzähle Dom Peregrin, was gespielt wird, und das Haus Ortaffa kehrt um.« – »Was würde es nutzen? Ich muß nicht anwesend sein, um besungen zu werden. Diese aufdringlichen Ritter singen, was sie wollen.« – »Und Ihr tut, was sie wollen.« – »Wie du mich kennst. Vetter Leon hat sein Gespräch beendigt. Wir auch?« – »Nein, Domna Judith. Mich täuscht Ihr nicht. Euch täuscht Ihr nicht. Wen Ihr liebt, wer Euch liebt, ist weder mir noch Euch verborgen. Bitte nicht weinen.« – Sie drängte ihn mit dem Pferd aus dem Zug und wendete. »Ich muß zurück«, sagte sie zornig. »Sag es!!« – »Ich, Domna Judith, liebe Euch. Dom Otho wird sich nicht schlagen können.« – »Verschone mich mit Dom Otho! Ich schlage mich selbst!« – »Judith.«

Gräfin Barbosa erfaßte mit einem samtenen Blick, was geschehen war. Ihre herrische Linke setzte Dom Otho in Trab und streichelte, noch in der Bewegung, Judiths Wange. »Töchterchern. Laß laufen.« – »Wen?« – »Die Tränen.« – »Oh, Frau Mutter! wenn ich Euch nicht hätte!« – »Wenn du mich nicht hättest, hättest du einen Liebhaber. Ich habe da einen Neffen, der meiner Judith nachstellt. Ich schätze, der Neffe hat mit seiner Schwester, die ihm gehorcht wie der Hund dem Jäger, ein Bubenstück ausgeheckt. Sie glauben dich leichtsinniger als du bist. Willst du allein schlafen in Farrancolin?« – »Mit Euch, Frau Mutter. Wenn ich darf.« – »Du darfst. Oder willst du bei Domna Oda schlafen?« – »Die könnte mich nicht mehr verstehen.« – Die Gräfin befahl den Leibknappen zu sich. »Höre Er, Herr von Ghissi. Er ist befreundet mit Hyazinth Farrancolin. Aus triftigen Gründen schläft meine Judith bei mir. Und wenn ganz Farrancolin umgebaut werden muß! Mache Er das.«

Barral regelte die Frage sogleich nach dem Empfang am Kastell von Mani. Hyazinth, ein Jahr älter als er, noch nicht gegraft, trug die Sporen des Ritters seit dem sartenatischen Buhurt. Befremdet schüttelte er den Kopf. »Loba hat mich eigens gebeten, für Judith ein ruhiges Zimmer zu richten.« – »Ein abgelegenes ohne Riegel«, ergänzte Barral, während sie aus dem Hochwald herausritten. »Schöne Böden hast du. Ist das dort hinten Farrancolin, die Stadt auf dem Rundhügel?« – »Lieblich, nicht wahr? Gemessen an Ortaffa ein Paradies. Kein Paradies ohne Schlange. Trotzdem, es lebt sich angenehm hier mit den vielen Quellen und Wiesen und Laubgehölzen. Wenn du nicht mehr Leibknappe bist, solltest du einmal für länger kommen. Du entschuldigst, ich muß Gäste einholen.«

Die Farrancolin waren arm. Dom Carl knauserte. Der Jude kam nicht. Die Franken kamen nicht. Gaukler und Schausteller gingen am zweiten Tage. Die Bänkelsänger feierten nur den Ruhm Sartena. Walo gewann alle Kämpfe, aber weder Rüstung noch Pferde. Das markgräfliche Verbot erregte die Reichen. »Für ein Hemd sich die Knochen zu brechen!« seufzte kaum noch vernehmbar der verunglückte Hauptritter der neuen Markgräfin Smeralda und hauchte die Seele aus. Graf Gerwin Sartena besprach sich mit seiner Schwester Loba, ob man den Wettstreit nicht lieber abbrechen solle. Sie tobte. »Das ist Walos Turnier!« – »Ich jedenfalls ziehe die Teilnahme zurück.« – »Tu das, mein Sanfter, mein immerdar Edler.« Nach drei Tagen Trauerpause wurde die Ausscheidung fortgesetzt. Dom Carl hatte sich überzeugen lassen, man sei es Farrancolin schuldig. Farrancolin war unter den kelgurischen Liebeshöfen der erste gewesen.

»Der erste«, sagte Loba, »nicht der beste. Das Bier wurde schal. Eine traurige Minne habt ihr hier gelernt! Heutzutage greift man frecher in die Saiten; die Mode von morgen ist Jubel. Walo wird es euch zeigen. Walo wird die Krönung, das Amen auf dem i-Tüpfel.« – Hier lachte Dom Leon. »Eure Vergleiche, liebe Wölfin, sind köstlich. Er setzt die Rute auf Euren Schwanz. Aber nichts wird so heiß gelöffelt wie der Koch, der den Brei verdarb. Herzzerreißend, dieser Bramafan.« – »Der Krug«, bestätigte Loba, »geht so lange zum Wasser, bis er Wein mag. Ich mag Wein.« Sie gingen trinken, obwohl die Damen, Loba voran, den Liebeshof bildeten, der über den Trübsinn zu Gericht saß. Es war heiß draußen, man hatte keine so schattigen Gänge wie in Cormons und Sartena. Die Herolde riefen auch drinnen aus. »Dom Walo Sartena«, riefen sie, »bittet den Leibknappen des Herrn Grafen von Ortaffa zu sich. Dom Walo Sartena, der berühmte Held, Sieger aller Turniere, wird auftreten mit dem Glockenschlag der Stunde. Dom Fulco Bramafan gab sich geschlagen.«

Im Nu füllte sich der Hof; vielstimmiges Gesumm vertrieb die Zeit; die Schranke wurde geöffnet. »Daß Fulco nicht mehr auftritt? Vermutlich hat er keinen Schlußgesang. Oder sie haben sich ausgetauscht. Die arme Marisa. Nun wird sie das Hemd nicht los und die Jungfernschaft auch nicht. Alles für die Klostergelübde der Söhne Rodero.« – »Wie?« sagte jemand. »Man munkelt, sie soll den Bastard Ortaffa kriegen? Ah!! Walo!! Ortaffanisch gewandet!« In Blau und Silber, selbst den weißen Schwertgurt des Ritters mit Blau umwunden, blauweiße Bänder an der Laute, den Kopf geneigt, schritt der Sieger durch den Sand, ließ sich vor der Estrade aufs Knie und bat seine minnigliche Frau Judith um ein Zeichen ihrer Liebe. »Das Tuch aus Eurem Busen!« Es wehte hinunter, er küßte es, griff drei Läufe und sang »Ahi! Ahi!« – ein niemals und nirgends bisher vernommener Ton, dem eine niemals vernommene Begeisterung schon vor der ersten Strophe entsprach. Walo lächelte. Er blickte Marisa Farrancolin an, die seit drei Nächten nichts mehr zu verteidigen hatte. Die Herolde bliesen.

Er begann von neuem: der gleiche, triumphierende Schrei. Dom Peregrin beugte sich vor; Bischof Guilhem streckte die Hand hinter sich. Barral bemerkte es nicht sogleich. Er horchte wie damals in der Nacht über der Mur. »Herr Bischof?« – »Was geschieht hier? was wollte mein Neffe?« – »Erpressung.«

Ahi! Ahi!
Grüngolden wie Mittag im Walde sind ihre Augen.
Ein Salamander, zuckt ihre Zunge im Felsenspalt.
Ihr Scheitel von Kupfer ein brennender Baum Kastanien.
Ich liebe!

Ahi! Ahi!
Moosgrün, da wir brannten, wurden ihre Opale.
Drei Salamander spielten in heißen Schluchten.
Auf schneeweißem Schoße schmolz in der Glut
das Kupfer.
Sie liebte!

Judith stand auf, beherrscht, wie es Vaterhaus und Klosterzucht sie gelehrt hatten. Von Loba vergeblich gehindert, ging sie, der Minneregel gehorsam, die eine einzige Art des Einspruches kannte, die Estrade entlang der Querseite entgegen, wo die Wappen der Streiter aufgebaut waren.

Ahi! Ahi!
Im Walde ihr weißer Leib, gebuchtet wie Felsen –

Der Schild Sartena fiel in den Sand des Turnierhofes. Gehorsam der Regel, brach Walo, selbstzufriedenen Glanz in den Augen, den Gesang ab. Die Jugend johlte tosenden Applaus. Die Herolde bliesen, bis es still wurde. »Es ist nicht wahr!« rief Judith. »Es ist nicht wahr!« wiederholte sie leidenschaftlich. – »Otho!« brüllte Dom Peregrin, von Wut verzerrt. An Bischof Guilhem vorbei flog ein Handschuh nach unten. – »Wem gehört der Handschuh?« fragte Walo mit Schärfe. – »Dem Dachs von Ghissi.« Minutenlang stand der Herausforderer im Jubel. Minutenlang unterhielten sich Walos Blicke mit den Blicken Marisas über Ort und Zeit ihrer nächsten Hingabe. Auch Barral sah sie an. Sie erinnerte ihn an die Bischofsgeliebte. Aber die Bischöfin war von Angst und Mut geadelt gewesen, ein Opfer der Gewalten.

Markgraf Dom Carl gebot Ruhe. »Ihr hebt den Handschuh nicht auf, Dom Walo?« – »Ein Handschuh, der keinem Ritter gehört, Dom Carl, geht meine Ehre nichts an.« Auf den Tribünen pfiff und schrie man durcheinander. Dom Carl klopfte mit dem Schwertknauf auf das Geländer. »Ich verbitte mir die vertrauliche Anrede. Meinen Stiefvater habt Ihr gefordert, bevor Ihr auch nur gefreit waret!« – »Euer Stiefvater«, rief Walo, »beleidigte mich, da sollte ich wohl fordern dürfen. Was befugt einen kleinen Knappen, sich in Dinge zu mischen, die ihn nichts angehen? Ich habe ein Lied gesungen! Nichts, was das Lied enthält, ist ehrenrührig, es sei denn, Domna Judith bezieht es, wie geschehen, leichtfertig auf sich!«

Dom Carl hörte nicht mehr hin. »Barral«, sagte er, »in den Hof!« Er beugte sich zu Dom Peregrin. »Welches Land verleiht Ihr? Ghissi?« – »Ich? Wieso ich? Das ist Sache Sartena.« – »Es ist Eure Sache, ob Ihr als Geizkragen dastehen wollt. Ghissi?« – »Wenn es sein muß, Ghissi. Den Titel

Ghissi!« – Dom Carl strebte mit langen Schritten zur Treppe. Er traf auf den hageren Sartena. »Werdet Ihr ihn verknechten, Vetter Carl?« – »Nicht ohne Ehrengericht, Vetter.« – »Aber die Geschichte ist unglaublich! Ein Markgraf kann doch nicht immer zurückweichen. Das Haus Sartena ist empört!« – »Wer ist das Haus Sartena?« – »Ich.« – »Dann stiftet dem Herausforderer ein Land.« – »Daran soll es nicht fehlen. Ich spreche sofort mit Gerwin.«

Barral war schon unten. »Meinen Glückwunsch«, sagte Walo. »Dich braucht man auf keine Fährte zu setzen. Quick wie ein Dachs. Ich erspare dir drei Jahre Knappenschaft.« – Die Ränge standen auf, als der Markgraf kam. »Knie nieder«, befahl er, zog das Schwert, schlug es leicht auf Barrals Schulter und hielt es zum Schwur hin. »Junker Dachs von Ghissi, schwöre Er, daß dieser Schlag der letzte gewesen sein soll, den Er auf den Rücken empfängt.« – »Ich schwöre es bei Gott dem Allmächtigen, bei der Seele Eures Herrn Vaters und bei der Seele meiner Mutter, so wahr mir Gott helfe.« – »Erhebt Euch, Ritter Dachs von Ghissi auf Ghissi.« Er gab ihm den Backenstreich. »Ritter Dachs, Herr auf Ghissi, schwört, daß dies die letzte Beleidigung sein soll, die Ihr hinnehmt, ohne sie zu beantworten.« Barral beschwor es. »Ihr werdet das alles und mehr bei der feierlichen Schwertleite morgen am Altar noch einmal geloben. Bis dahin umgürte ich Euch mit meinen eigenen Waffen. Umarmt mich zum Wangenkuß. Ihr seid bereit, für die Ehre der Erbgräfin Judith Ortaffa das Leben zu wagen?« – »Ich bin bereit, Herr Markgraf.« – »Blasen! Der Gang auf Leben und Tod wird anberaumt für morgen früh nach der Schwertleite, falls nicht das Ehrengericht den Gegner wegen grober Unritterlichkeit verknechtet. Ich frage die Beleidigte, ob sie das Gottesurteil annimmt, oder ob die Anschuldigung des Ehebruches zu Recht besteht.«

»Sie ist nicht wahr!« rief Judith. »Aber es soll kein Unschuldiger für mich bluten.« – Dom Carl verzog ärgerlich das Gesicht. »Ist es wahr, Ritter Walo Sartena, daß Ihr mit der Erbgräfin Judith Ortaffa im Walde Unzucht triebet?« – »Wenn sie sagt, es sei nicht wahr, so wird sie wissen, warum sie das sagt. Ich habe Minne gesungen und kein Wort von Ehebruch geredet.« – »Das ist keine ritterliche Antwort. Bischof Dom Fortunat von Trianna. Wollt Ihr als Hirt über Farrancolin die Beschuldigte fragen, was zu fragen ist.« – »Nein, nein, nein, Herr Markgraf. Zu wem gehört denn Ortaffa? Bruder Rodi, stellt Ihr die Frage.« – Dom Guilhem trat an das Geländer. »Wer ein Gottesurteil ablehnt, bleibt im Verdacht. Offenbare dich oder biete ein anderes an.« – »Ich habe nichts zu offenbaren, Herr Bischof. Bringt mir ein glühendes Eisen, und ich trage es mit unverletzten Händen an den Altar.« – »Bitte?« fragte der Markgraf die Bischöfe. – »Christi Kirche«, erwiderte Dom Guilhem, »verzichtet auf die Feuererprobung der Unschuld, falls der Beleidiger einverstanden ist. Bitte, Vetter?« – »Ich bin einverstanden, Herr Bischof.« – »Das Haus Sartena«, grollte der hagere Oheim, »beantragt die Ausstoßung Walos aus der Ritterschaft und seine Verknechtung aus dem Stande der Freien.« – »Darüber«, entschied Dom Carl, »wird ein Ehrengericht befinden. Ich bitte alle landsässigen Vettern in den Grafensaal. Die Kollation wird verschoben. Ritter Walo, Ritter Dachs – folgt mir.«

Das Ehrengericht befand gegen die Stimme des Bischofs von Rodi, der teils an Tod, teils an kaiserliche Kurialdienste dachte, daß die Verknechtung auszusprechen sei. Ohne

Gegenstimme befand es, daß dem Erbgrafen Otho Tadel gebühre, da er die Ehre seiner Gemahlin nicht verteidigte, obwohl die Grenzen erlaubter Minne überschritten wurden. Man führte ihn durch ein dichtstehendes Ritterspalier in den Hof. Barhäuptig kniend tat er vor Judith Abbitte; sie verzieh ihm. Danach trat Walo zwischen Bewaffneten herein. »Wollt Ihr, Ritter Walo Sartena«, fragte der Markgraf, »die Anschuldigung des Ehebruches zurücknehmen und die Beleidigte um Vergebung bitten?« – »Wenn sie Wert darauf legt, gern, mit Freuden! Ich bitte Euch um Vergebung, Domna Judith, falls Ihr Euch, sehr zu Unrecht, durch ein paar hübsche Minneverse, die schönsten, die gesungen wurden, beleidigt fühlt.« – »Sie sind nicht wahr, Vetter Walo.« – »Wahr? Bewundert Ihr nicht die Hölle auf den Säulenköpfen des Steinmetzen in Ortaffa?« – »Sie sind so wahr wie die Hölle«, räumte Judith ein, »wahr als Traum, das will ich gelten lassen und den Traum verzeihen.« – »Sie hat verziehen. Ich danke Euch, Domna Judith. Herunter, Dom Carl, mit meiner Ritterwürde! Ich hole sie mir in Franken wieder.«

Der Markgraf entgürtete ihn und sprach die Verknechtungsformel. Das Spalier der Ritter kehrte die Gesichter zur Wand. Der Scharfrichter zerbrach das Schwert auf dem Richtblock. Walo wurde gepackt und auf den Block gestellt. Der Schmiedehammer schlug ihm die Sporen ab. Turniermarschall und Herolde kamen. »Hinaus, Knecht!« zürnte der Marschall, »was sucht ein Knecht unter Herren!«, und jagte ihn mit Fußtritten davon.

»Ja nun?« fragte Loba von der Brüstung her. »Gesungen wird nicht, Herr Dachs von Ghissi?« – »Ich verstehe mich nicht auf Worte.« – Dom Peregrin schritt auf ihn zu. – »Er hat Gesänge«, rief Hyazinth Farrancolin, »schönere als wir!« – »Aber ich kann ja nicht Laute spielen.« – »Ich spiele, du singst.« – »Fein so. Nach dem Essen«, bestimmte Loba. »Um welche Dame minnt Ihr?« – Barral zog eine Miene wie von saurem Wein. »Ich minne nicht. Ich singe für Domna Judith.«

Graf Peregrin umarmte den Leibknappen zum Wangenkuß. »Barralî! Die Freude überwältigt mich. Bitte schütze mich trotzdem weiter, so wie du heute meine geliebte Schnur schütztest. Wir sprechen uns noch über Pferd und Rüstung; das kostet alles viel Geld. Zunächst besolde ich dich als Gesinderitter, da du kein Land hast.« – »Kein Land? Warum nannte der Herr Markgraf mich dann von Ghissi auf Ghissi?« – »Das weiß ich nicht. Wir sprechen uns noch.« – Graf Gerwin Sartena trat heran; hinter ihm wartete eine lange Reihe von Gratulanten. – »Es tut mir leid um Walo«, sagte Barral. – Der Graf küßte ihn. »Ihr habt Euch ritterlich verhalten, mein Bruder nicht. Wollt Ihr meine Freundschaft annehmen?« – »Gern, Herr Graf; aber meine Freundschaften, erkundigt Euch bei Eurem Oheim Bischof, sind, wie der Tag zeigte, schwierig.« – »Ich heiße Gerwin, möchte morgen, um die Ehre Sartenas zu retten, einen stumpfen Gang gegen dich fechten, und bin begierig, was du uns nachher singen wirst. Mein Haus erlaubt sich, dein Lehen Ghissi durch ein Nachlehen aufzurunden, dessen Tausch wir mit Ortaffa verabreden.« – »Es wird gegessen!« befahl Dom Carl.

Der Gesang erfolgte bei Fackel- und Mondenschein unter den offenen Fenstern der siebenundzwanzig Hofhaltungen, umfächelt von lauer Nachtluft. Barral schloß die Augen und war wieder Schäfer. In wortlosen Jauchzern,

Trauer- und Angstbeklemmungen, Jubelausbrüchen und stiller Wiesensehnsucht erfand er Melodie über Melodie, auf fünfzehn Lauten begleitet, auch von derjenigen Walos, der in einem der Fenster saß, wo ihn kein Turniermarschall zurechtweisen konnte. Es war das Fenster Marisas; zwischen zwei Gängen mit ihr trieb er den Sänger und nutzte den glühenden Aufschwung, um mit gerupften Akkorden in immer schärferen Rhythmen zum Hirtentanz überzuleiten. Bald tanzte alles, auch bischöfliches Schuhwerk, selbst das Bett tanzte. Zwei weibliche Herolde furchten die verzückte Menge. »Dom Barral?« – »Der bin ich.« – »Kein Aufsehen. Keinen Widerstand. Ihr seid vor das heimliche Gericht geladen.« Am Fuß einer Treppe banden sie ihm die Augen. »Hinauf mit Euch.« – »Und wenn ich nicht gehe?« – »Dann seid Ihr verfemt auf immer, verachtet von den Frauen über den Erdball hin, verurteilt zur Hölle der Jünglingschaft.« – »Gnade! Ich gehorche.« – Die Stufen knarrten. Eine Tür knarrte. Räucherduft und vielfaches Damenhüsteln, Kleidergeraschel und Kichern umgaben ihn.

»O Held«, sagte eine verstellte Stimme. »Raffe nun deinen Mannesmut. Schreckliche Prüfung steht dir bevor. Umgeben bist du unentrinnbar von den grausen Nornen des Liebeshofes. Vergeblich suchte dein abscheulicher Gesang uns durch Meidung der Worte zu begaukeln. Wir sprechen dich schuldig, Schwefel und Schmauch gesungen zu haben. Keine Sühne ist groß genug, denn du beleidigtest unser Geschlecht, indem du eine Einzige allen anderen vorzogest. Streift ihm das Rad auf die Schulter. Mit einem Rade aus dorrendem Lorbeer und Ölzweigen ohne Frucht, von Goldflitter umwunden, stellen wir dich an den Pranger. Du wirst es, bis du schlafen gehst, öffentlich tragen, ein

Gespött allen jenen, die Frau Minne nicht schlug. Setzt ihm den Vogel auf. Ein ausgestopfter vergoldeter Sperber auf einem vergoldeten Blechhelm mit Kinnketten aus Haubenbändern zeige den Quinquilanten der freien Lüfte, daß ein Mensch die Stirn hatte, mit ihnen wetteifern zu wollen. Du wirst mit diesem Helm stolzieren, bis die Lerchen und Weinbergdrosseln dich zerhackt haben. Schlimmer: die von dir angezwitscherte Verruchte sei ledig des Hemdes, das ihre stinkende Haut deckt. Schamlos, wie sie ist, hat sie zu dulden, daß deine eklen Hände sie Stück für Stück ausziehen, bis die widerwärtigen Fehler ihrer Nacktheit sich deinem enttäuschten Blick darbieten und dich begreifen machen, daß du zu Unrecht sie umbrunftetest statt einer Würdigeren. Lebenslang ist auf jedem Turnier und in jeder Schlacht ihr gilbender Hemdfetzen ungewaschen auf der Rüstung oder als Lanzenfahne oder als Fliegenschutz des Rosses oder als Sattelschoner zu führen, bis der Haderlumpen zerbröckelt. Endlich, ergrimmt in den Tiefen verletzter Weiblichkeit, gehren wir, obersten Liebeshofes uneingeschränktes Gericht, eine Buße für uns, in bar gemünzt. Wir verdammen dich, blinden Auges, die Hände hinter dem Rücken, nur durch Kuß, schweigend, jeder Hilfe entblößt, jene Vettel herauszufinden, die du so abgeschmackt minntest. Nimmst du das Urteil an?« – »Gern, Domna Loba.« – »Pfui! Daß du ums Haar die Ringe mit mir tauschtest, berechtigt dich nicht, mich zu erkennen.« – »Ein Schäfer, Frau Wölfin, riecht den Wolf.« – »Pfingstochse, beginne.«

Er begann sich voranzuküssen. – »Ist sie das?« – »Das ist Domna Barbosa.« – »Das?« – »Haha! Domna Loba!« – »Falsch gerochen. Domna Smeralda.« – »Wie im Märchen«, sagte Barral. »Die Richtige kommt am Schluß.« –

»Darauf, Herr Dachs, würde ich mich nicht verlassen.« – »Frau Gräfin, schon wieder?« – »Richtig.« – »Aber Ihr, Ihr seid Loba.« – »Der Knabe kann es.« – »Und die?« – »Kenne ich nicht. Domna Oda?« – »Domna Judith!« – »Nein!« – Schallendes Jauchzen ringsum. »Domna Oda ist nicht hier. Weiter. Nicht wild werden, Herr Dachs. Brav die Hände hinter dem Rücken.« Immer fröhlicher wurden die Damen. Da hörte er Judith lachen. Schon schlang er die Arme um sie. Nachdem sie sich lange genug geküßt hatten, knüpfte ihm Loba die Binde ab. Judith versank in die Reverenz. So blieb sie. Loba ergriff ihn bei der Hand. »Hier fängt man an, diese Knopfleiste hinunter.« Dame nach Dame schlich aus der Schlafkammer. »Das Übrige findet sich leicht. Habt Ihr schon je eine Frau ausgezogen?« – »Mit dem Messer.« – »Ei«, rief Loba erschrocken und verschwand, ohne daß er es merkte.

Schwatzen und Schritte entfernten sich, die Treppe knarrte. »Sind wir allein?« – »Ganz allein, Barralî. Du bist verstimmt?« – »Ja. Judith. Ich habe Euch zu lieb. Da schmeckt der Scherz nicht.« Er nahm ihr das Hemd. – »Bin ich dir schön genug?« – »Die Schönste auf Erden«, sagte er weich, riß sie an sich, ließ sie und ging. »Pfingstochse!« zischte er. Die Damen waren voller Erstaunen. In den Höfen empfing ihn brandender Jubel. Um Mitternacht legte er sich am Altar der Kapelle schlafen, wie für die Schwertleite vorgeschrieben.

DIE MESSE IM TEC

An einem kalten Januarmorgen verblich Domna Smeralda Cormons in den Fieberschauern des Kindbettes. Der kleine Sohn folgte ihr in den Tod. Dom Carl sprach bei der Beerdigung kein Wort. Seine Mutter Domna Oda beendete wortreiche Kondolenzen mit einer Handbewegung. Sie hatte Smeralda fast so innig geliebt, wie es Carl getan hatte. Er aber fand nicht den Trost in Gott, sondern zehrte am Gram. Noch auf dem Friedhof ermahnte sie ihn, fromm zu sein und die Haltung zu wahren. Sie rief einen Zornesausbruch hervor. Ein zweiter ereignete sich beim Leichenschmaus, als die Bramafan, ohne zu ahnen, daß Carl zuhörte, eine ihrer Töchter in das künftige Heiratsgespräch brachten. Seine Reizbarkeit übertrug sich. Der hagere Sartena-Oheim weigerte dem Kardinal Patriarchen den Gruß, spie vor ihm aus und verließ in rauchender Wut die Residenz; der Kringel war nicht vergessen. Ritter Barral, zum ersten Mal eingeladen, wunderte sich. Die tausend Menschen erschienen ihm wie der Sternenhimmel, in geordneten Bildern gekannt, fern und kalt, kreisend um den Polarstern Judith. Sie saß neben Dom Carl, weit fort.

»Wie du blühst«, sagte Dom Carl verdrossen. Sie blühte, weil sie liebte. »Ruhig geworden seit Farrancolin«, stellte er fest. Sie war ruhig in dem Bewußtsein, der, den sie liebte, liebe sie. »Von Walo hörst du nichts?« Der fränkische Ritter turnierte in Aquitanien. »Otho?« Otho ging ihr in wirrer Verehrung aus dem Wege. »Wie kommst du mit Domna Barbosa aus?« Die alte Bärin hielt in gewaltiger Mütterlichkeit die Tatzen über ihr Kleines. »Was macht dein Ritter?« – »Er teilt sich zwischen Landbau und Wächterdienst.« – »Da das Lehen«, sagte der Markgraf, »nicht revoziert wurde, nehme ich an, er ist Nachlehner.« – »Leider nein, Carl.«

Dom Carl stand so heftig auf, daß der Tisch umfiel. Über Schlachtschüsseln und Pokale hinweg schritt er davon; wer ihn sprechen wollte, wurde unwirsch zur Seite geschoben. »Vetter Peregrin, bitte!« Bis in den Saal hörte man die Tür des Kanzleiraumes ins Schloß fallen. »Ein Lehen zu versprechen und es nicht zu verlehnen! Ihr seid ein heimtückischer Querkopf! ein Geizkragen und Flegel! Mich macht Ihr zum Lügner! wie stehe ich da vor dem Dachs!?« – »Seine Erziehung ist meine Sache.« – »Erziehung! Soll er von Eurer Ungezogenheit lernen?« – »Ihr habt ihn zu früh gerittert. Er ist nicht reif.« – »Reif genug, sich für Euch in die Schanze zu werfen! erwachsen genug, meine Schwester zu schützen! mannhaft genug, einem Feigling zu zeigen, wie man dem Teufel begegnet! bescheiden genug, geduldig genug, ehrfürchtig genug, niemandem zu sagen, wie er betrogen wird! Betrug, Dom Peregrin! Lieblosigkeit, Unritterlichkeit, Unväterlichkeit!« – »Beruhigt Euch, Vetter Carl. Ich werde dem Testament ein weiteres anfügen.« – »Die Testamente sind ein Kot! Wollt Ihr, daß ich das Lehen einziehe? oder wollt Ihr meinen Handschuh?!« – »Ich halte Euch zugute, daß Ihr in Trauer seid.« – »Scham über Euch, mich an Trauer zu erinnern! Ich bin in lodernder Empörung über eine schurkische Lumperei und verschwende keinen Satz mehr! Ich schicke Euch den Dachs.«

Er fand ihn beklommen zwischen der schlemmerisch hoch schnaufenden Domna Barbosa und Judith stehen, die der Mut nicht anfocht, »Dachs! zum Grafen.« – Barral trat ein. – »Was hast du mir zu sagen?« fragte Dom Peregrin leidend. – »Nichts, Herr.« – »Du hast dich beim Markgrafen über mich beklagt.« – »Nein.« – »Sei ehrlich.« – »Ich bin ehrlich, Herr Graf.« – »Wenn du nicht ehrlich bist, bekommst du keinen Huf Land. Du hast dich beschwert.« – »Nein, Herr.« – »Du bist mit jeder Regelung zufrieden?« – »Was man hat«, sagte Barral, »hat man.« – »Gut. Ich will es mit dir versuchen. Du schmiedest. Du weißt, was ein Schmiedestück ist. Noch bist du nicht hart genug. Ich hätte dich gern unter dem Blasebalg noch einige Male geglüht und in Eiswasser abgeschreckt. Bedanke dich bei Dom Carl, daß ich wenig gebe, bei Sartena, daß es mehr ist, als ich sonst gegeben hätte. Entgegen meinen Wünschen übertrage ich dir schon jetzt in Sekundärlehnschaft den Hügel Ghissi und diejenigen Felder, die du bislang ohne Erlaubnis ackertest. Den hinterzogenen Zehnt wirst du nachzahlen und eine Strafe entrichten, die das Rentamt festsetzt. Sobald die geschlossene Zeit vorüber ist, also etwa nach Ostern, feiern wir die Belehnung in der herkömmlichen Form. Richte bis dahin eine Notkirche. Nun geh voraus. Ich habe Kopfschmerzen.« Barral küßte ihm ergriffen die Hand. »Dem Lehnsherrn den Fuß«, verlangte Dom Peregrin. Barral warf sich nieder. – Mit wiegendem Kopf kam er in den Saal. »Ich habe Land. Ich habe Land. Herr Markgraf, ich habe Land! Gnädige Frau, ich habe Land! Land, Domna Judith! Land!« – Gräfin Barbosa nahm den Weinenden an ihre Brust, wo er sich ausschluchzte. Die Trauergäste, seit alters erbsässig, betrachteten ihn gerührt. Dom Peregrin streichelte ihn väterlich. »Du sollst alles haben, was bis Ostern den Namen Acker verdient.«

Am Sonntage Dominica in albis zelebrierte Bischof Guilhem unter der ausgeflickten Chorwölbung der am Vorabend geweihten Vierzehnheiligenkirche zu Ghissi das Hochamt, segnete Barral als Patron ein und spendete drei erstkommunizierenden Kindern das Sakrament der Firmung. Er segnete die Herden und ihre Hirten, die Hütten, die Siedler, sie kamen aus Aquitanien am Westmeer, besprengte die fünf Brunnen und alles Feld. Dom Peregrin war großzügig gewesen. Er rechnete als Feld auch das Unkraut, soweit es von Zypressen umhegt stand, ganz niedrigen vorab. Ghissi hatte seit Januar nichts getan als Hecken pflanzen. »Gelehnt ist gelehnt, Herr Graf. Sie halten keine Woche.« Der Graf barst vor Fröhlichkeit, wie treuherzig frisch er betrogen war. Sein Finger schrieb in die Luft einen Kreis nach dem anderen. Damit meinte er, der Landräuber werde um sich greifen.

Barral verstand es als Aufforderung zum Tanz. »Dudelsack!« rief er und kratzte die Erde vor Domna Barbosa. Sie hatte den Zehnt und die Strafsumme gestiftet und junge Bäumchen zu Tausenden anfahren lassen. »Sind bezahlt, Herr«, sagt der Jude bei jeder Ladung. »Wenn ich tot bin«, äußerte Barbosa beim Tanzen, »bet Er für mich, ich kann es gebrauchen. Er versteht sich auf Aberglauben.« – »Sieht man mir das an?« – »Den Grenzbäumen und Marksteinen sieht man es an. Sogar von den Brunnen und am Kirchenportal sind Splitter geschlagen.« – »Frau Gräfin, ich danke Eurer Güte die Zypressen, die Leihsummen und die Reliquien der vierzehn Heiligen. Wie besorgtet Ihr die so schnell?« – »Er fragt zu viel. Selig wird, wer da glaubt. Beinhäuser und Knochen schweigen.« – »Ich schweige wie ein Knochen, Frau Gräfin. Kann ich vergelten?« – »Zahl Ers mir heim mit Seelenmessen, teilbar durch drei müssen sie sein. Und nun tanz Er mit Judith. Bauernmusik, Brust an Brust, Mäulchen auf Mäulchen, ich nehme den Bischof. Den brauche ich auch, wenn ich tot bin.« – »Barralî schön.« – »Judith schön.« – »Hast mich lieb?« – »Hab Euch lieb.« – »Kuß und du.« – »Judith, ich heirate nie.« – »Was hat dir der Bischof gesagt? Er war so streng.« – »Ich soll mich hüten, hat er gesagt.« – »Vor mir?« – »Vor dir.« – »Kriegst mich ja doch.« – »Gott hat uns nicht für einander bestimmt, sagt er.« – »Hat er wohl.« – »Hat er nicht.« – »Hat er doch.« – »Eva, lockst du?« – »Ja!« – »Aber wie?« – »Nie. Jetzt mußt du mit einer Bäuerin tanzen.«

Aus diesem Tanz ließ ihn Dom Guilhem durch Thoro den Knecht herausholen. »Meine Zeit ist bemessen«, sagte er, »ich habe in Ortaffa zu firmeln. Es bedrückt mich, daß ich demnächst nach Rom in See gehe. Der Oberhirt Mirsalon versucht da Unmögliches. Was Rodi erreicht, meint er, schafft ihm Aufschub. Es gibt keinen Aufschub mehr. Man hat sich zu beugen unter Petri Stuhl. Ihr entsinnt Euch des Kardinals Dom Fabrizio, heutigen Papstes?« – »Die Flamingozunge, Herr Bischof.« – »Der Flamingobalg, Herr Dachs, wäre wichtiger. Seine Heiligkeit ist nicht frei von Aberglauben. Ich verspreche mir viel von dem ausgestopften Vogel.« – »Er soll ihn haben.« – »Ich danke Euch, Dom Barral. Der unsterblich machende Balg trägt Euch zumindest den persönlichen Segen des Stellvertreters Christi auf Erden ein.« – »Fein, Herr Bischof.« – »Noch etwas, mein Sohn. Ich ahne, über wen du, statt Briefe zu wechseln, mit deinem Freunde, dem Emir von Dschondis, verkehrst. Ich überzeugte die Pönitenz von der Wichtigkeit. Niemandem ein Wort. Du gibst mir neben dem Flamingo diesen Thoro mit. Emir Salâch, da bedroht, braucht einen Schutzbrief, falls er gezwungen sein wird, nach Ghissi zu flüchten.« – »Gewiß, Herr Bischof. Ich dachte, Ihr hättet uns nicht verstanden. Was macht Walo?« – »Er empfing die niederen Weihen.« – »Wie?« – »Der Herr Prior melkt eine sartenatische Benediktinerpfründe, um recht unfromm zu leben. Ich war in Farrancolin gegen Verknechtung, für Urteil Gottes. Dann wäre der Schüler Satans jetzt tot.« – »Oder ich.« – »Er. Im Gottesstreit siegt, wer die Wahrheit verficht.« – »Sie hatte das Urteil abgelehnt, Herr Bischof.« – »Nun, dann wäre er jetzt kaiserlicher Pfalzrat. Du fürchtest nicht, er werde sich rächen?« – »Nein.« – »Ein drittes, mein Sohn. Der Graf von Tedalda hat eine Handelsmesse gestiftet. Sie findet statt auf der ortaffanischen Insel. Dom Peregrin rechnet auf deinen Schutz. Begleite ihn. Er hat wieder Schmerzen. Begleite ihn, wenn es not tut, nach Dschondis.« – »Noch einmal Ketzergericht?« – »Kein Ketzergericht. Das Konzil entschied, Gott benutze die Heiden. Das Konzil entschied, Quellen seien bischöflich zähmbar. Nutzen wir, zähmen wir, was uns erlaubt ist.«

Sein Lustschiff brachte ihn bis nach Mirsalon. Dort kehrte es um und treidelte zwei Tage später an einem schwül stumpfen Julimorgen das ortaffanische Grafenpaar mit dem Leibritter Barral nach Tedalda. Domna Barbosa stickte, Dom Peregrin vertrieb sich die Zeit mit Schnakentöten. Es wehte nicht der mindeste Luftzug. Das Land war grau, grau der Himmel, das Wasser grau. »Wir hätten gestern fahren sollen«, bemerkte der Graf. »Dies Wetter bringt mich um.« Er hob das Käppchen von der Tonsur, damit das

Hirn atmen könne, und breitete einen Schleier über den erleichterten Schädel. – »Jaja«, sagte Barbosa. »An irgend einem Tage trifft es. Der Bischof ist ein vernünftiger Mann. Der schickt auf die Messe einen ehrgeizigen Kardinal Erzbischof. Der Herr Graf muß natürlich schauen, was es da gibt an neuen Pflügen und Spaten und ähnlichen Dingen für sein landwirtschaftliches Herz.« – »Ihr seid giftig, Barbosa.« – »Dann heraus mit Eurem Smaragd, hängt ihn in den Tec.« – »Warum in den Tec?« – »Der Tec ist giftig.« – »Nicht der Tec, Eure Zunge ist giftig. Hätte der Markgraf Ehrgeiz, würde ich ihn schon gebeten haben.« – »Und hätte Dom Peregrin Vernunft, so ließe er Messe Messe sein.« – »Sie fängt«, beharrte der Graf, »nicht ohne den Landesherrn an. Die Insel ist ortaffanisch.« – »Euer Starrsinn auch. So müde, wie wir sind, werden wir schlapp in den Kies fallen und beim Hochamt einschlafen. Diese Predigten von diesem Lombarden!« – Dom Peregrin erschlug ein Insekt. »Lästig und aufdringlich, die Schnaken! Bootsmann! Wie lange werden wir noch brauchen?« – »Eine halbe Stunde, Herr Graf. Die Ruderer tun ihr Mögliches.« – »Schlafen wir derweil!« entschied Herr Peregrin. Sie streckten sich aus.

Nach einigen Minuten rührte der Bootsmann den Dachs an, legte den Finger auf den Mund und winkte ihn auf die fränkische Seite. Eine vornehme Leiche trieb vorüber; ein gewaltiger Milan saß auf ihr. Stromauf eine zweite; die Milane saßen auf ihr. Weiter nördlich in dem Grauschleier erkannte man ganze Wolken von Vögeln, die weißschimmernd hinunterstießen und aufflogen.

»Das sind keine Ertrunkenen«, sagte der Bootsmann. – »Nein. Das sind Tote, die man tot ins Wasser warf. Ertrunkene sinken.« – »Woher, Herr Ritter, mögen die kommen? Tedalda?« – Barral zuckte die Achseln. »Sie sehen merkwürdig rot aus.« – »Ja, rot und gedunsen; aber nicht wassergedunsen. Wasserleichen kenne ich.« – »Kann Er ein wenig gegensteuern? der Strom treibt sie nicht nah genug.« – »Dann muß ich die Treideltaue verlängern.« – »Tu Er das.« – Der Bootsmann gab seine Befehle. »Es sind Fiebertote«, sagte er, die Hüfte gegen das Steuer gedrückt. »Wie viele zähltet Ihr?« – »Bis jetzt sechsundzwanzig.« – »Mein Gott, seht Ihr? da hinten? die Insel! Sie schmeißen sie mit Mistforken hinein!« – Barral biß sich die Lippen, seine Augen wurden schmal. »Die Schiffsbrücke scheint abgerissen.« – »Ausgefahren, Herr Ritter. Da stehen Bewaffnete. Sie schlagen sie tot wie die Ameisen. Ich werfe die Taue ab und wende. Wollt Ihr den Herrn Grafen verständigen?« – »Sofort abwerfen. Wir kommen in die Milanwolke. Das sind Hunderte von Leichen.«

Bevor noch die Wendung ausgeführt war, herrschte Kreischen und Flügelschlagen rings um das Lustschiff. Dom Peregrin setzte sich auf. Glasig starrte er auf die Vögel, die sich Gewandfetzen und Fleischklumpen aus Kindern, Frauen und gegürteten Rittern hackten. Er weckte die Gräfin. Hochrote Flecke auf dem zarten Wangenweiß, blickte auch sie in die Wasserschlacht. »Hängt Euren Smaragd hinein. Die Messe von Tedalda fing ohne uns an. Aber, Freund Peregrin, sie geht nicht ohne uns in die Hölle.«

»Barral!« gurgelte der Graf. Ihm wurde übel.

Barral stand auf dem Bugspriet, nackt bis auf das Amulett in der Halsgrube, ein Messer in der Hand. Vor den Rudern hinweg schnellte er in die Flut. »Barral!« Ein Toter trieb über den Tauchenden. »Barral!« Barral schwamm mit langen Stößen zu drei gekoppelten Leichen, auf denen ein Lebender sich festgekrallt hatte. Kopf und Finger bluteten. Die Milane kümmerten sich nicht um Unterschiede. Aasvögel, hackten sie auch in pulsende Todesnot. Graf Peregrin lehnte angstverzerrt über Bord und erbrach.

»Bleib so liegen, Kammerknecht!« rief der Dachs, warf sich auf den Rücken und zog das Leichenfloß nach. Der Bootsmann ließ die Ruder einziehen. Das Schiff drehte quer zum Tec. Seilschlingen klatschten hinunter, die Kadaver liefen auf. Den Dolch zwischen den Zähnen, band Barral dem Juden die Taue um den Leib. »Laßt mich doch sterben«, schluchzte Jared. »Sie haben mir die Frau erschlagen, mit dem Spaten, alle meine Kinder, mit dem Spaten, Israel war es, Israel hat die Brunnen vergiftet, laßt mich doch sterben, lieber Herr, laßt mich doch sterben, hat der Jared sich tot gestellt, aber er mag nicht mehr leben, er mag nicht mehr.«

Sie zogen ihn hoch; Barral stieg über die Riemen. Das Schiff glitt stromab. Der Jude, das Gesicht auf den Planken, wimmerte. Barral stillte ihm das Blut mit Speichel. Der Graf erbrach abermals. Über der Wand hängend, hob er mühsam den Arm und winkte. »Herr Ritter!« rief der Bootsmann, »Herr Ritter! schnell!« Sie hingen zu dritt über dem Wasser, dann zu viert, denn jetzt würgte es Domna Barbosa. Unter dem Schiffsrumpf halb verborgen, trieb in der glatt strömenden Flut, zwei Klafter tief, ein rotes, quallenhaft sich bewegendes Segel. Nun zeigte es goldene Schnüre, nun seine violette Abseite. Von einem Landehaken festgehalten, drehte sich der Kardinal Patriarch von Cormons unter dem Spiegel des Tec auf den Rücken. Eiskalt blickten seine lombardischen Augen nach oben, dann trübte sich das Bild neuerdings durch die Qualen des Hauses Ortaffa. »Der hat gelebt«, sagte Barral und dachte an den Kringel von Sartena. »Riemen weg.« Ein Raubfisch, fuhr er ins Wasser, schnitt die verklammerten Finger des hageren Sartena-Oheims über dem Hermelinkragen vom Hals des Erwürgten und tauchte auf. In der Cappa magna der großen Pontifikalien erschien der gewesene Erzbischof an Bord. »Friede, Friede«, murmelte Jared, als man den Leichnam neben ihn legte. »Hat er den Tec gesegnet, der hohe Priester, hat er das Wassergrab gesegnet, ist es ein heiliges Wasser geworden.«

»Herr Ritter«, sagte der Bootsmann, »Ihr solltet Euch ankleiden. Es kommt kühl herauf. Wenn es Sturm gibt, muß ich das Schiff auf Sand setzen.« Die ortaffanischen Herrschaften klagten über unerträglichen Schmerz im Nacken. – »Jared!« schrie Barral, zog ihn am Fuß von der Brüstung herunter und fiel mit ihm rücklings auf die Planken. Der kleine, stämmige Mann im Kaftan, ein Mann Mitte Vierzig, entwickelte ungeheure Kräfte. Aufbäumend, glitschig, schlagend wie ein Wels, kämpfte er gegen den Retter an, der ihm mit eisernen Gliedmaßen, das Kinn auf dem Kreuz des Juden, hinter den Schultern den Rumpf umpreßte, die Arme fortdrückte und die Kniekehlen an den Leib zerrte. Endlich wehrte sich nur noch der Kopf in Barrals Schoß. Immer wieder malmten die Zähne auf der Bauchdecke, bis das Bündel auszuckte. Tränen ätzten Barrals blutige Hautwunden. »Schließt doch dem Kardinal die Augen«, bat er. »Faltet ihm die Hände, wickelt ihn in den Bischofsmantel. Es ist ja, als ob er zuschaut.«

Das Schiff, achtern von einer Bö gepackt, flog den Strom abwärts. Der Bootsmann steuerte es aus der Leichenflut, die, von Milanen bis hinter den Horizont bestoßen, ihren Weg in der Tec-Mitte nahm. Sie erreichten Rodi noch vor dem ersten Donnerschlag. Barral stand auf. Seine braune Haut, während er ins Hemd fuhr, zog sich zu Frieseln zusammen. Ein Schweißausbruch über den ganzen Körper folgte. Graf Peregrin und Domna Barbosa, die Gesichter voll roter Bläschen, rangen nach Atem. Hechelnd wie Hunde stierten sie teilnahmslos vor sich hin. Barral befahl ihnen, in die ortaffanische Lastschute zu gehen. Sie taumelten hinüber. Rodianische Bürger, Pappschnäbel vor den Nasen, schwangen auf den Zinnen der Stadtmauer Räucherfässer. »Die Tore sind verriegelt, verreckt ihr, wo ihr wollt!« – Ein Kräuseln überlief den Tec, ein Frösteln den Dachs. »Jared, komm du mit nach Ortaffa. Schwöre bei Jahwe, du tust dir nichts an.« – »Der Jüd versprichts Euch, bei Jahwe. Der Jüd wird stammeln Dank, wenn Ihr werdet gesund sein. Ihr habt das tedaldanische Fieber. Der Jüd wird stiften hundert und achtzig Messen für die Gesundheit, von ungenannt wird er stiften.«

Blitz und betäubender Knall zerrissen den Himmel. »Der Kardinal, Bootsmann«, sagte Barral, »muß dann hier vorerst eingegraben werden.« – »Den gräbt niemand ein. Man steckt sich ja an.« Barral rollte die Leiche in den Ornatmantel und stemmte sie auf seine Schultern. »Verzeiht, Herr Ritter. Ich steuere Euch die Schute. Habe ich es bis jetzt durchgehalten, halte ich es weiter durch. Eure Mannschaft kommt gewiß nicht. Zum Glück sind die Maultiere noch an den Ringen.«

Der Lombarde wurde abgeladen, der gräfliche Stander gesetzt; sie strängten die Maultiere ein. Jared ergriff den Halfter des ersten, Barral den des zweiten; so stapften sie von dannen. Die Wolke brach peitschend über die Erde. Man sah vor Dunkelheit, Schloßen und aufspritzendem Kanalwasser kaum die nächsten Sumpfpappeln. Im Toben der Blitze rüttelte Domna Barbosa, irren Auges, den Grafen. »Erwacht! erwacht!« rief sie. »Erwacht, Graf Peregrin von Ortaffa! der Vorhof der Hölle hat sich aufgetan! jetzt verknechtet man Euch.« – »Barralî«, bat Dom Peregrin zur nahen Dammkrone hinüber, »laß in Sankt Michael zum Berge halten. Ich will als Mönch sterben.« – »Das könnte Euch passen«, sagte die Gräfin.

Es waren vier Meilen von Rodi bis an die Felsinsel des Klosters Berge, eines zum Teil ortaffanischen Lehens. Der Abt, von Läufern stets unterrichtet, mußte, kam der Lehnsherr vorüber, Aufwartung machen, oder er beging einen jener Lehnsfehler, für die das Lehen als einziehbar galt. Im Ornate, mit Mitra und Krummstab, stand er neben dem Prior unter dem Tragbaldachin, dessen Goldstoff sich derart getränkt hatte, daß ein Schwalch Wasser auf die Erde plantschte. Die Maultiere kannten den Weg. Es führte sie niemand mehr. Niemand an Bord war zu sehen außer dem Bootsmann, der in Frostschauern über dem Steuer hing. Mönche zogen die Schute ans Ufer. »Es sind lauter Tote, Eure Seligkeit«, stellte Bruder Pförtner fest, während Abt, Prior und Tragdach vorschritten, »Barmherziger Gott, es liegt ein Bischof in die Cappa magna gewickelt!« Der Abt befahl die Spitalbrüder und die Brüder vom Gottesacker. – »Auf! Peregrin!« lallte Barbosa, »auf! auf! die Hölle ist da! Bastard auf! Der Fürst der Finsternisse empfängt uns!«

Seine Seligkeit betete und hielt das Kreuz hoch. Der Graf kroch auf Händen und Knien an Land. »In der Kutte, in der Kutte, vor dem heiligen Altar, möchte ich sterben, als

Mönch, als Bruder.« Der Abt hatte die Hand des Lehnsherren zu küssen; er warf sich in den Schlamm. – »Dieser Heuchler«, fauchte Barbosa, »will sich der Hölle entziehen. Dieser Heuchler hat seine erste Gemahlin umgebracht.« – »Wie das?« fragte streng der Prior. – »Er hats eingerichtet, daß sie dazukam, als er auf mir lag, nicht fortgehen, ich beichte, drei Wochen hat sie gefiebert, drei Wochen hat er ihr zugeredet, aus dem Fenster zu springen, da tat sie es endlich.« – »Sie redet irr, sie ist besessen«, beteuerte der Graf und umarmte den Schoß des Abtes, »treibt ihr den Teufel aus!« – »Ich beichte!« schrie Barbosa dazwischen, »noch bin ich nicht unten. Von wem ich das Kind habe, den Otho, aus dem Pferdemist hab ichs von dem schönen Stallknecht, das war auch so ein herrlicher Hengst, ein Saft-Samson wie dein Kegelbub da, nur dümmer! so dumm! als er mich wieder wollte, drei Tage darauf, hat er mich zwar noch gekriegt, aber dann hab ich ihn abstechen lassen, dann den Mörder vergiftet.« – »Es ist nicht wahr, es ist nicht wahr«, stammelte Peregrin. »Treibt ihr den Teufel doch aus, der Irren! Herr Abt, ich schenke Euch Eure Lehen!« – »Das sind Lehen von mir!« knirschte Barbosa, Schaum vor den Lippen, »ich schenke sie nicht!« – »Weiche, Satanas! weiche!« donnerte der Abt und schlug mit dem Krummstab auf sie ein. – »Mörder!« schrie sie, »Mörder! Mörder! Mörder!«, fiel ins Wasser und ertrank.

»Eure Seligkeit«, berichtete der Bruder Pförtner, »es ist nur ein Toter, der Kardinal Erzbischof Patriarch von Cormons. Bei Bewußtsein, aber schwach, liegen der Leibritter des Herrn Grafen und der Israelit des Herrn Grafen, ohnmächtig der Bootsmann des Herrn Bischofs von Rodi.« – »Kleidet sie alle in Kutten, schneidet ihnen allen die Tonsur, legt sie alle am Altar nieder, auf daß sie in Frieden vor dem Herrn sterben.« – »Auch den Israeliten?« – »Auch den Israeliten; stirbt er bei uns, verfällt sein Vermögen Gott dem Herrn. Die Leiche der Gräfin, deren Fieberworte der Herr nicht gehört haben will, zieht aus dem Graben, sargt sie in eine Kiste, überstreut sie mit Kalk und schafft sie morgen nach Ortaffa. Alles, was ihr vernommen, vergeßt. Bis auf die Übertragung der Lehen. Jetzt, liebe Brüder, laßt uns beten zu den Seiten des Altars, bis der Herr sein Werk vollendet hat.«

In der feierlichen Dämmerung der Kirche, einer der breitest und höchst gewölbten Kelguriens, spielte sich, als man Barral schnitt, ein Kampf ab, wie das Gotteshaus ihn seit dem Sarazenengemetzel nicht mehr erlebt hatte. »Auf Erde!« schrie Barral, »auf Erde! nicht auf Stein!«, sprang umher, tobte und stolperte, von Mönchen verfolgt, die ihn vergeblich zu fangen suchten, konnte aber, da die Ausgänge verstellt waren, nicht entschlüpfen. Er schrie so gellend, er wolle leben, auf Erde, nicht auf Stein, daß der Abt, während Bruder Peregrin die Seele aushauchte, befahl, man solle ihn zu den Taubstummen verbringen und den Israeliten, der ihm toben und schreien half, in Gottes Namen auch. Da fiel Barral wieder in sich zusammen, erbrach mit dem Juden um die Wette und ließ geschehen, was geschehen sollte.

Die Taubstummen, drei junge Benediktiner, freuten sich. Sie lebten in der sogenannten Altkirche, die, vor Jahrhunderten aus der senkrechten Felswand gehauen, mit unverglasten Fenstern, winzig klein, auf den tief unten grünenden Kräutergarten blickte. Die Altarnische war so eng, daß die beiden Ohnmächtigen just nebeneinander liegen konnten; sie lagen auf gestampftem Lehm, der die Felsrisse ausglich, und die Kräfte der Erde stürzten sich auf das Fieber. Das Fieber zehrte sie zum Skelett aus. Nichts als Haut über Knochen, hohlwangig, hohläugig, wachten sie auf nach Tagen. Die taubstummen Fratres freuten sich. Hingebungsvoll umsorgten sie und pflegten die lieben Laienbrüder, die kein Haar mehr auf dem Körper besaßen. Nach Wochen sproß ihnen der erste Flaum; im August konnten sie ein paar Schritte gehen; der September sah sie im Kräutergarten; auch der Bootsmann kam. Langsam kräftigten sie sich dank der Spenden aus Ghissi, die der Knecht Thoro, unbekannt wie, ihnen zuspielte, Schinken und Würste manchmal mit einem ungelenken Brief umwickelt, wonach sie einen Dorfältesten gewählt hätten, der sie regiere; die Ernten stünden gut, der Vikar besorge das Rentgeschäft; sie bauten ein Haus für Mon Dom und beteten jeden Tag für seine Genesung; leider gestatte der Abt keinen Besuch, sondern habe erklärt, Mon Dom wolle die ewigen Gelübde leisten und Ghissi verklostern. Barral schnalzte, als er das las. Er schluckte, als er, in Brotfladen eingebacken, eine dicht gedrehte, kupfern schimmernde Flechte Kastanienbraun fand, und barg sie ängstlich in seiner Kutte. Das Pergament, das die Flechte umhüllte, trug Worte des Beileides zum Tode Dom Peregrins.

Am Vorabend Sankt Michaelis, des heiligen Klosterpatrons, Erntedanktages der Christen, ließ Seine Seligkeit sich die Laienbrüder kommen. »Wo sind deine Gedanken, Bruder Jared?« fragte er befremdet. – »Es ist Laubhüttenfest, Herr.« Der Abt verschob den Gewissenserwerb und vernahm die drei im Auftrage des erzbischöflichen Ordinariates über den Tod des Patriarchen, dessen Hals Würgmale zeigte. Der Bootsmann wußte nur, der Ritter sei getaucht; es war ihm entgangen, daß ein zweiter Leichnam unter den Kiel auf die Reichsseite gedrückt wurde; Jared auf Tedalda hatte den Kirchenfürsten nur landen sehen. Barral schwieg. Trotz Androhung sämtlicher Höllenstrafen entsann er sich an nichts, nicht an das Tauchen im Tec, nicht an die unbelauschten Gespräche mit dem Juden im Küchengarten, die dem Landbau Kelguriens zugutekommen würden. »Wir sprachen über Preise, Herr«, gestand Jared. Wenig sonst grünte aus Bruder Peregrins Felsengrab hinter dem Chorsockel der Abteikirche, die aus schrägem Stein in den Himmel wuchs.

»Ihr sprachet«, begann der Abt, nachdem er Bootsmann und Kammerknecht fortgeschickt hatte, »von Preisen. Mein geliebter Bruder Barral opferte viel Geld, um die Einöde Ghissi mit Viktualien, Pflugschaaren, Gespannen und Geräten auszurüsten. Er dezimierte die Herden.« – »Ich hälftete sie. Siebzehnhundert und vierzig Tiere.« – »Nun denn«, fuhr der Abt fort. »Das braucht Jahre. Wagnis ist ein Schwert mit zwei Schneiden, deren zweite die Wunden der Bedrängnis schlägt. Der Orden Sancti Benedicti, über die christliche Welt hin verbrüdert, würde dir mit seinen größeren Barschaften die Last erleichtern.« – »Dem steht nichts entgegen.« – »Vortrefflich. Vom Augenblick der Stiftung an wärest du Prior, dazu genügen die Probegelübde; drei Jahre später nach Ablegung der großen Eide Abt.« – »Ich bin zu schwach, um zu fluchen«, sagte Barral. »Gegen christliche Hilfe hätte ich nichts. Ausflöhung! Ich will fort hier.« – »Du bist noch zu schwach.« Er klingelte dem Bruder Beschließer. »Führe den Laienbruder in das Parlatorium. Stütze ihn mit dem Taubstummen.«

Barral wankte hinüber. Durch das Sprechgitter erblickte er Judith in Trauer. Als sie das ausgemergelte Mönchsbündel sah, schossen ihr Tränen ins Auge. Man setzte ihn auf die Bank. Der Beschließer ging. »Dom Barral, es ist schwierig unter Aufsicht.« – »Du kannst sprechen, Judith. Der Bruder ist taubstumm. Hat man mein Nachlehen eingezogen, weil ich Dom Otho nicht huldigte?« – »Dom Otho huldigt in Aragon. Du hast Zeit. Dein Knecht war bei mir, dein Vikar, dein Dorfältester. Das Dorf liebt dich, es möchte dich wiederhaben.« – Barral weinte. »Ich bin so schrecklich schwach. Ich kann keinen Schritt mehr tun.« – »Höre, Barralî. Dom Lonardo und Thoro warten draußen auf der Schute. Sie werden dich tragen.« – »Ich bin zu schwach, Judith. Otho ist fort. Nicht nach Ortaffa. Da lebt jemand, den ich liebe.« – »Sie tragen dich doch nach Ghissi.« – »Ghissi? Sie machen mich zum Abt von Ghissi. Sie lassen mich nicht hinaus. Ich will hinaus. Ich will leben.« – »Warte hier, Barralî. Ich schicke nach dem Abt.«

Sie ging. Unaufhaltsam rannen ihm die Tränen. Der Abt, als er endlich kam, betrachtete ihn feindselig. »Christus unser Herr«, sagte er kalt, »weint über die Undankbaren. Schwer wird dein Undank wiegen in der Waage der Seelen. Unter solchen Umständen ist der Orden Benedicti nicht in der Lage, deinem Lande zu helfen. Verlasse dieses Haus Gottes und meide in Zukunft seine Schwelle. Lege die Kutte ab. Man wird deine Kleider bringen.«

Auf Händen und Füßen kroch Barral in die Freiheit.

MANDELBLÜTE

An den Abenden spielte Ghissi das Ballspiel, das die Siedler aus ihrer ozeanischen Heimat mitgebracht hatten. Zu je zwei und zwei spielte man den harten Ball von Eselsleder gegen die gekälkte Lehmwand neben der Kirche, schweigend die Kämpfer, schweigend die Zuschauer. Mit bloßer Hand fing man das zurückprallende Leder, drehte sich mehrmals immer schneller und ließ es hinauspfeifen. Es gehörte viel Kraft dazu. Ghissi hoffte auf Mon Dom. Als Mon Dom noch Hufeisen zerdrückte und Zypressen wie Rüben aus der Erde zog, sprang es bis zu dreißig Klaftern zurück, und der Gegner mußte sich sputen, es zu erreichen. Seit der Herr mit dem Tode rang, waren Ubarray und der Schmied die Besten. Der Schmied Larrart, mit den Neuen gekommen, rundete Ghissi auf neunzig Seelen.

Ubarray hatte eine Tochter Maitagorry. Sie war vierzehn und schöner als die überirdische Schönheit der Sage. Der Schmied warf ein Auge auf sie. Nach gewonnenem Kampf zwinkerte er Ubarray zu und bewegte ein ganz klein wenig den Kopf. Sie setzten sich auf die Stufen von Etche-Ona, dem guten Haus, wie Barrals steinerne Wohnung hieß. »Ich möchte deine Tochter.« Ubarray schob die Kappe um einen Zoll. Das hieß Erstaunen. »Nicht?« – »Wir gehören Mon Dom.« – »Auf Mon Dom hockt der Tod.« – »Mon Dom ist stärker.« – »Nicht?« – Achselzucken. –

Auch Larrart schob die Kappe. »Begreife.« – »Was?« – »Schön genug.« – »Wofür?« – »Mon Dom.« Das Gespräch verstummte.

Jetzt spielte der Vikar. Seine feinen Hände zu schonen, schnallte er eine rohrgeflochtene Schnabelkelle ans Handgelenk, ließ den Ball einlaufen und schleuderte ihn heraus. Ubarray schnupfte. Larrart schnupfte. »Als Bauernsohn«, sagte der Schmied. – »Hiesig«, ergänzte der Dorfälteste. – »Aber geschickt.« – »Matt.« – »Maitagorry wird alt.« – »Gibt andere.« – Thoro ritt ein. Mon Doms Vertrauter war fast Mon Dom. – »Gesund?« – Vom Maultier herab beantwortete er redselig die wilden Fragen. »Er liegt in Ohnmacht.« – »Wo?« – »Bei der Brüderschaft vom Heiligen Blut.« – »Wieder Kloster?« – »Aber Ubarray, bei der Brüderschaft kann man ihn besuchen.« – »Also. Sonntag.« – »Ich will ihn lieber erst fragen.« – »Gut.« Sie gingen schlafen.

Elf Tage später wurden die Herdfeuer gelöscht. Ein einziger Melker blieb zurück. Den Vikar an der Spitze, ritt und pilgerte Ghissi, Menschen, Herden, Hunde, nach Ortaffa. Mittags hörten sie in Marradî Gottes Wort. Zur Vesper langten sie in der Burgstadt an. Vor dem Brüderspital sangen sie die Berglieder ihrer Heimat. Jetzt war der Herr ihre Heimat, und dies nicht nur, weil er sie leibeigen besaß. Sie erkannten ihn kaum wieder, als er ans Fenster getragen wurde. Der Neunzehnjährige sah aus wie siebzig. »Meine Kinder«, sagte er. Die Kleider schlotterten ihm um den Leib, das Haar hatte sich noch nicht gelockt, so kurz war es, die Muskelstränge traten wie Seile unter der Haut hervor. Einzeln durften die Siedler hinauf, ihm den Fuß zu küssen. Für jeden hatte er ein Wort. Daß er sich freute, sahen sie an dem stillen Glanz in den Augen. Ubarray brachte es nicht über das Herz, von Larrart zu reden, als Mon Dom nach Maitagorry fragte. »Maita!« rief er. Sie sprang die Treppe empor und warf sich nieder. – »Auf die Stirn«, verlangte Barral. Sie wurde rot. Seither träumte sie von ihm. Unter den aquitanischen Nachzüglern, die sie mit Eifersucht musterte, konnte ihr keine das Wasser reichen. Mon Dom hatte sie erwählt mit Blick und Berührung.

Zu Allerheiligen endlich kam er, ein Haufen Elend, krumm auf dem Esel hockend. Sie fütterten ihn, ihren Vater, ohne dessen Hirse, Öl, Täubchen und Schlachthammel sie bitter hätten hungern müssen. Sie hatten gut gelebt, fleißig gearbeitet; Fleiß, hatte er gesagt, sei die Rückzahlung, die er annehme. Schon damals brauchte er sie nicht zu prügeln; sie taten alles, was er wollte. Dennoch bedrückte sie eine Sorge: daß er so gar nicht ans Heiraten dachte, fünf Jahre über die Zeit! »Der Tod hat auf Euch gesessen«, sagte Ubarray. »Er kann wiederkommen. Ihr solltet Kinder zeugen um unseretwillen.« Das war eine lange Rede für seine Verhältnisse; Ghissi staunte. – »Rechne«, sagte Barral. »Tausend Gäste. Turnier. Turniergeschenke. Geschenke für Spielleute, Bettler; Kirche will auch etwas haben.« – »Tausend? Wir? Hundertundzwölf.« – »Mon Dom hat gelacht!« rief Larrart. Ein Freudentanz brach aus. Nun war er gesund. – »Ubarray, komm her.« Der Dorfälteste spitzte das Ohr an. »Ich weiß, was du denkst. Du denkst, es muß keine Grafentochter sein? Kuppler. Ich bin noch zu schwach für Maitagorry. Und ich heirate sie nicht. Wenn Floh ins Ohr, dann den richtigen!«

Er erholte sich in wenigen Tagen; am zweiten schon ging er ein paar Schritt ohne Hilfe, am dritten schaffte er dreimal den Kirchplatz, am vierten ein Feld. Thoro führte den

Esel hinterdrein. Barral zwang sich, immer weiter zu wandern. Am fünften Tag herrschte er einen Siedler an, der mit der Astgabel pflügte, statt, wie befohlen, mit der eisernen Schaar. »Am Hang, Mon Dom, ist es zu schwierig!« – »Bring sie, ich zeige es dir.« Um alles kümmerte er sich: Höfe, Vieh, Brunnen. Seine Wut waren die Gräben. In Schaftstiefeln watete er sie entlang. »Palmblätter«, knurrte er, »Palmblätter habe ich gesagt! kein Maisschilf.« Seine Hand kam aus dem Moder hervor. »So versumpft das Wasser.« Er wischte den Dreck an der Hose ab. Wie die Bauern trug er einfachen blauen Leinenzwillich; über dem Kittel den Schwertgurt des Ritters; als Hut einen flachen Kegel von Röhricht. Nur beim sonntäglichen Hochamt erschien er in Tuchwams, Barett und fußlangem Mantel. Bald ritt er wieder, nicht den reizbaren Sarazenen Dschelâle – Hoheit, des Emirs Titel –, aber doch ein Pferd. Eine Woche weiter, und er versuchte sich im Ballspiel. Ihn erinnerte es an das Fechten. Es machte ihm nichts aus, daß Ghissi zuschaute. Für jeden verfehlten Ball zahlte er einen Stüber in den Opferstock. Gefüttert wurde nicht mehr. Er fraß wie der Riese, der das Gebirge türmte, beginnend vor dem Frühstück mit drei Pfund Zwiebeln, die das Blut reinigten, endend mit Spießfleisch am Scheiterhaufen. Seine Kräfte zu stärken, raufte er Disteln und kranke Zypressen. »Erledigt«, sagte er und ließ zum ersten Advent ein Tedeum singen. Montags begann er, eine neue Wasserkunst über Feld zu legen.

An einem warmen Dezembermorgen, die Äcker dampften, kam Thoro gelaufen. »Mon Dom! Besuch an der Heerstraße!« – Barral strich Kuhdung in die Palmwedel. »Das Land oben gehört mir nicht.« – »Ein sehr vornehm bestickter Reiter. Er fragte nach dem Lehnsinhaber.« – »Doch nicht Graf Otho?« – »Nein, der ist in Hispanien. Der Herr da kommt mir zwar bekannt vor, ich glaube, er war in Marradî dabei, aber wer es ist, weiß ich nicht.« – »Schnell! den Dschelâle!« Er wusch sich die Hände, zog den Kittel zurecht, saß auf und trabte den Hohlweg hinan.

Am Kreuzweg hinter den Opuntien wartete Markgraf Carl, daß der Baron von Ghissi ihm den Steigbügel küsse. »Ihr nehmt Eure Lehnspflichten lasch!« Mißbilligend musterte er die beschmutzten Wasserstiefel, die Zwilchhosen, den schwertlosen Schwertgurt, den Kittel, das Amulett an dem schon wieder kräftigen Halse, freundlicher das magere, aber gebräunte Gesicht Barrals. Ihre Augen maßen sich, die des Reiters ebenso verständnislos wie die des Stehenden. Plötzlich lachte Dom Carl und saß ab. »Wie geht es Euch, Dom Barral? Ihr waret schwer krank.« – »Ich bin gesund.« – »Seid Ihr etwa noch gar nicht in Ortaffa gewesen?« – »Was soll ich da? der Graf ist auf Lehnsritt.« – »Dom Barral, ich hatte mehrfach Anlaß, an euch zu rätseln. Seit Wochen liegt in Ortaffa die Vorladung nach Cormons.« – »Warum schickt man die nicht?«

Dom Carl legte ihm den Arm auf die Schulter. »Setzt Euren Hut wieder auf. Es ist warm, wir gehen ein paar Schritte. In Zukunft, außer bei der Huldigung, würde es mir lieb sein, wenn Ihr Dom Carl zu mir sagtet.« – »Ich verstehe nicht, Herr Markgraf.« – »Ihr versteht sehr gut. Ihr seid blaß, ist Euch nicht wohl?« – »Ghissi?« fragte Barral. »Ghissi?!« Dann warf er den Schilfhut in die Luft. »Ghissi!« rief er, sprang dem Hut nach und warf ihn. »Ghissi!« Er küßte Dom Carls Hände ab. – »Ihr seid halt doch ein

Bauer«, bemerkte der Markgraf. »Ich möchte Eure Felder sehen. Man erzählt sich Wunderdinge.«

Mehrmals beim Reiten schloß der Dachs die Augen. Dom Peregrin, schon in Dschondis, hatte ihm auf den Todesfall das Reichslehen Ghissi vermacht und jüngst, in einem letzten Zusatz des Testamentes, auch die Herrlichkeiten Amlo und Galabo aufgelassen, Ödländer ohne Schulden und Nachbesitzer. Dom Otho erbte mit dem aragonischen Lehen Ortaffa das Grafenamt. Den Benediktinern von Sankt Michael zum Berge wurden gegen die Verpflichtung, seinen armen Leib in der Kutte des Ordens zu bestatten und für die arme Seele jährlich zweihundert Messen zu lesen, die Nachlehnschaften als Schenkung übertragen. »Zweihundert«, sagte Barral. »Nicht teilbar durch drei.« – »Über Heerfolge und Zehntveranlagung«, fuhr Dom Carl fort, »verhandeln wir später. Ein bäuerliches Aufgebot bildet Ihr selbst aus. Das niedere Gericht liegt bei Euch, das Blutgericht bei Ortaffa. Ihr wißt, daß Ihr die Lehnspflicht habt, einen Palast zu errichten?« – »Für wen?« – »Das Land ist geliehen vom Kaiser, der dagegen das Recht hat, Euren Schwertarm zu nutzen, den Zehnt zu beanspruchen und auf seinem Boden in seiner Hofhaltung so zu wohnen, wie es einem Kaiser entspricht.« – »Er wird nie kommen«, wandte Barral ein. – »Des Kaisers Wohnungen«, erwiderte der Markgraf, »sind meine Wohnungen, soweit sie in kelgurischen Grenzen stehen. Es verhält sich damit wie mit den Wohnungen Gottes. Gott will, daß Ihr ihm Häuser baut, viele, der Kaiser eins. Ghissi war Dekanat. Was jetzt?« – »Vikariat.«

Sie setzten sich auf die Stufen des Hauses. »Thoro! Brot und Salz!« – »Ihr versteht Euch auf die Sinnbilder«, bemerkte Dom Carl. »Wann werdet Ihr Eure Grenzen abreiten?« – »Heute.« – »Ein halber Tag dürfte schwerlich genügen; die Marksteine sind verwuchert. Besser, Ihr wartet bis zur Flurbegehung durch meine Rentkammer. Sobald das geschehen ist, werden wir die feierliche Belehnung vornehmen; sie wird Euch viel Geld kosten. Wann mögt Ihr?« – »Im März, wenn die Mandeln zum ersten Mal wieder blühen.« – »Da ist Fastenzeit.« – »Dom Carl, wir werden die Gallamassa ausfischen.« – »Ihr seid beharrlich und genügsam. Soll ich Euch das als Devise verleihen?« – »Ich habe kein Wappen.« – »Das Baronat hat ein Wappen; erkundigt Euch beim Heroldsmarschall. Soweit ich erinnere, ist es scharlachgrundig und führt in goldenem Schrägbalken links unten einen Mohrenkopf.« – »Schlecht.« Der Markgraf sah ihn überrascht an. »Des Emirs wegen«, erläuterte der Dachs. »Kann man das ändern?« – »Beantragt es. Eine andere Frage. Was haltet Ihr von Dom Othos Fähigkeiten in der Ausbildung der Zuchtritter?« – »Nichts.« – »Ich bat Euren Nachbarn Ongor, neben dem Fechten die Burgmeisterei zu besorgen. Wie wäre es, wenn Ihr die Rittmeisterei übernähmet?« – »Gern, aber nicht auf der Burg. Marradî.« – »Warum?« – »Auf der Burg kann man nicht reiten. Gelände braucht man. Bewegung über Meilen.« – »Gut, schlagt das in Ortaffa vor, Dom Otho läßt Euch freie Hand.«

Er erhob sich. – »Wer wurde Patriarch?« fragte Barral. – »Dom Vito, bisher Bischof in Frouscastel. Ich sehe Schwierigkeiten. Er hat die Inquisition aufgelassen.« – »Hallelujah.« – Dom Carl zuckte die Achseln und saß auf, wobei ihm der Lehnsfolger den Steigbügel zu halten gehabt hätte. »Haltet mir den Steigbügel, wenn ich als Lehnsherr hier bin. Ich weiß nicht, ob Euer Hallelujah berechtigt ist. Der

Patriarch von Mirsalon, obwohl er den Bischof von Rodi schickte, hat sich in den Schoß des Papstes zurückflüchten müssen wie fast alle Erzbischöfe ringsum, selbst Mailand, unbeschadet der Reichsacht, die ihnen droht. Es ist Vorsicht geboten. Dom Vito wird nicht können, was das Kapitel von ihm erhofft. Übrigens ist er Flurnachbar, Ihr werdet ihn in Cormons besuchen. Ebenso mich. Ebenso den Juden, was Ihr jetzt dürft.« – »Ist der auch Flurnachbar?« – »Das weniger. Er war der Vermögensverwalter Domna Barbosas, deren Testament ich vollstrecke. Da sie den Niesnutz Ortaffa besaß, hinterließ sie zum Zorne ihres Sohnes eine halbe Zehntscheune gemünzten Silbers.« – »Zum Zorne?« – »Zum Zorne. Ihr kanntet sie, Dom Barral. Sie hatte Anfälle von fürstlicher Laune und eine Vorliebe für kräftige junge Menschen.« – »Ich weiß«, sagte Barral, der an den Stallburschen dachte. – »Ihr seid uneigennützig?« – »Ich?« – »Sie attestierte Euch dies Beiwort. Der Silberschatz dürfte für Amlo und Galabo hinreichen.«

Als die Bauern abends von der Arbeit zurückkehrten, war Mon Dom nicht da. Auch am nächsten Tag nicht. Am dritten wurden sie unruhig. Sie schickten Thoro nach Marradî und Ortaffa, Ubarray an die Furt. Am vierten gegen Sonnenuntergang sah ein Feldhüter im Gebüsch über der Gallamassa einen Esel stehen, nicht weit davon im Schäferumhang einen geduckten Mann, der etwas suchte, Disteln kappte und sich neuerdings bückte. »Oh«, sagte der Feldhüter. Mon Dom bemerkte ihn nicht. Er kratzte mit dem Messer auf einem Stein herum, legte ihn frei, küßte und bespuckte ihn, zog den Hammer und schlug sich einen Splitter heraus. Der Feldhüter lief, so schnell ihn die Beine trugen. Die Vesperglocke läutete. Er schlüpfte in die

Kirche. Erregtes Wispern von Ohr zu Ohr. Die Bauern kratzten den Kopf. Es ging nur die Männer an. Die Frauen errieten, was ihnen verheimlicht wurde. Maitagorry wechselte mehrmals die Farbe. Der Vikar unterbrach den Gottesdienst. »Was ist?« – »Mon Dom. Alles Land.« Raumgreifende Handbewegungen erläuterten, es reiche zumindest bis an den Tec und das Zederngebirge. »Herr Vikar«, fragte Thoro, »wißt Ihr, wo Ihr heut nächtigt?« – Der Geistliche kniff ein Auge. »Ohne Aufgebot? Heiden. Dann sattelt mir mein Maultier.«

Kaum war er fort, wurden die Weiber eingesperrt. Die Bauern umstanden den Dorfältesten. »Wer?« fragte Ubarray. – »Maitagorry!« – »Jemand dagegen?« Sie war die Schönste. Er holte sie. Man löste ihre Flechten. Der Vater riß ihr ein langes Haar aus, knüpfte es um einen Kiesel und hielt das Orakel von sich. Langsam fing es zu pendeln an, von ihm fort. Er machte zwei Schritte; es verneinte stärker. Vor dem Kirchenportal begann es zur Seite auszuschlagen, vor Mon Doms Haus in einen Kreis überzugehen. Etwas weiter zur Platzmitte hin zog es fast waagrecht durch die Luft; immer schneller, immer heftiger sauste es und flog ihm am Schluß aus den Fingern. Die Erwählte fegte den Ort ihrer Vermählung, bis er kein Krümchen Sand mehr aufwies. – »Wer?« fragte Ubarray. – »Iriarte!« – »Hat nicht geworben.« – »Larrart!« – »Jemand dagegen?« Der Schmied war der Stärkste nach dem Wagner. Er goß um den Brautplatz eine Bannmeile aus Wein; außerhalb ihrer errichteten sie drei Scheiterhaufen. Während die Braut gebadet wurde, brachte Thoro Minze und Myrte. Die Büschel in den Händen, betrat Ubarray Mon Doms Haus und verjagte die Weiber. Maitagorry erwartete ihn, erfüllt von

Ruhe und Glück. »Gut, Maita.« Er salbte ihr Stirn, Halsgrube und die Haut hinter den Ohrläppchen mit Minze, Brüste und Schoß mit Myrte. »Kann dauern«, sagte er und knüpfte die gebrochenen Stengel in ihre Flechten. »Auserwählt.« – »Ja, Vater.« – »Stolz?« – »Ja, Vater!« – »Heiratest Larrart.« – Sie hörten das Prasseln der Holzstöße. »Er kommt, Vater.« Ubarray machte die Tür hinter sich zu. Die Flammen pfiffen wie der Atem der Feuerschlange Leheren. Die Ölbaumäste schrien. Das Dorf Ghissi stimmte die Brautgesänge an in der Sternennacht. Die Braut antwortete.

Barral blieb auf dem Esel, die Hände gefaltet. Als die Lieder verstummten und nur noch Maitagorry zu hören war, nahm er den Buschen Myrte entgegen, küßte ihn und warf ihn als erstes in die Truhe, die Thoro vor dem Herrn auf den Kirchplatz gestellt hatte. Größer und größer wurden ihre Augen. Hand nach Hand förderte er Schnitze aus seinen Taschen, Pinien- und Pappelspäne von jedem Grenzbaum, Steinsplitt von jeder Grenzmarke, die zu finden er oft eine Stunde gebraucht hatte, Röhricht von den Ufern der Gallamassa. »Meine Kinder, der Herr ist gut mit mir. Ich wurde freier Baron auf Ghissi, Amlo und Galabo, von Kaisers Gnaden. Ubarray! geh morgen auf deinen weiten Weg zu den roten Bergen. Hole hundert Bauern aus Eskualduna. Ehe die Mandeln blühen, seid ihr hier.« – »Herr Baron«, sagte Ubarray. – Barral fauchte. »Und wenn ich Kaiser werde, für euch bin ich Mon Dom! Mon Dom heißt nichts. Mon Dom heißt Mein Herr. Mon Dom nannten mich die Hirten, als ich Acht war. Mit Acht schwor ich, die Ödnis Ghissi solle leben durch mich. Her mit dem Stärksten, daß ich ihn niederringe!«

Damit streifte er den Mantel ab, sprang aus dem Sattel und entgürtete sich. »Wer ist der Stärkste und unverheiratet?« – »Mon Dom ist der Stärkste!« – »Wer ist der Stärkste nach mir?« – »Larrart!« – »Her mit Larrart! Ich friere!« Sie zogen den Schmied aus, wie er auch bettelte, ihn zu schonen, Mon Dom werde ihm sämtliche Knochen brechen. »Du schenkst mir nichts!« verfügte der Herr. – »Nichts!« knurrte Larrart und schlug die Hand an. Nackt im tanzenden Feuerschein rangen sie. Nackt im tanzenden Feuerschein trat Maitagorry auf die Schwelle des Hauses. Augen und Lippen glitzerten. In den Ställen blökte das Vieh. Barral warf den Schmied. Breitbeinig kniete er über ihm. Breitbeinig stand er auf, die Brust geweitet. »Scher dich! Hinaus aus meinem Kreis! Der Herr über Ghissi zeugt ein Kind aus seiner Erde. Komm, Erde Ghissi. Wollt ihr wohl singen!«

Die Sterne funkelten. Maitagorry, den Blick in den Augen ihres Herrn, teilte die Flechten, mit denen sie sich bedeckt hielt, tat sie hinter sich, ging in seine Arme und lag auf dem Kirchplatz. Am nächsten Tage traute der Vikar sie dem Schmied an. Zum Erntedankfest bekam der Schmied eine Tochter; er bat Mon Dom zu Gevatter; Mon Dom bestimmte, sie solle Graziella heißen.

EVA IM WEINBERG

Nun grünten auch Amlo und Galabo. Oft kam der Markgraf jagen, denn der Landbau lockte das Wild, das Wild die Herren. Er liebte diesen Fleck Erde; er liebte den Zypressenpalast, wie der Dachs das schneeweiße, weitläufige, niedrig gestreckte Landhaus des Kaisers nannte, obwohl es nur eine einzige Zypresse dort gab. Niemand wußte von ihrer Bewandtnis. Die Hofmauer buchtete sich um den schönen Baum, an dessen Fuße zum Hohlweg hin ein holzüberdachter Kruzifix stand. Barral wohnte nach wie vor an der Kirche, die längst ihren Pfarrer hatte. Er liebte sein Etche-Ona; er liebte Maitagorry, wie sie ihn liebte. Nach wie vor wollte er nicht heiraten. Dom Carl redete ihm nicht zu. Unvergessen war Domna Smeraldas armes Sterben im Kindbett.

Jeden Herbst lud Barral die Reiterei zur Schwarzwildjagd über die abgeernteten Äcker. Sauen zu erlegen, forderte Geschick, Wendigkeit, Mut und Kraft; Messerwurf und Absitzen verbot er; blindwütig im Angriff, spießten die massigen Tiere sich auf den Lanzen zu Tode. Außerhalb der Kesseltreiben blieben die Ödhänge von Marradî und die Gebirgsschluchten der Schulter Satans das tägliche Übungsfeld. Der Rittmeister nahm selten teil. Er suchte die Begabtesten aus, lehrte sie das Schwierigste und vertraute ihnen die Ausbildung. Im Zweifel, fanden sie ihn schnell. Dom Lonardo, der Pflichteifrige, ahmte das so einfache Beispiel nach, das ihm Zeit ließ, Ongor zu bewirtschaften, war aber, als Burgmeister, häufiger auf Ortaffa. Barral fand sich mürrisch bereit, einmal in der Woche bei Tafel zu sitzen. Ihn ärgerte die Minnesingerei, die in den Spuren Walos wucherte; ihn ärgerte sein Freund Hyazinth Farrancolin, der, seit drei Jahren im Besitz der Länder, für seine Länder nichts tat; ihn ärgerte, daß Dom Otho sich der Gemahlin gegenüber aufführte, als heiße er Peregrin. Und nicht zuletzt beunruhigte es ihn, in Judiths Atemnähe ihr so fern sein zu müssen. Einmal in dreieinhalb Jahren sprachen sie sich auf einer Taufe. »Es ist schlimmer als je«, sagte sie schnell. »Kommst du mit nach Farrancolin zu Hyazinths Grafung? Könnten wir uns nicht da sehen?« – »Das Sehen tut weh, Judith. Gerade in Farrancolin sind die Erinnerungen so stark. Ich war ein Esel.« – »Du bereust, was nicht war und nicht sein konnte?« – »Es konnte nicht sein?« – »Zwischen dir und mir nicht. Das ist stark, daß du kein Esel warest.«

Barral blieb auf Ghissi. Er sah keinen Anlaß, der unvermeidlichen Erhebung eines Herrn beizuwohnen, dem das Land nichts bedeutete und der ein noch schwächerer Regierer sein würde als Dom Berengar. Er schmiedete derweil eine neue Härtung, nachdem er dem Schmied Larrart winters einen Tiefkeller angelegt und vom Lordaner Bischof Eis gekauft hatte, um das Probierstück schrecken zu können. Graziella, an der Hand ihrer Mutter, schaute zu, wie Brüderchen trank und die Väter werkten. Brüderchen Quirin war ein Kind der Schmiede und ganz blond. »Gut für heute«, sagte Barral. »Morgen muß Mon Dom nach Ortaffa. Mach morgen so weiter. Das erste Wasser nicht ganz so kalt. Wieviel Gänse hast du?« – »Sechzehn, Mon Dom.« – »Rasple das Beil zu feinem Schrot, gib es ihnen im Futter zu fressen, sperr sie in einen Verschlag und heb mir das Beil zum Schmelzen auf.« – »Das verstehe ich nicht, Mon Dom.« – »Schafskopf. Denk nach. Was kommt hinten heraus von dem Futter? Gras?« – »Eisen, Mon Dom.« – »Siehst du. Das hörte ich neulich auf einer vornehmen Hochzeit. Ein Spielmann erzählte zur Leier von Wieland dem Schmied. Die Sagen wissen mehr als wir. So härtete Wieland Siegfrieds Schwert. Dreimal fraßen es die Gänse. Jeder Klack kostbar.«

Morgens in Marradî bei der großen Reitübung erschien Thoro; der Markgraf sei im Zypressenpalast. »Und?« fragte Barral. Nachmittags wohnte Dom Carl dem Geländeritt bei. Von der Furt herauf, aus Farrancolin heimkehrend, kam das Haus Ortaffa gezogen. Dom Otho, ungesund bleich wie immer, begrüßte den Stiefschwager. Judith im Schleier, schlank und schön, ritt eine mirabellfarbene Stute. Barral küßte ihr die Hand und stob mit der Reiterei im Galopp davon.

Die gräfliche Familie brach auf. Der Markgraf, im Schritt neben der Stiefschwester, bildete die Nachhut. »Judith«, sagte er, als sie die Höhe bei den Kastellen hinter sich hatten, »ich bin in einer bestimmten Absicht hier. Ich glaube Euch das Gebet in Trianna nicht.« – »Warum ihrt Ihr mich, Carl? Meine Gebete sind übrigens meine Gebete.« – »Judith, man betet zur Heiligen Anna um Kindersegen; von dir mutmaßt Otho, daß du mit teuflischen Künsten einer Schwangerschaft ausweichst.« – »Dazu bedarf es keiner teuflischen Künste.« – »Du weichst ihr aus?« – »Ja, Carl.« – »Aber du empfängst ihn noch?« – »Er kann sich nicht beklagen.« – »Er beklagt sich. Vorerst bei mir. Soll er zum Bischof gehen? Du bist ein blühendes Geschöpf, du gebierst leicht. Seit dem Jungen vor vier Jahren tust du nichts mehr. Ortaffa kann auf zwei Augen nicht stehen.« – »Warum nicht?« – »Weil Balthasar sterben könnte.« – »Gottes Sache.« – »Wenn du sagst, Gottes Sache, so sage ich dir, die Kirche verbietet, daß Mann und Frau zueinander eingehen, ohne ein Kind zu wollen. Da wird Liebe zur Sünde. Otho will Kinder.« – »Die Kirche hat gut verbieten, Carl. Von Liebe ist die Rede nicht. Ohne Liebe wird der Kinderwunsch Sünde. Ich bin kein alchimistischer Tiegel. Diese zwei Augen, Carl, auf denen das Haus Ortaffa steht, sind mir so entsetzlich, daß ich zwei weitere nicht will. Ich habe zur Heiligen Anna gebetet als Mutter zur Mutter. Die Heilige Anna als Mutter versteht meine Schmerzen, Gott Vater versteht sie.« – »Du sprichst wie die Weber drüben in Franken, die den Priester als Mittler abgeschafft haben. Das endet bei denen auf dem Scheiterhaufen. Es gibt keine Zwiesprache mit Gott.« – »Es gibt sie, Carl, sonst lebte ich nicht mehr!« – »Was für Gedanken, Judith! Sieh mich doch nicht so flammend an, ich erkenne meine Schwester nicht. Um was batest du die Heilige Anna?« – »Daß sie dies grauenhafte Kind, Opfer eines grauenhaften Vaters, dem Vater entzieht und zu einem guten Menschen macht oder es in den Himmel nimmt, bevor es zum Mörder wird. Jetzt schweigt Ihr, nicht wahr? das habt Ihr von Judith nicht erwartet. Aber das habt Ihr erwarten müssen. Ihr kanntet Otho, Ihr kanntet Ortaffa, Ihr kanntet mich.«

Sie schwiegen, während Judith zornig die Tränen wischte. Sie schwiegen bis an den Hohlweg. Dann setzte Dom Carl wieder an. »Du sagtest Opfer eines grauenhaften

Vaters. Soviel ich weiß, ist Otho vernarrt in Balthasar.« – »Jaja. Auf seine Weise. Ich bitte Euch, Carl: einen Jungen, der so böse ist, obendrein, entschuldigt, verblödet, holt dieser Vater in seinen Turm, wo er ihm vorübt, wie man Mäuse, Ratten und Frösche zu Tode quält!« – »Vielleicht will er ihn hart machen, Judith.« – »Oh Carl, von welcher Welt seid Ihr! Nach Gesetz und Sitte gehört der Junge bis zum vollendeten sechsten Jahr der Mutter, dann dem Kloster, dann der Zucht! Nicht umgekehrt! Schon als ich Fastrada trug, habe ich gezittert, ob das Blut Ortaffa oder das Blut Cormons durchschlüge. Dies liebe Kind ist meine einzige, meine einzige Freude auf Erden.« – »Judith, er ersehnt sich einen Sohn, das ist doch verständlich. Desiderius! sagt der Name dir nichts? Desiderius will er ihn nennen.« – »Dann soll er sich eine Magd nehmen und ihr Desiders machen, so viel er will. Ich, Carl, kann es nicht mehr. Ich kann ihn erdulden, aber ich will nicht, daß noch mehr Böse auf diese böse Welt kommen!« – »Sprich bitte etwas leiser, man weiß doch nie, wer hier in den Hohlwegen zuhört.«

Abermals schwiegen sie. Schweigend ritten sie durch Ortaffa Stadt, schweigend durch drei Burghöfe. Auf dem vierten trabte Barral. Vor ihm, in seinem Arm, jauchzte Fastrada, den Kopf rücklings an seine Brust gelegt, die Augen vor Seligkeit geschlossen. Judith lächelte. »Wem sieht sie eigentlich ähnlich, Carl? Ich glaube, Euch.« – »Judith«, sagte der Markgraf, »ich glaube, du solltest jetzt in die Kapelle gehen und deine falschen Gebete beichten.« – »Mamma! Mamma!« rief die Kleine. Sechsjährig, etwas drall und sehr hübsch, erinnerte ihr feingezeichnetes Gesicht an das Liebenswerteste in Domna Barbosa.

Vor der Engelskammer half Dom Carl seiner Stiefschwester aus dem Sattel. Der Portalsturz, vor einem Monat aufgesetzt, ohne Farbe vorab, machte ihn betroffen. »Heidnisch«, sagte er. »Und doch nimmt es merkwürdig gefangen.« Judith antwortete nicht. Ihre Blicke waren in der fernsten Ecke des Hofes, wo Dom Otho die Hände des Burgmeisters umklammert hielt. Dom Lonardo sprach straff in leichter Neigung auf den Kleineren ein. »Mamma! Mamma!« rief Fastrada, »schön bei Ohm Dachs!« und trabte vorüber. Der Markgraf betrachtete versunken das erste Menschenpaar; tierhaft schlich es auf allen Vieren im Weinlaub, die Muskeln gespannt, die Augen lauernd, umstrickt von Reben, die in Schlangen ausgingen, Eva vorweg mit dem Brechen der Frucht beschäftigt, wobei sie horchte, Adam hinter ihr wie der Hund hinter der Hündin, wenn sie heiß ist. Inkarnat und Giftgrün waren angerieben.

Graf Otho verschwand im Turm; Dom Lonardo kam über den Hof. Judith ließ den Markgrafen stehen, der es nicht bemerkte. Auf der Treppe küßte der Burgmeister der Gräfin die Hand, zwei Stufen unter ihr. »Wann ist es geschehen?« fragte sie. – »Ihr wißt es, Domna Judith?« – »Wann ist es geschehen?« – »Am Abend Eures Ausrittes nach Trianna.« Dom Lonardo fing sie in seinen Armen auf. Der Markgraf sprang hinzu. – Sie stand schon wieder beherrscht, »Wie? Wie ist es geschehen?« – »Die Amme sitzt im Kerker. Sie hatte, was wir nicht ahnten, den Walkmüller zum Schatz. Die Mühle lief unbeaufsichtigt.« – »Wovon wird hier gesprochen?« fragte Dom Carl. – »Von meinem toten Sohn Balthasar, Carl. Gewiß hat er wieder einmal einen Frosch gequält. Gewiß hat er ihn in die Walkmühle gesteckt.« Dom Lonardo öffnete bedauernd die Hände;

man vermute es. »Wie geht«, fragte Judith, »solch eine Walkmühle?« – »Die Walkmühle ist ein sogenannter Kollergang. In einem steinernen Trog laufen zwei senkrechte Räder aus Granit.« – Judith fiel um. »Mamma!« rief Fastrada. »Ohm! laßt mich hinunter! die Mamma! die Mamma!«

Ortaffa setzte die Trauerfahnen. Das buhlerische Paar, beide verheiratet, wurde vom Blutgericht zur öffentlichen Steinigung verurteilt. Man vollstreckte den Spruch auf dem Schindanger über dem Hohlweg. Judith erschien nicht mehr bei Tafel; sie ließ sich die Mahlzeiten ins Frauenhaus holen. Der Markgraf besuchte Dom Otho im Turm. »Was soll die Klausur? Ihr seid kein Mönch; der Herr einer Grafschaft hat Pflichten.« – »Dann bevogtet mich. Ongor und Ghissi besorgen den Burgbetrieb ohnehin.« – »Ongor und Ghissi haben eigene Sorgen. Auch ich kann nicht ewig im Zypressenpalast sitzen, nur um Unterschriften in Vertretung zu leisten.« – »Ich sage, bevogtet mich!« – »Was heißt Bevogtung! Wo ist der Grund? Wo ist die Krankheit? wo ein Verbrechen? Aus Vergnügen vogtet niemand.« – »Ich bin nicht fähig, Carl. Dieser Schlag war zu viel.« – »Otho, nun redet Euch nicht auf den Schwächling aus. Was lähmt Euch denn, zum Donner?« – »Judith.« – »Wie leidend, Otho. Leidend wie Dom Peregrin, wenn man ihm hart kam. Ihr äfft Euren Stiefvater nach, wo Ihr könnt. Erst seine Ekelhaftigkeit, jetzt sein weinerliches Mitleid mit sich selbst. Aber Dom Peregrin war ein Mann! und Domna Barbosa gewiß ein härterer Brocken als Judith.« – »Oh! Judith! seid mir still von Judith. Domna Judith ist ein doppelt geschliffener Sarazenendolch, spitz, verletzend, kostbar!« – »Geschmeidig«, fügte Dom Carl hinzu. »Ihr versteht Euch halt nicht auf sarazenische Klingen. Man muß sie führen können, habe ich gehört. Man muß sie sogar pflegen. Ihr, aus Angst, Euch zu stechen, laßt sie verrosten. Eines Tages bricht sie. Ich sehe leider zu gut, was Eure umnachtete Freudlosigkeit in meiner lebensfrohen Schwester anrichtet. Sie ist ein Mensch, der Sonne und Wärme braucht, Liebe, Ritterlichkeit. Wünschtet Ihr Euch nicht einen Sohn Desider? Keine Frau wird Mutter, ohne empfangen zu haben. Wie soll sie empfangen, wenn Ihr im Turm sitzt, Judith im Frauenhaus trauert und keiner zu keinem geht? Auf Eurem Buckel kann man Holz hacken. Wo habt Ihr Euer Salz? wo habt Ihr Blut? Laff und fade, das schmeckt keiner Frau!« Er blickte erstaunt auf Othos Hände, die eine Gänsehaut bekamen. – »Wenn ich wüßte«, sagte Otho, »ob Eva im Paradies schon so war, wüßte ich vielleicht auch, wer Judith verstört hat. Gehe ich zu dem Engel, ist sie ein Teufel. Gehe ich zu dem Teufel, tut sie mir schön. Gehe ich zur Katze, schnurrt sie nicht. Und nehme ich sie, ob mit Gewalt, mit Güte, mit Rücksicht, so liegt sie wie ein Totenbrett. Sie haßt mich.« – »Unsinn. Ihr haßt sie.« – »Haß?« schrie Otho verzerrt. »Ich bin ein Hund für ihren Fußtritt! Ihr Fußtritt sind Worte! Sie tritt mich, weil sie hofft, ich werde ein Mann! wie Er! den sie liebt!« – »Wen liebt sie denn?« – »Walo! Sie träumt! von Walo! Walo auf ihr, da würde sie winseln vor Wonne! toben in Lustgeschrei! Ich schreibe, ich bitte ihn, komm, erlöse sie!« – »Ihr seid verschroben, Otho. Armselig umnebelt. Ich gehe.«

Judith stand wehmütig zärtlich am Fenster der Kemenate, blickte auf das Schilfmeer und hörte sich an, was eine Nomadin, die Goldstoff verkauft hatte, ihr aus den Linien der Hand zu lesen vorgab. »Wahr, Herrin. Gemahl. Großes Liebe in ganzes Leben. Herrin liebt acht Jahr. Herr acht

Jahr. Blick, großes Liebe. Schönes Kind wird, heiliges. Trinken viel Wein, in Herbst. Da läuft starkes Furche. Da zweigt. Er schon drei Kind. Da einander gehen her neben. Schlecht. Da sich kreuzen. Wieder Kind heiliges. Weh, Peitsche. Kleines Peitsche. An Ende Peitsche mächtiges.« – »Ich werde gepeitscht?« – »Herr. Er. Peitsche. Hervor heirate.« – »Also nicht Gemahl?« – »Herr. Nicht Gemahl. Da heirate zweites. Furche selbiges, Ast anderes bei Peitsche.« – »Und was machen die beiden Frauen?« – »Ksch! Katze machen.« – »Beide?« – »Ksch! Katze machen beides. Machen Krallen heraus zweites, Krallen erstes in Pfote, Sammet, ganz von weit, grün. Herrin zusehen oben.« – »Da bin ich schon tot?« – »Herrin tot lang. Herrin heiraten wieder. Furche kleines. Furche hier aus. Lieben Furche großmächtiges immer. Herr immer lieben Herrin großmächtig. Hier kleine Kind singen für Katze. Herr weinen. Blut. Blut von Peitsche. An Ende Wasser.« – »Tränen?« – »Kein Tränen. Wasser grün. Viel viel Wasser viel grün.« – »Du schwatzest. Was ist mit der Furche jetzt?« – »Jetzt Furche Feuer. Zwei Kind.« – »Liebt er mich trotz seiner Kinder?« – »Lieben Herrin mehr. Ganz an Ende Feuer Eis. Zwischenein Furche weg. Herr vergessen bis an Ende. Sieht noch vor Eis.« – »Den Wein habe ich nicht verstanden.« – »Kann sein Wein, kann sein Laub. Laub von Wein. Wildes Liebe. Sonne, Mond, Sonne.« – »Warum höre ich auf?« – »Weiß nicht. Luft. Kommt niemand stört. Schwach ganz von Liebe wildes.« – »Ist da noch eine andere Furche?« – »Furche fernes. War nah. Kommt in Messer. Geht. Kommt. Geht.« – »Sterbe ich durch ihn?« – »Weiß nicht. Alle muß sterben. Muß nicht wissen. Muß beten Gott. Viel fromm in Hand. Hand gibt viel. Wie viel gibt?«

Der Sommer glühte, heiß brach der Herbst an, bald mußte der Wein gelesen werden. Überall zu Füßen des Burgberges saßen die Feldhüter; das Pförtchen oben am kleinen Zugbrückensteg wurde verschlossen. Dennoch stellte man immer wieder fest, daß ganze Trauben nicht gestohlen, sondern am Stock hängend ausgepreßt wurden. »Das sind Sauen«, sagte Barral, als man bei Tafel davon sprach, an der das gräfliche Paar nach wie vor fehlte. »Ich kenne das aus meiner Kindheit. Wildschweine mögen Süße und Saft. Sie trotten hindurch, schlagen das Gebräch um die Traube und lutschen sie aus. Da braucht man bestimmte Hunde, Saupacker, der alte Graf hatte solche. Der Bischof kaufte sie. Zunächst werde ich Spur nehmen. Morgen vor Sonnenaufgang. Gebt mir den Schlüssel zum Pförtchen und verständigt die Feldhüter, daß ich hinein darf. Ich nächtige hier.« Er ließ seinen Schäfermantel mit Mundvorrat anfüllen. Im Frühgrau weckte Thoro den Herrn. Die Feldhüter schliefen. »Und da wundert ihr euch?« fragte Barral. Sie zeigten ihm die gestrigen Trauben. Rückwärts die kalte Fährte sichernd, die im vertrauten Ziehen erfolgt war, entdeckte er am Sumpfrand einen warmen Kessel. Die jüngsten Siegel der Rotte gingen im Ried an den Südhang. Den stieg er aufwärts. Es schien eine Bache mit acht Frischlingen zu sein. Auf dem Fels verlor sich der Tritt. Die Sonne begann zu brennen. Er hängte den Mantel auf die Schultern. Wolkenlos wölbte sich der Himmel; über der gelblichen Weiße des auskragenden Burgberges kreisten Dohlen und Turmfalken. Gleich darunter begannen die Rebfelder, hüfthoch über Längs- und Querhölzer gerankt. Ihr Laub schirmte die Strahlen ab; die aufsteigende Erdwärme reifte den Wein. Da zuckte es unter dem Felsfuß, als schnelle eine Traube empor. Die Bewegung wiederholte sich. Barral pirschte hangauf.

Eine dichte Wand Grün stand vor ihm. Leise legte er den Umhang nieder und kam Zoll für Zoll aus dem Blätterdach hoch, das längste und schärfste Messer in der Rechten. Jetzt federte es unmittelbar vor ihm. Vorsichtig schob seine Linke das Grün beiseite. Ihm zu Füßen raschelte es. Dann war es still. Er hielt den Atem an. Langsam von oben neigte er die Augen in das Loch, das beide Hände ihm durch die vielfach verflochtenen Blattlagen schufen. Unter ihm lag Judith, den nackten Leib mit kupfersprühendem, sonnengeflecktem Kastanienhaar bedeckt, die Füße übereinander, die Hände im Schoß, jede Faser gespannt. Dann fielen ihre Glieder auseinander. Die Kupferwoge floß beiseite. Lichtgold und Dämmerungsgrün spielten auf ihren Brüsten. Er bog die Reben über ihrem Gesicht fort. Klar und ruhig schaute sie zu ihm auf. »Von dir mag ich ein Kind«, sagte sie.

Mit Staunen und Zartheit, wie er noch nie einer Frau genaht war, nahmen seine Hände Besitz von ihr. Zitternd, wie sie nicht in Farrancolin gezittert, wartete er, wartete sie, von Trauben überhangen, auf die Erfüllung. In der weichen Laubstreu, noch bevor er sie küßte, kam ihr Schoß zu ihm. Acht Jahre Sehnsucht fingen lodernd Feuer. Die Wollust kochte. Sie zerbissen, zerdrückten, zerkrallten einander. Seine Schultern bluteten. Raserei nach Raserei, unendliches Liebesgeflüster an seinem Hals, Begierde um Begierde, den Tag, die Nacht, den nächsten Tag. Ihre Zähne verbeulten sein Amulett. Das Auge ihres Vaters machte sie nur noch besessener. »Oh, Barralî, wenn das Hölle ist, will ich nicht in den Himmel. Und wenn ich sterben muß, komm, komm! komm!! Ein Mal leben!«

DOM VITO

Desiderius Ortaffa, viereinhalbjährig, Abgott des Vaters, schien der Großmutter Oda Zug für Zug aus dem Gesichte geschnitten und war ihr Entzücken. Das fein Gemeißelte der Farrancolin paarte sich mit Gesundheit und Ausdauer. Er liebte Tiere und Pflanzen, zähmte sich Dohlen und bestellte vor der Kapelle ein Blumenbeet. Lebhaft, in den Fragen voll Wißbegier, in Antworten seltsam klug, erheiterte er die Tafel, an der Judith längst wieder teilnahm, tollte und spielte in den Höfen, weigerte sich aber standhaft, seit er einmal gestürzt war, ein Pferd zu besteigen. »Wie willst du da«, rief seine Schwester Fastrada, »je Ritter werden!« Sie ritt gut, am liebsten noch immer zu zweit vorn auf dem Sattel Barrals. »Dann werde eben ich Graf!« verfügte sie, legte den Kopf zurück und befahl Antraben. »Magst mich, Mon Dom?« – »Ich mag alle Kinder.« – »Aber mich besonders!« – »Das kleine Fräulein besonders.« Sie war durchaus nicht mehr klein. Sie begann zu erblühen.

Markgräfin Oda schickte nach Dom Barral. »Es ist nicht dein Ernst, Judith«, sagte sie. »Für ein Verlöbnis geht man nicht ins Kloster. Deine Schwüre in Ehren. Es gibt keinen Mann, den das Mädchen sich wählt. Die Sippen wählen, die Sippen verloben.« – »Ich weiß, Frau Mutter. Am eigenen Leibe weiß ich, was es heißt, von der Sippe verkauft zu werden wie Schlachtvieh.« – »Judith, bezähme dich. Ist

Fastrada als Kind nicht versprochen, wird sie zu alt. Willst du Schuld sein, wenn sie auf Bahnen gerät wie Valesca, Marisa? oder den Schleier nimmt?« – »Notfalls auch das. Lieber das, als sehenden Auges zulassen, wie die arme Kuh an den Mistbarren gebunden wird, bis der Herr Stier sie gedeckt hat!« – »Judith! funkele mich nicht so an! Statt Otho zu erpressen, solltest du froh sein, daß Desider euch wieder zusammenführte. Wo bleibt nur dieser Barral? Dein Ausdruck ist mir ein Rätsel. Führte Desider euch nicht zusammen?« – »Doch, Frau Mutter. Doch. Das tat er.« – »Siehst du. Ich habe dich noch immer verstanden.« – »Das letzte Mal, Frau Mutter, verstandet Ihr Eure dankbare und gehorsame Tochter, als sie mit Balthasar niederkam. Es hat mich ein einziger Mensch verstanden, und der ist tot. Ein verruchter Mensch nach Euren Worten, verrucht sinnenhaft, verrucht liebevoll, verrucht gütig, eine Frau ohne Selbstgerechtigkeit, eine Frau, die nie einen Stein geworfen hätte, eine Seele, für die ich bete, und die nicht, wie Ihr glaubt, in der Hölle sitzt, sondern erlöst wird aus dem Fegefeuer!«

Domna Oda legte entsetzt ihre Fingerspitzen an die Wangen. »Was ist aus meiner Judith geworden!« Judith blickte zum Fenster hinaus. Starke Schritte kamen durch den Vorraum. »Dom Barral«, sagte die Markgräfin, ohne die Hand zu reichen, »Ihr führt Euch auf, wie sich nicht ziemt. Ich wünsche –«. Sie brach ab. »Ich habe Euch nie aus der Nähe betrachtet. Ihr dürft mir die Hand küssen. Es tut mir leid, einem Manne, den mein Gemahl schätzte, etwas verbieten zu sollen, was er von sich aus offenbar nicht für unschicklich hält. Ich wünsche, daß Ihr unter keinen Umständen je wieder mit meiner Enkelin in einem und demselben Sattel reitet. Ein elfjähriges Mädchen! Was denkt Ihr Euch? was denkt sie sich? was denkt sich die Mutter dabei!« – Judith verfolgte erheitert, wie Fastrada dem Bruder beim Umgraben half. »Niemand«, bemerkte sie, »hat sich Böses gedacht. Dachs Ghissi ist der Freund aller Kinder.« – »Und der Vater eines der deinen«, fügte Domna Oda hinzu.

Niemand rührte sich. Niemand sagte etwas. Die Markgräfin tupfte sich umständlich die Wangen trocken. »Glaubt nicht, ich kostete die Stille aus. Ich bin erschreckt. Ich hatte gehofft, mir werde widersprochen. Mein Gott. Meine Tochter. Auf welchen Wegen. Habt ihr gebeichtet?« – »Ja, Frau Mutter.« – »Ja, gnädige Frau.« – »Und die Sünde wurde vergeben. Weil ihr bereutet. Dabei bereut ihr nichts. Wie nun, wenn die Sünde in dem Kind auf euch zurückschlägt? Gott straft bis ins vierte Glied. Beten wir, ihn zu versöhnen; schweigen wir vor den Menschen. O Dom Barral! Welcher Teufel ritt Euch? Die Ehre meiner Tochter zu schänden!« – »Wer Judith schändete, gnädige Frau, darüber besprecht Euch mit Gott. Vor Gott sind Judith und ich Eins.« – »Und ihr trefft euch nachts?« – »Wir haben uns fünf Jahre nicht gesehen. Kein Blick, kein Wort, keine Reue.« – »Aber Ihr werdet gesehen, Dom Barral. Laßt Euch einen Bart wachsen wie Dom Peregrin. Ihr seid Grundherr und dürft es. Hängt, ich bitte, die Rittmeisterei an den Nagel und zieht Euch nach Ghissi zurück. Wie alt seid Ihr?« – »Siebenundzwanzig.« – »Jünger als Judith? Warum nicht verheiratet?« – »So lange es eine Hoffnung gibt, heirate ich nicht.« – »Ihr wollt Gott um ein Wittum herausfordern?« – »Ich bete darum. Die Herausforderung war das Sakrament.« – »Euer Blick ist offen und frei; ich kann Euch begreifen; euch beide; auch wenn ich nicht verrucht bin, Judith. Aber wir sind nicht auf Erden, damit wir es gut haben, sondern um zu leiden, auf daß wir in Christi Reich kommen, in das Licht, das uns Kindern der Finsternis verheißen wurde. Nun geht.«

Als Barral aufsaß, sah er zum letzten Male hinauf. Noch immer stand Judith am Fenster, die Augen voll Tränen, ohne zu weinen, verklärt von Frieden. Er schickte Dom Otho seine Aufsage vom Burgamt und ließ sich nicht mehr halbieren. Einen Monat später war er gebartet wie der einstige Herr von Ghissi. Täglich in der Frühe stutzte ihn der Bader und erzählte, was an Streitigkeit werde zu schlichten sein. So auch an jenem Septembermorgen, als der Hilfspriester Aurel eintrat, Mon Dom zum Pfarrer zu bitten. »Warum kommt der Pfarrer nicht zum Herrn?« – »Es ist geheim, Mon Dom.« – Ein Wink entfernte den Bader. »Jüngelchen«, sagte Barral, »wolle dein Schutzheiliger, daß dein Pfarrer nicht weiß, was Mon Dom weiß. Du beschläfst die Stellmacherin.« Er ohrfeigte ihn links und rechts. »Der Stellmacher kriegt auch eins hinter die Löffel, weil er nicht aufgepaßt hat. Das ist meine Art zu steinigen.« – »Aber.« – »Jaja. Die Schmiedin. Will ich Bischof werden, oder willst du es? Du beantragst Versetzung; Mon Dom habe dich grundlos mißhandelt; gehe hin und sündige fürder woanders.« – »Dank, Mon Dom, Dank!«

Das Geheimnis des Pfarrers war eine dringende Vorladung zum Erzbischof Patriarchen, der den Flurnachbarn, abends in Cormons, trotz später Stunde empfing. Der tollkühne Haudegen, massig von Gestalt, mit breitem Schädel, breitem Vollbart, stahlblauen Augen und Brauen wie Ginster, machte die zwei Prälaten, die ihn umflatterten, mit dem Baron bekannt. »Der junge Herr ist wegen des Grenzstreites Galabo hier. Keine kirchlichen Gründe.« Die Prälaten gingen, indem sie sich anblickten. »Sie haben mich umkesselt«, sagte er, »gleich der Meute, die den Hirsch verbellt. Aber sie bellen nicht, die Säusler. Noch kann ich dich segnen, mein Sohn.« Seine tiefe Stimme klang umflort wie großes Trauergeläut auf Barral nieder. »Du warest dabei, als in Ortaffa verhandelt wurde. Du schlossest meinem Herzensfreund Rodero die Augen. Du standest vor der Inquisition, die ich aufhob. Du zogest meinen unseligen Vorgänger aus dem Wasser. Rodero liebte dich; es liebt dich dein Bischof Guilhem; dich liebt die Erde; dich lieben die Schwachen, wie sie mich lieben; dich scheuen Vipern und Ratten, wie sie mich scheuen; es haßt uns das Gezücht. Ist es dir zu dunkel? Soll ich Kerzen entzünden?« – »Wir Schäfer, Herr Erzbischof, sehen bei der Nacht ohne Licht.«

»Steh auf und nimm Platz. Du bist bekannt als verschwiegen, verläßlich, treu, voll des Mutes und der Schlauheit, deren ich bedarf. Schwöre auf dieses mein bischöfliches Kreuz, daß kein Wort jemals deiner Zunge entrinnt.« – Barral küßte das Pektorale. – »Einer meiner Vorvorgänger«, fuhr Dom Vito fort, »Joseph der Teufelsaustreiber, relegiert durch eine römische Finte, lebt als wundertätiger Eremit in einer Höhle an den Schluchten der Draga. Der Weg dorthin, pfadlos, ist verseucht von Briganten, Raubtieren und Schlangen. Wir werden auf Eseln reiten, in Schäfermänteln, gegürtet mit Messern, versehen mit Vorrat für gewiß acht Nächte und Tage, begleitet von deinen Hunden, gestärkt vom Herrn, der seinen Knecht Vito nicht verlassen wird, Amen.« – »Amen, Euer Erhabenheit. Ich bin an der Furt von Lormarin morgen abend um diese Stunde.« – »Das wäre zu früh, Sohn, wie willst du das schaffen?« –

»Indem ich heimtrabe.« – »Der Herr sei mit dir. Küsse meine Wangen, nenne mich Vater; erhaben nennt mich ein jeder, es ist Lüge, Gekrieche, Mißgeschmack. Fünfhundert Schritt von der Furt gegen Sonnenaufgang am südlichen Ufer. Wir visitieren dort eine entweihte Kapelle. Es wird eine Fledermaus mit mir sein. Ich bin nie ohne Fledermaus. Fledermäuse in baufälligen Gewölben sind genügsam. Sie schlafen wie betäubt. Das geht ohne Aufsehen? ohne Lärm?« – »Ja, Vater Vito.« – »Wir kommen zu Fuße, Sohn Barral. Die Fledermaus wird hinter mir etwas suchen. Ihr Talar trägt violette Nähte, der meinige Nähte in Bischofsrot.«

Lautlos in der Dämmerung überfiel ein maskierter Räuber den überraschten Prälaten, betäubte ihn, fesselte ihn und legte ihn in die Kapelle. Dom Vito reichte den Ring zum Kuß. »Was ist das für ein Mann dort?« – »Mein Knecht. Er schweigt. Thoro?« Thoro küßte den Fuß des Patriarchen. – »Das Kind?« – »Graziella, die Tochter des Schmiedes von Ghissi.« Sie küßte den Fuß. – »Du hast vorgesorgt wie für einen Kriegszug. Lanzen und Schilde, Äxte sogar, Weinschläuche, Melonen. Dies?« – »Ein Zelt.« – »Und Maulesel, wie ich sehe.« – »Sie sind schneller als Esel.« – »Aber nicht so zäh und bedürfnislos.« – »Wir haben Heu mitgenommen. Darum brauchten wir ein Packtier. Graziella wiegt noch nicht viel.« – »Wie alt bist du, Kind?« – »Sieben. Ich habe nämlich Geburtstag heute.« – »Dann darfst du dir etwas wünschen.« – »Hab ich ja.« – »Was wünschtest du dir?« – »Mitkommen mit Mon Dom.« – »Und von mir?« – »Daß du lachst.« Der Erzbischof mäßigte seinen Ernst. »Hast du nicht Angst vor der Dunkelheit?« – »Ich? ich sehe wie die Eulen. Ich freu mich aufs Lager, aufs

Feuer, auf die Schlangen.« Sie herzte die Hunde, die behaglich umherstrichen. Dann saß sie auf. – »Prächtig«, sagte Dom Vito. »So gut kann ich es nicht.« – »Das lernst du, Mon Dom bringt dirs bei.« – »Ich bin aber fünfzig Jahre älter als du Fratz, dreißig älter als Mon Dom.«

Sie nächtigten in der Einöde des Hochlandes. Die Sterne blickten auf das Lanzenzelt des Patriarchen, auf das schlafende Kind im Baum, auf die zwei Schäfer zwischen den Hunden. Morgens weckte Graziella den Kirchenfürsten, am Hals zwei Vipern, die sie mit Messern geworfen hatte. »Thoro sagt, daß ich nicht mehr du zu dir sagen darf.« – »Sag du nur du.« – »Wie heißt du?« – »Vito.« – »Vito heißt bei uns keiner. So nenne ich einmal meinen Sohn. Da mußt du Gevatter sein. Lachst du heute?« – »Ja, kleines Heidenmädchen, aber erst wollen wir fromm sein.« Er ließ Brot und Wein bringen, zelebrierte die Frühmesse und segnete die Gefährten.

In sengender Hitze zogen sie dahin unter den Schilfhüten, Graziella weit vorn, manchmal im Übermut auf dem Sattel stehend, im Abstand der Patriarch mit Barral, schweigsam beide, weit hinten Thoro. Die Hunde hechelten. »Wem gehört dieses Land, Vater Vito?« – »Den Bramafan. Mein Erbteil als zweiter Sohn. Zu wenig zum Leben. Gerade genug, um es der Kirche zu stiften und dafür Bischof zu werden. Rom nennt das Simonie. Rom konsekriert zu Bischöfen nur noch solche Prälaten, die es am Strande des Tibers gebleicht hat. Wenn es dir, Sohn, auf Ghissi keine Freude mehr macht, wirst du wieder Schäfer. Ich könnte nach Frouscastel nicht zurück; nicht nach Bramafan. Einmal gesalbt, bleibt uns das Kloster; oder der blinde, blinde Gehorsam.«

Er beließ es bei solchen Andeutungen; Barral wagte nichts zu fragen. »Ist es wahr, Vater Vito«, fragte er Stunden später, »daß, wenn man in der Sünde Kinder gezeugt hat, die Sünde aus dem Kind auf die Eltern zurückschlägt?« – »Dies wäre immerhin eine Erklärung«, äußerte der Patriarch dunkel. »Ein alttestamentarischer Gedanke. So alt, daß er schon wieder ketzerisch ist. Die Weber spielen mit dergleichen. Und der Tiberstrand glaubt, er könne Gedanken inquisitorisch ausrotten. Aber vor dem Kinde da vorn brauchst du dich nicht zu fürchten. Du nahmst es für mich mit. Ich danke dir.«

Die Pinienbestände gingen in Krüppelwald über. Am Abend stellte der Erzbischof fest, man habe sich verirrt; es war zweiundvierzig Jahre her, daß er hier auf Bären jagte. Nächsten Tages kehrten sie um, bis er die Landmarke, einen Wolfsschädel, fand. Von dort gab es eine Abkürzung zur Draga. Bald fingen die Myrten an, kniehohe Stöcke in schneeweißem Schotter. »Ah! ja! diesen Holzweg erinnere ich. Der geht über die Beß. Da finden wir Wasser.« – »Ein Luchs!« rief Graziella. Aus dem Sattel hängend, schleuderte sie ihr Messer. Das Tier, den Dolch in der Pranke, sprang fauchend in eine Konifere, die sogleich von den Hunden umbellt war. »Her zu Mon Dom«, sagte Barral, »her zu Mon Dom! Hundeplatz! Brav.«

Dom Vito, ein Mann der Erde, wiewohl er den Himmel verwaltete, ermächtigte den Pfarrpatron Ghissis, die alte Monstranz, da entweiht und durch Stiftung einer neuen ausgeglichen, in der Erde zu belassen. »Schreibe ein Testament nieder. Schreibe, wo sie liegt, und welcher Altar sie erben soll. Der Bischof muß sie neu weihen. Bischof Guilhem, ein Mann der feinen Hände. Und auch er wird sich verfangen im Netz der gebleichten Prälaten. Mut und Vorsicht rühmt er an dir; ich rühme sie an ihm. Ihr mußtet euch finden. Bei Menschen wie dir ist alles verknüpft. Über dem Bezahlen merkt man es. Möglich, daß jener Sohn aus jener vornehmen Frau dereinst eine Strafe an dir vollzieht, ohne zu ahnen, daß du sein Vater bist. Hörst du es rauschen? das ist die Beß. Und was du von deiner Mutter erzähltest, glaube ich aufs Wort. Dergleichen geschieht häufiger als wir denken. Es ist dem Menschen gut, seine Mutter zu lieben. Liebe endet am Grabe nicht, Seelen modern im Grabe weder noch ruhen sie. Sie schweben. Das hat mit Aberglauben nichts zu tun. Gottes Maße in Zeit und Entfernung sind anders als die unseren, weit und beschwerlich die Wege vom Fegfeuer in das Paradies. Wir wollen bei der Vesper für sie beten. Sie ist dir vor dem Ehebruch nicht erschienen?« – »Das letzte Mal vor der Messe im Tec.« – »Man fragt sich«, sagte Dom Vito, »warum? Warum warnt sie den Schmetterling, aus der Puppe zu schlüpfen? Bat sie nicht eher, sie sei noch nicht oben? Und als du aus dem Tode heimkehrtest, fandest du den vollkommenen Ablaß des Papstes für dich und die Deinen. Das gibt mir zu denken.« – »Der Ablaß kam später. Er umfaßte den Juden und die Schmiedin auch noch.«

Die Tochter Ghissi stieß einen Jauchzer aus. Sie hatte die Brücke entdeckt, mehr Steg als Brücke, zwei ungeschälte Stämme, deren Querhölzer bis auf zehn oder zwölf in der brausenden Schlucht lagen. Thoro nahm die Axt und ritt fort, Äste zu holen. Vergeblich. Nirgends ein Baum, den man hätte schlagen können; der Sturz so schroff auf so viele Meilen, daß ein Hinabreiten sich verbot. »Ich entsinne mich«, sagte der Patriarch, »daß ich den Titel Pontifex trage. Pontifex magnus, der große Brückenbauer. Bei den Kämpfen im Mohrengebirge legten wir Schilde auf solche Längshölzer. Vier Schilde, die haben wir. Ein Unternehmen, zeitraubend und gefährlich. Zunächst müssen die Längshölzer enger beisammen sein. Entkleidet euch, daß ihr nicht festhakt.«

Barral hangelte bis zur Mitte des Abgrundes, wo er die Stämme Ruck nach Ruck zueinander rollte. »Gut so!« In Abständen brachte Graziella die Schilde aus; mit Hüpfen prüfte sie ihren Sitz. Barral zog den ersten Maulesel am langen Zügel; Thoro schob. Das Tier, anfänglich voll Widerstreben, begriff. Bald standen je zwei seiner Hufe in den zwei vordersten der vier Mulden, deren zwei rückwärtig verlassene vor ihm angefügt wurden, und so fort bis an den jenseitigen Hang, und so fort mit den übrigen drei Tieren. Die Menschen, nicht behuft, hatten es einfacher. Barfuß begingen sie den schwankenden Balken. Ihre Kleidung lag im letzten der Schilde, den Graziella auf dem Kopf trug. »Wenn der Herr Patriarch«, sagte Barral, »das heidnische Wasser segnen wollte: ich möchte baden.« Graziella glühte. »Ich auch!« – »Nichts einfacher als dies«, entschied Dom Vito. »Kind, gib mir mein Brustkreuz. Der Gesalbte taucht, und es flüchtet der Höllenbraten.«

Thoro wachte bei den Mauleseln und Hunden, hoch in der wüst gefalteten Enge. Blaugraues Gestein, rostgelb gefleckt, strebte wie Mauerwerk schräg aus dem Fluß zum Himmel. Oberhalb der Badestelle wölbte es sich bauchig über die Beß. Die Strudel, grünweiß, klar bis zum Grunde, schossen derart mächtig durch die mannshohen Felstrümmer, daß der Erzbischof, auf Händen und Füßen sich vortastend, dem kleinen Mädchen erlaubte, ihn zu reiten.

Jubelnd ließ sie sich in die Flut fallen und gegen Mon Dom schmettern, der zwischen drei Brocken Rücken und Sohlen einstemmte und dennoch vom schäumenden Elemente fast umgewälzt wurde. Die Tochter Ghissi stieg ihm auf Bauch und Brust umher, sang und schrie. Die Hunde schlugen an. Sie erstarrte. »Ein Mann, Mon Dom, ein Mann im Gebüsch!« Die Hunde bellten wie rasend. »Da noch einer. Siehst du ihre Augen? Und da unten im Bach warten zwei.« – »Mon Dom!« rief Thoro. »Was soll ich tun?« – »Bleib bei den Mauleseln, nimm die Hunde um dich! kein Wort mit den Räubern!«

Graziella war auf den Felsen gekrochen. Jetzt stand sie hochaufgerichtet, breitbeinig, schlank. »Ihr Feiglinge! zeigt euch! was wollt ihr von uns?« – Eine bärtige Gestalt erhob sich im Buschwerk. »Bischöfliche Gnaden«, rief der Räuber, indem er die Hände faltete. »Wir sind ausgestoßen aus der Gemeinschaft der Gläubigen, vogelfrei und geächtet vom Markgrafen. Wir glauben an Christus. Wir haben einen Sterbenden.« – »Ich komme«, sagte der Patriarch. – »O Vito«, weinte Graziella, »geh nicht, sie bringen dich um, sie wollen dein Silber.« – »Sie wollen Tröstung, mein Kind. Fasse meine Hand, Mon Dom nimmt die andere.« – »Sie bringen uns um, Vito!« – »Dann ist es Gottes Wille.« – Die Schlucht gellte von Pfiffen. »Kein Name«, sagte Barral. »Nichts, woher wir kommen. Sonst erpressen sie die Unseren um Lösegeld. Graziella, du bist die Schnellste; hinauf! meine Messer.«

Der Erzbischof lächelte; er blickte verliebt hinterdrein, wie sie auf allen Vieren, von Tropfen glitzernd, sich flach in den Schrunden emporschob. »Mit dieser Wildkatze, mein Sohn, schufest du ein Meisterstück der Schöpfung.« Der Dolchgurt blitzte hinunter. Inzwischen hatte Graziella,

Barrals Krummschwert in der Hand, Knecht und Tiere so geschickt befehligt, daß die Hunde im Halbkreis nach vornhin schützten. Dom Vito kleidete und waffnete sich. In einiger Entfernung warteten die Briganten, bis ihrer zehn beisammen waren, bärtige, verhungerte, zerlumpte Gestalten von nicht unedlem Gesichtsschnitt. »Ich geh und frag sie«, sagte Graziella. Im Gebell der Hunde verstand Barral ihre Absicht nicht, er brachte soeben die Meute zum Schweigen. Abermals lächelte der Patriarch. Ein weiblicher David, nackt bis auf das Mohrenschwert, ging das Kind über die Heide, nahm den Anführer, der sich hinunterbeugte, an die Hand und kam.

Dom Vito erklärte sich bereit, die Beichte des Sterbenden anzuhören, auch jede weitere Beichte, gegen das Versprechen auf Räuberehre, daß niemandem ein Haar gekrümmt, niemandem das Geringste geraubt, niemand an der Rückkehr gehindert werde. Der Räuber gelobte es für sich und seine Gefährten, bei ihrer letzten Hoffnung, durch Fürsprache der seligmachenden Kirche vielleicht aus dem Vorhof der Hölle in den des Fegfeuers kommen zu können. »Ihr wißt«, fragte Dom Vito, »daß die Fürsprache der Kirche mehr nicht ist als eine Fürsprache? die letzte Ölung mehr nicht als eine Bitte, auf daß nichts unversucht bleibe? die Anhörung eurer Beichte mehr nicht als eine Erleichterung eurer armen Seelen? Keine Vergebung der Sünden, keine Wiederaufnahme in die Gemeinschaft der Gläubigen?« – »Wir wissen es, heiliger Vater.« – »Warum setztet ihr eure Zuversicht nicht auf den Einsiedler Joseph?« – »Er verfluchte uns; wir leben von dem wenigen Hab und Gut seiner Pilger, die wir kaltmachen.« – »Davon lebt ihr eine kleine Zeit, davon sterbt ihr in Ewigkeit.«

Der Kranke, fiebernd und von Eiter bedeckt, lag bei Bewußtsein in einer Halbhöhle sechs Meilen bachaufwärts, wo sie am frühen Abend anlangten. »Thoro«, sagte der Patriarch, »ich brauche ein wenig Brot, ein wenig Wein, ein wenig Öl. Bereitet das Nachtlager drüben an der Felsnische. Es wird spät werden.« Von fern sahen sie zu, wie er die Verwandlung des Brotes in den Leib, des Weines in das Blut Christi vollzog, knieten wie alle, beteten, weinten, murmelten die Responsorien. Er weihte das Öl; er zeichnete mit dem geweihten Öle das Kreuz auf die Füße des Sterbenden, auf die Augen, die Ohren, Nase, Mund und Hände – auf die Hände dreimal, weil es Hände eines Räubers waren. »Wir bitten Euch, Herr unser Gott, Ihr möget den Sünden, die Euer mißleiteter Knecht Simon beging, gnädig sein nach Eurer großen Barmherzigkeit.«

Immer mehr Räuber fanden sich ein, Räuber auf Pferden, auf Eseln, Räuber zu Fuß und Räuber auf Krücken. Man richtete dem Bischof einen Steinklotz zum Pontifikalthron, man überdachte vier Lanzen mit einem Mantel, schnitzte einen Krummstab, entzündete Feuerstöße und grub in den harten Boden ein Grab. Bis in die tiefe Dunkelheit, zum Knirschen der Schaufeln, nahm der geistliche Hirt geduldig die Beichte ab, und wiederum morgens nach der Messe. Brennende Augen zu Hunderten starrten auf das Kind, auf den Knecht und den Freien, denen er, im Beisein der Exkommunizierten, als Einzigen die Kommunion spendete. Mittags hielt er dem Toten die Denkrede, eine Laudatio vitae, die darstellte, was war, nichts beschönigte, nichts verurteilte, und segnete ihn aus zum Grabe. »Herr unser Gott Vater, Herr Christ unser Retter, Heilige alle, reißet, wir bitten flehentlich, die arme Seele des Knechtes

Simon, der innig bereut hat, was er sündigte, aus den Klauen Satans, und nehmt unsere arme Fürsprache an.« Der Krummstab zeichnete das Kreuz in die Tiefe. »Von Staube bist du, Leib Simon. Zu Staub sollst du werden. Staub, gehen wir dahin. Deine Seele, da Gott es vermag, ruhe in Frieden.«

Seine geweihte Hand ließ Stein auf den Rücken des Leichnams regnen; sie hatten ihn bestattet, wie sich für Mörder ziemte, das Gesicht nach unten. Dreimal umschritt Dom Vito die Grube. »Friede über dem Staub. Friede über dem, was nicht stirbt. Friede über der Welt und ihren Qualen. Erbarmen. Erbarmen. Einer unter uns ist erkoren, als nächster gerufen zu werden. Heute noch, sprach Christus am Kreuz zu dem Schächer, wirst du mit mir im Paradiese sein. Der Herr stärke die Seele jenes Schächers, der unter uns steht, daß sie den Frieden des Herrn suche beizeiten. Er stärke die Seele des Bischofs, wenn sie es ist, die er ruft. Und er stärke die Seele, die da rufen soll in der Wüste, daß die Wüste ergrüne.«

Während das Grab sich füllte, bestieg Dom Vito seinen Bischofssitz. Als es geschlossen lag, stand er auf, um zu predigen. Fast alle diese Räuber waren einstmals Ritter, verarmt auf der Brache, schuldig geworden an der Heerfolge und ihren Kosten, die sie nicht aufbringen konnten, nun schuldig des traurigen Mutes, Arg- und Wehrlose zu überfallen, verstrickt in das Übel. »Zeigt uns, Heiliger Vater, einen Weg, den wir gehen können!« – »Den will ich euch zeigen. Alles Land hier, das ihr durchräubert, ist der Fruchtbarkeit fähig. Macht es euch untertan wie die Mönche den Urwald. Ihr habt Ackerkundige. Ihr habt Wasserkundige. Es sind Wege zu bauen, Brücken zu richten. Richtet sie, so werden Wagen hier fahren, und ich will euch einen Wegzoll verleihen, denn für Kaufleute ist ein Zoll und ein Schutz billiger als ein Raub und eine Ermordung.« – »Aber wir sind Räuber, sind Mörder, wir sind es! Ein Schritt hinaus aus dem Busch, und man flicht uns auf das Rad mit gebrochenen Gliedmaßen! lebend!« – »Wer den Busch verläßt, ist des Rades; daran kann auch ein Bischof nichts ändern. Wohl kann er ändern, daß ihr noch mordet. Jedem Einzelnen hat der Beichtiger auferlegt, an das Heil der Seele zu denken. Jedem Einzelnen hat er gesagt, es sei nicht zu spät, die Reue zu beginnen. Dies Land ist bischöfliches Eigen. In harter Fron, arm aber ehrlich, werdet ihr unter bischöflichem Schutze stehen. Büßend, opfernd, auf den Knien kriechend, werdet ihr in den Schoß der Kirche heimkehren über Jahr und Tag, in die Gemeinschaft der Gläubigen, welche höher ist als des Reiches Acht und die Verfolgung der Missetat. Ich nehme eurer einen mit mir. Er erhält auf Bewährung den Geleitbrief des Patriarchen von Cormons und den Geleitbrief des Markgrafen von Kelgurien – als unser und euer Bote für alles, wessen ihr anfangs bedürft, Speisung im Winter, Saatgut im Frühling, über euch gesetzt als euer Herr und Schlichter. Fallt ihr aber zurück in den Frevel, so erlischt alles, alle Hilfe, aller Schutz, alle Gnade. Nicht ewig wartet das Rad; die Hölle nicht ewig; und nun will ich euch schildern, wie es aussieht da unten.«

Nach einigen Minuten unterbrach ihn der Schrei eines der Räuber. »Hört auf, hört auf, heiliger Vater! Ihr dreht uns das Herz aus dem Leibe. Laßt uns einen Anführer wählen! gebt ihm den Blutbann, auf daß wir nicht wieder schwach werden! gebt uns einen Prediger wie Euch! und segnet uns!

segnet uns! segnet uns!« Dom Vito weinte. »Segnet uns! segnet uns! segnet uns!« Er zeichnete mit dem Krummstab das Kreuz auf die vogelfreie Gemeinde. Einer nach dem anderen küßten sie ihm den Fuß; einer nach dem anderen, singend und betend, fühlten sie die Hand des Kirchenfürsten auf ihrem Scheitel.

Um den Räuber vermehrt, ritt man weiter. »Ich weiß eigentlich gar nicht«, sagte Dom Vito versonnen, »was ich bei dem Bruder Joseph noch soll. Ich habe viel gelernt heute. Ich erfuhr, daß die Seelsorge bei den Verlorenen beginnt, in der Myrtenheide wie am Tiberstrand. Was ist dagegen weltliche Herrschsucht? was wiegt die Tiara?«

Joseph der Teufelsaustreiber, langbärtig und wunderlich, wohnte inmitten von Bienen und Hühnern. Der Honig aus Myrten war köstlicher als der aus Pinien und der aus Lavendel. Barral freute sich, ackern zu dürfen. Tief unten, zweihundert Klafter senkrecht hinab, rauschte die Draga, ein dunkelgrünes Stück Band im Schlagschatten der bis an die Horizonte sich windenden Schlucht, von Adlern überschwebt, von Sonne dunstend – Stein, Stein und Stein. In der Frühe über einen Tag erteilten die Patriarchen sich gegenseitig die Absolution, und fort ging es, den nämlichen Weg zurück.

Der Steg über die Beß war nagelneu, sogar ein Geländer hatten die Briganten gezimmert. Abermals ertrotzten sie sich den orthodox nicht statthaften Segen. Herzlich lachend, versprach ihnen Dom Vito, am ersten Sonntage des Advent werde er bei ihnen sein, den Grundstein einer festen Brücke und Kapelle weihen, den Tieren des Waldes die Messe lesen und sich die Sorgen der Räuber anhören. »Wir haben Kinder, unschuldige!« Mit einer Stola aus zerrissenen Ärmeln heiligte er nachträglich achtzehn Ehen; er spendete dreiunddreißig Taufen, die im Flusse vollzogen wurden; Barral und Graziella standen dreiunddreißig Mal Pate. Ausgelassen tollte die Tochter Ghissi im Bade; sie verschwor sich, nie einen schöneren Geburtstag gehabt zu haben. »Hast du denn immer noch Geburtstag?« – »Bis wir daheim bei den Eltern sind. Darf Graziella noch einmal auf dir reiten?« – »Darf Graziella.«

Erst in den Buschwäldern zur Gallamassa hinüber machte sich die Bedrückung, die Cormons auf Dom Vito übte, gelten. »Wir werden wohl bald meine Söldner treffen. Die Fledermaus dürfte erwacht sein und nach der verschleppten Erhabenheit fahnden. Jetzt also fromm gelogen. Vom Erzbischof Joseph kein Wort. Wir trennen uns. Der Räuber und ich gehen zu Fuß. Ihr drei verzögert den Ritt und reitet anderswo. Mich ließen sie frei, weil sie an mir nichts Habseliges fanden. Was ich versprach, dazu kann ich stehen und stehe dazu trotz der Fledermäuse. Ihr sahet mich nicht. Dieser Joseph.« Er lachte grimmig und versank in Schweigen. Es dämmerte leicht. Der Vortrupp hielt Ausschau nach einem Nachtlager. Graziella, ganz vorn, sang ein ozeanisches Berglied. »Maitagorry«, sagte Barral. – »Heißt sie so?« – »Die Schönheit der Sage, Vater Vito. Sie zog den Hirten Luziade zu sich durch den Bach in den Schoß der Erde. Maitagorry, die Jungfrau Pyrene, die Feuerschlange Leheren: sind alle eins. Nächsten Tages türmte Gott das Gebirge über sie und Luziade. Himbeerrote Felsen. Blauglitzernden Firn. Das Feuerweib träumt, mich mit Eis zu bedecken. Ihr Sterben hängt an dem meinen, im Märchen. Das Märchen verlangt, daß ich sie peitsche. Sie will bluten.«

»Welches Weib wollte nicht bluten«, bestätigte der Patriarch. Dann kam er wieder auf Joseph zu sprechen. »Dieser Joseph lebt zwar in Stein, aber den Stein der Weisen hat er nicht. Ich wollte wissen, wie man Rom vermeidet. Ihm ist Rom eine Handbewegung. Auf kindliche Frömmigkeit, meint er, komme es an. Kindlich und kindisch sind zweierlei. Mein Ritt war Fügung. Auf Umwegen fand ich den Weg. An deiner Tochter wurde ich fröhlich. Fröhlich geworden, stieß ich auf die Not der Seelen. Diese Seelen glauben. Die brauchen das harte Brot von Himmel und Hölle, Sakrament und Bann, Gnade und Verdammnis. Denen ist mit Märchen, wie Joseph sie erzählt, nicht gedient. Denke dir, er erzählt einem Bramafan, einem Frouscastel, einem Mohrenschlächter, es sei ein Bischof aus Nordland bei ihm angenistet, mit blutenden Füßen, in vollem Pontifikal-Ornat, der habe zu Gott gefleht, Gott möge ein Wunder an ihm vollziehen und ihn, den Pontifex, eines Kindleins genesen lassen – was auch geschah, nach neun Monden gemeinsamer Gebete. Unterdessen gebiert man selbst in Nebelland nicht, ohne von Gott dafür eingerichtet zu sein; so wuchsen ihm rechtzeitig die Örtlichkeiten; da war er denn Vater, Mutter und Kind in einem Leib. Schon lag ein Knabe säugend an der bischöflichen Brust; nichts da von Rückverwandlung. Bruder Joseph aber, als ein italischer Kaufmann des Weges kam, Sünden zu beichten, sprach Absolvo, wenn du auf der Stelle die Bischöfin heiratest. Gesagt, getan. Er kopulierte die beiden. Amtsschwester Nordland, der Räuber wegen, zog in Mitra und Meßgewand weiter, die sie, sobald gerettet, in ein lombardisches Kloster zu stiften gedachte, und sind sie nicht gestorben, so leben sie heute noch. Anfechtungen, gut, die müssen sein.

Sie machen den Heiligen aus. Aber nur, wenn besiegt. Deshalb wirken die Martyrologien so stark in das Gemüt; sie rühmen den Sieg, ohne die Prüfung zu leugnen.«

»Die Pontifikalien«, sagte Barral, »gehören der Kathedrale von Trianna. Ihr verdächtigt den Eremiten zu Unrecht. Der Kindesvater bin ich. In jener Sturmnacht ging ich nach Ghissi. Da schrien verendende Maultiere. Die stach ich ab. Im Wagen saß tot Dom Firmian. Herrlich war die Lebendige. Ich mußte sie nicht vergewaltigen. Wir wollten einander. Wie sie hieß, weiß ich nicht.« – »Valesca Farrancolin.« – »Ihr kanntet sie?« – »Ein schönes Mädchen, ein tapferes Mädchen. Eine jener fünf armen Verlobten jener fünf Markgrafensöhne, die plötzlich ins Kloster wollten. Solch ein Mädchen findet dann nichts mehr, bleibt aber Mädchen mit allen Sehnsüchten, die Gott in sie legte. Gott sagte nichts von Abtötung des Fleisches, nichts von Kasteiung. Seid fruchtbar und mehret euch, sagte er. Und du ließest sie gehen, ohne ihr Kleidung zu holen? schutzlos? einsam, unritterlich ausgesetzt in die Welt? Das figuriert zwar im päpstlichen Ablaß, aber deine Beklemmung vor künftigem Schicksal könnte sich hierauf eher beziehen als auf den Ehebruch-Kuckuck. Wie dem sei: kein Kuckuck erfahre, wer ihn ins Nest legte. Nach solcher Regel habe ich stets gehandelt. Unterdessen wurde die Lebenslust schal und Vito Bramafan-Zwischenbergen ein von Theologie zerfurchter Mann. Theologie ist lehrbar. Das Lehrbare zerfurcht mich nicht. Ich habe ein Herz. Wer Frauen geliebt hat, liebt die Menschen. Wer die Welt liebt, liebt auch den Räuber. Wer dem Räuber den Himmel öffnet, nimmt sein Priestertum ernster, als er darf. Ich darf nach Rom und mein gebrochenes Rückgrat in Purpur hüllen, oder ins Kloster und über Kirchengehorsam nachdenken.«

»Man will Euch absetzen?«

»Ein Erzbischof wird nicht abgesetzt – außer, der Teufel fahre ihn an. Er wird administriert, bis er stirbt. Das sieht besser aus. Ich habe die Wahl, den Legaten jenes flamingozüngigen Ablassers zu akzeptieren als Koadjutor mit dem Rechte der Nachfolge, gegen das Kapitel, oder als Administrator der vollen Diözesangewalt, gegen das Kapitel, oder als Boten, daß ich alles gutheiße, was sie verlangen, gegen das Kapitel. Das Kapitel erweckt meinen Freund Rodero nicht wieder zum Leben. Das Herz in der Kapsel über dem Altar schreit nach jemandem, den es nicht gibt. Und schlüge man es mit dem Hammer in Dom Carls Brust, es würde kein Markgraf daraus. Die Kelgurische Eigenkirche ist eine Erinnerung. Peterspfennig, Sanctissimus Papa, Prälaten vom Tiber, römische Auswahl der Bischöfe, Kardinalat, Inquisition.«

»Sie können doch wohl«, sagte Barral, »den Kardinal Inquisitor nicht hindern, daß er jeder Sitzung in persona beiwohnt?«

»Kaum. Und der Kardinal Vito, hoffst du, wird dir ein Freund sein in allfälligen Kirchenfreveln? Derjenige mit Valesca, da abgelassen, kommt nicht vor die heilige Pönitenz. Alttestamentarisch weberisch gesehen, trifft er eher die gottverlorene Farrancolin-Sippschaft. Schwellende Länder besitzen sie.« Er dachte an das Geheimnis der Beichte, an die Beichte der Farrancolin-Söhne im Buschwald, an Graziellas Taufpatenschaften. Das Kind konnte gefährlich werden. »Was wird Graziella in Ghissi plappern?«

»Fragt sie.« Er pfiff auf den Fingern. Graziella wendete. – »Was wirst du«, fragte der Patriarch, »dem Vater Schmied erzählen?« Sein gequälter Ausdruck schmolz, als sie ihm fröhlich in die Augen sah. – »Da mußt du Mon Dom fragen.« – »Wo waren wir denn?« – »Da mußt du Mon Dom fragen.« – »Und wie wirst du mich nennen, wenn ich nach Ghissi komme?« – »Wann kommst du?!« – Der Erzbischof scherzte. »Da mußt du Mon Dom fragen.«

MAITAGORRY

Der Frost biß in das Land, als die Säfte schon stiegen; meilenweit hörte man das Bersten der Mandel- und Ölbäume. Der Frühling kam, es kamen die neuen Siedler. Barral hatte zwei Pfarrstellen oberhalb Amlo gestiftet und begann mit dem Bau der Kirchen. Ein gnadenlos dörrender Sommer brachte die erste Mißernte; hungern mußte niemand; die Zehntscheuer leerte sich. Maitagorry, das Feuerweib, wurde unfruchtbar. Als Bäuerin ging sie durch Schmach und Schimpf. Schön, aber schlank, blühend, aber tot. Man hielt die Schwurfinger erdwärts.

Im nächsten Winter, einem allzu milden, kaufte Barral beim Juden Hirse und Salzfleisch. Davon wurde Maita nicht trächtig. Ghissi tuschelte. Auch außerhalb der Baronie tuschelte man. Es hatte den Dachs das Glück verlassen. »Warum«, fragte der Pfarrer von Galabo in der Predigt, »verläßt Gott einen so frommen Patron? Gott erkennt seine Heiden.« Die Bauern verprügelten ihn. Barral, um die bischöfliche Untersuchung zu verkürzen, stiftete eine achte Pfarrei; das kostete Pfründen; die Kurie installierte keinen Kuraten, er sei denn ausgestattet vom Grundherrn. Zwischen Christi Auffahrt und Ergießung des Geistes tobte, donnerte und walzte ein Schneeschmelzenflutstau sondergleichen durchs Tal. Niedergemähte Uferwälder blieben zurück, versteinte Äcker. Aber vom Himmel fiel seit

Ostern kein Tropfen Regen, auch drüben nicht, auch nicht in Marradî.

Mitte Juni 1131 beteten die sieben Gemeinden in Prozession, die vierzehn Heiligen möchten ein Einsehen haben. Anfang August versiegte die letzte der Quellen. In drei Ketten zu je achthundert Untertanen beförderten Hunderte von Eimern die Gallamassa hinauf zu den Wasserkanälen. Der Herr schritt mit dem Pendel die verbrannten Felder ab. Wo das Pendel kreiste, griff er zur Rute; schwach schlug sie aus. Er befahl zu graben; immer tiefer befahl er zu graben. Die Leute murrten; der Schoß der Erde blieb trocken. Das Vieh klagte vor Durst; sie trieben es zum Saufen in die Kieswüste des Stromes. Sie selbst tranken Wein. Auf den Stalltüren mehrten sich angenagelte Eulen. Barral nahm sie ab und hieb sie den Bauern um die Ohren; die Eule sei ein nützlicher Vogel; ob sie zur Dürre auch Wühlmäuse noch haben wollten? Zwei Brunnengräber erstickten im Schacht. Bei der Beerdigung bekreuzigte sich Ghissi, als Mon Dom erschien. Abends auf dem Kirchplatz fragte er Ubarray, was das solle; ringsum sei es nicht besser. Ubarray zuckte die Schultern. Morgens hängten sie an das Haus Etche-Ona einen Steinkauz. Als der Herr, durch das Hämmern geweckt, heraustrat, starrten sie ihn feindselig an.

Er ging in die Kirche und betete lange. Auch Larrart betete. Aus der Hose holte er einen zusammengerollten Streif Leder und steckte ihn dem Herrn zu. »Da hilft nichts mehr«, sagte er bekümmert. – Der Pfarrer bat den Herrn in die Sakristei. »Ihr wißt, was die Bauern von Euch erwarten?« – »Gewiß weiß ich das.« – »Sie frönen schwärzestem Aberglauben, tun aber, als glaubten sie.« – »Gewiß.« – »Euch halten sie für zu kirchlich. Daher die Prügel in

Galabo. Sie fanden, er log, und wünschen Euch heidnischer.« – »So ist es.« – »Ihr wißt, was die Kirche von Euch erwartet?« – »Glauben, Herr Pfarrer. Und die fehlenden Pfarrstellen, damit Ihr Dekan werden könnt.« – »Warum so bitter?« – »Ich bin bitter.« – »Mon Dom, ich warne Euch. Maitagorry ist die Schlimmste. Eine wahre Hexe, seit sie nicht mehr gebiert. Fromm nach außen, ein Satan innen. Was will sie?« – »Meine Seele.« – »Nun, wenn Euch dies so klar ist, werdet Ihr Festigkeit bewahren.«

Die Erde glühte. In der Schmiede war es noch heißer. Außer dem Feuerschurz hatte niemand etwas an. Die Muskeln glänzten wie Öl. Die Hämmer klingelten auf die Reife. Man fertigte nichts mehr als Reife, sie warm auf Bottiche zu keilen. Abkühlend schlossen sie das Holz zusammen. Aus der dunkelsten Ecke kam Maitagorry, das Baumwolltuch um die Hüften gewickelt, ein Kreuz zwischen den Brüsten. Barral nahm es in die Faust. Ein Ruck, und das Kettchen riß. Ihre Augen blitzten. »Larrart wird es tun«, sagte Barral. – »Larrart.« Sie lächelte mitleidig. »Du bist es. Dich will ich haben.« – »Du wagst es, mich du zu nennen?« – »Ja!« fauchte sie. Der Lärm der Arbeit übertönte die Worte. Die Gesellen schauten nicht hin. – »Maita, ich schlage keine Frau, die ich liebe.« – »Oh, wie feige bist du. Dann verdorren wir alle, wie ich! dann sterbe ich vor dir, niemand begräbt dich, dann verfluche ich die Erde, dich, mich, meine Kinder!« – Barral schob sie fort. Sie schlug die Zähne in seine Hand und flog zu Boden. »Maita! komm zu dir!« Die Bälge sausten. Die Hämmer klingelten. – »Zu Euch«, sagte sie und rutschte auf Knien zu ihm, ihn zu umarmen. Er sah ihren Rücken zucken. »Guter Herr. Guter Herr. Für Euch bin ich geboren. Was ich habe, ist Euer. Auch mein Zorn. Auch mein Haß. Auch meine Rache.«

Er zwang sie am Handgelenk hoch. »Rache?« – Ihre Tränen strömten. »Fürchterlich sind die Geister. Mon Dom, Ihr fürchtet sie nicht? Zypressen brennen, wenn Leheren vorbeikriecht. Verraten. Euer Schreck verrät Euch. Luziade, goldbrauner Hirt, ich weiß, wo du sterblich bist. Wo hast du die Peitsche? Nur mit der Peitsche wirst du mein Herr. Nur wenn ich blute, regnet es. Blute ich nicht, regnet es Blut. Kälber mit zwei Köpfen. Blinde Kinder. Mord. Sage, daß du mich mehr liebst als die andere. Liebe sie, aber sage, Mon Dom, sage, daß du mich mehr liebst. Weil du Maitagorry genommen hast, machtest du mich zu Maitagorry. Trage deine Schuld, oder ich erwürge dein Gewissen, ich sitze auf deinen Träumen, und wenn ich will, so halte ich dein Herz auf, bis es nicht mehr pulst.« – »Du hast Larrart«, sagte Barral kalt. – »Ich? Larrart? Wann war es, daß Mon Dom dem Schmied seine Frau erlaubte? Wann war es, daß Maita ihrem Herrn gehorchte? Der Schmied schmiedet, der Bettler bettelt, der Herr herrscht. Maita kennt nur Mon Dom. Maitas Haut an Mon Doms Haut. Fühlt Mon Dom, wie er verfallen ist? Streicheln. Streicheln, Mon Dom. Ich hätte mich steinigen lassen. Jeden Tod für Mon Dom. Aber daß Mon Dom mich wegwarf, um es billig zu haben, und daß der Schmied mir Faustina machte, um den Bann zu brechen: nein, Mon Dom! Nein! nein! nein!« – »Du bist nur eifersüchtig.« – »Nein, Mon Dom. Nein. Als ich Faustina empfing, schrie ich nach Euch. Und Ihr? Immer, so oft Ihr mich nahmet: sie war da. Klagte ich? Nein! Ihr betrügt mich nicht, mich nicht mit ihr, sie nicht mit mir, Euch betrügt Ihr. Ihr würde ich die

Hand küssen, lieber als Euch. Nein, ich küsse sie Euch, alle beide, Mon Dom, alle beide: die lieben Hände, die nicht schlagen können.«

Draußen erwartete ihn Graziella. »Warum weinst du?« fragte sie erschrocken. Er faßte ihre Hand; sie stapften vondannen. Stunden hindurch kein Wort. »Graziella hat Hunger.« – »Mon Dom auch. Mir gibt keiner ein Stück Brot.« Zur Vesper ritten sie nach Amlo. Verschlossene Blicke überall. Wer ihn kommen sah, wandte sich ab. Oben bei der neuen Kirche legten die Steinmetzen ihre Arbeit nieder. Der Turm in seinen Gerüsten war schon hoch aufgemauert. – »Darf ich klettern, Mon Dom?« – Er nickte und sah ihr zärtlich nach. »Meint denn ihr«, sagte er leise, »daß diese Prüfung des Himmels mir gilt? Heraus mit der Sprache.« Sie schwiegen. »Ihr sollt reden!« – »Rührt mich nicht an, Herr Baron!« Die Anderen schoben sich näher. – Barral dachte an das Grafenkonzil und an den Kardinal Dom Fabrizio, den unterdessen trotz Flamingobalg verstorbenen Papst. Er steckte die Hände in die Taschen. »Wenn ihr mich umbringen wollt: ich wehre mich nicht. Es wird dann regnen.« Er stellte den Fuß auf einen Steinklotz. »Im Glück habt ihr den Herrn geliebt, im Glück holte der Herr euch aus eurer Armut, im Glück lag er krumm, euch das alles zu schaffen. Jetzt hat er Unglück, und ihr habt Unglück, da braucht ihr euren Sündenbock, das ist der Herr. Jedes Jahr schenke ich euch den stärksten Bock meiner Herden, damit ihr ihn treten und jagen könnt und euer Aberglaube sein Fressen hat, abends freßt ihr ihn auf.« – »Mon Dom.« – »Genügt.« – »Mon Dom, bitte.« – »Es genügt mir, daß du Mon Dom sagst. Spare deine Worte und erzähle sie denen in Amlo. Ihr habt noch nie gedarbt, ihr wißt nicht, was Hunger ist, und laßt euch von den Hochwürden, die Mon Dom bezahlt, den Kopf verdrehen! Warum plötzlich anders?« – »Weil Ihr sagt, es regne, wenn wir Euch umbringen. Das war die kürzeste Predigt, die wir hörten.«

»Mon Dom!« rief Graziella, »eine Staubwolke!«

Der Steinmetz hielt ihn am Kittel fest. »Paßt einmal auf, Mon Dom. Eure Bauern, das ist so mit dem Aberglauben: die Hälfte ist Glauben, den macht der Pfaff, den erlaubt er. Die zweite Hälfte ist Glauben an Euch, die verbietet der Pfaff. Wenn aber die Felderprozession nichts hilft, mit Pfaffen und Kirchenfahnen, Weihrauch, Gebet und Gesang, kanns an der ersten Hälfte nicht liegen, nur an der zweiten, die seid Ihr. Wenn Euch die oben grün wären, würden sie Euch ja das Wasser geben. Also, denken wir, nehmen sie irgend etwas übel. Was können sie übelnehmen? Daß Ihr da unten gut angeschrieben seid. Ihr badet im Fluß und ertrinkt nicht. Ihr kegelt der Schmiedin Kindchen, und sie gedeihen. Ihr pendelt und rutet nach Adern – Beelzebub schützt. Einer sprichts aus, der nächste sprichts nach, schon habt Ihr den Bösen Blick und behext unsere Türen. Immerhin, wenn man nachdenkt, der Teufel gibt Euch halt auch kein Wasser. Ich meine, Mon Dom, Ihr solltet die Schmiedin verdreschen, damit es aufhört, und eine vornehme Jungfrau heiraten. Ein Bulle wie Ihr ist in die Welt gesetzt gleich dem Erzvater Noah, drei Stämme zu gründen.« – »Der«, sagte Barral, »hatte freilich Wasser genug.« – »Wenn es wieder regnet: überlegt es Euch. Wir meinen es gut. Wir möchten nicht gern aufgeerbt werden von einem, der nicht Eures Samens ist.« – »Mon Dom, die Wolke wird immer größer!« – »Euer Same ruft.« – »Schweig. Das Kind darf nie etwas erfahren. Setz dich auf meinen Esel und bestelle in Amlo, sie sollen mir Bescheid geben, falls es der Markgraf ist.«

Er erklomm die Leitern von Podest zu Podest. Schwindelfrei auf der Zinne stand Graziella. »Da kommt gewiß Vito.« – »Vito ist in Rom, Kind.« – »Was macht er da?« – »Da wählt er den Heiligen Vater.« – »Wie lange dauert das?« – »Schon ein Jahr.« – »Drum haben wir keinen Regen.« Auf seinem Nacken sitzend, nahm sie ihm den Hut ab, küßte seine Stirn, brachte Haar und Bart durcheinander und war glücklich. Dann verlangte sie, auf seinen Schultern zu stehen. »Warum nicht, Bär?« – »Weil Bär Angst hat.« – »Bär hat aber noch nie Angst gehabt.« – »Jetzt hat er Angst. Mir wird schwindlig.« – Sie glitt hinunter. Ihre Hand legte sich in die seine. »Das sind viele viele Reiter. Und ganz ganz große Wagen. Warum schwanken die so?« – »Es sind keine Wagen.« Aus dem Kirchturm in Alt-Amlo lehnten Menschen; auf dem Steindach hockten sie bis zum Chor. Im Dorf rotteten sich die Kinder zusammen und liefen in Richtung Cormons. – »Bär, dein Märchen aus Mohrenland! Schnell!«

Sie rutschte die Leitern abwärts. Barral, blaß, weil voll schlechter Ahnung, nahm Sprosse nach Sprosse. Die Esel waren fort mitsamt den Steinmetzen. Schilfbehütet gingen Mon Dom und die Tochter Ghissi querfeld, der ortaffanischen Heerstraße entgegen, hörten den Jubel sich durch Amlo hinpflanzen und sahen noch unterwegs die Spitze des Zuges aus dem Tor tauchen. »Reiten!« Er bückte sich und umschloß ihre Fesseln. Ein Elefant legte sich nieder. Ein mit Seide bespannter Turm wurde ihm aufgesetzt. Teppiche hingen über die Brüstung. »Und ein Prinz darin, Bär! ein weißer Turban mit Gold, und ein Gesicht ganz dunkel.

Kamele sind da, und Löwen an goldenen Leinen, und die Pferde so schön! Wie heißt der Prinz?« – »Salâch heißt der Prinz, Salâch der Fromme, ed Din.« – »Glaubt der an Christus und Maria?« – »An Gott. Alle Menschen glauben an einen Gott.« – »Alle an denselben?« – »Ungefähr wird es derselbe sein.« – »Ist der Prinz gefirmelt?« – »Der Prinz ist ein Fürst. Du mußt Eure Hoheit sagen; Dschelâle.« – »Aber Mon Dom, Dschelâle ist doch ein Pferd. Der Prinz wird mich gar nicht ansehen.«

Die Kamele schwankten vorüber, Reiter auf dem Höcker. Dromedare schwankten vorüber, Frauen in Holzkäfigen auf den Höckern. Jagdleoparden schritten vorüber. Reiter tänzelten vorüber. Der Elefant wogte weich vorüber. »Prinz!« rief Graziella. »Salâch! Dschelâle!« Da verlor der Prinz den abwesenden Ausdruck, streckte die schmale Hand mit dem bauschigen Ärmel zur Seite und ließ halten. »Mon Dom, Trab!« Barrals Amulett wippte. Salâch fuhr an der seidenen Strickleiter zu Boden und umarmte unter Tränen den Freund im blauen Leinen der Bauern. Graziellas Füße und Knie waren dazwischen. Er reichte die Hand hinauf. »Blüte der Erde!« sagte er in edelstem Latein. »Hundert und vierundzwanzig tausend Propheten beglückwünschen den Fürsten von Ghissi zu dieser engelsgleichen Frucht seiner Lenden.« Barral neigte den Kopf, Graziella sprang ab, küßte den Pantoffel des Emirs und wurde mit Mon Dom in den Teppichturm gebeten.

Noch am nämlichen Abend, der Emir war kaum im Zypressenpalast eingeritten, sprengte Thoro durch die Furt bei Ongor, um Dom Carl auf der Jagd am Nevado zu benachrichtigen; die Pfarrei Ghissi schickte den Vikar mit einem Brief für den Bischof zum Pfarrer von Marradî, der noch in der Nacht einen Seminaristen nach Ortaffa abordnete; der ortaffanische Dechant schickte morgens zum Kloster Sankt Michael, der Prior brach just nach Rodi auf, und in Rodi wußte man, Dom Guilhem visitiere gegenüber Tedalda. Ein reitender Bote fand ihn mittags dort vor, in der Dämmerung begrüßte der Pfarrer von Ghissi den ernsten Hirten, schon war Mon Dom da, Bischof und Herr zogen sich in des Herrn Wohnung zurück.

»Ihr steht in Eurem dreißigsten Jahr?« fragte der Bischof. »Ein kanonisches Alter für Schicksalswenden.« – »Ich merke es.« – »Damit Eure Augen etwas heller werden: sobald ich die neuen Kirchen weihe, werde ich Ghissi zum Dekanat erheben.« – »Es fehlen zwei an den zehn Gemeinden, Herr Bischof. Und ob ich einen Dekan habe oder nicht, man verdächtigt den Patronatsherrn und behauptet, der Segen Gottes bleibe aus um meinetwillen.« – »Eure Ernten, Dom Barral, sind besser als die Ernten ringsum. Verheerung, wohin ich sehe. Sorgen, wohin ich höre. Den Euren muß ich eine weitere hinzufügen. Auf einem Konzil in Franken sprach ich den Erzabt der Benediktiner. Er hat den tollen Mönch Walo aus dem Orden verstoßen. Der tolle Mönch mit den Sporen eines fränkischen Ritters ist nahbei, bei der närrischen Schwester Loba und dem geduldig freigebigen Schwager Pantaleon. Ortaffa schrieb ein Turnier aus, Farrancolin schrieb ein Turnier aus. Was gedenkt Ihr zu tun, falls Walo eines Tages bei Euch im Zypressenpalast sitzt? Er war Euer Freund.« – »Freund oder nicht, Herr Bischof: selbst der Fremde ist Gastfreund. Hat der Markgraf ihn des Landes verwiesen? Kein kelgurischer Herr zeigt einem Sartena die kalte Schulter; zumal sie nichts nutzt. Walo übergeht das. Er plaudert, färbt, verbiegt die Wahrheit; nach fünf Minuten, ohne daß er hätte lügen müssen, weiß man nicht mehr, wer recht hat, und ob der schöne Teufel nicht eigentlich ein Engel ist. Gräfin Judith Ortaffa nannte ihn so vor fünfzehn Jahren, einen schönen Teufel.«

Dom Guilhem blickte Barral aufmerksam an. »Gräfin Judith Ortaffa, sagt Ihr. Starb Eure zarte Neigung? Ihr werdet sie also nicht schützen?« – »Zarte Neigung, Herr Bischof, ist ein Hohn. Ihr wißt recht gut, ich liebe diese Frau fünfzehn Jahre! ich hadere mit Gott fünfzehn Jahre! ich gelobte ihr, ich gelobte Dom Rodero, ich gelobte mir, sie zu schützen! wie soll ich, wie kann ich sie schützen? Verzeiht meine Heftigkeit.« – »Eure Seele«, sagte Dom Guilhem, »ist nicht glücklich. Wie will sie dann jemals glücklich werden?« – »Das steht bei Gott. Gott ließ dies Sakrament zu! Niemals hätte –«

Der Bischof hob die Hand. »Niemals rechte der Mensch mit Gott. Niemals verrenne er sich ins Unglück. Niemals versuche er, seinen Hirten zu täuschen. Dein Herz ist nicht hart. Deine Augen können schimmern. Du hast eine Tochter aus deiner Erde; ein kleines Räubermädchen, mutig, geübt im Messerwerfen, zehn Jahre jetzt.« – Barral verfinsterte sich. »Man kann nicht jedes Opfer von mir verlangen!« – »Der Bischof hat nichts verlangt. Der Bischof versteht dich in deinem Glück und in deinem Unglück, in deiner heidnischen Kraft, in deinem christlichen Opfersinn. Christentum ist ein Kampf mit den Götzen der Finsternis; und wird es zum Siege, ist es ein Opfern für Andere, auf daß der Himmel uns gnädig sei.«

»Aussichten wie beim Juden«, bemerkte Barral. »Geben wir, damit Gott gibt, oder geben wir ohne Zins? Was ich meiner Herrlichkeit opferte, wird mir vergolten von den Pfarrern mit Gift, von den Bauern mit Undank, vom Himmel mit Dürre. Er ist mir nicht gnädig. Ich bin verschuldet, ich bin arm, ich habe nichts mehr als die Tochter Ghissi. Soll ich die kleine Sonne auch noch von meinem Herzen reißen? Wenn Ihr recht habt, müßte es ja dann regnen.«

Dom Guilhem schoß einen pfeilscharfen Blick. »Nach Ansicht deiner Erde regnet es, wenn du deine Seele verkauft hast. Ich möchte diese Erde sprechen. Du dehntest, wie ich höre, dein Herrenrecht weit über die erste Nacht aus, und sie, wie ich höre, gibt sich mit Schwarzer Magie ab.« – »Kindereien, Herr Bischof. Ihr solltet nicht alles glauben, was der Pfarrer berichtet. Der Pfarrer versteht meine Bauern nicht. Sie sind keine Kelgurier. Bergsagen und Meerstürme leben in ihnen. Ihr werdet sehen, Maitagorry ist fromm und gut. Was Ihr nicht sehen werdet, ist Leidenschaft. Sie bebt wie der Baum bis in die Wurzeln. Habe ich das ahnen können, als ich sie nahm? Sie kennt nur mich. Im Übrigen redet sie nur zu mir. Bauern schweigen.« – »Eure Offenheit, Dom Barral, gefällt mir. Aber hütet Euch vor der Inquisition. Was will der Tributherr?« – »Hierbleiben will er. Dabei besitze ich nicht einmal Wasser für seine Getränke, seine Bäder, für die Bäder seiner Frauen, seiner Diener, nicht für den Hodscha, nicht für die rituellen Waschungen.« – »Seinen Geistlichen hat er auch mitgebracht? Wenn er bleibt, muß ich taufen, und der Hodscha muß fort. Wurde er landflüchtig?«

Barral wußte es nicht, Salâch selbst wußte es nicht. Niemand durchdrang den Duftnebel orientalischer Wortkaskaden, nicht die cormontischen Räte, nicht die Prälaten der Inquisition, die der Bischof kommen ließ, schon gar nicht

Dom Carl, der endlich, nach fast einer Woche, im Zypressenpalast anlangte, wo er wie immer Quartier nahm; der Emir residierte in wundervollen Zelten, der Bischof beim Pfarrer, Mon Dom in seinem Haus an der Kirche. Zwei Tage darauf kamen die Grafen Otho Ortaffa, Gerwin Sartena, Hyazinth Farrancolin, die Bischöfe von Trianna und Lorda, ein Bote war nach Prà beordert, ein anderer nach Bramafan-Zwischenbergen.

Die grausame Dürre hielt an. Seit über fünf Monaten kein Tropfen Regen. Barral träumte, die Schlange Leheren senge ihn. Er träumte, Kardinal Vito bringe aus Rom den vollkommenen Ablaß auch des neuen Papstes und segne die Schlange. Er träumte, durch Bäche zu sinken, träumte Gebirge auf seiner Brust, rosafarbene Felsen. Dann glaubte er Prasseln zu hören. Entsetzt sprang er auf, schaute erleichtert aus dem Fenster und sah die Zypresse auf dem Hang über den Häusern schwarz vor dem weißen Palast stehen. Nun wälzte er sich wieder. »Thoro! Thoro!« Verschlafen kam der Knecht heraufgetaumelt. Barral war in Schweiß gebadet. – »Soll ich Euch Kühlung holen aus der Schmiede?« – »Die Kinder, Thoro, dürfen nicht dabei sein. Auch die Gesellen nicht. Larrart nicht. Den Teufel, sagt die Kirche, treibt man mit Geißelung aus. Er fährt in das nächste lebendige Wesen. Das bin ich.« – »Mon Dom: wo es heiß ist, sind Küchenschaben.« – »Meinst du? Ich meine, sie fährt in mich. Gib mir zu trinken. Die Hexe kann eine Fee sein. Geh schlafen. Besorge, was not tut. Morgen geschieht es.«

Bis in den Vormittag lag der Herr wie betäubt, nackt auf dem Estrich. Keine Wolke am tiefblauen Himmel. Er ritt zur Gallamassa baden. Larrart mit Gesellen und Kindern war da. »Schmiedest du heute nicht?« – »Wir haben das

Feuer ausgehen lassen.« – »Maita?« – »Daheim, Mon Dom.« – Er saß auf. Graziella blickte ihn ängstlich an. Wußte sie von den Sagen? Wie erwachsen sie wirkte! »Willst du mir keinen Abschiedskuß geben?« Sie war wie ein Stock in seinen Armen.

Unter dem Vordach der Schmiede schlang er den Zügel des Pferdes um den Ring, lockerte den Sattel und deckte den Schäfermantel über die Kruppe. Drinnen hörte er Maitagorry singen. Kein Mensch auf den Straßen. Er ging ins Haus. Sie war nicht zu finden. Er legte den Messergurt ab und nahm den Riemen. Im Keller schien sie zu sein. Auf der Treppe begegneten sie sich. Er trat an die Wand. Einen Eimer Eis auf dem Kopf, stieg sie vorüber. Rätselhaft aus der Schräge sah sie ihn an. Olivbraun glänzte ihre Haut, grauweiß stumpf leuchtete ihr Schurz. Oben setzte sie den Bottich ab. Vorsichtig atmend mit offenen Zähnen, betrachtete sie den Herrn in der fernen Ecke, betrachtete die Peitsche, betrachtete seine Gewalt. »Komm doch«, lockte sie. »Komm doch. Wenn es nur das ist, komm doch.« Ohne den Blick von ihm zu wenden, griff sie über die Hüfte und löste das Tuch. – »Es ist nicht nur das, Maita. Ich will, daß es regnet.« – »Dann komme der Herr. Dann küsse Luziade mir den Fuß. Dann peitsche er die Fee Maitagorry in seine Seele. Komm, wie einst ich kam. Erniedrige dich, wie einst ich mich erniedrigte. Schön ist dein Rücken. Seidig ist dein Rücken. Ich setze meinen Fuß auf dich. Ich stoße dich in die Schande, weil du der Herr bist, der mein Herz verbrennt.« Mit einem Tritt warf sie den Knienden um, lief an den Gewölbepfeiler, zog sich am Kettenring auf und ließ sich zerprügeln, bis die Muskeln nachgaben. Blutend fiel sie auf den gestampften Lehm. »Komm doch!« schluchzte sie. Er kam. »Komm doch!« lachte sie und umschlang ihn mit allen Gliedern. »Komm doch, ich will ein Kind. Knecht, süßer Knecht. Liebster du, Heißer du, Wilder du. Luziade, mein brauner Fels. Und Maitagorry, Maitagorry wird es sein, Maitagorry wird dich begraben in Eis.«

Wortlos vor Wut und Liebe leckte er ihre Wunden, damit sie heilen konnten, warf sich aufs Pferd und galoppierte über die Felder. Die Luft war bleiern. Die Sonne sog Wasser. Ein malvenfarbener Hof umgab das Gestirn. Die Vögel schlüpften ins Buschwerk. Geschmeiß flog in sirrenden Wolken um Roß und Reiter. Über dem Tec wuchs eine Wetterwand auf, grauweiß wie Maitas Schurz. Er preschte zurück und salbte sie, während Larrart mit Gesellen und Kindern alle Läden, Türen und Riegel sperrte. Undurchdringliche Nacht senkte sich weit vor Abend auf Ghissi. »Kein Licht, kein Feuer«, befahl der Herr. Graziella starrte auf den Rücken der Mutter. Sie schrak zusammen, als die Schmiede sich grell erleuchtete. Ein Knattern sprengte die Scheiben aus ihren Bleibutzen. Draußen kamen Dachpfannen herunter. Der Himmel brach auf die Erde. Es rauschte und trommelte, troff durch die Esse und gurgelte aus den Fugen der Schwellen.

Maitagorry winkte Barral an ihren Mund. »Bis in die Hölle hab ich Euch lieb. Warum schluget Ihr mich nicht eher?« – »Weil ich in den Himmel wollte.« – Ihre Zähne nahmen zärtlich sein Ohrläppchen. »Erst Hölle, dann Himmel. Da unten sind Maita und Mon Dom Eins.« Graziella lauschte. Sie merkten es nicht. »Mon Dom. Wir werden ein Kind haben. Ghissi wird nicht mehr mit Fingern zeigen. Alle Kinder, die Mon Dom aus mir hat, werden sterben für Mon Dom. Und Maita wird ihn begraben.«

Barral fühlte sich frösteln wie bei der Messe im Tec. Langsam richtete er den Rücken auf. Seine Blicke versanken in den uralten Augen Graziellas. Ihre Kindheit verließ das Gesicht. Er hob die Hand in die Luft. Der Regendrusch war vorüber. Unheimliche Stille lauerte über dem Dorf. Larrart atmete tief ein, Quirin und Faustina an der Hand. Die Gesellen rührten sich nicht. »Graziella. Komm.« Sie waren kaum auf der Gasse, da zuckte es weiß strahlend herab. Schaudernd barg sich die Tochter im Schoß des Vaters. Der Knall schmetterte sie ihm in den Bauch; sie krampfte sich fest. »Sei ruhig, Graziella. Es geschieht nichts.« Dem Rollen des Donners folgte das Donnern von Steinen. Mit einem letzten, klagenden Geläut durchschlugen die Glocken das Kirchengewölbe. Graziella wurde steif. »Mut, Kind.« – »Angst!« – »Das Wetter zieht ab.« – »Angst vor Mutter.« – »Ich nehme dich fort von deiner Mutter.« – »Ich muß sterben für Mon Dom.« – »Du mußt nicht sterben. Du wirst es gut haben auf Ortaffa.« – »Nicht gehen. Nicht gehen. Vater. Nicht gehen.« Der nächste Blitz übergleißte die Häuser. Mitten im Knattern hörte Graziella die Tür der Schmiede. Ein gejagtes Wild, schnellte sie davon. Maitagorry warf sich vor Barrals Füße. »Mon Dom, nehmt mir das Kind nicht fort. Bitte, Mon Dom. Bitte nicht.« Er stieg über sie hinweg. Sie klammerte sich an ihn. »Bitte, Mon Dom. Nie wieder will ich böse sein.« – Prasselnder Hagel überschüttete sie. Gegen die Wand gepreßt, funkelte Barral sie an. »Hexe!« – »Maita ist keine Hexe«, erwiderte sie traurig. »Maita hat sich das alles doch nur ausgedacht. Maita kann doch kein Wetter machen!« – »Heul bei Larrart. Laß mich.«

Er fand Graziella im Stall Etche-Ona, getröstet von Thoro. Das Unwetter wanderte die Gallamassa aufwärts.

Unter dem fernen Leuchten der Blitze versammelte sich Ghissi auf dem Kirchplatz, der Bischof neben dem Emir, der Markgraf neben dem Bauersmann. Ein wütender Regenguß vertrieb sie. Ubarray schlenderte an Barral vorüber. »Maita«, sagte er befriedigt. – »Keine Silbe«, zischte Mon Dom. Ubarray rückte das Käppchen. Etche-Ona, wiewohl neben der Kirche stehend, deren Turm Chorjoch und Vorhalle zertrümmerte, hatte ein Stück Dach verloren, sonst nichts. Graziella schlief unter dem Schäfermantel. Sie wachte auf, als unten zaghaft gerufen wurde. »Mon Dom. Da ist jemand.« Barral ging hinunter. Im gleichmäßigen Strömen des Regens vor dem immer noch zuckenden, schon grauenden Himmel sah er Maitagorry, den Schurz naß auf der fließenden Haut, vor seiner Schwelle. Gläubig blickte sie zu ihm hoch.

»Was willst du?« – »Frieden, Mon Dom. Ich kann nicht schlafen ohne Frieden mit Euch.« Ihre Augen standen voll Wasser. – Er gab ihr die Hand, die sie mit Küssen bedeckte, und zog sie zu sich unter die Traufe. »Dreh dich.« Er betrachtete ihren Rücken. »Heilt.« – »Mon Dom, bitte, gebt mir das Kind wieder.« – »Das Kind ist erwachsen und geht fort. Es hörte zu viel. Du kannst vergessen; ich kann vergessen; das Kind kann es nicht. Man spielt nicht ungestraft mit Menschen.« – Sie fügte die schlanken Hände zusammen. Die Hände kamen an seiner Brust empor. »Es ist unser erstes, Mon Dom. Die Tochter Ghissi.« – »Maita, du hast sie auch mir genommen. Mir tut es weher, Graziella nicht mehr zu haben, als es dir weh tat, geprügelt zu werden.« – »Ja, Mon Dom. Verzeiht mir doch bitte. Verzeiht mir doch bitte.« – Seine Hand wischte die Trübsal von ihrem Gesicht. »Wirst du jetzt schlafen? Nein?« – »Larrart. Er steht mit dem Hammer.«

Larrart, einen Rosenkranz in den Fingern, lag schnarchend neben dem armlangen Werkzeug. Barral weckte ihn, während Maitagorry auf der Straße wartete. Der Schmied lächelte selig. »Mon Dom ist bei mir!« – »Larrart, bist du ein Mann?« – »Allerdings, Mon Dom.« Er spannte die Muskeln. – »Du weißt, daß Maita die Hölle zwischen den Beinen hat. Laß ihr Zeit, und dann schmiede das Eisen. Ich rühre sie nicht mehr an.« – »Aber Mon Dom, wie soll sie das aushalten? Nein nein. Da verblüht sie. Ist schon recht so. Es war nur das Wetter. Was soll ich mit einer welken Distel?«

SCHWIERIGE FREUNDSCHAFTEN

Da es regnete, berief Dom Carl die Grafen in das heil gebliebene Kirchenschiff. Bischof Guilhem verwahrte sich. Die Versammlung sei kein Konzil, ein weltlicher Disput entweihe das Gotteshaus. Den nächsten Einspruch erhob Barral. »Der Emir ist Freund, Gast und Tributherr. Ich finde es unschicklich, unter seinen Augen über sein Los zu sprechen.« – »Ihr habt als Berater keine Stimme«, verfügte der Markgraf. – Dom Gerwin Sartena geriet in Harnisch. »Ob Stimme oder nicht: er hat recht. Was er nicht sagt, sage ich: wir sind mit Troß mehr als hundert Heuschrekken, mit Pferden vierhundert, und fressen einem gastfreien Mann die letzten Salatblätter kahl.« – Bischof Dom Fortunat von Trianna fixierte den Grafen Otho. – »Siedeln wir nach Ortaffa über«, schlug Dom Otho vor. Dom Gabriel Bramafan äußerte, das hätte der Markgraf sich im Vorhinein können einfallen lassen. Gereizt ging man auseinander, Dom Carl mit Barral zum Emir, Dom Guilhem zur Schmiede, vor deren Tür er den Pfarrer fortschickte.

Maitagorry kochte die tägliche Suppe, als der rote Mantel den Perlvorhang teilte. Sie küßte den Schuh. »Steh auf, meine Tochter. Was sind das für Striemen auf deinem Rücken? Schlägt dich dein Herr?« – »Wenn ich geahnt hätte, bischöfliche Gnaden, wäre ich besser gekleidet.« – »Das ist keine Antwort auf meine Frage, ob dein Herr dich schlägt.« – »Larrart?« – »Dom Barral.« – Sie lächelte warm. »Ich habe mit dem Aberglauben gespielt und mit Mon Dom auch. Und ich habe den Aberglauben verloren und Mon Dom auch.« – »Dessen bin ich nicht sicher.« – »Ihr seid keine Frau, bischöfliche Gnaden.« – »Mit dem Aberglauben spielen bedeutet den Teufel herbeigirren. Wo ist dein Teufel?« – »Fort mit dem Wetter.« – »Die Liebe auch fort? Kind, wenn du schweigen willst, mußt du die Augen nicht reden lassen. Wie vereinst du deine Liebe zu Mon Dom mit dem Sakramente der Ehe? Wie vereinst du die Mutterschaft mit der Aussicht auf Steinigung? Dein Blick ist heiter und ohne Falsch. Nun fasse Vertrauen zu deinem Hirten. Er kam nicht, deinen Himmel zu rauben. Sein Amt ist Helfen.« Er berührte ihr die Stirn und die Schultern und nahm Platz auf der Herdbank.

Die Macht seines Ernstes brach, wie der Frost den Akker, die Tiefen ihres Gemütes auf. Er lernte, was es hieß, ein junges Mädchen zu sein und erweckt zu werden. Ihr Wesen war durchströmt wie von klarem Quellwasser. »Ich frage nur«, sagte er, wenn sie stockte. »Es geschieht dir nichts.« – »Ihr schickt mich nicht vor die Inquisition?« – »Ich sitze auf deiner Herdbank als dein Mittler zu Gott. Und ich sehe in deinen Worten einen Mann, der mir dunkel war, aufleuchten. Dir, wie ich sehe, ist er nicht dunkel. Aber Maita ihm.« Maitagorry bejahte kaum sichtbar. Zwischendurch schürte sie das Feuer und schmeckte die Suppe ab. »Drei Kinder?« – »Zwei von Mon Dom und das werdende. Eins von Larrart, Faustina.« – »Du bist in Hoffnung?« – »Seit gestern hoffe ich wieder. Und er wird nie wieder kommen.« – »Liebt er eine Andere?« – In aller Ehrfurcht sah sie ihn mitleidig an. »Das hat mit ihr nichts zu tun. Er liebt sie länger, er liebt sie anders, er liebt sie mehr. Aber mich hat er auch geliebt. Schön war das. Und eines Tages wird er heiraten, und das wird die Einzige sein, vor der er nicht Angst hat.« – »Du singst ein Bohnenlied. Dom Barral hätte Angst?« – »Ihr seid kein Bauer, bischöfliche Gnaden. Der Hengst hat Angst vor der Stute.« – »Warum dann nicht vor der erheirateten?« – Sie lachte ganz leicht, ganz hinten in der Kehle. »Das Sakrament macht sie ihm langweilig.« Im Schreck über ihren Mut schlug sie sich auf die Lippen.

Als Barral zum Essen erschien, fand er Larrart, Gesellen und Kinder mit gefalteten Händen. »Was ist?« – »Bischof.« – »Seit wann?« – »Drei Stunden.« – »Mittag!« rief Barral und klatschte. Der Perlvorhang regte sich. Schon fielen die Gesellen aufs Knie. Es war aber nicht der hohe Hirt, es war Maitagorry. »Halb nackt empfängst du solchen Besuch?« – »Nicht schimpfen, Mon Dom. Er stand plötzlich in der Küche. Habt Ihr Graziella nicht mitgebracht?« – »Quirin kann sie holen.«

Dom Guilhem erhielt einen Holzlöffel, der Tisch eine Suppenbahn mehr als sonst. Barrals Blicke wanderten unsicher von der Geliebten zum Hirten, vom Hirten zur Geliebten, die den Blicken des Herrn zu begegnen mied. Graziella, die Augen niedergeschlagen, war einsilbig. Als Maitagorrys Arm sie zufällig berührte, zog sie den ihren zurück. Der Bischof bemerkte es. »Ergab sich Neues?« fragte er. – »Ja und nein. Mit Ungeduld löst man kein muselmanisches Rätsel. Mit dem Nußknacker öffnet man keine Kaktusfeige. Das war das Neue. Dom Carl hat die Stacheln in der Hand, die Frucht ist in der Schale zu Brei gequetscht. Erfahren haben wir nichts.« – »Ihr auch nicht?« – »Schon. Die Kaktusfeige hat eine faule Stelle. Salâch will weder heim noch bleiben; weder Gast sein noch Emir noch verjagter Emir; weder handeln noch untergehen. Die faule Stelle ist der Hodscha.« – »Was tun?« – »Tun, als ob wir nichts tun. Der Prophet hat Zeit. Dom Carl nicht. Und das zeigt er. Er verbannt ihn innerhalb Ghissi, damit er Ortaffa nicht sieht. Wie töricht, wie grob, wie kurz! Ohne Vertrauen dringt man in keinen Menschen.«

Maitagorrys Blick ruhte dankbar auf dem Bischof. Sie errötete, als Barral sie dabei ertappte. »Was hast du, Maita?« – »Ich bewundere Mon Dom.« – »Und?« fragte Dom Guilhem. »Wie wollt Ihr den Knoten entwirren? Es wird auf Euch hängen bleiben.« – »In Ghissi entwirrt er sich nicht, in Ortaffa noch weniger. Es muß ein Gesandter gewählt werden, und der Gesandte muß die Vollmacht der Pönitenz haben, zu reden, mit wem ihm paßt. In Mirsalon muß man reden. Mit den Kaufleuten, dem Rabbi, den Magistraten.« – »Ich stelle Euch mein Schiff zur Verfügung. Während Ihr mit dem Rabbi sprecht, würde ich dem Chorbischof Besuch machen. Kardinal Dionys ist noch in Rom. Nun, Graziella? schmeckt es nicht mehr?« Sie brach in Tränen aus. »Dann wollen wir danken.«

Maitagorry scheuerte den Tisch. Dom Guilhem winkte Graziella, zu bleiben, den Übrigen bis auf die Mutter, zu gehen. »Du bist nun ein großes Mädchen, Graziella. Zwei Jahre, und du kannst heiraten. Weißt du, was Schmerz ist?« – »Wenn es weh tut.« – »Hast du dir einmal ganz entsetzlich weh getan?« – »Als ich mir das Bein gebrochen habe.« – »Schlimmeres nicht?« – »Das war sehr schlimm.« Maita lächelte nachsichtig. – »Weißt du, wie kleine Kinder zur Welt kommen?« – »Ja. Wie das Kalb.« – »Und weißt du, daß es der Mutter zehnmal weher tut als dir dein Beinbruch? Nun umarme deine Mutter und sei wieder lieb.« – Maita drückte sie an sich und verwuschelte ihr die Locken.

Sechs Stunden saß Barral bei dem Emir, zwei weitere ohne Salâch bei dem Hodscha, zwischendurch bei dem Sterndeuter. Dann schlief und schlief er. Die Grafen und Bischöfe warteten auf Ortaffa vergeblich. Sie beschlossen, als er immer noch nicht kam, daß der Markgraf den Heerbann aufrufen und den Baron von Ghissi als kaiserlichen Gesandten nach Dschondis abordnen solle: deutete doch, was Dom Carl erforscht hatte, auf einen drohenden Vertragsbruch des Emirates. Mittags endlich erschien der Gewählte. Dom Carl berief die Versammlung aufs Neue. Barral war noch gereizter als am Vortag. »Geschwätz!« knurrte er. »Wenn ein Gesandter nach Dschondis geht, muß er wissen, was gewollt wird. Nichts wissen wir. Soll ich drohen, während unsere Zügel am Boden schleifen? Wo ist die Drohung, auf die wir mit Drohung zu antworten hätten? Wir haben Nebel! Den Nebel zu durchdringen, will ich mir zutrauen. Meine Bedingungen habe ich dem Herrn Bischof von Rodi gesagt. Mit dem Heerbann im Hintergrund gehe ich nicht!« – »Eine Sprache ist das«, sagte Graf Bramafan, »wie zu Zeiten Roderos. Bruder Vito weiß, wen er liebt. Rodi? für Ghissi? Sartena und Farrancolin ohnehin. Summa: Schluß mit dem Geschwätz.«

Barral hatte Mühe, die Liebesbezeugungen abzuwehren. Sein Sinn stand auf einen Mann, der ihn nicht liebte. Er bat Hyazinth um Vermittlung. In einer Ecke des Saales fand sich Graf Otho, jeder Zoll Mißbehagen, allein gelassen. »Bitte?« fragte er schnarrend, die Miene schwammig. – »Man sagt«, sagte Barral, »daß Ihr Walo einludet.« – »Dom Walo. Ja. Er wird morgen hier sein.« – »Darf ich an Trianna erinnern.« – »Trianna. Ich befahl Euch, vergeß Er das.« – »Ich vergaß es nicht, Dom Otho. Ihr bringt das Leben Eurer Gemahlin in Gefahr. Ihr setzt Euch einem Erpresser aus.« – »Ach. Einen Kot, Herr von Ghissi. Meine Gäste sind meine Gäste. Kümmert Euch um den Emir.« – »Das tue ich. Ist es Euch gleichgültig, wenn Eurer Gemahlin etwas zustößt?« – »Es soll und es wird und es darf ihr nichts zustoßen. Dom Walo ist nicht der Mann für sie.« – »Aber Judith für Walo die Frau!« – »Dom Barral, es steht Euch nicht zu, Judith zu sagen. Nicht einmal ich sage Judith. Domna Judith. Dom Walo. Dom Barral.« – »Da Ihr so edel denkt, Dom Otho: Ihr habt nichts dagegen, wenn Domna Judith vor Dom Walo geschützt wird?« – »Aber gar nicht. Wer? wie? warum?« – »Ich biete ein messerwerfendes kleines Mädchen als Zofe.« – »Im Schäfermantel zu Füßen des Bettes. Läßt sie den Gemahl meiner Gemahlin ein?« – »Wie in Trianna. Ihr entsinnt Euch.« – »O ja. Ich entsinne mich. Ihr handeltet wie ein Freund. Als ob ich verstünde, was ein Freund ist.« – »Wenn Ihr, Dom Otho, nicht immer an mir vorbeischauen wolltet, könntet Ihr erkennen, daß ich uneigennützig bin.« – »Nicht geschickt, Herr Gesandter. Das scheußliche Wort las ich in dem scheußlichen Testament meiner Mutter. Und nun wollt Ihr vermutlich die Erlaubnis, das Frauenhaus betreten zu dürfen. Bitte sehr, bitte sehr.«

Graziellas Hand in der seinen, klopfte Barral an die Tür. »Die Frau Gräfin«, erklärte die Zofe, »kleidet sich um für das Bankett.« Sie warteten. Graziella sprach kein Wort. Er fühlte den warmen Strom ihres Blutes. »Geh hinein, Graziella. Wenn sie fragt, was du willst, öffne deinen Mantel, laß sie den Messergurt sehen und erschrick nicht. Sie wird dich umarmen wie die Mutter und gut sein zu dir wie die Mutter.« – »Muß ich nichts sagen, Mon Dom?« – »Gnädige Frau, mußt du sagen, ich soll vor Eurem Bett schlafen.« – »Und Mon Dom kommt nicht mit?« – »Mon Dom hat zu tun, Graziella.« Er strich über ihren Kopf, wandte sich ab, sah, daß sie hineinschlüpfte, und lief die Treppen hinunter.

Als Gesandter, die Brust mit dem Reichsadler bestickt, genoß er Vorrechte. Nachts, während des Bankettes, stand er mit Judith auf dem Altan. Die Türen waren geöffnet. Häufig blickte Judith sich um. Das Ihr wechselte mit dem Du, die Haltung der Gräfin mit der Wärme der Liebenden. »Ich danke dir für dein Kind.« – »Mein?« – »Sie hat mir erzählt. Ohnedies wußte ich von Maitagorry. Ohnedies erkennt man dein Blut. Reizend ist sie. Und fein von Wesen. Ihr erlaubt gewiß, Dom Barral, daß ich sie unterrichten lasse? Etwas schreiben, sagt sie, könne sie schon. Spaßig, wie sie Latein, Kelgurisch und die Sprache der Mutter durcheinander spricht. Nicht, Barralî. Wenn ich von Maitagorry rede, mußt du nicht Sehnsucht haben nach Judith.« – »Ich habe Sehnsucht.« – »Ihr maltet den Türsturz aus, Dom Barral, Adam und Eva im Weinberg. Was, meint Ihr, geht in der Eva vor? Barralî, es ist schwer. Aber glaube nicht, ich sei eifersüchtig.« – »Dazu hast du auch keinen Grund, Judith, und wirst ihn nie haben. Was, meinst du, geht in dem Adam vor, der Eva mit Eva vergleichen kann? Ein wildes Stück Hölle auf Erden mit einem wilden Stück Himmel auf Erden? Du bist der Stern in der Nacht.« – »Dom Barral, Furchtbares kommt für uns alle. Wir werden Krieg haben?« – »Dieser Nebel Domna Judith, löst sich. Bis dahin ist es nicht angenehm. Man läßt meinen Freund und Gast fühlen, er sei übel gelitten.« – »Ihr sprecht vom

Emir?« fragte der Markgraf drei Schritte weiter an der Brüstung. »Wie sollte ich ihm Ortaffa erlauben? Er kann als Späher geschickt sein.« – »Sehen, Dom Carl, ist noch nicht erobern. Wir haben in Dschondis alles gesehen.« Judith ging unbemerkt hinein. Als Barral sich später nach ihr erkundigte, hieß es, sie sei zu Bett. Im Dunkel ergab sie sich abgründiger Verzweiflung. Sie ahnte nicht, daß Graziella den wachsamen Hirtenschlaf ihres Vaters geerbt hatte und von Maitagorry gewöhnt war, entsetzlichen Ausbrüchen des Schluchzens ein Trost zu sein.

»Diese Maitagorry«, sagte Dom Guilhem auf der Treidelschute im Schilfmeer, »gibt mir zu denken. Ihre Stimme allein ist lockend erdhaft; mütterlich ihre Art; ihre Treue groß, ihre Ehrlichkeit rühmenswert, ihr Schweigen klug. Ein Segen, daß ich in Ghissi war; ein Segen auch, daß sie sich anders verhielt als von Euch mir geschildert. Ohne die bischöfliche Anwesenheit wäre der Offizialbericht der Pfarrei zur Mühle der Inquisition gewandert, aus der euch niemand herausgeholfen hätte, der Ehebrecherin nicht, nicht dem Herrn, nicht dem kupplerischen Schmied. Auf Hexerei, wie sie in Maita geargwöhnt wurde, steht der Scheiterhaufen; auf Ehebruch Steinigung. Ihr seid sehr mutig. Euer Mut macht mutig. Es sind seltene Menschen, mit denen Ihr Euch umgebt. Fürchtet Ihr nicht, ihnen Verderben zu bringen?« – »Es wird zu viel gefürchtet, Herr Bischof. Wollt Ihr den Menschen verbieten zu leben? Wovon lebt denn Maita? Seht sie Euch an und vergleicht sie mit der Gräfin Judith. Wovon lebt sie?« – »Ich sehe sie mir an, Dom Barral. Bischof heißt Aufseher. Euer Glück, daß der Bischof kein Eiferer ist. Euer Glück, daß er in Hütten geht. In den Hütten erfährt man viel von den Herren. Weiß

Judith, was Maita weiß?« – »Was weiß sie?« – »Daß Ihr zerspalten seid in zweierlei ganz verschiedene Liebe?« – »Dunstbilder eines verletzten Weibes!« – »Ich gewann nicht den Eindruck, Maita sei verletzt. Wenn eine Frau fühlt, weiß sie. Die Andere, sagt sie. Unterstellen wir, mein Sohn, daß du die Ehe Judith nicht brachest. Wie vereinbart sich deine Treue zu Maita, elf Jahre jetzt, mit den fünfzehn Jahren deines Aufbegehrens für Judith? Ich frage nur. Die Antwort bleibt zwischen dir und Gott.« – »Maita wird von mir nicht mehr angerührt.« – »Elf Jahre rührtest du sie an. Bis die Erde sie aufnimmt, nährt ihre Flamme sich von deinem Öl. Ist es gut, ihr das Öl zu entziehen?« – »Ihr predigt mir Ehebruch, Herr Bischof.« – »Ich frage. Ich predige nicht. Der Aufseher sieht, daß ein schönes, reiches Geschöpf, schön geworden durch Liebe, reich geworden durch Erfüllung, verraten wird. Du magst wähnen, ich zäume das Pferd am Schweife auf. Dachtest du vorwärts, als du das Siegel sprengtest? Dann denke rückwärts. Indem du die Jungfrau zur Frau erwecktest, entfesseltest du Stürme, denen du nicht gewachsen bist. Dies zur Warnung, deiner Leidenschaft Judith nachzugeben oder künftigen Maitagorrys im Glück der Sinne das Unglück der Seele zu bereiten. Du bist kein gefallener Engel wie Walo, der bedenkenlos Frau nach Frau zerbricht. Letztlich, ich müßte mich sehr täuschen, hast du Angst vor der Frau. Das Begatten zwar gefällt dir. Das Gefühl aber, das du auslösest, ist dir nicht geheuer. Weil du zur Treue neigst, kannst du es niemals zertreten; weil sie verheiratet ist, niemals heiligen.«

Der Empfang durch den neuen Abt von Sankt Michael, einen Bruder Judiths, beendete das Gespräch, dem kein Wort fehlte. Erst in der Wüstenei des seit einem Jahrzehnt aufwachsenden Kathedralbezirkes von Rodi überwand Barral seine Verstörung. Dom Guilhem führte ihn durch die noch ungewölbten, unermeßlich ragenden Pfeilerstellungen, die das Herz zur Andacht erhoben. Er überließ ihn der Betrachtung des fast fertigen Haupteinganges mit der gemeißelten Bilderbibel. Auf grausamen Löwen, deren Pranken Menschen zerfetzten, standen in erhabener Ruhe Propheten. Über ihnen zogen als Fries links die Erlösten in den Schoß Abrahams, rechts die Verdammten, aneinandergekettet, um die Ecke herum auf wabernden Flammen bis zu dem Fürsten der Finsternis, dem ein verkrümmtes Weib als Fußbank diente.

Ein Steinmetzgeselle trat heran. »Herr Gesandter, bischöfliche Gnaden erwartet Euch im Kreuzgang.« Der Kreuzgang war nichts als Werkplatz: Notdächer, Schuppen, Steinreihen, wechselnd drei Doppelsäulen und massige Vierkantpfeiler, halb ausgehauen. Ein Säulenkopf zeigte das himmlische Jerusalem; ein anderer, von Dom Guilhem eingehend gemustert, die Christgeburt. Ochs und Esel neigten die Mäuler über das gebündelte Kind; Maria, liegend, und Joseph, stehend, begrenzten das Feld. Nebenan schlachteten christliche Ritter im Kettenhemd nackte Mohren. »Nun, wie oft habt Ihr Maita entdeckt?« – »Zweimal, Herr Bischof.« – »Viermal, Dom Barral. Maria mit dem Kinde. Wollust unter dem Teufel. Erlöst. Verdammt. Schwer, sich herauszufinden, nicht wahr? Noch fehlt auf dem Giebelfeld Christ der Erlöser. Überlegt, ob er Euch segnen wird. Wer die Erde bestellt, hat Geduld. Wer den Himmel bestellt, Geduld. Was ich baue, plante ein uralter Bischof; ein anderer beschloß es und ertrank; ich verfügte; ein anderer vollendet, ein anderer weiht es. Ubarray begann, was Gott plante. Mon Dom riß Maitagorry nieder. Bleibt sie so liegen? Wer erbaut sie wohl neu zur Feier Gottes?« – »Der Bischof.« – »Nicht der Bischof allein. Meide ihren Körper, umgib ihre Seele mit Liebe. Beirre sie nicht auf dem guten Wege.«

Unter den Sternen ankerte das Lustschiff im Schilf der Tec-Mündungen, unter der Mittagssonne im Hafen von Mirsalon. Abends veranstalteten die Magistrate ein Essen. Durch die Fenster des Stadthauses strich die Brise, geschwängert von Teer, Seetang und Fischduft. Unten auf der Mole zwischen geknüpften Netzen klickten die Kugeln des Spieles. Oben unter tiefroter Balkendecke erging sich, was Namen hatte. Unzählige Gespräche mit unzähligen Kaufherren. Das Bild rundete sich. Hier herrschte die Freiheit der Meere. Jeder Windhauch war Nachricht. Die Pönitenz fern. Handeln und Verhandeln Eines.

Morgens betrat der Rabbi das Schiff. Der jüdische Geistliche trug einen schwarzen Vollbart; seine Augen brannten wie diejenigen Jareds in der Furt, und wie Jared ging er steif, immer ein Blickpunkt. »Nehmt Euren gelben Hut ab, Herr Rabbi.« – »Der Hut, Herr Gesandter, ist meine Würde.« Er war Arzt gewesen, bevor man ihn zur Lehre des Talmud berief; sie sprachen Sarazenisch, er kam aus dem Kalifat Cordoba. Sein Hirn führte die Gedanken wie Messer. Was Barral vom Emir, vom Astrologen, vom Hodscha erfahren, was die Kaufleute erzählten, was der Rabbi wußte, fügte sich zum lebendigen Gewebe, dessen Fasern, Blutbahnen und Knoten Schnitt nach Schnitt freigelegt wurden. »Eine seltsame Verwachsung«, schloß der Besucher und stand auf. »Nun vernähe der Herr seinen Freund. Der Emir wird Mühe haben, das Gespinst zu begreifen.

Für die Herren Gojim auf Ortaffa ist es undurchdringlich. Meinen Dank der auszeichnenden Ehre. Meinen Dank dem Vergnügen eines vorurteilslosen Disputes.« Barral überreichte das Gastgeschenk. Halb nahm es der Gast, halb nahm er es nicht. »Ich habe eine vielleicht unbescheidene Bitte: statt des Geschenkes den Puls Eurer Schläfen.« – »Wenn Euch das Freude bereiten kann: fühlt ihn mir.«

Der Rabbi tat es, zurückhaltend befangen. »Ich bin dem Herrn Gesandten die Erklärung schuldig. Ihr seid ein Gerechter. Goj, aber auserwählt, dem auserwählten Volke zu helfen. Die Berührung ein Heilsmittel. Mein Volk wurde verstreut von Jahwe Sabaooth, dem Erdball das Salz zu sein. Die Zeiten sind nah, da man Israel schächtet. Ausrotten läßt sich Verstreutes nicht. Israel lebt, weil fähig zu leiden. Einiges Salz wird taub. Einiges nimmt im Kreuze den Zucker. Andere, die der Gemeinde Gutes tun, werden sich Euch vor die Füße werfen. Jared darf es; er brachte seine Opfer; die Frau; die Kinder; Stiftungen auch. Der hohe Goj helfe, wenn er kann. Er herberge den Weinenden, er betrüge ihn nicht um das Ewige. Jahwe will ihn empfangen. Wie auch der Leichnam zerfleischt sei: seine Seele bleibe schön; sie schmücke sich für Jahwe. Hindere der Herr Gesandte ihn, sich dem falschen Messias zu ergeben, der mit falschen Barmherzigkeiten lockt.« – Barral hob die Hände. »Ich ehre Euren Glauben. Ehre der Herr den meinen.« – »Ereignisreiche Hand«, sagte der Rabbi. »Darf ich schauen?« – »Da ist nichts zu schauen. Ich liebe keine Weissagung.«

Er brach die Audienz ab und begleitete den Besucher an Land. Über dem Dächergewirr der Hafenquartiere lasteten die Zinnen der befestigten Benediktinerabtei zu Sankt

Viktor. Die düsteren Krypten waren der vereinbarte Treffpunkt mit Dom Guilhem. Noch fehlte der Bischof. Ein Pater erläuterte, was da an Konchen, Altären und Säulen in den Urzeiten der Christenverfolgung nackt aus dem Felsen gehauen, in den Stein geritzt, von verehrenden Händen gebräunt, von verehrenden Lippen geküßt war: Schreckensgesichter, bleich in Unnennbares starrend; einsamer Abschied zweier Liebender am Ufer des Vergessens. Gott Vater, die Hände an den Ohrmuscheln, lauschte und hörte, was Dom Guilhem zu Barral, den Patres, den Prälaten sagte: »Wir haben zwei Päpste, wie wir zwei deutsche Könige haben. Laßt uns beten, Gott möge den Geist der Zwietracht von der Christenheit nehmen.«

Man wußte nichts Näheres, aber man wußte es. Auf vielerlei Wegen kam einerlei Kunde. Die Kardinäle hatten sich im Zorn getrennt, zwei heilige Väter schleuderten gegeneinander den Bann. Wer dem anderen anhing, ob Kardinal, ob König, verfiel dem Interdikt. Das Interdikt erlaubte den Mord. Es hob die Sakramente, die Lehens- und Blutbande auf. »Auch die Sakramente von früher?« fragte Barral, als das Schiff in den Tec getreidelt wurde. Der Bischof verneinte. Dann begriff er. Ein Zug von Verachtung überlief ihn. »Raube sie. Nichts einfacher als dies. Entführe sie. Diese Frau widersteht dir nicht. Geh in die Sabinerberge mit ihr. Lebe dort ohne deine heimatliche Sprache, ohne dein Land, überfalle den Kaufmann und den Pilger, morde, damit du zu essen hast, und erziehe deine Kinder zu guten Menschen. Was ist mit dem Emir? Wird er wurzellos bei uns hindorren?«

Barral breitete das Netz aus. Der Anfang des Garnes, in das sie den Emir geknüpft hatten, war quer durch die Mitte verhäkelt. Bei den Moslemun erbte der Jüngste. Stets legte man Wert darauf, daß einige der älteren Brüder sich dem Treueid entzogen. Brachte er sie um, so herrschte er furchtlos, grausam wie Sâfi, der Schwarze Satan. Wo nicht, war die erste Schlinge geschlungen. Sie konnte lebenslang lokker bleiben; konnte auch plötzlich gezurrt werden. Sie wurde gezurrt jenseits des Meeres in der Berberei durch den neuen Sultan. Der Imâm der Berberei wetterte gegen das Wohlleben jenseits des Meeres; das Wohlleben von Dschondis habe den Propheten weinen gemacht. Glaubenskrieg müsse sein. Beschworene Verträge waren den Mohren heilig. Sie durch die Christen brechen zu lassen, erforderte ein geringes Maß List und behender Feinheit. Sie rechneten mit der Knorrigkeit altfränkischer Denkweise. Sie versetzten Salâch in Angst vor den Brüdern. So flüchtete er nach Ghissi. Inzwischen wurde das Garn geteilt und mit sich selbst übernadelt. Weder der Sultan noch der Emir, noch die Brüder, noch Dschondis überhaupt, wollten Krieg. Sie konnten aber weder dem Imâm noch dem Mufti, noch seinen Hodschas und Mullahs gestehen, daß sie nicht wollten. Sie konnten nur hoffen, Salâch werde zurückkehren, als sei nichts gewesen, und ihnen berichten, die lammfrommen Christen hätten ein so plump angelegtes Wirrsal ohne Tadel auseinandergewikkelt. Der Witz bei dem Wirrsal war, daß man vermied, an den klerikalen Faden zu kommen. Salâch wußte, der Klerus wünsche, Salâch bleibe in Ghissi, und der Markgraf rufe den Heerbann auf. Bei diesem Ende gefaßt, schnurrten alle Schlaufen zusammen und strangulierten den Faden der Weltlichkeit. Der Emir auf Gastreise entführt und gefangen, die Franken in Waffen an den Grenzen gesichtet: schon rollten die Trommeln, lallten die Mullahs, schrien die Ulemas Verrat, und in den Moscheen peitschte der Mufti die Menge, den Herrscher zu befreien um des Propheten willen. »Wir würden«, sagte Barral auf Ortaffa, »in einem Feuersturm untergehen.«

Die Herren wollten den Feuersturm, denn sie glaubten ihn nicht, da sie das Knäuel auch beim zehnten Mal nicht verstanden. Sie glaubten an das, was sie sahen: daß König Lothar in seinen Reichshändeln ihren Heerbann benötigte und die Mark aufzuheben gedachte, die mit Dschondis Frieden habe. Ein Grenzkrieg! ein Geschenk. Sie begriffen so wenig des Bischofs Engelszunge wie den Scharfsinn des Gesandten. Zwei Tage lang hörten und redeten sie, immer von vorn. Barral war am Ende. »Ochsen!« stieß er hervor und stand auf, den Grafensaal zu verlassen. – »Heda!« rief der Graf Bramafan. »Wohin, junger Fant?« – »Wo ich am Platze bin, Dom Gabriel! wo ich Vernunft finde! wo ich Stimme habe!« – Der Markgraf vermittelte. »Was habt Ihr vor?« – »Zu handeln, Dom Carl! Ich weigere mich, schuldig zu werden am Tod der Unschuldigen. Ich setze den Emir in seinen Sattel. Das könnt Ihr nicht hindern. Wenn er fort ist, ist der Spuk fort. Ohne den Spuk drescht Ihr Stroh.« – »Wir verbitten uns«, rief Dom Gabriel, »die unverschämte Bauernsprache!« – Barral entspannte sich. »Was wäret Ihr ohne Eure Bauern?« – »Ich bitte Euch«, schlug Dom Carl vor, »wartet mit Eurem Abritt und haltet Euch bereit, noch einmal gehört zu werden. Wo seid Ihr zu finden?« – »Im Frauenhaus. Wenn es recht ist, Dom Otho. Bei der Tochter Ghissi. Wenn es recht ist, Herr Bischof.«

Er traf Graziella beim Wäschezählen. Sie blühte. »Domna Judith allein?« – »Allein, Mon Dom. Ich gehe es ihr sagen.« – »Hier ist sie«, sagte Judith, in der Tür stehend. »Kommt. Ich freue mich. Bring uns etwas zu trinken, Graziella, auf den Altan.« Sie begannen ein beziehungsloses Geplauder; jeder, auch als sie zu zweit waren, wich aus. Nach zehn Minuten durchbrach Judith die Mauer. »Othos Wegweiser in das Verbrechen«, sagte sie unvermittelt, »heißt Walo.« – »Verbrechen? An dir?« – »Verbrechen ganz allgemein.« – »Stellt er dir nach?« – »Noch nicht. Er vergiftet mich mit Blicken.« – »Ich werde versuchen, ihn zu entfernen.« – »Und dich, Barral? Entfernst du dich auch? Du bist so kalt und fremd, als liebtest du wirklich in mir den Polarstern, von dem du unlängst so anschaulich sprachest.« Er hielt sie kaum in den Armen, so schob sie ihn von sich. – »Warum stößt du mich fort?« – »Das begreifst du nicht?!« – »Verzeih.« Er wandte sich zum Gehen. – Vor der Tür holte sie ihn ein. »Verzeih. Wer hat dir die Macht über mich gegeben? Acht Jahre auf den Weinberg zu, einen Tag, eine Nacht, einen Tag. Acht Jahre seither nichts. Nichts. Nichts mehr. Und Maitagorry trägt es wie eine Königin.« – »War sie hier?« – »Als Mutter. Sie schaute nach ihrer Tochter. Mein Gott, sie küßte mir die Hand. Sie! küßte mir die Hand. Mir!« – »Ich verstehe dich nicht, Judith. Sie hat dir die Hand zu küssen. Den Fuß hat sie zu küssen. Was für Vertraulichkeiten! Du machst dich klein; das kleidet dich schlecht. Sie macht sich groß; das steht ihr nicht zu. Ich möchte, daß du ruhig bist. Ich will keine Macht über dich. Es war Sünde an dir.« – »Der Weinberg?« – »Der Weinberg war meine Sünde an deiner Seele.«

Er sah ihren Rücken, so heftig hatte sie sich umgekehrt, und hörte, daß ihre Zähne klapperten, obwohl sie die Faust, deren Knöchel weiß wurden, dagegendrückte. »Geh doch.

Geh doch nur. Zertritt mir das Letzte, was ich besaß.« – »Judith.« – »Geh doch zu deinem Bischof. Berichte ihm, tapferer Ritter Christi, daß du dich selbst besiegt hast. Die Bischöfe verwechseln Gott mit dem Teufel. Daher das Elend. Sag ihm das. Sag ihm, ich möchte verbrannt werden. Lieber brennen als dies.« – »Judith.« – Sie fuhr herum. »Ich gehöre nicht in den Abfall! Maita gehört nicht in den Abfall!« – »Was soll ich denn tun?« – »Achten, was du liebtest.« – »Ich liebe dich, das ist nicht vergangen. Achten kann ich jeden.«

Ihre Tränen strömten. Durch Schleier hindurch blickte sie unverwandt, ohne Bewegung, in seine Augen. »Ratlos bist du. Ratlos ist Judith. Ratlos alles, was lebt. Lebendig im Grab. Begraben im Sakrament. Den ich liebe, der kennt mich nicht. Der, für den ich lebe, wäre froh, wenn ich tot bin. Wie wurdest du so feige, stark sein zu wollen? Wie hältst du es aus, mir zuzumuten, daß ich, eine Frau, um den Mann bettle?« – »Heute nacht im Weinberg.« – »Das gäbe ein Kind.« – »Heute nacht hier.« – »Otho könnte kommen.« – »Heute nacht wo?« – »Nirgends, Barralî.« – »Was soll das Spiel?« – »Ich wollte, daß du schwach wirst. Nun bin ich wieder stark. Ich will geliebt werden von deinen Gedanken. Ich werde geliebt. Von seinen Gedanken. Er liebt mich noch. Er liebt mich noch! Er liebt mich noch!« Verzückt, als wiege sie ein Kind im Arm, ging sie den Frauensaal auf und nieder und verschwendete keinen Blick mehr an den Geliebten, der die Tür leise hinter sich zuzog, der Tochter beim Zählen zu helfen.

»Dieser Ortaffa«, sagte Dom Carl nach dem Essen, »mißbehagt mir. Was bedeuten die Fragen nach dem jüdischen Ritterhandel für Dschondis, und ob man den unterbinden könne? nach dem Stande der Rüstungen drüben? nach den alchimistischen Dingen, die Ihr für ihn Euch verschaffen sollt? Was verbirgt sich hinter der müden Miene? Wer? wer steckt hinter der Scheinheiligkeit?« – »Walo.« – »Walo? Aha. Möglich.« – »Es ist so, Dom Carl. Verweist ihn des Landes, und das Land hat Ruhe. Er hängt wie der Marder an der Rattenkehle und säuft sie aus.« – »Aber wo ist der Anlaß? Ohne Grund einen Sartena verweisen?« – »Habt Ihr jetzt keinen Grund, so habt Ihr ihn später, wenn es zu spät ist und der Blutsäufer Eure Schwester riß. Überprüft Ihr die Silberverrechnung?« – »Es kam aus Dschondis keine Beschwerde. Ihr argwöhnt Betrug? Was muß ich von Eurer Freundschaft denken? Gut. Wenn Ihr Freunden mit solcher Entfernung naht: gut, Hyazinth Farrancolin ist auch solch ein Fall. Der Jude Jared verlangt seine Pfänder. Bischof Dom Fortunat kündigt Gewalt an. Rufe ich den Heerbann auf, bekomme ich aus Farrancolin keine Lanze. Seht dort als Freund nach dem Rechten, ehe es, wie Ihr sagt, zu spät ist und ich einen Zwingvogt ernenne: Euch.« – »Die Ernennung, Dom Carl, würde ich ablehnen.« – »Die Ablehnung, Dom Barral, würde Euer Reichslehen kosten.« – »Wieso? damals in Ortaffa sagten acht Herren Nein.« – »Damals regierte Dom Roderos Vater, und es handelte sich um einfache Vogtschaft. Ich straffe die Zügel. Ihr, Dom Barral, habt nichts hinter Euch. Ihr werdet gehorchen.« – »Der Erste, Dom Carl, der einem entschlossenen Markgrafen gehorcht, ist Dachs Ghissi.«

»Ich danke Euch, Vetter. Ahnt Ihr, was es heißt, zwischen Ochsen, Schakalen und Elstern zu sitzen? ohne Herrn, an dessen Schutz man sich wenden könnte? Kaiser Heinrich hatte Herrn Lothar zum Gegenkönig. Der Gegenkönig überlebte den Kaiser. Heute hat König Lothar einen Gegenkönig; Herr Konrad ist jünger. Eines Tages wird Herr Konrad Kaiser sein. Wo stehen wir christlichen Großen? Wem dienen wir? Herrn Lothar? Herrn Konrad? dem Reiche? Und jetzt Rom! Papst Anaklet, Papst Innozenz. Gegenseitig hauen sie sich den Bannfluch um die Tiara. Wem gehorcht Bischof Guilhem? Wem gehorcht Kardinal Vito? Kelgurien? Jeder Schritt ist gelähmt. Weil gelähmt, mißrät, was ich tue. Und Ortaffa betrügt. Möchtet Ihr mit mir tauschen?« – »Niemals.« – »Ich schon. Eure Länder sind ein Minnesang an die Erde. Farrancolin hat reichere Scholle; sie wird verwirtschaftet. Helft mir da, Vetter. Ich brauche eine Atempause, um das Gelöbnis meines Vaters zu erfüllen. Ich muß und ich will zum Heiligen Grabe. Euch glaube ich vertrauen zu dürfen.« – »Ihr dürft es, Dom Carl.« – »Zum Teufel, ich habe Euch gevettert!« – »Nicht fluchen, Vetter Carl. Und nicht verwalten. Legt ihnen die Trense an. Die Grafenversammlung belehrte mich. Ihr seid fast in der Lage meines Freundes Salâch, eines liebenswerten, als Herrscher unzulänglichen Mannes, der unser Vorteil ist, wenn Kelgurien einen Herrn hat. Herr Carl und Hirt Vito könnten einander verstehen; leider graust es Herrn Carl vor der Kirche. Mehr Wahrheiten habe ich Euch nicht zu sagen.« – »Gebt mir die Hand, Vetter Barral. Euch stehen die einfachen Worte zu Gebote. Worte, die das Herz erreichen und den Kopf auch.«

Ähnliches sagte der Emir nachmittags beim Felderritt. Er besichtigte, in seine Gedanken verloren, die vielfältigen Längs- und Querkanäle, die Schaffs und Grundpolster der Wasserkünste, ihre Abdeckung, ihr Gefälle. Dann streifte er dem Pferde Barrals die Lippen herunter, um die Zähne zu prüfen. »Zehn Jahre. Ist das noch immer Sadîkh?« – »Sadîkh. Jared brachte ihn mir, als ich von der schönsten Stunde kam. Du entsinnst dich: der Traum hinter deiner Schwelle.« – »Glückseliger! du hast deinen Goldleib in Kupfer gebadet! und man steinigte dich nicht. Laß uns die Pferde tauschen; nimm diese Dreijährige an, mit allem Sattelzeug. Sie heißt Galbî.« Barral weigerte sich: es könne keine Rede sein, daß immer nur er beschenkt werde. Schon stieg despotischer Zorn in die Augen des Emirs. »Ich hege kochende Gier nach deinem Hengst, und du weigerst mir den Krümel des Brotes!« – »Dschelâle Emîr, gib mir die häßliche Stute. Das lahmende, schielgesichtige Wesen ist nicht wert, dich zu tragen.« – »Das will ich meinen.« Sein Turban neigte sich zu Barral. »Jedes deiner Edelstein prangenden Worte ist ein Sklavenrücken, der mich hinaufträgt auf die halb schon erkalteten Teppiche meines Thrones. Rede mir also nicht von Geschenken, die du schuldest.«

An der Gallamassa, die nach dem Regen mittleres Wasser führte, verhielten sie. »Ich beginne zu begreifen«, sagte der Emir kopfschüttelnd, »warum euer Prophet euch dürsten machte. Ihr seid eurem Flusse nicht Gastfreund. Unbegrüßt, nirgends gebeten zu bleiben, wandelt er wehmütig weiter, niemand reicht ihm die Hand, niemand lädt ihn, den Schönen, in die schwellenden Kissen eurer Felder.« – »Das Wasser fließt nun einmal von oben nach unten, nicht umgekehrt.« – »Bei uns, Freund, hätten wir es, flösse es aus den Talauen, den lachenden, zu den Bergen, den lachenden, und netzte die Gefilde.« Belebt ritt er hinein ins Feuchte. Da gab es Bäume, liegende, verfilzt von Stroh, von Schilf und Holzschwamm und Schaum; da gab es Adern, die rückwärts neben dem Vorwärtsdrängenden flossen, da gab es Flußstände verschiedenster Höhe, Strudel und Blasenlinien, da gab es viel zu sehen, und Salâch lehrte den Freund es zu sehen. Aber vom Instrumentarium sprach er nicht.

»Baue zwei kurze Dämme schräg zueinander, die das Wasser pressen wie der Ringer den Brustkorb des Ringers. Alsbald wird es den Boden auswaschen. Baue ein doppeltes Rad aus Rohr, daß es reiche von den Hufen Galbîs bis zu dem goldleuchtenden Scheitel meines Freundes. Verstrebe die Radkreise mit Speichen und hänge an die Speichen bewegliche Eimer. Setze das Doppelrad aufrecht in den Rachen der Dämme, deren vorderste Steine du, gleich den Reißzähnen des Tigers, erhöhtest. Eilfertig wird sich das köstliche Naß in den Eimer setzen und ihn fortschieben, um in dem zweiten auch Platz zu nehmen. Voll Neides laufen die Tropfen von fernher, in Hoffnung, den dritten, den vierten zu füllen. Und warst du nun hurtig, so hast du unterdessen einen Kanal gezimmert, einen hölzernen, gewinkelten, und auf Stützen gestellt in den Inseln. Mit Gluckern und Plantschen, fröhlich wie ein Mädchen im Bade, stürzt sich der erste Eimer um, kaum kann es der zweite erwarten, dem ersten Guß nachzulaufen, da kommt schon der dritte, sie jagen sich quer über den Fluß, mehr denn mannshoch noch am Ende, wenn sie auf dem Festen in steinernem Becken, das du ihrer Lust schufest, Atem schöpfen. Ist das Becken gefüllt, ziehst du das Schaff auf, an dem sie längst mit Ungeduld rüttelten. Jauchzend hüpfen sie einen Fuß tiefer in neue Eimer, abermals werden sie doppelt mannshoch gehoben. Alles das tut der Fluß, wenn du ihm hilfreich zur Hand gehst. Ehe das Hochwasser, ein brüllender Löwe, kommt, nimmst du die Räder, die Stützen, die Kanäle fort und bettest sie, daß sie ruhen. Im Hochwasser hast du ein ganzes Schiff, mit eisernen Ketten am Ufer gehalten, das treibt dir an hundert solcher Räder, und Mühlsteine treibt es, wieviel du willst. Hast du aber gemahlen, leihst du es weiter von Nachbar zu Nachbar und scheffelst Silber. Sobald wir in Dschondis sind, findest du deinen Wasserbaumeister, er hat nun vierzehn Jahre studiert, du benötigst ihn, er versteht genug. Sorge du nur für tüchtige Zimmerer. Und lege dir Becken an, oben an den Bergen, unter der Erde, Zisternen, das Wasser zu hüten vor dem flammenden Kuß der Sonne. Morgen also, Freund, brechen wir auf? du über See, ich über Land? und du wirst meine lieben Brüder trösten, daß ich, beflügelt von himmlischer Unrast, den Staub Kelguriens unter die Hufe nahm? Oh, wie sehne ich mich, an den Gedenkhügeln Sâfis und Dom Roderos in deine Arme zu sinken! Und wie wahr hat mich gestern noch Unglücklichen, der ich die Mißgeburt meiner Mutter, der Fluch meines Vaters bin, wie wahr hat das Horoskop mich geführt, das mein begnadeter Sterndeuter mir aufsetzte! Zu dir, du Einziger! Mein Hirn reichte nicht hin, die Ereignisse zu durchschauen. Heillos schienen sie mir verknotet und sind, ich erkenne es, einfach.«

Auf dem Schiff, nachts, vor dem Einlaufen in die Reede von Dschondis, dachte Barral an Judiths zerrissenes Spiel in der Kemenate; an den leeren Weinberg unter dem Mond; an sein eigenes Zerrissensein zwischen Enttäuschung und Dank, daß sie nicht da war. Und er dachte an Maitagorry, das geschichtete Brot auf dem Kopf, ihren stolzen, schönen Gang, ihre olivbraune Haut in dem weißen Schurz. Sie schritt durch die gebogene Gasse, als er adlerbestickt daherkam neben dem Emir. In sich gesammelt, geschmeidig, schritt sie wärmend, ein Fest den Augen, zwischen den Häusern, machte Platz und blickte ihn an. Er beugte sich aus dem Sattel: »Nun, Maita?« – »Nun, Mon Dom?« – »Du duftest herrlich.« – »Nach Backstube, Mon Dom. Der Mensch braucht Brot.« – »Der Mensch lebt nicht vom Brote allein, habe ich gehört.« – »Das hörte ich auch. Nie, Mon Dom, nie werdet Ihr mich betteln sehen.«

Der Emir, schon im Mohrengebirge, verprügelte seinen Sterndeuter, der ihm, nach des Franken heimlich erkundeten Daten – dem Untergang Ghissis, der Mur, Peregrins Tod, Maitagorry und dem Weinberg – die Zukunft des Freundes errechnet hatte. »Sohn einer Hündin!« schrie er, »du wagst es, mir ein Gesudel zu bringen? Furchtbares lese ich aus den Zeichen! Glück, vergiftet mit Unglück. Größe, verkleinert durch Peinigung über Peinigung! Treue, bezahlt mit Blut und Tränen! Kröte du, blindes Gewürm, rechtfertige dich!« – »Herr, er wird alt werden, ein Erzvater der Seinen. Herr, seine Lenden strömen von Fruchtbarkeit. Herr, er verläßt seinen Freund nicht, und nie der Freund ihn. Herr, unser Leben ist in des Propheten Hand, und der Prophet wärmt unser Unglück mit seinem Lichte, auch dies steht in dem unwürdigen Gesudel.« – »Schweig, oder ich schände noch heute deine Schwestern, alle! Ich kann es ihm nicht vorlesen. Erfreuen wollte ich ihn, erfreuen. Und du Kakerlake zernichtest diesen süßen Gedanken. Hinaus, Unreiner, aus meinem Zelte!«

Die sechzehn Prinzen, der Freund als Gesandter, der Mufti, die Hodschas empfingen ihn mit so meisterhaft überschwänglichem Jubel, daß seine Stimmung sich hob. Im Engpaß vor Dschondis befahl er den Astrologen zu sich, Sattel an Sattel. »Ich lasse Gnade vor Recht ergehen und verschone deine Schwestern. Sage mir, ob ich gut sehe. Es ist dir bekannt, mein edler Freund schmiedet in neiderfüllender Weise. Ihn aber schmiedeten höhere Mächte, glühten ihn, schreckten ihn, glühten, schreckten. Der Stahl wurde vollendet. Was kommt, ist das Prüfen, ob er bricht oder biegt, ob er schneidet, ob schartet. Die Federprobe liegt hinter ihm. Vor ihm Blut. Unbedingte Gefahr des Todes in zwei Jahren. Hilfe unmöglich. Das Schicksal rollt nieder, niemand hält es auf. Überdauert er die Konstellation, so hat er fast ein Vierteljahrhundert bis zur nächsten, die ein Septennium hindurch aus jener Ermordung sich auftürmt. Zwei Frauen heute, stärker als er. Zwei Frauen später, stärker als er. Jene spätere der feindseligen Konstellationen, mit unsagbaren Durchgängen, zermalmt ihn zwischen seinen eigenen Kindern. Einstrahlungen, die mich schaudern machen. Hilfe kann sein, kommt aber wahrscheinlich zu spät. Ich finde nichts, was auf Entrinnen deutet. Er wäre dann sechsundfünfzig, nicht alt, kein Erzvater der Seinen, ein gestrandetes Schiff. Rechtfertige dich.« – »Eure erhabene Denkkraft, Dschelâle Emîr, geruht zu übersehen, daß Ihr weit nach jener Konstellation abermals zu ihm zu reisen geruhen werdet. Es könnte der Sohn sein. Der Sohn einer Hündin glaubt es nicht. Jene noch nicht geborene zweite der zweiten zwei Hauptfrauen, aus dem Mord steigend, durchstrahlt die Einstrahlungen der Durchgänge mit ungeheuerlicher Macht, eine Sternstunde, wie sie wenigen Menschen gegeben wird. Niemand überdies weiß besser als Dschelâle Emîr, daß die Planeten wohl über die Geburt, nie über den Tod verläßliche Auskunft erteilen. Die Geburt erfolgte nach fränkischer Zählung den fünfundzwanzigsten Februar 1101 im Zeichen der Fische, unter mächtigen Aszendenten. Der Vater war jener Dom Peregrin, dies ist klar; einer der Großväter dürfte Dom Roderos Vater gewesen sein. Die Mutter das Reichste im Erbteil des heute schon Großen. Seine Größe ruht auf den Frauen. Fast jede ein Ereignis der Tiefen. Selbst die mittlere, die sich so lang entzieht, die auf dem Meer fahrende, in der Reife ein Ereignis.« – »Jene aus der Mur rechnest du nicht?« – »Nur die Frucht.« – »Und jene in Ghissi?« – »Jene in Ghissi, Dschelâle Emîr, ist nicht eine und dieselbe; sie verzweigt sich; sie ist eine Spielart Frau, die kein Moslem sich vorstellen kann.« – »Ich sah sie.« – »Sah Euer Erhabenheit in ihr Herz? Kein Moslem hätte das Herz, ein solches Herz lebend zu überstehen. Sie zieht, wie ihr Herr, die Kraft aus der Erde.« – »Ja. Sie ging barfuß. Sie hat die Erde im Feuerstern? mehrfach, wenn ich nicht irre?« – »Der Feuerstern herrscht. Um dies Weib ist Rauch und ist Lohe. Sie erhöht ihn zur Sage.«

DER DONNERSCHLAG

Seit der Herr von Ghissi Mühlschiffe besaß, drei kleine zunächst, nur für Bauern gedacht, sparten die Weiber und Kinder zwischen den Furten von Lormarin und Ongor das Mörsern des Korns auf dem häuslichen Handmahlstein. Seit er von Maita eine Tochter besaß, Seraphine, den Flammenengel, gezeugt nach der Peitschung, geboren in tanzender Junihitze, schien väterliche Milde in ihn eingekehrt. Und seit er aus Dschondis vier zahme Geparden mitgebracht hatte, stritten sich die Großen Kelguriens um seine Teilnahme an Jagden auf Bären und Luchse. Meist verlieh er sie nur mit den Wärtern. Ihn sah man selten auswärts. Er schmiedete, ackerte, buk. Er baute Zisternen, Kanäle, Schaffs. Die Baronie wurde zur bestaunten Oase: ein schwellendes Land, grün und fruchtreich. Am meisten staunte man über vier hochwassersichere Steinpfeiler mitten im Hauptstrom der Gallamassa. Eine Brücke? Ein künftiges festes Mühlen- und Hebewerk. Die Brücke, da Königsrecht, hätte am Einspruch der Furtbesitzer Ortaffa, Trianna und Cormons scheitern müssen.

»Wie lange macht Ihr das noch?« fragte Larrart. »Das Höllenweib glüht nicht, wenn der Blasebalg Mönch spielt.« – »Sie glüht schon. Der Backofen heizt verdeckt.« – »Oh, Mon Dom, wenn Ihr die erste Nacht nicht ablehntet ringsum, würde sie wenigstens eifersüchtig.« – »Maita?

Maita freut sich, wenn ich das Kind herze, die Suppe lobe und das Brot mit ihr breche.« – »Merkt Ihr denn nicht, Mon Dom, wie sie lauert?« – »Die lauert nicht. Hat sie ihren Stolz, habe ich den meinen.« – »Darüber, Mon Dom, werdet ihr beide alt.« – »Larrart, ich will dir einmal etwas sagen. Ich sitze hier nur und warte. Maitagorry war. Ghissi war. Die Beleihungen sind glatt. Hier ist alles getan. Daß ihr den Herrn nicht braucht, habt ihr gezeigt für immer. Daß die Herren mich nur benutzen, zeigten sie auch. Von Ortaffa rede ich nicht, von Bramafan nicht. Aber selbst meine Freunde, Sartena, Farrancolin, selbst Markgraf Carl, niemand nimmt den kleinen Quirin, der so liebend gern Ritter werden möchte. Wie reitet er! wie ficht er! Dem würde ich Ghissi vererben. Bastard, gut. Bin ich nicht Bastard? Bis heute nicht anerkannter Bastard. Und wurde Ritter, wurde Baron.« – »Weil Krieg war, Mon Dom.« – »Krieg. Ohne mich hätten wir ihn. Larrart, das ist eine verrückte Welt. Ein irres Land! wörtlich Markgraf Rodero. Und Markgraf Carl sagt, es nutzt nichts, wenn ich Quirin zu meinem Bastard erkläre. Er bleibt dein Sohn und wird Schmied. Schade um ihn. Aber: es ändert sich Manches; bald; plötzlich. Ich ahne, daß ich die weizenduftende Maita nicht ewig schnuppere.«

Larrart schneuzte sich vor Rührung. Tags darauf heulte er wie ein Hofhund, als er die schreiende, beim Spiel in der Küche von einem Skorpion gebissene Seraphine vergeblich ausbrannte. Sie starb noch unter dem Eisen. »Lauf zu Mon Dom«, sagte Maitagorry und schloß ihrer Tochter die Augen. – »Ich kann nicht, Maita, mich schlägt er tot. Lauf du.« In Etche-Ona war er nicht. An der neuen Kanalkunst war er. Hin und her mit dem Wassermeister, auf Sarazenisch. Sie streichelte zaghaft Barrals Hand, die sie zu küssen gehabt hätte. Er vereiste, sah sie an, horchte. Das Totenglöckchen läutete. Sie neigte den Kopf an seine Brust. »Seraphine?« Der Mohrenchrist stahl sich beiseite. Die Wasser flüsterten.

Beim Begräbnis stand Larrart neben Maitagorry. Der Herr auf Ghissi kondolierte, wie bei jedem Begräbnis, und warf eine Scholle von seiner Erde auf den kleinen Sarg. Während der Sonntagspredigt des Dechanten sah die Gemeinde beklommen zur Herrenbank. Der Herr verzog keinen Muskel, als der Priester von den unglückseligen Früchten schlimmer Verbindungen sprach, schuldlosen Opfern schuldbeladener Eltern, die Gott strafe. Man atmete freier, als er zu anderen Themen kam und endlich über den unkanonisch gewählten, falschen Papst herfiel, eine satanische Kreatur, die den Erdball verwüste. »Herr Dechant«, sagte Barral, »das gehört nicht in die Predigt.« – »Was in die Predigt gehört, mein Sohn, ist Sache des Predigers.« – »Es ist Sache des Patrons, Herr Dechant, ob er erlaubt oder nicht, daß die Obrigkeit untergraben wird. Kanonisch, unkanonisch, meine Bauern geht es nichts an.« – »Der Herr Patron verlasse das Haus Gottes, auf daß ich Gottes Wort künde, den Satan bei Namen nenne und Satans Unflat auch!« – »Ich will über Unflat nicht streiten, Herr Dechant. Aber Gottes Wort, wenn es nähren soll, sei reines Brot. Ich sage es Euch in Güte und Ruhe, in Ehrfurcht vor der heiligen Monstranz. Predigt weiter.« Die Bauern wiegten den Kopf, als der Dechant nicht auf Mon Doms Auszug beharrte. Sie nahmen den Kopf in die Schultern, als er auf Umwegen abermals dem Unkanonischen zusteuerte. »Herr Dechant«, sagte Barral, »was Ihr sät, ist Parteiung. Ich verbiete Euch, weiterzupredigen. Ghissi verläßt die Kirche.«

Der Fall schlug Wogen bis nach Prà und Mirsalon, selbst nach Franken. Er kam vor die Pönitenz. Durch den Mund des Großpönitentiars Dom Vito Kardinal Bramafan befand sie für recht, daß der zuständige Bischof die entweihte Kirche neu weihe, den Patron angesichts der Gemeinde demütige, verwarne, aus dem Staube vor dem Altar erhebe und segne, den schuldigen Priester vorab aus der Seelsorge entferne und in Zukunft sich mehr als bislang um das kümmere, was allüberall im Argen liege: Gottesdienst vom Herzen zum Herzen. Seither war mancher Bischof auf Barral übel zu sprechen. Landauf, landab sah man die roten Kappen visitieren. Dom Guilhem stellte in der Vierzehnheiligenkirche zu Ghissi den dritten seiner Pontifikalthrone auf; sie erhielt den Rang einer Basilica minor, die Dekanei den einer Prälatur.

Mon Dom beeilte sich nicht, dem Rock mit den violetten Nähten, in Rom gebleicht, eine Residenz zu erbauen. Er ritt auf Jagd nach Ongor. Es war hoher Herbst. Dom Lonardo, der Gastgeber, focht mit dem kleinen Quirin. »Ein feiner Junge«, sagte er nachdenklich, während sie auf Anstand saßen. »Elf Jahre? Ihr kamet mit Vierzehn und wolltet nicht. Auf Ortaffa bin ich machtlos. Ich habe diesem Schwamm Otho Fechtamt und Burgmeisterei hingeworfen. Herr Walo entließ mich in Gnaden. Er regiert wie ein Vogt. So weit sind wir. Die arme Frau! Man kann nur beten, daß ein Höllenschmauch ihr den Alchimisten unter den Sargdeckel bringt. Ich würde sie heiraten. Verzeiht; Ihr verloret ein Töchterchen.«

Von Ongor gingen sie, ohne Quirin, auf Jagd ins Lordanische; von Kelmarin im Lordanischen zum Baron von Rimroc in der Diözese Trianna. Bischof Dom Fortunat war

Jagdgast und staunenswert freundlich mit Barral. Barral nahm Witterung, es werde Unsauberes ausgeheckt. Seine Gnaden sprach viel von der Hatz in Farrancolin. – »Kommt der Markgraf?« – »Kaum. Er ist in Rom bei der Krönung.« – »Wer krönt wen zu was?« – »Der falsche Lateranpapst Herrn Lothar zum Kaiser. Der rechte Papst wird im Vatikan belagert.« – »Gruselts Euch nicht, Herr Bischof? mit Euren Reichslehen? Beim Schach nennt man das große Rochade. Einer springt über den Anderen. König, Kanzler, Türme, alles gerät durcheinander. Zu schweigen von Bauern und Rittern.« – »Es gibt Fälle«, sagte Dom Fortunat, »in denen die kleine Rochade vorteilhaft ist. Näherliegende Fälle.« – »Andeutungen, Herr Bischof, sind mir mißbehaglich. Mit mir redet klar oder gar nicht. Betrifft die Rochade den Länderhandel mit dem Juden? Dann seht Ihr mich nicht in Farrancolin.«

Lonardo besänftigte ihn. »Was schiert Euch der Schwätzer Trianna? Was schiert mich die Bärenhatz? Auch ich gehe doch nur zu Hyazinth, weil er der Weichste ist. Nun laßt Euer Vaterherz sprechen. Wir bringen Quirin bei ihm unter.« – »Dom Lonardo, ich habe düstere Ahnungen. Der Krummstab setzt etwas ins Werk. Fällt Euch nicht auf, daß der Markgraf in Rom überwintert und dennoch kein Landvogt bestallt ist? Nach dem Rangalter vertritt ihn Bramafan, der kümmert sich um nichts. Hyazinth hat Zehntrückstände, Kirchenzehnt. Wie oft war er bei mir, sich Rat zu holen! Nichts wird getan, der Wald von Mani nicht verkauft, die Reiterei nicht verstärkt, kein verpfändetes Dorf geschützt, kein Pfand ausgelöst. Man wird doch, sagt er, einem Juden kein Pfand auslösen. Der Jude, sagt er, lebt besser, Recht bekommt er nicht, Prozessieren bei der Pfalz dauert Jahrzehnte.« – »Das alles ist schlimm, Dom Barral, aber kein Anlaß zur Grille. So lange der Markgraf in Rom ist, kann nichts geschehen. Seit zwanzig Jahren geschieht nichts. Hyazinth wird unbehelligt ein eben so fröhlicher alter Herr werden wie sein Vater Dom Berengar.«

Farrancolin, eine Pontifikalprälatur Triannas, bebte trotz späten Novembers von gewittriger Spannung. Sonntags in der Stadtkirche predigte Bischof Dom Fortunat über das Gleichnis vom Weinberg und über das Wuchern mit dem Pfunde. Gräfliches Haus, Jagdgäste, Majordomus, Fechtmeister, Zuchtmeister: alle waren im Gottesdienst; nichts störte den begnadeten Fluß der Gedanken, außer gelegentlichem, unerklärlichem Rumpeln wie von Steinen; es wurde stärker; der Bischof verbat sich den Mangel an Aufmerksamkeit; draußen hörte man Stimmen; der Bischof predigte, bis ein Prälat ihm das Zeichen gab; in einer glitzernden Stromschnelle von Worten endete er seine beziehungsreiche Ansprache, segnete und entließ die Gemeinde. Graf Hyazinth stürzte ins Freie.

Wie Ghissi lag Farrancolin Markt in steilen Rängen um einen Rundhügel gebaut, die Stadtkirche wie in Ortaffa dicht unter der krönenden Burg, zu der eine fensterlose, gewunden schlauchartige, mit Bögen verstrebte Gasse emporführte. Als Barral in lebhaftem Gespräch auf den Domplatz trat, wunderte er sich, daß da am Feiertag schwerbewaffnete Lanzknechte standen. Er wunderte sich doppelt, als sie die Lanzen präsentierten. Kopfschüttelnd ging er weiter. Alle zwanzig Klafter das Gleiche. »Was soll es?« fragte er einen der Posten. – »Befehl, Herr Vogt.« – »Vogt? Wessen Befehl?« – »Markgräflich.« – Dom Lonardo legte die Hand auf Barrals Arm. – »Vorsicht, Herr Vogt!« rief der nächste Posten. Eine Lage Steinwerk donnerte vor dem halb demolierten, doppelten Zugbrückentor in den halb verschütteten Wallgraben. Die Trommeln wurden gerührt. Im Hof präsentierten zwei Hundertschaften markgräflicher Truppen. »Ein Stück Feigheit ohnegleichen«, bemerkte Barral, als der cormontische Rittmeister die tobenden Farrancolin stehen ließ und auf ihn zuschritt. »Ein Giftpfeil aus dem römischen Busch. Diese Sache, Dom Lonardo, geht nicht gut aus, ich mache sie nicht mit.« Brüsk drehte er sich um, wobei er gegen den Bauch des Bischofs stieß. Sie blitzten sich an. Dom Fortunat reichte den Ring zum Kuß. »Als Christ«, knirschte Barral. »Mehr nicht.«

»Briganterei!« schrie Hyazinth, während der Bischof den Ellbogen Barrals nahm. »Ein Fetzen! ein elendes Machwerk!« Die Trommeln rollten. Der markgräfliche Befehlshaber übergab das markgräfliche Dekret. Alle Farrancolin waren im Hof zusammengetrieben, alle Wohnungen, alle Treppen und Eingänge besetzt, alle Gäste gesondert auf der Estrade. Der gräfliche Baldachin stand aufgebaut, das gräfliche Banner gepflanzt; die gräfliche Krone und das kaiserliche Richtschwert lagen auf dem Stuhl. Barral überflog das Schreiben. Seine Erbitterung stieg. »Ich würde Euch raten«, sagte Dom Fortunat wohlig, »Euren Grimm zu beherrschen. Ungehorsam brächte Euch in den Kerker. Der nächste Vogt wäre ich.« – »Herr Bischof«, erwiderte Barral verhalten, »ich trete über die Ufer, wann es mir paßt. Was sucht Ihr hier als Partei? Wollt Ihr dem neuen Herrn der Grafschaft die Lehnsvisite abstatten, so habe ich sie dankend empfangen, beendige sie und warte Euch im Laufe des Nachmittags zur Gegenvisite auf.« – »Ich werde noch bleiben, Dom Barral.«

Barral hob die Hände. Die Trommeln schwiegen. »Als Zwingvogt der Grafschaft befehle ich, daß gewartet wird. Der Bischof ist nicht in Seelsorge gekommen und verläßt die Burg.« Der Jude Jared wurde gemeldet. »Er schere sich zum Teufel, bis ich ihn rufen lasse! Dom Fortunat, wenn Ihr schlecht hört, so brülle ich: noch ist die Grafschaft keine Leiche! ich bin kein Aasgeier! ich verhandle nicht über Pfänder, ehe ich nicht weiß, wo Euer Recht und wo Euer Unrecht ist!« Dom Fortunat raffte den roten Mantel, das Pikett präsentierte, die Wachen an den Toren schlugen die Schilde. Der Rittmeister verlas die markgräfliche Verfügung, wonach alle Farrancolinschen Reichslehen vorab eingezogen, alle beweglichen und unbeweglichen Besitztümer vorab unter Sequester gestellt, alle Glieder der Sippe Farrancolin vorab nebst allen auf der Burg wohnhaften Schwiegern und Schwägern verknechtet, alle kaiserlichen, markgräflichen und gräflichen Gerechtsame auf den freien und edlen Baron Dachs von Ghissi auf Ghissi, Amlo und Galabo als Vogt übertragen wurden und alle Siegel zu Gunsten des beigefügten Vogtsiegels erloschen.

Barral begab sich unter den Thronhimmel. »Ich bedaure es«, sagte er hart. »Ich bedaure den Inhalt der Verfügung, ihre Art, ihren Anlaß, ihre Notwendigkeit. In diesem Hof wurde ich Ritter. In diesem Hof kränkt man meinen rechtlichen Sinn auf das Schmählichste. Man mißbraucht mich unter schnödem Zwang. Nicht dem Zwang beuge ich mich, sondern der Einsicht. Ich kenne den Marder, der mir als Vogt folgen würde. Ich raube nicht. Ich will heilen. Wer einen Schlangenbiß heilt, nimmt das Gift in den Mund und schneidet mit glühendem Messer vergiftetes Fleisch aus. Ich werde euch weh tun, wo es sein muß. Wehrt ihr euch, sterbt ihr. Greift ihr kaiserliche Obrigkeit an, verfallt ihr der Satzung des Landfriedens. Ich bin die Obrigkeit. Leistet jetzt meinem Fuße die Huldigung. Dom Hyazinth, es ist an Euch.« Hyazinth küßte den Schuh. »Eure Verknechtung ist aufgehoben. Umarmt mich zum Bruderkuß. Du verstehst mich, Hyazinth?« – »Ich danke dir, Barral. Du nimmst meine Freiheit auf deine Kappe? Ich möchte in deiner Haut nicht sein.« – »Ich auch nicht. Du wirst deine Länder für die Zeit meiner Vogtschaft nicht betreten. Deine Waffen, deine Pferde, dein Leibknecht und dessen Pferd stehen zur Verfügung. Eine Rente wird dir ausgesetzt werden. Bevor du reitest, sorge dafür, daß mir Gehorsam geleistet wird bis zum letzten Wirrkopf.«

Darüber verstrich kostbare Zeit. Während noch immer gehuldigt wurde, langte ein erschöpfter Reiter auf schweißnassem Pferde an. »Herr Graf!« – »Ich bin es nicht mehr. Wende dich an den Vogt.« – »Herr Vogt, die Bischöflichen haben sechs Dörfer überfallen, die Weiber geschändet, die Bauern gepfählt auf den Zäunen, die Kinder mit Lanzen zerspießt, die Häuser ausgeraubt, Feuer gelegt und sich am Weine betrunken.« – »Rittmeister, der Bischof ist in Gewahrsam zu nehmen, desgleichen der Jude, desgleichen der Prälat, falls Ihr sie noch findet.« – Alle drei waren fort. »Nachsetzen, Herr Vogt?« – »Unnütz. Thoro! Sechs Berittene gehen mit dir bis Lormarin. Steckt euch Vorräte ein, Fackeln, belebende Kräuter. Wir haben Mond, die Furt steht niedrig. Sobald du in Cormons bist, läßt du durch den ersten der Briefe den Kardinal wecken und übergibst ihm den zweiten. Nur du übergibst. Das Gleiche in der markgräflichen Residenz. Dom Pankraz persönlich. Dort ruhst du dich aus, reitest nach Ghissi, einen Wegebrief erhältst du, und holst die Hunde, meine Waffen, meinen Mantel, Quirin, Ubarray Sohn. Das erste Aufgebot aller meiner Gemeinden bezieht Lager entlang der Gallamassa. Kein Bischöflicher kommt hinüber. Macht euch fertig.« – »Aber Mon Dom, Euch schützt ja dann niemand.« – »Gehorche. Dom Lonardo, Euch bitte ich, sofort nach Ghissi zu reiten und mich dort zu vertreten. Ich vertraue Euch mein Eigentum. Die Kanzler! die Schreiber! zu mir!«

Er diktierte, während ihm weiter der Schuh geküßt wurde. Zwischendurch aß er. Als Briefe und Bestallungen gesiegelt waren, ließ er die gräfliche Kapelle aufsperren und den Kaplan benachrichtigen, er wolle beichten. Ungeachtet des Sonntags gürtete er das Schwert. Er betete lange. Der Kaplan schien nicht zu finden. Andere Beter füllten die Bänke. Der Kaplan kam nicht. Es dämmerte schon. Müde erhob er sich, stolperte über einen Fuß, wurde besprungen und tauchte zu Boden. Die Frauen schrien. Er schlug, trat und rollte sich ab, so gut er noch konnte. Die Kapelle hallte vom Umstürzen der Betstühle, vom Röhren und Röcheln der zwei jungen Männer, die auf ihn einstachen. Ein Dolch fuhr ihm tief in den Oberarm, ein zweiter schlitzte den Schenkel zur klaffenden Fleischwunde, ein dritter traf am Auge vorbei. Barral entwand ihn dem Mörder mit einem Faustgriff. Wachen klirrten treppauf, man überwältigte die beiden.

Der Vogt atmete still. Größer und größer wurden die Lachen; Beinkleider, Wams und Mantel waren getränkt. Eine junge Frau kniete sich zu ihm, die Lanzknechte packten sie. »Laßt«, sagte Barral. – »Schnell«, rief die Frau, »Euren Dolch.« – »Willst du mich abstechen?« fragte er matt. Seine Hand öffnete sich. Der Dolch fiel in den Blutsee.

Das Blut sprang wie in Froschblasen durch das Gewebe. »Wie heißt du?« – »Marisa.« Sie trennte ihm den Ärmel vom Rock, riß ihn zu Streifen und band die Adern ab. – »Wo lerntest du das?« – »Im Kloster, Herr Vogt.« – »Ja richtig. Walo brachte dich ins Kloster. Dein Kind?« – »Ist im Kloster geblieben. Mich wollten sie nicht ohne Land. Oh, Ihr blutet ja auch am Hals. Ihr dürft nicht sterben, Herr Vogt!« – »Ich denke, ich darf schon. Ich mag schon sterben.« – »Unsinn, Herr Vogt. Ich könnte das sagen, Ihr nicht. Ich hole jetzt Fäden und Pech, und vernähe Euch.« – »Dummes Zeug«, flüsterte Barral. »Wenn es helfen soll, tu Speichel hinein.« – Marisa tat es. Plötzlich weinte sie. »Müßt Ihr sie hinrichten? Es sind meine letzten Brüder.« – »Ja«, sagte Barral schwach, »das muß ich«, schloß die Lider und verlor die Besinnung.

Das Urteil lautete auf Tod durch das Rad. Ein Stöhnen von Haß ging durch die Reihen der siebenundzwanzig Familienstämme Farrancolin, wiewohl unter den Schöffen mehrere Farrancolin saßen. Der Vogt begnadigte, weil es Ritter seien, zum Tode durch das Schwert. Unbewegt, den Arm in der Binde, blaß von dem hohen Blutverlust, Mund und Augen von Faustschlägen geschwollen, sah er zu, wie die Köpfe fielen. Unbewegt hörte er, daß der Bischof von Sedisteron die nachbarliche Hilfe weigerte. Unbewegt nahm er zur Kenntnis, Bischof Dom Fortunat von Trianna sei unterwegs in seinem Nachtquartier trotz starker Bewachung erdrosselt worden. Von den Mordbuben fing man drei, alle drei hießen Farrancolin. Unbewegt unterzeichnete er das Urteil und setzte es aus, um es in Trianna vollstrecken zu können. Unbewegt wartete er, bis ihm nach Tagen gemeldet wurde, Dom Gabriel, Kardinal Vito und der

Lordaner Bischof hätten Trianna erobert. In der Sänfte liegend, die Mörder gefesselt zwischen Pferden hängend, brach er mit bewaffneter Macht auf und sah zu, wie die Schinder Hyazinths Vettern die Gliedmaßen zertrümmerten, das blutige Gewürm von Armen und Beinen aufs Wagenrad flochten, das auf niedrigem Stumpf sich drehte, und es von oben den Geiern, von unten ludernden Hunden zum Fraße boten.

Furchtbar strafte Kardinal Dom Vito.

Er versagte dem toten Bischof die bischöfliche Beisetzung in der Kathedrale; die Leiche wurde an geheimem Orte verscharrt. Er zerschlug den bischöflichen Stuhl und hängte über die Stelle, wo er gestanden, den Kardinalshut mit den dreißig Quasten. Er gab dem Kapitel des Domes vierundzwanzig Stunden, sich zu beugen. Er warf die sechs geistlichen Domherren, Kanoniker, als sie sich beugten, in den Kerker, desgleichen den Kapitelvikar, dessen Wahl er durch Nichtbestätigung annullierte, desgleichen den Diakon von Farrancolin, desgleichen den dortigen Burgkaplan. Er schleuderte gegen die weltlichen Kapitulare den Kirchenbann, löschte das Kapitel aus und administrierte die Diözese durch den greisen Bischof von Lorda. Er exkommunizierte die triannesischen Lanzknechte, umzingelte sie mit den Heerhaufen aus Cormons, Lorda und Bramafan und hieb sie zusammen; wer sich ergab, wurde entmannt und geblendet. Er zwang den Bischof von Sedisteron, im Ornat vor den Altar der Heiligen Anna zu kriechen, laut seine Sünden des Eigennutzes, der Verschwörung, der unchristlichen Hilfsweigerung, des geplanten Landfriedensbruches zu bekennen und um erzväterliche Milde zu flehen. Er erfüllte die Bitten, nahm ihm Ornat und Amt, prügelte ihn mit dem Krummstab zur Kirche hinaus ins Kloster und kehrte zurück. Die sechs Kanoniker ließ er nackt aus dem Kerker vorführen, jedem ein Huhn in die gefesselten Hände binden und sie geißeln, auf daß der Teufel aus ihren Seelen fahre. Er legte ihnen die Stola um den Hals und zog an ihr die Blutenden, die weiter und weiter gepeitscht wurden, bis vor den Altar, wo sie kommunizieren durften, während man die schreienden Hühner forttrug, sie im nächsten Weiher zu ersäufen. Er holte die Reumütigen heim in den erbarmenden Schoß der Kirche Christi, degradierte sie zu einfachen Priestern und wies ihnen die entferntesten Sprengel an. Aus dem Vermögen des Domkapitels strich er Schulden und Pfänder der Grafen von Farrancolin und behändigte dem Vogt anstelle des Wergeldes, das den Familien der Gemordeten zustand, die gesiegelten Titel. Er schleifte die Mauern der unbotmäßigen Stadt und bestimmte seinen Bruder, den Grafen Bramafan, der den Markgrafen vertrat, ihr die Stadtrechte abzuerkennen. Dann erst ließ er Brot herbeischaffen und segnete es angesichts der Bevölkerung, die acht Tage hatte hungern müssen. Niemand erhielt Brot, er hätte denn zuvor kniefällig den Fuß des Vogtes geküßt, der hinfort ihr Herr war. Barhaupt und in Ketten überbrachten die gewesenen Magistrate auf Verlangen der Brüder Bramafan dem Vogt eine Kriegskontribution von fünfzig Pfund Silber; der Vogt setzte den Fuß auf ihren Nacken und verknechtete sie in die verwüsteten Dörfer.

Im bischöflichen Palast empfing er die Lehnshuldigung des administrierenden Bischofs von Lorda und seinen Segen. Ein Grafenbankett schloß sich an. »Zufrieden, mein Sohn?« fragte Dom Vito. – »Im Gegenteil, Herr Kardinal! ich sagte es Euch! Mord, Mord und Mord gegen Mord.

Wohin führt das?!« – »Zum Gehorsam.« – »Zum bebenden Gehorsam, Herr Kardinal! Zur Rache, zum Fluch, zur viehischen Schlächterei!« – »Du wirst es noch einsehen, mein Sohn.« – »Nie! Wo ist geblieben, den ich kannte?« – »Kein Wort. Ich strafte die Kirche, vergiß das nicht. Und ich dachte mir etwas dabei. Auch du wirst lernen, Gelegenheiten zu nutzen. Es kann dir nicht gleichgültig sein, daß Farrancolin Bischofssitz wird auf Kosten Triannas und Sedisterons.« – Barral lachte zornig auf. »Es kann mir nicht gleichgültig sein, daß ich einen Mann, den mein Herz liebte, verlor.« Seine Augen feuchteten sich. Die Augen Dom Vitos feuchteten sich. Des Kardinals Bart und der Bart des Zwingvogtes zuckten.

Nachts, vor dem Schlafengehen zwischen zwanzig Bewaffneten, stand der Gewaltherr lange in dem düsteren Gang, den übermüdeten Blick gegen die Wand gekehrt, vor welcher sich, vierzehn Jahre zuvor, seine und Judiths Hände getroffen hatten.

FARRANCOLIN

Über Trianna lag Lähmung. Drei der gegeißelten Kanoniker starben im Fieber. Kardinal und Graf zogen ab. Bischof sowohl wie Vogt, wenn sie ausgingen, zeigten sich nur im Schutze von Eisenreitern. Barrals Wunden verschorften. Er nahm den Arm aus der Binde. Was ihn in Trianna zurückhielt, war das Warten auf Jared, dem er freies Geleit versprochen hatte. Dem Juden gelang es, sich von dem Verdachte reinzuwaschen, er habe das Komplott gekannt. »Hat der selige Herr Bischof mich bestellt auf den Tag.« – »In solchen Geschäften, Jared, fährst du zur Grube. Ich werde dir zu deinem Rechte verhelfen, zum Wucherzins nicht.« – »Herr Vogt, muß ich nehmen Wucher, wenn ich beleihe. Die Summen sind weg, Zins kommt nicht ein, muß der Wucher bringen den Zins und die Summe. Hab ich gekriegt von hundert Beleihungen eine zurück, das war die Beleihung Ghissi. Jetzt brauch ich die Summen. Wie lange dauert die Regelung?« – »Jahre.« – »Jahre zu den dreißig. Will der Herr Vogt mir geben die Summen, streich ich den Zins. Ist das ein Angebot? Er zögert, der Herr. Mach ich ein anderes. Will er kaufen die Pfandländer für sich, soll er sie haben um zwei Drittel, bar gezahlt auf der Stelle.« – »Reicht, was ich in Prà besitze?« – »Gnädiger Herr, was daran fehlt, lege ich drauf für die zwei Lebensrettungen.« – »Zwei?« – »Zwei und den Zins. Scher der Israelit sich, bis ich ihn rufe, hat er gesagt der Herr Vogt. Hab ich mir gedacht, nichts zu machen ist nicht, bin ich abgereist, eine Stunde bevor mir das Quartier ist durchstochert worden. Ihr werdet übereignen, was Ihr habt in Prà?« – »Bring mir die Schuldscheine.« – »Ich verschreibe sie auf den Banco. Kann ich nun haben den Wald von Mani?« – »Mirsalon kauft?« – »Der Jüd kauft. Für die Schiffe braucht man gelagertes Holz. Kauft der Herr Bischof von Rodi für die Lehrgerüste im neuen Beichthaus, für die Dächer und Decken.« – »Ich ließ mir deinen Preis nennen. Fünfzehn per centum darüber.« – »Der Herr versteht sich aufs Handeln. Sagen wir zehn.« – »Fünfzehn oder nicht.« – »Ihr zieht den Jared aus.« – »Vergaßest du, daß ich dabei war, als du in Dschondis mit dem Pascha handeltest? Zehn, wenn du mir das Wasser-Instrumentarium schaffst.« – »Also fünfzehn. Mein Kopf ist mir teuer. Sie haben Euch geschenkt einen Wassermann, bevor er war fertig. Selbst wenn ich stehle die Instrumente, er kanns nicht. Habt Ihr versäumt, den Herrn Emir zu erpressen, als die Not ihm saß bis zur Gurgel.«

Nach dem Essen empfing Barral den Befehlshaber der Besatzung Farrancolin. In allen siebenundzwanzig Wohnungen waren die Möbel aufgenommen, die Waffen beschlagnahmt, Küchen- und Eßgeschirre eingezogen, silberne darunter, private Hofhaltungen verboten, die Natural-Lieferungen gesperrt und die Sippen zusammengetrieben, damit sie ihre feindselig gegeneinander gerichteten Geschlechtertürme, Schildmauern, Bastionen und Gräben zerstörten. »Es wird Zeit für die Rückkehr, Herr Vogt. Die gemeinsame Tafel bleibt leer, bis auf einige Gutwillige, die man anspuckt. Die Leute hungern aus Trotz; sie stänkern und bespitzeln und verdreschen einander. Nach außen Filz und Kitt. Der neue Kaplan ist ohne Euch machtlos.« – »Wie heißt er?« – »Dom Aurel. Der Herr Kardinal brachte ihn aus Rom mit.« – »Aurel. Schau an. War der früher in Ghissi? ein kräftiger, fröhlicher, schwarzhaariger, mit blanken Augen?« – »Einer für die Weiber, Herr Vogt.« – »Weiter. Quirin?« – »Die Zuchtritterei siedelte, wie angeordnet, in das Kastell Mani. Man hänselt den Jungen. Ich habe ihm gesagt, da helfe nichts, er müsse sich durchbeißen.« – »Gut. Erkundung Marisa?« – »Marisa dient als Magd bei den Eltern, hartnäckigen, verlogenen Leuten, die ihre hingerichteten Söhne als Helden feiern. Zwei andere leben drüben vom Raub. Vater Cyprian duckt das Mädchen, die Mutter mißhandelt es. Jedes zweite Wort ist der Kegel im Kloster, jedes dritte die verunglückte Schwester, die das Liebchen vom Bischof Firmian war. Es scheint, daß die Eltern die Liebschaft machten. Für wann befehlt Ihr den Aufbruch?« – »Morgen früh. Mittags Mani. Ich möchte eine Übung sehen. Keine anberaumte.«

Auf freiem Felde im Stuhl sitzend, nahm er die unterschiedlichen Leistungen ab. Hier fehlte ein Lonardo. Am besten ritt Quirin, kahlgeschoren. Barral sprach ihn nicht an, wechselte auch keinen Blick. Abends ließ er einen Feuerstoß herrichten. »Mutprobe! Ich sehe, ihr tragt Lokken, als wäret ihr Ritter. Nichts seid ihr, nicht einmal gefreit. Ich freie jeden, der durch das Feuer springt; wer nicht springt, wird geschoren wie Quirin. Es ist kein Zeichen von ritterlicher Gesinnung, einen Mitzögling zu vergewaltigen, weil er keinen ehrlichen Vater hat. Wer war es?« Drei Zöglinge traten vor. »Eure Aufrichtigkeit freut mich. Anzünden. Quirin springt als erster. Danach ihr drei.« Mehr als einer der Lockenköpfe fuhr brennend ins Wasserschaff. Mehr als einer kehrte vor den Flammen um. Verzagende beredete er, den kleiner werdenden Stoß zu meistern. Die Letzten, da sie weinten, rief er zu sich. Er erzählte ihnen vom Sarazenenkrieg. Die Übrigen standen im großen Kreis. »Ich schicke euch nicht nach Haus. Quirin wird sich eurer annehmen. Sobald ich gesund bin, üben wir gemeinsam. Den Mut aber, den übt man selbst. Den bringt euch niemand bei. Nun geht schlafen.«

In Farrancolin wartete der Kaplan ihm auf. – »Jüngelchen, da bist du ja wieder.« – »Dank Mon Dom bin ich wieder da.« – »Was machen die Schäfchen, Dom Aurel?« – »Die Schäfchen brauchen nichts als zwei Hirten.« – »Wer ist der Haupthirt?« – »Ihr, Herr Vogt. Ich streichle, was Ihr schlagt, und schlage, was Ihr streichelt.« – »Sonnig. Von deinem Frohsinn hast du nichts eingebüßt in der Tiberbleiche. Ich von dem meinen eine ganze Menge. Kannst du noch Ballspielen? Fein. Ich, du, Ubarray Sohn. Fehlt ein vierter Mann; den werden wir uns machen.«

Sie spielten täglich. Grimmiger Frost fiel ein. Die gemeinsame Tafel füllte sich. In den oberen Sälen wurden Strohbetten geschüttet. Der Vogt besuchte die Familienstämme und schälte das Gutwillige aus dem Verzankten. Eines Abends bei der Mahlzeit wurde er stutzig, als der alte Roman Farrancolin, die Taschen dick, befangen fortschlenderte. »Komm her. Brot? für dich? Für wen?« – »Herr Vogt, bitte.« – »Für wie viele Hungernde soll das reichen?« – »Für fünf, Herr Vogt.« – »Truchseß! Stellt alles, was übrig ist, auf meinen Tisch. Dieser blöde Stolz! Ihr wißt, es gibt keinen Rückweg aus der Verknechtung als über mich! Beklagt ihr euch über Grausamkeit? Unhöflichkeit? ich lasse euch hungern, bis ihr mir die Hände schleckt! Ist es denn so schwer zu begreifen, daß ich in Frieden mit euch leben will?! Schlottere nicht! Nimm die Tafel mit dir. Truchseß, faßt an. Roman hat Euch bestochen, verstanden?«

Für die Weihnachtsmesse in der Stadtkirche gestattete der Vogt zum ersten Mal das Verlassen der Burg. Zu Dreikönig, dem größten der Feiertage, an dem die Menschen einander bescherten, ritt er zu den Räubern an der Draga. Im Turnierhof brieten die Ochsen, der Wein floß, die Farrancolin sanken sich in die Arme. In allen Sälen und Wohnungen überreichten die Zuchtpagen von Mani Geschenke des verbannten Grafen Hyazinth, der auf Ortaffa die Minne sang. »Wer soll das glauben?« fragte der Alte mit der gestohlenen Tafel. Seine Stimme zitterte. »Schlagt ihr mich tot, oder darf ich dem Untier in eurem Namen danken?«

»Märchen sind Märchen«, sagte Barral. »Deine Verknechtung ist aufgehoben. Ihr werdet mir den Gefallen tun, Dom Roman, mit Eurem Bruder Cyprian zu sprechen, der der Spreizbeinigste ist. Will er als Bettler verwiesen werden? Was denn, was denn? keinen Handkuß! Wenn ich behaupte, Eure Verknechtung sei aufgehoben, so meine ich, daß Ihr ein freier Mann seid. Eure Länder sind nicht frei. Ich kaufte die Beleihungen und bewirtschafte Euch so lange, bis die Schulden glatt sind. Ihr erhaltet Rente. Im Frühjahr kommen die Siedler. Schickt mir Marisa.«

»Marisa, du kennst die Sage von dem Stall, der bis unter die Decke voll Mist lag; der starke Mann reinigte ihn, indem er einen Fluß hindurchführte. Jenseits der Gallamassa leben Räuber. Sie brauchen Frauen. Hier leben Frauen, die einen Mann brauchen. Edle, freie, unfreie, welchen Alters immer, Witwen und Jungfrauen, Mägde und verratene Liebschaften. Ich lade sie, falls heiratswillig, zu einer Fastnacht-Brautschau in der Myrtenheide. Die Trauungen nimmt der Kardinal vor, die Räuber sind seine Lieblingskinder. Wer will, ist ohne Aufgebot sofort verheiratet und hat mit dem Zank hier nichts mehr zu schaffen. Keine Sorgen mehr, keine Verwandtschaft, keinen Vogt über sich. Verschluckt vom Busch. Du wirst das in den Schlafsälen verbreiten und mir sagen, wer mitgeht. Verbreite, daß von zweihundert Landsässigen zwanzig rechnen können, Land zu behalten und sich vom Lande zu nähren.« – »Ja, Herr Vogt.« – »Und?« – »Nichts, Herr Vogt.« – »Marisa, ich bin ein gebrannter Mann mit Frauen. Wenn du keinen Räuber magst: verlange kein Sakrament von mir, und verlange nicht, daß ich Launen dulde.« – »Ich verlange doch nichts, Herr Vogt.« – »Komm heute nacht.« – »Ja, Herr Vogt.«

Einige Tage später setzte ihr querköpfiger Vater sein Haus in Flammen und verkohlte mit der Gemahlin. Das Fachwerk, schmalbrüstig zwischen steinernen Wohnungen, loderte fort wie Zunder; man löschte die angrenzenden Dächer. »Quitt, Mon Dom«, zwinkerte der Kaplan. »Macht es nicht gar so auffällig.« Vom Rasenden Montag an der Beß kamen drei alte Damen heil nach Hause. Dom Vito kopulierte, wen er aufeinander antraf. Nach der Hochzeitsnacht wurden die Freier in Kisten verpackt, bewaffnet, unter Planen versteckt und in einem schwach gesicherten Kaufmannszug gegen Sedisteron in Bewegung gesetzt. Die Gegend war von geflüchteten Farrancolin-Söhnen verseucht. Bischöfliche, markgräfliche und bramafanische Reiter, die Hufe der Pferde mit Sackleinen umwickelt, schlichen bei Morgengrau durch die Wälder. Die Briganten, soweit im Gefecht nicht getötet, verschwanden für immer in die Myrtenheiden.

Dom Vitos Laune war nicht die beste. Das Strafgericht über Trianna schlug auf den Patriarchen zurück, da der Markgraf ihn im Stich ließ. »Hat man schon einmal zwei Päpste, setzt er auf den falschen. Hat man schon einmal die Möglichkeit, Kirche und Pönitenz in die Schranken zu weisen, schaut er stumpfsinnig zu, wie die Römer stattdessen mir die Füße fesseln. Gesalbte Schurken dispensiert nur der Papst. Strafen im kirchlichen Bereich haben nicht an die Öffentlichkeit zu dringen. Welche Feinheit! Als Kardinal ist man gut genug, den dicken Brummer im Spinnennetz abzugeben. Es kostet ein paar Giftbisse und Leimfäden mehr, bis man zu zappeln aufhört. Dich braucht es nicht zu berühren. Ich erwarte einen Legaten, der mir die neuen Bischöfe genehmigen muß. Bei den Konsekrationen sehen wir uns wieder.«

Das Frühjahr nahte. Barral ritt in die entlegensten Grafschaftsteile, redete mit Bauern und Pächtern, pendelte, rutete, bis ihm die Astgabel die Arme sprengte, befahl Brunnen zu graben, Kanäle zu ziehen, Taubentürme zu bauen, befahl das Weiden von Schafherden, damit der Boden Kraft gewinne, und wies die ozeanischen Neusiedler ein. An die Inhaber, die ihn zwangsweise begleiteten, richtete er keine Frage. Er schaltete mit ihrem Land, wie ihn gut dünkte, wechselte die Pächter, tauschte die Feldhufen, jagte die ungetreuen Meier davon. Der Hochwald von Mani lag abgeholzt. Die männlichen Farrancolin rodeten die Stubben. Im April wurde Marisa, da sie erwartete, im Weiler Sankt Paul dem Pächter ihres Erblandes vermählt. Der Trauzeuge Barral versprach Gevatter zu stehen. – »Wenn es ein Sohn wird, wie soll er heißen?« – »Valesca.« – »Valesca hieß meine Schwester.« – »Ich weiß.« – »Lächelt Ihr dann ein ganz klein wenig?« – »Vielleicht. Der Pächter wird freundlicher mit dir sein.«

Wenig später salbte Kardinal Vito unter großer Assistenz den ersten Bischof der neuen Diözese Farrancolin, die außer Teilen von Trianna und Sedisteron alle Myrtenheiden bis tief nach Zwischenbergen umfaßte. Das Besondere lag darin, daß der Räuberbischof, wie man ihn nannte, ein tatkräftiger, redlicher Mann, zuvor in Cormons die Investitur mit den markgräflichen Lehen empfangen hatte: durch Dom Carl, der es vermied, sich zu zeigen. Er schickte Dom Otho Ortaffa, ihn beim Gepränge der drei Inthronisationen zu vertreten. Den nächsten Sonntag erfolgte die Zeremonie in Trianna – dort bestieg der Dekan von Ghissi den verkleinerten Stuhl Dom Fortunats –, den übernächsten in Sedisteron, einer starrenden Festung gegenüber senkrechter Felsfaltung. Von der Gallamassaklause zurück nach Farrancolin brauchte es fast einen Tag. Judith, ob neben Otho, ob neben der Markgräfin Mutter reitend, redete so gut wie keine Silbe. Die Fluren grünten, die Bauern säumten den Weg. »Viel hast du geschaffen, Vogt«, sagte Dom Vito. »Schönes, Reiches. Hyazinth sollte dir dankbar sein. Er stiehlt dem Herrgott die Zeit und umflattert wie ein Nachtpfauenauge die Gräfin Judith. Ich plaudere nun mit den Suffraganen. Otho Ortaffa trachtet nach einem unbelauschten Gespräch.«

»Ihr habt etwas auf dem Herzen, Dom Otho?« – »Wer sagt das?« – »Ich sehe es. Ihr seid frischer geworden in der frischen Luft.« – »Das war die Absicht. Was habe ich auf dem Herzen? Meinen Sohn Desiderius. Da er Ostern Zehn wurde, gab ich ihn aus dem Kloster auf Zucht nach Sartena. Er schickt sich schlecht. Die leidigen Stammbaumfragen. Soll ich ihn, wo er möchte, in Ortaffa ziehen?« – »Das würde ich für einen Fehler halten.« – »Auch Domna Judith sagt es. Es wäre ihr gut, den Knaben, an dem sie hängt, sehen zu können. Ich meine nicht, daß er weich sei, er ist stark, befremdend kirchlich gesinnt. Da schlägt offenbar Domna Oda durch. Sie beeinflußt ihn. Das wieder macht meine Gemahlin hitzig. Seit Wochen ist sie hitzig. Blitzig ist sie. Wie einen Taubenschwarm hat sie den Liebeshof auffliegen lassen, wie einen Hund ihren Verehrer Hyazinth geohrfeigt, wie einen Knecht meinen Berater Walo angefahren. Ihr entsinnt Euch, ich nannte sie eine Engelskatze, ein kostbares Wesen. Ein höheres Wesen, würde ich heute sagen, ein Wesen, dem ich nicht gewachsen bin. Ich bleibe ihr zu viel schuldig; meine Natur steht im Wege. Wie kann ich meiner Gemahlin klar machen, daß ich, soweit mir dergleichen gegeben ist, sie wirklich, Dom Barral, wirklich liebe?« – Barral schwieg.

Dom Otho fing sich nach einer Weile. »Es ist«, sagte er, »auf Ortaffa ein Teufel am Werke. Nicht nur, daß er Domna Judith auflauert. Er stellt der kleinen Graziella nach, einem freilich sehr hübschen Mädchen. Ich entfernte Graziella für die Zeit meiner Abwesenheit in die Obhut der Schmiedin mit dem schwierigen Namen. Dom Carl ist in Ghissi. Da geschieht also nichts. Hätte ich Freiheit, jagte ich Walo und den Liebeshof in den Tec. Für die Versuche aber hat er Gedankenknüpfungen, die mich zu staunen nötigen. Ich erfinde, was er denkt. Erfinden sagt sich leicht. Es fordert mir letzte Kraft ab. Mein Hirn siedet. Siedend ist die Erregbarkeit meiner Gemahlin. Ich möchte sie eine Zeitlang, ohne daß sie es als Verbannung empfinden dürfte, aus all dem herausnehmen, wenn es sich irgend einrichten läßt. Bei Euch, ich ahne es, würde sie ruhig werden. Sie ist mütterlicherseits eine Farrancolin, sie hat Erbländergeschäfte zu regeln, es kann demnach niemand etwas Unredliches dabei sehen. Ihr lehnt es nicht rundweg ab?«

»Warum sollte ich ablehnen? Es ist ihre Sache, ob sie hier wohnen will. Hier wohnen genug Menschen. Was ich ablehne, sind Erbländergeschäfte. Ich sagte es Domna Oda, sie reist morgen früh mit einer Wagenladung voll Zorn.« – »Um so besser. Domna Judith wird Euch um die paar Feldhufe nicht weiter behelligen. Sie ist nach der ritterlichen Regel unterwegs. Niemand weiß wohin. Ich zähle darauf, daß meine Gemahlin keine Beschwerde erhebt und ihr Aufenthalt keine Folgen zeitigt. Ihr versteht mich?« – »Kein Wort verstehe ich.« – »Wie klug von Euch, Dom Barral. Wir haben Einiges gemeinsam. So das Dunkel über der Herkunft. Dom Carl verriet mir, daß die Muselmanen zu erfahren suchen, an welchem Tag und zu welcher Stunde ich geboren wurde. Desgleichen die Daten meiner Mutter. Sie könnten durch gottlose Horoskopstellerei entdecken, aus welchem Bett ich stamme. Waret Ihr nicht Zeuge der letzten Worte, die Domna Barbosa sprach? Sagte sie darüber nichts?« – »Nichts, Dom Otho.« – »Sie sei, sagt man, von Sinnen gewesen.« – »Sie war bei klarem Verstande.« – »Ich bin es auch, Dom Barral. Die frische Luft wirkt Wunder. Aber ich muß zurück in den Turm. Morgen, wenn Domna Oda fort ist. Vermutlich wird Euch der Markgraf nach Dschondis schicken, die sarazenischen Duftnebel zu ergründen.« – »Da würde ich ihm nicht mehr gehorchen. Zunächst ist ein Huhn zu rupfen. Sagt ihm das.«

Judith war unersättlich. Wolkenlos heiß blaute der Mai, der Juni, der Juli über dem schwellenden Land. Nicht einmal Dom Aurel ahnte, daß Thoro, der verschwiegene Knecht, beim Umbau der Vogtwohnung einen Durchgang in die Dachböden gebrochen hatte. Niemand kam, Otho nicht, Markgraf Carl nicht. Domna Oda säuerte in Cormons dahin. Sie blieb ohne Kenntnis, wo ihre Tochter sich aufhielt, und wünschte sie nicht zu sehen. Judith ihrerseits lebte zurückgezogen. Spät stand sie auf, früh ging sie schlafen, badete, schmückte sich und empfing den Geliebten wie einen Gott heidnischer Zeiten, außer sich vor Glück in den Nächten, tags kühl und beherrscht, für die Verwandten ein rettender Engel. Der Vogt, obwohl er sie kaum häufiger als andere auszeichnete, an seiner erhöhten Tafel zu sitzen, hob Verknechtungen auf oder verwandelte gewesene Besitzer in halbfreie Pachtlehner des Grafen. Die Burg leerte sich.

Bei einer Übung der Zuchtritter südlich Mani sah er von Trianna her fern einen Esel trotten, zwei Frauen zu Fuß strickend vorweg und hinterdrein, im Sattel einen behäbigen Muskelmann: Larrart, Maitagorry und die Tochter Ghissi. Graziella war groß geworden, erwachsen mit ihren dreizehn Jahren und selbst für Barral kaum wiederzuerkennen. Unter dem Schatten einer mächtigen Eiche wurde gefrühstückt. Speck, Brot, Wein, Käse, Zwiebeln. Maitagorry riet ihrer Tochter, Blumen zu pflücken, und stieß den Schmied an. »Rede.« – »Rede du, Maita.« – »Feigling. Hat er mit dir fein getan oder mit mir?« – »Wer?« fragte Barral. »Höre, Larrart. Ich will nicht hoffen, daß dieser Dom Walo meine Graziella im Bett gehabt hat! Ist sie in Umständen? dann heraus mit der Sprache.« Schmied und Schmiedin wechselten einen verständnislosen Blick. »Also wer?« – »Der Herr Markgraf, Mon Dom.« – »Im Bett? Larrart, ich dreh dir die Gurgel um.« – »Larrart«, sagte Maitagorry, »rede jetzt oder geh Blumen pflücken.« – »Geh du. Ich rede dann schon. Wenn du dabei bist, kann ich nicht.« Sie bestieg den Esel und ritt zur Tochter. – »Ist Maita immer noch unfruchtbar?« – »Ich tue mein Bestes, Mon Dom. Sie will eine kleine Seraphine.« – »Seid ihr deshalb gekommen?« – »Wegen Graziella, Mon Dom. Es ist nun zwei Wochen, da hat der Herr nach mir geschickt aus dem Zypressenhaus. Hat etwas gedauert, weil ich ja Sonntagsstaat anlegen mußte.« – »Spare den Sonntagsstaat. Was will er?« – »Heiraten will er sie.«

Barral schlug die Faust in den Brotlaib. Er unterdrückte mehrere Flüche, kaute Wut und griff zum Weinschlauch. »Wie stellt er sich das vor?« – »Ich habe dem Herrn gesagt, Mon Dom, da muß der Herr schon Mon Dom fragen.« – »Jaja, ist gut, versteht sich. Hast du Schafskopf dich nicht erkundigt?« – »Doch, Mon Dom, doch.« – »Nun schau dich nicht immer nach Maita um, sondern erzähle. Mit Maita spreche ich nachher. Graziella als Markgräfin?! Da ist er Markgraf gewesen!« – »Er sagte etwas von der linken Hand, Mon Dom. Er will sie heiraten vor Gott, nicht vor den Menschen. Ihr müßt sie als Euer Kind anerkennen.« – »Ach! muß ich? da geht es plötzlich! bei Quirin nicht! Weiter!« – »Wenn sie anerkannt ist, macht er aus ihr eine Freie und wohnt dann in Ghissi im Zypressenhaus. Sie braucht nirgends mit.« – »Ist ja wunderbar. Große Sache. Findest du auch? Du sollst dich nicht immer nach Maita umschauen. Schmeichelt es dir?« – »Ja, Mon Dom. Für einen armen Schmied ist das eine Sache wie Doppelgebläse.« –

»Du bist nicht arm. Das Doppelgebläse kannst du haben, ohne Markgraf. Geh Blumen pflücken. Thoro! Maita.«

Maitagorry war gar nicht einverstanden. »Er sagt, er will Kinder haben, aber von einer gesunden Frau, die ihm nicht im Kindbett davonstirbt. Die Frau ist nichts, die Kinder sind nichts, kein Sohn wird Markgraf. Er sagt, so alt wird er nicht, daß er warten kann. Er sagt, er braucht Herzenswärme. Die Tochter Ghissi, in Ghissi, Mon Dom, das geht nicht. Der Mann ist kein Weizenfeld, in das man Klee sät. Der Mann ist ein Steinacker. Ihr sagt nichts?« – »Rede nur.« – »Mon Dom, wenn ich denke, was andere Herren tun, die ein Mädchen, ohne lang zu fragen, auf dem Kirchplatz umlegen: nie im Leben ist das ein Herr. Ihr habt mir die Hölle schön heiß gemacht. Was Graziella da hat, wird kein Eiskeller sein. Von Ehre schwatze ich nicht. Ich schwatze von dem, was ist. Der Hase will schließlich im Pfeffer liegen. Den Mann hat man zu würzen vergessen. Unter dem verkümmert sie wie die Frau Kupfergräfin von Ortaffa, deren Haarflechte ich Euch damals einbuk. Ich meine, man soll die Kirche im Dorf lassen. Ich meine, man soll der barfüßigen Maita nicht zumuten, für diesen Knochen anders zu leben, als sie gewöhnt ist. Solch ein hoher Herr, fast doppelt so alt wie ich, und mein Eidam? Nie, Mon Dom, nie! Ich bin eine brave Glucke, mehr will ich nicht. Jetzt hole ich Euch das Kind.«

Barral streckte die Beine und sah wohlgefällig die Tochter kommen, nicht Kind, nicht Frau, halb höfisch, halb ländlich. »Schau mich an, Graziella. Ohne Irren schnurgerade in die Augen. Hat Herr Walo dich angerührt? Hat der Herr Markgraf dich angerührt? Wenn du dich vor der Heirat verschenkst – du weißt, was ich damit meine? –, heiratet dich niemand. Das weißt du?« – »Ja, Mon Dom. Herr Walo ist gemein, den habe ich auf die Finger geklopft. Aber der Herr Markgraf, den kenne ich doch gar nicht.« – »Du kennst ihn nicht?« – »Ich sehe ihn manchmal, wenn er die gnädige Frau besucht.« – »Und wie ist er mit dir?« – »Immer ein Herr, immer ritterlich, immer sehr freundlich.« – »Würdest du ihn heiraten mögen?« Graziella verschluckte sich und lachte aus vollem Hals. Die Frage lag außerhalb ihres Denkens.

Quirin wurde zur Teilnahme am Frühstück befohlen. Maitagorry war beklommen. Mißtrauisch betrachtete sie den Sohn der Schmiede. Nachmittags trennte man sich. »Ihr nächtigt im Weiler Sankt Paul bei dem Pächter, mit einem Gruß des Vogtes. Larrart, komm ein paar Schritte. Dem Herrn Markgrafen sagst du: was er will, soll er mir sagen von Mann zu. Mann. Wiederhole.« – »Dem Herrn Markgrafen sage ich, was der Herr will, soll der Herr, sagt Mon Dom, ich kann ja nicht sagen ›soll‹, Mon Dom – nein, jetzt ist mir das Eisen weg.« – »Du wirst es schon wieder einzangen. Er soll es mir sagen von Mann zu Mann. Nichts weiter wird geredet.«

Die Aussprache fand statt Ende Juli im bischöflichen Palast von Trianna. Acht Monate Groll fuhren aus Barrals Brust auf den zusammengeduckten Markgrafen hinunter. »Soviel, Vetter Carl, über das, war Ihr mir mit Farrancolin antatet. Es war eine Schufterei, es bleibt eine Schufterei, auch wenn ich sie hiermit vergessen habe. Nach Dschondis gehe ich nicht. Ich bin nicht dafür da, anderer Leute Suppen zu löffeln. Schickt mir die muselmanischen Duftnoten, ich werde sie Euren Kammerräten begreiflich machen. Was Graziella angeht: ein Jahr Bedenkzeit für Euch wie für mich. Dann ein Jahr Klostererziehung. Im Falle des Ja ist Ghissi nicht mehr der Ort. Ferner: wenn ich Graziella anerkenne, erkenne ich Quirin an. Bevor ich das tue, verlange ich die Anerkennung meiner eigenen Herkunft. Jede Wanze weiß, wer mein Vater war. Jede Wanze kann sich ausrechnen, daß Dom Peregrin ein entsprechendes Testament hinterließ.« – »Das ist gesperrt durch eine Klausel.« – »Sagt sie mir unter dem Siegel des Schweigens.« – »Würde es Euch genügen, Vetter Barral, wenn ich die markgräfliche Abkunft Eurer Mutter Graziella feststelle?« – »Wie?« – »Sie war eine außereheliche Tochter des vorvergangenen Markgrafen, demnach Stiefschwester Dom Roderos, dessen Stiefneffe Ihr seid. Eben um Euch die Nachfolgemöglichkeit zu erhalten, möchte ich mich unstandesgemäß zur Linken binden.« – »Vetter Carl, ich hege weder den Wunsch, Markgraf zu werden, noch Domna Judiths Vetter zu sein. Diese Lüftung unterlaßt. Die Klausel bitte!« – »Dom Peregrin sperrte die Anerkennung bis zum Erlöschen der männlichen Linie Ortaffa. Damals handelte es sich nur um Dom Otho, der, wenn erwiesenermaßen unfähig, durch Euch ersetzt werden sollte. Unterdessen ist ein Sohn vorhanden. Ich kann also nicht öffnen.« – »Das sehe ich ein.«

Spät nachts stand der Markgraf in Barrals Zimmer. »Ich träume schlecht, Vetter. Habt Ihr zu trinken? Ortaffa raubt mir den Schlaf. Die Silberbestände sind überprüft. Kein Barren zu viel. Keiner zu wenig. Aus Dschondis keine Beschwerde. Otho sehr wunderlich. Walo sehr höflich. Alle Mienen leer und bewegungslos wie ein abgeerntetes Feld. Burgmeister, Fechtmeister, Rittmeister scheußliche Leute. Nicht zu greifen. Ich würde sonst einen Vogt ernennen. Aber vielleicht sollten wir Dom Otho einen Eidam in den

Pelz setzen. Einen, der kraft seiner Stellung in der Sippe mit dem eisernen Besen kehren könnte. Ich gehe mit dem Gedanken um, Euch mit meiner Nichte Fastrada zu vermählen. Sie ist Siebzehn, eine Schönheit, sie hat immer nur Euch haben wollen.« – »Was sagt Domna Judith dazu?« – »Von ihr stammt der Gedanke.« – »Ihr verzeiht, Vetter Carl, aber das glaube ich nicht. Wann sprachet Ihr sie?« – »Vor ihrem Zerwürfnis mit Domna Oda. Das Übelste auf Ortaffa wißt Ihr noch nicht. Meine Schwester ist seit Monaten fort. Auf Reisen, wie behauptet wird. Als Hure, wie Dom Otho behauptet. Ihr lacht? das befreit mich.« – »Ich schlage vor, Vetter Carl, reitet mit nach Farrancolin und erzählt ihr das, denn da lebt sie, still und beschaulich wie andere Besucher. Der Besuch geht zurück auf einen Wunsch Dom Othos, demnach, wie ich jetzt sehe, auf einen Wunsch Walos. Noch einmal: verweist ihn des Landes! Seine Zunge ist ein Giftstachel. Was sind das für Fallen! Und wenn schon eine Auflösung der Ehe unmöglich ist: hier würde ich Trennung von Tisch und Bett erzwingen. Man beleidigt Euer Haus.«

Judith schäumte vor Zorn. In den Nächten stieg ihre wilde Zärtlichkeit bis in die Abgründe der Lebensgier und bis auf die Höhen der Verklärung. Die Verklärung nahm zu. Ihre träumerische Ruhe beunruhigte Barral. »Was ist mit dir, Judith? Du bist so weit fort.« – Sie streichelte ihn in der Dämmerung. »Vor Gott war ich und bin ich deine Frau und will es im Paradies wieder sein. Ich bin glücklich gewesen. Nun ist es gut. Ich gehe nun ins Kloster. Bitte sprich nichts. Laß mich nach Rodi bringen.« – »Erwartest du?« – »Muß ich erwarten, um ins Kloster zu wollen? Ich habe das Für und das Wider gewogen.« – »Judith.« – »Versuche mich bitte nicht umzustimmen. Frei wie ich dich liebte, will ich, daß du mich läßt.« – »Du liebst nicht mehr?« – »So stark wie je. Aber das Sakrament fehlt. Die Ehe ist entheiligt; nicht durch dich, nicht durch mich; entheiligt von Anbeginn. Kannst du es nicht verstehen, daß ich ein Sakrament möchte? Der Bischof wird es verstehen.«

Unter heiterem Augusthimmel schlossen sich die Pforten des Klosters hinter ihr und Graziella, die als Zögling, nicht als Novizin eintrat, ihren Namen behielt und der Herrin genommen wurde. Schwester Annunziata legte die vorläufigen Gelübde der Keuschheit, der Armut und des christlichen Gehorsams ab. Die Oberin schickte dem Bischof das Erbetene. Der Bischof lud den Grafen Dom Otho Ortaffa zur Audienz. Dom Otho hatte zu warten. Die Kardinäle Dom Dionys von Mirsalon und Dom Vito von Cormons waren bei Dom Guilhem, der nach achtzehn Jahren Hirtenschaft über Rodi den Stuhl Lorda besteigen sollte, was Dom Dionys zu verhindern trachtete. Dom Vito winkte mit der vom Papst in Aussicht gestellten persönlichen Würde eines Erzbischofs. »Rottet die Weber doch aus!« rief Kardinal Dionys. – »Wir ziehen es vor, sie zu missionieren«, erwiderte Kardinal Vito. »Dafür ist ein so sanft entschlossener, heiligmäßig lebender Hirt wie Bruder Rodi vonnöten.« Dom Dionys schneuzte sich erbittert. Bischof Guilhem überließ die Gepurpurten ihrem Disput.

Dom Otho beugte das Knie. »Steh auf. Wo befindet sich Domna Judith?« – »Zu Besuch in Farrancolin.« – »Was tut sie da?« – »Ich weiß es nicht, Herr Bischof.« – »Solltest du als Einziger nicht wissen, daß sie dort hurt?« – »Mit wem?« – »Das wünschte ich von dir zu erfahren.« – »Meine Gemahlin hurt nicht.« – »Man hat ihr hinterbracht, daß sie hurt. In meine Augen geschaut! Wer streute das aus?« Otho nagte am Finger. »Wenn du nicht antworten kannst, so ist mir bekannt, warum: aus Angst vor Walo. Der Gemahl verleumdet seine Gemahlin, die ihm angetraut wurde vor dem Altar, damit er sie schütze, ehre und liebe, bis der Tod sie trennt. Jetzt trennt euch der Bischof von Tisch und Bett. Nimm entgegen, mein Sohn, den Ehering Domna Judiths, die nicht mehr so heißt, nimm entgegen ihre Haarflechten, die sie vor einem anderen Altar sich scheren ließ. Sie lebt nicht in Farrancolin. Sie lebt in einem Kloster.« – »Wo, Herr Bischof?« – »Ich werde es dir nicht verraten.« – »Herr Bischof, ich habe das nicht gewollt.« – »Du hast gut weinen. Damit hilfst du einem so gequälten, getretenen, seit neunzehn Jahren täglich von dir mißachteten Menschen nicht mehr in den Frieden.« – »Herr Bischof, hat sie auf ewig, hat sie ewige Gelübde geleistet?« – »Das kann sie nicht. Die Kirche prüft. Judith selbst prüft. Ob sie für immer den Schleier nimmt, ob sie zurückkehrt, fragt Gott dich. Dich, den Verirrten; dich, den Lieblosen.« – »Ich bin nicht ohne Liebe, Herr Bischof. Ich liebe dies hohe Wesen aus meiner Niedrigkeit. Ohne sie bin ich verloren.«

Dom Guilhem wartete, bis die Tränen sich beruhigten. »Du bist schwach, aber noch nicht verworfen vor Gott. Sie ist stark und nach vollständiger Beichte ledig gesprochen ihrer Sünden, die von Gottes Milde ihr verziehen sein durften. Sie ist so stark, daß sie, wie ich verlangte, nach Ablauf eines Jahres bereit wäre, die von Gott ihr abgeforderte Aufgabe ihrer Ehe neu zu versuchen, falls in diesem Jahr der kleinste Strahl von Gottes Licht in deinen Augen aufschimmert. In Dumpfheit erdulden wird sie dich nicht mehr. Nun knie nieder und beichte deinem Bischof, wie deine

Ehe ausgesehen hat diese neunzehn Jahre. Im Beichten wirst du erkennen, wie sie auszusehen hätte, und wenn deine Sünden läßliche Sünden waren, Sünden immerhin, die ein liebevolles, nach Liebe sehnsüchtiges Herz verstört haben, so will ich gegen das Gelöbnis tätiger Reue, wozu ich die Entfernung Walos zähle, dir die Absolution erteilen. Fahrt ihr aber fort wie bisher, Walo und du, aus Ortaffa ein Grab zu machen, worüber ich mehr weiß, als ihr denkt, so wundert euch nicht, wenn eines fürchterlichen Tages die Inquisition euch von innen betrachtet.«

WALOS HÄNDE

Den Frühsommer 1135 verlebte Barral, auf nachdrücklichen Wunsch Dom Carls, wider Willen in Dschondis, als wachsamer Gast des Freundes, nicht als Gesandter. Die Moslemun lullten ihn ein. Undurchschaubar blieben Prinzen und Paschas. Der Emir, tatkräftig und zukunftsfroh, barg sich hinter den Schleiern beziehungsreicher Märchen. Geburten, die seine Sterndeuter zu erkunden suchten, gab der hohe Franke voll der artigsten Bereitwilligkeit abweichend an und verankerte die Frage im Gedächtnis. Des Harems bediente er sich, stutzig gemacht durch den schmeichelnden Wissensdurst der Mädchen, in hoheitsvoller Schweigsamkeit; den Diwan des Knechtes Thoro rückte er nachts quer vor seine Schwelle. Was er des Tages zu sehen begehrte, Werften etwa, sah er nicht, oder er sah es so, wie er nicht begehrte: Häfen etwa, sorgfältig geräumt. Kein Ritt, kein Gang erfolgte ohne Begleiter, jeder Begleiter verstand sich auf Aushorchen und Forthören, jede Übung, die man vorführte, war ein gestellter Mohr. Bald wußte Barral, es werde ihm nicht gelingen, mehr zu entdecken, als daß sie etwas vorhatten. Emir Salâch verabschiedete ihn mit mustergültiger Trauer und lud den Markgrafen zu einem prangenden Besuch von Fürst zu Fürst auf den Winter.

Die Magistrate von Mirsalon zeigten sich ohne Nachricht, fanden aber bei dem absonderlichen Verhalten nichts

Absonderliches; dergleichen Geheimniskrämerei breche bei den Mohammedanern von Zeit zu Zeit aus wie das Hafenfieber. Kardinal Dionys erteilte Erlaubnis, den Rabbi zu befragen. Der Rabbi besaß Kenntnis einzig davon, daß Jared seinen Fuß nicht mehr in das Emirat setze; er sei gewarnt worden, man werfe ihm Verrat vor; seine Geschäfte besorge der Neffe Ruben. Ihn traf er auf Ortaffa, einen Mann des Spürsinns für Verwicklungen. Man hatte ihn nicht vom Schiffe gelassen. Seine Gewährsleute meinten, der Emir plane etwas gegen Prà, das den Tribut nicht erneuern wolle.

Markgraf und Bischof Guilhem beschäftigten sich derweil im Zypressenpalast Ghissi, das spröde Eisen Otho zu spalten. Als Barral heimkehrte, waren sie keinen Zoll weit gediehen. »Ihr schmiedet den falschen Knüppel ab und seid nicht die richtige Zange. Der arme Mann hat den Sparren im Hirn, das ist meine Meinung.« Im Garten, nach erstattetem Bericht aus Dschondis, bat ihn der arme Mann, indem er ihn vetterte, ob er ihm wohl verraten könne, auf welche Art eine Frau behandelt zu sein wünsche, Domna Judith komme demnächst aus dem Kloster. »Ich ahne, es ist nicht getan, indem man sich auf sie legt und wieder absteigt. Vielleicht wurde ihr Ähnliches gegeben wie dem Mann?« – »Das ahnen sogar die Hengste, Dom Otho. Der Käfer ahnt es. Der Ziegenbock. Wir dünken uns erhaben über die Tiere. Aber wie innig sind sie miteinander. Ich dachte, ihr Minnesänger hättet entdeckt, daß die Frauen Katzen sind, die man streicheln muß? Sperrt Eure Ohren auf, wenn Ihr streichelt. Ihr Schnurren und Knurren erzählt, was sie mögen. Sie mögen umworben sein.«

Das Kerzenlicht fiel in Streifen auf die jenseitige Böschung. Die Nacht war heiß. Schafgarbe und Minze dufteten aus dem Grummet. Grillen zu Tausenden geigten. Es klang, als zittere das Land bis jenseits der Gallamassa. Die Sterne funkelten unruhig. Im Schatten des Weges regte sich etwas. »Mon Dom?« – »Maita!« – »Habt Ihr Graziella verkauft?« – »Wie werde ich?« Ohne Umstand küßte er sie und nahm ihre Brüste in die Pranken. – Sie umschlang seinen Nacken. »Der Herr Bischof hat es verboten.« – Er biß sie in den Hals. »Da hilft nun kein Bischof mehr.« Kreuz, Hüften und Leisten gerieten in Aufruhr. Das Tuch löste sich. Er hatte sie kaum im Heu, so fauchte er sie an: »Willst du jetzt endlich betteln? oder soll ich gehen?« – »Geh doch. Nein! Ich bettle ja schon.«

Ernst und gesammelt verließ Judith das Kloster. Otho empfing sie mit angestrengter Aufmerksamkeit. Sie wohnten in einem Landhause Dom Guilhems, der im September das erzbischöfliche Pallium erhielt und Anfang Oktober zu Lorda, seinem Wunsche gemäß unter geringst möglichem Aufwand, inthronisiert wurde. Barral vogtete über Farrancolin. Dom Carl war in Dschondis. Zur Weihnacht siedelten die Ortaffa in die Burg zurück. Otho horchte auf jeden Wunsch Judiths, die ein dankbares Genügen darin fand, den Platz auszufüllen, den Gott ihr zumaß. Drei Tage nach Dreikönig erhängte sich einer der Münzmeister. Da verwirrte sich Othos Geist. Der Turm nahm ihn auf. Eine Woche später erschien der tolle Mönch Walo, gespornt, anziehend und tadelfrei, die Hand der Gräfin zu küssen: er sei nun wieder da, Othos Geschäfte ins Lot zu bringen. Sie ritt, trotz ihres Zustandes, nach Ghissi. Maitagorry, im fünften Monat, war ohne Zögern einverstanden, daß Graziella den

Dienst bei der gnädigen Frau wieder antrat. »Überlege es dir, Maitagorry. Es wird schlimm kommen auf Ortaffa.« – »Das macht nichts, gnädige Frau. Hier kann ihr ein glühendes Hufeisen in den Bauch fahren, oder ein Skorpion zwickt sie. Wir leben auf der Erde.«

In Ortaffa lebte man auf Stein. Stein waren die Gesichter. Dom Otho erschien selten zum Essen. Als es einmal geschah, faßte Judith ein Herz und ging zu ihm. »Dom Otho, bitte, wir wollen in Ruhe sprechen, ich bin hoch in Umständen.« – »Ich will nicht sprechen. Ich bin nicht weniger hoch in Umständen, nur weniger gesund.« – »Hattet Ihr nicht in Rodi ein Gelübde geleistet, Dom Otho? Bitte besucht mich.« – »Ich stehe zu meinem Gelübde, aber nicht jetzt. Ich erwarte Rücksicht. Geduldet Euch ein paar Wochen.« Seither aß er im Turm. Es wurden rätselhafte Ballen in den Turm getragen, rätselhafte Ballen in die Stadt, immer unter Aufsicht Walos. Judith stellte ihn zur Rede. »Was geht hier vor?« – »Schwieriges, Domna Judith. Wir wenden unsere Handschuhe.« – »Ach, Dom Walo. Nun spart Euch einmal das Geschwätz. Ihr seid zu klug, um so dumm zu reden.« – »Wie ehrenvoll, Domna Judith. Ich danke Euch. Darf ich erinnern, ich bin Euer Minneknecht. Ich lege Wert auf das Du, ich liebe.« – »Es fehlt mir jedes Anzeichen Eurer Liebe, Dom Walo. Ihr seid, ich wiederhole es, unzart und verwechselt mich mit den Frauen, die Ihr haben könnt.« – »Ich werde Euch haben, süße Herrin, wenn die Zeit kam. Indessen ist es Zeit, daß ich zu Dom Otho gehe. Schreibt ihm einen Brief, ich werde ihn nicht lesen, und schickt ihn durch Graziella. Der gute Otho ist erfüllt von rührender Koselust. Leider fressen an ihm andere Sorgen.«

Graziella, den Messergurt wie stets unter dem Mantel, überbrachte den Brief. Dom Otho las ihn zwischen Tiegeln und Töpfen. Walo, hinter ihr stehend, umfaßte könnerisch, was ihn lockte. Sie hieb ihm mit scharfer Klinge über die Hand. Blutend fuhr er zurück, packte ihr Armgelenk und erhielt eine zweite Belehrung. Dom Otho sah es mit glänzenden Augen. Ein irres Gelächter entfuhr ihm. Er sprang im Gewölbe umher, kicherte, zeigte auf Walo und trat ihm den Stiefel ins Gesäß. Walo flog in die Ecke, wo Graziella, mit ungetrübter Seelenruhe die von Maita erlernten Formeln gebrauchend, ihn besprach. »Bist du so eine?« sagte Walo und leckte sein Blut ab. – »Es ist ganz falsch, Herr Ritter, das Blut abzulecken. Hineinspucken muß man.« – »Es ist auch ganz falsch«, erwiderte Walo, »einen Mann wie mich mit Aberglauben zu reizen. Weißt du nicht, wie man dem Teufel begegnet? oder bist du nicht mehr Jungfrau?« – »Ich bin Jungfrau. Nackt begegnet man dem Teufel, aber nicht Euch. Ihr faßt mich nicht wieder an.«

Stattdessen faßte er, kaum geheilt, den Knaben Desiderius an. Er nahm den bald Zwölfjährigen an die Hand, ging nach der Tafel von Tisch zu Tisch, plauderte, blickte in manches Minnesingergesicht und verglich es mit den Farrancolinzügen. Abermals stellte ihn Judith zur Rede. »Domna Judith, das Leben ist ernst, laßt mir den kleinen Spaß. Der Frühling naht, da ruft der Kuckuck, da blüht die Natur. Dom Otho im Turm hört ihn nicht rufen, sieht sie nicht blühen. Im Übrigen bin ich, Ihr sagtet es, viel zu klug. Neigt Euer Ohr. Der Vater des Knaben ist nicht hier? nicht wahr? Sitzt er im Turm? oder kommt er in den Turm? Der Friedlose im Türm, der verbissene Alchimist, hat, wie ich Euch ausrichten soll, keine Zeit, Briefe zu beantworten.

Er ist einer sehr wichtigen Entdeckung dicht auf der Spur. Ihr seht ihn beim Liebesturnier. Da haben wir Freude und Abwechslung. Man stimmt die Lauten. Diesmal raube ich Euch das Hemd.«

Die Vorbereitungen deuteten nicht auf Minnesang. Judith, ritterlich aufgewachsen, beobachtete es mit steigender Unruhe. Tage und Tage rumpelte und knirschte die Burg von Gefährt nach Gefährt. Heerwagen nach Heerwagen. Bewaffnete überall. Städtische Haufen, bäuerliche Haufen. Ölfaß nach Ölfaß. Das Aufgebot Ghissi erschien. Die Minnesinger verschwanden ohne Abschied. Graziella schlug vor zu flüchten. »Im Krieg«, sagte die Gräfin, »ist man hier oben am sichersten. Die Tore werden besetzt sein. Besorge Stricke. Jetzt geh, uns das Essen zu holen.« Es gab Durcheinandergekochtes. »Sie planen Fürchterliches. Iß du, Graziella.« – »Gnädige Frau, ich höre Schritte, es schlurft jemand die Treppe herauf.« Sie horchten. Man stellte etwas ab. Die Schritte entfernten sich.

Graf Otho trat ein. Sein Ausdruck war verwüstet, sein Gesicht grauweiß, seine Milde beängstigend. Graziella, ein Messer in jeder Hand, war in die Reverenz gesunken. Judith erhob sich. – »Hat es geschmeckt?« fragte er. – »Ja, danke.« – »Gut geschmeckt?« – »Danke, sehr gut.« – Er nahm ihr Kinn. »Täubchen, das dachte ich mir. Es war das Herz Eures Liebhabers. Warum werdet Ihr blaß?« – Graziella sog wie eine Ertrinkende Luft in die Lungen. – »Weil ich«, erwiderte Judith, »derlei niedrige Scherze nicht mag. Ich habe keinen Liebhaber.« – »Eure Fassung gefällt mir. Ihr scheint wirklich treu. Ein Wunder bei Eurer Schönheit. Ein Wunder, wenn niemand auf dieser Schönheit besser gescherzt hätte als Euer ehelicher Gemahl. Der Kopf zu dem Scherz steht vor der Tür. Ich habe zu tun. Betet, daß die Entdeckung gelingt. Wenn Ihr den Kopf betrachtet habt, seid so gut und laßt mich wissen, ob es der richtige war.« Man hörte Feuerglocken. Er stürzte ans Fenster, erst an die Hofseite, dann an die Seite zum Schilfmeer. Die Frauen blickten sich an. »Das dachte ich nicht«, sagte Otho. »Ich dachte, Domna Judith, Ihr fallt in Ohnmacht. Kommt kommt, schaut in den Korb, schaut ihm noch einmal ins Gesicht wie damals vor zwölfeinhalb Jahren und in Farrancolin letzten Sommer!« – »Nein, Dom Otho.« – »Eure Fassung, ich ziehe mein Barett. Cormons in jeder Faser.«

Er lüftete den Hut und ging zur Tür. Die Frauen blickten sich an. »Es ist kein Spaß«, sagte er, das Weidengeflecht mit langer Blutbahn hinter sich herschleifend. »Das Essen war nicht vom Wildschwein, und es ist in dem Korb kein Schweinskopf, sondern? wer?« – »Ich kenne den armen Gemordeten nicht. Gott sei seiner Seele gnädig. Und der Euren, Dom Otho. Er sei Euch gnädig. Nur den Mörder, den kenne ich. O Dom Otho, wann werdet Ihr begreifen, in welchen Händen Ihr seid?« – Graziella schluchzte. Der Tote sah zu ihr auf. Judith verzerrte sich. – »Mädchen, geh hin«, befahl der Graf, »schließ ihm die Augen, es war der Falsche.« Während Graziella gehorchte, krauste er die Stirn und musterte Judiths von Krämpfen geschüttelten Körper. »Wann gebärt Ihr?« – »Jetzt!« – »Da will ich nicht stören.«

Sie gebar noch in der Nacht, zwei Monate zu früh, unter dem Geläut aller Sturmglocken, unter dem Feuerschein der Horizonte. Graziella entband sie, das Kind war tot, der Kaplan nicht zu finden. Die Mohren umschlossen Ortaffa.

Zelte wuchsen an den Ufern des Schilfmeeres, Zelte auf den Höhen jenseits des Mühlengrundes. Überall hatte die Tochter Ghissi die Ohren. Schwefel war nicht da; Salz und Pech wenig; Eisen knapp; die Beschläge der Wurfmaschinen verrostet, keine Därme, ihre Mechanik herzurichten; ihre Hebel gequollen, just so viel Hartholz, zwei von ihnen aufzuarbeiten. Städtische und bäuerliche Aufgebote murrten; der Burgmeister taugte nichts. Die Reiterei schlug sich unter schweren Verlusten in die Stadt. In der Stadt brach das Volk die Basilika auf, schändete Domna Barbosas Gruft und warf ihr Skelett, mit einem Zettel behängt, über die Mauer. Morgens schossen die Sarazenen es, in Seide gewickelt, wieder hinauf. Dann kamen die Köpfe der toten Reiter. Walo ließ sie zurückschießen. Hin und her, her und hin. Die Stadt ging in Rauch und Feuer auf. In der Burg setzten die Brandpfeile einzelne Wehrgänge in Flammen. Aus dem alchimistischen Turm rann blaugrünliches Glühen die Wände hinab, Tränen, die auf dem Stein schmorten, nicht zu löschen. Das Wasser verzischte, das Leder der Patschen wurde zerfressen. Was auf den Boden rollte, erstickte man mit Sand. Das Glühen buk ihn zusammen. Man schleppte die Silbervorräte der Münze in die Gewölbe. Man baute Schanzen um den Eingang. Im Tal baute der Mohr eisenbeschlagene Belagerungstürme.

Und eines Morgens war plötzlich alles still. Alles noch da, aber alles still. Judith stand auf, den Dolch in der Hand, sich notfalls zu erstechen. Sie trat zu Graziella ans Fenster. – »Gewiß ist der Herr Markgraf gekommen«, sagte Graziella, »und verhandelt, daß sie abziehen.« – »Sie werden die Stadt berennen«, vermutete Judith. »Man hört es hier nicht, der Wind kommt von See.« – Graziella riß den Fensterflügel auf. »Mon Dom! Mon Dom!« Waffenlos, eine Pergamentrolle in der Hand, schritt Barral zwischen Lanzknechten dahin. Seine Linke grüßte zu den Frauen empor. Kein Lächeln umspielte die Lippen. Die Augen verhießen nichts Gutes.

Er betrat den Turm. Walo empfing ihn. Eine barsche Handbewegung ließ ihn verstummen. Dom Otho erbrach das markgräfliche Schreiben. Ungelesen reichte er es verkniffen an Walo. »Nicht als Vogt«, sagte Walo. »Als Unterhändler. Wir sehen keinen Anlaß zu verhandeln. Die paar wenigen Wochen halten wir aus. Dann sind wir so weit. Ach? Untersuchung?« Das Pergament wanderte zu Dom Otho zurück. »Wo steht der Markgraf?« – »Im Bogen von der Furt Ongor über Marradî bis vor Ghissi. Rodi in Flammen, Kloster Berge belagert, der Winkel zwischen Tec und Gallamassa verwüstet, die Bäume verbrannt, die Menschen geschlachtet. Alles das, weil Ortaffa Silber gepantscht hat. Wer Silber pantscht, wird in glühendem Blei ertränkt.«

Damit sank er zu Boden. Als er erwachte, war ihm übel. Tiefes Dunkel lag über Ortaffa. Seine Nachtaugen erkannten, daß er hoch oben im Söller gefangen saß. Auf das Schilfmeer hinunter schneuzte er sich das Gift aus der Nase. Er probte den Wein, den er nebst dem Brote vorfand, und durchspülte mit ihm die Nüstern. Er trank nicht und aß nicht. Die Tür war von außen geriegelt. Morgens maß er die Entfernung vom zweiten der Fenster bis zu den Steinen des Hofes. Sie reichte hin, selbst einer Katze mit Gewißheit das Rückgrat zu brechen. Aber Freund Salâch hatte bestimmt, es dürfe kein kleinster Dolch auf die Burg. Niemand zeigte sich in dem winzigen Hofstück zwischen Palas und Herrenstallung. Niemand, dem er hätte winken können, den ganzen Tag. Als der Hunger schrie, verzehrte er eine Feige; Feigen und Nüsse trug er stets bei sich.

In der Dämmerung hörte er einen Steinkauz rufen. Graziella! Sie hielt einen handtellergroßen Hirschkäfer hoch. »Wann?« rief Barral so leise wie möglich. Mit den Fingern zeigte sie zweimal fünf, einmal zwei. Der Schalk huschte über ihr Gesicht. Er zwinkerte. Es zahlte sich aus, daß er Märchen erzählt hatte. Nun war also er der zum Tode verurteilte Wesir, die Tochter Ghissi sein treues Weib. Lange vor Mitternacht stand er am Fenster, Graziellas Eulenschrei zu beantworten. Undeutlich sah er, wie sie den Käfer an die Wand setzte. Der Käfer, die Fühler mit Honig bestrichen, witterte die Nahrung oben und kroch dem nach, was er nie erreichte. Barral holte ihn vorsichtig in den Turm. Vorsichtig holte er den seidenen Faden herauf, der um den Käfer geknüpft war, vorsichtig den Zwirn, der nach zwanzig Klaftern an dem Faden saß. Bald hatte er einfache Spinnwolle, bald achtfach geseilte Wolle, dann starken Hanf, dann den Strick, endlich das harte Tau. Er knüpfte es an das steinerne Fensterkreuz; Graziella winkte mit dem überschießenden Ende. Wie Katzen tauchten Bewaffnete aus dem Dunkel. »Ghissi, Mon Dom!« Er keckerte als Elster, spuckte in die Handflächen, nahm das Tau zwischen die Fußsohlen und schwebte zwischen Himmel und Erde. Brach das Fensterkreuz, war er tot. Unter Stoßgebeten hangelte er abwärts. Er bedeckte sein Kind mit Küssen. »Was nun, Ubarray?« – »Meutern, Mon Dom.« – »Alles vorbereitet?« – »Stehen um die Ecke.«

Sie hoben ihn auf den Schild. Hundert andere Schilde wurden mit den Schwertern geschlagen. Jubel und Lärm pflanzten sich durch die Höfe fort. Er spickte sich mit Waffen. Der Burgmeister wurde im Schlaf gefesselt, der Turm umstellt. Bis zum Morgengrau überprüfte Barral, vom Burgmeister und seinen Schlüsseln begleitet, die Bestände der Festung. Sie genügten nicht, Ortaffa zu halten. Dann rief man ihn vor den Turm. Aus den Fenstern rann wieder das Feuer, diesmal grünlich gelb. Aus der Tür trat Walo. »Oh! Barral! Ich wähne dich im Schlummer, da stehst du unten. Herein mit dir! Otho freut sich.« – »Heraus mit euch beiden«, erwiderte Barral. – »Du drohst? Wer die Hand gegen seinen Herren hebt, hebt sie gegen kaiserlichen Blutbann.« – »Otho ist nicht mein Herr, er kann mir gestohlen sein. Andere Diebstähle beschäftigen mich mehr. Burgmeister, die Münze jetzt. Ubarray, nimm den Herrn Ritter in Gewahrsam.«

Es kam dazu nicht. Graf Otho, die Haut von Blasen gesprenkelt, rotgelb genäßt, stieg schwankend die Stufen abwärts. »Satanisches Zeug«, murmelte er. »Vetter Ghissi. Was führt Euch. Es flog mir ins Gesicht. Ich würde bitten, vor allem das Frauenhaus vor dem Judas zu schützen. Stellt eine Wache davor. Die Schmerzen sind satanisch. Er sei Euch gnädig, hat sie gesagt. Der Herr Vetter sei so gnädig, mir vierzehn Tage zu geben. Wir streichen das Zeug auf meine Gemahlin, an mir hat es Wunder gewirkt. Dann auf die Mohren, sie werden abziehen. Vierzehn Tage, Vetter Ghissi. Es wird dunkel. Wollt Ihr an meiner Tafel speisen? Wen habt Ihr da an der Hand? Weiß schon. Die Bedienerin meiner Frau Gemahlin, das hübsche Räubermädchen. Wann gebiert meine liebe Gemahlin?« – »Sie hat geboren, Euer Gnaden«, sagte Graziella. »Ein totes Frühkind.« – »Richtig. Wo habt ihr es beerdigt?« – »Herr Walo hat es in der Kloake beerdigt.« – »Wie abgeschmackt. Da liegt es neben dem Wildschweinkopf. Es sind Sauen, Vetter Ghissi! Wolltet Ihr nicht den Münzmeister sprechen? In dem Satanszeug hier ist Silber. Eine höchst gefährliche Mischung von Silber, Schwefel, Salzen und Wildschweinköpfen. Ich schicke Euch den Münzmeister. Sucht ihn, Vetter Walo. Falls er noch lebt. Er könnte sich erhängt haben.«

»Warum sollte er sich erhängen?« fragte Walo begütigend. »Ihr müßt zu Bett. Ihr seid müde.« – »Ja«, fuhr Dom Otho fort, fast nur noch zu erraten. »Warum erhängt sich ein Mensch? Warum Wildschweinköpfe, wenn man sie nicht einsulzen will? Warum schändet man meine Frau Mutter? Warum verriet der Jünger seinen Herrn? Um dreißig Silberlinge verrät man, um dreißig Silberlinge hängt man am Baum. Mädchen, möchtest du um dreißig Silberlinge, die ich dir schenken werde, zu meiner lieben Frau gehen und ihr sagen, daß ich sie lieb habe? Dann tu das. Ich komme heute nacht mit dreißig Silberlingen, ihr ein neues Kind zu machen.« – »Gräfliche Gnaden, gnädige Frau ist unrein.« – »Ach ja. Ja ja. Nun, dann mache ich es dir. Das Kind, das der Herr der Magd schwängert, wird ehelich nach dem Gesetz, wenn die Herrin unter der Magd liegt. Das wollen wir heute nacht erproben. Vetter Ghissi, Ihr vergeßt bitte nicht, der Wache einzuschärfen, daß sie weder den Grafen Ortaffa noch den Jünger Sartena ins Frauenhaus läßt? Ich bitte ausdrücklich, ich zumal habe gar keine Zeit, ich muß an meine Versuche. Kommt, Vetter Walo.«

Barral stieg in die Münzkeller. Der Morgen rötete sich. Larrart als Wache vor dem Frauenhaus ließ den jungen Erbgrafen Desiderius durch, der kniefällig bat, zu seiner Mutter zu dürfen. »Frau Mutter! aufsperren! Graziella, aufsperren! der Vater bringt Menschen um!« Graziella, eben erst wieder eingeschlafen, fegte an ihm vorüber die Treppen hinab, Mon Dom zu suchen. Judith, nur mit dem Mantel bekleidet, lief barfüßig über den Hof. »Rede doch, Desider! was tut er?« – »Sie steigen aus dem Kerker, Frau Mutter, sie haben keinen Ausweg, er sitzt da, das Schwert ausgestreckt, sie müssen hinüber, wenn er Hopp sagt, in den Abgrund.«

Der Klingensprung vollzog sich im Steinwinkel zwischen Herrenhaus, Herrenstallung und Studierturm. Otho, im Grafenumhang, die Grafenkrone schief in den künstlichen Locken, denn er war fast kahl, saß auf der niedrigen Mauer. »Hopp«, sagte er abwesend. Die Folterknechte peitschten den Nächsten hinüber. Die Hände gekettet, standen sie hintereinander, bärtig, hohlwangig, eine lange Reihe, schwäbische, fränkische Minnesinger, kelgurische. Starr und gläubig blickte Hyazinth Farrancolin Judith an. »Hopp!« sagte Dom Otho. Die neunschwänzige Katze striemte Hyazinths Waden. Er warf sich hin. – »Nein!!« schrie Judith. – »Bitte?« fragte Otho. »Ich habe Hopp gesagt.«

Barral wischte einen der Handlanger zur Seite. Das Turmfenster wurde aufgerissen. »Was ist denn da unten?« rief Walo. »Kann man denn nicht einmal schlafen?! Jesus Christus! der hat den Spautz!« – »Hopp!« sagte Otho. »Hopp, Vetter Ghissi. Laß mein Schwert los. Wie schaust du mich an, Bastard? Bin ich ein wildes Tier? Ich hab dich ja lieb, du Starker. Bring mich zu Bett. Bring mich doch bitte zu Bett. Trag mich auf deinen Armen. Trag mich in den Turm, ganz nach oben. Ich kann es nicht lösen. Mein Kopf ist am Ende. Ich möchte schlafen. Schlafen bis an den jüngsten Tag. Schön auf deinen Armen. Schön schaut Domna Judith mich an. Erbarmender kann Gottes Mutter nicht schauen. Räubermädchen schaut auch erbarmend. Judas schaut irr. Desider, mein Liebling, mach die Türen auf. Diese Tür nicht, da hängt der Münzmeister am Balken für dreißig Silberlinge. Diese Tür auch nicht, da sitzt Graf Otho. Ich wollte Kelgurien retten, Vetter Dachs, mit dem Zeug. Nun mußt du es retten. Höher, immer höher. Und stell mir Wachen, damit ich nicht in die Tiefe springe. Ich möchte in den Himmel. Selbstmörder fahren zur Hölle. Münzmeister zur Hölle. Walo zur Hölle. Desider, du gehst ins Kloster, nicht wahr? betest für deinen Vater. Viele, viele Gebete. Ich habe zwei Nächte nicht mehr geschlafen. Zwei Tage und zwei Nächte laßt mich schlafen. Dann bin ich wieder klar.«

Barral hob das Kinn. »Desider. Hinweg. Das ist nichts für dich.« Er drängte Walo fort. – »Mein Gott«, sagte Walo. »Was für Geschichten. Soll ich einen Priester holen? Domna Judith, Ihr müßt bei ihm wachen, das ist Euer Platz, haltet die Hand des vor Gott Euch angetrauten Mannes.« – »Dom Walo«, zischte Barral, »Ihr mißbraucht den Namen des Herrn!« – »Dom Walo? Dom? mein Lieber, wir haben uns Freundschaft geschworen!« – »Ich schwöre sie auf und kenne Euch nicht mehr!« – »Wovon redest du, Barral? Bin ich an dem Irrsinn schuld? Mein Gewissen ist rein. Ich stelle mich gern der Inquisition, gern jedem Gericht.« – »Da werdet Ihr nicht lange warten müssen. Selbst wenn der Mohr abrückt: niemand verläßt die Burg. Hier ist ein Strafgericht zu vollziehen. Hier wurde gemordet, mit Worten, zu Stricken verseilt. Hier wurde gestohlen und betrogen, hier wurde Eisen mit Silber umgossen und als Blocksilber nach

Dschondis geliefert. Für diesen Verrat an uns allen büßen wir alle mit Tributverlängerung um dreißig Jahre, mit Geiseln, geschändeten Frauen, geköpften Rittern, mit verbrannten Wäldern, mit geschlachtetem Getier!« – »Aber nun rege dich doch nicht auf. Das alles sind muselmanische Finten, nichts davon ist beweisbar. Und dreißig Jahre Tribut? Sagen sie dreißig, meinen sie zehn. Du wirst sehen, man spricht mich frei. Ich bin begierig.« – »Und Ihr, Dom Walo, werdet sehen, daß ich, damit keine Zeugen veschwinden, Euch bis zur Verhandlung gittere und einmauere.« – »Selbstverständlich. Ich lege sogar Wert darauf. Aber bitte schicke mir einen Priester.«

Als Ortaffa die schwarzen Fahnen zeigte, warf Emir Salâch sich gegen Mekka zu Boden und weinte vor Freude. Die Prinzen umarmten ihren weisen Gebieter, der einen so gewagten Kriegszug unter so wenig Blutopfern geführt und zu einem so guten Ende gebracht hatte. Zu Füßen des Stadttores hob Salâch den barhäuptigen, barfüßigen, ungegürteten Freund aus dem Staube, empfing von ihm die Schlüssel der Festung, setzte ihn auf ein goldgeschmücktes Pferd, ließ ihn waffnen und in das Emiratszelt aus Wollfilz von Lamm und Kamel geleiten. Markgraf Carl wartete bereits. Er fragte nach Graziella. – Der Jude Ruben winkte Barral zur Seite. Im Auftrage seines Oheims Jared bot er sämtliche Pfandschaften Kelguriens zu den bekannten Bedingungen. »Falls die Herren Grafen und Bischöfe nicht wollen, wie sie sollen.« – »Ich besitze kein Geld.« – »Was braucht Ihr Geld? Es wird Euch gestundet; es wird geglaubt; credit nennt es der Banco. Jared credit.«

Der Grafenkongreß beugte sich. In der Frühe über den nächsten Tag brachen die Sarazenen ihre Zelte ab. Sie hatten auf Geiselgestellung verzichtet. Die verlängerten Tribute liefen über sieben statt über zehn Jahre. Alles in der Burg vorhandene Silber gab der Vogt hin auf einen Schlag. Und auf einen Schlag, wie ein Volk Küchenschaben, wenn es die Kerze sieht, fiel die geistliche Pönitenz in Ortaffa ein.

ASMODI UND DIE DREI ERZBISCHÖFE

Niemand verließ die Burg, niemand betrat sie, außer dem markgräflichen Vogt Barral, dem zwei Prälaten der Inquisition auf Schritt und Tritt folgten. In den Ruinen der Stadt war er frei. Keller um Keller wurde durchwühlt, Leiche nach Leiche geborgen, bis das beiseite geschaffte Silber, gräflich gestempelt, unter den Ockervorräten eines Farbkrämers, der nicht mehr lebte, zu Tage kam. Walo wußte von nichts. Der zweite Münzmeister starb in der Folter am Herzschlag. Das Gericht verlangte Folterung Walos. Die Inquisition lehnte ab: weltliche Rechtsprechung erübrige sich, bis der kirchlich Beschuldigte seine Kirchenstrafe gebüßt habe. Barral ging zum Frauenhaus; es war versiegelt. »Was soll das, Herr Prälat? wo sind die Frauen?« – »Im Kerker, Herr Vogt.« – »Im Kerker?!« – »Mäßigt Euren Ton. Sie sind der Hexerei hinreichend verdächtig.«

»Mäßigt Euren Ton«, sagte auch Markgraf Carl im Zypressenpalast Ghissi. Ghissi hörte seinen Herrn brüllen wie einen Stier, den der abschlagende Metzger verfehlte. »Reitet zum Kardinal und versucht, was Ihr ändern könnt.« – »Nicht ohne daß Ihr, Vetter Carl, die weltliche Gerichtsbarkeit auf Euch genommen habt.« – »Ich kann sie nicht auf mich nehmen, Vetter Barral, auch wenn Eure Gründe mir einleuchten. Auch wenn Kelgurien geschädigt wurde, ich kann es nicht. Es muß eine Rekurs-Instanz geben.« – »Die ist das kaiserliche Pfalzgericht.« – »Nein, die ist das markgräfliche Kassationsgericht.« – »An Eurem Starrsinn beißt man sich die Zähne aus!«

Nicht besser erging es Barral in Cormons. Dom Vito, der Fastenzeit wegen in Violett, zwei Prälaten hinter sich, zuckte die Achseln: »Die Gerechtigkeit nehme ihren Lauf.« – »Aber ich, Herr Kardinal, ich allein als Vogt bin der Gerichtsherr, es waren Morde! es war Landesverrat!« – »Es war Hexerei. Ich kann nicht helfen, ich will nicht helfen. Schon Domna Oda bestürmte mich vergebens.« – »Herr Kardinal.« – »Herr Vogt, ich bin nicht Partei! Ich verbitte mir Eure Beeinflussung. Die heilige Pönitenz wird feststellen, wie die Wahrheit aussieht. Nach den Osterfeierlichkeiten sitze ich auf Ortaffa dem Ketzergericht vor; mit mir als Inquaerent der Kardinal Patriarch von Mirsalon.« – »Und Dom Guilhem?« – »Er ist nicht mehr Diözesanhirt.« – »Aber er war es, Herr Kardinal, er war es zwei Jahrzehnte, niemand kennt Dom Otho, niemand Domna Judith, niemand diesen Teufel, der sie umgarnt, als einzig Dom Guilhem, Ihr müßt ihn hinzuziehen!« – »Ich muß gar nichts.« Er tuschelte mit den Prälaten. »Reitet nach Lorda. Der Bruder Erzbischof ist als Beisitzer genehm.« Damit reichte er den Ring zum Kuß.

Barral wartete der Markgräfin Mutter in ihrer neuen Residenz, dem Steinernen Hause, auf. »Meine Tochter als Hexe im Kerker! Dieser fürchterliche Mann fühlt nicht, was auf der grauenhaften Burg mit Menschenherzen getrieben wird.« – »Er fühlt es, gnädige Frau. Er ist ein Gefangener der Inquisition. Er wird eingreifen, wenn sich die Möglichkeit bietet.« – »Hoffen wir es, Dom Barral. Und ich habe mich mit meiner Tochter nicht versöhnt. Sagt es ihr, wenn Ihr sie sprechen dürft, daß ich mich meiner Engherzigkeit schäme. Sie verzeihe mir meine Ichsucht. Sagt es dem Erzbischof Guilhem. Ich gebe Euch den Segen einer Mutter mit.« Sie begleitete ihn bis zum Hof. »Das ist meine Enkelin Fastrada. Ihr entsinnt Euch?« Fastrada errötete. »Begrüße den Herrn Vogt.« Fastrada küßte Barrals Hand. Er hob sie ärgerlich auf. – »Herr Vogt, was wird mit meiner Mutter?« – »Ich weiß es nicht, Fräulein.« Ein schneller Blick schätzte ihre Gestalt. Sie errötete abermals.

Barral übernachtete bei Lonardo Ongor. »Ihr habt die Sekunde verpaßt, Vetter Ghissi. Damals im Gottesgericht hättet Ihr ihn tot in den Sand gestreckt, diesen Asmodi, der die Dächer der Häuser und die Hirnschalen der Menschen abhebt, um ihre Gedankenfäden zu verwirren. Stattdessen schichtet nun Asmodi der schönen Judith den Scheiterhaufen. Der zarte Guilhem ist der Letzte, der helfen könnte. So fein, so wächsern, so jenseitig, zerreißt er vielleicht ein Lügengespinst im Herzen der Beichtkinder, aber niemals das zähe Netz der Pönitentiare. Wenn der Haudegen Vito entmannt wurde, ist es aus. Kardinal Dionys, die Tarantel, wird jeden, den er will, bringen, wohin er will.«

Gründonnerstag nach dem Gottesdienst führte man Barral in die Sakristei der Lordaner Kathedrale. Die Züge des Erzbischofs erschreckten ihn; sie waren gezeichnet von Leid; Schläfen und Stirn wie gesalbt mit Milde. Eine fast frauliche Schönheit spielte um den Mund, die schmale Nase, die schrägstehenden Lider, die schon weißen Ohrlöckchen des Fünfzigjährigen. Dom Guilhem entfernte die Priester und hörte geduldig an, was Barral ihm schilderte; wenige leise Fragen lenkten das Gespräch. Sein Blick blieb durchsichtig wie ein besonnter, steinerner Bachgrund. »Du hast ein reines Gewissen?« – »Ich beichtete.« – »Es ist nichts vorgefallen zwischen Domna Judith und dir?« – »Seit Farrancolin nichts.«

Die Prälaten der Inquisition strömten zusammen. Im Grafensaal von Ortaffa las Dom Guilhem ihnen als Fastenpredigt das Register ihrer unchristlichen Mißbräuche. Abends wurden Judith und Graziella abgeschmiedet. Von Ratten benagt, von Ungeziefer bedeckt, schwankten sie nach oben. Die Dämmerung tat ihnen so weh, daß sie die Hand vor die Augen legten. Nonnen führten sie in das Frauenhaus, badeten sie und ließen sich mit ihnen einmauern. Als die Kardinäle erschienen, begann der langwierige Prozeß der Einzelvernehmungen. Die Frauen vernahm man nicht. Es dauerte bis kurz vor Pfingsten, ehe man ihnen Gehketten, Handketten und Büßerhemd anlegte, ihren Scheitel mit Asche bestreute und sich der Grafensaal vor ihnen auftat, ein flirrendes Zucken von Purpur, Scharlach und Violett. Die Bänke an den Längsseiten wogten von Geistlichen; an der Schmalfront saßen zu den Flanken des Kamins die weltlichen Herren; vor dem Kamin auf erhöhter Estrade die drei Erzbischöfe; unter ihnen war die gräfliche Blutgerichtsschranke gespannt, der Altar inmitten, links der Vogt, rechts der Vicedom Rodi; den ganzen Estrich füllten liegende, zugedeckte Gestalten.

Judith und Graziella schworen am Altar, die reine Wahrheit sagen zu wollen, knieten auf die ihnen bestimmten Kissen nieder und erwarteten die Anklage. »Judith Ortaffa«, sagte Dom Vito, »bedecke dich. Graziella, wessen klagst du dich an?« Graziella überlegte. »Du hattest Zeit, nachzudenken. Was würdest du beichten, wenn du beichten dürftest? Klage dich an, bevor wir dich anklagen.« –

»Euer Erhabenheit, ich finde nichts.« Das massige Viereck des Mohrenschlächters bewegte sich kaum, ausgenommen den viereckigen Bart. Zu seiner Linken saß schmal und still Dom Guilhem, auch er unbewegt. Nicht minder fein, aber härter, war das scharfe Raubvogelgesicht des Kardinals Dionys, eines Siebzigers von bebender Wachsamkeit.

Auf einen Wink von Dom Vitos rechtem Zeigefinger schnellte er, Anwalt der Engel, empor. »Ich klage an die Jungfrau Graziella, daß sie mit abergläubischen Künsten versucht hat, den Ritter Walo als Teufel zu besprechen, versucht hat, den Grafen Otho unzüchtig auf sich zu empfangen, endlich Weihwasser gestohlen und mit dem Weihwasser ihren Hexenleib gewaschen zu haben.« Graziella brach in Tränen aus. – Dom Vitos Linke verfügte, daß Dom Guilhem, Anwalt des Teufels, sich hinabbegab. Verängstigt sah die Beklagte ihrem Hirten von einst entgegen. »Ruhig«, sagte er. »Hast du Dom Walo besprochen?« – »Ja, erzbischöfliche Gnaden.« – »Wiederhole die Formeln.« Die Prälaten spitzten die Ohren, verstanden aber kein Wort von dem ozeanischen Gezischel. – »Übersetzt es, Bruder Lorda!« verlangte Dom Dionys. Dom Guilhem tat es in so leichter Weise, daß ein Lächeln die Inquisition überlief. – »Kindischer Unsinn also«, entschied Kardinal Vito. »Wenn du ihn schon für den Teufel hieltest, warum tratest du ihm nicht nackt gegenüber, wie man das auf dem Lande so macht?« – »Dem?« rief Graziella. »Das hätte er sich gerade gewünscht!« Die Prälaten lachten. – »Weiter, Graziella: warest du bereit, Dom Otho auf dir zu empfangen?« Hier lachte Graziella. – Barral hob das Schwert. »Ich war Zeuge mit Ubarray, Walo und Anderen, daß Dom Otho, bereits geschlagen von Gott, solche Absicht äußerte.« – »Das Gericht«, wandte Kardinal Dionys ein, »gedieh nicht zu der Überzeugung, daß Otho von Gott geschlagen wurde; der Teufel fuhr in ihn; eben der Teufel Graziella, denn Otho war anwesend, als sie Walo besprach. Das Besprechen lasse ich fallen, die geplante Unzucht ist widerlegt. Suche in deiner Seele, Graziella, du stehst vor dem Scheiterhaufen, suche, wessen du dich anklagst oder entschuldigst im dritten Punkte. Stahlest du Weihwasser?« – »Nein, Euer Erhabenheit. Ich weiß von keinem Weihwasser. Welches Weihwasser denn?« – »Das Weihwasser der Burgkapelle, ein bischöflicher Jahresvorrat, war über Nacht verbraucht vor Fastenbeginn, so daß der Kaplan, zwei Tage ehe Ortaffa von den Mohren umschlossen wurde, nach Rodi ging, neues zu holen. Der Kaplan ist hier, du leugnest umsonst; er sagte aus, deine Frau habe dich mehrfach geschickt.« – »Der Herr Kaplan lügt!« – »Bedecke dich.«

»Judith Ortaffa«, befahl Dom Vito. – Judith kniete sich auf. »Der Kaplan lügt!« rief auch sie. – »Du warest nicht gefragt. Wessen klagst du dich an? Was würdest du beichten?« – »Nichts. Mein Gewissen ist rein.« – Der Kardinal von Mirsalon blähte die Nasenflügel. »Umgabest du deinen Gemahl mit genügend Aufmerksamkeit, Liebe und Demut?« – »Ja, Herr Kardinal. Mehr als er mich.« – »Danach habe ich dich nicht gefragt.« – »Aber ich frage danach, Herr Kardinal! Ich war im Kloster; ich bin aus dem Kloster zurückgekehrt, um zu helfen; ich hätte ins Kloster zurückgehen sollen, als ich erkannte, ihm sei nicht zu helfen!« – »Wann erkanntest du dies?« – »Als ich den Brief schrieb.« – »Warum gingest du nicht?« – »Weil ich noch hoffte.« – »Bis wann hofftest du?« – »Bis ich den Mut nicht mehr hatte.« – »Mut wofür?« – »Mut, mich den Mohren in die Krummschwerter zu werfen.« – »Ah, du wußtest, sie kämen?« – »Ich konnte es mir ausrechnen.« – »Und schicktest den Kaplan fort mit dieser Kenntnis!« – »Nein, Herr Kardinal. Ich schickte nach dem Kaplan, und er war fort, als ich schickte.« – »Wann schicktest du?« – »Als ich gebar.« – »Wann gebarest du?« – »Als ich das Menschenherz gegessen hatte.« – »Es war kein Menschenherz.« – »Und der Wildschweinkopf?!« – »Der Kopf in dem Weidenkorb gehörte einem zu Recht Enthaupteten. Lenke nicht ab. Du weißt, wer den Kaplan fortschickte?« – »Nein, Herr Kardinal. Man sagte mir, er sei nach Rodi gegangen, Weihwasser holen.« – »Sagte man nicht, daß du es warest, du und deine Bedienerin Graziella, die Weihwasser stahlen, sich damit zu waschen?« – »Nein, Herr Kardinal. Man sagte es nicht, und ich stahl es nicht, und ich wusch mich nicht mit dem Weihwasser.« – »Aber die Hexe Graziella tat es.« – »Nein, Herr Kardinal. Sie stahl nicht, sie frevelte nicht, und sie ist keine Hexe.« – »Sie ist eine Hexe.« – »Dann bin ich es auch.«

Dom Dionys winkte zwei Prälaten herbei. Nach längerem Flüstern setzte er das Verhör fort. »Du gibst also zu, eine Hexe zu sein.« – »Nein, Herr Kardinal! Nein, Herr Kardinal!« – »Wie erklärst du dir die Abnahme des Weihwassers?« – »Herr Kardinal, ich bin nicht Priester, ich besitze den Schlüssel nicht zur Weihwasserkammer. Ich besitze den Schlüssel nicht zu Euren Fragen. Ich besaß und besitze den Schlüssel nicht zu der Kammer, aus der die Angst geholt wurde. Habt Ihr Priester nicht Angst, uns so zu ängstigen?« – »Ein Priester, der Angst hat, ist kein Priester. Soll ich den Kaplan foltern lassen zum vierten Male? Oder dich?« – »Wenn die Folter Euch zu der Wahrheit führt: foltert mich! ich werde im Schmerz nichts Anderes aussagen.« – »Du sagtest: Angst. Das gibt mir zu denken. Sage, was der Kaplan tat. Goß er das Weihwasser fort, um einen Grund zu haben, hier herauszukommen, weil er wußte, die Belagerung stand bevor?« – »Dreht sich denn alles nur um das Weihwasser? Die Worte, mit denen wir geängstigt wurden, kennt Ihr die Worte, die heimlichen und die unheimlichen, die deutlichen und die undeutlichen, die scheinbaren und die unscheinbaren? warum foltert Ihr nicht den Teufel? warum des Teufels Opfer?«

Wieder wurde geflüstert. Danach trugen sechs Schergen eines der zugedeckten Bündel hinaus, man hörte es weinen und wimmern. »Das Gericht«, sagte Kardinal Vito, »hat über den Teufel disputiert und denjenigen foltern lassen, den es für einen Teufel hielt. In der Tortur, die einen Teufel belustigen würde, weil dem Teufel kein Schmerz etwas ausmacht, hat er bekannt, was er vorher aus Ritterlichkeit verschwieg. In diesem Bekenntnis hoben alle bisherigen Widersprüche sich auf. Forsche in deiner Seele, wessen du dich anklagen kannst, bevor wir dich anklagen und bevor wir dich foltern und bevor wir Graziella foltern.« – »Es gibt, hochwürdigster Herr Kardinal, in meiner Seele nichts mehr zu forschen, nichts, wessen sie sich anklagt, so wahr ich an Christus glaube.« – »Lege dich nieder. Schergen, bedeckt sie.«

Der Engelsanwalt verlas die Anklage. Es gab in Ortaffa einen einzigen Menschen, dem es gelegen sein konnte, Dom Otho ins Unglück zu stürzen: Judith. Sie war es, die den Kaplan entfernte, um ihre Unzucht mit einigen der Minnesinger nicht beichten zu müssen; sie war es, die Dom Otho ermunterte, teuflischen Künsten zu frönen; sie, die ihm den Gedanken hinschob, sich an den Silbertributen zu bereichern; sie, die ihn dann warnte, die Minnesinger wüßten davon; sie, die ihren Gemahl zwischen Liebe, Mißtrauen, Abscheu und Eifersucht hin- und herriß, sein Gehirn zu zerrütten; sie, die eine Hexe als Bedienerin duldete, sich von ihr behexen ließ, um Dom Otho behexen zu können, und mit der Hexe gemeinsam das zu früh geborene Kind erstickte, ungetauft.

Barral schleuderte von der Gerichtsbank sein Schwert in den Saal. »Ich stelle mich dem Verleumder zum Gottesgericht auf Leben und Tod.« – »Die Anklage, Herr Vogt«, rief Kardinal Dionys, »wird von der Inquisition erhoben, sie verleumdet nicht!« – »Die Inquisition, Herr Kardinal, ging einem Verleumder auf den Leim und verfolgt die Falschen.« – »Herr Vogt, Ihr sprecht eine ungebührliche Sprache.« – Kardinal Vito ließ einfließen, das Anerbieten eines Gottesgerichtes sei niemals ungebührlich, sondern die Pflicht eines christlichen Ritters, der die Unschuld angegriffen sehe. – Dom Guilhem setzte das Birett auf sein Käppchen. – »Bitte, Bruder Lorda.« – »Ich behaupte nicht«, sagte der Erzbischof, »Gräfin Judith sei unschuldig. Die heilige Inquisition wird das klären, wenn anders sie von Gott inspiriert wurde.« – »Wenn anders?« unterbrach ein Prälat. – »Wenn anders«, wiederholte Dom Guilhem. »Ich mutmaße die Unschuld; ich mutmaße, daß die Inquisition irrt.« Er wartete, bis Dom Vito das Murren zum Schweigen gebracht hatte. »Denn«, fuhr er fort, »ich kann nicht annehmen, es gebe einen Bischof der Kirche Christi, der fähig wäre, sich zwanzig Jahre hindurch in einem Beichtkinde zu täuschen. Hätte er sich getäuscht, müßte und würde er um seine Relegation bitten. Dieser Bischof bin ich, Guilhem

Sartena. Um das Verfahren und mit ihm die Qual der Beklagten abzukürzen, werfe ich mein Brustkreuz neben das Schwert des Vogtes, Herausforderung an den Verleumder, der unter uns ist, den Nebel, der sich in gewissen Gehirnen gebildet hat, zu zerstreuen.« Das Pektorale klirrte auf den Estrich. Der Saal blieb still. In der Ferne des Vorraumes hörte man das Gebrüll und Gewinsel des Kaplans in seiner hochnotpeinlichen Befragung durch die Prälaten.

»Judith Ortaffa«, verfügte Dom Vito, »enthülle dich. Bruder Dionys, Ihr seid der Oberhirt, stellt Eure Fragen.« – Judith kniete sich auf und faltete die geketteten Hände. »Ich will keine Fragen mehr!« rief sie leidenschaftlich. »Ich bin keine Verbrecherin! Gott der Herr ist mein Zeuge!« – Dom Dionys fuhr dazwischen. »Du hast kein Recht, Gott den Herrn anzurufen. Es fehlt die Beichte, ohne die du seit Ostern exkommuniziert bist.« – »Ich habe ein Recht, Herr Kardinal. Ihr seid es, Ihr habt kein Recht, eine Beichtwillige zu exkommunizieren. Ich schreie zu Gott!« – »Das ist Ketzerei.« – »Nein, Herr Kardinal, nein! Niemals ist das Ketzerei. Nicht ein einziges Verbrechen von denen, die mir vorgeworfen wurden, habe ich begangen, nicht ein einziges Wort von dem, was verlesen wurde, ist wahr vor Gott. Herr mein Gott, erlaubt mir, daß ich zu Euch flehe ohne priesterlichen Beistand, Eure Gepurpurten bringen mich um. Erlaubt, Herr mein Gott, daß mir ein glühendes Eisen gebracht wird. Heilige Mutter Maria, Ihr wißt, daß ich Mutter war, Mutter bin und kein Kind erwürge; Heilige vierzehn Nothelfer von Ghissi, Ihr wißt, daß meine Graziella keine Hexe ist; der Herr Erzbischof Dom Guilhem weiß aus ungezählten Beichten, daß ich jede Demütigung trug, meinem Gemahl eine liebevolle Gemahlin zu sein, er breche, ich bitte ihn darum, er breche sein Beichtgeheimnis! und Satan weiß, warum Walo Sartena die Feigheit hat, mich mit Worten, Worten, Worten in die Flammen zu stoßen! Christus, Maria, Erzbischöfe, ich weiß es, daß mein Gemahl Dom Otho nicht gewußt hat, daß er mordet, nicht gewußt hat, daß der, der um ihn war, Teufel ist, Ihr könnt einen Kranken nicht verbrennen, Ihr könnt einen Geschlagenen nicht schlagen, einen Zertretenen nicht treten, Ihr könnt nicht in Christi Namen Christi Barmherzigkeit leugnen, Ihr könnt, Herr Kardinal, Ihr könnt es nicht überhören, daß ich zu Eurer gesalbten Seele schreie!!«

»Ein glühendes Eisen«, befahl Dom Vito. – »Amen«, sagte Dom Guilhem. Der Kaplan, ein zuckender Haufe Elend, wurde wieder hereingetragen und hingelegt. Die vernehmenden Prälaten tuschelten mit Dom Dionys. Sein Gesicht war wie Wetterleuchten. Er nahm das Birett ab, ging die Stufen hinunter, beugte sich zu Judith und legte ihr die Hand auf den Scheitel. »Ich habe es nicht überhört, meine Tochter. Du wirfst den Prozeß um. Du rettest, wenn die Feuerprobe gelingt, deinen Gemahl als von Gott geschlagen vor dem Scheiterhaufen, demnach auch den Teufel Verleumder.« – Sie nahm seine Hand und bedeckte sie mit Küssen. »Gott hat mich nicht geschaffen, Herr Kardinal, Menschen zu verdammen. Der Teufel mag leben, Gott hat ihn geschaffen, uns zu prüfen. Mich hat er im Sakramente verdammt, an der Seite Dom Othos auszuharren.« – »Ich würde, meine Tochter, wenn du verzichtest, die Anklage gegen dich fallen lassen und Walo anklagen. Da ist das Eisen; rot wie meine Seide; ihre Farbe kündet, daß ich bereit bin, mein Blut zu vergießen für Christus. Meines. Nicht deines. Du beharrst auf der Prüfung?« – »Wenn mit dem Tod eines Schuldigen der Tod eines Unschuldigen verknüpft wird, Herr Kardinal: ja.« – »Neige den Kopf.« Er setzte ihr das Kardinalskäppchen auf die kupferbraunen Locken und segnete sie. »Alle auf! Bruder Lorda, kehrt zur Estrade zurück. Bruder Cormons, Ihr wollt uns vorbeten, was die Kirche im Gottesurteil vorschreibt.« Judith streckte die Hände aus, zehn Schritt vor dem Altar. Während sie die glühende Stange ergriff, hingen ihre Augen an den Augen Dom Guilhems. Unter der Reliquie, auf die das weltliche wie das geistliche Gericht eingeschworen war, legte sie das bläulich erkaltende Metall nieder. Dom Dionys, dem ein Prälat das Birett gebracht hatte, fing sie auf, als sie ohnmächtig zusammenfiel. »Eiswasser!« Er untersuchte die Hände. »Die Hände sind unverletzt, der Herr hat gesprochen, die Anklage ist in allen Punkten widerlegt. Man nehme der Gräfin die Ketten ab, man nehme Graziella die Ketten ab, man nehme Dom Otho die Ketten ab. Ihr seid frei. Beklagter Walo!« Aus der Büßerkapuze wandte sich ihm das kalt glitzernde Auge zu, die tiefe Knochennarbe, der hochmütig gespannte Mund. »Willst du für die Wahrheit deiner Behauptungen einstehen, so stelle dich dem dir angetragenen Gottesurteil gegen den Vogt von Ortaffa.« – »Gewiß, Herr Kardinal, wenn Ihr auch mir mit dem Käppchen helft.« – »Das Käppchen ist vergeben.« – »Dann Euer Birett.« – »Ein glühendes Hufeisen!« rief Dom Vito. »Dem Verleumder auf die Zunge!«

Hier erhob sich Dom Guilhem. »Gott«, sagte er, »spricht nur einmal. Es heißt an Gott zweifeln, wenn wir den ersten durch einen zweiten Spruch auf die Probe stellen. Wie gern ich es sähe, daß eine Zunge, deren Speichel nichts als Unglück gestiftet hat, für immer verstummte, so verbietet sich dies dem theologischen Gewissen. Jede einzelne Anschuldigung, wäre ein Gran Wahrheit in ihr gewesen, hätte hingereicht, die Seele der Frau, die wir quälten, ihrer Kraft zu berauben und die Hände so zu verunstalten, daß die Haut am Eisen klebte, die Sehnen verschmorten und ein Klumpen blutiger Knochen übrig bliebe. Vor dem Schrei der entlarvten Kreatur hätte uns grausen müssen, wie es uns graust vor der Bosheit, die mit Worten zerstört. Vetter Walo, wollt Ihr die Güte haben, mir mein Brustkreuz zu bringen?« – »Mit Vergnügen, Oheim.« Schritt für Schritt, weil behindert von der Fußkette, ging Walo zwischen den liegenden Gestalten hindurch, stolperte über Barrals Schwert und schlug hin. Schweigend sahen die Prälaten sich an. Der Saal wurde geräumt bis auf die Gerichtsbank, Walo und den inzwischen geständigen Kaplan, der sich als angestiftet bekannte, das Weihwasser fortzugießen und die Hostie im Stich zu lassen.

Es war dem Vergifter nicht zu beweisen, er habe willentlich seine Worte so gesetzt, daß sie in einer bestimmten Richtung hätten ausgelegt werden müssen. Am Schluß des zweistündigen Verhörs tupfte Dom Dionys sich den Schädel. Seine Augen quollen hervor, seine Mundwinkel bildeten zwei harte Falten bis zum Kinn. – »Herr Kardinal!« sagte Walo. »Ich ahne nicht, was einen so eminent gedankenscharfen Kirchenfürsten wie Euch bewegt, nach erfolgtem Gottesurteil gegen das Urteil Sturm zu laufen. Ihr unterschätzt mich. Auch ich bin gedankenscharf. Zweierlei Maß ist keinerlei Maß. Ich kleiner Sterblicher glaube, nach meinem gesunden Verstand, daß die ganze Anklage, gegen wen auch immer, in toto hinfällig sei. Niemandem als mir verdankt Ihr, daß Gräfin Judith, worauf ich es ablegte, Feuerprobe anbot. Weil Ihr ein Opfer braucht, baut Ihr ein Lügengespinst um mich, das ist schlecht überlegt, den wahren Faden habt Ihr verloren, jedes meiner Worte wird gewendet und gewendet, ob nicht der Schwanz des Teufels herausschaut. Ich bin Priester der niederen Weihen, ich habe den Schwanz nicht hinten, sondern da, wo er hingehört, und möchte nun doch feststellen, daß, wenn weiterhin von einem so voreingenommenen Gericht Worte fallen, die mir Verleumdung nachsagen, ich den Spieß umdrehen und bei der Kurie klagen werde. Den geistlichen Richtern obliegt, bei diesem Stande der Dinge, nur noch der Spruch und die kleine Mühe, der weltlichen Blutschranke klar zu machen, daß der geistliche Spruch ihre Befugnisse in das Zassenhaus, in die Kalkjauche tritt.«

Das Pönitenzgericht kam zu dem Schlusse, Graf Otho sei hoher Wahrscheinlichkeit nach mit Umnachtung geschlagen, und die Taten, die ihm zur Last gelegt wurden, gingen hoher Wahrscheinlichkeit nach auf einen teuflisch ins Werk gesetzten Plan Walos zurück. Es habe also beide die gleiche Strafe zu treffen. Erzbischof Guilhem empfahl als eines der zuverlässigsten Gottesurteile die Meereswallfahrt zum heiligen Grabe, von woher, der Stürme, Seuchen und Seeräuber wegen, selten jemand heimkam, es sei denn, Gott führe ihn. Die Köche, die kein menschliches Herz verarbeitet hatten, wurden freigesprochen, die Kerkermeister zur Auspeitschung verurteilt. Niemand erfuhr, was mit dem Kaplan geschah. Der Beschluß für Dom Otho wurde auf Wunsch Judiths dahin geändert, daß sie ihn bis Rom über Land begleiten dürfe, von dort solle er ohne ihre Hilfe in einem römischen Büßerschiff pilgern; Walo dagegen habe sich von Mirsalon aus, bei Strafe ewiger Verdammnis, sofort nach Jerusalem zu begeben. Für die Gemordeten sei das Wergeld zu zahlen durch Ortaffa.

»Wie lange«, fragte Barral, »muß gevogtet werden?« – Ein Prälat, Dom Zölestin, der für Rodi zur Wahl stand, erhob sich. »Wenn der Büßer bis Pfingsten über drei Jahre nicht zurückkehrt, gilt er als gerichtet, sein irdisches Gut verfällt dem Erben.« – »Und die Ehe erlischt?« – »Ehen sind himmlisches Gut. Eine Grafschaft braucht ihren Herrn, ein Besitz den Besitzer, es ruht auf diesen Dinglichkeiten kein Sakrament. Wohl auf den Seelen. Wir sind, wie wir sahen, fehlbare Menschen. Der nicht Heimgekehrte kann verschollen, kann versklavt sein, kann wiederkommen noch nach Jahrzehnten. Nur unter bestimmten Umständen und nur mit päpstlichem Dispens ist das Sakrament lösbar.«

Judith und Otho traten in Büßerhemden bei Morgengrau ihre Wallfahrt an, der Klerus verließ die Burg. In Mirsalon angekommen, erlaubte Kardinal Dionys dem Büßer Walo, ein Schiff nach Pisa zu nehmen, da nach Askalon keines im Hafen lag und vorerst keines zu erwarten war. In Pisa erwarb Walo von fliegenden Händlern einen jerusalemitischen Ablaßbrief und bestieg einen Segler, der ihn nach Aragon brachte. Gegen Weihnachten hörte man, er turniere in Kastilien. »Es ist unmöglich«, sagte Judith, als sie kurz nach Dreikönig bei ihrer Mutter Oda in Cormons eintraf. »Gott läßt den Teufel in Kastilien turnieren? Aber was heißt unmöglich? War es möglich, daß sechzig Prälaten in ihrer eigenen Klugheit umherirrten, weil ein einziger kleiner Teufel an ihren Ohrläppchen zog? Es ist wohl möglich, daß ich eines fernen Tages doch noch von Dachs Ghissi an den Altar geführt werde. Dann fände ich Ruhe. Warum lächelt Ihr?«

»Weil es unmöglich ist, Judith. Ich habe deine Tochter vorläufig ins Kloster zurückgeschickt, wo sie darüber nachdenken soll, ob es für ein zwanzigjähriges Mädchen schicklich ist, alles auf Spitze und Knauf zu stellen. Sie hat es sich in den Kopf gesetzt: Barral oder keinen. Den wird sie sich ertrotzen, mit ihrem schrecklichen Eigensinn, ihrer fröhlichen Gleichgültigkeit gegen Andere. Ich fürchte, du hast sie falsch erzogen. Nie wird sie sich opfern. Mein armes Mädchen. Leg deinen Kopf in meinen Schoß. Weine dich aus, du hast es nötig, nach diesem Entsetzen unterwegs. Deine Mutter hat dich immer verstanden. Ich weiß, daß du tapfer bist. O Kind. Kind. Ist es so schlimm? Ich meinte, du seiest darüber hinweg. Mein Gott, was habe ich da angerichtet. Judith. Kann ich dir gar nicht helfen? Soll ich dich allein lassen?«

Qual und Schweigen eines ganzen Jahres entluden sich. Domna Oda lief, Graziella zu suchen. Dann wieder stand sie horchend im Gang an der Tür. Immer neue Weinkrämpfe, immer neues Gestammel, immer neue Anklagen. Das Steinerne Haus hallte von wilden Gotteslästerungen. Still und fragend kam Graziella gegangen, die seit dem Ketzerprozeß als Gesellschafterin in Cormons weilte. »Geh hinein, Kind, hilf ihr, ich kann es nicht.« – »Frau Markgräfin, was hat sie?« – »Geh doch hinein, Kind, um Gottes willen, das kann der Mensch ja gar nicht ertragen.«

Domna Oda betete pausenlos. Nach einer Stunde, als das Schluchzen sich zu beruhigen schien, öffnete sie einen Spalt. Judith hob ihren verwühlten Kopf aus dem Schoß der Tochter Ghissi und sah ihre Mutter an mit Augen, in denen etwas funkelte, was die Markgräfin nie in ihnen gesehen hatte. »Ihr stießet mich in die Hölle. Und habt es gewußt. Und habt es gewußt! Und habt es gewußt!! In der Verdammnis noch werde ich es wissen, wer so fromm war, mich in die Verdammnis zu stürzen. Aber Meine Tochter, Meine, soll Ihre Mutter nicht verfluchen! nicht verfluchen!«

Graziella hielt ihr den Mund zu.

FASTRADA

Larrart war fett geworden. Man schmiedete mit dem Doppelgebläse in zwei Dreierpartien. Für ihn gab es nichts mehr zu tun. Er saß in bequemem Lederstuhl und beaufsichtigte. Mon Dom, für ein paar Tage in Ghissi, kam herein und warf ihm ein Huhn an den Wanst. »Rupfen!« Faustina küßte ihm die Hand. »Du spielst schön draußen.« Er tauchte durch den Perlvorhang. »Was kochst du da, Maita?« – »Bohnen, Erbsen, Reis und Kohl.« – »Laß riechen. Öl, Zwiebeln, Knoblauch, Thymian.« – »Pfefferkraut auch, Mon Dom. Schlachtsuppe und ein Stück Wurst.« – »Geht ja hoch her bei euch.« – »Es wäre sonst verdorben.« – »Und was ist das?« fragte er, indem er vorsichtig ihren Leib klopfte. – »Larrart. Siebter Monat. Er kann es wieder.« – »Larrart wird feist.« – »Kommt von der Faulheit.«

Maitagorry putzte Lauchstangen und Möhren. Die kleine Tochter hing unter der Decke in geflochtener Schilfwiege. Barral überließ sich seinen Gedanken. »Für das lächerliche Weihwasser furzen die Veilchenröcke eine Mur vom Berge. Der Satan entwischt, die Menschen sind zermalmt. Gräfin Judith erloschen, Graziella wie dreißig, der Sohn Ortaffa will ins Kloster. Und ich? strenge gegen einen Freund den Prozeß auf Landesverrat an. Dabei beschimpfen die Herren Großen mich selbst als Verräter. Ich! Dolchstoß von hinten! Weil Ortaffa nicht zu halten war. Der Mohr, sagen sie, war nicht zu halten. Abgezogen, sagen sie, wäre er. Du hast ja gesehen, was Dom Carl hier hatte.« – »Ihr werdet es ihnen schon zeigen.«

Barral brütete. Ab und zu zog er die Lippen in die Zähne, beschäftigt, wie er mit den Pfandschaften die Herren mattsetzen würde. Ab und zu betrachtete er Maita. Sie trug im Kreuz. Ihre Brust riß nicht, trotz der vielen Milch. Die Haut blieb jung und schwellend. Larrart brachte das abgeflammte Huhn. »Von Mon Dom, für die Suppe.« Sie nahm es aus. Die Tochter begann zu schreien. »Phine möchte essen. Holt sie herunter. Links anlegen. Und schön halten. Nicht beißen, Phine.« Sie zerteilte die Henne, lüftete den Deckel und warf das Fleisch in den Brodem. – »Hände waschen?« – »Ja. Das andere kann ich allein.«

Sie setzte sich auf die Herdbank, Barral auf den Tisch. »So, Mon Dom. Nun heraus damit.« – »Womit?« – »Mit dem, was Euch bedrückt.« – »Ja Maita. Weißt du.« – »Ihr wollt heiraten?« – »Ich will nicht. Ich soll.« – Sie lächelte zu ihm auf. »Wird auch Zeit.« Dann packte sie entschlossen den Säugling um. Barral hob ihr Kinn. Sie senkte es tiefer. Mit dem Ärmel fing er den ersten Tränenstrom ab. Sie schüttelte den Kopf und bettete ihn auf sein Knie. Ihr Rükken bewegte sich nicht. Unter ihr trank Seraphine unverdrossen. Er strich über Maitagorrys Haar. So still, wie sie weinte, blieb sie bei der Berührung. – »Fast siebzehn Jahre«, sagte er zärtlich, »bist du jetzt bei mir. Du wirst gar nicht älter. Fest und schön wie immer.« – Dankbar kam sie empor, wischte mit dem Arm über ihr Gesicht und rückte die Suppe auf kleineres Feuer. »Bergziege«, erwiderte sie, während die salzigen Tropfen auf der Herdplatte verzischten. »Warum heule ich eigentlich? Eines Tages geht der

Bock mit der Talziege an den Altar. Kupfergräfin?« – »Die Tochter.« – »Wieder einmal«, bemerkte Maita. – »Was wieder einmal?« – »Wieder einmal opfert sich eine Mutter.« – »So habe ich es noch nicht angesehen.« – »Aber es ist so, Mon Dom. Und Graziella muß ich hergeben?« – »Du errätst alles. Der Brautwerber untersucht sie heute, die Beiden.« – »Worauf?« – »Wie man halt Hühnchen untersucht.« – »Wer?« – »Dom Lonardo Ongor.« – »Wenn das gut geht! An der Bohnenstange kann man sich aufranken.«

Faustina kam gewirbelt. »Der Jude ist auf der Gasse. Ob er hereinkommen darf?« – »Nicht über meine Schwelle«, entschied Maitagorry. – Barral hörte das Johlen der Kinder. Sie verschwanden, als er heraustrat. »Haben sie dich angespuckt?« – »Es macht nichts, gnädiger Herr.« – »Gib deinen gelben Hut her, nimm meinen. Oder hast du Läuse?« Eine Stunde spazierten sie unter den niedrig geschnittenen, dicht schattenden Platanen des Kirchplatzes. Die Grafschaft Lorda, durch Ortaffa bevogtet, stand infolge des Erbfalles Murol zum Verkauf. Barral kratzte sich hinter dem Ohr. »Ich wollte ein hübsches Sekundärlehen; keine Grafschaft. Damit setze ich mich in die Nesseln. Erfährt das Sartena, bin ich einen weiteren Freund quitt.« – »Die Nachbarn, gnädiger Herr, Sartena, Trianna, Ortaffa, habt Ihr alle mit Schuldpfändern. Nicht einer davon kriegt Geld vom Jared.« – »Was mich lockt«, sagte Barral, »sind die Wasser von Kelmarin. Die scheint noch niemand entdeckt zu haben. Oder niemand versteht sich darauf. Der bisherige Herr gewiß nicht. Wäre das Land sonst Karst? Die Flußebene ist gut; aber gefährlich: da sitzen die Weber. Hornissen im Dachstuhl entwerten den Stall. Der Preis ist hoch. Handle ab.« – »Werd ich beleihen die Baronie

Ghissi.« – »Keine Beleihung. Sprich mit Murol. Nein. Ich reite selbst.« – »Mißtraut er dem Jüd, der gnädige Herr Vogt? Soll der Jüd anbieten dem Herrn Erzbischof oder dem Herrn Baron Ongor?« – »Tu das!« – »Nunu, nicht so zornig, gnädiger Herr. Versprecht mir, daß ich bleibe im Geschäft, und handelt ab, wenn Ihr könnt. Nehmt die Frau Gemahlin mit und den Hohen Priester. Der junge Herr von Murol, wenn er sieht wandeln was Rotes, ist schwach; und wenn er schaut in die Augen von der schönen Dame, verliert er die Aufmerksamkeit.« – »Schöne Dame? Frau Gemahlin?« – »Nu, man hört. Ist die Hefe, die hört.«

Nach dem Essen in der Schmiede umschloß Barral Maitas Hand. Überrascht ließ sie das Scheuern sein. »Hast mich lieb?« – »Immer, Mon Dom.« – »Ohne Wanken?« – Sie lachte. »Nach vier Kindern!« – »Es gibt kein fünftes, Maita.« – »Ach, Mon Dom.« – »Die Peitschung wiederholt sich nicht, Maita.« – »Nein, Luziade. Maitagorry hat nur geheult, weil er fortgeht.« – »Nicht aus Neid? Wut? Eifersucht?« – »Ich weiß das viel länger als Ihr, Mon Dom, daß gefreit sein muß. Kommt Ihr wenigstens manchmal zur Suppe? Oder geht Ihr ganz fort?« – »Ich verlasse Ghissi. Fertiges schmeckt nicht mehr. Es bleibt genug in Ghissi, was mich zurückzieht. Du, unser Kind, deine Suppe, mein Baum. Schwöre mit dem fürchterlichsten der Eide, daß du tust, was ich verlange.« Sie schwor. »Ich sage dir nicht, was mit dem Baum ist. Du pflegst ihn wie dein eigenes Kind. Wenn er krank wird, gibst du mir Nachricht, wo ich auch bin. Von dem Baum hängt es ab, wann ich sterbe, wo ich umfalle, wer mich begräbt. Unterdessen, Maita, bist du ein altes Weib, zusammengeschnurrt, ohne Zähne, krumm, die Haut welk.« – »Krumm? Nie, Mon Dom.« – »In drei

Stunden komme ich wieder. Dann gehen wir aufs Feld. Oder muß Phine genährt werden?« – »Phine kann ich mitnehmen.«

Sie gingen, Pferd am Halfter, zu Ubarray, Maitagorrys wortknauserigem Vater, der auf den immerdar grünenden Liebesstand seiner Tochter zum Herrn sich nicht wenig einbildete. Seine unbestrittene Gewalt über die Bauernschaft machte ihn schwierig. Wenn Mon Dom, den er schwatzhaft nannte, etwas ausrichten wollte, mußte Maita herhalten. »Du wirst ihn, wenn wir da sind, in eurer Bergsprache fragen, ob Ghissi als bäuerliche Genossenschaft in der Lage ist, sich selbst zu regieren. Die Häuser müssen aufgestockt, also neu gebaut werden, wie die Schmiede, wie Etche-Ona, unten Stein, oben Holz; unten Stall, oben Wohnung. Darüber noch einmal Wohnung und noch einmal. Das Gewucher von Hütten und Pferchen auf dem Feld verschwindet. Das ist Krätze. Felder haben zu blühen. Ich stifte der Krätze auch keine Kirchen. Eine dritte Pfarrei oben genügt. Ich bleibe der Herr, ich ziehe den Zehnt ein, ihr lebt von den Äckern auf euren Gewinn oder Verlust. Was ihr herauswirtschaftet, gehört euch, bis auf den Zehnten davon. Wirtschaftet ihr schlecht, legt ihr euch krumm, nicht ich. Streitigkeiten im niederen Gericht besorgt ihr unter euch, ich kümmere mich nicht um Kram. Mach ihm klar, daß Mon Dom sich auf Eis begibt, Mon Dom will die Hände frei haben. Fünf Jahre Probe. Läuft es schief: nie wieder. Vertrauen: ein einziges Mal. Heute abend nach dem Ballspiel könnt ihr euch auf dem Kirchplatz darüber unterhalten, ich bin in Etche-Ona. Morgen früh reite ich zur Grafenversammlung. Bis dahin will ich Bescheid haben.«

Ubarray war im Reis, den er abflutete. Er herzte das Enkelkind, während Mon Dom die Gräben prüfte, und schob die Kappe zu den Erzählungen der Tochter zweimal um einen Zoll, Ausdruck höchsten Erstaunens. Andächtig sah er dem Nähren zu. »Ist gut«, schloß er. – »Dann geh«, befahl Maita. – Er stapfte über das Feld. Bei Barral angekommen, nahm er den Schilfhut von der Kappe, die er kurz auf das Ohr zog. – »Fein«, sagte Barral. – »Halbfrei, Mon Dom?« – »Halbfrei.« – Der Dorfälteste, durchaus nicht der Älteste, sondern Ende Vierzig, wiegte den Schädel. »Mutiger Herr. Amlo? Galabo?« – »Später. Wenn sich Ghissi bewährt hat.« – »Was an uns liegt, Mon Dom, wir werden nicht krebsen.« – »Seit wann so redselig, Ubarray?« Ubarray tat, was er in einem langen Bauernleben noch nie getan hatte: er streckte die Hand hin, ein großer Schwur. Barral zerquetschte sie ihm. »Damit du weißt, wer der Herr ist. Dein Feld steht gut.« – »Euer Feld.« – »Dein Feld. Hast du nicht begriffen?« – Ubarray schluckte an seiner Rührung, wie es ähnlich den Männern von Ghissi abends erging. »Verflucht!« knurrte der Wagner. »Alles dies Weib, die Maita! Wein!« Der rote Strahl erneuerte den Bannkreis um den Fleck, aus dem Ghissi gewachsen war.

Um die gleiche Zeit verließ Dom Lonardo Ongor die Residenz der Markgräfin Oda. Zwei Bräute, die nicht wußten, wer um sie anhalten werde, bestürmten Judith, die nichts verriet. »Dom Barral?« fragte Fastrada. »Dom Barral! Dom Barral! Und Graziella?« – »Ich habe nicht gesagt, es sei Dom Barral. Eine ehrliche Braut sieht den Mann, der sie erwählte, vor dem Altar, nicht früher.« – »Aber ich habe ihn gesehen, Frau Mutter, mehrmals!« – »Dann wird es ein anderer sein.« – »Frau Mutter, bitte.« – »Gnädige Frau, bitte

bitte. Ist es der Herr Baron Lonardo?« – »Dann wäre er nicht Brautwerber, Kind. Er scheint dir gefallen zu haben.« – »Oh ja, gnädige Frau. Ich hatte gar keine Scheu.« – »Er umso mehr.« – »Aber, gnädige Frau, wenn ein leibhaftiger Baron Brautwerber ist, dann muß der Bräutigam ja ein ganz hoher Herr sein? Und ich, eine kleine, unfreie Schmiedetochter? wie geht das an?« – »Du wirst es schon noch merken. Für die Brautgewänder kommt morgen der Schneider. Den Brautnachtschleier arbeitet ihr selbst, fußlang, mit Myrten bestickt, in die Säume Brotkrumen und Salz. Das Knüpfmuster gebe ich euch.« – »Können wir gleich anfangen?« – »Erst muß wohl Seide gekauft werden.« – »Und es läuft nichts mehr schief?« – »Fastrada, du bist zwanzig. Wenn der Brautwerber zufrieden war, hält sich der Bräutigam an die Spielregel.« – »Und dem schildert er also, wie wir aussehen? Wenn er nun enttäuscht ist? ist es der Bräutigam auch und sagt nein.« – »Ihr aufgeregten Küken, zu Bett jetzt! Er war nicht enttäuscht, ihr seid Bräute.« – Die Mädchen tobten durch den Saal. »Wann wird geheiratet?« – »Das wird sich herausstellen, wenn er Bericht erstattet hat und beim Vater oder Vormund, also Dom Barral, zur verbindlichen Werbung erscheint, frühestens übermorgen nach der Grafenversammlung drüben.« – »Dom Barral ist Graziellas Vater?« – »Er hat sie als Tochter anerkannt.«

Die Grafenversammlung sah sich einem vollendeten Komplott gegenüber. Dom Carl mit seinen zwei Stimmen als Markgraf und als Graf von Cormons, Barral mit seinen drei Vogtstimmen für Farrancolin, Ortaffa und Lorda, dazu der neue Bischof von Rodi, Dom Zölestin, der für den Neuaufbau seiner Stadt Geld brauchte, erzwangen im Verein mit Kardinal Vito nicht nur die Vogelfreiheit Walos, wofern er zum angesetzten Prozeß nicht erscheine, sondern einen tief in die Besitzverhältnisse eingreifenden, tief beunruhigenden Entschluß, wonach die verschuldeten Grafschaften und Bistümer innerhalb eines Jahrfünfts die von Ungenannt aufgekauften, bei der markgräflichen Rentkammer deponierten Pfandbriefe auszulösen hatten, widrigenfalls ihre Reichslehen erloschen. In wütenden Schmähreden ging man auseinander. Dom Carl argwöhnte, Sartena könne sich zu Franken schlagen.

»Dann werdet Ihr«, sagte Barral, »wohl den Mut aufbringen, die Reichs-Exekution in Gang zu setzen. Da Ihr fest bliebet, Vetter Carl, steht Eurer Werbung um Graziella nun nichts mehr im Wege. Die Vogtschaft Farrancolin bitte ich aufzuheben. Hyazinth ist eingearbeitet seit einem Jahr und wartet Euch zur Audienz auf. Ferner bitte ich für Erzbischof Guilhem und mich selbst um Erlaubnis der Obrigkeit, nach den Hochzeiten ins Fränkische reiten zu dürfen.« – »Warum?« – »Ich kaufe die Grafschaft Lorda. Bei dieser Gelegenheit werden wir der Wölfin auf den Schwanz klopfen. Sartena tut, was Domna Loba befiehlt.«

Der Markgraf betrachtete ihn ausgiebig; sein Atem ging kurz. »Vetter Dachs, Eure Erpressungen sind geschickt gefädelt. Wo lerntet Ihr das?« – »Das hat man, Vetter, oder man hat es nicht. Was ist mit meiner Abkunft? Ich höre, Ihr wollt dekretieren?« – »Die markgräfliche Abkunft wird am Sonntag verlesen auf den Dekretalien-Ambonen der Pfarrkirchen, in Ghissi und Cormons mit dem Aufgebot für Graziella. Diese Sicherung brauche ich.« – »Ist Euch nicht bewußt, Herr Eidam, daß Ihr mich damit in einen sehr nahen Verwandtschaftsgrad zu Judith bringt?« – »Die Verwandtschaft, Herr Vater, Herr Stiefvetter und Herr Schwiegerneffe, besteht nun einmal, ob dekretiert oder nicht. Für Fastrada ist es kein verbotener Grad. Wie halten wir es mit der Anrede?« – »Belassen wir es beim Vetter. Verbrüderung wofür? Wollt Ihr noch mehr Schwierigkeiten vor den Großen?« – »Wie Ihr wünscht. Erfüllt auch Ihr mir jetzt einen Wunsch. Ich ließ mir die Frage des Brauthauses durch den Kopf gehen. Graziellas Brauthaus ist, wenn nicht die Schmiede, dann Ghissi, der berühmte Fleck auf dem Kirchplatz, der Zornesfleck Eurer Dekane. Kardinal Vito will in Person zelebrieren. Von den kelgurischen Herren wird niemand kommen. Ich möchte ein Volksfest. Der Brautvater sorgt für Ochsen am Spieß, Weinbrunnen, Hochzeitsbier, Wurstgehänge und dergleichen. Nur unter der Bedingung, daß ich in Ghissi heirate, genehmige ich die Genossenschaftsrechte.« – »Ihr lernt schnell, Vetter Carl.« – »Sie sind nicht so neu, wie Ihr glaubt. Dom Lonardo beim Erbfall Ongor handelte ähnlich.«

Graziella, als ihr bedeutet wurde, wer unter welchen Umständen sie an den Altar führe, fiel in Ohnmacht. Dom Carl saß im Zypressenpalast und schickte nach Maitagorry. Da sie nicht kam, ging er zu ihr. Die Brautmutter erwartete ihn, bewegungslos auf der Herdbank neben dem Perlvorhang sitzend, in scharf nach Seife riechendem schwarzem Umhang. Ab und an wurden ihre Augen wässrig schmal, die Nase kräuselte sich, ab und an lugte sie um die Ecke. In der Schmiede scheuerte Faustina den Steinboden, den Barral gestiftet hatte, um die Skorpione zu vertreiben. »Sind die Bottiche sauber, Faustina? Das Wasser kocht.« Zwei Stunden saß der Markgraf artig in der Küche. Er erreichte nichts. Unbeugsam blieb sie dabei, den Zypressenpalast nicht betreten zu wollen, bis auf den Baum, den sie zu pflegen habe. Wie der Herr sich das denke? versippt mit Bauern? Sie ängstige sich um ihr Kind, das die Erde unter den Füßen verliere. Immer von Neuem begann Dom Carl: er meine es ernst bis in die bäuerlichen Folgen; er wünsche der Tochter die Mutter zu erhalten. Ob sie nicht doch zur Trauung und zum Fest komme? – »Markgräfliche Gnaden, da bin ich unrein. Aber auch sonst: ich bleibe fort. Wenn Graziella mich braucht: sie weiß den Weg in die Schmiede.« – »Maitagorry, ich verhehle es nicht, ich bin beeindruckt und ich bin befremdet. Daß du den Eidam von dir stößt, ehre ich, weil ich die Gründe begreife. Begreife du, daß du mit dieser Verstoßung die Tochter verfluchst.« – »Markgräfliche Gnaden, eine Mutter verflucht kein Kind, und eine Bäuerin verstößt keinen Herrn.« Ihre Hand teilte die Perlschnüre. »Larrart! leg dich!« – Dem Markgrafen dämmerte eine Ahnung. »Du siehst deiner schweren Stunde entgegen?« – »Ich fohle. Wenn Ihr mich bitte etwas stützen wollt.« Larrart fuhr ins Wochenbett, um die bösen Geister auf sich zu lenken.

Dom Carl war äußerst betreten. So viel wußte er von den Bauern, daß er nun auszuharren und Gevatter zu sein hatte. Er half ihr ritterlich aufstehen. Faustina schwemmte kochendes Wasser auf die Stätte der Geburt. Vier der Gesellen kamen mit einer Schmiedestange. Alles ging schweigend vor sich. Maitagorry entledigte sich ihres Umhangs, steckte gegen den Schmerz ein Stück Holz in die Zähne und zog sich am eisernen Knüppel auf. Beim dritten Aufziehen kam der Sohn. Er strangulierte sich in der Nabelschnur. »Mutter, er ist blau!« rief Faustina. »Er hat die Schnur um den Hals.« – »Hast du abgebunden? gib her.«

Es war nichts mehr zu retten. »Lauf zum Schreiner, er soll den Sarg machen. Larrart, steh auf.« Der Schmied geleitete den Herrn verstört auf die Gasse. »Um den Mann ist kein Glück«, murmelte Maita und preßte die Nachgeburt aus. »Ins Eis mit dem toten Ding. Phine soll trinken.«

Graziella schluchzte, als sie Abschied nahm. Es war Erntedanktag. Vier Wochen ruhte der kleine Bruder im Grab. Die Mutter besprach ihr erstes und liebstes Kind, Graziella Freiin von Lormarin. Bis vor die Kirche ging sie trotz Unreinheit mit, bespuckte dreimal den Fleck, dessen Weinkreis man abermals neu gegossen hatte, kehrte in das leere Gewölbe zurück, legte den baumwollenen Hüftschurz an und sang ihre heidnischen Beschwörungslieder, Stunden. Kardinal Vito, im großen Ornat mit Hermelinkragen auf roter Seide, wohnte ihren Tänzen eine Weile lang unbemerkt bei, nicht ohne Freude an ihrer Schönheit. Wie vom Blitz gefällt, lag Maita auf seinem bestickten Pantoffel. – »Steh auf, meine Tochter.« – »Euer Erhabenheit, muß ich vor das Ketzergericht?« – Er segnete sie, nicht ohne Freude, die Haut dieser Schultern von Amtes wegen berühren zu dürfen. Seine Stimme war über ihr wie das volle Ostergeläut. »Der Großpönitentiar von Kelgurien, meine Tochter, wollte lediglich das Weib in Augenschein nehmen, dessen gewaltiger Bauernstolz als Sage sein Land durcheilt. Du handeltest recht. Aber du irrst, wenn du fürchtest, dein Kind werde unglücklich. Der Mann, dem ich die Tochter Ghissi vermählte, öffnete deiner Tochter ein weites, liebebedürftiges Herz. Hast du Suppe? Den obersten Hirten hungert. Warum weinst du?« – »Weil ich nichts gekocht habe! Es gibt ja Ochsen am Spieß!« – »Kein Ochse ersetzt, was du mir vorenthältst. Eine Gans und ein

Schinken genügen?« – »Mehr als genug, Euer Erhabenheit.« – »Ich schicke sie dir. Heute zum Nachtmahl speise ich in der Schmiede.« – »Dann bin ich auch besser gekleidet.« – »Nichts da. Die Bäuerin Maitagorry, habe ich mir sagen lassen, bleibt, was sie ist, und will sich nicht ändern. Nun küsse mir den Ring und begib dich ans Werk.«

Den Sonntag darauf traute Erzbischof Dom Guilhem in der Basilika zu Ortaffa. Auch dort erschienen nur wenige der Großen, denn zu dem verdorbenen Stammbaum Fastradas gesellte sich mit Barral ein ganz und gar nichtswürdiger. Aber statt des zaghaften Ja Graziellas geriet Fastradas Ja zur jubelnden Liebeserklärung, die von der Gemeinde, nicht zuletzt von Barral, als anstößig empfunden wurde, und im Gegensatz zu dem getrosten Ja des Markgrafen gelobte der Vogt von Ortaffa so verdrossen die Treue, daß die Brautmutter Judith zusammenschrak. Sie stellte ihn noch vor der Brautnacht zur Rede. – »Niemals, Frau Mutter, bete der Mensch den Menschen an.« – »Ich will es ihr ausrichten, Herr Eidam.« Sein Murrsinn wuchs, als er und Fastrada im Stallhof Parade lagen. Zwei Abende später bekam ihn Judith ohne Zeugen zu fassen. »Was ist nur, Barralî? Gib dir Mühe! Komm darüber hinweg! Was ärgert dich?« – »Daß sie noch schöner ist als du!«

Häufig auf dem Ritt nach Franken sah er Fastrada an. Er steckte in einem Pferch voll verfilzter Dornen. Die Schatten ihrer Lider glänzten. Ihre Augen waren von schwärzlichem Samtblau, sehr tief mit großen, graublauen Sternen. Fehllos wölbten sich die Bögen der Brauen. Überhaupt fand er sie fehllos, bis auf die schwer zu ertragende Feierlichkeit ihres Wesens. Nase und Schläfen stammten aus Farrancolin, Lippen und Wangenflaum aus Aragon von der Großmutter

Barbosa, das goldbestaubte Kastanienhaar von Judith. »Ich habe gehört, Domna Fastrada, Ihr seiet fröhlich? Das habt Ihr gewiß nicht von Eurem Herrn Vater.« – »Nein, Dom Barral. Aber Ihr seid gar nicht fröhlich. Was tat ich Euch an?« – »Nichts, nichts. Ich fürchte mich vor dem, was Ihr eines Tages von Eurem Herrn Vater in meine Kinder mischt.« – »Und ich habe gehört, Dom Barral Ghissi fürchtet sich nie.« – »Ihr reitet recht gut, Domna Fastrada.« – »Ich hatte einen recht guten Rittmeister, Dom Barral.« Sie verbiß den Schmerz. Des Sattels entwöhnt, begann sie sich aufzureiten.

Die fünf Tage bei Domna Loba und Dom Pantaleon gaben ihr Aufschub. Loba sorgte für Salben, Loba sorgte für alles, Loba sorgte für eine Aussöhnung ihres Bruders Graf Gerwin Sartena mit Barral, sie sprach mit dem Oheim Erzbischof, und sie richtete es ein, daß man ihr gefährliches Gehirn einen halben Tag mit der gefährlichsten Tatze Kelguriens allein ließ. »Ritter Grimbart, Ihr seht Euch vergebens nach Hilfe um. Hand von den Würfeln: kauft Ihr Lorda?« Zwei Stunden hindurch wich Barral aus. Mißtrauisch hörte und ordnete er die vielschichtigen, nirgends greifbaren Andeutungen, welche Vorteile es biete, hüben wie drüben landsässiger Herr zu sein, zweierlei Lehnseide zu haben, mit denen man Ball spielen könne. »Der Tec, mein Lieber, ist ein Guter, und Dom Carl, mein Guter, ist ein Dummer, der nächste Markgraf aber kein Dummer, kein Guter und kein Lieber, sondern ein Bauer, der auf dem Schachbrett am Tec entlang die Turmlinie benutzt, um zu werden, was Kelgurien will. Sartena unterstützt das umsichtige kleine Nachtraubtier. Ich habe es Gerwin klar gemacht. Wir besitzen gegenüber Lorda ein fränkisches

Kronlehen Amselsang; das brauchen wir nicht; sein Wert liegt um Einiges über dem Wert jener von Ungenannt aufgekauften Pfandschaften. Wie ist es? Reiten wir morgen das Kronlehen ab? und sagen wir Topp? und erteilt Ihr dem Herrn Ungenannt Weisung, die Pfandschaften auszuliefern?«

Es geschah, wie sie wünschte. Barral, der die Pfänder, was niemand wußte, um zwei Drittel gekauft hatte, entschlug sich ihrer zum Anderthalbfachen. Ein christlicher Jude, lag er den weiteren Ritt mit seinem Gewissen im Streite. Eines Morgens ließ ihn der Erzbischof rufen. »Ihr seid grob zu Eurer Gemahlin. Wie reimt sich das mit dem Mann, der die Mutter verehrte, der Dom Othos Ehe abscheulich nannte, der mit Maita in inniger Liebe lebte?« – »Ich bin nicht mehr jung genug, Herr Erzbischof, es auf Gewitter ankommen zu lassen. Zu viel Nähe bringt Besitzwut; mit der Besitzwut verschwistert sich die Eifersucht auf niemanden und nichts; mit der Eifersucht habe ich Launen im Haus.« – »Ihr werdet Euch ändern, Dom Barral. Sechsunddreißig ist kein Alter, Domna Fastrada kein Kind. Rechtlichkeit, Güte, Anerkennung der Mitwelt: das und mehr schätzte ich an Euch. Fastradas Augen folgen jeder Bewegung der Euren, sie beobachtet das Wild, das Vieh, Feld, Wasser und Wald. Helft ihr lernen. Sie lernt.« – »Sie klebt, Herr Erzbischof. Ich stehe auf Erde, und sie himmelt mich an. Bin ich ein Gewölbe?«

Dom Guilhem wechselte das Gespräch. Er erkundigte sich nach Desiderius Ortaffa, dem ernst beseelten schönen Knaben, dem er mit Erlaubnis des Vogtes, Vormundes und eigentlichen Vaters die Studierstube des vermeintlichen Vaters als Kapelle zum Heiligen Dionys, Patron gegen Leiden des Kopfes, geweiht hatte. – »Ich schickte ihn auf Zucht nach Farrancolin.« – »Das war sehr klug, Dom Barral. Man zieht Söhne nicht ungestraft bei sich. Aber nicht danach frage ich. Habt Ihr ihm seine Pflichten gesagt?« – »An die zwölf Mal. Ich hege keinen Wunsch, Graf von Ortaffa zu werden. Der Junge ist verklostert bis in das Mark. Ich fürchte, er hat längst seine ersten Gelübde abgelegt, in Heimlichkeit, verschlagen, ein harter Schweiger, ein weicher Träumer.« – »Wovon träumt er?« – »Die reformierten Benediktiner zu reformieren. Als ob er verhindern könnte, daß sie, reformiert, wieder reich werden und über die Stränge keilen, weil der Hafer sie sticht. Jedes dritte Jahrzehnt eine Reformation, Stiftungen, Überläufe, Missionierungen, Grundbesitz, Reichtum, Wohlleben! Das Hartnäkkigste ist sein Bekehrungseifer. Da fallen dann Adam und Eva vom Türsturz, die Kathedrale von Rodi wird eingerissen, weil der Herr spricht, du sollst dir kein Bild machen. Fort mit dem Höllengetier auf den Säulenköpfen! fort mit der gemeißelten Bibel! Blätter will er erlauben, Kargheit und Predigt.« – »Was wird nun?« – »Er versprach mir, die Rückkehr Dom Othos abzuwarten. Dieser Vater setzte ihm den Floh ins Ohr: du gehst ins Kloster, betest für mich. Dabei hat dieser Vater zwischen Ortaffa und Rom, wenn er sprach, nichts gesprochen als Sterben in der Grabeskirche Jerusalem oder Heimkehren zu Desider, über die Felder gehen mit dem Jungen, Hand in Hand.«

Nach wenig Tagereisen war Fastrada derart zerritten, daß Thoro den Herrn aufmerksam machte. Sie fielen in das nächste Gehöft ein. »Ausziehen.« Besät mit blutigen Schwären, weinte sie vor Zorn über ihr Versagen. Barral sammelte Kräuter, kochte Salben, fällte Jungholz und schälte es, verflocht es mit Weiden zur Sänfte, kaufte zwei Maultiere und sagte am dritten Morgen: »So, Frau Gemahlin. Auf dem Bauche sollst du kriechen, sprach der Herr zur Schlange. Ich machte Euch ein Fensterchen in die Trage, damit Ihr die Gegend bewundern könnt. Was lernten wir aus dem Fall?« – »Daß mein Ehrgeiz dämlich war und die Angst auch.« – »Schäfchen. Erst Hornhaut, dann Ehrgeiz. Nun dauert es.« – »Und was lernte der Schäfer?« – »Erst Scheusal, dann Mönch.« – »Nehmt Euch eine Geliebte.« Ihr trokkener Ton erheiterte ihn. Sie scherzte kräftig, als sie mit hochgeschlagenen Röcken, dick eingesalbt, von Thoro und Mon Dom in die Bettung gelegt wurde. Der Seelenhirt sah und hörte nicht hin. Den Dungtümpel betrachtend, darin die Sauen sich suhlten, verzeichnete er, daß Fastrada seinem Rate gefolgt war, den Mann, den sie seit Kindertagen als Fels und als Himmel, als das einzig Feste, Schützende und Ruhige auf Erden empfunden hatte, bei der Bäuerlichkeit zu nehmen.

Unterwegs packte ihn ähnlicher Ehrgeiz, nicht zu versagen. Wieder bemerkte es Thoro. »Erzbischöfliche Gnaden, Euer Husten klingt übel. Erlaubt mir den Puls. Ihr habt Fieber.« In der schönen Stadt, die das Mirakel der schwarzen Madonna Frankens beherbergte, beteten sie in der Bischofskirche, die mit Treppen über Treppen, Hallen über Hallen, einen ganzen Hügel ausfüllte, und erstiegen jenseits der Stadt ein winziges Kloster, das befestigt auf steiler Basaltnadel thronte. »Erzbischöfliche Gnaden, wir tragen Euch hinauf, aber es heißt Gott versuchen.« Maßlos bot sich das Land: grün, grün und grün, genutzt bis zum letzten Rain, ein unendlich blauender Teppich, durchbrochen von mutwilligen Kuppen, Felsketten und Tafelbergen.

Maßlos war das klerikale Wesen der Kathedralstadt, die sich als Residenz der Engel bezeichnete, maßlos der Pilgerstrom, der psalmodierend durch die Gassen zog. Die Pilger kamen zurück aus dem Königreiche Leon vom Heiligen Jakob, geschmückt mit der Jakobsmuschel, Palmzweige in den Händen, die Gesichter einförmig beglänzt von sanftem Wahn. »Das kann doch auch uns geschehen«, sagte Fastrada, »daß ein lieber Mensch unvorbereitet ins Grab fährt. Dann bleibt nur die Wallfahrt nach Campostela.« – »Erzbischöfliche Gnaden«, sagte Thoro, »Euch bringen wir jetzt zum Herrn Bischof, der ein Spital kennen wird.« Dom Guilhem antwortete nicht mehr.

Knecht und Beiknecht ritten, während der geistliche Herr mit der Krankheit rang, allein nach Murol, den bevogteten Grafen von Lorda und den Juden Jared zu benachrichtigen. Zehn Tage darauf trafen sie zu viert vor der bischöflichen Residenz ein. Jared war begeistert. Zwei rote Kappen auf einmal! eine davon fast gestorben! ein mitleidheischendes Bild für den frommen Herrn Franken! und die Frau Gemahlin einen Schalk und Witz auf der hochgeborenen Zunge! Man einigte sich schnell, nachdem der Lordaner, hin- und hergerissen zwischen Fastradas Augen und dem strömend vergeistigten Blick des Hirten, die Summe nicht nur ermäßigt, sondern, wie man es bei Gericht nannte, auf die lange Bank der nicht eiligen Dinge geschoben hatte: Abzahlung über zehn Jahre, Anzahlung nach Belieben, bis zur Grafung Weiterlaufen der Vogteitribute, Lehnsaufkündigung sofort, volle Entschädigung des Vermittlers nebst einem Draufpreis für Ehrlichkeit.

Kaiserliche Pfalz und markgräfliche Kanzlei brauchten mehr Zeit, den Besitzwechsel zur Kenntnis zu nehmen, als es Barrals Ungeduld recht war. Im Winter bereits begann er den Umbau des Stadthauses, im Frühjahr bereits zog er mit Fastrada, die seit November erwartete, in einen Behelfsflügel, traf sich des öfteren an der Wildquelle Kelmarin mit dem Wassermeister und vogtete zwischendurch auf Ortaffa, wohin er Desider hatte kommen lassen, befahl ihm Gerichtssitzungen beizuwohnen, focht mit ihm, ritt mit ihm, arbeitete ihn in der Rentkammer ein und fragte stets erst nach dem Vorschlag des Erben. Dann entschied er. »Du wirst ein guter Graf werden, du hast es im Blut. Und du, niemand sonst, wirst der künftige Markgraf sein, ich sorge dafür. Du bist Vierzehn, da denkt man ans Heiraten. Eine Verlobung Bramafan wurde abgesprochen.« – »Herr Vormund, darf ich für die Sonntage Urlaub haben?« – »Wohin?« – »In das Kloster Sankt Michael zum Berge.« – »Hast du Heimlichkeiten?« – »Herr Vormund, Gott ruft meine Seele.« – »Ortaffa braucht dich. Du wartest, bis dein Vater zurückkehrt. Für die Sonntage hast du Erlaubnis.« Desider küßte ihm ergriffen die Hand. »Wie seid Ihr so barsch und gütig, Herr Vormund. Ich bete jeden Tag für Euch und für meinen Vater.«

Barral ritt nach Lorda, er ritt nach Kelmarin. In den Sümpfen der Ebene, vom Hirtenmantel gegen Mücken und Sonne geschützt, steckte er ab, wie der Bachlauf gehen müsse. Fern auf dem Weg zogen im Schritt ein Pferd und ein Maultier dahin. »Sieh nach.« – »Die gnädige Frau mit der Wehmutter«, berichtete der Wassermeister. – Fastrada lag unter schattendem Gebüsch am Ufer. Die Wehen kamen. Barral fuhr die Hebamme an. »Auf Decken? Soll sie das Kindbettfieber haben? Zieh sie aus.« – »Es ist noch nicht so weit, Herr Vogt.« – »Das weiß ich besser. Zieh sie aus. Die Decken als Kissen ins Kreuz. Domna Fastrada, was denkt Ihr Euch?« – »Ich denke, eine Bäuerin gebiert auf dem Felde, und ist ein Schäfer dabei, so kann nichts geschehen.« – Er schnitt ihr ein Hartholz. »Geschrien wird nicht. Gebissen wird.« – »Ja, Mon Dom.« – Er rieb sie mit Minze und beobachtete die Wehen. »Steht auf, Domna Fastrada. Wehmutter, faß zu. Da an den Baum. Nun! hoch! hoch! noch einmal! hoch!« Der Schweiß brach ihr aus. Sie malmte auf dem Beißholz. – »Ein Sohn, Herr Vogt!« – »Jaja. Verhau ihn. Hängen bleiben!« Er hielt ihre Kniekehlen. »Tüchtige Bäurin. Grazian soll er heißen, weil ich dankbar bin, und weil meine Mutter Graziella hieß. Könnt Ihr nicht mehr? Hoch! heraus mit der Nachgeburt!« Fastrada lachte und weinte. Er nahm ihr das Holz aus den Zähnen. »Andenken für Grazian.« Dann feuchtete er den Daumen und netzte die Fußsohlen des Säuglings, feuchtete den Zeigefinger und netzte Fastradas Ohrläppchen. »Geh weg da, Wehmutter.« Dreimal umschritt er den ländlichen Platz der schönen Schmerzen.

DREIZEHN FREIER

Die Taufe des nächsten Kindes, Balthasar Lorda, geboren im gräflichen Palast Mai 1139, fand statt in Ghissi unter schwierigen Umständen; Dom Otho Ortaffa, Großvater mütterlicherseits, nahm teil. Kräftig am Leibe, verwirrten Sinnes, war er auf Bitte zu Aschermittwoch aus dem Heiligen Lande heimgekommen. Alle bangten, der Herr Gevatter werde den Enkel fallen lassen. Er schien glücklich und abwesend, immer mit Desider an der Hand. Der Sohn überragte ihn um einen Kopf. Barral hatte auf der Zuchtburg was möglich war versammelt, den Kranken zu beaufsichtigen: sich selbst als Regierer, Lonardo für die Burgmeisterei, zwei Kaplane, zwei Leibknappen, Markgräfinmutter Oda, auch Judith, obwohl Bischof Zölestin Trennung von Tisch und Bett verfügte, dazu Fastrada, Amme und Kinder.

Dom Othos Befinden wechselte. Weite Strecken Erinnerung besaßen Zusammenhang; manchmal erhellte, manchmal trübte sich sein Verstand, auch jüngst Erlebtes, Jerusalem, Rom. Fahrig wurden die Gesten, er stotterte, klemmte die Finger in die Zähne und sah seine Umgebung vor Angst verzweifelnd an. »Domna Judith«, fragte er mit klappernden Kinnladen, »wer ist nur die Frau an Eurer Seite?« – »Aber Dom Otho, das ist Eure Tochter Fastrada.« – »Tochter? ich hätte eine Tochter? Einen Sohn. Ja. Was wurde aus dem Wildschweinkopf?«

Eines Morgens im Frühgrau erhob er sich mit außerordentlicher Umsicht, stieg leise über Desider hinweg, der die Kammer mit ihm teilte, und schlich in den Hof. Desider erwachte; das verwühlte Lager neben ihm war noch warm. Ans Fenster stürzend, sah er den Vater auf dem Mäuerchen sitzen, die Hand ausgestreckt, als umspanne sie, was ihr versagt war, ein Schwert. »Hopp.« Desider rüttelte den Schwager Barral aus dem Schlaf, die Mutter, die Schwester. »Hopp. Hopp.« Die Frauen, den Mantel umgeworfen, liefen aus dem Palas, der Vogt kam im Messergurt. »Dom Barral, rettet ihn.« – »Das kann nur Gott. Ein Schritt, und er springt.« – »Hopp.« – »Frau Mutter, helft ihm.« – »Auf den Knien geh näher.« – »Hopp«, sagte Dom Otho und nahm das Bein aus dem Hof über die Mauer. – »Tu, als ob du springen willst«, riet Barral, »und klammere dich an ihn.« – »Kuckuck!« rief Dom Otho.

Die Frauen schlugen die Hände vor das Gesicht.

Das bischöfliche Ordinariat entschied, dieser Tod sei nicht als Selbstmord zu werten. Beim Begräbnis in der Erbgruft der Stadtkirche fehlte Desider, beim Leichenschmaus auf der Burg Barral. Abends standen Vater und Sohn einander im Parlatorium Seiner Seligkeit, des Abtes von Sankt Michael zum Berge, gegenüber, Desider geschoren, in der Kutte des Mönches. »Dom Barral, mein Vater wurde erlöst zu Gott. Ich habe die ewigen Gelübde geleistet.« – »Aber wie geht das an, Herr Abt!« rief Barral. Seine Augen funkelten vom einen zum andern. – »Es ist so, Herr Graf. Auch Bruder Desiderius, der seinen Namen, weil er von Gott ersehnt wurde, behalten wird, geht ein zu Gott. Ich behändige Euch die Verzicht-Urkunde auf alle irdischen Güter, Erbfolgen und Rechte, bis auf das Pflichtteil, das der Bruder dem Orden Benedicti vermachte.«

Noch in der Dämmerung, bei Fackel- und Mondschein, ließ der Graf von Ortaffa und Lorda sich im Sumpfried auf die Burg zurückbringen. Drei Tage später, versehen mit einem markgräflichen Handschreiben, das unter Darlegung der peregrinischen Abkunft, der Versippung und der langjährigen Vogtschaft um Übertragung der Lehen bat, querte Barral, ohne Fastrada, die Brücke von Rodi. Als sie im Frühherbst aus Aragon zurückkehrten, fragte Thoro, ob Mon Dom nicht gleich von hier aus den Umritt halte, auch den Umritt um Lorda. – »Mein Glück«, sagte Barral, »hieß Ghissi. Mehr habe ich nicht gewollt. Kein Umritt.« Er erneuerte dem Bischof Dom Zölestin die ortaffanischen Leihgüter, stiftete aus lordanischen Wäldern das Holz für den Dachstuhl der Kathedrale, die zur Hälfte gewölbt stand, regelte in Sankt Michael mit dem Abte Dom Bernard die Landübereignung, die dem Pflichtteil Desiders entsprach, sah den Mönch aber nicht, denn er war in das burgundische Erzkloster übergesiedelt, und stiftete in Sankt Michael eine Grabeskapelle für Dom Peregrin, Domna Barbosa und Dom Otho. Der Abt machte Schwierigkeiten. »Herr Stiefvetter«, sagte Barral, »schämt Euch vor Eurem Herrn Vater Rodero. Schämt Euch vor meinem Vater Peregrin. Bei beiden war ich Zeuge des Todes. Kein Halm hier gehörte dem Orden ohne die Schenkungen des Hauses Ortaffa. Mein Vater ist eine Minute lang Mönch gewesen. Diese eine Minute kam Ortaffa teuer zu stehen. Jetzt seid nicht kleinlich.« – »Aber die Frau, Herr Vetter! Domna Barbosa war eine Frau!« – »Verführt ein Gerippe Eure Brüder zu unkeuschen Gedanken? Die Kapelle kann man verriegeln. Ist es denn eine Zumutung, wenn ich wünsche, daß der Ruhm des alten Ortaffa, das mit Barbosa und Otho ausstarb, dort sichtbar wird, wo es der Kirche Christi das Meiste geopfert hat? Und zwar wünsche ich die Kapelle auf dem Grundriß des glückbringenden vierblättrigen Klees.«

Von Ortaffa schickte er dem Markgrafen Nachricht, er sei wieder im Land, und schrieb Gerichtstage aus für beide Grafschaften. Es war ein Hinrichtungsfall Ghissi darunter, Vergewaltigungsversuch eines Schmiedegesellen an Faustina; Larrart und Maitagorry als Kläger. Die Schöffen wußten es noch aus der Zeit seiner Vogtschaft: wenn der Graf aufstand und den Verurteilten oder die Kläger am Wams packte, um sie Auge in Auge zu befragen, ging die Milch um, wie er es ländlich nannte. Diesmal packte er Faustina, eine grauäugige Katze. Sie hielt seinen Blick nicht aus. Dann kam Larrart an die Reihe. »Du schmiedest nicht mehr?« – »Ich mache die Gemeinderechnung, gräfliche Gnaden.« – »Für dich bin ich Mon Dom. Wer macht die Schmiede, wenn der Vogel am Galgen baumelt?« – »Ihr wollt ihn zum Galgen begnadigen?« – »Vielleicht sogar zur Entmannung. Vielleicht sogar zum Freispruch. Die Aussagen stimmen nicht überein mit Faustinas Augen. Du warest so wenig dabei wie Maita oder ich. Ich werde dir den Hergang erzählen. Faustina, warum drehst du die Hände? Was hast du davon, wenn einer, den du gemaunzt hast und der dir schön tat, den Kopf hergibt? Geselle, komm. Umgang mit einer Frauensperson heißt, daß du verschimpft wirst aus dem Schmiedestand. Hattest du sie? oder hattest du sie nicht?« – »Es ist alles so, wie ich ausgesagt habe, gräfliche Gnaden.« – »Auch für dich bin ich Mon Dom.

Du hattest sie nicht? Aber du wolltest sie? oder wollte sie dich? Faustina, was kaust du an den Nägeln? Maita: vor meine Augen. In den Augen dieses Galgenvogels lese ich, daß er zu anständig ist für deine Tochter. Hast du die Jungfernschaft untersucht?« – »Die hat sie noch, Mon Dom.« – »Und die blauen Flecke? die Kratzspuren? untersucht? Schöffen, den Hüftschurz. Leg ihn an, Faustina, ja, über dem Kleid. Und nun schildere, wie es kam, daß der Schurz an einer Stelle zerriß, wo kein Mann ihn zerreißt. Soll ich dir vormachen, wie ein Mann von solchen Kräften einem hübschen, schwachen, heißen Biest wie dir ein Kind kegelt? ohne daß du noch Zeit hättest, dich zu verteidigen, auf die Straße zu laufen und Zetermordio zu schreien? Aha. Laut. Lauter! Der Schuldspruch wird kassiert. Vierundzwanzig Stockschläge für die Verleumderin. Larrart: wenn es soweit ist, bestellst du das Aufgebot für die beiden. Solltest du keinen Sohn mehr zustande bringen, erbt der Junge als Eidam die Schmiede. Schert euch. Nächster Fall.«

Als Barral ein paar Tage darauf Ghissi besuchte, um sich die Neuverteilung der Gewannfluren zeigen zu lassen, war Faustina über ihre Wut- und Heilkrämpfe hinweg. Beim Essen stand sie, da sie nicht sitzen konnte. Nachmittags befahl er sie in sein Haus. »Hast du es eingesehen?« – »Ja, Mon Dom.« – »Nach dem Gesetz wäre dir die Zunge herausgeschnitten worden.« – »Ja, Mon Dom.« – »Nie wieder?« – »Nie wieder, Mon Dom.« – »Jetzt geh in die Kammer, denn da wartet er, küß ihm den Fuß, denn er soll dein Herr sein. Er ist Bauer, du bist Bäurin. Geheiratet wird, sobald du ein Kind erwartest. Besprich das mit deiner Mutter. Und bitte sie um Verzeihung, daß sie deinetwegen hat weinen müssen.« – »Ja, Mon Dom.« – »Flenne nicht.« – »Mon Dom, bitte verzeiht mir, daß ich Euch das angetan habe.« – »Mir? Wem, meinst du, tut es weh, geköpft, gehängt oder entmannt zu werden?« – »Ihm, Mon Dom.« – »Und wem tut es weh, für einen Mord in der Hölle zu schmoren?« – »Mir, Mon Dom.« – »Wer also geht morgen eine Todsünde beichten?« – »Faustina, Mon Dom.« – »Rotz und Wasser«, bemerkte Barral. »Ich werde dein Trauzeuge sein.« – »Danke, Mon Dom, danke, danke.« – »Hör auf und laß meine Hand los.«

Über den Kirchplatz trabten Reiter. Dom Lonardo überbrachte eine Vorladung zur Grafenversammlung nach Cormons. »Die ewigen Grafenversammlungen für nichts!« rief Barral. Faustina schlich demütig vorüber. »Und für diesen Wisch kommt Ihr selbst? statt einen Boten zu schicken?« Der Geselle ging wiegend vorüber. – »Ich habe etwas auf dem Herzen, Vetter Ghissi. Ich bin Achtundvierzig. Da wird es Zeit.« – »Vetter Lonardo. Graziella ist fort.« – »Leider. Graziella wäre es gewesen.« – »Obwohl ohne Stammbaum?« – »Wir besitzen wohl alle einen Stammbaum über Carl den Großen bis zu Adam und Eva. Sie wäre für Ongor die Frau gewesen.« – »Um wen bitte handelt es sich?« – »Um Domna Judith. Ihr habt zu verfügen.« – »Die sechste Werbung«, stellte Barral fest. »Ich brauche nicht zu überlegen. Ich nehme sie an. Aber, Vetter. Ob ich Oberhaupt ihrer Sippe bin, ich bin zugleich Eidam. Was bin ich noch? Kurz, bis das Trauerjahr endet, will sie nichts hören, dann frei entscheiden. Sie entscheidet, nicht ich. Neuartig, fremdartig, eigenartig, wie Ihr wollt. Die Cormons werden geboren mit hartem Kopf. Ich merke es bei Domna Fastrada, zu schweigen von Desider. Zu schweigen von Abt

Bernard in Sankt Michael, der uns zum Glück wieder verläßt, um in Burgund Erzabt zu werden. Graziella erwartet nun übrigens, nachdem sie zweimal zur Heiligen Anna gepilgert ist. Ich dachte schon, dieser Dom Carl könne gar nichts. Ich dachte schon, er wolle zum Morgenland aufbrechen.«

In der Tat wollte Dom Carl eigentlich aufbrechen. Dom Othos Tod und Barrals Lehnsritt verhinderten es. Dann beendete der Leichenschmaus von Ortaffa Graziellas Unfruchtbarkeit. Das nahm er als Glückszeichen und Hinderungsgrund. Von der voraufgegangenen haarsträubenden Beschwörung durch Maitagorry, die am liebsten auch ihn gegeilt hätte, wußte er nichts. Dann mußte er zu König Konrad in die Lombardei, wo er lernte, daß die Reichshändel durch das Hinscheiden Kaiser Lothars nicht einfacher wurden. Wieder zu Hause, fand er einen seltsamen Brief des Grafen Gerwin Sartena mit dem Vorschlag, den Grafen Barral Ortaffa-Lorda zum Markgrafen Stellvertreter und Markgrafen Nachfolger wählen zu lassen. Das war zwar Carls Wunsch seit Langem. Da aber von Sartena geäußert, witterte er Unrat und besuchte Domna Loba, deren Wolfsrute ihn auf ganz falsche Fährten lockte. Dom Gabriel Bramafan-Zwischenbergen habe, sagte sie, ein abgefeimtes Komplott vor. Dem sei nur zu begegnen, wenn man Barral, seine zwei Stimmen vorausgesetzt, in absentia wähle und den Gewählten vor vollendete Tatsachen stelle. Dom Gabriel schnob etwas Galle und beugte sich ohne Widerstand. Als Barral in Cormons eintraf, blieb ihm nichts, als alles über den Haufen zu werfen oder die Huldigung gutzuheißen. Sie paßte ihm schlecht, soweit er an sich und an Lorda dachte. Dann wieder dachte er an seine Söhne, zum Schluß kelgurisch. Was ihn ärgerte, war die Hinterlist. Die Grafen Gerwin Sartena und Hyazinth Farrancolin hielten um Judiths Hand an.

Judith verbrachte ihr Trauerjahr in strengster Weltabgeschiedenheit. Sie empfing auch Barral nicht. Sie sei im Kloster, behauptete Domna Oda. Er machte dem Kardinal Vito Aufwartung; danach, um sich auszubrüllen, dem Markgrafen Carl. Er sei in Lormarin bei der Gemahlin, sagte der Majordomus. – »Gut, ich reite.« – »Die Nacht bricht ein, gräfliche Gnaden, und die Furt geht hoch. Eure Zimmer sind gerichtet.« – »Die Nacht würde mich nicht schrecken, Hochwasser ja. Ist der Herr Graf von Farrancolin oben?« Sie tranken. Er erleichterte seinen Zorn. Zur fortgeschrittenen Stunde wurde Hyazinth feierlich. »Das vertrage ich schlecht«, rief Barral. »Ich war auch zwei Mal im Kerker.« – »Aber du hast nicht vor dem Tode gestanden.« – »Nie, Hyazinth. Gelegen.« – »Und nicht wie ich in diese herrlichen Augen geblickt, in diese göttliche Seele.« – »Wovon redest du, Hyazinth?« – »Von Judith, Barral, deren verelendetes Herz nach dem meinen begehrt, um es glücklich zu machen und glücklich zu werden.« – »Bekam sie das über die Lippen?« – »Das fühlt man, wenn man in Augen zu lesen versteht.« – »Und du verstehst es?« – »Barral, es war ein Versprechen in dem Blick, ein Wunder der Erlösung.« – »Geh, laß schlafen gehen.«

Sehr früh ritt er nordwärts, um den weichen Mann, der eine so schwierige Frau erhoffte, nicht neben sich haben zu müssen. »Mon Dom«, fragte Thoro unterwegs, »man spricht, Ihr seiet Markgraf geworden?« – »Kaiser.« – »Da wird sich Domna Graziella freuen.« Sie freute sich, als Barral zu Mittag bei ihr absaß. – »Wo ist Dom Carl?« – »Er jagt.

Eßt, Mon Dom.« Man hatte von Lormarin einen weiten Blick auf die fruchtbaren Auen, auf die dreißig Arme der Gallamassafurt, auf den Hundswald drüben und die jenseitigen Höhen. »Habt Ihr den bösen Jungschmied gehenkt?« – »Der liebe Jungschmied wird dein Schwager. Er heiratet deine böse Schwester Faustina.« – »Ah! So war das?« – »So einfach war das. Und deine Ehe ist gar nicht einfach. Und Carl jagt auch nicht, sondern meidet mich.« – »Mon Dom, ich kann ihm nichts sagen.« – »Ist er gut mit dir?« – »Gut?« – »Stumpf also? oder? im Bett lustig?« – »Ich kenne ihn ja kaum. Er schweigt so viel. Und was er nicht hören will, überhört er. Gewiß zehn Mal schon habe ich ihn gebeten, mich nicht nach Ghissi, nicht in den Zypressenpalast mitzunehmen. Er sagt, die Mutter hat sich zu gewöhnen; die Bauern haben sich zu gewöhnen; der Großvater Ubarray hat zu gehorchen. Mon Dom, ich ängstige mich vor der Niederkunft.« – »Unsinn. Du gebierst so leicht wie deine Mutter.« – »Wenn ich bei der Mutter sein könnte, Vater.« – »Du weißt den Weg in die Schmiede. Was ist nun? Kommt Carl? oder lasse ich satteln?« – »Bär muß nicht böse sein.«

Sie erwartete für März, Fastrada für Juni. Dreikönig 1140 war Barral in Cormons, den Damen des Steinernen Hauses zu bescheren. Die markgräfliche Residenz stand leer. »Der Herr Markgraf und die Frau Gemahlin«, lautete die Auskunft, »sind in Ghissi.« Über Nacht fror es; die Straße bezog sich mit Eis. Zwei Meilen vor Galabo stürzte Barral. »Schlechtes Vorzeichen, Mon Dom. Zwei Fesseln gebrochen.« – »Stich ab.« Sie mühten sich gemeinsam, den schweren Kadaver von dem zerschundenen Fuß zu wälzen. »Tut es sehr weh, Mon Dom?« – »Red nicht so viel.« Das

Vorzeichen trog nicht. Als sie vor Etche-Ona anlangten, rief ein Bote den Herrn in den Zypressenpalast. Thoro trug ihn auf dem Rücken. Dom Carl war bleich. »Sie kommt nieder.« Barral glitzerte ihn an: »Neun Wochen zu früh? im siebten Monat reiten? »Wo ist sie?« Er humpelte hinein, während Thoro zur Schmiede lief.

Graziella kniete, das Gesicht auf dem Estrich. Geburt und Nachgeburt waren vorüber. Er wusch sich die Hände und nabelte den Leichnam eines Knaben ab. Graziella sagte kein Wort, kein Ton entrang sich ihr, keine Träne. »Das Glück will mir nicht wohl«, sagte der Markgraf, in der Tür stehend. »Nie habe ich Glück. Es hängt gewiß mit der Wallfahrt zusammen.« – »Jammert, wo Ihr wollt, Vetter Carl. Geht schlafen, hier stört Ihr. Mit Rechthaberei kriegt man meine Bauern nicht. Schüttelfrost kriegt man. Hilfe nicht. Wehmutter nicht. Bleib knien, Graziella. Die Mutter kommt.« – »So fängt es an«, sagte Dom Carl. »So fing es bei Domna Smeralda an.« – »Dom Carl, wenn Ihr wünscht, daß Maitagorry kehrt macht, dann sagt es mir!« Graziella sank auf die Seite. Der Markgraf ließ einen Priester holen. Maitagorry, während die letzte Wegzehr gespendet wurde, biß vor Ungeduld ihre Lippen weiß. Sie hatte nur Augen für ihre Tochter, die zusehends verfiel, fieberte und kein Wort sprach. Dom Carl saß teilnahmslos in der Ecke. Die Klerisei ging. Thoro raffte den Mut. »Markgräfliche Gnaden. Was Gott tut, ist wohlgetan. Was Gott nicht tut, tut Mon Dom nicht, wenn Ihr dabei seid.« Er schloß die Tür hinter ihm.

»Leichentuch«, verfügte Barral. »Maita, Wasser. Gib deine Zunge, Graziella. Schluck meine Spucke. Gib deine Hände. Verschmiere das auf der Leber, das auf dem Herzen. Nie ein Wort zu Carl.« Er legte ihr die Hand auf, bis die beiden zurück waren, und schickte den Knecht abermals aus, ein Leinensäckchen zu besorgen, Erde aus dem Weinkreis, geraspelte Späne von der Zypresse, Therebinthen-Öl. Dann schnitt er Graziella die Kleider vom Leib; Maitagorry tauchte das Leichentuch in Wasser und wrang es. Sie hoben sie aus dem Bett, hoben sie in das Bett, schlugen sie in das nasse Tuch ein, türmten Felle und Decken darüber und beobachteten, ob sie durchhielt. Weiße Schweißperlen standen auf glührotem Gesicht. Der Atem wurde kürzer, der Puls galoppierte. Drei Viertelstunden verstrichen. Thoro brachte das Verlangte. Barral entblößte den Arm und ließ sein Blut in das Erd- und Holzpolster tropfen. Maitagorry prüfte, ob das Linnen auf Graziellas Haut ausgedampft war. »Jetzt, Mon Dom.« Sie deckten sie auf und trockneten rauh den Nachschweiß. »Öl.« Thoro goß, die Eltern rieben und walkten es in die Poren der Tochter, vom Nabel bis zur Halsgrube, vom Nabel bis zu den Fußspitzen. Der Duft sommerlicher Wälder erfüllte das Zimmer. »Umdrehen.« Vom Kreuz bis zu den Schultern, vom Kreuz bis zu den Fersen. »Umdrehen.« Graziella lächelte matt. Das Leinensäckchen wurde ihr aufgebunden. »Maita, dein Blut.« Sie murmelte ihre Zauberformeln, während sie den Arm hinhielt. Barral stach Graziella in den kleinen Finger der Linken und sog ihn aus. »Tochter Ghissi, jetzt läuft die Feuerschlange Leheren in mich. Morgen bist du gesund. Ich gehe die Krankheit austragen. Vierundzwanzig Stunden bleibt das Zeug, aus dem du gemacht bist, auf deinem Bauch. Du rührst dich nicht aus dem Bett. Du ißt nichts. Kein Wort zu Carl. Die Mutter wird bei dir wachen.«

Am Morgen fieberte er hoch, das Gesicht blau gedunsen. Der Knecht kühlte und wickelte ihm den geschwollenen Fuß. Als der Markgraf zu Graziella hineinlugte, traf ihn der volle, feindselige Blick Maitagorrys. – »Stirbt sie?« – »Hinaus aus meinem Reich!« – »Ich bin über den Berg, Dom Carl«, sagte Graziella. – »Gott sei gedankt, mein Lieb.« Maitas Nüstern bebten. Er zog sich zurück. Faustina brachte ihr Suppe. – »Sieh nach Mon Dom.« – Mon Dom erkannte sie. »Wie ist es, Faustina?« – »Ich kann heiraten, Mon Dom.« – »Etwas Brot von daheim. Und Phine.« Die Schwestern kamen mit einem ganzen Laib. – »Mädchen!« rief Thoro. »Halbe Scheibe höchstens. Wo soll denn Mon Dom das hinessen. Beiß ab, Phine. Kauen. Nun auf den Bauch damit.«

Dom Lonardo, soeben eingeritten, machte große Augen, als er die Vierjährige, neben dem Bett stehend, an einer so verfänglichen Stelle aus den Decken herauskommen sah. »Kindfieber, gnädiger Herr«, erläuterte Thoro. »Er muß fasten und hat Hunger. Da wird ihm das Brot auf den Magen gekaut.« Faustinas Blicke verschlangen den Burgmeister. – »Was gibt es?« fragte Barral schwach. – »Die Wölfin ist auf Ortaffa.« – »Morgen abend, Vetter Ongor. Morgen bin ich gesund. Bis auf das Bein. Schickt mir eine Trage.« – »Habt Ihr aus dem Bein geboren?« Thoro erstattete Bericht. Seraphines Köpfchen schlüpfte abermals unter die Decke. »Tochter Mon Dom?« fragte Lonardo in Thoros Ohr. – Barral winkte Lonardo zu sich. »Wartet auf Graziella. Es geht nicht gut mit Dom Carl. Besucht sie. Maita ist bei ihr.« Maitagorry schlief in der Ecke am Boden. Graziella lag wach, erschöpft, aber gesund.

Domna Loba war ohne Dom Leon gekommen, wennschon mit Troß, darunter ihr Sohn Dom Gero, der Barral an der Sänfte begrüßte – ein Mann nach seinem Herzen. Thoro und er, die Hände verschränkt, trugen ihn hinauf. Der Fuß wurde neu gesalbt, gekühlt, gewickelt und hochgebockt. Domna Fastrada zelebrierte den Handkuß. Die Kinder wurden vorgeführt. »Nun, Dom Gero, was hat Eure Frau Mutter ausgesponnen?« Domna Loba schob mit ihren zierlichen Händen alles, was anwesend war, durch die Luft. Man ließ sie allein.

»Wir zwei«, sagte sie. »Ein Paar ohnegleichen. Ich beschwere mich nicht über meinen Löwen. Ihr aber seid ein Wolfsrüde, der zu mir paßt. Nachdem der Ärger, wie ich sehe, verflog, markgräfliche Gnaden, komme ich zum Geschäft. Keine Angst, jene Rangerhöhung kostet Euch nichts. Geschäfte wird es stets geben, wenn Carl einmal nicht mehr ist. Wir haben ja Zeit. Hätten wir gewußt, daß Dom Rodero fallen würde, hätte das letzte Schaf statt seiner kämpfen können, und wir hätten einen Markgrafen. So haben wir in Kelgurien drei Gehirne, mich, Euch und den Bischof Zölestin. Im roten Mantel ist gut Schurke sein. Aber heute nichts von Kelgurien. Heute plaudere ich über Familiendinge. Ich höre, mein Bruder Gerwin hat die Kühnheit gehabt, Euch um die verwitwete Hand Judiths zu bitten. Wenn zwei Brüder eine und dieselbe Frau wollen, ziemt es sich, daß der eine zurücktritt und den Brautwerber des anderen spielt. Dazu ist er zu schwach. Man berichtet, Judith in Person werde entscheiden. Da werdet also Ihr für Walo sprechen. Nicht wahr?« – »Domna Loba, ich leugne nicht, daß Ihr die schönste, frechste und schnellste Wölfin seid, die je durch mein Jagen schnürte. Die Galle speit Essigkröten, wenn ich denke, wie krank mein Fuß und wie kalt mein Kopf ist. Wollt Ihr besprungen sein, oder wollt Ihr, daß ich den Unsinn ernst nehme?«

Loba feuchtete ihre Lippen. »Was würde die sittsame Gemahlin dazu sagen? Im Ernst, mein Lieber, mein Guter, mein Kluger. Wir wissen doch beide, was wir von Walo zu halten haben. Judith nannte ihn unzart, Ihr nanntet ihn rechthaberisch. Ich behaupte nicht, er sei es gewesen, der Herrn Otho in Wahn und Tod trieb. Aber wer war es? Wer es auch war, er wird es nicht vergeblich getan haben wollen. Ich behaupte nicht, Judith hätte ohne ihn Gottesgericht angeboten, um all diese unsagbar dummen Klerikalgespinste zu zerreißen. Wer war der Vater zu dem Knaben Desider? Ich behaupte nicht, Walo hätte es nicht gewußt. Ich behaupte nur, er war zu vornehm, einen Freund zu verdächtigen. Ich behaupte, er habe überhaupt niemanden verdächtigt. Wo liegt Unschuld? wo Schuld? Wahr ist, daß ein Unschuldiger, Ihr, einen Unschuldigen, ihn, einer Schuld verdächtigt und ihn wegen Silberpantscherei, Silberdiebstahls, Landesverrats, des Landes verwiesen hat – was man rückgängig machen kann. Wahr ist, er mißachtete einen verjährten Prozeß der vorgefaßten Meinungen und erschien nicht. Wahr ist, er will Judith. Er will, wenn dergleichen Kinderei jemals bestanden hat, eine Rechnung streichen. Ich ahne, wenn er übergangen wird, daß die Rechnung aufläuft. Ich ahne, Herr Wolf, daß Judith, wen immer sie heiratet, nicht zu schützen sein wird, da der Einzige, der sie hätte schützen können, die hausbackene Tochter nahm. Ihr seid ein tüchtiger Krieger. Gefahr geht Ihr an, die Wölfin bespringt Ihr, die Witwe werft Ihr dem unzarten Rechthaber ins Bett, und Ihr werdet sehen, auf wie zarte Weise dieser Gelangweilte, dem zwölf Dutzend billige Frauen nicht mundeten, mit einer so kostspielig Erworbenen, die übrigens gleichaltrig ist, Kurzweil übt. An Gütern soll es nicht mangeln.«

Sie sprachen über den Fall eine ganze Woche, jeden Tag etwas klarer. In den Nächten sprachen sie nicht. Barral hütete sich, Rute an Rute zu bringen, so sehr es ihn reizte. Im Juni waren dreizehn Werbungen beisammen. Fastrada kam nieder mit einer Tochter Maria Salome. Er ritt nach Cormons zu Judith. Es gelang ihm, Domna Oda zu entfernen. »Muß ich denn heiraten?« fragte Judith. »Laß mich doch, wie ich bin!« – »Du mußt. Wäre Walo nicht, müßtest du nicht. Hättest du mich nicht zu Fastrada gezwungen, müßtest du nicht, sondern dein Traum und mein Traum wären eines. Du opfertest nicht nur dich für deine Tochter, auch mich.« – »Ich denke, sie ist schöner?« – »Was nutzt mich schöner? Es fehlt alles, was deine Liebe und meine Liebe so besessen machte. Sie ist kein Raubtier. Sie nimmt, was kommt, wie es kommt, und es belustigt sie obenhin.« – »Du gönnst ihr ja auch keinen Platz, wie du ihn deiner feurigen Maitagorry gönntest, wie du ihn mir gönntest. Du hast keine Angst vor Fastrada, nur vor Launen, vor Eifersucht, vor Leidenschaft hast du Angst! du willst keine Leidenschaft! du willst sie, wie sie ist, und sie kann von Glück sagen, daß du mit ihrer Hornhaut lieb umgehst. Wärest du ein Otho, so hätte sie einen Barral. Ihr zwei seid nicht besser und nicht schlechter verheiratet als Carl mit Graziella.«

Barral strich den Bart. »Ich habe die Fastenpredigt begriffen. Nun antworte auf meine Werbung für Walo.« – »Was ist da zu antworten? Bestimme, verfüge, vor dem Altar sage ich Nein.« – »Willst du nicht wenigstens mit ihm sprechen?« – »Nein.« – »Du heiratest ihn nicht?« – »Nein.« –

»Dann heiratest du einen Anderen.« – »Bestimme, verfüge. Gib mir den Dümmsten, Traurigsten, Weichsten, damit ich etwas zu tun habe, aber laß ihn nicht jünger sein.« – »Judith, nun fang dich.« – »Ich habe mich gefangen. Verkaufe mich, an wen du willst.« – »Ich sähe dich gern als Gemahlin meines Freundes Lonardo Ongor.« – »Der steht unter mir. Gräfin will ich bleiben. Ongor ist zu nah am Tec; zu nah an dir. Gib mir das Weihwasser Hyazinth, der Kerker stieß ihm die Hörner ab, und meine Mutter bläst mir die Ohren voll wegen Farrancolin. Hübsch ist Farrancolin, voller Erinnerung, und es liegt weit von Allem.« – »Aber Judith, Hyazinth will ins Morgenland, er schwor es im Kerker.« – »Es wird vieles gelobt und nicht gehalten. Carl redet seit Vaters Tod vom Morgenland, das sind jetzt vierundzwanzig Jahre, ein Jahr länger, als Fastrada auf der Welt ist. Nun beruhige die Mutter und sage ihr, sie soll nach dem alten Gabriel Bramafan schicken. Er wartet in der Residenz, ob er für Hyazinth werben darf.« – »Judith.« – »Barralî. Hätten wir das mit Otho gewußt!« – »Nicht weinen. Es ist geschehen. Keine Umarmung. Ich bin dein Eidam.« – »Du warest mein Schutz, und ich stieß dich von mir. Eines Tages bringt er mich um. Hast du mein Hemd noch und meine Flechten?« – »Eingenäht in den Schäfermantel. Eingebrannt in das Herz deine Liebe. Du heiratest an Sankt Margarethen, Patron gegen Wunden, den zwanzigsten August, auf Ortaffa als deinem Brauthaus.« – »Ich gehorche. Die Heilige Margarethe kann mich auch nicht schützen. An Vaters Herzseite möchte ich schlafen im Turm von Rimroc.«

Im Mai 1141 kam Judith auf Farrancolin nieder mit einer Tochter Roana, Graziella Lormarin in der Schmiede zu

Ghissi mit einer Tochter Oda, Fastrada Ortaffa-Lorda im Zypressenpalast mit Zwillingstöchtern, die auf Theodora und Bertana getauft wurden. Dom Walo turnierte in Flandern, wo er vier flämische Mädchen, nachdem er sie glücklich gemacht hatte, unglücklich machte.

FOLGEN DER KREUZNAHME

Mit Vorsicht, Langmut und geduldigen Fingern lokkerte Erzbischof Dom Guilhem die verknotete Ketzerei der Weber von Lorda, um sie dereinst entwirren zu können. Er beschränkte seinen Pomp auf das liturgisch Vorgeschriebene, jätete in täglicher Mühsal das Unkraut aus dem Pfarrstand der Diözese und hielt die Inquisition fern. Er sorgte, daß Barral und Fastrada häufig residierten, für jeden zu sprechen waren und wie er, ohne Aufwand, in die heikelsten Häuser gingen, Pate standen, Stiftungen tätigten, sich um Waisenkinder und Krüppel kümmerten, den Verstockten die christliche Milde, Liebe und Barmherzigkeit vorlebten und unnötige Härten vermieden. Er sprach es nicht aus, daß nächst der Armut die Hauptschuld an der Sektiererei den verflossenen Bischof traf, der als ortaffanischer Vogt, unbeaufsichtigt, ein Regiment der Aussaugung und Verschwendung geführt hatte.

Barral nahm seine gräflichen Rechte nicht wahr, bis auf das Recht, auch ohne Erste Nacht Schulden zu streichen, ohne Bedürfnis einen Saal zu bauen, Wandteppiche weben zu lassen, zu helfen oder zu strafen, wo es ihm notwendig schien. Er war gern in Lorda. Die Lordaner liebten und fürchteten ihn. Den geistlichen Hirten bewunderten sie argwöhnisch. Der schönen Gräfin, ihrer Schenkwut und ihrer Lust am Spaß brachten sie schwerblütige Devotion entgegen. Selbst in der Fastnacht gelang ihnen kein Lächeln. Sie blieben durchfroren von jenseitigem Ernst. Nichts konnte Barral erfahren. Sartenatisch befreundet, galt er als kirchenfromm.

Der Kardinal Pönitentiar visitierte nie. Er kam unauffällig als Ritter, wohnte im gräflichen Palast und empfing Dom Guilhem zu kurzem Bericht. So auch im Februar 1143. Fastrada nährte eine vierte Tochter, Arabella, und erwartete ihr siebentes Kind. »Das geht wie Saat und Ernte«, bemerkte Dom Vito. »Die nächste Ernte erfolgt in Cormons, Frau Markgräfin.« – »Ihr scherzt, Herr Kardinal. Man mäht den Acker, wo er trächtig wurde.« – »Ein Acker auf zwei so hübschen Beinen wird seinen Sämann und Mähmann begleiten, denke ich. Der alte Vito hat Sturmwind gespielt.« – »Schlammfresser oder Töter?« – »Schlammfresser, denn der ist kalt und bläst gen Süden. Ein paar kräftige Fastenpredigten, und alles, was Morgenlandfahrt gelobt hat, macht sich auf die Strümpfe. Die cormontischen, farrancolinischen und anderwärtigen Herrschaften bekamen ihren Denkzettel.« – »Ihr seid streng, Herr Patriarch. Die fühlten sich doch recht wohl mit ihren Gelübden.« – »Es gab Zeichen, Domna Fastrada. Fehlgeburt über Fehlgeburt, nirgends ein Sohn, schlappe Maßnahmen als Regierer, faule Gehirne in üblen Zeitläuften, kurz, der Himmel war es satt.« – »Wie heißt der Himmel? Gerwin? Loba?« – »Vito heißt er. Eure Mutter Judith dürfte in Farrancolin tatkräftiger walten als das Hyazinthenblümchen, und Herr Dachs hat keinen so kleinen Kopf auf den Schultern wie Oheim Carl, der die einfachsten königlichen Schachfinten nicht sieht.« – »Da wird der liebe Dachs aber im Kessel herumtoben, Herr Sturmwind. Ihr erspart es mir wohl, daß ich ihm das dartue?« – »Wie? Freut er sich nicht?« – »Woher? Soeben hat er sich nun an mein Saatfeld gewöhnt, nichts da von Brache, wie beim Landbau üblich, soeben fangen Lorda, Kelmarin, Amselsang an, ihn zu beschäftigen, da topft Ihr ihn um in das öde Cormons. Ihr seid mir ein Egoist. Mich nimmt er übrigens nicht mit.« – »Dann werde ich ihn vor die Sakramenten-Inquisition zitieren. Wie ist Eure Ehe?« – »Entzückend, Herr Kardinal.« – »Betrügt er Euch?« – »Leider nein.« – »Meine Tochter!« – »Mein Vater!« – »Leider nein. Wo steckt er?« – »Er übt Ball am Bauzaun. Er kam auf den Geschmack der Schnabelkelle.«

Dom Vito erkannte ihn kaum wieder; der Bart war gefallen. Fastrada lachte von Herzen, als sie sah, mit welcher Wucht immer neu das Leder aus dem Armkorb fuhr, während der Kirchenfürst, wenn Thoro am Ball war, dem Markgrafen Stellvertreter hinterdreinlief, ihm das nächste Stichwort für die Steigerung der Wut ins Ohr zu liefern. Vito und Barral waren ein besseres Paar als Vito und Carl. Es wurde September, ehe der Markgraf sich durchrang und die Großen Kelguriens in der Bischofskirche des Patriarchen zusammentraten. Cormons und Farrancolin trugen auf Mantel und Wams ein silbergesticktes Kreuz. Die Nachrichten aus dem Heiligen Lande läuteten Mohrensturm. Der fränkische König von Jerusalem rief um rüstige Streiter Christi. Man beschloß, die Bischöfe sollten von allen Ambonen die auf Kreuzfahrt bezüglichen Texte lesen lassen, die Grafen den Rittern, die das Kreuz nahmen, keinen Stein in den Weg legen. Wer es nehme, habe sich zu geistlicher Versenkung aus den Geschäften der Welt zurückzuziehen. Die Ausfahrt auf drei Schiffen mit insgesamt mindestens zweihundert Rittern wurde anberaumt für die Fasten 1144.

Es folgte die Huldigung auf den Fuß und das Schwert Barrals; es folgten die testamentarischen Erbverfügungen. Farrancolin ging, wenn Hyazinth nicht heimkehrte, an eine Nebenlinie. Dom Carls Erbe für alle Güter und Ansprüche war, dem Lehnsrecht entsprechend, der neue Markgraf, bis auf die Pflichtteile Domna Odas und Judiths, deren fünf Mönchsbrüder, da abgefunden, nichts mehr erhielten. Der Niesnutz an der Herrlichkeit Lormarin fiel an Graziella und ihre Tochter. Beim Gelage, das Dom Carl stiftete, zog Barral den Grafen Gerwin beiseite. »Der Patriarch kann mir viel erzählen. Erzähle du deiner Schwester, ich verstünde Handschriften zu entziffern. Daß sie über mich verfügt, hört auf. Sonst bringe ich ihr bei, wer der Herr ist.«

Im Frühjahr, als die Schiffe, bewimpelt mit silbernen Kreuzen auf schwarzem Grund, besprengt vom Weihwasser des eindrucksvoll hinfälligen Kardinals Dionys, aus dem Hafen von Mirsalon liefen, verbargen weder Graziella noch Judith, daß die geistliche Versenkung Folgen gezeitigt hatte. Farrancolin bangte, es könne ein Sohn werden. Die Nebenlinie, durch Dom Carl eingesetzt, vogtete in die eigene Tasche. Barral rief Dom Lonardo nach Cormons, begrub die jüngste Geburt Fastradas und ritt mit den Kreuzfahrergemahlinnen, die in Sänften schwebten, nach Lormarin, von dort nach Mani, wo die Zuchtpagen seit einem Jahr auf den Ritterschlag warteten, während die nächste Ernte schon reif war. Er belobte ihr Können, belobte ihre Ausbilder. Abends standen sie im Hofe der Grafenburg. Die Fechtmeister nannten ihm die Namen. »Junker Rafael Bramafan.« – »Sippe?« – »Dom Fulco.« – »Land?« – »Ausgestattet, Herr Markgraf.« – »Niederknien.« Nach der Rangfolge ihrer Leistungen empfingen sie die Berührung des

Schwertes auf der Schulter, den Backenstreich und den Handschlag. – »Junker Quirin Ghissi.« – »Sippe?« – »Bastard des Markgrafen Stellvertreters.« – »Land?« – »Kein Land, Herr Markgraf.« – »Niederknien. Ritter Quirin, ich verleihe Euch in Nachlehnschaft Galabo.« – »Junker Rodero Farrancolin.« – »Sippe?« – »Dom Roman.« – »Land?« – »Kein Land, Herr Markgraf.« – »Niederknien. Ohne Land kein Stand, Ritter Rodero. Ich nehme Euch als Gesinderitter. Bewährt Euch zum Nachlehner.« Die Zeremonie dauerte bis in die Nacht. Die Kathedrale füllte sich mit den Tempelschläfern. Am Tag nach der Schwertleite wurde Dom Lonardo zum Vogt ernannt. »Ich verlange nicht«, sagte Barral, »daß Ihr Ongor vernachlässigt. Beaufsichtigt Domna Judiths Verwaltung und nehmt ihr ab, was sie als Frau nicht tun kann.«

Trotz inständiger Gebete der Nebenlinie gebar sie an einem sengenden Sommertag den befürchteten Erben. Der Bischof taufte ihn auf den Namen Lauris. Barral und Lonardo standen Pate. Sie standen Pate in Lormarin bei einer zweiten Tochter Graziellas. »Warum so erloschen, Kind?« – »Es ist schwer, Mon Dom, es ist einsam hier.« – »Geh ins Steinerne Haus. Die Großmutter freut sich.« – »Nicht nach Ghissi?« – »Du weißt, daß deine Mutter es nicht will.« – »Ja, Vater. Dann komme ich. Zu Euch nach Cormons. Bis Dom Carl wieder da ist. Habt Ihr Nachrichten aus dem Heiligen Lande?«

Im Heiligen Lande überfielen die Sarazenen das fränkische Fürstentum Edessa, zermetzelten es und gaben es nicht mehr heraus. Laut erschollen über das Meer hin die Weh- und Hilferufe der verzankten Fürsten von Antiochien, Tripolis und Jerusalem. Monate brauchten die Rufe. Lähmung senkte sich über die Christenheit. Überall schienen die Scharen des Propheten im Aufbruch. Bis zu den Mündungen des Tec dehnten Seeräuber ihre Streifzüge aus. Vor Mirsalon wurden Kauffahrer gekapert. Die Magistrate baten den Markgrafen Landverweser um Hilfe. Barral ließ anfragen, ob sie ihre Reichsfreiheit aufgeben und markgräflich werden wollten.

Winters im Mohrengebirge traf er sich heimlich mit Emir Salâch. Die Tribute waren beglichen. Salâch schwor, er habe nichts Böses im Sinn, aber der Sultan sei undurchsichtig. Barral schwor, er habe nichts Böses im Sinn, aber er sei zu König Konrad befohlen. Sie schworen einen Eid, daß in der Kriegserklärung, wenn Krieg sein müsse, das Wort »Sohn einer Hündin« die Anrede ersetzen solle, das heiße dann Kampf zum Schein. Als Seeräuber in Trimarî landeten, verschanzten sich Volk und Priester in der befestigten Kirche, von deren Zinnen Pech, Schwefel und siedendes Wasser flossen. Dom Zölestin, Bischof von Rodi, schickte reisige Heerhaufen. Bevor man die Gefangenen köpfte, stellte man fest, es waren Mohren aus dem Kalifat Cordoba, nicht aus Dschondis.

In der Lombardei wurde Barral auf das Langwierigste von den Pfalzräten empfangen. »Morgen reite ich«, erklärte er nach einer Woche, »ohne Huldigung, mit Huldigung, wie Ihr wollt.« – »Im ersten Falle, Herr Landverweser, würdet Ihr des Amtes enthoben.« – »Das soll mir gleichgültig sein, man wählt einen Anderen.« Den nämlichen Abend noch führte man ihn vor den König. König Konrad hatte drei Fragen. Ob Kelgurien zu ihm oder zu den Welfen halte? »Zum deutschen König, dessen Fuß ich geküßt habe.« Ob die Umwandlung der Markgrafschaft in ein Herzogtum sich empfehle? »Nein. Die Dschondis-Tribute sind abgelaufen, wir können morgen schon Krieg haben. Des Emirs Piraten überfielen Trimarî.« Ob, falls der Papst einen Kreuzzug wünsche, zu diesem Kreuzzug zu raten sei? »Nur wenn alle Könige des Abendlandes dem vorher vom Papst gekrönten Kaiser gehorchen, sonst nicht.« – »Seine Kürze und Kraft gefallen mir«, sagte Herr Konrad. »Ich werde Ihn häufiger rufen.« Er reichte die Hand, ein ungewöhnlicher Gnadenbeweis, bestätigte die Lehen Cormons, Lorda und Ghissi und winkte dem vortragenden Pfalzrat. »Ein Brief des Markgrafen Carl.«

Der Brief, zehn Wochen alt, war ein Namenskatalog der Verluste. Zurück in Cormons, ließ Barral Beileids- und Grußschreiben aufsetzen, die den betroffenen Sippen auf dem Pfarrweg übersandt wurden. Ende Mai 1145 hielt er Gericht in Ortaffa, wo Quirin und die neuen Ritter Verwaltung lernten, Anfang Juni in Lorda. Den Sommer verbrachte er an der Wildquelle zu Kelmarin, meist in ihr, umtummelt von jauchzenden Kindern und ihren Müttern, Fastrada, Judith, Graziella, Marisa; Maitagorry kam. Hier lernten Quirin und die Neuen Landwirtschaft. Zelte dienten als Wohnung; ein Gehöft wurde gebaut. Die Räte, ob markgräflich, ob ortaffanisch, lordanisch, trugen vor. Im Wasser liegend, entschied er. War, was er Kram nannte, überstanden, pflügte er Unkraut, grub Steine aus künftigen Feldern, badete wieder, focht, schaute den Elefanten, die Salâch ihm geschenkt hatte, beim Roden zu, spielte den Ball gegen die Lehmwand oder jagte. Abends erzählte er Märchen; die Räte, die stets über Nacht zu bleiben hatten, drehten den Bratspieß, schürten das Feuer und sahen, mancher zum ersten Male, den Sternenhimmel. Morgens im Bad durften sie berichten, was ihnen über Nacht eingefallen sei, den Kram zu vereinfachen. Wem ein freies Lachen geriet, erwarb das Recht, ihn Mon Dom zu titeln.

Den Winter liebte er nicht. Da saß er zu Cormons in der Residenz und arbeitete auf. Derweil sammelten sich im Steinernen Haus Domna Odas Urenkel und Enkel, Graziella, nach Dreikönig bis Fasten auch Judith. Er wußte nicht mehr zu unterscheiden, was eigene, was fremde Kinder waren. Manchmal, wenn er zum Essen kam, fragte er: »Bist du wohl eine meiner Töchter?« – »Ich bin Roana, Judiths Tochter.« – »Und du?« – »Maria Salome Lorda.« – »Wer ist denn dein Vater?« – »Du, Mon Dom! du, Mon Dom! trag mich.«

Im Sommer 1147 wurde Barral aus dem Bade von Kelmarin an den Rhein gerufen; der Papst hatte in der Ostermesse zu Rom den Kreuzzug verkündet und einen burgundischen Abt beauftragt, die Predigt rings durch das Abendland zu verbreiten. Weder Papst noch König wollten den Kreuzzug. Erzabt Bernard wollte ihn. Franken wollte ihn. Der fränkische König wollte Kaiser werden. Noch zögerte Herr Konrad; schon war der Abt nah, ein Prediger von Gottes Gnaden. »Hat Franken des Königs erlauchten Vorgängern jemals gehuldigt?« fragte Barral. »Müßte also der deutsche König einem fränkischen Kaiser huldigen?« – »In principio«, erwiderte Herr Konrad, »steht der Kaiser dem Abendlande in toto vor, und die Könige gehorchen ihm als Kleinkönige der Provinzen. Ansprüche verlangen Kraft. Ich habe kein Heer, ich habe Parteiung im Hause. Die Lombardei würde von mir abfallen. Kelgurien würde von mir abfallen.« – »Kelgurien? ich?!« – »Er nicht. Mirsalon, Rodi, Sartena. Es sind ganz sichere Nachrichten, daß sie mit Franken verhandeln. Eine gewisse Loba verhandelt. Burgund wankt. Die Freigrafschaft Corasca wankt.«

Darüber disputierten sie Wochen und Monde, insgesamt kaum sechs Stunden, da Herr Konrad selten Zeit fand. Zwischendurch suchte Barral Wehmutter und Kinderfrau, denn Fastrada, die er, seit sie unfruchtbar schien, mitzunehmen pflegte, kam in der Pfalz mit einem Sohne nieder; da die Majestät des Königs Pate zu stehen wünschte, erhielt er den Namen Konrad. Die zweite Gevatterschaft übernahm Herzog Friedrich, des Königs Neffe und Hauptberater. Bernard, der honigfließende Donnerprediger, säte den Wind der Begeisterung, um zu ernten, was er nicht wollte, den Sturm der Greuel. Wer konnte schuld sein am Verluste Edessas? Die Israeliten. Schon brannten in Worms die Synagogen. Von Worms bis Basel zerriß das Volk jüdische Kinder, schändete jüdische Weiber, ertränkte jüdische Kaufleute und marterte die Rabbiner zu Tode. Noch immer schwankte der König. Endlich, bei der Weihnachtsmesse im Dom zu Speyer, einem gigantischen Gotteshause, erschütterte Erzabt Bernard, Roderos Ältester, entgegen den ausdrücklichen Wünschen des Papstes, das Gemüt des gekrönten Zauderers, dem er das Register begangener Sünden las und die Teilnahme am Kreuzzug nicht nur als mit vollkommenem Ablaß verbunden, sondern als den Schlüssel für das Tor zum Paradiese schilderte. Da weinte Herr Konrad. Weinend bat er, ihm das Kreuz aufzuheften, er wolle es auf sich nehmen. Mit ihm weinte die Mehrzahl der im Dome versammelten Herren, bis auf Barral und wenige Andere; der Abt, erschöpft von oratorischem Aufwand, fiel ob des Wunders in Ohnmacht; der König selbst trug ihn hinaus.

Mitten im Winter ritt Barral heimwärts durch das verschneite Burgund, bestieg auf dem Oberlaufe des Tec das Schiff Dom Guilhems und erreichte im Februar Lorda. Er besuchte den Erzbischof und fragte nach Jared. Niemand wußte von des Juden Verbleib. Er fragte in Ortaffa; das Haus war unangetastet. Er schickte Thoro nach Dschondis, er ließ in Prà und Mirsalon forschen. Er fragte in Ghissi. Er fragte in Cormons. Er durchsuchte das leergeplünderte, unbeschreiblich verwüstete Haus des Juden und versiegelte es. Er erfuhr, der Rabbi von Mirsalon sei nach jüdischem Ritual geschächtet worden; Ruben habe sich nach Dschondis geflüchtet. Einer der Lanzknechte winkte ihn mit dem Kopf in die Ecke. »Mon Dom, wenn Ihr mir versprecht, mir nichts zu tun.« – »Nichts, falls du an diesen Greueln beteiligt warst!« – »Ich komme heute abend mit den Schlüsseln, Mon Dom. Hier kann ich nicht sprechen.«

»Ich hatte die Wache«, berichtete er abends. »Sie waren hinter ihm her. Er umklammerte meine Beine. Als ich ihn fortstoßen wollte, wie ich muß, Mon Dom, bitte tut mir nichts, berief er sich auf Euch. Das kann jeder sagen. Aber er heulte, Mon Dom, und man hat ja doch wohl ein Christenherz. Ich konnte es nicht mit ansehen.« – Barral zog sein Schwert. »Nahmest du Geld?« – »Nein, Mon Dom.« – »Versprechungen auf Geld?« – »Nein, beim lebendigen Gott!« – »Knie nieder.« – »Mon Dom, bitte, ich möchte meine Kinder noch umarmen.« – »Schafskopf, ich schlage dich zum Ritter, im Namen Christi unseres Herrn, der ein Jude war. Letzter Hieb auf den Rücken! Schwöre!« – »Ich schwöre es, Mon Dom.« – »Auf! Letzte Maultasche! Tu den Gürtel ab. Hier hast du den meinen. Hier hast du mein Schwert. Du gehst als Junker nach Ortaffa auf Zucht und lernst, was ein Ritter zu lernen hat. Wenn gelernt, Schwertleite. Umarmung. Wangenkuß. Jetzt führe mich zu ihm.«

Sie gingen durch die dunkelnden Gassen, durch ein düsteres Haus, durch Gärten. In einem Verschlag an der Stadtmauer, umschrien von Katzen, die sich paarten, wartete Barral. Der Knecht schloß einen modrigen Keller auf. Es begann zu regnen. Steif und würdevoll, abgemagert und bärtig, kam Jared langsam heraus. Jeder Schritt schien zu schmerzen. Gestank umwehte ihn. Mißtrauisch blickten die Augen, bis sie in matter Freude aufzuckten. Barral hielt ihn am Bart. »Spare den Fußfall. Knecht Ritter, nimm ihn auf den Rücken. Gib mir die Fackel und den gelben Hut.« In der Residenz befahl er Bader und Walkknechte, Feldscher, Kammerverwalter, den Kommandanten Dom Pankraz. »Wascht ihn, salbt ihn, kleidet ihn; richtet ein Zimmer, stellt eine Wache davor. Gebt ihm zu essen, krümmt ihm kein Haar! außer daß der Bart geschoren wird, der nur Grundherren zusteht. Wann willst du mich sprechen, Jared?« Der Jude wiegte den Kopf, zog die Schultern hoch und schwieg. »Benachrichtigt mich.« – »Es ist nichts zu sprechen, Herr. Herr Markgraf. Es ist nichts zu sprechen.«

Barral schickte ein Schreiben an den nördlichen Nachbarn Kelguriens, den Herrn der Freigrafschaft; es enthielt drei Worte: »Vorsicht, Herr Vetter.« Er lud Domna Loba zu sich und Dom Zölestin Rodi. »Herr Bischof«, sagte er. »Ich habe Euch von Seiten der Pfalz mitzuteilen: Ihr seid entdeckt. Ein Schritt weiter auf dem Wege, den Ihr da geht, und alles, was Rodi diesseits des Tec besitzt, ist ein neues Bistum Ortaffa oder Ghissi. Ich will keine Entschuldigung, ich mache Euch keinen Vorwurf, Einzelheiten sind mir unwichtig. Ihr werdet Euren Domherren mitteilen, daß der Markgraf Landverweser ein Fürst des Reiches ist und dem Reiche treu bleibt. Legt Ihr Wert darauf, daß ich den Kardinal Dionys ins Bild setze? Ich auch nicht. Wohl wünscht Kardinal Vito mit Euch zu speisen, und ich wünsche die Geschichte zu vergessen. Euren Segen, Herr Bischof.«

Domna Loba plauderte im Steinernen Hause über die Art, in der sie es anstelle, sich weitaus die Mehrzahl ihrer Minneritter vom Halse zu schaffen. »Da diese lästigen Menschen jede noch so dumme Liebesprobe leisten, trug ich ihnen auf, das Kreuz zu nehmen. Die es nicht nahmen, sind verschwunden wie der Wind vorm Weizen. Was habe ich mir nicht früher ausdenken müssen! Einem sagte ich, er solle nachts, in ein Wolfsfell gehüllt, unter meinem Altan bellen. Ein halbes Jahr brauchte er, bis er das Fell hatte, Minuten, bis ihn die Burghunde so zerfetzten, daß er die Strickleiter nicht mehr erreichte. Ach, es ist ein hübsches Spiel.« Mehrmals beim Imbiß blickte Barral sie scharf an. Sie erwiderte unschuldig mit schrägem Kopf und belustigten Augen. – »Ihr spielt gern?« fragte er. – »Leidenschaftlich.« – »Ich auch.« – »Was spielt Ihr?« – »Eselsleder gegen die Wand. Heute drehte ich Herrn Zölestin aus der Kelle. Gestern den Freigrafen Corasca. Brieflich die Magistrate von Mirsalon. Jetzt Euch.« – »Unter so vielen Menschen?« – »Ich warte, bis wir allein sind. Derweil man die Tafeln abträgt, unterhalten wir uns über burgundische Spielarten und über die Spiele der Königin Eleonora von Franken, die zwar nah ist, da sie den Gemahl auf Kreuzzug begleitet, Ihr aber seid mir näher.« – »Unter so vielen Menschen, verehrter Herr über Kelgurien?« – »Wir werden sogleich allein sein. Richtete der Herr Graf von Sartena seinem Gehirn aus, wer in Zukunft über wen verfügt?« – »Schon schon, das tat er, der Gute, der Schwache. Wir haben verschiedene Ansichten? Ich könnte mir einen Herzog vorstellen, einen König sogar. Den Bart läßt man wieder wachsen. Ich liebe Bärte. Wie langsam, diese Truchsesse! Die Damen sind fort, die Kinder fort. Ich brenne darauf, Eure Ansicht zu hören. Gefällt Euch die meine? Ist sie nicht reizvoll? Ich habe gar keine Angst vor Euch. Vor Euch nicht, Herr Wolf.« – »Ihr klingelt, Wölfin.« – »Ich?«

Sie schwang die Glocke. Thoro erschien. Seine Reiterbeine ergötzten sie. »Das Befohlene«, sagte Barral. Der Knecht ging. – »Was hat er köstliche Säbelbeine«, bemerkte Loba. »Und so nette Fältchen im Gesicht. Also, Herr König von Kelgurien. Ich bin zwar fast gleichaltrig, aber in dieser Sache schneller.« Vor der Tür wurde mit Lärmen ein Tisch verschoben. »Oho, Herr Wolf.« Barral hielt ihr den Mund zu, warf sie nieder und vergewaltigte sie. Kaum unter ihm, gab sie sich rasender Wollust hin. »Damit du weißt, Wölfin, wer dein Herr ist. Schreist du? Zieh dich aus. Erniedrige dich.« Keiner Silbe mächtig, bestürzt von Verwirrung und Begierde, tat sie alles, was er wollte. »Damit du weißt, daß man mit mir nicht ungestraft spielt. Du schwörst mir Verschwiegenheit und Gehorsam. Der Tec ist tief.« – »Ihr bringt mich um?« – »Jetzt nicht mehr. Jetzt habe ich dich. Der König von Kelgurien, falls er es werden will, wird sich deiner bedienen. Der Leitwolf bestimmt, wen die Wölfin reißt. Nicht umgekehrt. Nun erzähle.« – »Zu früh«, entschied er, biß sie in die Weichen und nahm sie. »Wenn du noch in den Sattel kommst, reitest du morgen und hältst die fränkische Dame hin. Keinen Schritt ohne Verabredung! Ich schreibe der Pfalz, das Komplott liege am Boden. Schön liegst du, schön bist du. Welche Hexenkünste erhielten dich so jung?« – »Bäder in Eselsmilch.«

Der Jude rührte sich nicht. Dom Pankraz warnte den Landverweser, die Pönitenz habe sich erkundigt. »Das ist meine Sache«, erwiderte Barral. »Eure Sache ist es, die Grenzen gegen Dschondis zu besetzen. Der Heerbann wird aufgerufen über vierzehn Tage.« – »Krieg, Dom Barral?« – »Krieg.« Er diktierte dem Kanzler den Aufsagebrief. – »Soll es, Mon Dom, bei der Anrede Sohn einer Hündin bleiben?« – »Warum nicht?« – »In derlei Ausdrücken haben wir noch nie mit dem Emirate verkehrt. Selbst zu des seligen Dom Rodero Zeiten, als Ghissi zerstört wurde, befleißigten wir uns des ritterlichen Wortschatzes.« – »Eben weil ich aus Ghissi bin, bleibt es beim Sohn einer Hündin. Die nächsten zwei Stunden bin ich nicht zu sprechen.«

Steif und regungslos, den gelben Hut auf den Locken, saß Jared am Tisch der Gastkammer. Er blickte die Wand an. »Es ziemt sich nicht«, sagte Barral, nahm ihm den Hut ab und setzte sich auf den Tisch. »Deinem Volk widerfuhr Schlimmes von meinem Volk. Haderst du mit meinem Volk, so bedenke, daß jener Retter, der dich nährte und verbarg, meines Volkes ist. Haderst du mit mir, so bedenke, daß ich, seit wir uns kennen, das Äußerste tue, was einem Christen erlaubt ist. Haderst du aber mit deinem Gott, so ist dein Gott auch mein Gott. Dein Volk und mein Volk verehren und fürchten ihn, beten zu ihm, opfern ihm, verschieden allein darin, daß die Hohepriesterschaft Juda den Messias kreuzigte, der nun für uns bei Gott bittet, gebeten durch unzählige Blutzeugen, zu denen wir bitten.«

Jared starrte durch ihn hindurch. »Ihr wollt taufen den Jüd. Der Jüd fürchtet sich. Ihr habt mir geschickt Eure Bibel. Hab ich gelesen: liebet eure Feinde. Hab ich gelesen: der Reiche kommt nicht in den Himmel. Der Schächer kommt in den Himmel. Heute noch wirst du sein mit mir im Paradies. Nein, Herr. Der Jüd bleibt Jüd. Der Jüd dankt Euch für die Gastfreundschaft.« – »Du willst auf die Straße gehen und dich totschlagen lassen?« – »Warum soll er sich nicht lassen schlagen tot?« – »Weil das weh tut. Ich weiß, wie es ist, wenn man blutend am Boden liegt und nur noch wartet, ob man abgestochen oder erdrosselt wird. Wie alt bist du?« – »Sechsundsechzig, Herr.« – »Ich siebenundvierzig. Es ist gar kein so großer Unterschied mehr wie damals, als der junge Fant einen armen blutenden Menschen aus dem Wasser zog, der vor Angst, sterben zu müssen, ins Wasser ging und vor Angst, leben zu müssen, wieder ins Wasser wollte. Wenn die Seele nicht mehr will, ist es aus. Hast du am Portal der neuen Kathedrale von Rodi gesehen, wie die Seele, ein nacktes Kind, aus dem Munde des gesteinigten Stefan herauskommt und oben von Engeln empfangen wird? Wenn du, Jared, jetzt auf die Gasse gehst, um dich totschlagen zu lassen, weil du die Christenheit mit einzelnen christlichen Bestien verwechselst, hauchst auch du deine Seele aus. Und wer nimmt sie erbarmend bei ihren Händen?« – »Hört auf, Herr. Möcht ich sprechen, Ihr seid wie ein Bischof. Was will er, der Herr Bischof, mit einem reichen Jüd? Es kommt kein Reicher ins Paradies.« – »Wenn dies dein Kummer ist, der läßt sich beheben. Auge um Auge nicht, Zahn um Zahn nicht.« – »Wie will er beheben, der Herr Bischof? Sie werden einsakken alles.« – »Kardinal Vito kaum. Es gibt vernünftige Menschen auch unter den Christen. Ich entsinne mich eines Christen, dem ein Jude die Landpfandschaften Kelguriens anbot auf Treu und Glauben. Ist der Glaube fort? die Treue nicht mehr da? Meinst du, der Landverweser hätte vergessen, wer ihn einst in den Sattel setzte? Über wen verkehre ich auf dem Banco in Prà? Der Jude, wenn er Christ wird, besorgt unangefochten die Geschäfte für ganz Kelgurien.« – »Aber sie werden grabschen alles, Herr.« – »Man wird nicht Christ, ohne daß zwei Taufzeugen bürgen. Einer davon bin ich. Wissen die Christen, wieviel du hast? Man einigt sich auf eine größere Stiftung. Erst verhandelt und dann verkauft man. Die größere Stiftung kann der kleine Rest dessen sein, was du vorher unter der Hand mir überschriebest.«

In Jareds Augen erglomm listiges Feuer. »Ein guter Unterhändler, der Herr Bischof! Und wenn er stirbt, der Herr Bischof, was ist?« – »Ich stelle dir eine Vollmacht aus auf Treu und Glauben über mein Vermögen.« – »Und wenn er betrügt, der Jüd, was ist?« – »Davon sterbe ich nicht.« – »Werter Herr, ist er nicht koscher, der Braten. Werde ich schlafen darüber.« – »Tu das.« – »Und den Talmud, Herr. Laßt mir holen meinen Talmud. Liegt in Ortaffa auf dem Pult von der Studierkemenate.« – Einige Tage später bat er die Wache, ob er einen ganz niederen Priester sprechen könne. Kardinal Vito ordnete den begabtesten Seminaristen ab, der sich Freitag für Freitag zu theologischen Disputen einfand.

Eines Sonntags kurz nach Ostern, mitten im Hochamt, das der Chorbischof zelebrierte, wurde Barral von einem Prälaten aus dem Dome gebeten. Sein erschreckter Blick beunruhigte die Kinder. Domna Oda sah verweisend über die Schar, die sich zur Stille zwang. Statt den Segen zu erteilen, begann der Bischof eine Predigt. Während der Predigt erklang das Sterbeglöckchen. Bevor das große Trauergeläut einsetzte, trafen sich Kardinal und Landverweser, Vicedom und zwei Schreiber, von erzbischöflichen Söldnern geleitet, vor dem Leprosenspital. Der Spitalkanzler trat heraus und verlas das Gesetz, das die Lebendigen zu Toten machte, die Sterbenden auslöschte, ihre Gemahlinnen zu Witwen, ihre Kinder zu Waisen, ihre Güter für erbfällig erklärte. Man rührte die Trommeln, die den neuen Insassen riefen, damit er sich zur Beurkundung zeige. Dom Carl kam auf Krücken. Ihm fehlte ein Bein und die Schwerthand bis zum Ellbogen. Sein Gesicht, vom Aussatz zerfressen, war lehmgelb wie das eines Löwen, das linke Auge erblindet, das rechte angefallen. Das Dokument wurde aufgenommen und gesiegelt. »Bruder Carl«, fragte der Kardinal, »habt Ihr noch eine Willensäußerung an die weltliche oder geistliche Obrigkeit?« – »Ich möchte, daß Eure Erhabenheit meine Witwe tröstet. Ich möchte, daß Seine markgräfliche Gnaden ihr einen Gemahl bestimmt. Ich möchte kein Wort mehr.« Schnell wie eine Tarantel fuhr er durch das Portal und starb fünf Monate später.

In der Pfingstwoche 1149 band Kardinal Vito vor dem Hochaltar der Kathedrale seine Stola um die Hände Graziellas und Dom Lonardos. Im Heiligen Lande betrog Eleonora von Franken den königlichen Gemahl mit ihrem Oheim, dem Fürsten von Antiochien; König Konrad kehrte schon in Kleinasien krank mit dem von Krankheit dezimierten Kreuzheer nach Byzanz und nach Ungarn um; das Reich loderte vom Aufruhr ungetreuer Fürsten; die zähe kleine Wölfin Sartena, dem Markgrafen hörig, roch ihre Beute. Es entging ihrer Witterung nicht, daß, wenn die Ehe des fränkischen Herrn Ludwig wegen zu naher Verwandtschaft geschieden würde, Beatrix, die unmündige Erbin Burgunds, mit ihren Ländern herhalten mußte. Noch war sie frei. »Fastrada ist Euch zu nah verwandt. Bevor Beatrix gerissen wird, Mon Dom, reißt sie!« – »Kläre das, Loba, als wollte ich. Der Zeitpunkt ist schlecht. Zur richtigen Zeit sind die Falschen beisammen. Vito zwei Jahre früher Patriarch; Rodero zwei Jahre länger am Leben; du, als du jung warst, meine Frau. Heute nacht Eselsmilch.«

Der Gefangene im Dachstock erbat ein Gespräch. Barral befahl ihn zur Audienz. »Du willst getauft werden?« – »Will ich bleiben, was ich war.« – »Du willst dich totschlagen lassen?« – »Jahwe soll schützen. Schützt er nicht, ist es der Wille. Gelobt sei der Herr, der da führt sein Volk.« – »Kelgurien und ich verdanken dir viel, Jared. Ich ehre deinen Entschluß. Obwohl Jude und unfrei, wirst du markgräflicher Kammerrat. Soweit ich dich schützen kann, schützt dich ein eingesticktes markgräfliches Wappen. Setze den gelben Hut ab. Dein Neffe Ruben, der sich taufen ließ, besorgt deine und meine Geschäfte, wo du nicht auftreten willst. Leiste mir den Eid auf den Fuß. Ich bespreche das mit dem Kardinal Patriarchen.«

»Kühn geht Ihr vor«, sagte Dom Vito. »Die dreißig Jahre sind leider hin. Ich bespreche das mit der Inquisition.« Im November genehmigte sie. Im Dezember traf den alten Haudegen der Schlag. Aufwachend, murmelte er »Barral«, schloß die Augen und erlitt einen zweiten. Auch aus diesem erwachte er, der Sprache beraubt, einseitig gelähmt. Die Sprache kehrte wieder. Jeden Abend zur gleichen Stunde saß der Markgraf eine kurze Zeit am Bette des Kirchenfürsten, legte ihm, wonach er verlangte, die Hand auf die Stirn, hörte ein paar Erinnerungen und wartete, bis die Erhabenheit schlief. Das Patriarchat war ohne Hirten. Ein Schlag folgte dem anderen. Er wehrte sich nicht mehr gegen den Tod. Aber der Tod hatte es schwer mit ihm.

DIE ERSCHEINUNG IM FLAMMENMANTEL

Was Barral an den Sterbenden kettete, beanspruchte sein Herz. Was er der Wölfin tat, heimlich und selten, entsprang einer Rechnung und berührte nichts als den Körper, der den Aufruhr ihres Blutes genoß. Bei Loba fand er, was er bei Fastrada vermißte, bei Fastrada, was Loba fehlte. Er liebte Fastrada in ihrem heiteren Gleichmut, ihrem Witz, ihrer Umsicht und Tüchtigkeit. Von allen seinen Frauen die allerschönste, war sie die einzige, die kühl blieb. Er bewunderte sie zähneknirschend. Es beleidigte ihn, daß sie las. Sie las, was Klöster und Diözesan-Archive hergaben. Sie hatte Zeit für jedes der Kinder und verfügte über einen Schlaf, dessen Schnelligkeit und Tiefe den Gemahl, wenn er begehrte, entwaffneten. Über dem Lesen aber, dem Einschlummern oder dem Ankleiden der Töchter konnte es geschehen, daß sie in gesucht hohen Worten nach dem Unterschied zwischen Ehe und Liebe fragte, nach Minne und ob er geminnt habe, und wer ihm der Gipfel gewesen sei?

Versonnen sah er sie an und verglich sie mit Judith. »Der Gipfel. Da wart Ihr ein kleines Mädchen. Euer Kindermund lobte meinen starken Arm, die Erde schwankte nicht, wenn Ihr bei mir rittet, der Himmel stand fest. Daraus entnahmet Ihr, daß ich Euch heiraten müsse.« – »So ist es, Dom Barral. So war es und wird so sein. Warum reiten wir eigentlich nie mehr nach Ghissi, Eurem Gipfelglück einen guten Morgen zu wünschen? Ich denke, sie fand sich mit Lonardo ab?« – »Sie hat wohl Anlaß, Domna Fastrada. Wie war das Kind unter Carls Dürre erloschen!« – »Ja, die arme Graziella! nun regnet es in Ongor, und das Nelkenfeld hebt sich. Wir aber gehen nun essen und begrüßen die Mutter, damit Ihr beizeiten zum Handauflegen kommt.«

Judiths alljährlicher Besuch in Cormons näherte sich seinem Ende. Roana, die Neunjährige, schwatzte fröhlich. Lauris, der Sechsjährige, fein und artig, fürchtete sich vor dem Kloster, in das er zu Ostern gehen würde. Nach Tafel erhob sich Barral. Judith bat, ob sie ihn begleiten könne. – »Aber Judith!« rief Domna Oda. »Es ziemt sich nicht.« – »Ich befehle«, sagte Barral. Auf dem Hinweg zur Bischofsstadt sprachen sie kaum. Da der Kardinal schlief, kehrten sie um. »Was bedrückt dich, Judith? Bist du nicht glücklich auf Farrancolin?« – »Beschäftigt. Glücklich war ich im Weinberg.« – »Hast du Furcht vor Walo?« – »Walo? nein. Walo wollte nichts als mich schrecken. Er hat keinen Gedanken an mich. Ich an ihn keinen Gedanken. Hyazinth ist tot, nicht wahr?« – »Warum soll er tot sein?« – »Weil ich weiß, daß er tot ist. Sag mir doch endlich, was du verheimlichst, damit ich ins Kloster kann.« – »Judith, was ist mit dir? Du wirkst frisch, mutig, bestimmt. Es paßt nicht zu dir, den Kopf hängen zu lassen.« – »Und ich, Barral, mag nicht mehr. Die Kinder leben auch ohne mich.« – »Judith, rede dir das nicht ein. Roana und Lauris hängen an dir.« – »Aber ich bin krank. Verödet bin ich, zerfressen von Sehnsucht und Eifersucht. Immer liebte ich dich, immer nur dich. Und du liebst mich, immer nur mich, immer noch mich. Ich habe mir alles entzweigeschlagen. Fastrada liebt nicht, ich müßte ja keine Augen haben. Dich wurmt es, daß sie nicht liebt. Du liebst sie viel mehr; sie gibt dir nicht, was du brauchst. Meine Mutter erregt deine Galle, ich sehe es. Mich macht sie rasend. Wenn Dom Vito begraben ist, bitte, inspiziere die Grafschaft, inspiziere auf Mani, aber ohne die Mutter, mit Fastrada, ich will nichts von dir, bring sie mit, damit ich nichts will, ich will nur deine Nähe.« – »Ich komme, Judith. Ich verspreche es dir. Unabhängig vom Kardinal. Im Juni. Ich sage Lonardo, daß er den Juni frei hat. Fastrada übrigens beaufsichtigt mich nie. Fastrada wollte ohnehin längst schon Marisa besuchen, von der ich ein Kind habe, Valesca, du kennst sie, sie wird Sechzehn, ich muß sie unter die Haube bringen.«

Er brachte sie, statt unter die Haube, unter die kühle Erde des Gottesackers im Weiler Sankt Paul, verstorben am Bauchfieber. Marisa nahm den Verlust schwerer, als sie den Verlust anderer Kinder genommen hätte. Vom Leichenschmaus ritten Barral und Fastrada sogleich nach Mani. Es war hoher Mai. Judith ahnte nicht, daß sie kamen. Barral hatte Freude, sie überraschen zu können. Dom Vito lag in Agonie und erkannte niemanden mehr. Das Ende stand bevor. Die Nacht war heiß. Der Markgraf becherte im Hof mit den Zuchtrittern. Als der Mond sank und der Ost schon graute, schlüpfte er zu Fastrada ins Bett. Sie schlummerte traumlos. Er betrachtete ihre gelösten Glieder, ihr Haar, ihr schönes Gesicht, die Hüften, das Laken auf ihren Füßen. Plötzlich übermannte ihn das Gefühl, es sei dies das letzte Mal. Der Puls schlug ihm im Halse. Leise stand er auf. Die Augen weiteten sich. Fastrada erwachte. – »Hast du Barralî gerufen?« fragte er zitternd. – Sie starrte wie er auf die gekälkte Lehmwand. »Nein, Dom Barral, das hätte ich nie gewagt.« – Er steckte die Faust in die Zähne. »Hört Ihr nicht rufen?« – »Nein.« – »Seht Ihr nichts?« – »Nein, wirklich, ich sehe nichts.« – »Da!« Vor der weißen Wand loderte Judiths weißer Leib. Rote und blaue Flammen umgeisterten sie. Die Kupferwoge fing Feuer. Jetzt brannten die Hände, im Schoß verkrampft, jetzt schmorte die Haut, die Brust tropfte glühend zu Boden, schwarze Pranken krallten sich um die rauchenden Schultern. Sie bog sich erstickend. Aus dem Schmelz der Zähne fuhr ihre Seele, unsichtbar dem Versucher, durch die Decke des Gemaches auf. »Gott sei ihrer Seele gnädig. Der Herr öffne ihr liebreich sein Paradies. Domna Fastrada, Eure Mutter wurde ermordet.«

Er stürzte hinaus. »Thoro! Thoro!« Er ließ alles wecken, was Beine hatte. »An die Waffen! satteln!« Die Trommeln wurden gerührt. »Fechtmeister, Ihr sperrt die Straße. Und wenn der Kaiser kommt, er wird festgesetzt, bis ich ihn freigebe. Rittmeister, Ihr prescht mit dem zweiten Haufen zur Straße nach Rimroc und sperrt sie. Der dritte Haufen: mit mir!« Kurz nach Sonnenaufgang trafen sie vor Farrancolin ein. »Die Stadttore werden geschlossen, niemand kommt hinaus ohne markgräflich gesiegelten Wegebrief heutigen Datums.« Die Zugbrücke war heruntergelassen, der Burgmeister meldete im Herrenhof. – »Kein Vorkommnis?! man wecke den Bischof, die Gräfin sei umgebracht worden!« – »Aber die Frau Gräfin schläft, Herr Markgraf, sie schläft immer sehr lange.« Barral schob ihn beiseite und stürmte die Treppe hinauf. Die Pferde wurden trocken gerieben. Nach einer Minute öffnete sich das Fenster der Kemenate. Bleich und kalt beugte Barral den Kopf hinaus. »Einen Brief nach Ongor, der Vogt soll kommen. Einen Boten in die Stadt, das Gericht soll kommen. Milch. Einen silbernen

Becher. Silbern! Viel Milch. Einen Boten zum nächsten Schäfer. Er soll purgierende Kräuter bringen. Thoro, herauf mit dir. Domna Fastrada, Ihr sorgt für Eis und für kochendes Wasser.«

Judith lag nackt auf dem Estrich in einem See von Blut. Roana erwachte nach zwanzig Ohrfeigen. Barral nahm sie im Kreuzgriff bei den Fesseln, zog ihre Füße über seine Schulter und öffnete ihr mit Gewalt den Mund. Sie erbrach und erbrach. Er stellte sie hin, sie taumelte. »Roana!« brüllte er sie an, »Roana!« Sie erbrach. Ein Bottich Milch und ein silberner Becher wurden gebracht. Der Bischof kam mit Fastrada. Thoro prügelte den kleinen Lauris; Barral fühlte den Beinpuls; der Puls stand. »Noch heißer das Wasser!« Fastrada flößte ihrer Stiefschwester die Milch ein. Der Bischof betete für die Lebendigen. Lauris lebte noch. Sein Körper war rot von des Markgrafen und des Knechtes Anstrengung, ihn aus dem Jenseits zurückzuholen. Roana erbrach geronnene Milch. »Milch! mehr!« rief Barral, »flößt ihr immer neue Milch ein. Die Füße ins Wechselbad, die Hände ins Wechselbad!« Thoro hielt Lauris bei den Hacken hoch. Der Knabe, wie ein Fisch am Haken, schlug und bäumte in Krämpfen. Endlich erbrach er. Roana atmete schwach. »Was habt ihr denn nur gegessen?« Abermals wurde ihr übel; immer noch war die Milch, die sie ausspie, verkäst. Mittags zeigte sie im Kindersaal auf Kügelchen von Pistazienhonig. Eine Katze weigerte, nachdem sie geleckt hatte. Man bot das Zuckerwerk einem Hunde; der Hund kaute mit den hintersten Zähnen und hustete aus, ohne geschluckt zu haben. Eine zahme Dohle und zwei Hühner pickten es in den Kropf. Sie fielen in Schlaf und verendeten.

Das Gericht kam. Die Schreiber kamen. Man trug die vergiftete Kinderfrau in den Sarg. Man untersuchte die Leiche Judiths. Obwohl geschändet, zeigte sie weder Würgmale noch Druck- oder Kratzspuren. Den Kehlenschnitt hatte sie nach seiner Richtung und Kraft nicht selbst geführt. Der Dolch unter ihr war fremder Herkunft. Kein Ring fehlte. »Im Eiskeller einsargen«, befahl der Markgraf. Der Schäfer braute seinen Bittersud. Die Kinder tranken ihn und entleerten sich, bis sie nichts mehr hatten. Lauris schien erblindet. Barral ließ die Nebenlinie verhaften. Er verhörte den Burgmeister, den Truchseß, die Nachtwachen und Morgenwachen der Burg und des Stadttores. Nachdem die Nebenlinie sich gerechtfertigt hatte, fragte er nach Gästen. Er fragte nach einem fünfzigjährigen Ritter mit sehr tiefer Hautgrube am Kinn, tiefer Schlagkerbe in Stirn und Braue über getrübtem Auge: wann er gekommen, wann geritten sei. Er war gekommen mit fünf Begleitern am Abend zuvor von Sedisteron, geritten bei Öffnung der Tore eine halbe Stunde vor Sonnenaufgang, wieder gegen Sedisteron. »Hat die Frau Gräfin ihn empfangen?« Die Frau Gräfin sei noch im Saal gewesen nach Tafel bis eine Stunde vor Mitternacht. »Fand ein Wortwechsel statt? ein Zerwürfnis?« Nein, die Ritter hätten sich aufgeführt, wie sich zieme, höflich, lustig mit Maß, die Frau Gräfin habe gelacht. Hinaufgegangen sei sie allein. Die Ritter hätten weiter gebechert und dann gleichfalls die Betten aufgesucht.

Zwei Tage später kam der Vogt Dom Lonardo. Die Mordbriefe an alle benachbarten Blutgerichte waren aufgesetzt. Sie verpflichteten den Empfänger, sie bei ergebnisloser Fahndung spätestens nach vier Tagen an die ihm benachbarten gräflichen oder bischöflichen Banngerichte weiterzugeben; so verbreiteten sie sich schnell bis Franken, Aragon, in das Rheinland, die Lombardei und die Mark Ancona. »Jagen kann ihn nur Gott«, sagte Barral, schrieb das Begräbnis aus zu Rimroc für den Sonntag über eine Woche und hob den Wegebann auf. Der Kardinal lag weiter bewußtlos. Roana erholte sich. Das Zuckerwerk sei in einem Paket gewesen mit der Aufschrift »Für die lieben Kleinen vom lieben Oheim.« Dann werde es, habe der Kaplan gesagt, der es ihnen entzifferte, vom Herrn Markgrafen sein. – »Wieviel aßest du?« – »Drei. Zehn wollte ich mir aufheben, aber dann hat Lauris gebettelt, da hab ich ihm noch drei geschenkt. Die Amme war immer sehr naschhaft. Muß Lauris blind bleiben?« – »Ja.« – Plötzlich verlor sie ihre stille Klarheit. Ihre Augen weiteten sich. Sie legte die Hände an die Jochknochen und öffnete den Mund. Über den Abgrund des Alleinseins fielen die Nebel des Entsetzens. Ihr Blick irrte in den Ufern des Blutsees. Lautlos rannen Tränen und Speichel. Als Barral sie zu trösten versuchte, entzog sie sich.

Judith wurde zur Linken ihres Vaters Rodero bestattet. Die Aussegnung nahm Erzbischof Dom Guilhem von Lorda vor. Während der Turm vermauert wurde, flog von Pfarre zu Pfarre, von Glocke zu Glocke in festgelegten Läutformeln die Trauerkunde durch das kelgurische Land, Kelguriens Patriarch Dom Vito Kardinal Bramafan sei nach dreißig Jahren erzbischöflichen Pontifikates heimgegangen zum ewigen Hirten. Die Sedisvakanz ließ Dom Guilhem noch blasser werden.

Domna Oda führte die verwaisten Enkel mit sich nach Cormons. Das markgräfliche Haus nächtigte wie stets im bischöflichen Palaste zu Trianna. In einem düsteren Gang blieb Barral stehen. Fastrada kehrte um. Zum ersten Mal streichelte sie scheu seine Hand. »Hier hat sie mich verpflichtet, sie zu schützen vor Walo. Ich habe sie nicht geschützt. Wenn ich wüßte, daß sie nicht in den Himmel darf, ginge ich in die Hölle, sie vom Teufel zu fordern.« – »Ihr braucht nicht zum Teufel«, erwiderte Fastrada. »Ich trete die Pilgerschaft an zum Heiligen Jakob nach Campostela. Erzbischof Guilhem hat meinem Gelübde den Segen erteilt. Morgen über fünf Tage bricht die alljährlich letzte Wallfahrt von Rodi auf. Im Winter bin ich zurück, man kann im Winter von Leon über Kastilien nach Aragon und von dort zu Schiff. Geld brauche ich nicht. Ich muß nur wissen, was ich dem Heiligen Jakob stiften darf für das Seelenheil meiner Mutter.« – »Stiftet ein Kloster gegenüber Lormarin von markgräflichem Land, es soll Gottes Klarheit heißen. Stiftet ein Kloster von ortaffanischem Land bei Marradî, es soll Marien Fürbitte heißen. Stiftet ein Kloster von meinem Lordaner Land auf den Bergen über Kelmarin, es soll heißen Gotthatsgemacht. Gott hat sie gegeben, Gott hat sie genommen, Gott wird wissen warum, gelobt sei Gottes Name. Euch gab er mir, Euch nimmt er mir fort, gelobt sei der Name des Herrn, seine Wege sind fürchterlich. Ich sehe Euch nicht wieder, Fastrada.« – »Was für schwarze Gedanken, Dom Barral. Morgen sieht der Herr Markgraf klarer.«

»Ihr geht nicht auf Wallfahrt«, sagte er morgens. »Ihr geht mit nach Cormons zur Beisetzung des Kardinals und sorgt als Mutter für unsere Kinder.« Schweigend ritten sie durch das Zederngebirge. Fastrada besprach sich mit Domna Oda. »Was habt Ihr besprochen?« – »Daß Ihr ein zu guter und ein zu gläubiger Mensch seid, Euer Weib an der Wallfahrt zu hindern, die für meine Mutter unternommen wird.« – »Das alles ist doch nur kirchlicher Unsinn! Die Klöster kann ich stiften hier oder dort, wo es mir paßt. Dazu braucht man nicht an die Enden der Welt. Für Euch ist es Mühsal und Gefahr, für mich Mönchtum, für die Kinder Waisenschaft. Wohnt der Heilige Jakob in Campostela oder im Himmel?« – »Seine Reliquien sind dort.« – »Reliquien! Es handelt sich um Seelen, nicht um Knochen! Was schiert mich das Schädelbein eines Märtyrers! Seine Seele schiert mich, seine Seele soll bitten, oben, im Himmel! Von da nach Campostela wie von da nach Cormons hat er es genau so weit, für ihn ist das keine Entfernung. Aber für mich! Ich will und ich kann nicht ohne Euch sein!«

»Ihr könnt. Plötzlich könnt Ihr mir sogar sagen, daß Ihr mich lieb habt. Ich bitte Euch, denkt an die bestraften Gelübde Dom Carls. Bis das Gelübde erfüllt ist, bin ich für meine Mutter da. Daß Ihr mönchisch lebt, habe ich nie verlangt.« – »Cormontischer Eigensinn!« – »Ohne cormontischen Eigensinn, Dom Barral, hättet Ihr mich nicht. Verbietet mir die Wallfahrt! ich müßte gehorchen. Aber erkranke ich daraufhin oder sterbe ich gar, so werdet Ihr Euch lebenslang Vorwürfe machen.« – »Domna Fastrada, verschiebt es auf das Frühjahr, dann reiten wir zusammen von Burg zu Burg.« – »Zur Wallfahrt, Dom Barral, gehört die Enthaltsamkeit Evas von Adam und Adams von Eva. Schön, wie? Ich bin nicht in Hoffnung, daher gehe ich beizeiten, und Ihr unterlaßt Euer Grollen.«

Den Rest des Tages ritt sie mit Domna Oda. Kurz vor einer Gabelung im Walde verlangte sie nach Thoro. »Thoro, ich stehle mich jetzt beiseite mit zwei Knechten. Wenn der Herr Markgraf nach mir fragt, berichte, ich sei, wie vereinbart, unterwegs nach Campostela. Abschiede sind ihm zuwider. Paß gut auf ihn auf.« Anderen Mittags in der Furt Ongor sah sie den Knecht von den Mauthäusern hinabtraben. – »Gebrüllt hat er, gnädige Frau, gebrüllt, daß wir dachten, die Mauern von Lormarin fallen ein. Um Mitternacht ist die Frau Markgräfin Mutter zu ihm gegangen. Heute morgen war er friedlich. Er schickt Euch das Amulett mit dem Auge des seligen Herrn Markgrafen Rodero, der mir den Arm brach, so daß ich zu Mon Dom kam. Ich soll es in Marradî an Euren Hals schmieden, damit Ihr beschützt seid. Ihn hat es vierunddreißig Jahre geschützt. Gnädige Frau Markgräfin, könnt Ihr ihn wirklich verlassen?« – »Ich muß. Meine Mutter ist umgebracht worden. Und er hat sie geliebt.« – »Davon weiß ich nichts. Mon Dom hat viele Frauen geliebt. Aber keiner Frau hätte er sein Amulett geschenkt, gnädige Frau, keiner. Ich begleite Euch bis Rodi vor das Kloster, oder, wenn Ihr wollt, bis Cormons vor die Residenz.« – »Nun sage mir, Thoro: was würdest du tun in diesem Zwiespalt der Treue?« – »Wenn Ihr mich nicht verratet: ich ginge nach Campostela. Die Tochter leistet die Fürbitte, der Sohn die Blutrache. Wenn der Sohn sie als Mönch nicht vollzieht: der Eidam, Mon Dom, Blutrache.«

Auf der Brücke von Rodi wartete er, bis der Pilgerzug an dem Bischof Dom Zölestin vorüber war. Dann überholte er sie und versuchte, wie befohlen, dreimal vor ihrem Fuß zu spucken. Zweimal traf er. Sie ging zu schnell. »Das läuft nicht gut aus, verflucht!« Er bekreuzigte sich.

KIRCHENFREVEL

Anderthalb Jahre später, am Neujahrstag 1152, beschied ein Gewaltbote den Markgrafen zu König Konrad nach Bamberg; der König war krank, seine Krönung zum Kaiser aber von Rom für den Frühsommer anberaumt. Barral, gallig im Gedanken an die verschneiten Pässe, ließ satteln; die Höfe der Residenz verwandelten sich in ein Heerlager. Halb im Aufbruch, empfing er die Nachricht, der uralte Gabriel Bramafan liege auf den Tod; es war keine Zeit mehr, ein Grafenkonzil zu halten; nach dem Rangalter vertrat, wenn Bramafan starb, Gerwin Sartena, Walos Bruder; dem traute Barral nicht; dann lieber der Patriarch; er ließ den Kardinal Erzbischof zu sich bitten und saß ab, die Bestallung zu diktieren.

Beim Kanzler traf er den Kammerrat Jared. »Seit wann bist du zurück?« – »Gestern die Nacht, Herr. Die Krone Franken verharrt auf der Note, die sie geschickt hat; ist er fränkischer Untertan; ist er worden vernommen; hat er gesagt, er ist nicht gewesen in Farrancolin damals; ist es Verleumdung. Krone Franken hat übergeben an den Lehnsherrn Clermont; Erzbischof von Clermont hat Briefe gewechselt mit hiesigem Kardinal, die Verdachtgründe seien schwach; sie liefern nicht aus. Wird es gewesen sein die Nebenlinie Farrancolin wegen der Vergiftung Lauris'.« – Barral fand den Schachzug nicht ungeschickt. Er nagte an der Lippe. Diesen Moment nutzte der Kanzler, den friedlichen Hinschied des Kardinals Dom Dionys, Patriarchen von Mirsalon, mitzuteilen. – »Dom Vito starb schwerer«, sagte Barral. »Ich brauchte einen Markgrafen nur für Begräbnisse. Sartena soll das wahrnehmen.« – »Neues von der Frau Gemahlin«, fuhr Jared fort und überreichte ein erbrochenes Schreiben. »Hat sie beliehen außer den bekannten Beleihungen das Steinerne Haus von der alten Frau Markgräfin über ein Kloster in Aragon, ist sie also gekommen bis Aragon. Der Herr Emir hat lassen fragen ohne Erfolg beim Herrn Kalifen in Cordoba und beim Herrn Sultan der Berberei. Ist er aufgebracht, der Herr Emir, übers verschenkte Amulett. Wie hält es der Herr Markgraf mit der Beleihung?« – »Wie mit den anderen. Dein Neffe Ruben soll Ablösung für Summe und bisherigen Zins bieten. Sie dürften kaum darauf eingehen.«

Dom Quirin Ghissi, als Vogt über Lorda befohlen, wurde gemeldet. Barral musterte ihn scharf. »Bringst du mir auch einen Tod?« – »Leider. Larrart hat nicht aufgepaßt beim Kornwenden in der Zehnthalle.« – »Wann wird er beerdigt?« – »Nicht Larrart. Seraphine. Sie erstickte, als der Weizen rutschte. Begräbnis morgen mittag. Ihr werdet nicht kommen können, Herr Vater?« – »Sie war mein Kind, Quirin. Ist Graziella verständigt? Kanzler, übergebt dem Herrn Vogt seine Bestallung. Dein besonderes Augenmerk auf den Bischof. Der Herr Bischof von Lorda ist jener gewesene Dechant in Ghissi, dem ich die Predigt verbot. Trotz aller Versprechungen Dom Guilhem und mir gegenüber tritt er die Saat seines Vorgängers zuschanden, teils aus Dummheit, teils weil Rom, teils weil die Pönitenz es so will. Warst du bei Dom Leon und Domna Loba?« – »Sie treffen heute nachmittag ein, Herr Vater.« – »Dann verschiebe Seraphines Beisetzung auf morgen abend. Laß absatteln.«

Während er siegelte, trat Kardinal Dom Guilhem ein, um seinen Huldigungseid zu leisten und die Treueide der Beamten zu empfangen. »Mein Schriftwechsel mit dem Offizialat Clermont«, sagte er, »hat kein Ergebnis gezeitigt.« – »Ich weiß, Herr Kardinal. Jared, die Verschreibung Aragon.« – Dom Guilhem las sie. »Das Übliche«, bemerkte er still. – »Der übliche christliche Wucher«, ergänzte Barral ohne Schärfe. »Ein Wucher, wie er laut päpstlichem Erlaß nur Juden gestattet ist. Diese arme Frau, die gut rechnet, nimmt, weil ihr unterwegs nichts Anderes bleibt, eine bescheidene Summe auf, und die Gottesleute verlangen das Fünffache für fünf Jahre, macht fünfundzwanzig, gegen Verfall des beliehenen Hauses, wenn sie bis dann nicht heimkehrt. Und sie kehrt nicht heim.« – »Eure Ruhe beunruhigt mich, Dom Barral. Was habt Ihr vor?« – »Leider zum Reichstag zu reiten. Sonst wüßte ich Besseres: den Äbten christliche Nächstenliebe beizubringen. Sie erhalten die Pfänder nicht.« – »Klöster, Dom Barral, unterstehen unmittelbar der päpstlichen Kurie. Die Folge würde der Kirchenbann sein.« – »Wäre es nicht Zeit, Herr Kardinal, für einen Papst, der mit eisernem Besen dazwischenfährt? Meine Hand stiftet Klöster und Messen. Äbte bereichern sich an Pilgern, ein Erzbischof schützt einen Mörder.« – »Genug. Wir wissen nicht, ob er der Mörder war. Nicht, ob Eure Gemahlin im Meere versank oder versklavt wurde.« – »Ich, Herr Kardinal, weiß es. Fastrada lebt, und Walo mordete. König Konrad wird uns sterben, und ich werde das Meinige tun, einen Kaiser zu wählen, der die Kraft und die

Herrlichkeit besitzt, Christi Kirche die Trense anzulegen.« – »Mit Gott«, sagte Dom Guilhem, »nicht ohne ihn.«

Dom Pantaleon war fröhlichster Laune. Lobas Liebesverhältnis, von dem er ahnte, focht ihn nicht an. »Vetter Dachs«, rief er und umarmte ihn wie stets, »ich bringe Euch einen Vogt für Ortaffa. Ihr ratet nicht, wen. Mein Sohn Gero kehrte von den Toten zurück.« – »Wo ist er? Ist er hier?« – »Ich hole ihn. Die Wölfin wird Euch unterdessen berichten.« – Loba saß mit verhaltenem Atem, bedrückt und friedlos. »Wir waren in Clermont. Ich habe mit ihm gesprochen. Ihr stoßt mich in eine Geschichte, der ich nicht gewachsen bin. Dies mit Walo übersteigt meine Kräfte.« – »Ich entnehme daraus, daß er der Mörder ist, und daß du selbst ihn für den Mörder hältst.« – »Ja, Mon Dom, und als Schwester nein.« – »Gestand er?« – »Ihr kennt ihn. Seinem Zungenwerk ist nicht beizukommen.« – »Sage, was du hörtest. Nun?« – »Auf erzbischöflichen Rat ging er als Laienbruder ins Kloster.« – »Aha, der Erzbischof entlastete sich. Klöster sind exempt. Was macht er im Kloster? Er fühlt sich gejagt, nicht wahr?« – »Ihr kennt ihn. Es ist Langeweile.« – »Loba, du belügst mich. Was macht er im Kloster?« – »Er pilgert nach Campostela.« – »Wann?« – »Im Herbst.« – »Im Herbst geht keine Wallfahrt. Wann?« – »In der Woche nach Ostern.« – »Leon kommt. Schnell. Was ist mit Beatrix Burgund?« – »Laßt Euch scheiden und heiratet sie. Der Vormund hat sich halbwegs festgelegt.« – »Sonntag vor Ostern beim Vormund. Ohne Leon. Keine Eselsmilch ohne Kenntnis des Pilgerweges.« Er umarmte Dom Gero und ernannte ihn zum Vogt über Ortaffa. Gero berichtete von Hyazinth, der im Seesturm ertrank, von Kaperung und Gefangenschaft, Lösegeld und Heimkehr.

Stolz und gerade stand Maitagorry am Grab. Den Leichenschmaus stiftete Dom Quirin, ihr Sohn, auf dem Kirchplatz. Larrart kam nicht über den Tod hinweg; er wollte ins Altenteil. Barral beschimpfte ihn. »Du bist Oberhaupt deiner Sippe, bis du stirbst.« Er sprach mit Graziella. Sie war glücklich in ihrer neuen Ehe Lonardo. Er sprach mit dem Schmied. »Faustina artig?« – »Großartig, Mon Dom.« – »Kinder?« – »Eins und zwei Töchter.« – Er sprach mit Lonardo. »Ich bin ihm auf der Spur, Vetter Ongor. Bevor ich etwas tue: kann es die Nebenlinie gewesen sein?« – »Niemals. Ich überprüfte dreimal bis auf den Grund.« – »Wie schicken sich meine Söhne in die Zucht?« – »Grazian ehrgeizig, kalt und verbissen, der Beste seiner Rotte. Balthasar schwieriger. Die Leistungen gut, aber zu viel Otho. Er ist nicht aufrichtig.« – »Graziella?« – »Gott meinte es gut mit ihr und mir. Sie ist warm wie die Morgensonne.« – »Fein. Ihr vogtet auf Lebenszeit. Ehe Lauris geheiratet, einen Sohn gezeugt und den Sohn großgezogen hat, so daß der Sohn gegraft werden kann, seid Ihr Neunzig, Vetter Ongor, ein biblisches Alter.« Er sprach mit Maitagorry. »Wie haben wir es, Maita?« – »Der Baum ist gesund.« – »Er wird es nicht bleiben. Ich muß etwas tun, was mir die Haut umkrempelt.« – »Das müßt Ihr. Der Baum hält es aus.« – »Du liebst noch?« – »Euch immer. Larrart will sich zur Ruhe setzen.« – »Das verbot ich, damit du Herr bist in der Schmiede. Damit du ans Eis kannst.«

Viel Eis unterwegs. Der Tec führte Eis, der Nebenstrom Eis. Der Oberlauf war gefroren und verschneit, Burgund verschneit. Ein trauriger, langer Ritt, Wochen und Wochen. Beim Bischof von Straßburg erfuhr Barral den Tod König Konrads; der König hinterließ einen sechsjährigen Sohn;

den wollte die päpstliche Partei; dann wäre der Mainzer Erzbischof nicht nur Reichsverweser, sondern Vormund auf anderthalb Jahrzehnte; der Sterbende hatte den Neffen Herzog Friedrich empfohlen, einen zierlichen, ehrempfindlichen Mann, von der Mutter her welfisch. Die Wahl, meinte der Bischof, werde Monate dauern. Auf seinem Rheinschiff, bei bitterer Kälte, Umtrieben von Schollen, fuhren sie stromabwärts nach Mainz, von wo sie unter tiefgrauem Märzhimmel, dessen Lüfte nach Schnee und Bluttat rochen, zum Fürstenlager bei Frankfurt ritten. Der Reichstag, soeben eröffnet, hatte aus den Prätendenten eine Kommission gebildet, in der sie sich einigen sollten. Barral stattete dem Mainzer, der die Rüstung nicht mehr auszog, Besuch ab, die Pfalzräte wiesen ihm ein Brachland für die Aufstellung seiner Zelte zu.

Das markgräfliche Banner war kaum gepflanzt, so ließ Thoro einen schlanken, katzenhaft geschmeidigen Kleriker ein, dessen ungleich schillernde Augen sich wie die einer Schlange auf den Kelgurier richteten. »Für wen?« fragte er mit fast fraulicher Stimme. – Barral blickte ihn durchdringend an. Der Mann mißfiel ihm und gefiel ihm auch wieder. Der Mann hielt den Blick aus. Der Mann hatte etwas von der Frechheit Walos. »Wer seid Ihr?« – »Das tut nichts zur Sache. Ich stehe dem Domkapitel von Hildesheim vor, Rainald mein Name. Für wen stimmt Ihr?« – »Ihr seid päpstlich, Herr Propst?« – »Möglich. Für wen?« – Barral schürzte verächtlich die Lippen und spuckte aus. »Für mich.« – »Wieviel benötigt Ihr?« – »Ich benötige einen starken Kaiser, der die Kirche an die Kandare nimmt und Kelgurien in Frieden läßt.« – »Demnach den Herzog Friedrich von Schwaben.« – »So ist es.« – »Benissime. Mein Herr läßt Euch bitten; wir plaudern in seinem Zelt weiter. Morgen früh heben wir ihn auf den Schild, um ihn mit seinen, unseren, Euren Haufen durch das Lager zu tragen, bevor die Papisten begreifen, was geschieht. Wir machen den Herrn. Der Herr ist Gevatter Eures Sohnes Konrad. Wenn Ihr mehr Freiheit wollt, werdet Ihr uns Euren Sohn in Zucht geben.« – »Das werde ich nicht. Was Ihr mir vorenthaltet, kann ich anderwärts finden.« – »Erklärt Euch, Vetter.« – »Ich würde zum Exempel die Ehe mit meiner verschollenen Gemahlin wegen zu naher Verwandtschaft scheiden lassen und eine Erbin heiraten, die allerdings weniger auf meinem als auf dem Wege des Herzogs Friedrich liegt.« – »Beatrix Burgund?« – »Da Ihr alles wißt, Herr Propst, wißt Ihr, ich habe Ansprüche gegen Burgund. Mein Vorgänger Carl vererbte mir den Prozeß um die Güter seines Vaters Gofrid. Der Prozeß ist so alt wie ich, einundfünfzigjährig, und könnte nicht besser stehen als auf den Fingerspitzen der schönen Beatrix, bei deren Vormund, er neigt nach Franken, ich mich ansagte. Wie ist der Verwandtschaftsgrad des Herzogs Friedrich zu seiner Gemahlin?« – »Sehr nah. Die Ururgroßeltern waren Geschwister. Im Anschluß an die Wahl, vor der Krönung, ginget Ihr nach Burgund, ich nach Rom; Ihr fischt uns die Erbin, ich betreibe die Scheidung. Der Güterprozeß wird beschleunigt. Auf keinen Fall aber opfert mein Herr ein Stück des Reiches. Vetter! Auf bald! im Zelte des Herzogs.«

Der bewaffnete Streich gelang. Bei Morgengrau war der Herzog von Schwaben, wenn nicht de iure, so in Tat und Wahrheit deutscher König. Propst Rainald sorgte, daß Barral noch vor dem eigentlichen Wahlakt huldigte, von der Teilnahme an der Krönung befreit wurde, seine Lehen bestätigt erhielt, ein königliches Handversprechen entgegennahm und nach der Fürstensitzung in Eilmärschen davonstrebte. Ende März traf er beim angemaßten Vormund der streng gehüteten Erbin, Pfalzgrafen Robert ein, klopfte auf den Busch, ohne Näheres zu enthüllen, schickte die Hälfte seines Gefolges nebst einigen Briefen nach Cormons und wartete auf Loba. Es fehlte auch Jared, den er, weil er Loba mißtraute, auf die Fährte der Pilger gesetzt hatte, um zu erkunden, welchen der vier Wege von Kloster zu Kloster der Zug einschlüge, oder ob das Wild einen Haken laufe.

Loba kam, anmutig verlockend, wie mit ewiger Jugend bedacht, dabei doch längst am Rande des Alters. Sie bebte vor Unrast, Gedanken, Furcht, Plänen und Gier nach Liebe. Ihre Haut sprühte. Indem sie sich hingab, gab sie sich auf. Besessen vom Mann, dessen Verlust ihr drohte, lähmte ihr Weibtum das feine Gehirn. Zum ersten Mal weinte sie. Zum ersten Mal fühlte der Mann, dem sie sich auslieferte, eine weiche Regung. Zum ersten Mal, in der Verzweiflung, nannte sie ihn du. »Du wirst ihn umbringen, ich ahne es. Du machst mich zur Mörderin meines Bruders. Du erniedrigst mich bis zum Verrat. Du benutzt mich, Raubherr, du streichelst mich aus Berechnung, du köderst die Wölfin, du gemeiner, herrlicher, heißer, kaltherziger Wolf. Halt mir den Mund zu, sonst verschwöre ich mich. Ihr erfahrt seinen Pilgerweg nicht.«

Beim Abschied im Schloßhof war sie ruhig. »Eure Befehle, Herr Markgraf?« – »Du fädelst vorsichtig auf König Friedrich den Rotbart um. Die Richtung Burgund erkauft er teuer. Nähme ich Beatrix, käme ich in eine unhaltbare Lage zwischen dem Reich und Franken. Ich lasse dir Jared ein paar Tage zur Hilfe. Winke notfalls mit einem Gofrid'schen

Gütertausch.« – »Ich habe verstanden, Herr Leitwolf. Ihr seid klug. Vergeßt nicht, daß Blutrache Blutrache zeugt.« – Er neigte sich aus dem Sattel. »Ich bin nicht der Mann, Blutrache zu üben.« – »Sondern? Gerechtigkeit? Ist es gerecht, was Ihr mir antut? Tut es nicht, Dom Barral! Zerreißt mich nicht zwischen Euch und Walo.« – »Du hast mir den Pilgerweg nicht gesagt. Also bist du frei vor ihm, frei vor mir.« – »Und wohin wird geritten?« – »Nach Lorda, schöne Wölfin.« – »Ihr lügt.« – »Ich verspreche es. Nach Lorda.«

Der Pilgerzug, wie er von Jared erfuhr, ging beim Heiligen Nectarius knapp unter Murol vorüber und war schon fort. Barral nächtigte bei dem kirchenfrommen Herrn, dessen gewaltige Rundburg auf steilem Rundhügel inmitten grünender Felder und Wälder thronte. Der fromme Herr merkte nichts. Er gab dem frommen Markgrafen, der sich dem Pilgerzug anschließen wollte, einen Knecht mit. »Sonst verirrt Ihr Euch. Die Forsten sind dicht, die Wege unkenntlich. Am besten, Ihr reitet von Kloster zu Kloster, die Pilger haben einen Vorsprung von wenigen Tagen, ruhen sich aber zwischendurch aus. Ihr könnt also nicht fehlen.«

Eines Abends bei Dämmerung sichtete Barral das Ende des gläubigen Tausendwurms. In den Tannenschneisen des unwirtlichen Hochlandes lag noch Schnee. Einige Pilgergruppen sangen gegen die Müdigkeit an. So also war auch Fastrada gewandert und hatte sich dann, vielleicht weil ihrem Witz das Geleire nicht paßte, oder weil sie eilig war, nach Hause zu kommen, durch Aufnahme von Darlehen selbständig gemacht. Er beschenkte und entließ den Vorreiter. Die Nachhut besaß ihre Befehle. Die Schildfarben, da man links überholte, waren nicht zu erkennen, die Lanzenwimpel verhüllt. In langer Kavalkade trabte der Markgraf mit seinen dreißig Gewaffneten grüßend vorüber. Eine Meile weiter verhielt er. »Ist er dabei, Thoro?« – »Anfang des letzten Drittels, Mon Dom.« – »Hat er dich erkannt?« – »Das glaube ich nicht. Er schien in Gedanken.« – »Macht eure Schlingen fertig. Helme aufsetzen. Dolch in die Zähne. Ihr Fünf und ihr Fünf beidseits in das Dickicht. Umkesselt ihn, falls er flüchtet. Ihr Drei sitzt ab und rastet mit mir am Wegrand. Ihr Fünf nehmt die Zügel unserer Pferde; wartet dort unten am halben Hang. Ihr Drei mit dem Handpferd dazu. Gott befohlen.« Er betete, streckte die Beine und aß ein Stück Brot. »Wenn ich es nicht tun soll, Thoro, müßte die Mutter mir jetzt erscheinen, oder Gräfin Judith, Kardinal Vito, wer auch immer.« Drei Raben strichen von links ein. Der Knecht hieb sich aufs Knie. »Glück!«

Die Pilger nahten; das Kreuz schwankte heran. Die Rastenden empfingen den Weihwasserregen. Erschöpfung ließ den Zug immer mehr auseinanderreißen. Barral schaute nicht hin; er vesperte, das Gesicht gegen Süden, und wartete, bis Thoro ihn anstieß. »Mon Dom! Der mit der herabgezogenen Kapuze. Er nahm Witterung, er hat sich umgeben. Auf! er bricht aus!« – »Bleib. Entweder, er verliert den Anschluß, dann fangen wir ihn, oder er sucht ihn hinten, dann fangen wir ihn auch.« – »Aber die Mönche hinten sind bewaffnet.« – »Macht nichts.«

In kurzem Gefecht wurden die Mönche versprengt, die Schlingen um Walo geworfen. Man schleifte ihn ins Gebüsch zu den Pferden, saß auf und schlug sich quer durch das Unterholz, während oben am Berge der Jammer tönte. Im Talgrunde zurück, die nächste Schneise nach Ost, erreichte der Raubhaufe eine Lichtung. Der Markgraf befahl

Halten. Der Gefangene wurde ihm vorgeführt. Er hob ihm die Kapuze, in der Angst, es könne nicht Walo sein. Es war Walo. Wortlos vor Zorn beide, blickten sie sich auf Handbreite in die Augen. Thoro stand mit gezücktem Dolch. »Soll ich ihn kalt machen, Mon Dom? Kein Hahn kräht danach. Niemand erfährt es. Er wird verscharrt.« Barral verfügte das Nächstnotwendige. »Zieht ihm die Kutte aus. Wehrt er sich, haut ihn zu Brei. Knechtskleidung, Maske, Knebel in den Mund.«

Bei letztem Licht verfolgte er jeden Griff. Als Walo, von vier Knechten gestemmt, die Hände hinterm Rücken gekettet, im Sattel des Handpferdes saß, riegelte er die Fußfesseln, mit denen die Knöchel des Mörders an die Knöchel der Begleitknechte geschlossen wurden. Sie ritten bis tief in die Nacht, ritten Tage und Wochen, zelteten, mieden die Städte. In einer Mondnacht erreichten sie das Lehen Amselsang gegenüber Lorda. Barral hatte es vorsichtshalber auf Quirin übertragen, der ihn erwartete. Am Ufer des Tec wartete der Jude. Sein Treidelschiff lag bereit, ihn als Unterhändler abermals zum Pfalzgrafen Robert nach Burgund zu bringen. Im Beiboot setzte man über, zwei Ruderer auf der Bank, der Steuermann hinten, Barral und Thoro auf dem teilnahmslosen, gefesselten Verbrecher. In der Mitte des Stromes begann Walo zu rollen und zu schaukeln. Die Wellen schwappten ins Boot. »Wir sind gute Schwimmer«, sagte Barral. Das Schaukeln hörte auf.

An der Insel, die zu Lorda gehörte, fanden sie Dom Lonardos Kriegslager mit Fackeln, einem eisernen Käfig und den Elefanten. Unverbrüchliches Schweigen wurde gelobt. Während Walo gegittert wurde, betrachtete Graziella forschend ihren Vater, nicht ohne Mut. Wortkarg tafelten sie in freier Luft. Morgens, nach Querung der Furt, nahmen sie Abschied. Das Weitere war Sache Farrancolins, wo der Gefangene Ende Mai, zwei Jahre nach Judiths Tod, eintraf. Das heimliche Gericht sprach ihn ohne Geständnis schuldig. Der Vogt bestätigte das Urteil nicht; Walo bestand darauf, seit einem Dezennium nicht in Farrancolin gewesen zu sein; die Zeugen hätten nur das ausgesagt, was der Markgraf ihnen in den Mund legte; keiner seiner angeblichen Begleiter sei identifiziert; er verlange laut kaiserlichem Gesetz die Wiederverhandlung vor dem markgräflichen Kassationsgericht. Anfang Oktober verurteilte ihn die Rekurs-Instanz in geschlossener Sitzung zum Tode durch das Rad nach fünf Auspeitschungen mit der neunschwänzigen Katze und Verstümmelung an Zunge, Nase, Ohren und Mannheit. Barral weilte auf dem Reichstag zu Bisanz im Burgundischen. Im November zurück, bestätigte auch er das Urteil nicht. Walo zieh ihn, den Eidam Judiths, der Parteilichkeit und wünschte entweder vor das Pfalzgericht gebracht zu werden oder kaiserliche Gewaltboten abzuwarten, die dazu da seien, himmelschreiendes Unrecht, Willkür und Blutrache abzuwenden. Das Begehren ging an die Pfalz, die es mit Lenzbeginn 1153 erhielt.

Kardinal Dom Guilhem begab sich in den Kerker. »Vetter Walo, es ist Passionszeit, Passionszeit Beichtzeit. Ich beschwöre Euch, macht Euren Frieden mit Gott, Ihr lebt nicht mehr lange. Habt Ihr Judith ermordet?« – »Oheim Guilhem, beim lebendigen Gott, ich? gemordet?« – »Ein Verlorener«, sagte der Kardinal, »hat leicht Eide ablegen bei einem Gott, an dessen Leben er nicht glaubt. Glaubt Ihr, so beichtet. Beichtet Ihr nicht, so glaubt Ihr nicht und seid exkommuniziert. Ich bin für Eure verstockte Seele zu sprechen.« – »Daß Ihr mich ihrt, Oheim, sagt mir, wie fadenscheinig die Sache Euch vorkommt.« – »Da irrst du, mein Sohn. Nicht nur die Zeugen: alles spricht gegen dich, dein ganzes Leben, jede deiner Taten, jedes deiner Worte, am eindringlichsten die Wallfahrt, mit der du zugabest, dich verfolgt zu fühlen. War sie christliche Zerknirschung, dann äußere sie. Sie war ein bequemes Versteck, um aus Franken herauszukommen. Wo blieb dein Hochmut, der die Lüge verabscheute? Du logest sogar in der Folter. Du nanntest Begleiter, die dich niemals begleiteten, Städte, in denen du nicht warst, Gastgeber, die dich nicht sahen. Immer tiefer in die Hölle? Wie willst du am Jüngsten Tag vor dem Schöpfer bestehen?« – »Als Märtyrer, Herr Kardinal. Wer zur Hölle geht, darüber dürft Ihr beruhigt sein. Der abgebrühte Mörder Farrancolin, der verblendete Bluträcher Barral, die werden vom Teufel gezwackt. Und das bald! Orden und Kurie werden den Frevler vernichten, der den Gottes- und Landfrieden brach, um aus der Kreuzesglorie einen Pilger zu rauben. Ich möchte in Barrals Haut nicht stecken, nicht in der Euren, Herr Patriarch, der Ihr das große Anathem schleudern müßtet gegen diesen Euren Liebling. Von Sartena zu schweigen, Herr Oheim Sartena. Markgraf und Kardinal, Partei und Partei, waschen einander die Hände.« – »Ich wäre Partei?« – »Ihr seid Partei! Schliefet Ihr etwa nicht auf dem schönen Beichtkind? Euer Purpur ist befleckt. Getrost erwarte ich die Gewaltboten; sie sollen sich die Nase zuhalten vor dem kelgurischen Bocksgestank. Ich scheine Euch zu treffen, Eure Blässe sagt alles. Ihr habt die Inquisition einschlafen lassen. Ruft sie zusammen, damit sie endlich jemanden hat, dem sie den Satan austreiben kann. Euch! Ich will Gerwin sprechen, ich will Loba sprechen. Was ist noch?« – »Es ist zu klären, ob du ein Gottesurteil anbietest wie seinerzeit auf Ortaffa.« – »Gern. Nach der Gerichtsordnung stellt die Sippe des unschuldig Beklagten den Gottesstreiter; das wäre mein Bruder Gerwin. Sagt es ihm.«

Kardinal Guilhem, ohne den Markgrafen ins Bild zu setzen, beschied den Neffen zu sich. Gerwin, ohne Barral aufzusuchen, ritt in Verwirrung zu seiner Schwester Loba nach Franken. Unterdem starb der Papst, nachdem er sowohl des fränkischen wie des deutschen Königs Ehe annulliert hatte; Beatrix Burgund rückte in die Mitte des Schachfeldes. Kardinal Guilhem, im Aufbruch zur Wahl nach Rom, stattete dem Markgrafen Visite ab und erwähnte Gerwins Unschlüssigkeit. Barral erbleichte. »Dieser Schritt, Herr Kardinal, dürfte Folgen zeitigen. Ich willigte ausdrücklich nur in Seelsorge. Ich warnte. Ihr bisset auf einen Köder an. Jetzt geschieht, was vermieden sein mußte: daß Loba erfährt, Walo kam nicht nach Campostela und ist nicht wie Fastrada auf Wallfahrt verschollen. Die Pilger haben weder gewußt, wer da geraubt wurde, noch von wem. Jetzt weiß es Loba, und sie wird es die Mönche wissen lassen. Sie weiß, daß er sich niemals freiwillig stellte. Sie schreibt an die Krone Franken; sie schreibt an den Erzbischof von Clermont, der an den Abt schreiben wird; alle drei schreiben nach Rom. Man wird Euch in Rom den Bann gegen mich aushändigen. Den verliest man in Franken. Den verliest Euer Klerus in allen Kirchen Kelguriens. Was dann? Ich beuge mich nicht. Es wurde auf dem Reichstag beschlossen, daß dem Bann nicht mehr wie früher die Acht hinzugefügt wird. Wer den Kirchenbann schleudert, damit ich einen Mörder seinem kirchlichen Beschützer zurückliefere, treibt mich zu harten weltlichen Antworten. Denkt in Rom an Kelgurien. Markgraf und Patriarch. Da stehen wir wieder. Aber die fränkische Möglichkeit ist verspielt.«

Dom Guilhem zuckte die Schultern und reiste von dannen. Barral ging ins Wildbad nach Kelmarin. Dorthin führte Thoro die Getreuen, die er in Cormons, Ortaffa, Ghissi und Lorda ausgesucht hatte. Sie übten Bogenschießen, Messerwurf, Krummsäbelfechten, Klettern und Sprung, Faustkampf und Ringen. In einer Neumondnacht weckte Barral Roana, Judiths zwölfjährige Tochter, gab ihr eine Taube in die rechte Hand, eine Gans in die linke, und ließ sie zur Geisterstunde nackt um das gepflügte Feld schreiten, auf dem seine Leibwächter, die Stirn am Boden, sich versammelt hatten. Die Taube war das Sinnbild der Treue; die Gans das der Wachsamkeit; der gestirnte Himmel die Nähe Gottes; das aufgeworfene Feld die Pforte der Rachegeister; die unberührte Jungfrau das Band zwischen oben und unten; Blut die Sprache des Schwures. »Wer nicht mein Knecht sein will, für den Herrn zu sterben, ihm zu gehorchen, auch wenn die Kirche ihn ausstößt, stehle sich fort. Wer mir dienen will bis zum Tode, trete unter meine Augen. Ich trinke sein Blut. Der Schmied brennt ihm mein Zeichen in die Hand.« Über dem Anritzen der Ohrläppchen umträumte er den traumverlorenen Gang der fackelumrauchten, schwellenden Farrancolin-Schönheit.

Im Juni fand Graf Gerwin nach langem Zögern den Weg ins Wildbad. – »Was spricht Loba? Warum folgt sie der Einladung nicht?« – »Sie möchte drüben bei Leon mit dir sprechen.« – »Ah? will sie mich festnehmen? Wütet sie gegen mich?« – »Dreißigtausend Worte zum armen Leon jeden Tag.« – »Worte ändern nichts mehr. Der Mörder Judiths heißt Walo und endet auf dem Rade.« – »Du willst einen nicht Geständigen hinrichten?« – »Ich muß. Einen Überführten, Gerwin: richtest du den als Graf nicht hin?« – »Wieso überführt? Die Zeugen waren beeinflußt. Er wurde unschuldig angeklagt.« – »Das werden die Gewaltboten prüfen.« – »Auch die Gewaltboten beruhigen uns nicht. Im Fall, daß du die Räderung anberaumst ohne Geständnis, das wir hören wollen, habe ich dir für meine Sippe Fehde im Gottesgericht anzusagen.« – »Du hast? man nennt dich nicht zu Unrecht Graf Loba. Zwar bist du älter als ich, dafür ein besserer Fechter, während ich nur noch Ball spiele, aber, Gerwin, die Hand auf dein Herz: du glaubst doch nicht an Walos Unschuld? Dein Schweigen spricht stärker als das Evangelium, für dessen Wahrheit du streiten willst. Im Gottesurteil siegt, wer die Wahrheit verficht. Willst du mich zwingen, meinen Herzensfreund abzustechen? will deine durch und durch verwirrte Schwester, der ich den Kopf waschen werde, für ihren durch und durch teuflischen Bruder Walo den gläubigen, guten, schwachen Sohn ihrer Mutter Willa opfern? Nach dem Gottesgericht, wenn du deine arme Seele in mißverstandener Tapferkeit aushauchtest, wird Walo vom Leben zum Tode befördert, und die Grafschaft Sartena, die ich nicht begehre, verfällt mir. Wozu, Gerwin? Ist es nicht einfacher, Loba geht gegen freies Geleit auf mein Ehrenwort in den Kerker, unbegleitet, redet mit ihm, was sie will, und überzeugt ihren Lieblingsbruder, daß auch er, als Sartena, zu erfüllen hat, was das Haus Sartena von ihm erwartet; entweder mannhaftes Geständnis oder mannhaftes Gottesgericht in eigener Person, mit dem glühenden Hufeisen auf der Zunge? Lobas Rechnung lautet, daß du als der Geübtere, dem das Turnier tägliches Brot ist, über den Bauern und Schafzüchter siegen mußt, so daß du, wenn Sieger, Markgrafschaft, Ortaffa, Lorda bekommst. Dann wirst du König von Kelgurien, als Lehnsmann Frankens, als Puppe Lobas, was ich nicht werden wollte. Wir reiten hinüber auf dein Ehrenwort, daß mein Leben unter deinem Schutz ist. In der Voraussetzung, daß dein Wort gilt, nehme ich einzig Thoro mit.«

Der Knecht schüttelte den Kopf. »Wen Gott verderben will, den macht er unvorsichtig.« Auch Dom Pantaleon schüttelte den Kopf. Sie gingen zu zweit in den Garten. »Tollkühn seid Ihr, Vetter Barral. Seit Jahren. Ich werfe keinen Stein, das liegt mir nicht, und werfe mit Siebzig auch keinen Handschuh. Ich erwarte, daß Ihr Loba wieder zurechtrückt.« – »Vetter Leon, ich danke Euch. Ich habe mich in Loba getäuscht. Die Narrheit für Walo ist stärker als ihr feines Gehirn.« – »Schlimmer, Vetter Dachs. Die Narrheit für Euch schlug in Haß um und zerrüttet ihr Gehirn. Was Gerwin Euch sagte, war nur die Hälfte. Sie besteht auf dem Gottesgericht ohne Bedingung.«

Loba war kalt und verletzend. »Daß du einen Mörder aushobest, hätte ich dir verziehen. Nicht daß du so feige warst, mich eigens dafür zu benutzen, mir dann vorzulügen, du rittest nach Lorda, und als du ihn hattest, mich fortzuwerfen wie eine leergelöffelte Melone. Nicht daß du feige schwiegest, statt ehrlich zu sein. Nicht daß du dich vor mir fürchtetest, die ich dich angebetet habe um deiner Kraft willen, und nicht, Hund, daß du jetzt so feige bist, Gerwins Forderung auszuschlagen.« – »Loba, willst du zwei Brüder unter das Grab bringen und Sartena verlieren?« – »Dich will ich verlieren. Dich will ich tot sehen!« – »Loba, überlege. Du glaubst dich von mir mit Füßen getreten. Du glaubst eine Liebe verletzt, an die du nach deinen Worten nicht glaubtest. Du zündest das Haus, das du bautest, an und läßt eine Mur auf die Deinen herunterschmettern. Ich hätte dich nie für so klein gehalten. Du bist kleiner als meine Bäuerin in Ghissi, die den Kopf da oben gehabt hätte, mich beizeiten zur Rede zu stellen, nicht wenn es zu spät ist. Wie bringst du die Mur zum Stehen? Das Grausen donnert herab für einen Unsinn und Wahnwitz. Der König steckt Burgund in die Tasche, Propst Rainald reibt sich die Hände, Kelgurien bekommt nichts, deine Sippe wird ausgerottet, Untreue führt das Schwert, Gift und Dolch, den Kardinal rafft es dahin, und auf den rauchenden Ruinen unserer Städte, auf dem Blut von zweitausend Leichen sitzt eine versteinerte Norne – alles um einen albernen Minnesinger, der, weil er sich langweilte, eine standhafte, wehrlose Frau ums Leben brachte! Heule, statt mich anzufunkeln! Heule jetzt statt in Jahren!« – »Heule du, heule jetzt, wenn du alles so klar siehst. Gib mir den Minnesinger heraus, beuge dich unter das Kreuz, stifte die Länder, statt sie verwüsten zu lassen, und erniedrige dich, wie du mich erniedrigtest. Am Boden will ich dich haben. Leiden sollst du, klagen und wüten und auf den Knien zu der Norne rutschen!«

Dom Guilhem wurde in Rom über das Begehren um Kirchenbann vernommen. Er riet ab, wählte mit der Mehrheit einen alten und schwachen Papst, den Kegel eines kleinen Priesters, wartete zur Herbstwende dem Kardinalpräfekten Fugardi auf, der ihn frösteln machte, nahm die Bannbulle an sich und hoffte voll Inbrunst, Walo sei hingerichtet. Schneller als er, reiste Propst Rainald von Pavia nach Cormons, wo er den Markgrafen im Hofe der Residenz mit der

Abrichtung scharfer Wolfshunde beschäftigt fand. »Klug. Wie lange meint Ihr den Kirchenbann tragen zu können? Er kommt im Gepäck Eures Patriarchen. In der Seele dieses feinsinnigen Gottesmannes schlummert, was ich nicht vermutete. Ihr werdet mir den Gefallen tun, so spät wie möglich Buße zu bieten, nachdem Ihr über die Buße so ausgedehnt wie möglich verhandelt habt. Wir brauchen Zeit. Der König muß zum Kaiser gekrönt werden, der Kaiser muß die Burgunderin heiraten. Ihr leistetet gute Arbeit, der Lohn wird nicht fehlen. Zunächst sitzt Ihr zwischen den Stühlen, auf langsam schmorendem Kessel, dessen Feuer wir dämmen werden. Die Reichsacht entfällt; von Fürstentag, Huldigung, Erneuerung der Privilegien und Ähnlichem seid Ihr befreit. Eure Position auf dem Schachbrett ist die eines vorgeschobenen Turmbauern, der den feindlichen Läufer Franken festnagelt. König Friedrichs Augenmerk ist auf den Turm Mailand gerichtet, den werden wir nehmen, während Rom und Franken sich an Euch die Zähne wetzen, um die lombardische Brücke zu schlagen. Das fränkische Auslieferungsbegehren Walo Sartena beschieden wir abschlägig. Jetzt stellt mir Euren Kammerrat Jared zur Verfügung, ich gehe nach Burgund. Der König ermächtigt Euch, im Rahmen der Reichstreue jede Selbständigkeit Kelguriens zu fördern. Spielt Ihr den Bauern durch, Herr Markgraf, machen wir Euch zum Turm, Herr Herzog, ohne Verpflichtung zur Heerfolge. Euer Güterprozeß steht gut.«

Kardinal Guilhem, noch schmaler, noch stiller als sonst, hielt seinen gepurpurten Einzug zwei Tage vor dem ersten Advent 1153. Er ließ den Markgrafen bitten; Barral weigerte sich zu kommen, kam auch nicht in den sonntäglichen Gottesdienst der Kathedrale, sondern wohnte demjenigen in der Residenzkapelle bei. Eine Stunde darauf erschien der Patriarch bei Hofe, in Violett, wie die Adventstrauer es vorschrieb. »Es war«, sagte er, »ein begabter Schüler Satans hier. Weiß irgend jemand außer ihm, daß ich den Kirchenbann mitbrachte?« – »Niemand.« – »Der Kirchenbann, einmal verkündet, ist widerrufbar nur durch einen eigens gesandten Bußlegaten des Papstes. Bei einfachen Sterblichen dauert die Buße, die sich auf Schmerzen des Leibes, Teufelsaustreibung und Opfer am Eigentum erstreckt, ein volles Jahr. Bei Ausgezeichneten hohen Ranges kann die Wiederaufnahme in die Gemeinschaft der Gläubigen unmittelbar vollzogen werden, wofern die Bedingungen erfüllt sind. Zu ihnen zählt, daß Walo lebend dem Erzbischof von Clermont ausgeliefert wird. Da Ihr sie nicht akzeptiert, wie ich sehe, obliegt mir, die Modalitäten zu erläutern. Ist der Bann verkündet, so seid Ihr ausgeschlossen von den Sakramenten, mit Euch jeder, der zu Euch in Verkehr steht, sei er verwandt, Knecht, Diener, Rat, Ritter oder Graf. Die Rechtgläubigen sind verpflichtet, Euch mit Aufruhr, Brandschatzung und Landraub nach dem Leben zu trachten, ohne daß es Aufruhr oder Mord wäre. Alles Land, das Euch eignet, gilt als der Kirche verfallen, alles Blut, das vergossen wird, als dem Teufel gehörig, es zu vergießen als ein christliches, gottgefälliges Werk, dem kein Priester den Segen wird vorenthalten dürfen. Wo keine Ehe mehr vor dem Altar, keine Taufe, keine Firmelung, keine Aussegnung zum Grabe, da erhebt sich mit Notwendigkeit der Geist, der die Obrigkeiten hinwegfegt, ein Geist, der von Lucifer ist, nicht von Gott. Ich frage dich, Sohn Christi, willst du den Kirchenbann auf dich laden?«

»Ich will es, Herr Kardinal.«

»Das fürchtete ich. Wie ich auch fürchtete, du habest Walo nicht in die Hölle befördert, womit die Hauptbedingung hinfällig wäre und wir uns einzig über Stiftungen zu besprechen hätten.« – »Herr Kardinal. Mein Gemüt ist zerstört. Meine Seele und mein Schutz versanken im Meer. Was mir blieb, ist meine Rechtlichkeit. Selbst wenn die königlichen Gewaltboten feststellen, das Urteil sei vollstreckbar: ich zweifle. Ehe Walo mir nicht gesteht, daß und warum er mordete, eher quäle ich ihn sieben Jahre.« – »Warum sieben?« – »Weil es eine heilige Zahl ist. Fünf mal sieben Jahre hat er Judith gequält. Schickt ihm jemanden, dessen Engelszunge seiner Teufelszunge gewachsen ist. Ich will, daß er redet.« – »Mein Sohn: wozu? Du wirst das Entsetzen des Kirchenbannes nicht aushalten. Umlauert von Verrat, abgeschnitten von jeder Tröstung, geängstigt, wirst du über kurz oder lang nach einem Gesalbten schreien und aus Sehnsucht nach Leib und Brot unseres Herrn Christus nicht mehr hinschauen, ob die Buße mittlerweile das Fünf- oder Zehn- oder Hundertfache dessen beträgt, was sie heute kostet. Kurz, ich sage dir als dein Hirt, der sich den Siebzig nähert, daß ich zu unterscheiden gelernt habe zwischen Gut und Böse, zwischen Verbrechen aus Lust und Vergehen aus Rechtlichkeit, zwischen Heilsmittel und Nötigung. Ich gedenke den Kirchenbann bei mir zu behalten und ihn nicht zu schleudern.«

Barral blickte erschreckt auf. »Wollt Ihr Euch unglücklich machen, Herr Kardinal?«

»Ich weiß nicht, ob es ein Glück ist, Kardinal zu sein. Mein Herz ist das eines Seelsorgers, nicht das eines eifernden Propheten. Ich liebe das Neue Testament Christi des

Erbarmers. Soll ich, Knecht Hiob, deinen winzigen Glauben auf die Probe stellen? Wer glaubt, muß brennen. Nun küsse mein Kreuz.« Er legte das goldene, mit Rubinen besetzte Pektorale auf Barrals Lippen und ließ die Hand auf dem Scheitel ruhen.

KARDINAL FUGARDI

Weit waren die Wege von Rom nach Cormons, noch weiter die von Cormons nach Rom, denn den sanftmütigen Dom Guilhem durchsauste nicht jenes Schmiedefeuer, das in des Kurienpräfekten Gehirn brannte. Kardinal Fugardi, geboren Silvester 1115, im Mathildischen beheimatet, verwaltete den Schlüssel Petri zum Schrecken des Heiligen Offiziums, das gleichwohl wußte, es werde, wenn sich der Kaiser nicht mäßige, bei der nächsten Sedisvakanz ihn zum Pontifex maximus wählen – Stärke gegen Stärke, Schlauheit gegen Schlauheit, Schwert gegen Schwert. Getrieben vom Ehrgeiz der Adoptiv-Mutter, gestärkt vom Gelde des Adoptiv-Vaters, umgeben von einer frommen Herkunftslegende, die der aufgewühlten Zeit entgegenkam, beschränkte Fugardi sich nicht auf die Regierung der Kirche in gehäuften Ämtern. Durch Kanäle, die niemand kannte, sickerte die Fama unbefleckt heiligmäßiger Abstammung bis in die letzte Berggemeinde. Von überall her strömten gläubig verzückte Frauen, in Hoffnung auf Fruchtbarkeit, zu der Wallfahrtskirche nahe dem Heimatort des Kardinals, wo die wundertätigen Pontifikalien eines durch Gebete Weib gewordenen Bischofs, der ihn gebar, zur Schau standen. Die Venerandenkongregation, von Fugardi präsidiert, der sich in diesem Falle bescheiden durch den Kardinal Kurienkanzler Orlando vertreten ließ, bestätigte ihnen die Kraft der Glaubensförderung. Im Volksmunde der Ewigen Stadt hießen die Beiden Manus und Manum, denn sie wuschen einander die Hände.

Dom Guilhem, während er zu Cormons das neueste, nun bereits drohende Breve des Papstes las, der ihn nach Rom beschied, war unschlüssig, ob er, wenn er reise, ausweichen, widersprechen oder aufbegehren solle. Er bat Barral zu sich. »Ich werde nach Rom zitiert. Die Kurie ist anderer Auffassung als ich. Ich soll die meine erläutern. Wir schreiben September. Vor Ostern würde ich nicht zurück sein, vielleicht krank werden. Ich höre vom Abte Desider, daß mein verstockter Neffe Walo an den theologischen Wortgefechten Geschmack fand. Ich höre, die Pfalzboten erklärten das Urteil für vollstreckbar. Ich höre leider nicht, was der Markgraf plant.« Er nahm die Stirn in die Hände.

»Ich kann nichts planen, Herr Kardinal, solange ich nicht weiß, was der Kardinal plant. Lehne ich das Gottesgericht ab, ist Walo frei. Falle ich, ist er frei. Siege ich, bringe ich einen guten Menschen um. Bringe ich den schlechten vorher um, handle ich gegen Gesetz und Gewissen. Der Kardinal spielt auf Zeitgewinn. Der Abt geht zu Werke, als hätten wir Jahre vor uns. In Franken wurde der Bann verkündet. Ich habe den Kaiser gebeten, mich vom Amte zu entbinden. Der Kaiser befiehlt, daß ich den Kelch bis zur Neige leere, bei Strafe der Reichsacht, bei Verlust meiner Lehen. Der König von Franken ließ meinen Juden aufheben und dem Erzbischof von Clermont aushändigen. Ich zahlte auf Euren Rat das schwere Lösegeld. Der Erzbischof nahm es. Jared ist wieder hier, im Kerker des Erzbischofs geblendet und entmannt. Der blinde Jude denkt christlicher als der gesalbte Hirt Christi. In seinem Glauben getrost, verlangte er nach dem Talmud. Ich schickte ihm einen Vorleser; mein blinder Vetter Lauris spielt vor dem Blinden auf der Harfe. Judith ist tot, Fastrada fort, Hyazinth ertrunken, mein Hirt geht nach Rom. Was geschieht, während er unterwegs ist? Was tut die Pönitenz, was der Bischof von Lorda? Meine Getreuen zähle ich an einer Hand: Lobas Sohn Gero, der sich von seiner Mutter schied, als Vogt von Ortaffa; Lonardo Ongor als Vogt von Farrancolin; meinen Bastard Quirin, der zwar Lorda bevogtet, aber die Herrlichkeit Ghissi und das fränkische Lehen Amselsang halten muß; meinen Knecht Thoro; Maitagorry. Fällt Gerwin, setze ich Gero über die Grafschaft Sartena, ich will sie nicht. Er versuchte, seinem Oheim das Gottesgericht auszureden. Gerwin besteht auf kommendem Sonntag. Ich fertigte die Vorladungen aus und denke, daß ich falle. Ich habe den Glauben nicht mehr, daß Gott gerecht ist.«

Dom Guilhem kam aus den Händen empor. »Den Kardinal zähltest du nicht unter die Getreuen. Wie solltest du, da er Kardinal ist? Ich habe in einem langen Leben gesehen, was aus unbeschriebenen Menschen wird, wenn Gott ihre Gesichter beschreibt. Ich habe in einem langen Leben gelernt, wessen die Priester fähig sind, wenn sie Gnadenmittel als Machtmittel mißbrauchen. Die Spinne des Netzes, in dem wir sitzen, ist ein Teufel wie der Propst Rainald. Wir haben nichts zu erhoffen, weder vom Kaiser noch vom Papst, nur von uns. Meine zwei Chorbischöfe und mein Vicedom sind getreu. Es geschieht also nichts, ehe ich nicht zurück bin. Ich bleibe bis Sonntag und reite, sobald du gesiegt haben wirst. Es will auf das Sorgsamste vorbereitet sein, daß Kelgurien sich von den Gewalten löst. Dazu gehört Vertrauen zwischen dir und mir, Verschwiegenheit gegen jedermann. Wenn die Umstände uns zwingen, bin ich erbötig zu leisten, was meinem entschlossenen Vorgänger mißlang, weil sein Markgraf eine verängstigte Maus war; Dom Carl begriff nicht, daß eine kluge Maus die Fesseln hätte zernagen können, an denen Dom Dionys Dom Vito hielt. Warum weint mein Sohn? Du wirst die Nacht vor dem Gottesstreit in der Kathedrale unter dem Herzen Roderos zubringen.«

Stärker weinte Barral, als Graf Gerwin nach drei Stunden mörderischen Kampfes am Boden lag und weder leben noch sterben konnte. Das Visier offen, den Dolch in der Hand, Judiths Hemd über dem Panzer zerhauen, lief der Sieger zum Johlen der Schaugierigen ziellos über das Blachfeld, während sein Beistand Gero hinter ihm dreinlief, ihn an die Ritterpflichten zu mahnen. Er machte kehrt, neuerdings kehrt, rüttelte mit den Fäusten an Walos Käfig, schrie und spuckte den Mörder an, der ihn kalt betrachtete, und beschimpfte sogar den Abt Desiderius, der auf Walo einpredigte, nun endlich zu gestehen. »Ich gestehe«, sagte Walo, »daß ich mich freue, den Helden Kelguriens als Flennweib gesehen zu haben. Da mein Streiter nicht tot ist, bin ich wohl frei; die Memme hier hat den Verstand verloren.«

Barral ernüchterte sich. Er holte Luft, rannte geradesten Weges auf den kaum noch zuckenden Gegner zu, stieß das Messer bis zum Heft in den Hals, lud den Leichnam auf die Schultern und trug ihn zum Sarg, der der seine hätte sein können. Die Scharfrichter zerrten Walo auf das Schreckensgerüst; seine Schuld war durch Gottes Urteil erwiesen. Barral, überströmt von Tränen und Blut, ohrfeigte ihn, sprang ihm an die Gurgel, bis die Augen herausquollen, und ließ erst ab, als die Beistände ihm die Finger mit Gewalt aufbrachen. »Kain!« knirschte er, »Kain! schluchze um deinen Bruder Abel! Ausziehen, auspeitschen, einsperren.« – »Nicht rädern?« fragte der Henker. – »Mein Befehl war klar!« brüllte Barral. Er wurde entkleidet, gebadet, geölt, gewalkt. »Keinen Glückwunsch! Thoro, die Pferde! Weg mit uns bis zum Begräbnis!« Man sah ihn erst wieder in der Kathedrale zu Sartena. »Domna Loba, mein Beileid zum ersten Eurer Opfer.« Verhärtet und stark gealtert, blickte sie durch sein besticktes Gewand hindurch, sprach mit ihrem Sohne Vogt Gero nicht das kleinste Wort und setzte abends nach Franken über. Barral geleitete Dom Pantaleon zur Fähre. »Ich muß zu meiner Gemahlin halten«, sagte Leon bekümmert. »Ihr Verstand sieht, wie verständig und ritterlich Ihr Sartena behandelt. Sie wird sich besinnen.«

Die Kardinäle Guilhem, Fugardi und Orlando, Wühlmaus der Kurie, einigten sich nicht. Der Papst schien den Standpunkt des Patriarchen billigen zu wollen; in der zweiten Audienz, zwei Monate später, mißbilligte er Weitsicht, Erfahrung und Weichheit. Ende Februar entließ Fugardi den Hirten Kelguriens zur Heimfahrt. »Geliebter Bruder«, sagte er mit feingeschärfter Zunge, die in Eiswasser geschreckt war, »wir wissen Eure theologischen Bedenken zu würdigen, die menschlichen nicht. Es geht um Seelen, es geht um Prinzipien. Wir haben in dem Propste von Hildesheim, des Kaisers heimlichem Kanzler, einen Gegner, der die Weihe zum Bischof mit Recht ablehnte, eine Inkarnation des Antichrist; und wir haben mit dem Interdikt gegen den Eckstein des Propstes ein Geschenk des Himmels in der Hand. Ihr werdet die Bulle zum zweiten Mal mitnehmen, Ihr werdet sie verkünden nach dem von uns festgelegten Wortlaut, ohne Zusatz oder Einschränkung. Geben wir hier nach, hat nicht nur das Untier Rainald gewonnen, sondern die Weber frohlocken. Der Bischof von Lorda erhielt Befehl, sie mit Feuer und Schwert zu bekehren. Die Kurie kann auf niemanden Rücksicht nehmen, auch nicht auf Träger des heiligen Purpurs. Jedes Kloster würde sich glücklich schätzen, einem amtsmüden Kardinal die Beschaulichkeit geistlicher Andacht zu ermöglichen, ehe das Amt ihn aufreibt. Bitte sagt mir in Liebe und Vertrauen, ob es Euch genehmer wäre, Bruder Orlando schickte einen Administrator, der, wenn es Euch zu schwer fällt, statt Eurer den Bann schleudert. Falls Ihr stattdessen, ähnlich Eurem Vorgänger, mit dem Gedanken an eine kelgurische Eigenkirche liebäugelt, möchte ich davon abraten. Der Gedanke ist tot, die Vorstellung überholt. Ihr seid um nahezu drei Jahrzehnte älter als ich. Befaßt Euch mit dem Seelenheil Eures Erzsprengels und müht Euch nicht um jene Seelen, deren Heil in die väterlichen Hände der Kurie überging. Der Herr geleite Euch auf Euren Wegen.«

Auf diesen Wegen erkrankte Dom Guilhem. Monate lag er zu Florenz im Spital und setzte die Reise erst fort, als die Kurie ihn durch den florentinischen Bruder mahnte. Oktober 1155 langte er zu Cormons an, empfing den Markgrafen und bat ihn, den Heerbann aufzurufen, was man mit Dschondis leicht motivieren könne. Schon war Propst Rainald zur Stelle. »Die burgundische Heirat des Kaisers steht fest«, sagte er. »Das ist nun keine Sorge mehr. Meine Sorge ist die mauretanische Mark, Herr Markgraf. Ich habe, Herr

Kardinal, meine Kreaturen nicht nur in Rom, wo ich unter der Hand warnen werde. Es wäre töricht, den Konflikt um eine sehr durchsichtige Bulle auf die Spitze zu treiben. Gemeint bin ich, gemeint ist der Kaiser. Warum scheut man sich, gegen den Kaiser das große Anathema auszusprechen? Man fürchtet einen Riß, der nicht mehr genäht werden könnte. Man zerrt statt am Rock am Ärmel. Wir gedenken den Ärmel nicht herzugeben, auch wenn er durch einen Kirchenfrevel beschmutzt wurde. Für einen solchen Fleck fällt man nicht expressis verbis von Rom ab. Niemand kann die Huldigungsschwüre aufheben, niemand mehr tun als das Feuer eindämmen, niemand mehr erlauben, als daß mit dem Emirate von Dschondis ein Scheinkrieg vereinbart wird. Ich hoffe mich verstanden, daß Ihr dem Herzen des Kaisers ebenso nah seid wie seiner Schwerthand.«

Barral ritt zum Emir, der ihm riet, vorerst in Dschondis zu bleiben. Laut Fastradas Horoskop hatte er, leider ohne Erfolg, beim Kalifen der Smaragd-Inseln forschen lassen. »Ob sie dir starb, Freund, ist ungewiß. Gewiß ist für dich wie für den Fürsten deiner Kirche eine düstere Konstellation. Für ihn kulminiert sie heute. Du kämest zu spät. Sie zöge dich in sein Unglück.« – »Sein Unglück ist mein Unglück, Salâch. Wäre ich nicht, lebte er friedlich!« – »Kleingläubiger du! Bevor die Gestirne ihn gebaren, verschränkten sie deinen Lauf mit dem seinen, seinen Untergang mit dem Aufgang Kelguriens, der Fürstin Seenot mit einer anderen Fürstin Herzensnot. Die Zeichen belehren mich, daß ich vergeblich dich halte. Blut und Feuer umfinstern dich.« – »Und er?« – »Bei ihm lese ich Heiliges. Friedlichen Tod, steigendes Gold nach dem Tode, fallendes Gold über Flüssen.«

Als Dom Guilhem seine Kathedrale betrat, sah er neben dem Kardinalsthron, etwas zurückgesetzt, einen zweiten Thron unter zweitem Baldachin stehen. Er fragte den assistierenden Kanonikus, für wen der sei. »Für einen päpstlichen Nuntius.« Der Patriarch nickte. Der Nuntius, Dom Zölestin, Bischof von Rodi, zog durch das Mittelschiff, leistete seinen Fußfall, erhielt den Wangenkuß und nahm Platz. Nach Beendigung des Gottesdienstes erhob er sich: er sei vom Heiligen Vater, wiewohl unwürdig, für die Zeit der Erkrankung Seiner Erhabenheit als Administrator der Erzdiözese bestallt worden. Eine Welle der Unruhe durchlief die Gemeinde. Dom Guilhem blieb im Sessel. »Der Heilige Vater ist falsch berichtet«, sagte er. »Ich bin weder krank, noch bedarf ich der Hilfe in dem von Gott mir aufgebürdeten Amte. Mein brüderlicher Mithirt nehme den Segen des Patriarchen und überbringe ihn seinem Sprengel, der durch zwei Dezennien der meine war.«

Bischof Zölestin beugte das Knie, beugte es gegen den Altar, schritt auf das Mittelschiff zu und zerbrach seinen Krummstab. »Christi Kirche«, rief er von den Chorstufen, »schleudert gegen ihren verlorenen Sohn Barral den großen Bann, gültig über den Weltkreis! Wer ihm gehorcht, ihn berührt, ihn nährt, ihm Rede oder Antwort steht, ist ausgestoßen wie er aus der Gemeinschaft der Gläubigen. Die Kirche zertritt ihn wie der Hirt die Viper. Zum Zeichen dessen setze ich Hirt den Fuß auf den Stab des Hirten.« Die Herrenbank hallte. Markgräfin Oda, eine zarte Greisin von mehr als achtzig Jahren, sank in Ohnmacht. Während die Kirchendiener nahten, sie aus den Armen der erschreckten Enkelinnen zu übernehmen und in die Sakristei zu tragen, stand Kardinal Guilhem auf. »Die Kirche Christi«, sagte er, vor seinem Thron verharrend, »ist größer als menschliches Irren. Der Markgraf handelte, wie er mußte. Seine Heiligkeit weiß das. Ohne Verlesung einer entsprechenden Bulle in den Kirchen meines Erzsprengels befindet sich niemand im Interdikt. Der Bruder Rodi verlasse das Haus des erbarmenden und verstehenden Gottes. Meine Töchter Maria Salome, Theodora Bertana, Arabella, tretet vor euren Oberhirten in die Chorschranke, daß ich euren unschuldigen Stirnen den Segen erteile für euren Vater, dem Gott barmherzig sein wolle nach seiner großen Güte.«

An der Grenze des Mohrengebirges erfuhr Barral, was vorfiel. Er rief die Kastellbesatzungen zusammen. »Hier steht euer gewählter Feldhauptmann, rechtsgültig bestallter Markgraf und Inhaber des kaiserlichen Blutbannes. Rom schleuderte gegen mich in Abwesenheit den Strahl meiner Ausstoßung aus der Gemeinschaft der Gläubigen. Ermächtigt euch Rom zum Meuchelmord, so nicht euer Patriarch. Kein Kaiser, kein Markgraf entbindet euch ferner vom weltlichen Treueid. Wer die Hand gegen mich hebt, hebt sie gegen die Majestät. Wer sie für mich hebt, hebe sie jetzt. Wer sie unten läßt, lasse sie unten und tue die Waffen ab!«

Sankt Maximin meidend, zog er vor Cormons, das ihm, als er die in Dschondis gekauften Belagerungsmaschinen auffuhr, die Tore öffnete. In den Gassen schwelte Verrat. Wo immer er einen Lanzknecht traf, ließ er ihn schwören oder sich waffenlos trollen. Domna Oda lag im Sterben; der Versehpriester war bei ihr. Sie kommunizierte, verlor das Bewußtsein und erhielt, während die Dämmerung einsank, die Ölung. Abt Desiderius wachte bei ihr. Nachts wurde Barral an ihr Bett geholt. Sie hielt ihn für Dom Guilhem.

Im Delirium sprach sie von Judith. Barral schickte Desider hinaus. Das Geheimnis des Weinberges sprudelte in Satzfetzen hervor. »Herr Kardinal«, röchelte sie, »warum hat Gott mir dies getan, ein Ketzer, ein Heide, erleuchtet ihn wie Saulus zum Paulus, schützt die Kleinen und ihre Unschuld vor dem Schäferkönig, er stürzt sie alle in Finsternis, Judith, Fastrada, alle.« Barral legte ihr die Hand auf die Stirn; sie beruhigte sich, faßte Atem und hauchte den letzten Seufzer aus.

Während sie aufgebahrt wurde, befahl er das Haus zu räumen. Von Fastrada an ein aragonisches Kloster verpfändet, war es im Testament einem von Dom Rodero gestifteten cormontischen Kloster vermacht worden. Barrals Grimm erheiterte sich an dem bevorstehenden Zank der Äbte. Die Kinder siedelten zu ihm. Er empfing Dom Fulco, Grafen Bramafan, dem er für den Fall kriegerischer Verwicklungen den Osten Kelguriens anvertraute; den Vogt Lonardo Farrancolin stattete er mit Vollmachten über Trianna und Sedisteron aus; den Vogt von Sartena, Dom Gero, mit Vollmacht für Lorda; zum Vogt über Ortaffa berief er den Feldhauptmann-Leutnant Dom Pankraz; zum Kommandanten der Grenzkastelle Dom Justin, einen erfahrenen Anführer, mit dem Auftrag, keinen römischen Legaten, zumal nicht wenn mit Truppenmacht kommend, durchzulassen. Die Grafen, Vögte und Kommandanten wurden ermächtigt, unter Voraussetzung des Blutschwures, nach gegenseitiger Absprache ohne ihn zu handeln, damit die Folgen des Bannes sich nicht auf die von ihnen regierten Grafschaften ausdehnen könnten. Beim vorläufigen Begräbnis Domna Odas in einer Kapelle jenes Klosters, das sie so reich bedacht hatte, verweigerte der Prior dem Markgrafen die Teilnahme, ebenso dem Kardinal. Abt Desider segnete seine Großmutter aus. Barrals Residenz wurde stärker als je befestigt, Hundegebell und Kinderlachen umgaben ihn. Dom Zölestin zeigte sich nirgends.

Am Heiligen Abend verbreitete sich das Gerücht, Dom Guilhem sei vergiftet worden, die Bischofsstadt abgeriegelt. Unter schwerem Schneetreiben brach der Markgraf mit seiner gebrandmarkten Leibwache ohne Schwertstreich die Befestigung auf, trieb den Klerus im Kreuzgang der Kathedrale zusammen und überantwortete den schon bewußtlosen Kardinal den Schäfern, die ihn bis Mitternacht vor dem Tode erretteten. Chorbischöfe, Vicedom, Prälaten, Söldner und Dienerschaft wurden nicht lange vernommen. »Für Rom, Herr Bischof? oder für den beschworenen Herrn?« Wer sich für Rom entschied, hatte Cormons noch in der Nacht zu verlassen. In der Markgrafenstadt wurden die Priester aus den Betten geholt, die Klöster entleert und geschlossen. Die Ausgewiesenen wanderten durch die Einöden zwischen Mohrengebirge und Schilfmeer nach Mirsalon. Ihre Waffen stapelten sich.

Mittags lieferte Barral seinen Töchtern eine Schneeballschlacht, als ein Bote eintritt. Bei Lorda war ein fränkischer Haufe über den Strom gesetzt; der Bischof hatte die markgräflichen Wachen niedergemetzelt; gegen ihn wieder empörten sich die Weber zum Aufruhr; der Freigraf von Corasca versengte die Länder um Kelmarin; Dom Gero rief nach Hilfe. Barral spannte seine Muskeln. »Endlich!« sagte er. »Thoro, die Elefanten; den Käfig mit Walo; die Wolfshunde, die Geparden. Kanzler und Schreiber in den Hof. Maria Salome, du bist die Älteste. Alle Geschwister, alle Stiefgeschwister in den Sattel, Lauris in den Wagen. Packt eure Sachen.« Er ordnete Boten ab an Dom Justin, ihn in Cormons zu vertreten; an Dom Pankraz, den ortaffanischen Haufen an die Furt Ongor zu führen; an Ubarray, das erste und zweite Aufgebot der neun Gemeinden Ghissi auf nächsten Abend bereitzuhalten; an Dom Lonardo, in die Corascanische Freigrafschaft einzufallen; an Trianna: wenn der Bischof einen Schritt aus seiner Stadt heraus tue, verfalle er der Reichsacht. Aufbruch nach Ghissi mit Zelten, Belagerungsmaschinen, Pech, Schwefel und Brandbolzen, sobald er vom Kardinal zurück sei.

Dom Guilhem lächelte schwach, als der Markgraf sich an sein Bett setzte. »Ich ziehe ins Feld, Herr Kardinal, gegen ein vom Teufel begnadetes Weib, dessen Kopf ich abhacken werde. Auch den Bischof von Lorda werde ich kürzen, und Rodi, wenn ich ihn antreffe. Der Plan könnte nicht besser sein. Hat sie Lorda, breitet sich der Eiterbeutel den Tec entlang aus. Ich reite noch jetzt mit der Vorhut bis Amlo mindestens, denn ich traue niemandem außer Euch und den fünf damals Genannten. Fastradas und die Kinder Judiths gehen mit mir. Euch, Herr Kardinal, tragen wir in der Sänfte.«

Die Hände des Kardinals lagen auf dem Leinen gefaltet. »Ich werde erlöst«, sagte er, »wann, wo und wie es dem Erlöser gefällt. Ich habe niemals an mich gedacht; niemals an die Eiferer. Die Kirche ist eine heilende Kirche der Liebe; des Aufblicks zu Gott; nicht der Verdammnis, nicht der Drohung. Dort oben, lieber Sohn, sehen wir uns. Ich bleibe in Cormons. Neige deinen Scheitel. Der Herr segne deinen Weg; der Herr sei bei dir in den Prüfungen; der Herr lasse sein Licht leuchten über dir; der Herr reife deine Seele im Leid. Ich erteile dir den vollkommenen Ablaß.«

Der Scharfrichter enthauptete den Bischof von Lorda Aschermittwoch 1156 auf dem Platz vor des Markgrafen lordanischer Residenz. Die Bürger hatten ihn gefangen gesetzt, während die fränkischen Haufen von den Haufen Barrals im Winkel zwischen Gallamassa und Tec zusammengeschlagen, von den Geparden und Hunden zerfleischt, auf kopfloser Flucht von den Fluten des Hochwassers ertränkt wurden. Dom Gero und Dom Lonardo eroberten Corasca, brandschatzten es und machten es bis auf die Kathedrale dem Erdboden gleich. Der Markgraf entließ die ortaffanischen Truppen gegen Rodi, schickte die bäuerlichen Aufgebote nach Haus und verbrachte drei Wochen in Lorda. Nach strenger Untersuchung der Vorfälle köpfte er hundertundachtzehn Aufrührer, Plünderer, Eidbrecher, Mörder, wechselte den Magistrat und ließ die Priester, die den Schwur auf Dom Guilhem nicht ablegen wollten, über den Strom schaffen.

Der Frühling kam. Die Töchter baten den Vater, ob er nicht in Lorda bleiben könne, es sei eine so hübsche Stadt. Des Kardinals wegen beschloß er, nach Cormons heimzukehren. Der Kriegshaufe war geschmolzen wie der Schnee vor der Märzsonne. Die Geparden hatten den Winter nicht überlebt. Ein Drittel der Blutgetreuen lag im Grabe. Walo, zwischen Elefanten im Käfig hängend, betrachtete nachdenklich die blühende, grünende Flußlandschaft, wehmütig die schönen Mädchen, die im Pagenwams, mit Messern gegürtet, dahersprengten. In der Herrlichkeit Ongor gab es Aufenthalt. Maria Salome galoppierte durch die Gassen. »Die Furt ist besetzt, sie lassen uns nicht hinüber!« Walo wiegte den Kopf. Nach einer Viertelstunde stand Barral, von Wolfshunden umgeben, auf der Hauptinsel. Beidseits der Mauthäuser rückten Gepanzerte in ihre Schlachtordnungen. Dom Pankraz trabte durch die Rinnsale und hielt mit seinem Gefolge auf der Nachbarinsel. »Im Auftrag des administrierenden Erzbischoflandverwesers: die Markgrafschaft erkennt Euch nicht mehr als Herrn an.« – »Ihr hebt die Hand gegen mich?« – »Ich hebe sie nicht, es sei denn, Ihr gebraucht Gewalt.« – »Es ist anstrengend, so zu brüllen! Kommt her auf Ehrenwort, ich tue Euch nichts.«

Sie unterhielten sich, während am Ufer die Töchter bangten. Sie sahen den Vogt von Ortaffa die Hände ringen. Der Bischof von Rodi, mit dem Kirchenbann drohend, mit Aufhebung der Exkommunikation winkend, hatte erst Justin, dann Pankraz beredet, im Sinne der Christenpflicht zu handeln, ohne den weltlichen Treueid zu brechen. Justins Truppen hielten den Kardinal in der Bischofsstadt Cormons umzingelt, deponierten aber Tag für Tag Lebensmittel. Das Heer gehorchte erleichtert. Bramafan und Farrancolin waren ruhig, die Mönche von Sankt Maximin lagen als Riegel vor dem Osten, an der Furt von Lormarin zelteten die Söldner des Bischofs von Trianna.

Barral zog am nördlichen Ufer der Gallamassa entlang. Nach fünf Meilen bereits traf er auf eine bischöfliche Sperre. Er kehrte um, durchschwamm bei Mondlicht den Fluß und erreichte in früher Nacht Ghissi. Er befahl Quirin, Ubarray, Maitagorry. Quirin sei nach Cormons geritten, berichtete Maita. »Der Vater bekam einen Schlag. Die Zypresse ist gesund. Ich habe Suppe. Aber Faustina erwartet die Wehen.« – »Bring mir die Suppe und besprich mich, Maita. Wie ich ahnte: die Haut krempelt sich, die Erde bäumt. Ich will noch nicht sterben.« – »Du stirbst nicht, Luziade. Deine Zeit erfüllte sich nicht. Du wirst wieder blühen, auch wenn Maita verblühte.« – »Maita, sage unserem Sohn Quirin, ich gebe ihm Freiheit zu handeln, wie er muß. Er soll sich an Ghissi nicht versündigen, nicht an mir, nicht an Gott.« – »Mon Dom, ein Sohn hat für den Vater zu sterben.« – »Maita, sträube dich nicht. Ich bin in Eile. Mon Dom weiß besser, was Zweck hat und was nicht.« Widerstrebend versprach sie zu gehorchen.

Nächsten Tages trabte er vor der Nase des Zederngebirges nach Norden, um zwischen dem Gebirge und dem zerstörten Kelmarin festzustellen, daß auch hier, auf Trianna und Farrancolin zu, sein Dachsbau umstellt war. »Gut. Da bin ich nun wieder Graf von Lorda.« Endgültig richtete er seinen Haushalt in dem Palast ein, den er liebte. Die Töchter freuten sich.

IM VORHOF DER HÖLLE

Der Palast, ein befestigtes Haus in Wassergräben, blickte über die volkreiche, von Ackerbürgern und Handwerkern bewohnte Stadt, hinter deren Dächern und Mauerzinnen der Tec, in zwei Arme geteilt, zwischen Auwäldern dahinströmte – Pappeln, Erlen, Akazien, Maronen. Auf den fränkischen Hügeln wuchs Wein, in der Niederung Korn, Gemüse und Obst, Kirschen vor allem. Nächst Sartena galt die Lordaner Talmulde als das schönste Stück kelgurischer Erde.

Schöner noch waren die Töchter, auch sie kelgurische Erde, fünf ausnahmslos hübsche Wildfänge zwischen sechzehn und vierzehn Jahren, verzogen, wie Barral wußte; still und verträumt unter der Fröhlichkeit her die Jüngste, Arabella; schäumend munter die Zwillinge Theodora und Bertana; Maria Salome befehlshaberisch umsichtig in oft heftigen Launen; eigenwilig alleingängerisch Judiths Roana; alle fünf mutterlos, alle im Gang der Ereignisse entlobt, keine im Kloster gewesen, woran des Herrn Zorn auf die Pfandschaften Schuld trug. Man hatte sie im Steinernen Haus unterrichtet; Domna Oda waren die Zügel entfallen, lange bevor sie starb; ihre geistliche Penetranz rief Spott hervor, das viele Beten und Strafen Heuchelei, das Reiten, Baden, Messerwerfen und Pfeilschießen mit dem Vater Lust am Leiblichen. Sie machten mit ihm, was sie wollten, und liebten ihn schwärmerisch. Er konnte sich nicht um sie kümmern. Grazian und Balthasar waren auf Zucht in Farrancolin, Konrad gab er vorzeitig zu Gero nach Sartena. Die Töchter begleiteten ihn zu dem Treffen, das halben Weges vor einem Grenzbauernhof stattfand. Während Dom Pantaleon, von der Gicht verkrümmt, mit Barral an einem Weidenbach auf und nieder ging, verschaute sich der ernste Gero in Arabella. Dann rief ihn der Vater, ihm beizustehen. Man sah den Markgrafen bläulich anlaufen. Nach einigen Minuten stapfte er wütend in das Gehöft.

Loba erhob sich blaß. Wortlos ließ sie das Gewitter toben. »Ich habe deinem Gemahl und deinem Sohn gesagt, es gibt zwischen uns nichts zu reden. Ich verschwor mich, dir den Kopf vor die Füße zu legen! Und wenn nicht mehr Blut geflossen wäre als das Blut Gerwins, es wäre mehr als genug, für mich, den Freund, mehr als genug, dich mit eigenen Händen zu erwürgen! Du stehst auf meinem Boden, in meiner Macht!« – Sie trat auf ihn zu. »Bitte. Erwürge mich.« – Er blickte sie nachdenklich an. »Wo ist nun deine Liebe, wo nun dein Haß? Alle diese Felle schwimmen den Tec hinab. Nichts hältst du auf. Hast du mir irgend etwas von Belang mitzuteilen, dann sprich.« – »Ich war bei Dom Zölestin. Er möchte es mit Dom Guilhem nicht zum Äußersten kommen lassen. Er erbietet sich gegen freies Geleit, dich an der Maut Ongor zu empfangen.« – »Abgelehnt. Weiter.« – »Ich war beim Erzbischof von Clermont. Er erbietet sich, wenn du ihm Walo auslieferst, das Urteil zu vollstrecken.« – »Abgelehnt. Weiter.« – »Ich war beim Kardinal in Cormons. Er ist sehr krank.« – »Ging er auf deine Pläne ein?« – »Welche Pläne?« – »Das frage ich dich. Wenn du Pläne hast, in das Mordschwert zu fassen, wenn du den Papst zur Rücknahme des Interdiktes bestimmst, wenn du Franken beredest, unter Mißachtung des Bannes mir mit Waffengewalt aufzuhelfen, daß ich Kelgurien als von jedermann unabhängige Herrschaft aus dem Reich, das mich verrät, löse, können wir uns unterhalten, sonst nicht.« – »Ich habe dich verstanden, Barral. Würdest du, was ich tat, verzeihen, wenn mir gelingt, was du da willst?« – »Stelle dich in die Mur, da wo sie hinabmalmt, und befördere sie den Berg wieder empor. Ich bin nicht nachtragend. Versprach ich, dem Reiche abtrünnig zu werden? Ich fragte nach Plänen und warte, was du zustande bringst.« – »Wie lange hältst du aus?« – »Jahre. Ich baute Kastelle und Schanzen. Ich kaufte Waffen und sarazenisches Feuer. Über Tec und Gallamassa kommt niemand mehr. Glück zu, Loba. Ich reite.« – »Du sagst mir kein liebes Wort?« – »Das fehlte!« – »Ja, es fehlt mir. Ich unterwerfe mich und küsse meinem Herrn den Fuß. Berichtete Leon, daß wir Amselsang umstellten? Sie stehen mit dem Rücken zu dir, als letzte Fluchtmöglichkeit.« – »Den Dachs möchte ich sehen, Loba, der, wenn die Jäger vor seinen Röhren sind, den Kessel verläßt und um Gnadenbrot bettelt. Man erschlägt ihn mit dem Spaten in seinem Palaste zu Lorda.«

Die Mitte des Kessels war der Audienzsaal, vollendet, als Dom Carl auf Kreuzfahrt ging, der größte weltliche Raum Kelguriens. Mit den längsten Eichenstämmen gedeckt, aus Sandstein gemeißelt, erstreckte er sich achtundvierzig Klafter breit, sechzehn tief, im Winter beheizt durch drei Kamine, im Sommer mit herausnehmbaren Fensterbänken sich öffnend auf einen Brunnenhofgarten. Von der Decke zum Steinboden hingen anderthalb Handspannen vor der Mauer die in Lorda gewebten Teppiche. Manchmal wogten sie gebauscht, als schliche hinter ihnen ein Mensch entlang. Nachdem der Markgraf dreimal sein Messer geschleudert hatte, befahl er sie zu entfernen. Er residierte vor dem Kamin der Langseite, gekleidet in seinen Bauernkittel über dem Kettenhemd, gegürtet mit Dolchen, umgeben von achtzehn Wolfshunden an Halteringen. Die Tec-Insel wurde befestigt; zehn Pferde standen stets gesattelt; am Ufer zimmerte man Schiffe, ihn notfalls auf dem Strom nach Franken zu tragen, von wo er mit den Amselsangern Sartena zu erreichen hoffte; die Töchter, statt zu sticken, verfertigten seidene Knüpfleitern; ihre Zimmer lagen seitlich des Saales im Oberstock. Die Töchter führten die Küche, eine Art Rundkapelle mit steinernem Kegeldach und zwölf Kaminen über zwölf Herdkonchen; alle Kamine, auch die im Saal, hatte er dergestalt mauern lassen, daß sie gefegt werden konnten; begehbare Quadern ragten versetzt in die Schächte. Inzwischen machte ihn das bedenklich; wenn jemand von oben einstieg, war er verloren. Niemandem traute er ganz, auch nicht den eigenen Kindern, denen er Mangel an Wachsamkeit vorwarf. Kein Essen, kein Brot rührte er an, bevor nicht die Hunde kosteten. Im Brunnenhof zog er Hühner, Tauben und Gänse. Er briet sie bei sich oder sott Eier.

Immer mehr Ritter schlugen sich nach Lorda, ihm ihre Dienste anzutragen. Nach geleistetem Blutschwur setzte er sie als Nachlehner über Dörfer und Weiler, als Fähnleinführer über Kastelle und Schanzen, als Meier über Vorratslager und Fluchtburgen; jeden siebenten Tag erstatteten sie Bericht, einmal diese Gruppe, einmal jene, nie zugleich. Eines Morgens erschien Seine Seligkeit Abt Desider, eine kalt brennende Leuchte seines Ordens, leisen und weichen Ganges. »Wollt Ihr prälatern?« fragte Barral. Obwohl verschwiegert, nannten sie einander beim Titel. – »Ich will, was ich mir vornahm.« – »Was denn? verhandeln?« – »Das Wunder an Walo vollbringen.« – »Meinen Segen, Herr Abt. Ihr habt einen rührenden Glauben.« – »Herr Markgraf: wenn Walo ein Teufel ist, würde die Hinrichtung Heimweg in die Hölle sein. Mein Auftrag lautet, den gefallenen Engel zum Herrn zu bekehren.« – »Hohe Meinung vom Herrn. Gefallene Engel sind groß angeschrieben. Mehrfache Klosterstifter dürfen weder beichten noch kommunizieren.« – »Ihr leidet?« – »Nein!!« – Desider trat an den Wandtisch, wo Brot und Wein standen, verwandelte sie in Leib und Blut Christi und erklärte sich als vom Papste befugt, auch im Kirchenbann Beichten zu hören. – »Wenn ich das brauchte, Herr Abt, es gibt noch Priester in Lorda. Ich esse kein Gnadenbrot.«

»Dieser Benediktiner oder Bernhardiner oder schon wieder reformierte Bernhardiner, Thoro«, sagte er abends, »ist Sohn der Ermordeten. Wenn er dem Mörder das Geständnis entkernt, übt er Blutrache. Ob er das ahnt? Morgen reiten wir die Kastelle ab. Der Palast behockt meinen Nacken. Aus jedem Stein glotzt etwas. In den Balken sitzt der Holzbock. Bleibe ich heil, fälle ich neue und lege sie zehn Jahre in Salzlake. Der Herbst ist gegangen, der Winter wird nicht schön. Was mag mit dem Baum sein? Maita hat keinen Wegebrief.« – »Maita, Mon Dom, käme.« – »Dieser Bernhardiner, Thoro, gefällt mir nicht. Das ist eine kahle Seele. Eifer um des Eifers willen. Ich wette, er hat Auftrag, über Unterwerfung zu verhandeln. Ich muß aushalten. Wenn ich nur jemanden sprechen könnte, Bramafan, Dom Lonardo, den Kardinal, Quirin, Domna Loba, Graziella. Die Röhren sind zugestopft. Die Eidbrecher stehen Pike bei Fuß und fürchten sich, Kopfnüsse zu kriegen. Ein belämmertes Leben mit einer so schönen Grafschaft, die ich so gern bestellte, statt sie mit Äxten, Schwertern und Morgensternen zu spicken. Hol meine Betten und deine. Ich mag nirgends mehr sein als im Saal. Die Hunde, wenn sie lieben, sind treu ohne Wanken. Der Bernhardiner kommt mit einem Traktätchen. Nun, Eure Seligkeit, was fandet Ihr da?«

»Einhards Vita Caroli Magni, Herr Markgraf, im Zimmer Eurer Tochter Maria Salome, ein Lesezeichen in der Seite, auf der beschrieben wird, daß der Kaiser seine Töchter am Heiraten hinderte, weil er ihre Fröhlichkeit um sich brauchte, woraufhin sie Kegel gebaren. Eure Töchter sind nicht beaufsichtigt. Ich würde empfehlen, sie in ein Kloster zu geben.« – »Ich würde empfehlen, mich zu verschonen, Herr Abt.« – »Ihr wißt, Herr Markgraf, daß gesagt wird, Kaiser Carl in Person habe seine Töchter beschlafen?« – »Wenn sie so hübsch waren wie die meinen: bitte sehr.« – »Herr Markgraf, wollt Ihr Sodom und Gomorrha?« – »Herr Abt, es ist Seine Heiligkeit der Papst, der mich zum Hiob und, wenn er will, zum Lot macht. Ich habe es in Ghissi dem Dechanten gesagt, wohin es führt, wenn man Maulwürfe an die Obrigkeit setzt. Zur Bischofsweihe führt es! zum Schafott führt es! Ich verbitte mir die bequemen Sermone! Ich bin ein verratener Mann, ein Witwer, ein Mönch, besser als Ihr, denn ich habe es schwerer! Meine Töchter sind Mädchen, erwachsen, ich sperre sie nicht ins Kloster, sie sollen vergnügt sein wie sie wollen, tanzen, lachen, meinethalben auch kegeln, aber verlassen sollen sie mich nicht! ich bin verlassen!« – »Beruhigt Euch, Herr Markgraf.

Beim Andenken meiner Mutter: beruhigt Euch.« – »Als ob Ihr wüßtet, wer Vater und Mutter waren. Als ob Ihr wüßtet, wie das Leben aussieht, Desider. Als ob Ihr wüßtet, was in gequälten Seelen vorgeht. Wenn der Himmel es weiß, wäre es viel. Die Erde weiß es. Die Räuber im Busch wissen es. Dom Vito hat es gewußt und Dom Guilhem. Kein Zölestin, kein Desiderius, kein Papst. Meine Tränen sind ein Dreck, Herr Abt, gegen Euren Weihwasservorrat, ein Dreck, ein Dreck, ein Dreck. Ach, nicht auf die Knie. Wen wollt Ihr mit Euren armseligen Worten trösten? Weg da! Wir sind noch nicht so weit, daß Ihr mir Eure Rechnung aufstellen könnt!«

Als Barral drei Tage später zurückkehrte, war Desider um Haaresbreite dem Tode entronnen. Die Weber hatten des Herrn Ritt benutzt, jene Priester zu erschlagen, die dem Kardinal von Cormons die Treue hielten; ihrer zwei saßen gerettet im Torgang hinter der Zugbrücke, wo sie dem aufgebrachten Ordensmann berichteten. »Das ruft nach dem Strafgericht, Herr Markgraf!« – »Ah was! das ruft nach Beredsamkeit, Herr Klosterbruder. Komm, Thoro. Wir wollen weberisch beten.« In der Dämmerung ging er von Haus zu Haus, trank Wein mit den Sektierern und hörte sich, während sie trunken und trunkener wurden, nüchtern und nüchterner an, welcher Art Glaube sie erfüllte. Sie beschliefen ihre Töchter, Mütter, Mägde, der Nachbar die Nachbarin, denn, so sagten sie, Gott habe den Menschen als Tier gemacht, damit er als Tier sich des Leibes erfreue, bevor er anfangen könne, sich emporzuläutern. Die Natur kenne kein Sittengesetz und kein Eigentum. Alles gehöre allen. Der Körper des Menschen sei gestiftet von dem Satans-Gott alten Bundes, die Seele von dem gütigen, messianischen Gott, und die messianische Seele befreie sich aus dem satanischen Körper allein dadurch, daß die Sinnenlust ihn zu Schlacken verglühe. Deshalb tauften sie nur Menschen, die das Feuer hinter sich hätten und dem Tode nahe seien. »Also mich«, sagte der Markgraf. »Bringt mich an einen, der tauft.« Die Täufer, Reinen oder Katharer, woher das Wort Ketzer sich leitete, waren vom Schlage der Hohenpriester, des Weibes enthaltsam, wozu der gütige Gott sie gesegnet hatte. Wenige konnten es. Ob der Herr Markgraf, da von der anmaßenden Teufelskirche ausgestoßen, sich wolle taufen lassen? – »Warum nicht?« sagte Barral. »Morgen, falls das Wetter schön ist. Aber die Gemeinde muß vollzählig anwesend sein, mein Rang verlangt es.«

Vormittags fand er sich auf dem felsigen Uferplatz neben der Kathedrale ein, während seine sechzig Getreuen die Gassen und Häuser durchkämmten, um das verängstigte Häuflein Christen zur schleunigen Übersiedlung in die Residenz zu bereden. Er disputierte, bis die Hunde und Leute wieder bei ihm waren. Viertausend Weber zu seinen Füßen, stieg er auf einen Stein. »Weder Feindschaft noch Freundschaft«, sagte er. »Weder verfolge ich euch, wie ich verfolgt werde von meiner Kirche, noch bin ich unduldsam wie ihr, die ihr die Diener meiner Kirche verfolgt. Handle jeder, wie er glaubt handeln zu dürfen. Zahle einst jeder nach seinem Vermögen. Ich hindere niemanden, schütze niemanden. Ihr seid im Vorhof der Hölle, ich nicht, so wahr Gott lebt. Ich scheide mich von Sodom und Gomorrha. Es wird eine Bannmeile errichtet bei Strafe des Todes. Sie umfaßt nördliches Tor, Kathedrale, Flußaue, Schloß und Schloßplatz. Mit eurer Freiheit macht, was ihr wollt. Wer wie ich in den Schoß der Kirche zurückbegehrt, bleibe jetzt hier und nehme seine Wohnung als mein Gast in den bischöflichen Gebäuden.«

Er betrat seinen Palast. »Keinen Segen, Herr Abt. Ich hasse ihn. Besitzt Ihr Vollmacht, mit mir zu verhandeln, oder besitzt Ihr sie nicht? Unterlaßt Eure christlichen Umschreibungen. Auslieferung des lebenden Walo, ja, das weiß ich. Wie sind die Summen? jüdisch? christlich?« Sie waren schlimmer als jüdisch. »Ein Jude, Herr Abt, würde sich schämen. Von einem Papst, einem Bischof und einem Abt erwarte ich das nicht. Ich ermächtige Euch, um den Kaufpreis für mein Stückchen Paradies zu schachern und Eure Christlichkeit vor Christus zu verantworten. Meinen Gruß dem Herrn Zölestin. Ihr tragt einen zölestinischen Geleitbrief, einen von mir erhaltet Ihr dazu. Ich kann Euch nicht schildern, Herr Abt, bis in welche Tiefen der Verachtung mein Respekt vor der Kirche hinabreicht. Und, wohlverstanden: ich will zunächst nur wissen.«

Die Verhältnisse in Grafschaft und Stadt wurden undurchsichtig. In den Gassen besprang sich das zügellos geile Volk, ohne daß Fröhlichkeit gewaltet hätte. Im Palast stiegen die Ritter auf Strickleitern zu Barrals Töchtern, der im Saal aß, im Saal schlief, im Saal verhandelte und den Abt immer von neuem mit Thoro davonschickte, da die Summen ihm immer noch zu hoch waren und er Walos Leben teurer bewertete.

Eines Morgens kam Graziella. Er umarmte sie, bevor sie seine Hand küssen konnte. Sie hatte von Lonardo einen zweiten Sohn seit acht Wochen. »Wie gelangtest du durch die Sperren? Auch du hast einen Geleitbrief vorn Bischof. Er will mich weich machen. Du irrst, wenn du glaubst, ich gebe nach.« – »Herr Vater, es kann doch so nicht weitergehen. Bitte, Herr Vater, das Land schreit nach dem Herrn!« – »Ich höre nichts schreien. Still. Ich höre ganz etwas Anderes.«

Während der Wortwechsel vor beiden Haupttüren sich verstärkte, band er die Hunde ab. Rufe, Waffengeklirr, hartes Rumpeln und Todesgebrüll folgten. »Was ist das, Herr Vater?« – »Mord. In Gottes Namen.« – Im Garten erschienen, von oben sich abseilend, seine eigenen Vogtritter, gepanzert bis an den Hals. – »Herr Vater, Ihr dürft nicht sterben!« – »Ich sterbe nicht, ich bin nicht bereit. Lauf in die Küche zu Roana, ich gehe durch die Esse!« – »Herr Vater, gebt mir Euer Schwert!« Die Türen wurden erbrochen, Gewaffnete quollen herein, die Wolfshunde stürzten sich auf sie. Messer und Pfeile flogen. Barral war schon im Kamin. Von Steinraste zu Steinraste erreichte er kohlschwarz den First. »Mörder sind drinnen! Mörder! besetzt die Tore!« Er rutschte das Dach hinunter, lief den Sims entlang, kroch den Steinkegel des Küchenturms aufwärts, erklomm einen der nicht rauchenden Kamine und ließ sich von Raste zu Raste hinab. Die Köche bekreuzigten sich. »Roana, her mit dem Schlachtermesser! Bewaffnet euch! verrammelt die Tür! Wo sind meine Töchter? drinnen?« Über die Küchenbrücke lief er betend ins Freie. »Herr Gott, schützt meine Töchter, schützt Graziella!«

Mit den Haufen von draußen umringte er Ausgänge und Gräben. Die vier Mädchen fuhren auf Strickleitern ins Wasser. Die Zugbrücke war aufgezogen. Seine Belagerungsmaschinen schossen sie von den Ketten. Die Mörder verhandelten aus den Fenstern. Als er Brandbolzen auflegen ließ, ergaben sie sich. Thoro und Desider ritten ein. »Was geschieht hier?« fragte der Abt. – »Zölestinisches Christentum, Eure Seligkeit.« Die Wolfshunde waren tot. Graziella war tot. Durchbohrt von Pfeilen, lag sie im Kamin, den sie verstellt hatte, damit kein Bogenschütze hinter dem Vater dreinschießen konnte. Die Ritter sagten bereitwillig aus. Sie bedurften weder der Beichte noch der letzten Ölung, sondern waren mit päpstlichem Segen durch den Erzbischof-Administrator zum Tode absolviert worden, ermächtigt, jeden Eid, den sie schworen, zu brechen, jede List zu gebrauchen, jedes Blut zu vergießen für Jesus und Maria.

Barral nahm an der Urteilsfindung nicht teil. Er zog die Pfeile aus Graziellas Leiche, entkleidete und badete sie, faltete ihre Hände, hüllte sie in das Grableinen und sprach kein Wort. In der Nacht ließ er köpfen, was zu köpfen war, und sprach kein Wort. Von jenseits der Bannmeile schauten die Weber zu; aus dem eisernen Käfig nahm Walo aufmerksam Anteil. »Ist die Zeremonie beendet, Herr Abt?« – »Bis auf Graziella«, erwiderte Desider. Dreimal trug Barral das liebste seiner Kinder um den Mörder herum und sprach kein Wort. – »Schlafe sanft, armes Mädchen«, sagte Walo, »du kommst in den Himmel. Wie viele waren es heute, Herr Abt?« – »Dreiundsechzig.« – »Wie viele insgesamt?« – »Bislang etwa Zweitausend.« – »Alles um einen Handschuh. Ich erkläre mich befriedigt.« Er gähnte. »Habt die Güte, Eure Seligkeit, das Gericht und den hohen Herrn zu rufen. Ich möchte beichten, gestehen und sterben. Ihr gabet Euch große Mühe.«

Sie warteten, bis der Markgraf kam. »Barral, mein Freund«, begann Walo. »Es war etwas viel, was ich dir zumutete. Für dich ist es nicht zu Ende. Ich erteile dir Absolution. Du handeltest recht, juridisch sowohl wie als Mann und Eidam. Du liebtest die Frau, die ich umbrachte. Ich verstehe deinen Schmerz. Mir war sie ein Spielzeug. Ich erfreute mich ihrer Schönheit und ihres Mutes, ich genoß ihre Angst. Daß sie starb, liegt nun sechseinhalb Jahre zurück; viereinhalb, daß ich im Kerker sitze. Moder und Asseln sind keine angenehme Gesellschaft. Ich würde gern baden. Opfere mir eine Gans als Henkersmahlzeit. Vorher eine Schüssel Krebse, zum Nachtisch Käse und Obst. Mein Beileid zum Tode deiner Tochter. Den wollte ich nicht. Sie schlug mir zwar einmal die Finger blutig, aber dem zollte ich Ehre. Sie war ein beherztes Weib.«

»Zur Sache!« rief Barral. »Erzähle den Hergang der Bluttat, ihren Anlaß, ihren Grund.«

»Den Vorgang? oder was dem Vorgang vorauf ging? Vorauf ging die Landesverweisung, die mich neugierig machte, ob und wie man verhindern könnte, daß ich tat, was mir einfiel. Vorauf ging das Nein zu meiner sehr ernst gemeinten Werbung. Ich begehrte, mir Judith zu unterwerfen, als Gemahlin, als Geliebte, wie du willst. Mir gönnte sie nicht, was sie dir gönnte. An jenem Abend führte ich nichts im Schilde, als sie mit Güte oder Gewalt zu überzeugen, daß es sich unter mir nicht schlechter liegt als unter wem immer. Von Tod war keine Rede, schon gar nicht vom Tode der Kinderfrau. Das Zuckerwerk, in Sedisteron hergestellt, sollte die Lauscher einschläfern. Ich ahnte natürlich nicht, was darin war. Wer kostet schon? Wir tranken und scherzten im Grafensaal, Judith, ich, meine Zufallsbegleiter, Truchseß und irgendwelche weiteren Leute. Ich gebe zu, ich versprach, ich wolle ihr nichts antun. Das beruhigte sie. Als ich nachts erschien, lag sie zu Bett. Ich nahm ihr das Laken, sie erwachte, sehr schön noch mit ihren Fünfzig, und war weder erschrocken noch ablehnend, sondern verständig genug, mein seit fünfunddreißig Jahren angekündigtes Kommen als etwas, das einmal sein mußte, hinzunehmen, zu schnell sogar, es machte mir keinen Spaß, ihr auch nicht. Trotz vieler Versuche, ihr ein wenig Lust zu erregen, blieb sie kalt wie Stein.«

»Zur Sache«, wiederholte Barral. »Warum tötetest du, wenn du nur eine Nacht wolltest?«

»Weil sie darum bat. Sonst hätte ich ihr schon noch Einiges mehr an Umschlingungen beigebracht. Nichts konnte sie. Nichts sprühte. Ein dummes, demütiges Stück. Sie weinte, ließ sich bestätigen, daß ich als Minnesinger ihr einstmals geschworen hatte, jeden Befehl zu befolgen, und bat: bring mich um. Ich redete ihr zu, sie blieb dabei, nicht mehr leben zu wollen. Sollte sie aus dem Fenster springen? dann käme sie in die Hölle, so ins Paradies. Ich sagte ihr, du bist albern, keines von zweihundertdreißig Mädchen hat anderes verlangt als Lustgeschrei, Wonnegestöhn, Rausch und Taumel, sie verlangte Tod. Herr Abt, dafür kommt sie in die Hölle, nicht wahr? Und ich, der ich aus christlicher Erbarmung ihr schließlich den Hals durchschnitt, ins Fegfeuer, nicht wahr? Kurz, Barral, mein Freund, es hat nicht geschmeckt; das Morden in Kelgurien schmeckt mir auch nicht mehr, seit mein armer Bruder tot ist; befiehl jetzt, daß ich verstümmelt werde, aber vorher bitte die Gans, und laß mich morgen aufs Rad flechten. Herr Abt, ich bereue zutiefst, daß ich Eure unglückliche Mutter nicht beglücken konnte, ich bereue, daß ich Euren Vater zwang, mich aus dem Schoß der Kirche zu rauben, was ich ihm nicht zugetraut hätte, und gebe Euch auf den ferneren Lebensweg den Rat mit, gleich mir stets aus den unversieglichen Quellen der Rechthaberei zu handeln, die Euch die Gipfel kirchlicher Ehren eröffnen wird. Grüßt mir meinen armen Oheim Guilhem. Möge er so sanft sterben, wie er sanft lebte. Ich habe gebeichtet, gestanden, mehr wüßte ich nicht zu sagen. Ah! doch! Judiths letzten Seufzer, als ich sie kehlte. Sie hauchte Barralî, zweimal. Das war wohl dein Kosename.«

Barral ging in den Palast zurück, ohne ein Wort zu verschwenden. Seine Töchter Maria Salome, Theodora und Bertana erwarteten ihn, sich vor seine Füße zu werfen. Sie waren in Umständen. »Von wem?« fragte der Vater milde. – »Von drei hingerichteten Rittern.« – »Roana und Arabella auch? Warum nicht? Laßt das Geflenne.« – »Was geschieht denn mit uns?« – »Was soll geschehen? Geht ins Bett und gebärt, wenn es soweit ist. Nimmt euch noch jemand, dann auf meine Kosten. Es kommt nicht mehr darauf an, was ich zahlen muß.« – »Mon Dom, bitte, schreit doch, flucht doch, verprügelt uns doch!« – »Es wird«, sagte Barral abwesend, »ein Einziger verprügelt, stellvertretend für Alle. Thoro, den Herrn Bernhardiner. Ich krieche zu Kreuz.« – »Nicht um unseretwillen!« rief Theodora. – »Doch, Theodora. Um euretwillen. Es muß eine Ordnung sein auf der Welt.«

Desider kam. »Herr Abt, ich habe Gründe verschiedenster Art, von fern mit einem Kuß auf Dom Zölestins Brustkreuz zu spielen. Das Blut, das er spart, will hoch verkauft sein; sehr hoch die Bastardschaft eines künftigen Kirchenfürsten; noch höher, daß ich Walos Zunge nicht abschneide, wozu mich das Urteil befugt hätte. Vielleicht beichtet er etwas christlicher, wenn man ihm Zeit gibt.« – »Ich würde empfehlen, Herr Markgraf, ihm Zunge und Gemächt, wie festgelegt, zu verstümmeln.« – »Nein nein, die Zunge kostet. Das Gemächt könnt Ihr haben.« – »Herr Markgraf, es ist Walos Erfindung, daß Ihr mein Vater seid!« – »Da leben Zeugen, Herr Abt.« – »Ihr wollt mich erpressen?« – »Ich erpresse, weil ich erpreßt werde.« – »Aber doch nicht den Beichtvater?« – »Den möchte ich wechseln. Ich bedarf eines fröhlichen Priesters, der sich auf Nächstenliebe versteht, und bin geneigt, jenen Aurel, Prälaten in Sedisteron, zum Bischof von Lorda zu investieren. Er soll meine Seele zur kirchlichen Bußfertigkeit bereiten.« – »Was drückt Euch so nieder, Herr Markgraf?« – »Das schiert Euch einen Dreck, Herr Abt, wie neulich meine Tränen. Ihr seid mit Euren Zweiunddreißig noch immer kein Mann und werdet auch keiner. Was Ihr lerntet, sind Worte. Sie ziehen wie Eis über das Leben. Blanker priesterlicher Rauhreif. Ich mag ihn nicht.«

Im Dezember setzte er nach Amselsang über, sich mit Pantaleon und Loba zu treffen. »Zu spät, Loba. Ich bot Kirchenbuße. Was Franken da vorschlägt, ist durchsichtig bis auf den Grund. Die Herren Franken kommen, um nicht mehr zu gehen. Lieber ehrliche Feindschaft als unehrliche Hilfe. Der ganze Osten ist fort; ich bekomme ihn zurück nur, wenn ich mich beuge. Fulco Bramafan wurde ermordet, ein unbeteiligter, harmloser, braver Mensch. Seine landgierige Seligkeit von Sankt Maximin und der Bischof von Frouscastel besetzten die Grafschaft. Die Kardinäle aus Rom sind unterwegs, befrachtet mit sechzehn Kirchenbußen ohne die meine. Wir stehen bei zweitausendneunhundert Toten, die Mönche wüteten wie die Leibhaftigen. Sartena, Lorda, mehr habe ich nicht, mich in Frankens Arme zu retten. Diese Arme würden mich erdrosseln, um Ortaffa und Ghissi verwüsten zu können. Es ist nun auch nicht mehr nötig, daß ich mich ziere vor dem liebeströmenden Schoß der Kirche. Walo gestand. Willst du ihn hören?«

Sie hörte ihn an, nachdem Dom Aurel ihm in einer Donnerpredigt die Wirbelsäule gebrochen und wieder zurechtgerückt hatte. Er heulte seine Ketten naß. »Loba, dieser Mann sagt, ich muß nicht in die Hölle. Er sagt, in die Hölle müssen wir alle, zunächst, aber wer bereut, kommt ins Fegfeuer.« – »Ich erkenne dich nicht, Walo. Hast du Angst?« – »Angst! mehr als Angst. Er hat mich zerschmettert, zertreten, ausgewrungen und gegen die Wand gehauen.« – »Was war mit Judith?« – »Ich beschmutzte sie, und sie wehrte sich nicht, ich schnitt einer Heiligen die Kehle durch!« – »Nun sei nicht abgeschmackt, Walo. Es ist scheußlich, dich so zu sehen, nach fast dreitausend Toten, an denen du schuld bist mit deiner Schwester. Hat mein Bruder Sartena seiner Schwester Sartena noch etwas zu sagen, dann sage er es als Sartena.« – »Bete für Gerwin, bete für mich. Bitte Barral um Verzeihung, er bekommt es auf den Buckel.« – »Sag es ihm selbst, ich schicke ihn dir. Wir sehen uns nicht wieder. Du wirst hingerichtet, und ich wünsche der Hinrichtung nicht beizuwohnen. In die Hölle gehe ich auf eigene Kosten, ohne dich. Was ich tat, war ein einziges Mal klein. Was du tatest, war klein vom Beginn bis zum Ende.« – »Loba!« – Sie verließ den Kerker.

Dom Aurel donnerte die Weber zusammen und flötete die Guten aus der Schreckensherrschaft der Schlechten heraus. Den Konvertiten öffnete Barral die Bannmeile. Zu Ghissi fuhr in einem pechschwarzen Wintergewitter der Blitz die Zypresse hinab in den Betstock, dessen Quadern über das Feld zerkeilt wurden. Der Baum verschmorte auf Spannenbreite; sein Stamm klaffte. Maitagorry bestrich ihn mit Salben, die wenig halfen. Der Wurm geriet in das Holz, Unruhe in Maita. Quirin stellte ihr einen Wegebrief aus, den der Bischof Zölestin siegelte. Bei Februar-Hochwasser durchwatete sie die Furt von Ongor. Im Baronalgut ihres Eidams Lonardo, der auf Farrancolin vogtete, fiel das Fieber über sie her. An ihren Delirien vorüber zogen die ortaffanischen und cormontischen Ritter, dem Abkommen gemäß, da die Kastelle nicht mehr verteidigt wurden, auf Lorda zu, das sie umschlossen.

PETRI GNADENMITTEL

Zäh wie ein Jude«, sagte der Kardinalpräfekt Fugardi, als Bischof Dom Zölestin, März 1157 in der markgräflichen Residenz zu Cormons, ihm und dem Kardinalkanzler Orlando den Stand der Verhandlungen mit dem Untier von Lorda schilderte.

Die Apostolischen Bußlegaten waren umgeben von einem Aufgebot römischer Ritter, die den Vorsaal füllten. Dom Fugardi trug unter der Veilchenseide einen versilberten Panzer. Er ließ den Abt Desider kommen. »Wir möchten einen bestimmten Punkt erläutert haben. Deine Seligkeit sage uns, was das Untier unter den zwei Lorda versteht, die es in zweierlei Weise geschont wissen will.« – »Es herrscht, Herr Kardinalpräfekt, in der Stadt Lorda die Weberei. Die Rechtgläubigen sitzen, von den Renegaten gesondert, in der bischöflich-gräflichen Bannmeile. Markgraf Barral empfiehlt die Abtrünnigen, als Mißleitete, wie er sie nennt, einem Ketzergericht, das durch Milde mehr erreichen werde als durch Strenge; schuld sei die übertriebene Priesterherrschaft des hingerichteten Bischofs.«

Dom Fugardi verfinsterte sich. »Des mutwillig ermordeten Herrn Bischofs!«

»Die Rechtgläubigen, Herr Kardinalpräfekt, fallen unter die Bedingung, daß außer ihm niemand bestraft wird. Er erbringt die Buße für alle, die ihm gehorcht oder seinen

Schutz gesucht haben. Als Gegenleistung investiert er die von Euch ernannten Bischöfe und verzeiht in toto die zurückliegenden Vorfälle von Eidbruch, Aufruhr, Brandschatzung, Mord.«

Kardinal Orlando trommelte mit den Fingern. »Eidbruch, Aufruhr, Brandschatzung, Mord sind ungebührliche Vokabeln für Handlungen des christlichen Gehorsams.« – »Von unserer Sicht her gewiß, Herr Kardinalkanzler. Von seiner Sicht her wurden die Obrigkeiten zerstört. Wie soll die Markgrafschaft regiert werden, wenn ein Eid kein Eid, ein Mord kein Mord, ein Verbrechen nicht strafbar ist?« – »Mehr!« warf Dom Zölestin ein. »Wenn das Untier kein Untier mehr ist. Wir müssen mit dem Markgrafen als Landesherrn leben.« – »Ich denke, Lorda sei umschlossen«, sagte Fugardi. »Petri Stuhl hat die Stärke, das Untier zum Bettler zu machen und die Lehen zu verlehnen, an wen Seine Heiligkeit will. Werfen wir ihn hinaus!« – »Es sind Reichslehen, Bruder Fugardi«, stellte Kardinal Orlando fest. »Mit dem sterblichen Inhaber können wir machen, was wir wollen; mit dem Lande nicht. Es sei denn, wir geben es Franken, lenken den kaiserlichen Krieg vorübergehend aus der Lombardei an den Tec, erheben das Untier zum Märtyrer und gewinnen nichts, sondern verlieren die erklecklichen Geld- und Landbußen, die er zusagt, um Markgraf zu bleiben. Der Vertrag ist vorteilhaft, halten wir uns daran.« – »Und die Aufwertung des Untiers zum Herzog, Bruder Orlando? Propst Rainald verzögert die Fahnenverleihung, bis der Markgraf mit Barralîs Marchio statt mit Barralîs Dux gesiegelt hat, während er schon, wie sich hinterdrein zeigen wird, Herzog ist. Er wird also alles wieder anfechten.« – »Dem begegnet man mit einer Klausel.

Übernehmt das, Bruder Rodi. Nun die andere Bedingung, dort oben links, Absatz zwei. Die geschädigten Klöster, auf deren Gebieten der Pilgerraub stattfand, verlangen Silber. Ebenso die Klöster, denen die Herausgabe der Leihpfänder geweigert wird. Hier steht von Silber nichts und nichts von den Pfandleihen. Hier steht von Bodenverlehnungen innerhalb Kelguriens zu Gunsten allein der durch Kirchenfrevel beeinträchtigten Klöster. Deine Seligkeit äußere sich.«

»Ich bin Ordensgeistlicher, Herr Kardinalkanzler. Nach der Ordensregel ist jungfräulicher Boden dem Gelde vorzuziehen; Geld führt zur Luxurie, Boden zur Arbeit. Wo der Boden liegt, bleibt für den Orden unerheblich, nicht für den Landesherrn. Die Pfänder sind unchristlicher Wucher.« – »Deine Seligkeit ist mit dem Untier versippt?« – »Äußerlich. Meine Schwester verscholl vor sieben Jahren auf Wallfahrt.« – »Innerlich unabhängig?« – »Ich verehre ihn, er haßt mich.« – »Aber er benutzt deine Seligkeit?« – »Er benutzt jeden, vor allem den präsumptiven Bischof von Lorda, der die Weber übrigens auch geschont wissen möchte.«

Kardinal Fugardi legte dem Kanzler die Hand auf den Arm und winkte den Abt nah heran. Scharf, kalt und verächtlich fixierte er einige Sekunden hindurch die Augen seines Gegenübers, dem er, ohne es zu ahnen, nah verwandt war. »Ich liebe diese Sprache nicht und habe deiner Seligkeit nichts weiter mitzuteilen. Dom Aurel wird Bischof von Lorda und wartet mir auf, sobald ich an Bord des Rodianischen Lustschiffes dort lande. Des Herrn Abtes Dienste seien bedankt im Namen Seiner Heiligkeit, die ihrer vielleicht später wieder bedarf.« Er reichte den Ring zum Kuß.

»Hat Bruder Rodi noch eine Frage?« Dom Zölestin bemängelte des Markgrafen Weigerung, münzbare Konzessionen herauszugeben, ein Wegerecht, eine Maut, ein Regalium. »Die Kirche«, stellte er fest, »geht leer aus.« – »Wer ist die Kirche? Das Patriarchat hat in der Sache nichts getan, nichts zu suchen, nichts zu erwarten. Regalien sind, wie der Name besagt, Königsrechte; wie soll er Königsrechte herausgeben, ehe wir nicht den Kaiser oder seinen Kanzler gebannt haben? Alles Geld gehört Rom, das den Bann schleuderte, alles Land den Klöstern, die uns, nicht Euch unterstehen. Euch, Bruder Rodi, winken andere Dinge. Wir wenden uns nun dem Bruder Guilhem zu. Er hat die Zehr, wie ich höre? Aber er kann noch gehen? Zunächst wollen wir die Prälaten der Inquisition hören, ohne Euch.«

Die Prälaten mühten sich redlich, die Brücke zwischen Rom und Cormons zu bauen. Keiner der Kardinäle beschritt sie, auch Dom Guilhem nicht. Sie sahen sich nicht, sie sprachen sich nicht. Boten eilten von der Markgrafenstadt in die Bischofsstadt und wieder zurück. Aus Lorda wurde Dom Aurel befohlen. Boten trabten von Cormons nach Lorda, von Lorda nach Cormons. Das Untier ließ wissen, es leiste die Buße nicht, falls dem Kardinal Patriarchen ein Haar gekrümmt werde. Hierüber vernahmen die Römer Dom Aurel. »Was geschieht, wenn wir den schamlosen Menschen in Lorda berennen und aufheben?« – »Ihr hebt ihn nicht auf, Herren Kardinäle. Ihr findet einen hingerichteten Pilger und einen Markgrafen, der sich umgebracht hat.« – »Eure Sprache ist nicht eben zimperlich, Bruder Lorda.« – »Wünschen die Herren Kardinäle mich zimperlich, so bin ich der falsche Mann.« – »Das Untier würde die Hölle vorziehen?« – »Das Untier ist ein tapferer Krieger.

Die ritterliche Regel erlaubt bei aussichtsloser Lage, dem Leben ein Ende zu setzen.« – »Im Kampf gegen Unglauben, Bruder Lorda!« – »Ich nehme nicht an, Herren Kardinäle, daß ein gejagtes Wild so feine Unterscheidungen trifft. Wie ich ihn kenne, und ich kenne ihn seit Hilfspredigerzeiten, wo er mich mit zwei kräftigen Ohrfeigen in meine Laufbahn beförderte, erübrigt sich jedes Feilschen um einzelne Punkte. Für seine Art Geduld gibt es eine Grenze, die wurde überschritten. Die Vorladungen an die kelgurische Bußgemeinde sind ausgefertigt. Soll ich zurückhalten? soll ich gehen?« – »Geht nur, geht nur. Darüber sprechen wir uns morgen, wenn wir wissen, ob Kardinal Guilhem in die römische Kurie eintritt, oder die Administration wählt, oder sich in ein Kloster zurückzieht.«

Kardinal Guilhem, nur noch Haut und Augen, wurde am Betpult verständigt, die Throne seien errichtet. Er aß seine täglichen zwei Löffel Honig, lehnte die Hilfe der Prälaten ab und ging, eine zarte Zerbrechlichkeit in viel zu schwer gewordenen Gewändern, zum Kreuzgang zwischen Kathedrale und Bischofskirche. Der Garten lag blühend im Morgenschatten. Vor dem Viereck der doppelt gesäulten Bogengänge reihte sich stehend die Prälatur. Aufrecht unter den Baldachinen, flankiert von Dom Aurel und Dom Zölestin, erwarteten die Römer den alten Kardinal, dessen leerer Sessel zwischen den ihren auf Abdankung oder Versöhnung wartete. Zu Füßen der Legaten breitete sich, wie beim ersten Konsistorium der neu Gepurpurten, sein Prosternations-Polster. Dom Zölestin eilte, ihm das Brustkreuz zu küssen. Dom Guilhem, das Birett in der Hand, lüftete sein Kardinalskäppchen und setzte es dem Administrator auf. »Ich bin nicht würdig, Euer Erhabenheit«, sagte der

Bischof nach der Formel. Sie tauschten ein schmerzliches Lächeln. Dom Guilhem streifte den Kardinalsring ab. »Ihr waret höflich, Bruder in Christo, und vermiedet das Vermeidbare.« Er beugte das Knie gegen den Kruzifixus, legte sich auf das Gesicht und schlug den Hermelinkragen über den Kopf. Kardinal Orlando las das Register der begangenen Sünden: Ungehorsam gegen Petri Stuhl, Selbstgerechtigkeit, ketzerische Auslegung des Evangeliums, Mißbrauch der kirchlichen Herrschaft, Schutz der Aufrührer, Häresie und Förderung des Abfalls von Rom.

Die Liste war lang und wortreich. Kardinal Fugardi beobachtete gelangweilt, dann verdrossen, endlich erzürnt das Spiel einer verirrten Taube, die über dem Kreuzganghof auf- und niederstieg. Er ordnete Dom Aurel ab, einen Bogenschützen zu holen, der den störenden Vogel, behindert von so vielen kostbaren Menschen, zwar mehrfach fehlte, ihn aber am Ende, fast von Dom Guilhems Schultern, glücklich verscheuchte. Alsbald erhob sich der Schrecken Roms zu einer flammenden Predigt, die von Drohung zu Lockung, von Lockung zu Verständnis, von Verständnis zu Angeboten glitt, ein oratorisches Meisterwerk, das den Unterwürfigen, zum Kloster Entschlossenen nicht rühren konnte, denn er war tot. Dom Zölestin flüsterte mit dem Kurienkanzler, der ihm erlaubte, nachzusehen. »Defunctus est«, sagte er. Fugardi brach seine Bemühungen ab. »Auf die Knie!« rief er. »Ein Heiliger ist von uns gegangen. Die Taube, Sinnbild des Geistes, trug seine unsterbliche Seele hinauf in das himmlische Jerusalem. Man läute die Glokken, man bahre den toten Fürsten der Kirche Christi auf, man lasse die Gläubigen einströmen in die Episkopalstadt, auf daß niemand dem Gedanken verfalle, wir hätten ihm

Übles gewollt. Bruder Rodi, gebt ihm Tonsurkappe und Ring zurück; Seine Heiligkeit erhebt Euch nach Ablauf der Trauer zum Patriarchen von Cormons und zum Mitgliede des Heiligen Officiums. Bruder Lorda, ich bitte Euch, den Herrn Markgrafen zu informieren.«

Schneller als der designierte Bischof erreichte den Büßer das große Trauergeläut. Dom Aurel traf ihn gefaßt und nachdenklich. »Ich kann nicht mehr weinen, Dom Aurel. Ich habe nicht geweint, als ich die Pfeile aus dem Leichnam meines Kindes zog. Wie ein Kind liebte ich diesen Vater und darf ihn nicht einmal sehen. Jeder Roßknecht darf es, jede Betschwester darf an dem Aufgebahrten vorüber. Wie sind diese Römer?« – »Nicht nach Eurem und meinem Geschmack, Mon Dom, keiner Erschütterung zugänglich. Ich überbringe Euch den letzten persönlichen Segen des Kardinals nebst seiner letzten Ohrlocke. Sonst glaubt er es nicht, sagte er, daß er von allen meinen schwierigsten Beichtkindern meinem Herzen am nächsten war. Ich reite morgen zurück und sehe Euch wieder am Abend vor der Buße. Die Römer haben abgelehnt, daß außer mir auch nur ein Hund zu Euch darf. Euren Eidam Lonardo habe ich benachrichtigt vom Tod Eurer Tochter. Die Schmiedin von Ghissi war nicht auffindbar. Schäfer stehen bereit.« – »Maitagorry nicht auffindbar?« – »Man sah sie vor Wochen in der Furt, auf dem Wege nach Lorda. Wahrscheinlich ertrank sie. Wollt Ihr jetzt bitte siegeln. Außer der Herzogsklausel kam nichts Neues hinein.«

Am Morgen vor dem Bußtag landeten die Legaten auf der Insel im Tec und errichteten Zelte für sich, ihre Gäste und die Bußgemeinde. Abends weihte der Erzbischof von Clermont die entweihte Kathedrale. Die Bannmeile war durch Truppen der Herren Pankraz und Justin abgeriegelt. Barral ging im Saale auf und nieder. Seine Schritte hallten bis zu den Töchtern. Wenn er stehen blieb, blickten sie sich an. Wenn er weiterging, atmeten sie freier. Mit den Schwangeren sprach er nicht mehr. Sie schickten Arabella, nach Befehlen für das Essen zu fragen. – »Wie ist das Befinden dort oben?« – »Sie haben noch ein paar Wochen, Herr Vater, bis auf Maria Salome.« – »Sag ihnen, sie sollen vorsichtig sein und nichts mehr heben. Essen mag ich nicht. Schick mir Roana.« Roana kam in der ihr eigenen, seltsamen Art sich zu bewegen, etwas schräg zu ihrer Richtung, die Blicke irgendwo seitlich. »Wie alt bist du, Roana?« – »Sechzehn, Herr Oheim.« – »Oheim? Bist du nicht meine Tochter?« – »Ich bin Hyazinths Tochter.« – »Roana, Dom Aurel bestellte ein paar Schäfer, mich zu pflegen; die läßt du ein. Du hast Ruhe und Umsicht und Bestimmtheit; übernimm den Haushalt. Warum schaust du immer ins Leere? schick mir Lauris zum Singen. Aurel sollte längst da sein.«

Versonnen blickte er ihrem zugleich festen und üppigen, zierlichen und starken Körper nach, ihrem schweren, dunklen Goldhaar. Wieder begann er zu wandern. Roana führte den Blinden hinunter. Barral stand am anderen Ende des Saales. »Roana«, sagte er und richtete die Augen auf sie. Er wunderte sich, wie elfenhaft leise sie ging. Diesmal sah sie ihn voll an, wehmütig froh, die Lider wie gesalbt mit jenem schattenden Schimmer, den Fastrada gehabt hatte, die Iris blaugrün und sehr tief. »Judiths Tochter?« – »Judiths Tochter, Herr Oheim. Roana Farrancolin. Wollt Ihr essen?« – »Wen willst du einmal heiraten, Mädchen?« – »Danach werden die Mädchen nicht gefragt, Herr Oheim.« – »Bereite viel Fleisch vor, Roana. Braten und Geflügel. Die Schäfer mußt du einlassen. Und jeden aus Ghissi. Und wenn ich Fieber bekomme, alles entscheiden. Domna Fastrada fehlt mir. Ich bin schrecklich allein.« – »Ihr seid nicht allein. Ihr werdet es überstehen. Sing, Lauris.« Sie entzündete die Kerzen. »Da ist der Bischof.«

Der schwarzhaarige Hüne mit den Fliedernähten, fröhlich mannhaft wie je, winkte einen Gruß, setzte sich und hörte dem Harfenspiel zu. Der Garten dunkelte. Barral wanderte auf und ab. Plötzlich verhielt er. Die Nasenflügel bebten. »Es riecht nach Feuer, Dom Aurel.« Sie stürzten in den Brunnenhof. Der Himmel rötete sich. Sie stürzten auf den Altan über der Zugbrücke. Die Weberstadt loderte an allen vier Ecken; aus der Flußaue flogen die Brandpfeile in das Häusermeer; bei leichtem Nordwind sprangen die Funken von Dach zu Dach. Die Nacht wölbte sich über den knisternden, prasselnden Rauchgebirgen, aus denen die Zungen schlugen. Auf der Schloßfreiheit zerhieben die Lanzknechte, was schreiend aus den Gassen herauslief, Menschen, Hunde, brennende Ratten. Dom Aurel stand mächtig wie auf dem Evangelien-Ambo und kämpfte mit Worten, die er nicht aussprach. Barral blieb leise und traurig. »Dreieinhalb Tausend zu den Dreitausend sind Sechseinhalbtausend. Hätte ich Walo am Waldrand gemordet, wäre es einer. Thoro, laß ihn im Käfig heraufschaffen, er soll sich das anschauen. Die Herren Römer, Herr Bischof von Lorda, nehmen Euch eine Sorge ab. Das sind erbarmende Christen. Wer glaubt, muß brennen, sagte der Kardinal Guilhem. Ich kann nicht mehr weinen.« – »Ich auch nicht, Mon Dom.« – »Aber antworten, Dom Aurel, werde ich.« Bis zur Geisterstunde war Lorda ein rauchender Aschenberg, aus dessen Glosen die steinernen Kirchen schwarz gegen den fränkischen Horizont ragten. Die Sterne funkelten. Man hörte die Lanzknechte von Gotteshaus zu Gotteshaus klirren. Todesschreie, Gesang und Wimmern waren noch eine Weile zu hören, dann nur noch das Rauschen der Pappeln und Erlen.

Barral schlief traumlos. Thoro weckte ihn. »Mon Dom. Das Armesünderglöckchen. Der Herr Prälat ist da. Ob Ihr beten wollt.« – »Baden will ich. Meine Töchter auf die Stirn küssen will ich. Antworten will ich.« – »Es ist alles gerichtet, Mon Dom.« – »Dann sage es dem Herrn Prälaten. Du reitest, sobald die Stadt geöffnet wird, nach Ghissi. Wieviel Pferde du hinmachst, soll mir gleichgültig sein. Wechsle sie in Ongor auf markgräfliches Versprechen. Ich brauche Erde aus dem Weinkreis, Späne von der Zypresse, Palmgrund aus den Wasserkünsten. Und Lammwolle. Und Maitagorry. Was jetzt kommt, überlebe ich nur durch ein Weib, das liebt. Die Schakale werden auf die Antwort antworten. Das steht so fest wie das Amen, das mich im Schoß der Kirche empfängt. Sorge für Eis in der Kathedralsakristei, denn ich falle um. Sorge für eine Bahre, die mich nach Hause trägt. Walo lebend, war die Bedingung. Der Büßer nackt, war Bedingung. Schonung Lordas Bedingung. Brechen sie die, brechen sie auch andere.«

An der Ecke des bischöflichen Palastes, vor Beginn der Domfreiheit, trat er unter das Wagenrad, auf das Walo geflochten war, und stemmte es über sich. Beronnen von Fäden aus Blut, sah er nichts als die Roben der Gepurpurten, neben denen der Erzbischof von Clermont saß, und schmetterte ihnen den Exekutierten vor die Füße. »Lebend, Herr Erzbischof, laut Vertrag! überzeugt Euch!« – Kardinal

Fugardi, sein silbergepanzertes Knie entblößend, stieß das Rad von sich. Es rollte den Abhang hinunter. »Hinrichtung ist gegen den Vertrag.« – »Gegen den Vertrag«, schrie Barral, »ist jene Art Milde, die Ihr meiner Stadt angedeihen ließet! Zur Räderung Walos war ich befugt! zur Verbrennung von dreieinhalbtausend Menschen befugt Euch kein Gott!« – »Wie viele Götter gibt es, mein Sohn?« – »Einen, Herr Kardinal, einen einzigen, ewigen, wahrhaftigen, gütigen, erbarmenden Gott Vater, Sohn und Heiligen Geist!« – »Dann wollen wir fortfahren, indem wir deinen Teufel austreiben, bevor der Stuhl Petri geneigt ist, dich in der Gemeinschaft der Gläubigen willkommen zu heißen.« Er flüsterte mit dem Pönitentiar. »Antwort gegen Antwort. Schlagt ihn, daß er nicht wieder aufsteht.« Kardinal Orlando verlas den Sündenkatalog des Untieres von Lorda, Kardinal Fugardi den Glaubenskatalog des zukünftigen Bruders in Christo. Derweil fing man einen der ludernden Hunde, die an Walo nagten, band ihm die Schnauze zu und knotete je zwei Läufe mit je einem Fußknöchel des Büßers zusammen. Aus der Kathedrale ertönten zum immerwährenden Geläute der Armesünderglocke liturgische Gesänge. Weihrauch und Brandschwaden wölkten durch den Frühlingsduft. Milane und Hunde zerrten, rupften und stießen an dem Rade, das immer neu in Bewegung geriet, in den aufspritzenden Tec stürzte und davonschwamm.

»Auf! Sünder! gelobe Reue, Bußfertigkeit, Gehorsam und Demut!« Barral gelobte nach dem Wortlaut, den er von Dom Aurel erlernte. Kardinal Fugardi nahm die Stola ab, legte sie um den Nacken des Knienden, der ihm liegend die Füße geküßt hatte, knitterte ihre Enden in die Fäuste und begann ihn, Gesicht gegen Gesicht, in das Haus Gottes zu ziehen. Neunschwänzig um Nägel geknotete Geißeln zerfleischten Barrals Rücken, Schultern, Lenden und Schenkel, selbst die Füße. Es gelang nicht, ihn auf den Knien zu halten. Sechs quergestreckte Lanzen verhinderten, daß er den Kardinal umrannte. Eine eigens berufene Gemeinde kelgurischer und fränkischer Notabeln stand, wie befohlen, Spalier, um die vorgeschriebenen Wiederaufnahmebitten erfüllen zu können. »Verzeiht, Dom Pankraz. Verzeiht, Domna Loba. Nehmt mich wieder auf. Verzeiht, Dom Quirin.« Seine Haut platzte, die nächsten Hiebe rauften sie zu Fetzen, ein wilder Schritt riß den jaulenden Hund auseinander. »Verzeiht, Dom Lonardo, verzeiht, Dom Rafael, Dom Gero, verzeiht!« Im Mittelgang brach er zusammen. Prälaten schleppten ihn vor den Altar. Kardinal Dom Zölestin zelebrierte die Messe, Dom Aurel assistierte. Nach der Wandlung, als das blutige Bündel Leib und Blut Christi empfangen sollte, goß und schwemmte man Eiskies über die Wunden. Er erwachte mit einem Schrei, der Domna Loba in Ohnmacht senkte. Bäuchlings auf der Bahre trat er den Rückweg in den Palast an. Seine Töchter betteten ihn auf die vorbereiteten, kamillengesättigten Lammfelle.

Der Tag war heiß, Schmeißfliegen kamen. Es kamen Besucher. Jeder erhielt einen Wedel in die Hand. Ein kaiserlicher Gewaltbote überbrachte die sechs Fahnen des vor zwei Monaten geschaffenen Herzogtums Kelgurien. Der Herzog knurrte etwas Unverständliches. Er knurrte heftiger, als die Hautlappen vernäht und mit dem Kräutersud der Schäfer geätzt wurden. Roana hielt seinen Kopf. Maria Salome gebar. Lonardo beugte in Tränen die Stirn auf das vorläufige Grab Graziellas im Brunnenhof. Die Bilderteppiche hingen wieder. Mittags verlangte Barral zu essen. Es aß zwei Hühner und ein großes Stück Braten, er trank eine Karaffe Wein. Bald kroch er auf allen Vieren über die Fliesen. Eine Stunde später stand er taumelnd lotrecht und verlangte abermals Braten, Brot, Wein. »Wer sich aufgibt, ist verloren«, sagte er, als Roana ihm riet, sich zu schonen. »Wer sich aufgibt, ist verloren. Wer sich aufgibt, ist verloren.«

Zur Vesper fragte ein Prälat an, ob es dem Herrn Herzog genehm sei, den Apostolischen Legaten Abschiedsaudienz zu gewähren. – »Bitte sehr, bitte sehr. Wer sich aufgibt, ist verloren. Der Mann mit der silbernen Rüstung gefiel mir, er sah wie ein Farrancolin aus. Ist er ein Farrancolin?« – »Nein, herzogliche Gnaden. Man weiß nichts Gewisses. Der Herr Kardinal wurde adoptiert von einem reichen Kaufmann im Mathildischen, verstorben, und seiner Gemahlin, einer Tirolerin. Die Legende erklärt ihn zum Sohn eines Bischofs aus Nordland, der nach unbefleckter Empfängnis, durch Gebete Weib geworden, des heutigen Kardinals genas und in den Wochen verblich. Des Bischofs Pontifikalien, wundertätige Verehrungsstücke in einer Wallfahrtskirche, erfreuen sich großen Zulaufs.« – »Der andere Kardinal auch so fromm geboren?« – »Das nicht. Aber jede der beiden Erhabenheiten darf sich schmeicheln, in Zukunft Heiliger Vater zu werden.« – Als der Prälat gegangen war, verlangte Barral einen Spiegel. »Ist Maria Salome fertig?« – »Ein Sohn, Herr Oheim.«

Kardinal Dom Zölestin stellte die Legaten und den Erzbischof von Clermont vor. Das Untier war vergessen. Die Kirchenfürsten wedelten ihm die Fliegen vom Rücken. »Herr Kardinal Dom Fugardi«, sagte Barral nach einigen Minuten mühsamen Plauderns. »Wenn Ihr mir folgen wollt, ich hätte im Garten eine Kleinigkeit unter vier Augen zu besprechen.« Kurienkanzler Orlando blickte erstaunt hinterdrein. »Heißt Eure tirolische Adoptivmutter mit Vornamen Valesca?« hörte er eben noch. Niemand konnte sich reimen, was im Brunnenhof zwischen dem nackten Metzgerstück und dem bis zum Halse gerüsteten Ritter vorging, der blaß und blässer wurde, am Schluß gar die Füße des rot und röter Erglühenden küßte.

Betroffen und bewegt kehrten sie zurück, Barral auf den Knien, denn in die Fußwunden war Sand geraten. Der Kardinalpräfekt löste die Spannung mit Scherzen. »Ahntet Ihr, Bruder Orlando, daß mein Name Fugardi auf Kelgurisch kühne Flucht lautet? Man kann nicht genug Sprachen lernen. Und nun sollten wir Gesalbten in die Kathedrale gehen, um den ewigen Vater anzuflehen, daß er dem bereits Fiebernden, dem ich weitläufig versippt bin, Genesung schenke.«

PAPPELBLÜTE

Beim Pferdewechsel in Ongor erfuhr Thoro, Maitagorry sei hier gewesen, auf den Tod krank, und diesen Morgen nach Haus gegangen. Er ritt zur Furt. Jeder wollte das Neueste. Ob Mon Dom noch lebe? In schlankem Trab erreichte er halbwegs Ghissi, die im Wasser grünenden Reisfelder, die eben abliefen. »Ubarray! Palmblatt für Mon Dom! Maita daheim?« – »Wird tot sein.« – Er trabte zum Pferch. »Lammwolle für Mon Dom! Schnell!« Niemand wußte von der Schmiedin. – »Hat er Schäfer?« fragten die Hirten. »Ist er bespuckt worden?« – Er trabte zum Zypressenpalast. Übel sah die Blitzfurche aus. Er ließ den Falben trocknen. »Dom Quirin da? Ich brauche ein Pferd für Mon Dom. Holt es euch in Ongor gegen den Falben.« Trauben von Menschen sammelten sich, gierig nach Zeitung, da der Krieg nun zu Ende, das Land offen, das Verlorene unbekannt war. Man hatte den Feuerschein Lordas gesehen. Die Gerüchte flogen wie Heuschreckenschwärme. Die Weber verbrannt? Und der Kardinal? vergiftet? Und Maita? Graziella? Auch in Ghissi Trauben von Menschen. Er schaufelte Erde aus dem Weinkreis. – »Wie haben sie ihn denn verprügelt?« – »Mit neunschwänzigen Nagelpeitschen.« Ghissi ballte die Fäuste.

An der Furt begegnete Thoro dem von des Vaters Buße zurückkehrenden Dom Quirin. Von der Mutter nirgendwo eine Spur. »Wenn sie lebt, wird sie zu ihm wollen. Laß unterwegs deine Eulenlichter schweifen.« – »Wie steht es in Lorda?« – »Schlimm. Er erkennt niemanden, ißt nichts, redet nichts und sieht aus wie ein Schmiedefeuer. Ich schicke morgen meine Schäfer. Die er hat, taugen nichts.« In Ongor schlang der Knecht eine Suppe und warf sich auf das vierte Pferd dieses Tages. Die Nacht ängstigte ihn. Aber er mußte den Herrn retten. Der immer noch steigende Rauch der Weberstadt verschleierte das Frühgrau. Am Feldrain regte sich etwas Schwarzes. Den Dolch in der Faust, näherte sich Thoro mit Vorsicht und Furcht. »Maita!« Er walkte und schleuderte ihre kalten Glieder warm. »Maita! Mon Dom stirbt!« – Ihre Augen verdrehten sich. »Stirbt?« Er setzte sie vor sich in den Sattel. Sie wog fast nichts mehr. Abwechselnd schliefen sie beim Reiten.

Nach Sonnenaufgang erreichten sie die Stadtmauern. Das Osttor stand offen. Dahinter Wüstenei bis zu den Palästen. Weiße Asche, geschwärzte Grundmauern, die Kirchen wie Schiffe auf dem Meer. In den Gängen des Schlosses fluteten Grafen, Ritter, einfache Leute, Damen und Geistliche. Domna Loba betete auf den Knien. Versehpriester und Ministrant kamen heraus, hinter ihnen Dom Aurel, noch immer Prälat. Er stutzte. »Sieh an. Maitagorry. Die schöne Schmiedin.« Er kehrte um, ihnen eine Gasse zu bahnen. Auch der Saal wogte von Menschen. »Macht Platz, liebe Kinder.« – »Stirbt er, geistliche Gnaden?« Dom Aurel zuckte die Achseln.

Ein glühroter Koloß, lag Barral auf den Lammfellen, den Kopf regungslos im Schoße Roanas. Kerzengerade, den Rücken im Kreuz gedreht, Füße und Kleidfalten anmutig geordnet, saß sie auf sarazenischem Polster und träumte eine ferne Wandecke an. Maitagorry warf sich zu Boden, Mon Doms Hand zu küssen, die seitab auf den Fliesen ruhte, wie etwas, das nicht mehr zu ihm gehörte. Aufblikkend, traf sie für eine Sekunde Roanas Augen, die sie von neuem zu Boden warfen. In heidnischer Devotion drückte sie ihre Lippen gegen den Rocksaum. »Ihr seid müde, Fräulein. Wie lange sitzt Ihr?« – »Seit gestern abend.« – »Soll ich?« – »Arabella.«

In einer schwierigen Folge von Bewegungen tauschten die Mädchen den Sitz. Barral stöhnte. Schaudernd betrachtete Maitagorry die Krater, Schrunden und nässenden Eiterseen seines Rückens. Roana preßte sich die Handknöchel in die Nieren. »Thoro! hilf!« Sie hob die Hände und bog die Brücke hintüber. Der Knecht lupfte sie bei den Hüften. Dreimal dies, dreimal Ausschütteln nach vorn. »Und das Springseil! Und baden! Herr Bischof, wir sind auf dem Lande. Was Ihr tun konntet, ist getan. Ich möchte nicht, daß weiter zugeschaut wird.« – Dom Aurel klatschte in die Hände und schob mit ein paar Andeutungen alles zum Saal hinaus. »Benachrichtige mich, meine Tochter, wenn es zu Ende geht.« Er sah noch, daß die Schmiedin, über den Kranken gebeugt, ihr Beflüstern, Besprechen, Beschwören und Bespucken begann, schloß die Tür hinter sich und fand seinen Weg von Domna Loba versperrt. »Laßt mich«, sagte er. »Laßt mich. Was Glaube und Aberglaube ausrichten können, wird sich weisen. Hoffen wir, daß die Söhne beizeiten hier sind.«

Barral erkannte weder Thoro noch Maitagorry. Roana befahl ihnen, schlafen zu gehen. Abends meldeten sich Quirins Schäfer aus Ghissi. Ein höllischer Kräutersud wurde gebraut. Man weckte Roana, nachdem sie bereits mittags für einige Stunden den seither Bewußtlosen übernommen hatte. Sein Schrei ließ Maita emporfahren. Roana preßte seinen Nacken an sich. Er bäumte bei jedem Tupfer. Die Schmiedin, am Handballen kauend, lief auf und nieder. Das Schreien wurde schwächer. Stattdessen schrie es oben. Thoro hob das Kinn. »Maita. Da wird geboren.« Bertana krümmte sich in verfrühten Wehen. – Maita holte die Schäfer zum Stemmen. »Wie geht es Mon Dom?« – »Er hechelt.« Bertana gebar eine tote Tochter. Sie schluchzte ohne Aufhören. – »Fräulein, Ihr werdet andere Kinder haben, andere Kinder verlieren, wie ich meine zwei Seraphinen.« Sie wußte nichts von Graziellas Tod.

Unten wurde Roana gebadet. Arabella war zum Bischof gelaufen. Barral lag in Ohnmacht; sein Atem ging flach und kurz. Abermals strich ihm der Knecht einen weingefeuchteten Brei aus Palmblättern, Schafwolle, Zypressenspänen und Haarflechten auf den Nacken. »Das hilft nichts mehr«, sagte Maitagorry, »auf dem Nacken schon gar nicht, das muß auf die Leber.« Sie hielt die Hand hin, ihr Blut neben Thoros Blut in den Häcksel tropfen zu lassen. »Was sind das für Haare?« – »Haare seiner Geliebten, im Mantelfutter vernäht.« Barral murmelte etwas. Dann sank er wieder ins Dämmer. – »Fastrada hat er gesagt.« – »Das ist die Gemahlin.«

Roana trocknete sich ab. Die Ohren auswischend, kam sie gegangen, etwas schräg zur eigenen Richtung. Dom Aurel, von Arabella gefolgt, öffnete die Tür. Er legte den Handrücken vor die Augen, als er das schimmernde Fleisch sah. »Ihr stört nicht, Herr Bischof, man gewöhnt sich daran. Die Schäfer haben ihn aufgegeben. Übermorgen bringt Vetter Ghissi ein Lamm vom Frühlingswurf.« – »Du meinst, er hält es durch?« – »Oh gut. Mannsfelsen wie er und Ihr halten durch.« – Der Prälat lächelte. »Deine Stimme riecht nach Erde. Führe mich nicht in Versuchung.« – »Geruhsame Nacht, Herr Bischof. Arabella, du weckst mich, wenn es not tut.«

Sie strählte ihr Haar, als Maitagorry, verlegen und unfrei, im Türrahmen der Schlafkemenate erschien. »Tritt ein, Maita. Setz dich aufs Bett.« Der Kamm fuhr durch die knisternden Flechten. Was fertig war, warf sie über die Schultern. Das schwere Goldbraun reichte ihr bis unter die Kniekehlen. Als alles im Rücken hing, stand die Schmiedin auf und teilte alles wieder nach vorn. »Was soll das?« – »Nicht zornig werden, ich flehe. Mon Dom ahnt nicht, daß er mich schickt. Und doch schickt er.« – »Du sprichst in Rätseln.« – »Im süßesten der Märchen hat Maitagorry Luziades Augen und Sinne, das Feuer zu wecken. So trat ich aus Mon Doms Haus, Fräulein, zwei Jahre jünger als Ihr jetzt, nicht halb so schön, aber entschlossen.« Sie griff über Roanas Arme und raffte das Haar nach hinten. »Ich war auserwählt, Fräulein, gebadet und gesalbt, nackt wie Ihr und nicht nackt, wie Ihr. Die Haare öffnete ich selber. Hingeben können nur wir uns. Sie hatten mir gesagt, er darf dich nicht heiraten, aber du bist Ghissi. Ghissi kann nur blühen durch dich. Ihr, Fräulein, seid Kelgurien. Durch Euch wird es blühen. Auf der Erde empfing ich. Damals genas der Herr aus dem Fieber. Jetzt ist er im Fieber. Nur Ihr rettet ihn, nur durch Liebe.«

Roana besah sich im Spiegel. »Warum ich?« – »Weil Ihr erwählt wurdet von Gott und der Erde, von Euch und ihm. Der Lauf der Sterne bestimmt es. Ihr seid bei ihm in der Stunde von Tod und Leben. Ihr seid schön, Ihr seid mutig.

Ihr habt ein erbarmendes Herz, bewanderte Hände, viele Gedanken; eine Stimme, die ihn berückt; Ihr wißt zu herrschen und werdet ihn beherrschen.« – »Er merkt mich gar nicht.« – »Er merkt Euch. Der Berg hat ihn verschüttet. Unter den Steinen hört er Euch, Fräulein. Ihr nehmt ihm die Steine fort, Ihr grabt ihn aus, ihr salbt und heilt ihn. Alles außer Euch ist vergessen, sein Gedächtnis tot. Ihr werdet Kinder haben von ihm, wie ich, vier Kinder gewiß, wie ich, aber das eigentliche und einzige und liebste wird immer das von jetzt sein, das erste, wie meine Graziella; ihm schon gar.«

»Ja«, sagte Roana nachdenklich. »An jenem Tage brach in Mon Dom etwas entzwei. Als sie starb, sank die Dunkelheit über ihn. Ich war auch einmal fast tot. Auch so dumpf.« – »Tot?« fragte Maitagorry. – »Fast tot. Vergiftet von dem Zuckerwerk des Herrn Walo, während er nebenan meine Mutter umbrachte. Im Nebel war ich, in einem glasigen, graugrünen Nebel. Und ich hörte es immerfort rufen: Roana, Roana, Roana, ganz fern, Roana, Roana. Ruft er?« Sie horchten. »Maita, warum weinst du? Er hat mich doch gerettet, an den Füßen hat er mich hochgehalten und mich geschlagen, bis der Puls wieder klopfte.« – »Fräulein. Wie starb sie denn?« – »Wer?« – »Meine Graziella?« Maita bäumte nicht anders in Roanas Armen als Barral. Ströme von Tränen barsten aus dem Brunnen der Verzweiflung. »Graziella! Graziella! Graziella!« – »Fastrada!« rief es von unten, »Fastrada! Fastrada!« Dann wurde geschrien und gelaufen.

»Roana!« rief Arabella auf der Stiege. »Roana! er hat die Tollwut!« – Sie stürzte hinab, wie sie war. »Was hat er?« – »Er zerbeißt, was er trifft.« – Barral knirschte Schaum und krampfte sich in die Lammfelle. Der Bischof, Thoro und die Schäfer standen weitab. – »Er verliert den Verstand«, sagte der Knecht. »Tollwut sieht anders aus.« – Roana hielt ihm ein Holz hin, das er nicht annahm, griff in seinen Schopf und hob sein Gesicht, um es zu säubern. Die Haarflut fiel über ihn. »Mon Dom, nun seid brav. Es gibt Schlimmeres zu trösten. Roana muß hinauf. Arabella ist so lieb zu Euch, der Herr Bischof ist da, Thoro ist da. Ich wecke Lauris, für Euch zu spielen.« Sie streichelte ihm die Hände; er beruhigte sich. Wieder oben, streichelte sie Maitagorrys Hände; Maita beruhigte sich. »Deine Tochter, Maita, ging in den Tod für ihren Vater. Sie fing ihm sechs Pfeile ab. Gott wird es nicht anders gemeint haben, als daß er leben soll. Sei stolz auf dein Kind.«

Die Söhne kamen. Grazian und Balthasar entsetzten sich über den Anblick des Vaters, entsetzten sich über den Lebenswandel der Schwestern und schalten sie Huren. – »Ihr seid erwachsene Menschen«, sagte Roana, »künftige Ritter. Euer Vater verlor kein Wort. Der Bischof kein Wort. Selbst der Abt Desider kein Wort. Was erlebtet Ihr in Farrancolin? Dankt Eurem Schöpfer, daß Ihr es gut hattet. Ich will nichts hören, Vetter Grazian. Nehmt Abschied und geht.« – »Wer befugt Euch, Roana, aufzutreten, als seiet Ihr Herrin?« – »Der Auftrag Eures Vaters.« Dem kleinen Konrad verband sie die Augen, bevor er zu dem Eiternden durfte. Barral aß nichts. Sie versuchte ihm, wenn er einmal erwachte, Honig oder Fleischsaft einzuflößen. Was er im Mund hatte, quoll wieder aus. Thoros Augen röteten sich im Kummer. Dom Aurel predigte tauben Ohren. Er versuchte es mit männlichen Scherzen. Barral schwand dahin.

Es kam der weit über siebzigjährige blinde Rat Jared an der Hand seines Neffen Ruben. Ruben schilderte, wie der Erwählte des Herrn aussah. »Fliegen und Eiter auf der gesalbten Haut«, sagte Jared. »Und du wirst sprechen zu der Geliebten, Spangen sollst du haben von Gold mit silberne Pöcklein drin. Der Jüd wird wissen, wann. Hat er bezahlt inzwischen das Silber an Rom.« Barral warf sich. Roana befahl dem Knecht, ihr ein paar Eisstücke auf Nacken und Armpulse zu legen. Jared küßte ihre Hand und tastete ihr Gesicht ab. – »Habe ich dich richtig verstanden«, fragte sie, »daß du dein Geld zahlst für das, was er zahlen soll?« – »Es ist einfacher, schöne Frau, und schneller. Es spart den Zins. Ist er mein ehrlichster Schuldner. Hat er mir dreimal gerettet das Leben. Erlaubt mir die Hand, die Fläche nach oben.«

Lange betastete er die Linien. »Einen Myrtenstrauß wirst du haben zwischen den Brüsten. Und in den Weingärten Engedi einen Taubenkopher. Die Güter in Burgund, die Gofrid'schen, sind freigegeben. Sie tragen per annum zweiundvierzig Pfund Silber im Zehnt. Wenn ich sie soll verkaufen, bringen sie dreihundert höchstens. Soll ich versuchen?« – Das schmelzende Eis überrieselte und erfrischte sie. »Es bleibt vorerst alles beim Alten. Hab Dank in des Herzogs Namen. Was ist mit Domna Fastrada?« – »Nichts ist. Sie wird nicht gefunden. Wahrscheinlich ist sie tot. Und der Herr Emir ist wieder böse. Im Horoskop vom Herrn Herzog war ein düsterer Tag, da ist er aufgebrochen, der Herr Emir, den Sabbat vor der Kirchenbuße mit Ärzten und Arzeneien und Pferden und einer Leibwache, die er dem Herrn hat schenken wollen, aber der Herr Justin hat gesprochen, daß wir liegen im Krieg, er soll umkehren, ist er umgekehrt.« – »Wie töricht. Das weiß doch selbst ich, daß es ein Scheinkrieg war. Thoro, sobald der Herr über den Berg ist, gehst du nach Dschondis und versöhnst den Herrn Emir. Nach Domna Fastrada wird weiter gekundschaftet. Sie trägt ein sarazenisches Amulett, das ehren die Sarazenen doch. Und sie selbst kann doch sagen, daß sie Markgräfin ist. Ich verstehe das nicht. Wurde denn kein Lösegeld geboten?« – »Viel, Frau Herzogin, viel. Weit herrschen die Moslemun, bis nach Indien und Samarkand. Horoskop sagt, sie ist auf der Smaragd-Insel. Wenn sie lebt. Smaragd-Insel sagt, sie ist nicht da. Unerforschlich sind die Wege Gottes. Erforschlich ist Eure Hand. Ihr holt den Herrn aus dem Rachen des Todes, Ihr kauft ihn vom Tod aus mit Opfern, kostbarer als Jareds Geld. Weihrauch und Myrrhen spät, Herzensstärke von früh bis spät, großes Kind in der kleinen Linken. Er muß essen. Er muß auf Erde. Liegt er auf Erde?« – »Auf Lammfellen.« – »Frau Herzogin, mit dem Herrn war der Jared im Fieber. Muß er auf Erde. Ist er wie der Riese, Name habe ich vergessen. Kriegt er die Kraft aus der Erde.«

Roana ließ die Geflügelzucht aus dem Garten entfernen, den Kies über Graziellas Grab fortfegen, Lehm auf den Boden streichen, bis er eben war, und Barral unter ein Zelt legen. Er schlief drei Tage und zwei Nächte. Auch sie. Niemand durfte zu ihm. Maitagorry war wie ein Hofhund. Selbst Dom Aurel fertigte sie im Saal ab, selbst Dom Gero. »Das Fräulein Roana hat es verboten, er liegt im Heilschlaf.« – »Dann möchte ich das Fräulein Roana sprechen.« – »Weiß Euer Gnaden, wie das Fräulein sich zu Grunde richtet, um einen, der nicht mehr leben will, ins Leben zurückzurufen? Wenn Euer Gnaden Mut haben, schauen Euer Gnaden ihn an. Aber kein Wort.«

Dom Gero, aus dem Kreuzzug manches gewöhnt, wurde fahl, als er den Rücken sah. Schweigend kehrte er auf den Zehenspitzen zum Saal um. Aus der Stiegentüre trat Arabella. »Wie geht es ihm, Vetter Gero?« – »Er liegt im Heilschlaf. Wollt Ihr mir erlauben, Arabella, daß ich um Eure Hand anhalte?« – Sie sank in die Reverenz und richtete sich errötend auf. »Mein Bruder Grazian, Herr Vetter, sagt, unser Stammbaum sei verpfuscht. Ich bin eines Sartena nicht würdig.« – »Ach, fängt der Kringel von vorn an? Sagt Eurem Herrn Bruder, er soll mich in Sartena besuchen, dann rede ich mit ihm.«

Oben in der Töchterflucht nährte Maria Salome ihren Sohn. Theodora erwartete. Bertana hatte sich gefaßt und half, wo sie helfen konnte. Maitagorry, die Geburt vorzubereiten, kochte starke Seifen. War alles getan, so saß sie bei Roana. »Fräulein, es sind nun acht Tage, daß er nichts ißt. Fasten hilft, bis das Fieber abläuft. Sobald Leheren, die Schlange, verhungerte, muß man gegen die Auskühlung anessen. Er ißt nichts. Haut über Knochen, wie damals.« – »Ich tue, was ich kann. Mehr kann ich nicht.« – »Ihr könnt mehr, Fräulein.« – »Ich bin ein Mädchen aus vornehmem Haus, und die Stiefschwester der Verschollenen bin ich auch. Es wäre nicht anständig. Du siehst, wie es Mon Doms Töchtern ergeht. Man schimpft sie Huren. Es wird Mühe und Land kosten, sie irgendwem zu verheiraten und die Kinder zuvor in irgendein Waisenhaus zu stecken, das gestiftet sein will. Entjungfert sind wir entehrt. Ein Mädchen wie ich bekommt keinen Schmied nebenher, und die Verwandten sind nicht stolz wie dein Vater, die Geistlichen drücken ihre Augen nicht zu.« – »Ihr liebt ihn, Fräulein. Einen Mann wie Mon Dom trefft Ihr einmal im Leben, ein einziges Mal laßt Ihr ihn sterben, und bis an das Grab zermartert Ihr Euch mit Vorwürfen. Wer sind denn wir? gegen ihn? Soll ich Euch besprechen? Soll ich Euch salben? Wenn er Myrte und Minze riecht, wird er gesund, sonst nicht.« – »Laß mich in Frieden. Ich will nicht. Er erholt sich ohne das.«

Er erholte sich in der Tat. Er aß sogar, wenn auch wenig. Mit der Erholung wurde er launenhaft, schwierig gegen jedermann, unleidlich zu seiner Tochter Arabella. »Du bist die Falsche!« knurrte er und verweigerte Alles. Thoro erkannte er nach wie vor nicht, Maita nicht, nicht Ubarray Vater. Ubarray brachte ein Lämmchen. »Leg es ihm vor die Nase«, sagte Roana. Barral schnupperte. Ubarray zwickte es, da es nicht blöken wollte. »Hirtenweihnacht«, murmelte Barral. »Bin ich in Trimarî?« – Roana zwickte es zum Zweiten. »Ihr seid in Lorda, Mon Dom. Es ist Mai. Ein Lämmchen vom Frühlingswurf.« – »Verletzt?« Ubarray brach dem Tier ein Bein, nahm des Herrn Hand und ließ ihn fühlen. »Welche Zucht?« – »Ghissi, fünfte Herde. Ubarray ist da. Ubarray Vater.« – »Wer?« Des Bauern Augen feuchteten sich. Roana fütterte. Barral schlief wieder ein. Sie wechselte mit Arabella.

Die Schrunden vernarbten; der Genesende winselte vor Juckreiz. Die Schäfer pflöckten ihm Hände und Füße. Mit zurückkehrenden Kräften riß er die Pflöcke aus dem Erdreich. Immer wieder wurde Roana geweckt. Hörte er nur ihren Gang, so ballte er die Finger, die kratzen wollten, zur Faust und bebte vor Anstrengung. Sie trat in den Garten, blickte an ihm vorbei und nahm kurz seine Hand. »Mon Dom. Ihr wißt, wenn Ihr kratzt, wird es schlimmer. Abbinden. Steht auf. Kommt an den Brunnen.« Sie wusch ihn von oben bis unten, während die Schäfer den Rücken mit Essenzen salbten. – »Bist du wohl eine meiner Töchter?« fragte er. – »Ich bin Roana, Hyazinths Tochter.« – Er zeichnete mit dem Finger den schattenden Glanz ihrer Lider nach. »Fastrada, wie bist du so streng mit mir.« – »Versprecht, daß Ihr jetzt lieb sein wollt, damit ich schlafen kann.« An Schlafen war nicht zu denken; Theodora gebar. Verschreckt durch Bertanas Ungemach, krampfte sie sich in Qualen zusammen, irr von Angst. Nichts half, sie zu lokkern. Endlich las Maita ihr die Schwarze Messe. Da verstummte der kreißende Berg; still erschien ein Knabe.

Als die Pappeln kurz vor der Blüte standen, barst sechzigstündiger Regen hernieder, danach fuhr der Schlammfresser über Land. Barral brauchte die Erde nicht mehr. Man entzündete die Kamine. Das Jucken wurde erträglicher. Lauris spielte für ihn auf der Harfe. »Saul«, sagte Barral. »Ihr habt mich zum Saul gemacht. David trachtet nach meiner Herrschaft.« Er aß kaum und erbrach häufig. Sein Gemüt blieb stumpf. Manchmal begann es aus ihm zu grollen. »Auf den Rücken! Einen Ritter auf den Rücken. Ein Ritter muß antworten. Ich muß diesen Fugardi umbringen.« – »Unsinn«, sagte Roana.

Das Stehen und Gehen fiel schwer. Meist kroch er. Die Schorfgebirge platzten über eine rosigen Haut von mimosenhafter Empfindlichkeit. Der Schlammfresser wich. Noch saß die Kälte des Winters in den Wänden. Feuer flakkerten. Die Pappeln der Flußauen überließen ihr weißes Gewöll dem Spiel des Südwindes. Im Garten, im Saal, überall wehte der sanfte Schnee, trieb und setzte sich, flog aus den Winkeln auf und schwebte. Barral schlug danach, zog die Knie an und schaute beunruhigend verstört an Roana empor. »Lots Tochter!« fauchte er. – »Roana, Mon Dom.« – Er richtete sich auf, mit ihm die Gewalt. Ruhig atmend, sah sie zum zweitenmal voll in seine Augen. Während sie aus dem Kauern fortglitt, packte er ihre Schulter, hieb die Linke um ihre Brust und umarmte am Rücken nieder ihr Kreuz. – »Nicht so«, sagte sie leise, den Blick in dem seinen. »So nicht.« – »Fastrada!« – »Ich bin nicht Fastrada. Ich befehle Euch, mich zu lassen. Gehorcht.« Ein Stück weit kroch er hinter ihr drein. Dann schloß sich die Tür. »Fastrada!« klagte er. »Fastrada! Fastrada!« Das Haus hallte von seinem Schmerz. »Fastrada! Fastrada!« Der Töchterstock erwachte. »Fastrada!« Lauris auf seinem teppichumstellten Lager griff zur Harfe. Arabella lugte zu Roana hinein, die sich entkleidete. – »Fastrada! Fastrada!« – »Du gehst schlafen?« – »Ja. Ich mag nicht mehr.« – »Du bist überanstrengt. Schlaf dich aus.« Auf der Treppe nach unten stieg ihr die Schmiedin entgegen. »Was hat er nur, Maitagorry?« – »Das arme Tier hat er. Ruht Euch, Fräulein, die Schäfer sind bei ihm.«

Roana lag ausgestreckt auf ihrem Bett, die Hände hinter dem Nacken, offen die Augen, die sie jedes Mal schloß, wenn der Ruf aus den Harfentönen heraufdrang. Sie unternahm nichts, die Salbung zu hindern. Minze und Myrte, Versprechen auf Ernst. »Du kuppelst, Maita, und Mon Dom erpreßt. Er klagt um meine Schwester und will Roana. Er nimmt Roana und meint ihre Schwester. Meine Schwester ist fort, nicht tot. Ich lebe und will nicht verschellen. Nicht mehr da salben. Mon Dom prügelte ohne Hinterlist. Du streichelst, um die Braut zu erregen. Ich wasche mir alles wieder ab. Ich gehe nicht wieder hinunter. Ich gehe zum Bischof.« – »Braut von Kelgurien, was soll Euch der

Bischof? Hier wißt Ihrs, da wißt Ihrs, dort drinnen wißt Ihrs, hier in den Rosen, da in den Wäldern, das Rückgrat weiß es, das Herz, überall ist Mon Dom schon da, von Anfang auf immer. Vergeßt nicht, ihm du zu sagen von Anfang. Vergeßt nicht, ihn in Euch festzuhalten wie die Stute den Hengst. Er darf aus Eurem Schmerz nicht hinaus.« – »Hör auf, Maita. Ich will nicht. Er ist vierzig Jahre älter als ich. Ich will keinen Knecht, keinen Greis; ich will nicht Witwe sein vor der Zeit und nicht meine Schwester betrügen.« – »Schöne Braut Roana, sein Jungbrunnen Ihr, Roana wird Herr und geheiratet vom Herrn, aus Eurem Stamm wird Kelgurien leben, das Kind ein König, wir aber, die wir ihn liebten, verbrennen, wenn er tot ist. Uralt stirbt er, eine Sage dem Lande.«

Barral aß nichts mehr, trank nichts mehr. Tage und Tage lag er auf den Lammfellen. Die Schäfer ölten, Roana wusch ihn. Teilnahmslos ließ er geschehen, was sie für nötig befanden. Teilnahmslos schaute er dem Spiel der Blütenflocken zu, hörte über das Harfenspiel hin, überhörte Dom Aurels Vorwürfe. Dom Aurel ging im Zorn. Roana bat ihn um seelsorgerische Audienz. »Ich verstehe dich gut, meine Tochter. Verstehe du, daß ich Priester bin und Vorschriften habe. Fastrada ist nach kanonischem Rechte verschollen, nicht tot, Liebe ohne Sakrament verboten, Sakrament ohne Auflösung der Ehe unmöglich, Auflösung von Ehen dem Papste vorbehalten. Auch der Papst löst sie nur wegen zu naher Verwandtschaft. Die deine wäre nicht minder nah. So liegen die Dinge kirchlich. Wie sie menschlich liegen, weiß ich, als Freund Mon Doms, dies unter uns, und als Mann, der geliebt hat, dies unter uns. Sieh mir in die Augen. Was du vor Gott verantwortest, höre genau zu, ist der Inquisition greulichste Weberei, dem Bischof nicht.« – »Herr Bischof, im Traum bin ich jede Nacht im Himmel, bei meiner Mutter, die mich bittet, bei dem heiligen Kardinal Guilhem, der mir stärkend nickt, wenn ich ihn frage, was ich Euch fragte.« – »Er erschien dir?« – »Jede Nacht.« – »Du siehst ihn im Paradies wandeln?« – »Nicht immer. Einmal sah ich ihn als Eisbrecher vor der Brücke von Rodi im Wasser stehen, die Schollen zerteilten sich vor seiner segnenden Hand und umschwammen die goldenen Schultern.« – »So erginge es auch dir, Roana. Alle Eisschollen Kelguriens gegen deine Stirn. Wenn du einem Himmel gehorchst, den die Inquisition, weil er ein Wunschtraum ist, nicht anerkennt, so ist es an dir, der Verdammnis durch die Instanzen der Erde die Stirn zu bieten, als Erstem Dom Zölestin.« – »Es ist kein Wunschtraum, Herr Bischof. Ich fürchte mich. Ich fürchte mich vor dem, was ich anrichte. Wie kann ich es vermeiden, ohne daß er im Tod versinkt?« – »Das mache mit deinem Gewissen aus, meine Tochter. Neige dich. Ich breche über Gewissensnot keinen Stab, sondern absolviere sie.«

Drei Tage und zwei Nächte ließ Roana niemanden in ihr Zimmer. Arabella berichtete durch die Tür, der Vater sei in die dunkelste Ecke des Saales gekrochen und rege sich nicht mehr. Als alles still war, ging Roana hinunter. »Wollt Ihr sterben, Mon Dom?« Er schüttelte den Kopf. »Wollt Ihr, daß ich ein Mädchen besorge?« Er schüttelte den Kopf. »Woll Ihr gerettet sein?« Er überlegte lange und nickte kaum merklich. »Aber wie, Mon Dom? Wer, Mon Dom? Wer soll Euch retten, wenn Ihr nicht mehr wollt? Wenn Ihr so gar nicht helft?« Er suchte in Verzagnis nach ihrer Hand, legte die Wange darauf und blieb so. »Mon Dom, Ihr wißt doch, daß ich Euch lieb habe.« Er nickte. »Und Ihr wißt, daß ich Fastradas Schwester bin.« Er nickte. »Und wißt, daß sie heimkehrt.« – Er schüttelte den Kopf. Die Pappelwolle saß ihm im Haar und auf dem Rücken. Er spielte mit Roanas Flechten. »Weinen«, sagte er flehentlich.

Der Brunnenhof lag im gleißenden Mondschein. Die Fensterbögen zeichneten sich bis tief in den Saal als scharf begrenzte Lichtflecken. Durch all die Lichtflecken, beglänzt, vom Dunkel verschluckt, beglänzt, ging sie in ihrem Schleppkleid zur Stiegentür. Aus der Stiegentür kam sie wieder, gebadet, gesalbt, von ihrem Goldbraun verhangen, tat sich im ersten der Lichtbögen nieder, teilte die Haarflut und warf sie über die Schultern. »Komm«, sagte sie. Es war so still, daß sie das heimliche Rascheln der Blütenflokken auf dem Stein hörte. Die Zeit verstrich. Er rührte sich nicht. Sie rührte sich nicht. Ihre Haut schimmerte. Sie hob die festen Arme und verschränkte die Hände hinter den Halswirbeln. Im Dunkel kroch er heran und legte den Kopf in ihren Schoß. Lauris stöhnte im Schlaf. Barral sog den Myrtenduft ein. Roana streichelte seinen Scheitel. Ein Beben durchlief den zernarbten Rücken. Sie neigte sich über ihn. Er begann zu schluchzen. Ohne ein einziges Wort schluchzte er zwei Stunden. Der Mond ging unter, eine Amsel flötete. Der Morgen graute. Der Blinde erwachte über dem Stammeln und Schluchzen. »Roana, bist du da?« – »Ja, Lauris.« – »Warum weint Mon Dom?« – »Mon Dom ist in Freude.« – »Und du weinst auch?« – »Ja, Lauris.«

Von diesem Frührot an faßte der Zerschlagene Mut. Der Jammer von sieben Jahren, das Grausen und der Blutschauder, sieben Jahre Verlassenheit, Heere von Toten, Trauer um Gestorbenes, wichen aus der Asche seiner Erinnerungen. Der Knecht ritt nach Dschondis. Roana schickte Maita mit ihm bis Ghissi, Lauris nach oben. In der neunten Nacht öffnete sie ihre Weingärten, legte sich zurück und beschattete die Augen, während der Myrtenstrauß über sie hinwuchs.

ROANA

Die Stadt Lorda in ihrem grauweißen Mauerpanzer zählte noch fünfhundertundachtzig Seelen: konvertierte Weber, bischöfliches Ordinariat und Gefolge des Herzogs. Der geistliche Herr wurde investiert, konsekriert, inthronisiert. Den weltlichen Herrn, da er zusammensank, trug man aus der Messe in seinen Palast. Kardinal Dom Zölestin stattete ihm Visite ab. Wichtige Entscheidungen wollten getroffen sein. Barral war freundlich, zerstreut und müde. Nach wenigen Minuten erlosch er. Roana, auf den vollen Lippen ein gespannt mildes Lächeln, das nichts von ihrer Erschöpfung verriet, hatte kein Auge von ihm gelassen. Sie stützte seinen Kopf mit Kissen und benachrichtigte Arabella, daß die Audienz für Sartena nicht vor zwei Stunden stattfinden könne; der Vater schlafe.

Der designierte Patriarch schickte seine Umgebung in den Garten, blickte der Zurückkehrenden entgegen, die an ihm vorbeisah, und ergriff ihre Hände. Sie entzog sich gereizt. »Bitte. Im herzoglichen Kabinett.« Geduldig wartete er, während sie auf und ab ging. Sie preßte den Handrücken in die Zähne, ihr Gehirn arbeitete. Jeder Schritt ihrer stolzen Schönheit sprach von Entschlüssen, die auf Spitze und Knauf standen. Er beobachtete sie besorgt. »Ich möchte alles Andere«, sagte er gütig, »als noch einmal irgendetwas zerstören.« – »Eure Erhabenheit, was zerstört werden konnte, ist zerstört worden. Was zerstört werden soll, geschieht nicht, solange ich lebe. Man spricht davon, ihn zu entmündigen. Man glaubt seinen Geist zerrüttet, sein Gedächtnis erloschen, seine Kräfte tot. Niemand kann das beurteilen, nur ich. Und jetzt, Herr Kardinal –«

Dom Zölestin breitete die Hände, denn mit der Anrede Kardinal präjudizierte sie, verheiratet zu sein. »Der Erzbischof, meine Tochter, wartet auf die Investitur. Sein Wunsch ist, Zerrissenes zu binden, Verstrittenes auszusöhnen, Verwundetes zu heilen. Verstehe seine Lage. Wenn du beichten willst: wir sind unter vier Augen.« – »Herr Kardinal, es hat keinen Sinn, die Augen zu verschließen. Ich spreche zum künftigen Großpönitentiar, nicht zum Beichtvater. Ich spreche offen, bevor man Verstecktes zu Euch trägt. Tut, was Ihr müßt, wie ich tat, was ich mußte. Ich tat es im Bewußtsein aller Folgen, auch der fürchterlichsten, auch der niedrigsten. Ich wußte, was ich tat; ich will es getan haben.« – »Und das geht nun so weiter?« – »Das geht bis in alle Zukunft, sonst hätte ich es nicht tun können. Es gibt Hingabe aus Lust, die war es nicht, die verbot ich mir; und manchmal gibt es eine Hingabe aus Schicksal an das Schicksal.« – »Große Worte, meine Tochter. Ein junges Mädchen, das die Kraft hatte, sich zu opfern, hat das nicht auch die Kraft, ein Opfer, das kein Opfer mehr ist, zu beenden?« – »Ich opferte mich nicht. Ich entwürdigte mich nicht, falls Ihr das meint. Und ich mag nicht leben, als sei ich eine Geliebte für ein paar Nächte. Ich werde ein Kind haben; das Kind verlangt den Vater; ich habe einen Mann, der Mann verlangt Hilfe; das Land verlangt den Regenten; der Regent, daß man ihm nicht das eben Vernarbende aufbricht.« – »Was erwartest du also vom Patriarchat?«

Arabella kam. »Eure Erhabenheit verzeihe. Roana, er ruft nach dir. Domna Loba hat sich vor seine Füße geworfen.« – Der Kardinal winkte sie auf Roanas Stuhl, fragte, wer sie sei, und ließ sich die Vorgänge in Lorda schildern. »Beginne mit dem von mir befohlenen Mordanschlag.« – Arabella erzählte, was ihm wichtig war, und einiges mehr. Sie erzählte arglos und herzlich, ohne den Administrator zu schonen, der sie nicht unterbrach, außer wenn ihn bestimmte Menschen, wie Graziella oder Maitagorry, des Näheren beschäftigten. Am meisten beschäftigte ihn Roana in ihrer Verschlossenheit seit dem Tode der Mutter, ihrem standhaften Hader mit der Versuchung, wovon er durch Bischof Aurel wußte, und ihrem plötzlich aus tausend Belastungen auffahrenden Hochsinn, für das Leben des Sterbenden sich bei Gott und Umwelt aufs Spiel zu setzen.

Domna Loba war in zwei Jahren eine alte Frau geworden, schlank noch immer und fein von Gesicht, aber verwittert. Sie schluchzte um Vergebung. – »Domna Loba, bitte«, sagte Roana und half ihr aufstehen. »Er hat Euch vergeben. Was die Kirchenbuße ihn leiblich kostete, darüber reden wir nicht. Länder und Gelder wollen erstattet sein. Die Grafschaft Sartena verfiel im Gottesgericht, gehört also dem Herzog. Er will sie nicht. Die Rentkammer wird ausrechnen, was abzutreten ist. Es steht nichts entgegen, daß Dom Leon und Ihr Euch mit fränkischen Gütern beteiligt. Sobald gesiegelt wurde, soll Dom Gero mit dem Übrigen belehnt und gegraft sein. Einen Teil der Abtretungen erhält er als Mitgift Arabellas zurück.« – »Herr Herzog«, rief Loba. »Ist das Euer Wille? Ihr vergebt mir? Ihr bringt uns nicht an den Bettelstab?« – »Bettelstab«, wiederholte Barral schwach. »Bereichere ich mich? Norne, die

Mur ist unten. Unter der Mur war ich. In ihr waren wir alle, auch du. Wir mühen uns alle, das Feld zu entsteinen. Wenn Sartena bleibt, so wegen Gero. Roana, schaff sie mir fort bis nachher.« Die Schäfer richteten das Bad.

Arabellas Erzählungen hatten den Kardinal die eigenen Erlebnisse des letzten Jahres in Umkehr erleben lassen. Der Blick, mit dem sich Roana betrachtet sah, erinnerte sie an den Blick Dom Guilhems. Dom Guilhems Leberzehr war wie die Blindheit ihres Bruders Lauris eine Folge des Giftes, Dom Zölestins erschütterter Blick eine Folge der Trümmer, die er als Zwingvogt geschaffen hatte, um nun als Seelsorger auf ihnen zu wohnen. Er verstand sich zu einer Geste, indem er Roana als Frau titelte. Arabella ging. »Sie war Euch ein liebevoller Anwalt, Domna Roana. Wenn der Herr Herzog wiederhergestellt ist, wünschte ich wohl, das Märchen, mit dem er euch Kinder nachdenklich machte, von ihm selbst zu hören.« – »Das Märchen von dem Anfang und dem Ende?« – »Von dem Schweif der Schlange im Schlangenmaul; von dem Ersten, das ohne Letztes nicht möglich ist; von dem Schlechten im Guten, von dem Guten im Schlechten. Es trifft mich. Ich wäre nicht hier, wenn ich nicht beigetragen hätte zu meines Vorgängers Kummer, Läuterung, Tod und Himmelfahrt. Seine Erscheinung, die Euch in Herzensnot zuteil wurde, ist nicht die einzige, von der man weiß. Sie wird protokolliert werden. Ich bin beauftragt, den Prozeß seiner Seligsprechung zu betreiben. Genug nun von dem Vergangenen. Ihr wolltet mir sagen, was Ihr an Hilfe von mir erwartet.«

Roana entschloß sich schwer. Mehrfach setzte sie an, atmete aus und schaute nach ihrer Gewohnheit in die entfernteste Ecke. Der Kardinal saß friedfertig, gewappnet mit

Milde und Nachsicht. – »Das Erste, Herr Kardinal, ist das Schlimmste.« – »Sagt es.« – »Daß Ihr Schritte unternehmt, die Ehe meiner verschollenen Stiefschwester zu lösen. Bis dahin brauche ich Euren Schutz gegen die Inquisition. Und ich brauche Verständnis für eine Reihe von Maßnahmen, die sich nicht aufschieben lassen. Das verwüstete Lorda muß aufgebaut werden. Es ist bereits alles in die Wege geleitet, die Residenz von Cormons nach hier zu verlegen. Der Herzog kann nicht reiten, er kann auch nicht in der Sänfte sitzen. Er kann weder Euch noch den Bischof von Rodi investieren, weder die Grafung Bramafan vornehmen noch die fälligen Ritterschläge erteilen, kein Begräbnis, keine Hochzeit besuchen, es sei denn, alles das fände hier statt. Dom Gero vertritt ihn. Eure Autorität befehle die Wahl und befehle die Huldigung. Auf Ortaffa wird der Vogt gewechselt. Dom Quirin ersetzt Dom Pankraz.« – »Was geschieht im Heere?« – »Dom Gero ist wie wir alle auch der Meinung, daß die Eidbrecher zu gehen haben. Der Heerbann wird bis auf die ständigen Söldner nach Haus geschickt, der Scheinkrieg beendet. Das übernimmt Dom Lonardo Ongor. Bis zum Reichstag im Herbst hoffe ich den Herzog gesundet.«

Lorda verwandelte sich in einen Werkplatz. Maurer, Schreiner und Zimmerer kamen, Steinmetzen, Ziegler, Glaser und Bleigießer, Wagner. Zeltstädte wuchsen aus der Insel und aus den Flußauen. In den Palast zogen die Räte mit ihren Regesten. Auf dem Bauch in der Sänfte schwankte der hinfällige Herr nach Ghissi. An der Zypresse saßen die Buntspechte. »Mit ihrer Hakenzunge«, bemerkte Barral und sah abwesend über die Nacken der Herren Pankraz und Justin, die um Rücknahme der Verstoßung baten,

»holen sie die Würmer aus den Gängen. Man hält es sehr wohl ohne Waffenlärm aus. Ihr besitzt Land, Ihr seid zur Heerfolge verpflichtet.« – »Aber die Ehre, Herr Herzog! wir verloren unsere Ehre!« – »Ah was! Wenn Ihr ohne Ehre nicht sein könnt, rammt Euch das Schwert ins Gedärm, dann habt Ihr sie wieder.« In der Nacht schnitten sie sich die Kehlen durch. Er bestimmte den Kardinal, ihnen den Gottesacker zuzuerkennen, was keine Schwierigkeit war, da sie alte Absolution hatten, schickte Dom Lonardo von Heeres wegen zum großen Begräbnis und beschenkte die Witwen, die er durch Roana besuchen ließ. Sie fand ihn bei der Heimkehr in der Schmiede. Maitagorry funkelte Einverständnis. Roana blickte an ihr vorbei. »Ihr sagt Ihr zu Mon Dom?« fragte Maita, während Faustinas kleine Kinder jauchzend über ihn herfielen, der Jungschmied mit ihm redete und der dicke Larrart ihm von Gemeindeerträgnissen schwärmte. Roanas Augen, wenn sie einmal trafen, waren so fürstlich, daß die Altschmiedin, wie damals, bis auf den Rocksaum der Herrin zusammenzuckte.

Seit dem »Komm« in der Brautnacht ließ Barral der Geliebten die Zügel. Sie vertat sich nie mit dem Du, nie mit Entscheidungen, die nicht von ihm stammen konnten. Öffentlich blieb er der Herr. Alle Welt ahnte, daß er es nicht war, alle Welt sprach von vorgekauten Befehlen, alle Welt wandte sich an sie. Überlegungen strengten ihn an; er gehorchte gern. »Morgen wird Ball gespielt, übermorgen Esel geritten, Freitag geht es ins Wildbad. Stark, wie ich dich kannte, sollst du sein.« Kaum in Kelmarin, begann sie den Ausbau des Hofes, dessen Wohngebäude notdürftig gerichtet war. Erde und Wasser stählten Barral. Er hatte zu baden, zu pflügen, zu baden, zu fechten, Ball zu spielen, zu roden, Holz zu hacken, zu baden, Märchen zu erzählen, zu lieben, zu schlafen, viel zu essen. Alles Übrige nahm sie ihm ab. Sie verlobte Maria Salome, Theodora und Bertana mit drei jungen Pachtlehnern, die Dom Lonardo soeben zu Rittern geschlagen hatte; sie erhielten Land gegen Ongor. Die Mütter mußten abstillen, die Kinder verschwanden im Findelhaus. Sie verlobte Lauris mit Oda Lormarin, einer der verwaisten Töchter Carls und Graziellas. Sie regelte die Auseinandersetzung Sartena und bereitete Arabellas Hochzeit mit Gero vor. Sie betrieb die Instandsetzung der versenkten Mühlschiffe, den Bau der Tec-Bark für die Fahrt zum Reichstag, Rückübertragung und Zukäufe für Amselsang auf der fränkischen Seite. »Warum das?« fragte Barral. – »Weil ich mich nach Franken rette, wenn die Inquisition bösartig wird.« – »Weshalb sollte sie bösartig werden?« – »Ich bin in Hoffnung.«

Man schrieb August. Der Emir überschüttete sie durch Thoro mit Geschmeiden, Goldstoffen, Jagdhunden, Pferden und kostbarem Zaumzeug. Der Jude brachte ihr goldene Spangen, »mit silberne Pöcklein drin, byzantinische Arbeit.« Bischof Aurel ordinierte in Kelmarin einen Vikar seines Schlages. Kardinal Zölestin trug sein Geschenk auf der Zunge. »Es ist notwendig, Domna Roana, daß Ihr den Herzog auf den Reichstag begleitet und freundlich zu den beiden Legaten seid, die der Papst sind. Kardinal Fugardi, dem Herzog weitläufig verwandt, nimmt lebhaften Anteil an einem Testamente, das dem Vernehmen nach bei der Pfalz hinterlegt wurde. Es könnte Euch in den Ehestand heben. Es könnte vielleicht gar den Pfänderstreit aus der Welt schaffen. Ich schlug Seiner Heiligkeit vor, die wucherischen Äbte zu verwarnen und für die Zukunft jegliche

Zinsnahme zu verbieten. Äußersten Falles müßten die gestifteten Klöster Marien Fürbitte, Gottes Klarheit und Gotthatsgemacht wieder eingezogen werden.« – »Nein nein, nein nein!« sagte Barral, als Roana berichtete. »Was hat das Seelenheil deiner Mutter mit den Leihsummen ihrer Tochter zu tun? Wohin kommen wir, wenn der Glaube verrechnet wird? Das Testament ist etwas Anderes; das vergaß ich. Wir wollen es schnell hinterlegen; zu öffnen für den Fall, ich stürbe eines nicht natürlichen Todes. Den weitläufigen Verwandten scheine ich getroffen zu haben; leider traf er mich besser und schneller.«

Auf dem Reichstag unter den Mauern von Bisanz im Burgundischen fragte der kaiserliche Pfalzkanzler Propst Rainald nach den Zusammenhängen zwischen dem unsicher gewordenen Legaten und dem hohen Gemahl. Er war, was ihm selten geschah, überrascht, als Kardinalpräfekt und Kardinalkanzler ihn und den Kaiser zu Trauzeugen baten. »Es gehörte sich rechtens«, erläuterte Orlando, »daß die Pfalz für den im Stich gelassenen Turmbauern den materiellen Teil Kirchenbuße trüge. Den leiblichen könnte die Majestät des Kaisers insofern wettmachen, als sie der Vermählung ihres gewesenen Brautvorwerbers den Glanz beisteuert. Morgen früh nach dem Gottesdienst in der Kathedrale.«

Kaiserin Beatrix ließ über Nacht Brautkrone und Brautgewänder fertigen. Roana wünschte in einem Schleier der zweiten Hibiscusblüte statt in Myrten vor den Altar zu treten, sie sei im dritten Monat. »Aber Herzogin!« rief Beatrix. »Ihr seid verlobt und Jungfrau. Bei Hof muß man lügen. Beharrt Ihr, so kann der Kaiser nicht kommen. Bei Hof wird erpreßt. Und das Haar unter die Haube. Bei Hof wird versteckt. Das Kind unter den Mantel. Bei Hof liebt man das Gezierte. Entenfüße und Schwanenhals! Heraus mit dem Leib, in den Kniekehlen gegangen, nicht im Kreuz und auf der Sohle, nicht wie mit dem Wasserkrug auf dem Kopf! Ach, Kind, bei Hof ist es schrecklich. Nun sagt mir noch schnell, was wollt Ihr für die Gofrid'schen Güter? Ich möchte sie behalten, das heißt erwerben oder tauschen. Bei Hof ist nichts wichtig im Augenblick, nur das Weltwunder Mailand. Wir machen das morgen. Ein schönes Grafenlehen auf der fränkischen Tec-Seite von mehrfachem Wert. Ihr wißt ja, der Herzog soll schaukeln die nächsten Jahre, eben wegen Mailand. Und bevor ich es vergesse: schickt meinem Gemahl den Patensohn Konrad auf Zucht. Er will ihn jetzt um sich haben.« – »Als Geisel?« – »Als Patensohn, Herzogin. Bei Hof wird niemals zu Ende gesprochen.« – »Wie befiehlt die Majestät, daß ich das Ja spreche?« – »In Tränen, züchtig und angsterfüllt, erst beim zweiten Mal darf man es hören.«

Der Kaiser schien mit Anderem beschäftigt als mit dem Pomp der Trauung. Zierlich mittelgroß saß er, die Augen wasserblau, den braunen, streng gestutzten Bart wie von Judiths Kupferschimmer durchsponnen, und flüsterte mit seinen Räten. Auch die Legaten flüsterten. Der Erzbischof von Bisanz zelebrierte das Sakrament. Die päpstliche Bulle, durch die es ermöglicht wurde, erblickte niemand; sie ging durch Boten an den Kardinal Zölestin. Ein kaiserlicher Empfang schloß sich an. »Vorsicht«, raunte Barral. Pagen kredenzten die edelsten deutschen Weine von einem Feuer, einem Gold und einer so süßen Schwere, daß Roana, umlagert von ständig wechselnden, ihr unbekannten Herren, sich manchmal verplauderte. Über die Dolmetscher – sie sprach nur Latein – erfuhr der Propst von der Verlegung der

Residenz nach Lorda, von fränkischen Refugiumplänen, von ihrer Weigerung, Konrad herauszugeben. Erst als am Schluß Herr Rainald in Person sich zu ihr setzte und das Gespräch auf Fugardi lenkte, wurde sie wortkarg. »Warum zurückhalten, Herzogin? Kelgurien hat an der Pfalz keinen besseren Freund als mich. Ihr seid schön, Ihr seid klug, Ihr seid mannhaft. Jener Legat neben dem Gemahl ist der Gefährlichere. Er könnte über seine Geburtslegende stolpern. Derart krasse Mittel verfangen selten. Orlando befleißigt sich größerer Feinheit. Nun, wer von den beiden auch Papst wird, zusammen sind sie der Teufel, und die Kirche spaltet sich. Dann wird der Tec ein schwieriges Wasser. Dann brauche ich den Dachsbau mit seinen verschiedenen Röhren zu unterirdischer Vermittlung. Der Dachs schläft ein, wie mir scheint. Ein schlaues Raubtier. Des Kaisers Majestät hatte die Huld, als Dank für die Kirchenbuße den überschießenden Wert der Grafschaft Tedalda aufzurunden durch eine Stiftung in barem Gelde, die gesperrt bleibt, bis ich Mailand dem Erdboden gleich gemacht habe. Ich rechne zwei bis drei Jahre. Danach hätte ich die Hände frei, Untreue zu strafen. Ihr verstandet mich, Herzogin? Schaukeln, aber nicht fränkisch werden. Spielen im Rahmen der Reichstreue. Bringt Euren Gemahl zu Bett. Es wäre denkbar, daß Ihr noch heute abreist, um jene Legaten, die ich wahrscheinlich vor die Tür setze, auf schnellstem Wege aus dem Reich zu befördern. Auch der Herzog spricht nur Latein?« – »Sarazenisch, Nomadisch, Fränkisch, Gebirgs-Aquitanisch.« – »Deutsch nicht? Dann darf er schlafen.«

Nachmittags trat er zufrieden schillernd, katzenhaft leise in ihr Zelt. »Die Herren Kardinäle schreiten zur Abschiedsaudienz. Des Papstes Heiligkeit unterfing sich, des Kaisers Majestät, die noch nie jemanden duzte, mit Du anzusprechen und die kaiserliche Krone als päpstliches Lehen zu bezeichnen. Wir retteten die Gepurpurten mit Mühe vor dem Erschlagenwerden. Soeben wurde ihr Quartier durchsucht und leider ihr Gepäck erbrochen. Untergebene tun immer zu viel. Was ich hier habe, sind an die hundert leere päpstliche Bullen, gesiegelt und signiert Hadrianus P. P. IV, Vollmachten zu konspirativen Diversionen. Auf solch einem Pergament, gegeben zu Rom an einem erfundenen Tage, dürfte auch Eure Ehe stehen. Ihr seid, wie gesagt, zu schön und zu klug, als daß ich erläutern müßte, wie weh es mir täte, Euch durch ein kaiserliches Ungültigkeits-Edikt aus dem Schoße Frankens zurückholen oder ohne Kelgurien in den Schoß Frankens stopfen zu sollen. Nun aber genug des Plauderns. Laßt satteln. Die Legaten werden kommen, sich auszuklagen. Verständnis und Trost, wenn ich bitten darf, unterwegs. Und keinen Schritt, die Majestät umzustimmen.«

Kardinal Fugardi tobte. »Ein Piratenstreich! Ich bin des Deutschen genügend mächtig, um sagen zu können, daß dieser Satansschüler, der die Bulle vom Blatt verdeutschte, wissentlich falsch übersetzte. Er lernte wie ich zu Paris bei Meister Abälard kanonisches Recht. Es ist kanonisch seit jeher, daß der Papst Wir sagt, und daß die lateinische Anrede für eine Einzelperson, wen immer, Du lautet. Sie nicht in den pluralis maiestatis zu verwandeln, war keine Ungeschicklichkeit, war Absicht. Beneficium, ein vielleicht unklarer Ausdruck, kann Geschenk, Wohltat, Liebenswürdigkeit, Gnade, Ermessenshandlung bedeuten, nicht aber Lehen! Lehen heißt feudum. Es stand nicht in der Bulle, daß Seine Heiligkeit die römische Kaiserkrone als feudum betrachtet, wofür der Lehnseid zu leisten wäre. Wir gingen nach Bisanz in dem Wunsche, für die Versöhnung zu wirken, was gewirkt werden konnte. Wir wissen, daß der Kaiser den Kanzler als seinen Ruhm, seine Ehre und sein Entsetzen bezeichnet. Wir glauben zu wissen, daß er nicht ahnt, welch ein Unheil ihm da bereitet wurde – ihm! nicht uns. Der infame Propst nutzt eine vorübergehende Schwäche, uns Böses in die Schuhe zu schieben, uns eine Maske, die wir nicht aufhatten, vom Gesichte zu reißen und den Stuhl Petri in Antworten hineinzutreiben, die das Abendland auseinandersprengen. Ich sehe, Ihr seid betroffen, Ihr seid rechtliche Menschen. Versucht, Herzog, was Ihr versuchen könnt, den drohenden Abbruch der Beziehungen zwischen Pfalz und Rom zu verhindern. Schleudern wir den Bann gegen Kaiser und Kanzler, so trifft der Blitz auf die schwankenden Grenzländer. Ihr als Erster würdet Euch zu entscheiden haben, ob Ihr vom Reiche abfallen oder die fränkischen Lehen verlieren wollt.«

Zwei Räte wurden ausgeschickt, Audienz zu erbitten, für Barral bei Kaiser Friedrich, für Roana bei Beatrix. Minuten später hörte man Lärm im Lager, Rufe, Waffengeklirr. »Kelgurien verrät das Reich! Die Roten sitzen im Zelt! Bringt sie um!« Draußen liefen die Wachen zusammen. Im roten Käppchen nahte ein gepanzerter Ritter, Herr Wichman, Erzbischof von Magdeburg. »Herzogin, ich bitte Euch dringend, um Eurer eigenen Sicherheit willen, Euer Lager sofort abbrechen zu lassen. Die Wogen gehen hoch, niemand hat sie gewollt, niemand kann sie im Augenblick dämmen. Herren Kardinäle, die Majestät bedauert unendlich, daß ein so häßlicher Auftritt sich ereignete, zählt auf Eure Geduld und Einsicht und wünscht Euch einen guten Ritt. Euer Auszug wird von den kaiserlichen Waffen geschützt. Ich reise in etlichen Wochen nach Rom, mich bei Seiner Heiligkeit im Namen meines Herrn zu entschuldigen.« Kardinal Orlando bemerkte, hier werde auf mehreren Instrumenten zugleich gespielt. »Magdeburg, es dürfte Euch Mühe kosten, dem Heiligen Vater weiszumachen, daß dieser Aufruhr nicht pröpstlich gezettelt wurde.«

Sie ritten verdrossen durch das nebelverhangene Burgund. Die Blätter fielen. Der Staub auf dem braunen und gelben Laube faulte zum Schleim. Roanas Pferd stürzte, ohne sich etwas zu brechen. Sie sprang ab, saß aber nicht wieder auf, sondern ging durch die Querallee einem Gehöft entgegen. Barral wendete. »Was gibt es, Roana?« – »Das Kind ist hin.« Man wartete, aß und entzündete Feuer. Nach drei Stunden setzte der Zug die Reise fort und erreichte den Abend danach die Bark. Gefolge und Pferde nahmen die burgundische Heerstraße. Über dem Tec lag Sonne, über Roana Schatten. Thoro, außer Barral einziger Mitwisser, Zeuge und Helfer der Fehlgeburt, versuchte sie durch ungezählte Aufmerksamkeiten von ihrem Kummer abzulenken. Kardinäle und Herzog horchten einander aus. Als Dom Orlando sich zu Roana auf den Bug begab, zog Dom Fugardi ein Stück Pergament hervor. »Ein Gedicht meiner Adoptivmutter Domna Valesca. Ihr dürft es lesen, aber nicht behalten. Es ist kein Sohnesbeweis.« – »Versteht sich, Heiliger Vater«, sagte Barral und las es, bis er es auswendig wußte.

Des Lämmchens Unstern ging in Rom als Stern auf
Und fuhr als Schweifstern über Schäfers Rücken.
Dein Stern blieb unvergessen mein Entzücken,
Der Schweifstern wies ihn mir in seinem Fernlauf.
Die Sterne kreisen, funkeln, löschen still
Und finden sich, wann immer Gott es will.

»Ein schönes Gedicht, Herr Kardinal. Sie ist weißhaarig inzwischen?« – »Grau.« – »Wie viele Schweifsterne ließet Ihr hinunterpeitschen auf Eurer Legation?« – »Siebzehn.« – »Und scheffeltet Bußen in Petri Schoß. Wie viele der Büßer starben?« – »Das ahnen wir nicht. Wenn jemand entschlief, so im Gottesurteil.«

Beim Anlegen in Sartena huldigte Gero und beglückwünschte das Paar zur Hochzeit, deren Fama sich verbreitet hatte. Roana fragte nach Konrad. – »Konrad? Zwei Pfalzboten holten ihn vorgestern ab, ihn zu Euch zu bringen, Domna Roana.« Sie brach in Zorn aus. Barral zuckte die Achseln. Er badete. Gero beruhigte sie. »Ich sprach mit Grazian und Balthasar. Sie sind zernagt von Neid auf Quirin, den zehnmal so edlen Bastardbruder, besessen von vorzeitiger Landgier, die der Herr Vater hart beantworten sollte, vergiftet von Hochmut gegenüber den unglücklichen Schwestern, von Haß auf Euch, von Anmaßung und elendester Bequemlichkeit, als könne es nicht ausbleiben, daß ihnen die Länder zufallen. Es ist nicht das Schlechteste, den gutgearteten Konrad in der feinen schwäbischen Zucht zu wissen.« – »Ach, Vetter Gero. Ich habe einige Proben schwäbischer Feinheit erlebt, gekrönt durch den Kindes- und Geiselraub. Man fesselt uns den Schritt.« – »Das bringt mich auf die Fesselung der Hände vor dem Altar,

Domna Roana. Wäre es nicht nett für die drei gestrauchelten Schwestern, sie heirateten gleichzeitig mit Arabella? Dann ist die Geschichte aus der Welt.«

Die Akten und Regesten zogen aus dem herzoglichen in den bischöflichen Palast um, Lordas Aufbau war weit gediehen. Zu der vierfachen Hochzeit im Januar erschienen Grazian und Balthasar nicht. Quirin münzte ihr Fernstehen auf sich. Er schüttelte den Kopf. Roana verständigte ihn, er werde fränkischer Vasall, Graf von Tedalda, Herr auf Amselsang, der Vater übernehme Ortaffa und Ghissi, sie reite nicht mit auf Besichtigung. – »Wie paßt das zu Euch, Domna Roana? Ich fürchte, Brautmutter, Ihr habt Euch zugrunde gerichtet. Das Fest war herrlich. Die Bräute sind beseligt, jede singt Euer Lob. Wißt Ihr eigentlich, daß ich seinerzeit bei der Kirchenbuße Euren Vormund Lonardo um Eure Hand bat? Aber der Vater ist mir das Höchste auf Erden.« – »Vetter Quirin, Euer Vater liebt Euch sehr. Ihr seid einer der Felsen, auf denen er steht. Nun muß er wieder lernen, auf sich zu stehen. Von seinem Leben fehlt ihm ein ganzes Jahr. Wenn wir uns jetzt nicht trennen, wächst nichts mehr zusammen.«

Die vierzig Tage ihrer Unreinheit waren vorüber. »Ich will nicht«, sagte sie nachts, als Barral sie begehrte. »Ich will nicht«, beharrte sie, als er Gewalt anwandte. »Du sollst mich lassen.« – »Roana, ich verlor es doch auch. Ich möchte ein Kind.« – »So nicht. Nicht wie etwas Beliebiges. Was weißt denn du von mir? Was weißt denn du von jener Stunde? von dem, was voraufging? von dem, was in mir war? Nichts!« – »Cormontischer Eigensinn«, murmelte Barral und brach sie auf. – »Wenn du mich vergewaltigst«, sagte sie mit kalter Ruhe, »gehe ich morgen ins Kloster.« –

Sein Nachtblick erkannte, es war kein Spaß. »Verzeih mir, Roana. Wie lange muß ich warten?« – »Bis ich dich bitte.« – »Und du kommst wirklich nicht mit?« – »Ich gehe nach Kelmarin.« – »Im Winter?« – »Frag nicht. Laß mich. Laß mich allein, wie ich war, bevor ich erfuhr, was das ist, nicht mehr allein sein zu dürfen.« Er trocknete ihr zärtlich mit ihren Flechten die Tränen, legte sein Gesicht in das nasse Goldbraun und schlummerte neben ihr ein, ohne zu ahnen, welch ein Sturm der Sehnsucht in ihrer Brust herrschte.

Als sie aufwachten, waren Stadt und Tal weiß. Schwarzgrau strömte der Tec durch die Schneelandschaft. In der steigenden Flut ertranken Auwälder und Inseln. Die Kronen der Erlen besträhnten sich mit Unrat. Man konnte weder nach Franken noch nach Ghissi oder Ortaffa, denn auch die Gallamassa trat aus den Ufern. Das Wasser leckte über die Felder rings um den Mauerpanzer. Eisschollen trieben. Roana siedelte in ihr altes Zimmer zurück. In allen Kaminen brannten die Feuer. In allen Stuben froren die Gäste, denen der Wettersturz den Heimweg abgeschnitten hatte. Die kniehoch überschwemmten Äcker erstarrten. Die Decke trug nicht. Leichteste Eselstuten brachen ein. Holz und Fleisch wurden knapp. Man aß Hirsebrei und hielt sich nur noch im großen Saal auf, gut hundert Menschen, die einander wärmten. Der alte Dom Leon sorgte für Pfänderspiele, Theodora für fröhlichen Unfug, Bertana für Tänze bis unter das Dach. Selbst Loba erheiterte sich. Barral, in den Schäfermantel gehüllt, erzählte Märchen. Er war friedlich und gütig, am friedlichsten, als ein schwefliges Wintergewitter den Umschwung ankündigte. Die Hänge tauten. Morast bedeckte die Wege. Ein paar Gäste wagten den Ritt, kehrten aber bald wieder um.

Maria Salome, die ohne viel Worte den Haushalt lenkte, nahm ihre Schwester Arabella beiseite. »Ahnst du, was mit Roana ist? Wie ein einsames Tier im Busch sitzt sie da oben und meidet uns. Ihr beide verstandet euch immer. Willst du nicht zu ihr gehen?« – Arabella fragte den Vater: ob etwas vorgefallen sei? ob sie helfen könne? – Er betrachtete sie mit einem langen Blick voll milden Ernstes. »Da wird schwerlich zu helfen sein. Sie ist ein Wesen voller Abgründe und Schwierigkeiten. Wie die Raupe spinnt sie einen seidenen Panzer, um ein Schmetterling zu werden, der mir davonfliegt. Ich kann sie nicht halten.«

Roana lag wach. Ihr Zimmer war fast dunkel. Arabella setzte sich auf den Bettrand, küßte sie auf die Stirn und sagte nichts. Nach einer Weile fühlte sie, daß nach ihrer Hand getastet wurde. Sie überließ ihr die Hand. – »Leg dich zu mir«, sagte Roana, da Arabella zu frieren begann. »Ich habe Wärme für zwei; und bin allein. Ich hatte einen Mann und liebte ihn; aber jetzt bin ich älter als er. Er holte mich aus dem Tod, als ich Kind war; da war ich erwachsen. Ich holte ihn aus dem Tod, als er Mann war; da wurde er zum Kind ohne Vergangenheit. Ich gab mich einem Sterbenden; der Lebende konnte mich nicht erwecken. Ich schreie nach Liebe und stoße ihn von mir; ohne sein Leben will ich ihn nicht. Ich will nicht herrschen; ich will einen Herrn. Ich will keine Gewohnheit werden. Du bist glücklich, Arabella. Du bist nicht vergiftet gewesen. Du hast keinen Nebel, der über dich fällt. Ich bin im Streite mit mir. Unter dem Rauhreif glühe ich und weiß nicht, was glühen heißt. Ich spreche eine Sprache, die niemand begreift. Begreifst du sie?« – »Ich werde sie ihm übersetzen, Roana.« – »Arabella, so wie ich jetzt hier liege, lag ich damals. Ich wurde gesalbt zur Braut von Kelgurien und wollte nicht. Ich wollte kein Zufall sein. Die Hexe behexte mich. Sie machte mich heiß, und ich wollte nicht. Ohne sie wollte ich. Ihn! Ihn ganz und gar und für immer. Mit allem was er gewesen ist, mit allem was er sein wird. Nicht mit der Nebelbank zwischen den Hälften seiner Seele. Schön war der Frühling; aber zu früh. Ich blühte, die Blüte wurde zur Frucht, die Frucht ist mir geraubt worden.«

»Totgeboren?« fragte Arabella erschrocken. – Roana bebte. »Was versteht denn ein Mann, auch wenn er so zartfühlend ist, was versteht er von einem armen Weib, das schon ganz in dem Kinde lebte und es herzugeben hatte für nichts? Alle Schmerzen für nichts, alle Hingabe für nichts, und nie kommt die Stunde wieder, die eine. Es schläft etwas in mir, das aufwachen will. Ich muß mich nur finden, er muß sich finden, vorher finden wir nicht zusammen. Sage ihm, daß ich ihn liebe; sage es nicht. Sage, ich kenne nichts außer ihm; wenn er morgen stürbe, nie soll ein anderer Mann mich anrühren; er soll mich anrühren, er, ein anderer, als er jetzt ist, mich, ein Mädchen, das er nicht kennt. Sage ihm, wie ich flehe und bettle, aber er darf es nicht hören. Sage ihm, ich will kein Winterkind, und auch keine Wiederholung des Kindes von Lorda. Ich will ein Kind, Arabella, ganz gewiß. Ein Kind aus Erde und Wasser, Feuer und Luft. Am Jahrestage der Pappelblüte will ich, auf einem durchsonnten, jungfräulichen Felsen im Kelmarinbach, mittags, unter dem Buchenlaub, von Libellen umschwebt. Und mein Handrücken wird mir die Stirn beschatten, wie damals, und mein Haar wird über den Stein fließen, und die Spitzen werden auf dem Geglitzer schwimmen. Nein. Sage ihm nichts. Die Eiswoche mit euch allen war gut für ihn. Mit jeder Scholle kam ein Stück seiner Erinnerung den Tec hinab, mit jedem Gesicht ein Zusammenhang. Er weiß ja nicht, was er erlebt hat. Er weiß nicht, wer mich nahm und wieder verlor. Gesund soll er sein und mächtig, kein harmloser Greis.«

Als Arabella den Saal betrat, war nur der Vater noch auf. Die Kamine flackerten. Barral blickte der liebsten seiner Töchter entgegen wie der Verurteilte dem Gerichtsboten. Sie zog sich ein Polster heran. »Mon Dom, das ist eine lange Geschichte. Schenkt mir einen Becher Wein ein, legt etwas Holz in die Glut und hört zu.« Weit über Mitternacht schaute Dom Gero Sartena nach seiner Gemahlin. »Kommt, Gero. Helft mir. Wir bauen ein Mosaik zusammen.« – Barral, gespannt wie der Jäger auf dem Ansitz, erlebte sich selbst wie eine Sage der Vorzeit, Vergangenheit und Zukunft seltsam verknüpft, Maitagorry in Roana, Roana in Judiths Tod, den Kelmarinbach als Geburt werdender Jahrzehnte. »Des Wildquells wegen habe ich die Grafschaft Lorda gekauft, als Ghissi mich nicht mehr brauchte. Nun soll mir der Karst Früchte tragen.«

Der Wildquell entsprang einer Höhlung unter der Stirn jenes Bergmassivs, das von den Rändern der Ebene über Rimroc sechzig Meilen weit bis Farrancolin reichte. Nach schweren Regengüssen füllte der Topf sich an und stürzte brausende Kaskaden den Tobel nieder. In den Dürrezeiten des Sommers sank er tief zurück, aber unversieglich sprudelten auf halber Höhe sieben seitliche Gießbäche zu Tal. Am Bergfuß breitete sich der herzogliche Landsitz mit seinen Wohngebäuden, Wirtschaftshöfen und halbfertigen Elefantenstallungen, Geparden- und Hundezwingern, Buchenwäldern, Palmengärten und flachen Wassertreppen, die Ufer befestigt, die Fluten grünend von Kresse. Hoch in der Klamm entdeckte Roana einen Tafelfelsen, den sie bohren und ketten ließ. Er steckte schräg im Geröll. Seilwinden und Hebebäume holten ihn heraus. Wochen brauchte es, bis der Klotz durch die Schlucht gekantet war. Die Elefanten schleppten ihn in die Mitte des Badsees. Bauchig und bemoost, gekerbt mit Stufen, ein gewaltiges Brautbett unter dem Dämmer dichtschattenden Laubes, wurde er von Maitagorry mit Myrte und Minze gesalbt. »Nun reite nach Haus, Maita. Du sollst Patin sein mit der Kaiserin Beatrix und der Gräfin Arabella Sartena. Schwöre mir Treue bis zum Grabe, küsse mir den Fuß als meine gehorsame Dienerin und sage meinem Herrn, daß vier Monate Sehnsucht ihn erwarten, aber reden darf er kein Wort.«

Sie rauchte bei erster Berührung. Den ganzen Sommer verlangte und weckte sie eine Liebestollheit, die alles überstieg, was Barral bei Valesca und Maitagorry, Judith und Loba gekannt hatte. Roana war die schönste und wildeste, wärmste und köstlichste seiner Frauen, der Gipfel seines Glückes, ein Brunnen des Staunens. Und auf einen Tag wurde sie still. Schwellend von Ruhe und Zärtlichkeit, machte sie ihn zum Mönch. Nur noch Mutter, lebte sie nur für das Kind, das in ihr wuchs. Zum ersten Mal horchte der rauhe Landmann und Schäfer auf ein Wunder, das ihm bislang wie das natürliche Reifen eines Feldes gewesen war. Ende Februar 1159 wurde sie durch Maita am Ast einer Zeder von ihrem ersten Sohn entbunden. Barral schäumte seine Freude mit der Langaxt ab, indem er den Baum fällte. Das prasselnde Feuer bannte die Geister. Roana verstand die Liebeserklärung. Bischof Aurel taufte das Kind auf den Namen Rodero. Kaiserin und Schmiedin hielten es über das silbergetriebene Becken, das Beatrix, auf der Reise nach Mailand, begleitet von Junker Konrad, Barrals und Fastradas drittem Sohn, eigens für Kelmarin stiftete.

LOMBARDISCHER SCHNEE

Sie ist die Kaiserin«, sagte Barral, »sie hat es schwer. Was sie spricht, meint sie nicht; was sie meint, wagt sie nicht. Die Norne Loba hat ihr Gehirn spielen lassen, Ruben das seine. Ein paar Fragen beim Gefolge, ein paar Fanggruben bei Beatrix, und wir wissen, was der Erzteufel Rainald, Erzkanzler des Reiches für die italischen Lande, Erzbischof von Köln, ihr auftrug. Mir meine Söhne Grazian und Balthasar abspenstig zu machen, war nicht schwierig; die gehen nun also fort, sich im Hoflager von Crema ein Reichslehen zu erdienen. Du hattest recht, ihnen Cormons und Ortaffa zu weigern. Einundzwanzig und zwanzig, und verlangen jeder eine Grafschaft! Drei Mannerben sind dem Herrn Rainald noch nicht genug Sicherheit. Sein witterndes Lächeln verschüchtert die arme Frau über die Alpen hin von Pavia bis Kelmarin. Sie bewegt sich kunstvoll geziert, sie plaudert viel und stets sehr melodisch von ihrem hohen Gemahl, aber es graust sie vor ihm. Den harten Vormund ihrer einsamen Kindheit hat sie abgeschüttelt, um eine noch schnödere Einsamkeit einzutauschen. Dabei ist sie verständig und hübsch, unter dem höfischen Lack pulst der Neid auf unsere ländlichen Sitten. Der Lack beginnt abzublättern. Nun erschrick nicht, Roana. Die Lackschlange hat Auftrag, deine Freundschaft zu suchen. Die junge Frau unter dem Lack, wenig älter als du, schämt sich lügen zu sollen; sie sucht deine Freundschaft für sich, nicht für den kalten Paveser Spieler, der nie eine Frau gekannt hat. Mache es nicht zu billig, denn das schmeckt nicht, und mache es nicht zu teuer, sonst mißlingt es. Mache, daß sie sich in der Schlinge verhaspelt, damit wir ihr mundgerecht erzählen können, was sie dem Herrn in Crema und dem Herrn in Pavia erzählen darf. Du willst nicht?« – »Nicht wie du. Nicht wie Loba und Ruben. Die Kaiserin ist viel schwermütiger, als ihr glaubt. Ich mag sie so, wie sie ist. Und auch ich mag nicht lügen. Ich mag nichts herbeiführen. Anbieten schon gar nicht.«

Langsam verlor sich das Höfische. Je näher der Aufbruch in die Lombardei rückte, je einsilbiger wurde der hohe Gast. Bedrückt von den langen Verhandlungen über das, was Kelgurien in den Mailänder Zusammenhängen dürfe oder nicht dürfe, plane oder nicht plane, meiden oder vortäuschen solle, erhob sie sich plötzlich, befahl ihren Zofen, sie zu Bett zu bringen, stand wieder auf, hängte den Mantel um und ging durch den mondbeschienenen Palmengarten an das geheimnisvoll dunkelnde, leise plätschernde Wasser. Das Herz schlug ihr im Halse. Aus dem Saal hörte sie noch immer die Stimmen Lobas, der beiden Juden, des Kardinals und des unwirsch wohlwollenden Bauernfürsten, über den sie nicht klar wurde. Trotz Auftrag verspürte sie keinen Drang zu lauschen. Es beruhigte sie, daß sie den Mannskoloß nicht im Bad treffen konnte. Sie ließ den Mantel fallen und stieg in das schöne Element. Ein nie gekanntes Gefühl von Lust überwogte sie. Der schnell strömende Bachstau reichte ihr wechselnd bis zu den Hüften, zum Schoß, zu den Achseln, den Brüsten. Er strömte nur oben, oben kühler, unten wärmer, ein erregend schmeichelndes

Streicheln. Sie war niemals gestreichelt worden. Fuß vor Fuß ging sie hinüber zu dem bemoosten Felsen im Schatten der Buchenzweige. Mitten im See blieb sie stehen. »Roana?« Nichts rührte sich, nichts antwortete. Ihre Augen gewöhnten sich an die Nacht. Sie unterschied fließendes Goldhaar, schimmernde Gliedmaßen, ein aufgestelltes Bein, einen hängenden Arm im Gestrudel. – »Bist du da«, sagte Roana zärtlich, ohne die Lider zu öffnen. – »Beatrix ist da.« – Roana richtete sich empor, reichte die Hände und half ihr hinauf. Wie Schwestern saßen sie auf dem warmen Stein, horchten auf die Gießbäche der Schlucht, auf das ziehende Flöten einer Nachtigall, auf das Gluckern der Flut, und redeten nichts. Der Mond wanderte. Zum ersten Mal fürchtete die Kaiserin sich vor ihren Worten. Roana, die Füße umarmend, legte das Gesicht auf die Knie und sah die Träumende an. »Es ist gar nicht so schwer«, sagte sie. »Wir sind einfache Menschen.« – Der Kies des Palmengartens knirschte. Barral stutzte, bückte sich, betrachtete den kaiserlichen Mantel und kehrte auf Zehenspitzen um. – »Er möchte gewiß baden? Soll ich gehen?« – Roana schüttelte den Kopf. »Er hat mich das ganze Leben. Er wird geliebt. Die Kaiserin nicht.« – »Das weißt du?« – »Das sehe ich.« – Die letzten Kerzen im Hause erloschen. Tiefer und tiefer wurde das Schweigen. Mehr und mehr Nachtigallen erwachten. »Verzeiht, Herzogin, daß ich du sagte. Und daß ich störte.« Sie schickte sich an, hinabzugleiten. – Roana nahm ihre Hand. Die Hand begann zu zittern. »Beatrix. Wollt Ihr, daß ich Euch gut bin, so bin ich dir gut.« Mit einem Jubelruf stürzte die Burgunderin sich in die Fluten. Die kelgurische Nixe fuhr hinterdrein. – »Roana, ich muß dich umarmen. Und dann lasse ich das Faß anstechen.

Jetzt, sofort. Der Wein wird noch unruhig sein, aber das macht nichts. Ich muß trinken. Merkst du? auch meine Haut hat Poren zu atmen. Was ist mir nun noch das Weltwunder Mailand? Am liebsten ginge ich nie mehr fort.«

Auch Barral und Roana wollten aus Kelmarin nicht mehr fort. Aber sie hatten die Kaiserin bis an die Grenzen der Republik Prà zu geleiten, fünf Tage hin, sieben zurück, da sie den Umweg über Dschondis nahmen. Es wurde ein denkwürdig kurzer Aufenthalt. Auf die erste Frage nach einem Instrumentarium für die Landvermessung eines Wassergefälles – Barral stellte sie ohne Umschweif – ergab sich Emir Salâch einem jener despotischen Zornesausbrüche, für deren tobende Rücksichtslosigkeit die Sarazenen ebenso berüchtigt waren wie berühmt für die rosenschwellenden Verbrämungen ihrer wahren Gefühle. Barral zuckte die Achseln und saß auf. »Er wird es mir schenken, Roana, wenn er mich das nächste Mal braucht.« – »Ich sähe dich auch gern einmal toben.« – »Das kann leicht geschehen. Heute nacht haben wir kein Dach.«

Darin irrte er. Die Siedler an Sâfis und Dom Roderos Denkmal bewirteten ihn mit erlesener Höflichkeit. Nördlich Ongor, nach einem Besuch bei Maria Salome, ritt er mit Roana durch die ausgewaschenen Kieswindungen des Kelmarinbaches. »Das zu verbauen«, murrte er, »kostet Deiche, die ich mit zehntausend Menschen und einem Dutzend Elefanten nicht leiste. Hier geht das Wasser zu steil und zu schnell ab. Oben in den Sümpfen zu langsam. Den Sümpfen müßte ich es für immer entziehen, aber wie, wenn es zuströmt? Kanäle graben, Pappeln forsten. Unsinn das alles. Ich weiß, wohin der Bach will: nach Nordwesten statt nach Süden. Über neunzehn Meilen statt über sieben.

Aber soll ich die Grafschaft Lorda ersäufen?« – »Das tust du fast jede Nacht. Im Traum schwebst du als Milan über dem Lande, als Riese trägst du die Hügel fort, für ein Instrumentarium eroberst du Dschondis. Reiten wir jetzt? Ich möchte auf meinen Brautfelsen.«

Gnadenlos sengte der Sommer. In Kelmarin merkte man nicht, wie das Land gedörrt wurde. Es war heiß, aber schön. Heiß und schön war Roana. Nie kam über ihre Lippen ein dörrendes Wort. Nie schützte sie das Kind vor, wenn Barral begehrte. Sie gab sich hin wie die Erde dem Gewitter; im Schlaf noch wollte sie ihn. Seit sie geboren hatte, war der Nebel verflogen. Ihr Frohsinn und ihre Tatkraft fanden Zeit für alles. Gleichmäßig ruhig lenkte sie die Verwaltung der weitläufigen Landresidenz, der sie Gebäude nach Gebäude anfügte, um die Verlegung der wichtigsten Dienste zu ermöglichen. Kaum hatte Barral seinen Flach-Stau gedämmt, so errichtete sie an den Ufern des neuen Sees einen eigenen Gästepalast, Küche und Stallungen. Der Besuch der Kaiserin mit einem Gefolge von fünfzig Menschen hatte gezeigt, daß man das brauchte. »Und wir brauchen zehn Elefanten, Jared. Können wir uns die noch erlauben?«

»Laßt den Jüd rechnen, Frau Herzogin.« Wenn er rechnete, hieß das, er wolle Wein, denn er aß fast gar nichts mehr. Eine Decke um die Knie, verlangte er von Ruben die Kaufpreise, schickte ihn hinaus und bewegte wortlos die Lippen. Nach einigen Minuten redete er. »Das ist ein alter Burgunder; die Lage kommt nicht in den Handel. Will die Frau Herzogin gütig sein, schenke sie die Hand. Der Jüd lebt nicht mehr lang. Die zehn Elefanten können werden gekauft. Es war ein reiches Leben, ein großes. Die Tiere, wenn sie verenden, gehen in den Busch. Mein Busch ist der israelitische Friedhof in Mirsalon. Das Testament liegt auf dem Banco in Prà, ein gleiches auf der Rentkammer in Lorda. Die Dotation für die Synagoge und das Erbteil für den Ruben müßt Ihr einhalten. Wen man liebt, den betrügt man, wenn man Jüd ist. Den ich liebte, hab ich betrogen mit Lust. Weil ich gewußt hab, er kriegt alles. Ist er haushälterisch, und die Gemahlin ist auch haushälterisch. Nun noch so einen Becher. Und nun die Hand wieder. Und nun gesagt nichts. Ich red zu meiner Tochter. Ist sie die Geliebte von meinem Herrn. Schönste von allen. Sollst haben viele Stürme von Glück. Viele Kinder. Sollst haben ein Andenken an den Vater Jared, und den Segen auf deinem Scheitel. Sollst nicht meinen, daß er ist wunderlich. Er weiß schon, wer du bist. Bist Kelmarin. Bist Kelgurien. Und der Jared ist auch wer. Wirst raffen mein ganzes Vermögen; wirst machen blühen das Land. Kennt der Jared das Land noch, wie es lag wüst, als die stolze Mutter so jung war wie du. Die stolze Mutter hat die Frauen gemacht zu dem, was sie sind heut. Nicht die Minneschwätzer habens gemacht. Die Mutter Judith. Jetzt die Tochter Roana. Ist alles der Stamm vom alten Rodero. Der ist gestorben durch den Rechenfehler vom Jared. Ist kein Edelmut, wenn ich zahle zurück. Sollst schleppen alles in die Dachshöhle. Und mich läßt du schleppen nach Mirsalon, damit ich gehe zu Jahwe. Morgen, mit der Sänfte. Und kein Wort zum Herrn. Er mag es nicht, wenn er soll Abschied nehmen. Nun gib her den Scheitel, daß ich dich segne. Kommen noch schlimme Jahre für dich. Geschenkt wird dir nichts. Bist ein starkes Geschöpf. Hältst es aus.«

Auf Hebräisch murmelte er weiter, bis ihm die Hände sanken. Von Müdigkeit überwältigt, schlummerte er im

Ohrenstuhl. Ein paar Tage darauf, da nichts ihn abbrachte, sterben zu wollen, ritt Roana, von der Sänfte gefolgt, nach Lorda, setzte ihn mit Ruben auf das Schiff und kehrte einen Tag später zu Barral zurück, dem sie gesagt hatte, Ruben fahre für den Deichbau auf Elefantenkauf. – »Wo ist Jared?« – »In Mirsalon.« – »Das geht mir nah. Laß mich allein.« Den nächsten Morgen brach er mit Thoro auf. Abends kam ein Bote Dom Lonardos aus Farrancolin, die Kaiserin ziehe mit kleinem Gefolge an der oberen Gallamassa entlang auf Sedisteron zu. In Judiths Sterbezimmer schlossen Beatrix und Roana, zu Tränen bewegt, einander in die Arme. Roana empfand ihre Mutter als leibhaft im Raume anwesend. »Mord und Gift«, sagte die Kaiserin, »das ist schlimmer, als was ich erlebte.« Es schien Schwerwiegendes geschehen zu sein; sie äußerte es nicht. Roanas frauliches Herz fühlte, wie ein tief bedrücktes Frauenherz wechselnd nach Einsamkeit und nach Nähe suchte. Sie drängte ihr weder das Eine noch das Andere auf, auch nicht in Kelmarin. Sie fragte nichts, lebte ihr gewohntes Leben, nährte den Sohn, badete, rechnete mit den Räten, atmete Sonne und Sonnenschatten. Alles lebte Beatrix mit, ohne Scheu, aber schweigend. Sie war damals nicht in Hoffnung, jetzt nicht in Hoffnung. Eine Fehlgeburt konnte es nicht gewesen sein, was sie verstörte.

Beim Wein im nächtlichen Palmengarten, bei blühenden Oleandern und rauchenden Fackeln, begann sie zu sprechen. »Die feine alte Dame mit dem feinen Gehirn prophezeite gut. Der Erzkanzler Rainald wartete auf einen Anlaß, der ihm erlauben soll, das lammfromm ergebene Mailand doch noch unter die Erde zu pflügen. Wenn der Anlaß nicht kommt, wird er gemacht. Herr Rainald war sehr zufrieden mit meinen kelgurischen Erfolgen und Berichten. Zum Dank stieß er mich in die Schande. Das Komplott war so schändlich geknüpft, daß der Kaiser in all seiner Klugheit es nicht als Komplott begriff. Sonst müßte er diesen Rainald erwürgen. Welch eine Welt in der Lombardei! Welch ganz andere Welt hier! Bei dir ist es friedlich, trotz der Trauer deines Gemahls um seinen Juden. Das gäbe es nicht bei Hofe. Ein Sterbender ist eine Figur weniger auf den Schachfeldern. Schach dem Papst für die Ehre des Reiches. Schach mit dem Läufer Wichman. Schach mit dem Bauern Barral. Jeden Tag, jede Minute Ehre des Reiches. Der Bart wird gestutzt für die Ehre des Reiches. Meine Ehre geopfert für die Ehre des Reiches. Mailand für die Ehre des Reiches. Und deine Stiefsöhne bewundern es, bis auf den kleinen Konrad, der noch zu klein ist, Infamie zu erkennen. Um der Ehre des Reiches willen darf eine Kaiserin nicht weinen. Ich habe aber geweint! ich weine aber.«

Roana nahm sie an sich. Sie gingen baden, sie gingen schlafen, sie gingen bei erster Sonne spazieren. Beatrix beruhigte sich und erzählte der Reihe nach, wie sie vor Crema ankam, der Kaiser keine Zeit hatte und der Kanzler die Berichte mit Ehrfurcht bedankte; wie sie ein Rittergeleit erhielt, sich das Weltwunder anzuschauen; wie Mailand aussah, eine mauergepanzerte Stadt für Hunderttausende, eine einzige Herrlichkeit von marmornen Straßen und Kirchen, Palast neben Palast, Empfänge, Umritte und Fahnenspaliere; wie seitab in den Gassen eine gefährliche Stimmung geschürt wurde; wie sie das Spiel bemerkte; wie sie Leutseligkeit und eingelernte Ruhe behielt; wie die Magistrate bedenklich wurden; wie der Zug, als es zu spät war, wendete; wie der Pöbel die Magistralen und Ritter vom Sattel riß. »So allein war ich nicht einmal in der Brautnacht, als der Kaiser um der Ehre des Reiches willen nicht kam. Sie setzten mich auf einen Esel, das Gesicht nach hinten, banden mich fest, bespuckten mich, führten mich, bis es dunkel wurde, durch das Gejohle und Gepfeife der Gassen und stießen mich mit einem Fußtritt vor das Tor. Da stand ich auf dem dunklen Feld. Schon nahte ein Ritterhaufe aus Crema, benachrichtigt von den Verjagten, Herr Rainald an der Spitze. An Mut fehlt es ihm nicht. Er erzwang sich die Öffnung der Tore, er verhandelte, bis Mailand sich beugte, er verlangte und erhielt eine Entschuldigung in Silber, und in Crema verlangte und erhielt er vom Kaiser die Reichsacht. Inzwischen durchflammt der Aufruhr die Lombardei. Loba sah ihn voraus, Rainald wollte ihn. Ich habe herhalten dürfen, den Schimpf zu tragen, und schleunigst hat mich der fünfsprachige Herr des Paveser Dichterhofes nach Susa über den Paß bringen lassen. Sechssprachig! die sechste ist zungengespaltenes Ottern-Latein!«

Roana hatte Sehnsucht nach Barral, und noch immer nicht kam er. Sie begehrte beim Stillen. Beatrix beobachtete es. »Du gibst Liebe und bekommst Liebe. Seine Schroffheit ist warm und zartfühlend. Der Waldbär schleckt deinen Honig. Wie stellst du es nur an, vier Jahrzehnte zu überspringen? und den Schatten der ersten Frau, nach der er schrie, noch mit zu überspringen? Mich trennt kaum die Hälfte, und er bemerkt mich nicht. Die erste Frau: auf dem Müll. Burgund für die Ehre des Reiches. An den Altar mit Beatrix, ins Bett, weiter braucht man sie nicht. Er braucht nur Herrn Rainald. Ich darf verblühen.

Nichts freut mich, nichts bedroht mich. Aber du? was ist, wenn dein Gemahl stirbt?« – »Dann will ich keinen Tag länger leben. Ich weiß, wie es war, als meine Mutter umgebracht wurde. Die ganze Welt leer.« – »Und wenn die erste Frau heimkehrt?« – »Die kehrt nicht heim. Sie war nicht besprochen; sie hat niemals Feuer im Dach gehabt. Nicht einmal eifersüchtig war sie, wenn er über den Zaun fraß.« – »Was geschieht, wenn sie dennoch zurückkehrt?« – »Beatrix, es ist genug, daß der Säugling mich liebeskrank macht. Kehrt sie zurück, bringe ich sie um, oder lasse die Welt untergehen wie Herr Rainald Mailand, oder lasse sie verhexen, oder lasse ihn darben, bis er schreit, diesmal nach mir. Da lachen wir nun, und der Sohn wundert sich. Im Ernst, Beatrix: glaubt dieser kluge Herr Rainald, die Sonne aufhalten zu können? Die Alpen liegen, wo Gott sie hingelegt hat. Wo Mailand liegt, wird immer ein Mailand liegen. Kelgurien immer am Tec. Burgund immer zwischen Franken und Schwaben. Wenn meine Schwester noch lebt, wird sie nach Haus wollen. Kommt sie, so werden wir irgend etwas erfinden, uns zu vertragen. Ich bin Achtzehn, sie ist Zweiundvierzig, Barral fast Sechzig. Soll ich ihn aus Liebe zwischen den zwei Mühlsteinen zermalmen, denen er Treue schwor? Er hat viel Liebe gehabt. Er lügt nicht. Wenn er sagt, es sei mit keiner so schön wie mit mir, dann war es mit keiner so schön. Und wenn er sagt, Fastrada habe nie geglüht, warum soll sie dann, was sie als junges Mädchen nicht konnte, als alte Frau können? Die Glocken machen mich unruhig. Sie wandern. Noves. Marradî. Ghissi. Jetzt Ongor!«

Blaß bis in die Haarwurzeln, horchte sie auf den fernen Klang. »Rodi, Tedalda; Noves, Ongor; Flugtürme für Nachricht aus Mirsalon. Das große Trauergeläut. Jetzt das nächste Kirchspiel. Das Armesünderglöckchen. Wir müssen warten, in welcher Folge geklöppelt wird. Jede Art eine Botschaft. Ich erinnere, wie für den Oheim Carl geläutet wurde, und am Grab meiner Mutter für den Patriarchen Vito, und im belagerten Lorda für den Kardinal Guilhem. Kardinal Zölestin ist Fünfundfünfzig. Achtundfünfzig Barral. Das ist doch, Beatrix, das ist doch kein Alter, mich jetzt schon zur Witwe zu machen.« – Nun läutete das Totenglöckchen von Kelmarin. »Wird der Kaiser auch ausgeläutet, Roana?« – »Der auch. Und der Papst. Gott sei gedankt! es ist der Papst!« Umarmungen, Freudentränen und Küsse feierten den Hinschied Hadrians des Vierten. Roana ließ das zweite Burgunderfaß anstechen.

Im Rathaus zu Mirsalon erbleichte der Kurienpräfekt Fugardi. In Verhandlungen mit Barral, den Magistraten, der Wölfin Loba, dem kaum noch atmenden Juden Jared und dem getauften Neffen des Juden, den Patriarchen von Cormons und Mirsalon, den Bischöfen von Lorda, Rodi und Fränkisch Tedalda, prüfte er seit Tagen bohrend genau, was im Falle des Bannes gegen Kaiser und Reich an den Ufern des Tec zu geschehen habe oder geschehen könne. Trotz Windstille brach er mit den beiden Gepurpurten sogleich nach Rom auf, indem er hoffte, daß auf See, wenn man ihn weit genug hinausrudere, eine Brise sich finden werde. Sie fand sich, aber sie trog. Wochen und Wochen kreuzten sie in der Flaute. Dann setzte es Sturm. Der Sturm zersplitterte ihnen Hauptmast und Steuer. Steuerlos treibend, sahen sie Land. Das Land hieß Sizilien, ein normannisches Königreich, dem Heiligen Stuhle verbündet. Der Vicedom des palermitanischen Erzbistums rüstete sie neu aus. Sie erreichten Neapel. Der Kardinal von Neapel eilte, sie zu begrüßen. Er war voll Kummers. Die Christenheit hatte sich gespalten.

»Die Vorgänge, Bruder Fugardi, spotten der Beschreibung. Wir haben zwei Heilige Väter, in Pavia den bisherigen Kardinal Octavian, Papst Victor den Vierten, kanonisch gewählt und nicht gesalbt, in Anagni den bisherigen Kardinal Orlando, Papst Alexander den Dritten, unkanonisch auf den Stuhl Petri erhoben, dafür gesalbt; in Rom den Aufruhr; Crema vor dem Fall; Mailand umschlossen; beide Päpste im gegenseitigen Bann, Erzkanzler Rainald im alexandrinischen Bann. Auf alexandrinischer Seite Britannien, Franken, die spanischen Königreiche, Sizilien und von den italischen Landen alles, was nicht unter kaiserlichen Waffen steht. Als bei Wahlbeginn Euer Name fiel, erklärte der kaiserliche Gesandte Pfalzgraf Otto vorsorglich den Krieg. Das Heilige Kollegium wählte unter dem Druck der Waffen. Es wurden drei Papstmäntel benötigt. Den ersten der Hermeline riß Bruder Orlando hinter dem Altar der Peterskirche von Bruder Octavians Schultern, im zweiten erteilte Papst Victor vor dem Altar urbi et orbi den Segen, aber der Mantel hing falsch, die Schnüre nach unten. Mit diesem Mantel lief er, ohne die Salbung abzuwarten, stehenden Fußes in die Lombardei. Den dritten fertigten wir zu Anagni, wo eine Woche später Papst Alexander gesalbt wurde. Eine Synode ist für kommendes Frühjahr nach Pavia berufen. Wem gedenken meine Brüder zu huldigen?«

Kardinal Fugardi blieb gefaßt und gelassen. »Meine Brüder Mirsalon und Cormons niemandem. Hat man Spaltung, soll man sie nutzen. Ich selbst habe Kurialämter. Sie sind zwar mit der Sedisvakanz erloschen, aber ich gehe kaum fehl, wenn ich annehme, daß ich für die Dauer des neuen Pontifikates Orlando und Fugardi in einer Person bin, linke und rechte Hand Seiner Alexandrinischen Heiligkeit, für die wir nun beten wollen, ehe ich morgen ausreite, ihren Pantoffel zu küssen.« Papst Alexander, der ihn mit Zittern erwartete, entsprach den Wünschen des Fürchterlichen, den die Wogen nicht, wie heimlich erhofft, verschlungen hatten. »Manus lavat manum, Sanctissime Papa«, sagte Fugardi und rieb sich die kräftigen Hände.

Die beiden Füchse gingen vorsichtig zu Werke. Es war keine Rede, daß Franken oder wer auch immer auf ihrer Seite stand. Jeder einzelne der christlichen Könige vergatterte ihnen den Hühnerstall. Jeder einzelne Erzbischof strich die Kirchenzehnte für sich ein und behielt auch den Peterspfennig. Kardinal Zölestin führte das geruhsamste Leben. Geruhsam lebten Barral und Roana. Von den Reichshändeln merkten sie nichts bis auf gelegentliche Sehnsuchtszeilen der Kaiserin Beatrix, die in ihrer Pfalz zu Ingelheim fror. Was im Mai 1160 bei der Synode heraussprang, die nur von Kaiserlichen beschickt war, ließ sich an einem einzigen Finger abzählen. Was dagegen aus Roana zur Welt wollte, war sehr viel weniger gewiß. Es war eine Tochter. Sie wurde Judith genannt. Lauris der Blinde stand Pate, feierte seinen sechzehnten Geburtstag, heiratete und zeugte, wie ihm befohlen, einen künftigen Grafen für Farrancolin. Vogt Lonardo, Stiefvater der jungen Frau, stiftete Unsummen für die Freudenfeste. Derweil erwartete Roana schon wieder. Soeben entbunden, reiste sie mit der kleinen Barbosa auf der Tec-Bark nach Burgund, um Beatrix zu trösten, die nach einer toten Achtmonats-Geburt in die Verzweiflung gefallen war.

Maitagorry, als die Herzogin ihr an Deck eröffnete, daß die Kaiserin von ihr besprochen zu werden wünsche, schlug die Hände über dem Kopf zusammen. »Womit denn, herzogliche Gnaden? Und wie denn? ich? eine so hohe Frau?« – »Maita, da hilft nun nichts. Bei mir hast du dich nicht geziert. Hier sollte ich Patin sein. Hier will ich.« – »Auf Euch war Verlaß. Ihr seid Kelgurierin. Ihr könnt den Mund halten. Und in Euren Augen, da saß etwas, was keine hat, keine.« – »Du schwatzest, Maita. Die Kaiserin ist nicht höher geboren als ich, wenig älter, schöner, dafür trauriger, eine junge Frau, für deren Glück wir sorgen wollen.« – »Schöner? Das sehe ich durch alle Kleider, ob eine schön ist. Wo hat sie ihren Mut? wo ist sie ein Tier? wo hat sie Klauen und Zähne und Wildheit und Gewalt wie die Pantherkatze, die ich salbte? Und Er, vergeßt nicht, wer Er war. Ein waidwunder Panther, aber ein Panther! Gereizt bis aufs Blut. Glaubt denn Ihr, er hätte nicht gewußt, für wen er zusammengepeitscht wurde? Nur für Euch!« – »Warum starb dann mein Kind?« – »Weil es nicht gut genug war. Da fehlte die Kraft, da fehlte Leheren. Und Ihr habt ihn verfaucht und verbissen und verprankt vier Monate, recht so! damit Ihr bekamet, was das Land wollte. Alles wolltet Ihr. Bei der Kaiserin müßte ich vom Grunde anfangen, das ist der Mut. Jeden Zauber braucht sie vom Grunde. Und was nutzt es? Mache ich sie rauchen, muß der Mann hinter der Tür stehen.« – »Daran hindert dich niemand, Maita. Ich bürge, daß sie schweigt. Ich bürge, daß sie tut, was du verlangst. Ist sie zurechtgerückt, gehst du mit ihr über die Alpen. Du bleibst bis zur Niederkunft.« – »Und wenn Mon Dom etwas zustößt, bin ich nicht da?« – »Maita! Wie alt wird er?« – »Achtzig.« – »Wie alt ist er jetzt?« – »Sechzig.« – »Wenn sie im siebenten Monat ist, komme ich auch.« – »Da seid Ihr doch selbst im siebenten Monat.« – »Diesmal nicht.«

Anfang Februar 1162 ritten Barral und Roana in die Lombardei. Das Hoflager füllte die halbe Stadt Lodi. Die Kaiserin war auf, blühend und bester Dinge. Sie bot dem überraschten Herzog die Wangen zum Kuß und umarmte Roana bei aller Vorsicht stürmisch. »Dein Waldbär«, flüsterte sie, »steht ganz verdonnert. Er weiß doch wohl, daß ich ihn mag? Diese Maitagorry! eine Zauberfee. Sie hat mich geradezu neu erschaffen. Wie lieb nun der Kaiser ist! voller Rücksicht und über die Maßen wißbegierig. Zur Ehre des Reiches werfe ich alle Hebammen und Schranzen hinaus.« Hinter einem Vorhang standen Geburtsstange, Seife, Bottiche bereit.

Im Audienzsaal beugten des Herzogs Söhne das Knie, gepanzert, den Helm unter dem Arm, straffer und freier geworden. »Nun«, sagte Barral, »wollen wir es versuchen, Herr Vogt von Cormons?« – »Gern, Herr Vater. Wenn Mailand gefallen ist.« – »Der Vogt von Ortaffa versucht es auch?« – »Gern, Herr Vater. Wenn Mailand gefallen ist.« – »Und Konrad, mein Guter?« – »Ich habe noch sechs Jahre zur Ritterschaft, Herr Vater.« – »In Kelgurien nur drei.« – »Ihr werdet mich nicht vorziehen, Herr Vater. Der Herr Pate wird mich nicht gehen lassen.« – »Vielleicht doch. Wenn Mailand gefallen ist.«

Barral trat ans Fenster, während sie Roanas Hand küßten. Mailand lag in der Vorfrühlingssonne am Horizont, ein dunstiger Wald von siebenundfünfzig Kirchen. »Habt ihr Erlaubnis, mich zu begleiten?« Er erhielt die Erlaubnis bei huldreichem kaiserlichen Empfang. Roana mit dem

Säugling blieb bei Beatrix. In Pavia wohnten die vier Kelgurier als Gäste beim Erzkanzler. Eine Mailänder Gesandtschaft, seit Tagen am Narrenseil geführt, bat um Vermittlung. Herr Rainald zeigte sich nachdenklich. Das rote Käppchen der Erzbischofswürde kontrastierte seltsam zu dem spöttisch weichen Ausdruck des Mannes mit dem stahlharten Herzen. »In meinem Studierzimmer«, sagte er, »lernt mein Sanctissimus Papa Victor seine Instruktionen. Kardinal Dom Zölestin war so klug, in Eurem Namen die beiden Heiligkeiten zu verneinen und ein unparteiisches Konzil in Aquitanien oder Aragon vorzuschlagen, damit wir, wenn Mailand gefallen ist, eine gemeinsame dritte Heiligkeit wählen. Warten wir, bis es fiel.« – »Wann fällt es?« – »Wenn es nach Mailand ginge, ist es längst gefallen.« – »Woran scheitert es?« – »An meinen Forderungen, Herzog. Unterwerfung ist billig. Buße bringt es in jeder gewünschten Höhe. Es versteht meine Gedanken nicht. Es möchte die Partie abbrechen.« – »Ihr wollt das Matt?« – »So ist es.« – »Danach beginnt die Gegenpartie? Dom Fugardi hat Anspiel?« – »So ist es. Schaut Euch die Mattstellung an. Übrigens rief ich Euren hochbegabten blinden Schwager und Enkelschwieger an meinen Dichterhof. Er singt in den Kneipen mit meinem Archipoeta um die Wette.« – »Kneipensänger?« – »Ich habe deren an die zwanzig. Ein Stichwort genügt, und statt Minne zu balzen, verwandeln sie Taten in Töne, Zuhörer in Stimmung, Helden in Strohpuppen. Zwischendurch fand Lauris noch Zeit, Eurer Enkelin Oda ein Bäuchlein zu wölben. Auch sie beklagt den Verfall seiner Künste. Drei Jahre älter! Die Weiber haben einen kurzen Verstand. Es kostet wenig und spart viel Blut, wenn man die Mächtigen lächerlich macht.«

Das Reichsheer tat nichts. Es wachte darüber, daß die bewaffneten Haufen der mit Mailand verfeindeten Städte unbehelligt die Ölbäume fällten, die Weinstöcke ausrissen, die Kanäle zerstörten und die Wintersaat niedertraten. Nur wenn die Hungernden einen Ausfall wagten, griffen die Eisengepanzerten ein. Die Gesandten verhandelten seit dem Herbst. Herr Rainald feilschte nur um Bedingungen, die das Ganze hinfällig machten. Endlich erreichte er sein Ziel: der Pöbel setzte die Obrigkeit ab, die Stadt bot Unterwerfung auf Gnade oder Ungnade. Die Konsuln und Senatoren, Ritter, Priester und Advokaten zogen barfüßig, das nackte Schwert um den Hals gehängt, nach Lodi, kraft Reichsacht als Hochverräter des Todes gewärtig, abgemagert bis auf die Knochen. Der Erzkanzler schickte sie ungespeist zurück: zunächst seien an vier Stellen die Tore niederzulegen, die Wallgräben zu verschütten. Es geschah. Während Beatrix durch Maitagorry von einem kräftigen Mädchen entbunden wurde, durften die einfachen Leute fünfzehn Meilen in alle vier Windrichtungen wandern, mit ihrer Habe, so viel sie schleppen konnten. Wenig mehr konnten sie schleppen als knapp sich selbst. Für die Notabeln, um die Schmach der Kaiserin zu rächen, hängte man zwischen die Afterbacken einer Eselstute jeweils von neuem eine Feige, die, wer nicht hingerichtet werden wollte, mit dem Munde zu pflücken hatte. Einige Achtzig zogen den Tod vor. Einigen Sechzig wurde von dem pestilenzialischen Gestank übel. Wer die Prozedur über sich brachte, ging als Geisel in Kaisers Hand. Anschließend wurde die Stadt, eine der reichsten des Erdballs, bis auf die Kirchen der Plünderung freigegeben, nach der Plünderung angezündet, nach der Verbrennung eingeebnet, Stadtmauern und Häuserfundamente bis nach Como und Cremona gekarrt. Das Eingeebnete pflügte man unter; auf das Untergepflügte säte man Salz. »Es sieht aus wie Schnee«, sagte Roana, während sie, neben Barral am Fenster stehend, im Mondschein die fernen Gotteshäuser auf dem freien Felde betrachtete. Barral fröstelte. »Es sieht aus wie Lorda. Mich friert, wenn ich nur daran denke, was zwei Menschen, die Spaß an der Macht haben, über die Welt bringen.«

Man breitete quer durch die Salzwüste die schönsten Teppiche. Im Dom taufte Erzbischof Wichman von Magdeburg die Kaisertochter nach des Kaisers Mutter, Judith Welf, auf den Namen Judith. Roana, von anderer Judith stammend, hielt sie über das feuervergoldete Becken. Beim Verlassen des Gotteshauses zog Erzbischof Rainald von Köln den Herzog beiseite. »Es wäre mir lieb, Ihr begäbet Euch nach Haus. Wir stehen in der Gegenpartie. Die Republik Pisa verjagte den falschen Papst nebst seinem Kurienkanzler, einem Schachkünstler von Graden. Wo, meint Ihr, ist Petri Stuhl angelandet? Bei Trimarî in der kelgurischen Diözese Rodi. Eure Söhne entschlossen sich, dem Kaiser zu folgen. Sie erhalten Reichslehen bei Novara und Bergamo. Die seinerzeit gesperrte Danksumme für die Kirchenbuße ist auf Euren Banco in Prà verrechnet worden. Ich bitte Euch, über Pavia zu reiten und eine unbekannte Dame mit an den Tec zu nehmen. Unter uns gesagt, ist sie die künftige Königin von Franken, Nichte meiner allerheiligsten Strohpuppe Victor.« Barral steckte den Daumen zwischen zwei Finger. »Ihr zeigt mir die Feige von Mailand? Ich verstehe nicht ganz, warum.« – »Weil ich die Feige nicht fresse. Die Schärfe Eurer Gedanken scheint gelitten zu haben. Im Erfolg wird man unklug. Ich fresse auch die

Reichsverbrecher in Trimarî nicht, außer gegen Rückerstattung meiner vier Geiseln.« – »Ihr sollt sie nicht fressen. Darüber plaudern wir in Pavia. Eure Söhne und Lauris, falls Ihr dies mit den Geiseln meintet, sind nicht gezwungen, beim Kaiser zu bleiben. Sie lieben den Kaiser, sie bewundern mich, sie lernen viel.«

Die Söhne bestätigten es. Nichts brachte der Vater aus ihnen heraus, auch nicht, als er Enterbung androhte. »Merkt ihr denn nicht, Grazian, Balthasar, Konrad, in welchen Händen ihr seid? Ihr seid Kelgurier, euer Platz ist bei mir, auf jeden von euch wartet eine Grafschaft. Keines der versprochenen Herzogtümer werdet ihr sehen. Beim ersten Anlaß stürzt die italische Herrschaft zusammen.« – »Wir sind jung, Herr Vater«, sagte Konrad. »Es ist schön, ein neues Reich aufzurichten. Die Gefahr macht uns Freude. Das Ungewisse begeistert uns. Wir schaffen uns unser Glück, wie Ihr Euch das Eure schufet. Wir kehren heim, wenn wir uns bewährt haben.« – »Und wenn ich Gehorsam befehle?« – »Dann würden wir gehorchen, Ihr seid der Vater. Aber Ihr werdet so uneinsichtig und lieblos nicht handeln.« – »Lieblos«, wiederholte Barral. »Ist es lieblos, die eigenen Kinder um sich zu scharen? lieblos, ihnen Land zu geben? uneinsichtig, zu verhindern, daß sie umkommen? Ihr werdet mir entfremdet. Ihr sprecht Deutsch, statt eure Muttersprache zu ehren.« – »Unsere Mutter ist ja auch nicht mehr da, Herr Vater. Ich habe sie nie gekannt. Verzeiht, ich wollte Euch nicht betrüben. Ihr denkt noch oft an die Mutter?« – »Viel, Konrad, viel. Auch wenn du dich nicht erinnerst, sie hat dich geboren. Ob sie starb, ob sie lebt, wir wissen es nicht. Haltet euch gut, ihr Drei. Haltet euch so, daß ihr mir und der Mutter jederzeit unter die Augen treten könnt.«

In den Paßschluchten der Hochalpen lag noch Schnee. Die Luft war kalt. Die fränkischen Geleitritter der Papstnichte ritten weit voraus und schaufelten die Straße frei. Roana und Maitagorry ließen Barral allein, so oft er danach verlangte. Überall unterwegs bestellte er für Fastrada Seelenmessen. Zwischen den wilden Firngletschern wurde er plötzlich unruhig: je höher, je unruhiger. Mit Raubvogelblicken betrachtete er vom Sattel herunter das Schmelzen der griesigen Zungen, sprang ab, kniete hin, lachte, weinte und küßte das Geriesel. »Die Gallamassa!« sagte er, von Freude überwältigt, als Roana fragte. Er verschwieg, daß Fastrada ihn, ohne zu fragen, verstanden hätte. »Wie kann man es nur aushalten ohne Heimat. Alle Bäche fließen zur Gallamassa.« Sie umströmte, von Norden kommend, den Felsfuß der Festung von Brianz, wo er beim Kathedralvikar abermals einundzwanzig Messen zahlte. Das rauschende Wasser, grünweiß und eisig, lockte. Roana warnte, er sei über Sechzig. »Soll ich anfangen zu vergreisen?« rief er erbost, warf die Kleider ab und plantschte durch die niedrigen Wellen. Jubelgesänge entbrachen seiner Kehle. Maitagorry auf dem kostbaren Maultier, das die Kaiserin ihr geschenkt hatte, antwortete. Thoro ritt unter ihrem Ohr vorbei. »Ghissi Anno Elfhundertzwanzig!« Der Wechselgesang ging in Brautlieder über. Barral wieder entgegnete mit den Hirtenzaubern. Nachts beim Bischof von Imbraun machte er das Weibtier Roana vergessen, daß es ein Alter, eine Fastrada und eine Lombardei gab.

Zwei Tage später waren sie in Sedisteron, den Abend darauf in Farrancolin bei Dom Lonardo. Der baumlange Siebziger, ungebrochen frisch und rüstig, kam soeben vom Kardinal Zölestin, wo er Dom Gero Sartena, Domna Loba und Barrals Bastard Quirin Ghissi-Tedalda getroffen hatte. Papst und Kurienkanzler saßen nicht mehr in Trimarî, sondern auf Einladung Quirins in Amselsang. Nach vielerlei vorsichtigem Hin und Her erklärte Kardinal Fugardi Mitte Juni seine Bereitschaft, auch ohne Anerkennung der alexandrinischen Tiara im Wildbade zu verhandeln, wenn Quirin ihm für Freiheit bürge. Sie erschienen mit dem zisterziensischen Erzabt Desiderius. Der Reihe nach schaute Barral tiefsinnig seine drei außerehelichen Söhne an, die untereinander nichts von Bruderschaft wußten. Noch weit tiefsinniger wurde er in der Burg von Tedalda. »Lämmchen«, sagte er gerührt, als Roana und Loba ihn mit des Kardinals angeblicher Adoptivmutter, Domna Valesca, allein ließen. »Ihr Farrancolin-Töchter seid mein Schicksal. Damals, Bischöfin aus Nordland, hing eine zweite Mur über uns, und wir ahnten es nicht. Dom Firmian und der Wagen und die erste Mur und das zerschnittene Kleid und die Kadaver und der Koffer wurden vom Stein verschüttet. Was machen wir nun mit unserem Knaben? Machen wir ihn zum nächsten Papst? Eure Augen haben sich nicht verändert. Mut und Schalk wie beim Schafmilchtrinken. Der Knabe ist ungleich potenter als sein Papst, dem ich den Titel verweigern werde. Der Schäfer sagt Herr Kardinal zu ihm.«

So geschah es. Der wichtigste Schachzug bestand darin, daß Barral den exilierten Reichsverbrechern, da sie von der Krone Aragon anerkannt waren, ein Nebenlehen des aragonischen Lehens Ortaffa einräumte, seinen Palast in der kleinen Stadt Mompessulan westlich des Tec. Dort konnten sie weder vom Reich noch von Franken behelligt werden, saßen aber in Franken und waren dem Reiche nahe. Er verkehrte mit ihnen teils über Domna Loba, die sich trotz wachsender

Schwachsichtigkeit zusehends verjüngte, teils über Domna Valesca, die häufig nach Kelmarin kam. Der gefährlichste Helfer war Seine Glückseligkeit Erzabt Desider, dem zweihundertundachtundsechzig Klöster bis nach Schlesien und Polen hinein unterstanden. Dies Polen, vor dem denkwürdigen Reichstage von Bisanz durch den Kaiser befriedet, ein zerstrittenes Land, aufgeteilt unter den vier Söhnen des Herzogs Boleslaw Schiefmund, zog als Magnetberg die Großen des Reiches in die unermeßlichen Weiten des Ostens, niemanden stärker als den schwer durchschaubaren, englisch versippten Vetter des Kaisers, Heinrich Welf den Löwen, zwiefachen Herzog, der so mächtig war, die Heerfolge nach Italien ohne Erläuterung ablehnen zu können.

Innerhalb weniger Monate drehte Kardinal Fugardi die Reichspolitik zu Herrn Rainalds Schrecken aus ihrer Nordsüdrichtung von Sonnenuntergang nach Aufgang. »Die Alpen«, sagte der Kurienkanzler, »sind ein mißliches Gebirge für den, der sie falsch benutzt. Für mich ein gottgegebener Schild, ein Wall aus Felsen und Gletschern. Für ihn eine Schranke, die er stets neu übersteigen muß. Ich begebe mich, Frau Mutter, mit der klugen Loba zu König Ludwig in Franken, willens, mich auf das Äußerste zu demütigen, damit wir den Peterspfennig bekommen. Ihr, ich bitte, begebt Euch zu meinem angeblichen Vater, und macht ihm klar, daß auch Kelgurien, wozu ich Mirsalon, Dschondis, Prà, Freigrafschaft, Imbraun, Brianz und Klein-Burgund zähle, aus jenem Wall seinen Niesnutz ziehen könnte. Ja, er könnte die gesamte Tec-Ebene dazu erhalten, wenn wir Herrn Ludwig auf Groß-Burgund lenken. Mit dem Bischof von Maguelone-Mompessulan sprach ich. Bis an die aquitanischen Grenzen würde der Dachs seinen Bau schaufeln.

Er muß nur einsehen und beschwören, daß die Zeiten der Kaiserherrschaft von heute an für immer der Vergangenheit angehören. Alles Land ist Gottes, demnach Christi, demnach des Papstes als des Stellvertreters Christi auf Erden. Die Kurie wird Herrn Barral verlehnen, was er der Kurie zur Verlehnung anträgt.«

»Dieser Gepurpurte«, sagte Barral, als Valesca den Plan enthüllte, »vergißt, daß er außer dem Purpur, seinem Gehirn und seiner Mutter nichts hat. Ich habe mehr als genug. Ich kann warten, er nicht. Warten wir also. Eines Tages, wenn es mich weder Schwur noch Sonstiges kostet, werde ich alexandrinisch und zwinge den Kaiser, die Puppe Victor fallen zu lassen. Herrn Victor titelte ich als Bischof von Rom. Wie wäre es, wenn die erste meiner Geliebten bei der letzten meiner Geliebten zur demnächstigen Kindtaufe Patenschaft übernähme? Roana ist eine Farrancolin und weiß von Euch mehr nicht, als daß Ihr verwandt seid. Mögt Ihr Farrancolin wiedersehen? Marisa? die Mur? die Höhle des Eremiten an der Draga?«

»Ich glaube kaum«, sagte Valesca versonnen. »Das Zederngebirge würde mir winzig erscheinen gegenüber der Nacht, in der es mein Erdendasein bestimmte. Meine Erinnerung reicht bis zu den Sternen und Strömen, Herden und Geiern, nicht zu Marisa. Achtzehn war ich. Siebenundvierzig Jahre liegen dazwischen. Was könnte ich mit meiner Schwester austauschen? Ich will auch nicht Pate stehen. Um unseren Sohn nicht zu verraten, bleibe ich eine Tirolerin, exiliert aus den Mathildischen Landen, Wittfrau eines Kaufmanns, bei dem ich es gut hatte. Was aber in meinem Herzen lebt, großer Hirt, freut sich, daß es den einen, durch den es lebte, anschauen darf. Du glaubtest mir meinen

Bischof nicht, Schäfer. Glaubst du mir jetzt den Kardinal? Hätte ich dem Kardinal mein Herz mitgeben können, so wäre uns wohler. Der Anfang verschlingt sich in das Ende. Die Wasser von Kelmarin sind die Wasser der Wolkenbrüche. Es gab keinen schöneren Purpur als das Morgenrot auf deinen goldbraunen Schultern. Hätte uns jemand gesagt, daß ich dir einen gepurpurten Prügler gebären würde, ich wäre zurückgegangen, um auf dem Wagen die zweite Mur zu erwarten, vor der ich bangte, als du den Ring raubtest. Nun kommt nichts mehr. Für mich nichts. Für dich nichts.«

»Für mich schon. Mein Ende ist fern, meine Ruhe bedroht. Ich muß die Wasser von Kelmarin vergewaltigen. Zwischen zwei Päpsten werden die nächsten meiner Söhne auf mich gehetzt werden; zwischen zwei Frauen, denen ich Treue gelobte, zerreißt mein Glück. Ich überlege, ob ich nach Ghissi gehe und die Stelle aufgrabe, um deretwillen ich damals an dir zum Schuft wurde. Augenblicks wäre ich tot. Wäre das Gottes Wille, warum ließ er mich nicht sterben unter den Geißeln meines Sohnes? Schlagt ihn, daß er nicht wieder aufsteht, soll er gesagt haben. Und ich stand wieder auf. Und ich stehe wieder auf. Und ich werde ein Riese sein, aber nicht wie der Sohn es will. Ein Schäferkönig, ein Wassermann, ein heidnischer Gott, bekränzt mit flutender Kresse. Wenn die Kinder wimmern im Schlaf: ich bin es. Wenn die Felder grünen über Nacht: ich war es. Wenn die Ratten pfeifen, um sich zu retten: ich komme. Und wenn ein Gespenst flappt zwischen Erde und Mond, zittern die Mädchen Kelguriens, ob der Sagentraum sich auch auf sie hinabsenken werde, ihnen ein Ungetüm zu machen, das die Welt entzweischneidet wie mein Dolch dein Kleid.«

FATIMA

Si Kara, Kalif über die immergrünen vulkanischen Smaragd-Inseln im Ozean, starb zu der Zeit, als Papst Alexander in Franken die tiefsten Erniedrigungen ertrug, um bei Herrn Ludwig und dem britischen Herrn Heinrich, die unter der Hand halb wieder zum Kaiser neigten, Fuß zu fassen – aber Si Kara wußte nichts von Si Iskander, so wenig wie Herr Alexander von Herrn Kara. Nach muselmanischer Sitte bestieg der jüngste der Söhne, Si Achmed ben Kara, dreißigjährig den Thron, und eine Menge von Hofämtern wechselte. Der neue Herr befahl dem alterfahrenen Wesir, er solle im Harem des Verewigten alle Erwartenden töten lassen, die übrigen verkaufen. Der Wesir berichtete, die Oberhofdame Fatima habe sich geweigert, den Befehl anzuerkennen, und bitte um Audienz. »Enthaupte sie«, sagte Si Achmed. Am Schlusse des Vortrages kam der Minister auf die Frage der Oberwirtschafterin zu sprechen. Der Verewigte habe die bisherige als unersetzbar empfunden und im Harem, statt Mädchen zu beschlafen, meist nächtelangen Gesprächen obgelegen; sie sei außerordentlich tüchtig, ihr Kauf habe viel Geld gekostet. »Sie mag bleiben«, entschied der Kalif, »die meinige taugt nichts.« – »Es ist, Euer Erhabenheit«, gestand der Wesir, »jene Fatima.«

Abends kam der Herrscher ins Frauenhaus. Die Eunuchen warfen sich zu Boden. Er badete, hieß die Mädchen sich ausziehen und hieß seinen ebenholzschwarzen Leibwächter die zwei Schwangeren umbringen. Sie empfingen den Todesstreich. Die Köpfe fielen dumpf auf den Marmor, dumpfer die Körper. Mit klirrendem Schlüsselbund nahte hochaufgerichtet die Oberwirtschafterin. Zwischen Stirnschleier und Nasenschleier blickten nachtblaue Augen unter schattendem Lidschimmer auf den Herrn. – »Was willst du?« – »Daß Euer Erhabenheit dies Morden beende. Die Erhabenheit versündigt sich am Samen des Vaters und am Buchstaben des Propheten.« – »Hinrichten«, befahl der Kalif. Man nahm ihr die Schleier ab, sie kniete nieder, den Nacken zu neigen, und betete wie eine Christin. Si Achmed schnob Wut. Übergoldetes Kastanienhaar wurde beiseite geteilt. Der Mohr hob das Schwert, schlug aber nicht zu. »Ein sarazenisches Amulett, erhabenster Herrscher.« – »Laß sehen.«

In lindgrüne und scharlachfarbene Seide gehüllt, Federbuschen auf dem Turban, betrat er eine Stunde später das Gemach der Oberwirtschafterin. Sie unterhielten sich über das, was der Koran erlaubte oder verbot, über abweichende Rechtsauslegungen, über wahre und falsche Frömmigkeit, Frömmigkeit bei den Moslemun, Frömmigkeit bei den Christen. »Es gefällt mir«, sagte der Kalif, »wie du den Glauben als solchen auffaßt, den meinen wie den deinen. Meine Muftis und Mullahs verwerten ihn als irdische Daumenschraube, Fatima zieht seine innere Essenz. Man erzählt mir, du seiest tüchtig, beständig in deiner Treue, freundlich und gewissenhaft. Eine unbestechliche Frau ist selten. Willst du auch mir dienen?« Fatima neigte den Kopf. »Wie lange dientest du meines Vaters Erhabenheit?« – »Neun Jahre.« – »Mit deiner Liebe?« – »Seine Erhabenheit hatte Freude an meinem Kochlöffel, an meinen Rechnungsbüchern und an Gesprächen.« – »Ich hatte Freude an deinem schönen Haar. Tu deine Schleier ab, laß zu essen bringen. Bis es gebracht wird, plaudere von ihm; mir scheint, du kanntest ihn besser als ich.«

Fatima erzählte. Si Achmed betrachtete ihr gleichmäßiges Mienenspiel und horchte auf die Feinheit, mit der sie die Worte setzte. »Es ist«, sagte er nach dem Nachtmahl, »eine heitere Traurigkeit über dir. Du benutzest keine unserer blumigen Reden, und doch hat alles, was du sprichst, die Farbigkeit meiner Höfe, den Glanz der Brunnenwasser, den Duft unseres Himmels. Wie kommt das?« – »Ich lese viel; ich denke und träume viel. Ich liebe wie Ihr diese Welt des Märchens, aus dem Ihr, weil es für Euch kein Märchen ist, nicht hinauswollen werdet.« – »Du möchtest hinaus? und beugtest widerspruchslos deinen Nacken? Erkläre mir dies.« – »Mit Widerspruch, Herr, löst man nichts. Alles, was mir geschieht, liegt in der Hand Gottes.« – »In der meinen«, brauste Si Achmed auf. »Ich zerschmettere, ich erhebe!«

»Dann müßte die Erhabenheit auch für mich träumen können. Kann sie das? Kann sie enthaupten? Es ist das Schwert, das den Kopf abschlägt, nicht der Kalif. Es ist der Mohr, der das Schwert führt, nicht der Kalif. Es ist der Kalif, der dem Mohren befiehlt. Wer aber macht, daß die Seele des Kalifen schäumt? wer also schlägt mir den Kopf ab? Mein Wille, der dem Euren widerspricht? Euer Prophet? oder mein Gott?«

»Du hast recht«, sagte Si Achmed. »Ein unbegreifliches Wesen regiert uns, höher als der Imâm, höher als alle Propheten. Höher als die Freuden und Leiden der Welt. Du hast sehr gelitten?« – »Nicht sehr.« – »Freuden?« – »Ich hatte schöne Freuden, Herr. Daheim wie auch hier. Gott schenkte mir den Gemahl, den ich erträumte. Die Erde schwankte nicht mehr. Der Himmel verlor seine Festigkeit.« – »Der Himmel ist fest? die Erde schwankend? Wo befandest dann du dich?« – »Immer zwischen Himmel und Erde. Oberhalb der Stürme, unterhalb der wogenden See, in der Windstille.« – »Im Paradies?« – »Im Paradies ist man nicht allein. Im Paradies werde ich einst meinen Mann und meine Kinder finden.« – »Wie viele Kinder hast du?« – »Nach muselmanischer Anschauung drei. Drei Söhne. Vor Christus acht. Drei Söhne, vier Töchter, ein totes. Acht und eins. Eins für den Propheten.«

»Du sprichst, Fatima, in Zahlen-Scharaden.«

»Das Rätsel ist nicht eben groß, Herr. Wir Christinnen lieben anders und werden anders geliebt als Eure Töchter. Jene acht Kinder empfing ich aus Liebe, gebar sie in Liebe, zog sie in Liebe groß, bis ich gehen mußte.« – »Er verstieß dich?« – »Das Müssen war tieferer Natur.« – »Erzähle.« – »Ein böser Geist hatte meine Mutter ermordet. Wir Christen haben einen Propheten, der für die Ermordeten bittet, daß ihnen das Paradies erschlossen werde. Man pilgert zu seinen Gebeinen wie Ihr zur Kaaba; sie liegen in einem Tempel auf dem Sternenfeld; so heißt die Stadt, Campus Stellae, Campostela, eine heilige Stadt wie Euer Mekka. Da stiftet man fromme Werke und kehrt getröstet zurück. Kehrt man nicht zurück, wie es mir geschah, so ist dies ein Zeichen vom Himmel, daß die Stiftungen zu klein waren, oder zu wenig fromm, oder, gemessen am Vermögen des Stifters, kein Opfer, und daß, ehe der Mutter die Paradiespforte geöffnet wird, die Tochter ihr Leben oder ihr Glück oder ihre Freiheit noch draufzahlen soll. Je weniger sie klagt, je höher wird es dort oben angerechnet.«

»Indem deine Worte mich fesseln«, sagte der Kalif, »sehe ich zu meinem Erstaunen, daß bei aller vergleichslosen Feinheit unseres äußeren Daseins, ihr Christen an Feinheit des Gefühls einen Vorsprung besitzt, den ich euch neide. Du bist mir aber das neunte Kind noch schuldig. Von wem stammt es?«

»Das weiß ich nicht, Herr. Mein Schiff geriet in eine widrige Trift; es wurde gekapert und in Brand gesteckt mit allen Männern; wir Frauen fielen in die Hand der Piraten.« – »Davon, Fatima, bekommt man kein Kind.« – »Ich schon. Von achtzig sarazenischen Männern kann man nach einigen Monaten Seefahrt sehr wohl in Hoffnung sein, wie man bei uns die Schwangerschaft nennt.« – »Achtzig!« rief der Kalif, »der Prophet verzeihe ihnen! Und du starbest nicht?« – »Ich hatte einen recht lebhaften Gemahl, Euer Erhabenheit.« – »Sieh an! welch Schalk in deinen noch eben so ernsten Augen!« – »Nicht wahr, Herr? Drollig. Als ich dann sterben sollte, sahen sie mein Amulett. Ich trug den Sohn aus, sie nahmen ihn mir fort und versteigerten mich als Köchin. Euer erhabener Vater aß von meinem Gekochten bei meinem zweiten Herrn und erwarb mich. Das ist die ganze Geschichte. Er war mir ein Vater, und wie einen Vater liebte ich ihn.«

»Demnach wärest du meine Schwester. Wie alt ist meine Schwester?« – »Sechsundvierzig.« – »Dein Leib hat nicht mehr geliebt? er mag nicht mehr lieben?« – »Das ist ihm vergangen.« – »Wegen der Erlebnisse auf dem Schiff?« – »Auch wegen der armen Mädchen, die meiner Fürsorge anvertraut waren. Was habe ich an Tränen und an

Verzweiflung sehen müssen! Wir Weiber, ob christlich oder muselmanisch, haben eine Seele, die lieben und geliebt werden will. Ihr beraubt Euch des Schönsten, weil Schwierigsten.« – »Liebe ist schwierig?« – »Sehr. Liebe ist Rücksicht und Opfer.«

Si Achmed überlegte lange. »Ich will daran denken«, sagte er nicht ohne Ergriffenheit. »Ahnt meine Schwester, woran ich soeben dachte?« – »Das ahnt sie. Und ihr Herz dankt Eurem Herzen. Euer erhabener Vater meinte mich nicht entbehren zu können, versprach aber die Freilassung im Testament zu verfügen.« – »Das Testament, Fatima, ist zehn Jahre alt, der Tod hat ihn unvorbereitet getroffen, du kostetest uns viel Geld.« – »Ich weiß. Ich weiß auch, man würde mich auslösen. In meinem Lande bin ich Fürstin gewesen, der Fürst ist Blutsbruder des Emirs von Dschondis. Wenn Ihr Seiner Hoheit dem Emir Salâch-ed-Din schreiben möchtet, so wird es am Gelde nicht mangeln.«

Der Kalif befahl erfrischende Säfte. »Nun sage mir, Fatima«, fuhr er fort, »was erwartest du von daheim? Wirst du nicht immer zwischen dort und hier schweben?« – »Das werde ich. Das ist ganz natürlich. Was erwarte ich von daheim? ich muß es mich fragen. Vor dreizehn Jahren ging ich fort. Die Kinder sind erwachsen und kennen mich nicht, der Fürst hat wieder geheiratet, eine Tote kehrt zurück. Und dennoch. Dennoch. Die gelben Felsen. Die Dohlen. Der Karst. Die wilden Ströme. Die Sprache der Meinen. Der Weihrauch in den Kirchen. Und das einfache bäuerliche Leben. Das Wildbad. Die Gräber der Menschen, die mir nahestanden. Wie viele mögen gestorben sein?«

Si Achmed strich eine Locke aus ihrer Stirn. »Meine Schwester wisse«, sagte er, »daß es mir schwer fällt, sie gehen zu lassen. Sie lehrte mich Zartsinn an einem einzigen Abend. Sie lehrte mich Schmerz in Duft verwandeln und sich selbst wie einem Fremden aufmerksam fern gegenüberstehen. Du weinst deine Tränen nicht, und doch sind sie geweint, aber sie fallen nicht wie der Tropfen, sondern sie steigen wie der Strahl, und der Blick, der ihnen nachgeht, geht nach oben. Du wirst mir fehlen auf den smaragdenen Inseln. Deine Tränen sind nicht salzig, nicht süß, nicht bitter, sie zerreißen mein Inneres und besänftigen es, und ich besitze den Brunnenmacher nicht, der dies Schweben in Röhren faßte. Höre, Fatima. Es ist denkbar, und ich hoffe es für mich, daß dein Gemahl, der Fürst, wenn neu vermählt, dich nicht wünscht.« – »Das glaube ich nie und nimmer.« – »Aber vielleicht ist er tot?« – »Davon wüßte ich, Herr.« – »Du hast eine Verbindung zu ihm? du schriebest?« – »Wie sollte ich schreiben? Nie verließ ich Palast und Haremsgarten, der Hafen ist weit, der Henker nah. Es gibt eine Verbindung oberhalb der Stürme. Ich weiß, daß ihm Schlimmes zustieß, wachsend bis zum siebenten der dreizehn Jahre; seine Seele war bei mir und rief. In schwerer Krankheit mußte ich einsehen, daß ich sie nicht behalten durfte. Seither liebt er. Er liebt eine Frau, die ihn rettete.« – »Also braucht er dich nicht.« – »Ich brauche ihn, Herr. Und seine Seele ist zu oft bei mir, als daß ich nicht spürte, sie braucht mich. Immer wieder seit Kurzem ist sie da. Unsere Imâme und Muftis können ihm nicht helfen, wenn er, ein Fels dieser Erde, sich zum Himmel emporlösen will.«

Der Kalif erhob sich. »Ich behielte dich mit Vergnügen«,

sagte er. »Und ich behalte dich noch vorerst. Der Prophet verpflichtet mich, daß ich den Christenhunden ein Lösegeld abfordere. Ich bin reich, ich bedarf seiner nicht. Trifft es ein, so verwandle ich es in Geschenke zu deinen Händen, damit sie daheim ein wenig muselmanische Heimat haben. Es ist weit nach Dschondis, das, wenn ich mich recht entsinne, im höchsten Norden der berberischen See liegt. Wir werden anfragen. Freue dich nicht zu früh, sondern leite mit deiner sanften Hand mein Gewissen, daß es zu Allah aufschaue, von dem unser Heil kommt. Sage morgen dem Wesir deinen heidnischen Namen, und abends empfange mich zu Gesprächen, wie du den Vater empfingest. Oh könnten die Menschen doch gleich dir die Feindschaft begraben! Die Erde ist schön; man verwüstet sie. Die Menschen sind edel; sie köpfen einander. Menschen aber und Erde sind, wie mir scheint, ein göttlicher Prüfstein, daran sich das Flüchtige von dem Haftenden scheidet, um in den Himmel zu gehen. Schlafe wohl, Schwester, und gelber Karst, wilde Ströme mögen deine Seele erheitern. Fortan besitzest du Zutritt zu mir, wann immer du willst.«

Fatima war zu klug, von solcher Erlaubnis Gebrauch zu machen. Sie zog es vor, ihn zu erwarten, oft auch den Wesir, der es schätzte, daß heikle Entscheidungen nicht im Diwan des Herrschers getroffen sein mußten. Er bestätigte ihr, daß der Emir von Dschondis in den zurückliegenden Jahren sich dreimal um Freikauf bemüht, Si Kara aber Verleugnung befohlen habe. Ein Schiff sei abgegangen zum Sultan der Berberei. Ob sie nicht fürchte, von Neuem versklavt zu werden? »Dem«, sagte Fatima, »ließe sich begegnen, indem man den Wimpel des Kalifen setzt.« Ob sie sich bewußt sei, daß es, einmal untreu geworden, eine Rückkehr zur Smaragd-Insel nicht gebe? »Dessen, Herr, bin ich mir bewußt.«

In der Regenzeit, als die Gärten ertranken, kamen die neuen Mädchen, die der Obereunuch gekauft hatte. Er untersuchte sie. Die Schönste sperrte sich noch, als sie schon nackt war. Sie sprach und verstand kein Wort. Er ließ sie prügeln, bis sie heulend in der Ecke lag. Fatima wurde gerufen. Kalif und Wesir betraten das Bad. Man führte dem Herrscher die künftigen Beischläferinnen vor. Er musterte sie abwesend. Seine Augen waren bei der Hofdame und ihren Bemühungen, das schimmernde Fleisch, das ihn lockte, zur Vernunft zu bringen. »Eine Weiße?« fragte er. Der Haremswächter bestätigte es, während er den Herrn auszog. Das trotzige Greinen ging in Schluchzen über. Fluten von Tränen näßten Fatimas Gewänder. Das Streicheln und mehr noch was Fatima sprach beruhigten den Strom. Si Achmed kannte die Sprache nicht, denn es war Latein, verliebte sich aber flammend in das goldhaarige Geschöpf, dessen Verzweiflung ihn doppelt reizte. Schon widmete er sich dem Versuch, ihr Lust zu erregen. Fatima schob seine Hand fort. »Du unterfängst dich?« fragte er. »Ich begehre sie, ich will sie haben.« – »Und ich, Herr Kalif, wünsche sie als Jungfrau geschenkt zu bekommen!« Während Eunuch und Leibmohr Fatima packten, legte das Mädchen sich auf den Rücken, schloß die Augen und biß die Zähne aufeinander. Ehe er sie nehmen konnte, würgte und erbrach sie. Er trat, prügelte und bespie sie. Ein neuer Anfall von Schluchzen warf sie auf Fatimas Füße, wo sie mit ausgestreckten Armen liegen blieb. Der Kalif kühlte seinen Liebesdrang an einer Willigeren. Fatima wartete, bis er gegangen war. »Steh auf, Aurora, und bade dich. Du schläfst bei mir.«

Aurora war Mailänderin, Tochter eines enthaupteten Magistralen, an der Tessin-Furt unter dem Jammer der Ihren aus den Flüchtlingsströmen herausgepeitscht, mit anderen Schönen zusammengekettet, in einem genuesischen Hafenschuppen nächtlicherweile feilgeboten und sogleich verschifft, in der Berberei für die Smaragd-Inseln erworben. »Was geschieht, Domna Fastrada?« fragte sie verzagt, als sie begriffen hatte, daß die Retterin mehr als sie selbst vom Schwerte bedroht war. – »Der Wille Gottes, mein kleines Mädchen. Erzähle mir von daheim.« Die Vorhänge wehten, Aurora zitterte. Der Wesir kehrte zurück. Sie stürzte auf seinen Pantoffel. Alt, schwer und füllig, kreuzte er die Füße und brauchte eine Weile, bis er saß, lüpfte sich zwischendurch und befahl ihr auf Latein, ihm das Kissen bequemer unterzuschieben. Sie zog sich zurück, er winkte zu bleiben. Dann sprach er Maurisch. »Mit dem Schiff, das die Huris brachte, erhabene Fürstin, kam die Antwort aus Dschondis. Ihr habt etwas gegen den Ausdruck Huri?« – »Wie sollte ich nicht? Huris sind Paradiesesjungfrauen.« – »Je nun, mein Herr dachte darüber nach. Er ersehnt sich die üppige Rosenbraut für das Paradies. Ihr seht, es hat seine Vorteile, wenn ein gut bestückter Harem bereitsteht, mit vielerlei Brunnen, die Glut zu löschen. Er schenkt Euch die feinporige Huri, da Ihr sagtet, Liebe sei Opfer. Kein Wort!«

Er blickte Aurora an, bis sie wieder in Zittern geriet. »Du hast die Wahl, Kind«, sagte er auf Latein. »Mein Herr ist beleidigt bis in die Tiefen seines ehrempfindlichen Herzens. Eine von euch beiden muß sterben.« – »Ich«, sagte

Aurora. – »Mein Herr möchte aber lieber die Andere umbringen. Du kannst sie erretten, indem du dich seinen Ausschweifungen hingibst.« – »Ich bin bereit.« – Der Wesir kniffte die Lippen und wandte sich wieder an Fatima. »Ihr Christen, erhabene Fürstin, treibt einen hohen Aufwand an Edelmut für nichts.« – »Und Ihr Moslemun«, erwiderte sie, gleichfalls auf Sarazenisch, »verschwendet Grausamkeiten, um Euren Edelmut zu verhüllen. Ich danke Seiner Erhabenheit. Es war das gütigste Geschenk, das er mir widmen konnte. Wir sind also frei?« – »Frei und nicht frei. Euer Gemahl, obwohl neu vermählt, hatte die Unbesonnenheit, Euch auszulösen.«

Fastrada barg das Gesicht in den Händen. Der Wesir erhob sich, um eine Viertelstunde zu lustwandeln. Aurora, erschreckt über den lautlosen Weinkrampf, hinter dem sie das Todesurteil vermutete, faltete die Hände zum Gebet. Derweil ging das Weinen in Lachen über, das Lachen wieder in Weinen. »Wir sind frei, Aurora, wir sind frei, frei, frei! O barmherziger Gott, ich danke, ich danke Euch.« Sie dankte dem Wesir, sie dankte dem Kalifen. – »Fatima«, sagte der Kalif, »du ladest da etwas auf dich, das du nicht leisten kannst. Dein Gemahl ist ein Mensch; Mann und Herr. Deine Kinder sind erwachsen, deine Gedanken ihnen fremd. Dreizehn Jahre Fremdheit wie blindes Glas zwischen dir und ihnen; Eifersucht zwischen dir und der gewiß jüngeren Frau, wie Grundwogen im Hafen; dunkle Nacht zwischen dir, die du Vieles erlebtest, und ihm, der Vieles erlebte. Jedes Geschehnis, jeder gestorbene Mensch, selbst die Sprache der Heimat, müßte erlernt werden, wie der Gaukler Nadeln zu verspeisen lernt.« – »In zwei Minuten, Herr«, rief Fastrada, »habe ich den Untergang

Mailands erlernt, mit allem Entsetzen, durch einen armen gequälten Menschen!« – »Überlege es dir eine Woche. Wer lange gehungert hat, muß vorsichtig essen.«

Nach Ablauf der Woche fand er Fatima und ihre Sklavin bedrückt von offenbar ausweglosen Gedanken. Er gab ihnen abermals eine Woche, sich zu entscheiden, ob sie dem Glauben des Propheten Mohammed beitreten wollten, Fatima als ältere Lieblingsfrau, die über den gesamten Palast zu herrschen habe, Aurora als Mutter künftiger Prinzen. Aurora schwankte. Ihr Verlobter war tot, ihre Sippe zersprengt, ihr Vermögen fort. Fastrada ging ruhelos auf und nieder. »Herr mein Gott, darf ich es denn? darf ich zurückkehren, um eine Liebe, die ich nicht stören will, zu zerstören? Darf ich den Glauben wechseln wie ein Hemd, das man fortwirft? darf ich Maurin spielen, während ich mich sehne nach Christi Wort, sehne nach meinen Kindern? darf ich einbrechen in ihr Glück und ihr Unglück? Aber wer kann es denn verlangen, daß ich Ortaffa nicht sehen soll, das Grab meiner Mutter nicht sehen soll, meinen Mann, der mich auskaufte, nicht sehen? Ah?! Aurora!« Sie fielen aufs Knie. – »Ein Bischof«, flüsterte Aurora. – »Dom Guilhem«, murmelte Fastrada mit versagender Kehle. Ihre Augen starrten auf die segnende Hand. Die goldstrotzende Mitra mit den gelbseidenen Bändern wandte sich, der Krummstab funkelte noch durch den fernsten Vorhang und winkte ihnen.

Im Mai 1164 segelte ihr Schiff, befrachtet mit Kisten und lebendigen Geschenken, einem Wassermeister, einem Brunnenmeister und einem Baumeister, auf die Riegelberge vor der Bucht von Dschondis zu. Zwei Kriegsgaleeren fingen sie ab. Ein Pascha kam an Bord. Wortkaskaden ohne greifbaren Inhalt, Aufmerksamkeit über Aufmerksamkeit, blitzende Zahnreihen und schmelzendes Augenrollen waren alles, was Fastrada erfuhr. In der samtenen Nacht ging sie auf und nieder, auf und nieder. Ihr Herz verzagte. Sie besaß das meergrüne Gemach ihrer Träume nicht mehr. Die Windstille des Herzens war fort. In der Nacht auch die Windstille des Meeres. Die See begann zu rollen. Das Schiff ächzte an seinen Ankern. Aus violett purpurnen Morgengewölken befreite sich eine blutige Sonne. Das Gewölk wurde taubengrau. In glatten Brackwassern der Bucht spiegelten sich die Karstberge, weißer Fels über Nadelwäldern, Landhäusern und Gärten, alles wie bepudert von Dunst und Staub. In den Kielwellen zerfloß es. Die Wellen leckten über die Strände der Inseln, sie bespülten die haifischrauhen Klippen, sie schäumten aus, wie wenn Schnee knisterte. »Seit vierzehn Jahren, Aurora, habe ich keinen Schnee, keinen Frost mehr erlebt.« Fern in der Umarmung der ersten Höhen sahen sie die Moscheen und vielstöckigen Häuser von Dschondis, eine zarte Zeichnung aus Weiß und Grün und schmerzendem Licht. »Und an der Hafenmole steht gewiß Markgraf Barral, uns zu empfangen, neben ihm seine Kinder und Schwiegerkinder, und wohl auch jene Frau.«

In der Lagune wurde geankert. Nichts da von Mole. Niemand kam. Möwen, Sonnenglut, silbrige Mondnächte. Nach elf Tagen lief ein Schiff ein. Der Stander zeigte den zwiegeschweiften Löwen von Cormons. In Dschondis regte sich nichts, ihm die Ehre zu erweisen. Das Schiff ging längsseits. Enterbrücken wurden geworfen, die Segel gerefft. »Thoro!« Der Knecht sprang hinüber, den Fuß der Herrin zu küssen. – Sie wechselte die Farbe. »Wo ist der Herr Markgraf? Tot?« Der Knecht heulte vor Rührung. Auroras Augen hingen an einem heldenhaften Mann mit bestickter Brust. – »Der Herr Graf Quirin von Tedalda und Ghissi«, stammelte Thoro. Der Bastard küßte die Hand der Heimgekehrten. »Gnädigste Herzogin, der Herr Vater zählt auf Euer Verständnis. Seine Heiligkeit der Papst ist bei ihm auf der Insel vor Lorda und gleichzeitig in Lorda des Papstes Todfeind, der Reichserzkanzler Rainald.« – »Herzogin«, wiederholte Fastrada. »Ihr waret mir immer ein lieber Mensch, Quirin. Aber, wenn er schon selbst nicht kommt, warum schickt er mir keinen meiner Söhne?« – »Eure Söhne, Domna Fastrada, leben nicht mehr in Kelgurien. Würdet Ihr die Güte haben, mich der jungen Dame bekannt zu machen?« – »Aurora Melzi-Palestro von Mailand.« – »Ein großer Name, Fräulein. Herzogin, ich beurlaube mich, um dem Emir Salâch-ed-Din aufzuwarten; die Freundschaft schlug leider um, schon deshalb konnte Mon Dom nicht erscheinen. Sobald übergeladen wurde, gehen wir nach Mirsalon in See.«

Das Beiboot ruderte ihn an Land. Der Emir ließ sich verleugnen. Einer der älteren Prinzen empfing. »Ich habe die Ehre«, sagte Quirin, »Eurer Hoheit mitzuteilen, daß die Erhabenheit des Herrn Emirs vor achtundvierzig Jahren meinem Vater drei Wünsche zu erfüllen versprach. Der zweite als der größte lautete, daß, was auch geschehe, Herr Salâch Herrn Barral seine Freundschaft erhalten wolle, ohne zu zürnen, für das ganze Leben.« – »Worüber«, fragte der Prinz, »zürnt mein erhabener Bruder?« – »Er zürnte vor vierzehn Jahren über das verschenkte Amulett, das nun mit Domna Fastrada zurückkehrte. Er zürnt seit vier Jahren über den Wunsch nach einem Wasser-Instrumentarium.« –

»Wenn, edelster Fürst, Seine gewaltige Hoheit diesen letztgeäußerten Wunsch vergessen haben will, den zu erfüllen Mohammed der Prophet und die Paradieseswächter uns wehren, so brechen die Rosenknospen unverwelklicher Liebe alsbald auf.« – »Hoheit, ich grabe vergeblich in meinem schwachen Gedächtnis, auf welchen Wunsch meines unsagbar vergeßlichen Vaters Ihr da anspielt.« Sie umarmten einander. Der Prinz stattete der Fürstin Visite ab mit einer Fülle von Geschenken. Er kehrte sogar noch einmal um, sich mit Geschenken für Aurora zu waffnen. In der Nacht barst ein herrliches Feuerwerk gen Himmel. Morgens vor dem Auslaufen schickte der Emir einen Brief, vierzehn Kübel Oleander und zwei goldene Geschmeide.

Dom Quirin gab sich erdenkliche Mühe, Fastradas schwierigen Fragen, so weit seine Vollmachten er erlaubten, entgegenzukommen und den Blicken des Fräuleins Melzi-Palestro auszuweichen, so weit sein aufblühendes Herz es erlaubte. An Bord vor Mirsalon feierte er zweiundvierzigsten Geburtstag. Fastrada fragte nach seiner Schwester Graziella Ongor. »Sie ist tot, Herzogin. Sechs Pfeile, die meinem Vater galten, durchbohrten sie.« – »Oh, Quirin, man wagt nichts mehr. Alles ist tot. Der Erzbischof von Lorda gewiß auch?« – »Kardinal Guilhem, ja. Er ist tot. Man wird ihn selig sprechen.« – Fastrada griff nach seiner. Hand. »Es ist gut, daß er Euch schickte, Quirin. Aurora frischte mein Latein auf. Kelgurisch muß ich erst wieder lernen. Wie sieht Euer Vater aus?« – »Den Rücken hinunter von den Schultern bis zu den Fersen kein Stück Haut mehr ohne Narbe. Er erwartet Euch auf dem jüdischen Friedhof in Mirsalon, wo er das Grab Jareds besucht.« – »Jared starb? Bitte, Quirin, sagt: kann ich die Heimkehr verantworten? Wer ist die zweite Frau?« – »Eure Halbschwester Roana Farrancolin.« – »Die kleine Roana.«

Schon im Eingangs-Portal der israelitischen Grablege wurde ihr schwach. Ganz am Ende des Palmengewölbes kam Barral geschritten. »Ohne Euch, Quirin. Ohne dich, Aurora.« Schwankend ging sie ihrem Felsen entgegen. – Aurora drehte sich um. Sie legte die Hände an die Schläfen. »Hilf Himmel. Wie übersteht man das?« – Quirin nahm ihre Rechte und küßte sie. »Wen, Fräulein, habe ich um Eure Hand zu bitten?« – »Den Herrn Reichserzkanzler Rainald, mein Herr Graf.« An Bord vergaß er den merkwürdigen Ausspruch. Er bat bei Fastrada. Fastrada fragte Barral. Barral unterhielt sich mit dem feinen, schönen und gebildeten Mädchen. Dann badete er. Als Fastrada seinen Rükken sah, fiel sie in Ohnmacht. Aurora und Thoro brachten sie in Schatten. Aurora erkundete bei dem Knecht, ob der Erzkanzler noch da sei. »Ja ja. Er muß. Er wartet ja auf das Schiff. Er hat drei schwere Steinsärge bei sich mit den Heiligen drei Königen; die führt er nach Köln als Beute. Der Herr Kaiser schenkte sie ihm für seine erzbischöfliche Kathedrale.« – »Als die Reliquien aus dem Morgenlande nach Mailand reisten«, bemerkte Aurora, »waren die Särge leicht wie Federn.« – Thoro wiegte zweifelnd den Kopf. »Ich glaube nichts mehr, Fräulein. Man singt in den Kneipen wie in den Kirchen. Und übrigens: das eine von den Gerippen gehört nach Ortaffa. Das ist der Altvordere von Domna Fastrada.«

In der Privatkapelle des Bischofs von Rodi beichteten die Ausgekauften, hörten die Messe und wurden in die Gemeinschaft der Gläubigen aufgenommen, aus der die Versäumnis der Jahreskonfession sie ausgestoßen hatte. Über dem Tec flirrte die Hitze. In einer Bucht halbwegs Tedalda ließ der Herzog die Treidelpferde anhalten. Alle Welt badete. Einzig Aurora zierte sich. »Kannst du nicht schwimmen?« rief Barral hinauf. »Dann kannst du auch nicht meine Schnur werden. Oder schämst du dich?« – Fünf Minuten später stand sie auf dem Bugspriet. »Herr Vater! fangt mich! ich kann nicht schwimmen!« Barral freute sich, sie mutig zu wissen. Daß sie gezögert hatte, um seinen schärfsten Dolch zu stehlen, ahnte er nicht. An der Schiffslände vor Lorda küßte sie erblassend den geweihten Ring des Erzbischofs Rainald von Köln, errötend den des Bischofs Aurel von Lorda. Auch Fastrada erblaßte. »Die Stadt ist neu?« – »Da sie verbrannt wurde mit allen Webern«, sagte Barral, »hat Roana sie wieder aufgebaut.« – »Und wo ist Roana?« – »In Kelmarin. Gönnt ihr Zeit.«

»Es war Irrwitz, Herr Reichserzkanzler«, sagte Barral nachts beim Wein. »Ich bin noch einmal bei Papst Alexander gewesen. Schon nach dem aquitanischen Konzil stand fest, daß die Christenheit ihn anzuerkennen wünscht, und daß er bereit wäre, die Spaltung zu vergessen. Ihm den Schritt zu erschweren statt zu erleichtern, heißt Fugardi die Macht geben. Der Tod des Gegenpapstes war ein Zeichen des Himmels. Das Aufatmen des Kaisers hörte man bis hierher. Den Wutausbruch bis hierher, als Ihr Herrn Paschalis zu Herrn Victors unkanonischem Nachfolger wählen ließet. Nun aber auch noch die weltlichen Herrscher gegen Euch aufzubringen, ist zu viel. Herrn Ludwig von Franken und Herrn Heinrich von England als Kleinkönige der Provinzen zu bezeichnen, ist zu viel! Wie gedenkt Ihr denn an den Rhein zu gelangen? In Tirol habt Ihr umkehren müssen, weil Euch die Welfen den Weg verlegten. Wollt Ihr unter der Nase Frankens nach Hause treideln? Glaubt Ihr, es spricht sich nicht herum, daß Ihr statt über Brianz über Lorda ginget? Ihr sitzt hier ohne Schutz. Ich könnte Euch ausheben und ausliefern. Ihr treibt die Tollkühnheit auf die Spitze.«

»Ich werde noch mehr tun«, erwiderte Herr Rainald. »Mein Püppchen Paschalis hat unterschrieben, daß der Bischof von Rom zwar primus inter pares einer Kollegiatbrüderschaft, aber nicht weisungsbefugt ist, und daß der Kaiser von Gott gekrönt wird, nicht vom Papste. Auf dem nächsten Reichstage werde ich die deutschen Fürsten ebenso wie die Kleinkönige der Provinzen einen unverbrüchlichen Eid auf Paschalis und seine Nachfolger schwören lassen. Damit entfallen auch Eure Sorgen um die Besetzung der vakanten Bischofsstühle. Die Herrschaft der Kirche hat für immer ihr Ende gefunden. Die Zukunft gehört den regionalen Eigenkirchen. Daß der Kaiser sich momentan störrisch zeigt, berührt mich nicht. Diese Schwierigkeiten lösen sich, sobald er mich sieht. Was schließlich Euch betrifft, Herzog, so vergeßt nicht, daß Ihr seit heute in Bigamie lebt, und daß Ihr erwachsene Söhne habt.«

»Ihr seid ein schamloser Erpresser, Herr Erzbischof, aber nicht unsterblich. Tut, was Ihr wollt. Ich leiste den Eid auf Herrn Paschalis nicht, keine Lanze bekommt Ihr von meinem Heerbann für die Eroberung Roms, ich geleite Euch nicht einmal, wie sich ziemte, vor die Schwelle Eurer Schlafkemenate. Euer ganzes Gebäude steht auf Euren zwei Füßen, die nicht stärker sind als die meinen.« – »Nun nehmt Vernunft an, Herzog. Ihr seid wie der Kaiser ein Brausekopf. Bei einiger Überlegung wird Euch klar sein, daß meine Gedanken den Gedanken Eurer verewigten Patriarchen Vito und Guilhem entsprechen. Es wäre das Paradies auf Erden, wenn endlich die ewige Inquisition, die ewige Schnüffelei, das ewige Banngefluche aus der Welt verschwände und wir nur noch zu glauben brauchten. Der Bann, obwohl ausgesprochen, erreicht den Kaiser so wenig wie mich. Die These von den zwei Schwertern, die der Herr Alexander verbreitet, ist Unsinn. Es gibt kein Schwert Gottes. Das Schwert ist einzig des Kaisers.«

Barral ging zornig im Saal auf und ab. Gedankenverloren musterte er den einzigen der hell rosafarbenen Steine, den er glattgeschliffen hatte, Roanas heimliches Denkmal und sogleich eine der ersten Erkundigungen Fastradas. Fern im Gang hörte er Schreien, dann ein Klirren wie von Waffen, dann ein Huschen. Wie der Blitz fuhr Aurora herein und die Töchterstiege hinauf. Barral stand regungslos, bis Herr Rainald eintrat, ein blutiges Messer in der Linken. Seine Rechte war zerschnitten, schräg von der Nase zum Kiefer lief eine klaffende Wunde. – »Thoro!!« brüllte Barral. – Der Erzkanzler lächelte. »Laßt Euer Schwert in der Scheide. Ist dies Euer Dolch?« – »Tho-ro!« – »Ich fragte, ob dies Euer Dolch ist. Er trägt Eure Krone und Euer B.« – »Ich befahl keinen Anschlag. So weit werdet Ihr mich kennen, daß ich, wenn ich Euch umbringen wollte, das in Person besorgte. Erlaubt, daß ich die Ader abbinde. Euren Speichel in die Wunden! Thoro!! Thoro, Pechfäden. Fehlt unter meinen Waffen ein Dolch?«

Die Tür der Töchterstiege knarrte. Aurora erschien wieder. »Hier bin ich, Herr Vater. Laßt mich hinrichten. Ich war zu dumm und zu schwach!« Sie weinte vor Enttäuschung. – Herr Rainald, während er vernäht wurde, betrachtete sie abschätzend. »Komm her, meine Tochter. Ich ehre deinen Mut. Wie heißt du?« – »Aurora Melzi-Palestro.« – »Von Mailand. Wenn ich du wäre und deinen kurzen Verstand hätte, würde ich kaum anders gehandelt haben. Soll ich deine Auslieferung verlangen? oder entschuldigst du dich?« – »Ich liefere nicht aus«, erklärte Barral. – »Ich habe Euch nicht gefragt, Herzog. Entschuldigst du dich?« – »Ich denke nicht daran. Hat sich der Mörder Mailands bei Mailand entschuldigt? Bis auf die Smaragd-Inseln mußte ich verkauft werden, um Euch zu finden!« – »Und trägst nun erzbischöfliches Blut auf deinen Kleidern. Gottes Wege sind wunderbar. Deinem Vater war nicht zu helfen. Es freut mich, daß von vierhunderttausend Mailändern ein so hübsches Mädchen sein Glück macht. Absolvo te, filia. Thoro, wecke meine Dichter, daß sie ausschwärmen nach Pavia und Ingelheim, Kastilien, Ungarn und Böhmen, Palermo und Lund. Einen Spiegel, Aurora. Aurora, die Morgenröte. Morgenröte schrieb mir der falsche Papst in mein Gesicht, das Gesicht eines Gesalbten. Blut und Wein träufen aus meinen Wunden. Erzpoet, was sagst du zu meiner Nase?« – »Sie ist schief. Ein Anschlag! wie schön! papistisch. Imperialstoffe können nicht kostbarer sein. Aus Eurer Nase soll beißender Schnupfen fließen. Sagt uns, auf welchen Reim wir dichten!« – »Aurora führte das Messer.« – »Führt das Messer, immer besser. Morgenrötlich ist nicht tödlich. Meucheln, heucheln. Dolche, Strolche, solche Strolche. Tamtaramta, ramta-tam.

In Tavernen fließt der Wein,
Rot wie Nasenbluten.
Becher her zum Fröhlichsein!
Ramtadamta sputen.

Ach, wie ist das Päpstchen klein,
Einem Mädchen zuzumuten,
Dada-ramda, dada-pipa,
Deutsch, Kelgurisch und Latein,
Voll bis an den Heiligenschein.

Heiligenscheine, heilige Schreine, Kehrreim gut auf Blut und Mut, zünden muß es, zünden, künden, keschern, Häschern, Tada-ramda, tada-pipa, tada-pipa, gute Nacht!«

JUDITHS TÖCHTER

Barral nahm Aurora nach Kelmarin mit, nicht Fastrada, kam aber mehrfach nach Lorda. Fastrada erhielt die Besuche ihrer Töchter und Schwiegersöhne, ein beglückwünschendes Schreiben Roanas und ein inhaltloses Breve des Patriarchen. Arabella, Gero und Dom Aurel flößten ihr in vorsichtig bemessenen Tropfen das giftige Heilmittel Vergangenheit ein. Der Bischof ermahnte sie zur Zurückhaltung, solange sie die Menschen und ihre Empfindlichkeiten, die Vorfälle und ihre Zusammenhänge nicht kenne. »Dein Geist, meine Tochter, ist begierig, deine Zunge schnell. Überlege, ehe du sprichst. Vierzehn Jahre muß man nicht in zwei Wochen nachholen. Ich, wenn ich Du wäre, begnügte mich mit den sehr artigen Zeilen, statt eine Begegnung herauszufordern, die nicht reif sein kann.«

Sein Ordinariat protokollierte die Erscheinung des Kardinals Guilhem. Auch Aurora wurde vorgeladen. Roana, auf Barrals ausdrücklichen Befehl, hinter dem der ausdrückliche Wunsch Fastradas stand, begleitete sie, küßte die Hand der Stiefschwester, ließ sich beim Ellbogen aufheben und widerstrebend in die Umarmung des Wangenkusses ziehen. »Bitte«, sagte sie kühl und wies auf den Stuhl, darin sie dem Kardinal Zölestin gegenüber gesessen hatte. »Bereden wir, was zu bereden ist.«

»Möchtest du nicht Vertrauen haben, Schwester?« fragte Fastrada so warm wie möglich und wartete eine Weile. »Unsere Mutter blickt auf uns aus dem Himmel«, fuhr sie fort. »Gottes Wille oder ein Irrtum vermählte uns dem gleichen Mann. Du hast kleine Kinder. Sie brauchen Vater und Mutter.« – »Und was braucht Ihr?« – »Vertrauen. Wärme. Heimat und Verständnis. Sag doch du. Damals hingest du an Mon Doms Pranken. Wer dachte, daß eines Tages die Verprügelte den verprügelten Retter retten müßte?« – »Ich mußte nicht. Ich wollte nicht. Als ich es freilich tat, wollte ich ihn für immer.« – »Ich nehme ihn dir nicht fort.« – »Das sagt Ihr, Fastrada. Das haltet Ihr nicht.« – »Darüber bin ich hinweg. Ich weiß, daß er bei dir gefunden hat, was er bei mir nicht fand. Ich weiß, daß du es warest, die ihm zuredete, mich auszukaufen. Ich danke dir, Roana. Sag doch du zu mir.« – »Da war nichts zuzureden. Er ist treu bis zur Selbstzerfleischung.« – »Und doch hast du Anteil daran, für den ich dir danke. Ich danke dir für deine lieben Grußworte zur Heimkehr, für die Ausstattung mit Einkünften und für das Wohnrecht in der Grafschaft Ortaffa. Bedeutet es, daß ich in Lorda und Kelmarin kein Wohnrecht habe? Bedeutet es Verbannung?« – »Ihr seid die letzte Ortaffa, Ihr erhaltet ortaffanisches Leibgedinge, damit Ihr Eure Sorgepflichten gegen Krüppel und Waisen wahrnehmen könnt. Was forscht Ihr in Selbstverständlichkeiten nach Gift? Wird, was ich sage, gewendet? werden Maßnahmen als von mir kommend verdächtigt, auch wenn sie liebevoll gemeint sind? Und wofür das Du? Bin ich Eure Magd? Seid Ihr die meine? Wir kennen uns nicht, Ihr seht mich zum ersten Mal.«

»Roana, ich bitte dich, ich flehe dich an, mach es mir nicht so schwer.« – »Womit?« – »Mit deinem Ton, deinem ruhigen, feindselig verwundeten Ton.« – »Domna Fastrada, es ist für mich mindestens so schwer. Euer Sakrament war da, bevor das meine erteilt wurde; das Eure wurde nicht gelöst, sondern fälschlicher Weise für gelöst erachtet; das meine steht auf Eurer Verschollenheit. Es gibt keine Verschollenheit. Es gibt zwei Frauen. Von der jüngeren erwartet man, daß sie ins Kloster geht. Ich will nicht ins Kloster. Ich bin zu jung, um zu verzichten, und liebe zu sehr, um einen anderen Mann heiraten zu können. Ich dürfte es nicht einmal, mein Sakrament gilt ja. Ich kann nicht anders leben, als wie ich gelebt habe sieben schöne Jahre. Irrtum nennt Ihr das. Ohne mich wäre er gestorben, ohne ihn ich; ich am Pistazienhonig, er an der Kirchenbuße. Ohne mich wäret Ihr Witwe. Oder meintet Ihr Euch mit dem Irrtum? Er verbot Euch zu gehen, und Ihr ginget. Ihr ließet ihn im Stich, obwohl Ihr wußtet, er hatte Blutrache zu üben, und wußtet, was Blutrache ist! Ihr habt dafür büßen müssen, wir auch, auf uns fuhr es herunter, das rechne ich nicht auseinander, sondern ich tat alles, damit Ihr zurückkehrtet, aber nicht um nun mich zu opfern!«

Fastrada stand auf, sie zu begütigen. »Wie oft soll ich dir wiederholen, daß ich ihn dir nicht nehme?« – Roana entzog sich der Berührung. »Ihr habt ihn mir genommen; lange bevor Ihr nahtet. Seit der Auslösung weiß ich nicht mehr, was Glück ist. Mein Glück war, ihn glücklich zu machen. Ich sehne mich, und ich kann es nicht mehr. Er kommt, und er findet mich nicht. Er fragt, und ich kann es ihm nicht erklären. Es ist etwas zwischen ihm und mir. Wie damals. Ich höre es noch, dies Schreien: Fastrada! Fastrada! Fastrada! Es verlangt einige Selbstverleugnung, einem Sterbenden Liebe zu schenken, der nach der Seele einer Anderen ruft.

Auch ich habe eine Seele. Sie ist allein. Er kommt nicht mehr. Er fragt nicht mehr. Ich bin wie nicht vorhanden, eine Verwalterin, eine Kindsmutter; nicht einmal mehr die Vertraute für Gespräche. Jetzt sind die Nebel meiner Kindheit wieder da, und Gebirge von Schatten über den Nebeln.«

»Gib mir deine Hand, Roana. Nicht wahr, du gingest mit freundlicheren Worten nach Lorda? Oder wolltest du hochmütig sein? Der eigenen Schwester keine Hand? Spielst du noch immer die kleine Farrancolin? Und da sagst du, ich kenne dich nicht. Groß bist du geworden. Schön und leidenschaftlich. Unser Gemahl – wie das klingt! – schilderte mir dein Herz. Gero, meine Töchter, Bischof Aurel, jeder hat in seiner Art einen Liebesgesang angestimmt. Alle stehen sie auf deiner Seite. Du hast also nichts zu fürchten. Wie könnte denn ich mit meinen Siebenundvierzig deine Dreiundzwanzig ausstechen? Junge Mädchen wie dich habe ich eine ganze Menge erlebt und ihre Qualen gelindert. Dir fehlt etwas Leichtigkeit. Du gehörst zu denen, die, wenn es schwierig wird, meinen, die Welt geht unter. Wir werden uns gut ergänzen, Roana. Das müssen wir. Wir haben eine Verpflichtung. Oder weißt du nicht, daß unsere Mutter ihr ganzes Leben lang ihn liebte, den wir lieben, nur ihn? Ich entdeckte es, als ich fortging. Jetzt, vierzehn Jahre nach Mutters Tod, am Grabe Jareds, fragte ich. Er liebt Judith in mir, Judith in dir. Du bist dreimal mehr Judith als ich. Du hast zweimal den Erbstrom Farrancolin, einmal das brausende Blut Bramafan, und hast keinen Otho im Stammbaum. Du kanntest die Mutter nicht wie ich. Die Mutter war eifersüchtig auf mich, wie du es bist. Aber die Mutter war so stolz, daß sie es niemandem zeigte als ihm, ein einziges Mal, in der Verzweiflung. Und so liebevoll war sie, daß sie mein Glück statt des ihren wollte – wofür sie in den Tod mußte. Hätte sie nicht verzichten können, so gäbe es dich nicht, Roana. Wäre sie nicht umgebracht worden, so gäbe es keine Wallfahrt und Versklavung Fastradas, so hätte Quirin dich statt Aurora geheiratet. Du kennst das Märchen von dem Anfang und dem Ende. Barrals Leben sind Muren gewesen. Aus jeder hat er herausgefunden durch eine Frau, die liebte. Liebe ist Opfer. Mir warf die Großmutter fröhliche Gleichgültigkeit gegen Andere vor. Das stimmt gewiß nicht. Aurora kann es bezeugen. Fröhlich hoffe ich wieder zu werden. Wäre ich gleichgültig, pochte ich auf mein Recht. Wollen wir versuchen, als Schwestern und als Liebende ihm gemeinsam zu helfen? Was schaust du nur immer so kalt an mir vorbei?«

»Es ist meine Gewohnheit, so zu schauen. Wie sollte ich nicht kalt werden, wenn von Rechten gesprochen wird? Wie sollte ich nicht aufhorchen, wenn Ihr von Mutters Verzicht redet, nicht aber von dem Euren? Wie sollte ich nicht bitter sein, wenn ich höre, daß Ihr ihn mehr nicht nehmen wollt als schon geschehen? Eure Demut hat einen festen Stand, mein Hochmut nicht. Ich ängstige mich. Wenn jemand der Hilfe bedarf, bin ich es. Vielleicht auch Ihr. Er nicht. Er ist ja frei. Wenn er zwei Frauen haben will: bitte. Euch und irgend eine beliebige, die das kann. Wenn ihm eine genügt: bitte. Euch oder mich. Ihm droht kein Kloster. Er hat keine kleinen Kinder. Für die vier Waisen gibt es dann ein Steinernes Haus wie in meiner Jugend oder eine Fastrada oder eine Amme.«

»Roana. Was machst du dir da nur zurecht? Das Schwierige liegt doch gerade darin, daß er dich und mich will, und! nicht oder! Also liegt es in uns. Wie wir uns vertragen, darin liegt es. Wenn du alles willst, wird er sich vor mich stellen aus Ritterlichkeit. Wenn ich alles will, vor dich. Wir zerreißen ihn zwischen den Sakramenten. Du siehst, es ist Er, dem wir helfen müssen. Geben wir uns Mühe. Denken wir daran, daß wir Judiths Töchter sind. Als Judith so jung war wie du jetzt, wurde sie ruhig, denn ihre Liebe erfüllte sich. Vorher, als sie nur mich hatte und den kleinen Jungen, den dann der Kollergang zermalmte, sei sie, sagt Dom Barral, reizbar, verletzend und empfindlich gewesen, wie jetzt ihre Tochter Roana.«

»Das sagt er?«

»Das sage ich. Laß mich ausreden. Du bist verletzend. Du willst es sein. Laß mich ausreden. Du flüchtest dich in Trotz. Du unterdrückst absichtlich, was er in dir sucht, deine Wollust. Wie kurzsichtig. Gib du ihm Wollust, gib deinen Kindern, was er an deinem Wesen liebt, die warme, einfache Mütterlichkeit. Und mir laß, was selbst der Kalif mir ließ: ihm einen Aufblick zum Himmel zu öffnen, nachdenkliche Gespräche, Ausruhen in der Vergangenheit.«

»Als ob ich Wollust machen könnte!« rief Roana. »Als ob ich liebe, weil ich die Tochter seiner Geliebten bin! Es beleidigt mich, wie hinter meinem Rücken geschwatzt wird! Unterhaltet ihr euch über meine Wollust? Das ist abgeschmackt. Wenn er weiter nichts in mir fand, kann ich gehen. Wenn er von Tod und Vergangenheit zu reden nötig hat, braucht er mich nicht. Vergreist ihn nur. Betet mit ihm und bereitet ihn vor auf ein christliches Sterben! Und holt Desider zum Prälatern! Macht aus Mon Dom, was er nie war! Entmannt ihn! Es ist alles wieder wie damals. Eine Nebelbank zwischen den Hälften seiner Seele!«

»Willst du mir die Hälfte der Seele auch noch verbieten, Roana? Nach acht Geburten gehört mir doch wohl ein Stück seiner Seele!«

»Ich verbiete Euch gar nichts. Was ich sage, berührt Euch nicht. Für Euch bin ich ein bockiges kleines Mädchen, dem man gut zuspricht, bis man es in die Ecke stellt oder ihm die Rute gibt. Ihr seid Euch einig mit ihm. Und trotzdem verteidige ich ihn und meine Kinder und mich selbst. Und das Andenken meiner Mutter! Ich gehe weder ins Kloster noch in die Austragstube, weder auf den Müll noch in den Harem. Muselmanisch zu leben mag für die Muselmanen schön sein. Ich bin keine Muselmanin!«

Fastrada lächelte schmerzlich. »Das ist ein Märchen für sich. In diesen vierzehn Jahren habe ich ein einziges Mal geweint. Aber was an Tränen der Verzweiflung, der Liebe, der Eifersucht, der Todesangst, des Ekels, des Heimwehs und des blanken Entsetzens in meine Kleider geflossen ist, könnte ausreichen, den Kelmarinbach zu füllen. Ich habe nicht geweint, als ich geschändet wurde, nicht als ich sterben sollte, nicht als man mir das Kind fortnahm, nicht als ich Dom Barral, nicht als ich Lorda wiedersah. Sondern als der Wesir mir die Auslösung mitteilte. Warum wohl, Roana? Ich hatte es gut dort. Aber ich hatte nicht, was ich liebte. Und ich ahnte nicht, was mich erwartete. Das kam erst auf dem Schiff.« Ihre Augen standen voll Wasser. »Ich habe die Erde Kelguriens noch nicht geküßt. Erlaubt mir doch bitte, daß ich nach Kelmarin darf.«

Roana erhob sich und durchmaß das Gemach wie seinerzeit, als sie den Kardinal Zölestin beim Stirnjoch packte. »Es werden also«, sagte sie zum Fenster hinaus, »zwei Herzoginnen von Kelgurien sein. Ich brauche die Herzogswürde nicht. Auf der Herrenbank der Kirche werden zwei Gemahlinnen sitzen, bis jeder Esel begriffen hat, Dom Barral lebt in Bigamie. Er wird in zwei Betten schlafen, so daß spätestens, wenn Ihr niederkommt, der Fall gen Himmel schreit. Euer eifernder Bruder Desider, den Ihr vermutlich begrüßen möchtet, wird die zwei Sakramente bis vor die zwei Päpste tragen, Eure Zunge die zartesten Geheimnisse bis an den Waschtrog der Weiber von Lorda. Wenn Ihr die Folgen nicht sehen könnt: ich sehe sie. Ich sehe sogar noch mehr.« – »Was, Roana, seht Ihr?« – »Das verrate ich nicht.« – »Bitte, Roana.« – »Es genügt, wenn Eine zu viel redet!!«

Der Herrenbank blieb Fastrada in der Frühmesse fern. Der Segen war kaum erteilt, so brachen sie zu dritt auf. Nach wenigen Meilen wurde vor einem Bauernhof angehalten. Roana ließ Salbe kochen und ritt zurück, Sänften zu besorgen. – »Erst Hornhaut«, scherzte Fastrada, »dann Kelmarin.« – »Erst Hornhaut, dann Mailand«, sagte Aurora. – »Was willst du in Mailand?« – »Meine Mutter und meine Geschwister suchen. Unsere Länder und unser Vermögen einfordern.« – »Ich begleite dich.« – »Ihr bleibt nicht hier?« – »Vorerst nicht. Die Kisten, die der Kalif schenkte, enthalten außer Büchern die farbigen Steine für die Mosaiken eines Palastes, den man mir bauen wird, während ich fort bin. Ich sehe ein, daß vorläufig unmöglich ist, was ich möglich glaubte. Ich habe meine Schwester verstört. Wenn Liebe und Ehe wieder heil sind, schaffe ich mir einen Platz für mich, wo mein Gemahl vorsprechen, einsitzen oder mich meiden mag, wie ihm ums Herz ist. Ein seltsamer Gedanke, daß diese wilde Baumkatze ohne mich die Gemahlin Quirins geworden wäre. Was wärest dann du?« – »Ohne

Eure Wallfahrt? eines der Liegekissen für die Erhabenheit des Kalifen.« – »Mädchen, du hast ja außer Mut auch noch Witz.« – »Habt Ihr keinen Witz? Der Witz ist Eure Stärke. Domna Roanas Stärke die Entschlossenheit. Wenn Ihr fortgeht, tut Ihr, was die Baumkatze sich wünscht. Sie beißt Euch aus ihrem Jagen. Gestern beobachtete ich aus der Sänfte den Blick, mit dem der Herr Vater der Herzogin nachschaute. Es war der Blick meines Vaters in Mailand, als er die Feige nicht fressen wollte.« – »Du meinst, Dom Barral hätte Sehnsucht nach Freiheit?« – »Sehnsucht, nicht mehr entmündigt zu sein.« – »Lehre du mich den Mann kennen. Und die Weiber lehre mich kennen. Um kein Haar wirst du anders als Roana. Hast du die Brautnacht hinter dir, denke an mich. Wenn du glühst, nimm dir vor, ihn nicht durch süße Sklavenergebenheit zu versklaven. Wenn es am schönsten ist, befiehl ihm, über den Zaun zu fressen. Geliebte soll er haben in jedem Dorf. Die Moslemun wußten, daß nur die Vielehe sie rettet. Sie sind aus weicherem Holze geschnitzt und klüger, rücksichtslos bis zum Mord. Hätte Roana es vernünftiger angestellt, so hätte sie mich rücksichtsvoller gefunden. Aus dem maurischen Kloster ins christliche Kloster: dafür ließ sie mich auskaufen. Dabei hat sie nichts, ihn zu fesseln, als was die Löwin dem Löwen gibt, wenn sie heiß ist. Und gerade das gibt sie ihm nicht mehr. Klein aus Eifersucht, zwingt sie mich zu dem, was sie mir mißgönnt.«

Nach einer Stunde kam Roana mit Sänften und Maultieren. Fastrada und Aurora, noch kaum aufgeritten, wurden gesalbt. Jeden Tag stiegen sie in den Sattel. Baden durften sie nicht. Sie ritten nach Ghissi, nach Ortaffa. Zwischendurch immer nach Kelmarin. Roana machte sich unsichtbar. Sie ritten nach Cormons, dem Kardinal aufzuwarten. Dom Zölestin hatte die Huld, mit gutem Winde die Klippen der Bigamiefrage auszusegeln. Fastrada fragte, ob ihre Ehe noch in Kraft sei. Er bestätigte ihre Gültigkeit. Wieder in Kelmarin, stellte sie den Herzog vor die Tatsache, daß sie mit Aurora nach Mailand gehe. Er versorgte sie mit Geld, Wege- und Schutzbriefen. Noch überlegte er, wer den Ritterhaufen anführen solle, als sein ältester Sohn Grazian aus der Lombardei heimkehrte und um Verleihung der Grafschaft Cormons bat. Es geschah das hoch droben am Hang, wo die Baugruben für den maurischen Brunnenhof ausgeschachtet und die Ableitungen gelegt wurden. »Ich erwartete dich«, sagte Barral, »seit mir der Erzkanzler androhte, ich hätte Söhne und solle sie nicht vergessen.« – »Was für Gedanken!« rief Grazian. – »Sind sie falsch, so geleite deine Mutter und meine künftige Schnur Quirin nach Mailand. Für dich wird sich eine Verlobung finden.« – »Sie hat sich gefunden, Herr Vater. Ich bin vermählt mit einer genuesischen Patrizierin, Domna Helena, die ich, wenn Ihr mir Cormons versprechen wollt, einholen werde.« – »Ich verspreche dir die Vogtschaft, die ich jederzeit widerrufen kann. Im Allgemeinen fragt man das Haupt der Sippe, bevor man heiratet. Sage das deinen Brüdern und grüße sie.«

Auf Befehl des Herzogs erschien auch Roana am Sattelplatz. Daß befohlen wurde, war neu, aber sie gehorchte. Dann ließ sie den Stallmeister kommen, dem sie Botschaft nach Lorda auftrug, das Tec-Schiff zu rüsten, Botschaft an Dom Gero Sartena, ihr ein kleines Geleit für drei Monate zu stellen. Abends verabschiedete sie sich von Barral. Sie besuche die Kaiserin Beatrix in der Pfalz Ingelheim. – »Warum?« – »Weil Beatrix mich braucht.« – »Du lügst.« –

»Wenn ich lüge, so lüge ich aus Barmherzigkeit. Um nicht zu weinen. Um nicht zu verletzen. Bitte. Benachrichtige mich, sobald du wissen wirst, ob und wie du mit uns beiden zu leben imstande bist.« – »Roana, hüte dich. Ich habe gelernt zu hungern. Ich habe gelernt, mich zwischen Nötigungen zu behaupten. Fastrada ging, damit du zu meinem Herzen zurückfindest.« – »Und ich, Herr Gemahl, gehe aus dem gleichen Grunde, damit Fastrada ihren Platz hat.« – »Den hat sie wie du.« – »Die arme Frau«, sagte Roana. – »Was meinst du damit?« – »Oh, nichts. Zum Reden habt Ihr ja nun, was Ihr braucht. Sie redet von der Qual junger Mädchen so schön, wie ich es nie könnte.« – »Seit wann ihrst du mich, Roana? Und seit wann schaust du an mir vorbei?« – »Seit mein Vertrauen getäuscht wird. Seit der Mann, den ich liebe, sein Herz versteint.« – »Es liegt bei dir, es zu erweichen. Nun fang dich!!« – »Die lauten Töne, Herr Herzog, erübrigen sich. Es wäre besser, man schwiege. Ich hörte allerlei Dinge, die mich kopfscheu machten. Von mir werdet Ihr nicht erleben, daß ich Leuten, die das nichts angeht, mitteile, was ich an meinem Gemahl, als er noch liebte, liebte, was ich an ihm vermisse, und daß er mich aus Lieblosigkeit verstieß. Mein Bett, meine Wollust, meine Mütterlichkeit, ach pfui Teufel!« – »Ich wäre lieblos?« – »Wenn ich jemandem beschreiben sollte, was lieblos ist, würde ich ihn bitten, unser Gast zu sein. Die Kaiserin erfährt nichts. Ich werde in Ingelheim warten, ob der Mann, der nach Fastrada schrie, als er Roana nahm, ein Wort der Liebe für Roana hat.« – »Lassen wir die Kirche im Dorf, Roana. Du bist es, die mit ihrer maßlosen Kälte alles um sich her verhärtet. Es ist an dir, mich zu versöhnen, nicht umgekehrt.« – »Und da wartet nun Ihr auf ein Wort aus

Ingelheim? Was sind das für Frauen gewesen, die Ihr besaßet? daß Ihr ein so einfaches Herz wie das meine nicht mehr öffnen könnt, obwohl es sich öffnen möchte? Wo gibt es die Frau, die sich erniedrigt? Wo gibt es den Mann, der nicht wüßte, daß und warum und wen er zertritt? und wofür er zertritt. Barral. Bitte. Gut also. Die Kinder, da sie eine Kinderfrau brauchen, bringe ich nach Lorda. Sonst erfahren auch sie noch, daß ihre Großmutter die Geliebte ihres Vaters war, und daß der Vater in ihrer Mutter die Wollust der Großmutter suchte, in der Stiefmutter das Übrige. Wollt Ihr mich wiedersehen, dann sagt mir jetzt ein liebes Wort.« – »Auf Befehl, Roana?«

Sie kehrte sich ab und ging schlafen. Anderen Tages war er ausgeritten. Thoro geleitete sie bis zum Schiff. Barral genehmigte das Gesuch der verschuldeten Gemeinde Ghissi, beschlief die jüngste Tochter Faustinas, die mit einem Enkel des Wagners Iriarte versprochen war, und behielt sie drei Monate in Kelmarin. Er empfand keine Freude. Auch Roana empfand keine Freude, als sie zu Ingelheim die Liebe eines deutschen Ritters erhörte, den sie beim zweiten Mal ohrfeigte und beim dritten Siegergelüste so bloßstellte, daß er sich an einer deutschen Eiche erhängte. Kaiserin Beatrix war entsetzt. Von der Pfalz aus richtete Roana das Begehren an das Patriarchat Cormons, ihre Ehe zu scheiden. In Basel holte sie den Boten ein. Er händigte ihr das Begehren aus. Sie adressierte es um an den Herzog. In den Alpen verließ sie heimlich das Gefolge. Im November traf sie vor Como ein, wo sie die Spuren der Melzi-Palestro erkundete. Ein Fieber warf sie ins Kloster. Im März schrieb sie der Kaiserin einen Abschiedsbrief, prüfte den Himmel und ruderte kurz vor einem Gewitter in den See hinaus.

Das Boot kenterte. Gerettet, gab sie sich dem Retter hin, gebar neun Monate später einen Sohn und legte ihn auf die Schwelle eines Findelhauses. Zu Dreikönig 1166 bettelte sie vor der Kathedrale in Mailand, das längst wieder aufgebaut wurde.

Papst Alexander war in Rom eingezogen, der falsche Papst Paschalis verjagt. Überall rief man den Heerbann unter die Waffen, überall in den lombardischen Städten erschlug man die staufischen Magistrate. Die privilegierten Bettlerinnen kühlten ihr Mütchen an der Fremden. Blauverschwollen und zerkratzt wurde sie in den Kerker geworfen. Sie erklärte den Häschern, eine Melzi-Palestro zu sein. Man führte sie vor den Stadtkapitän. »Ich bin die Herzogin von Kelgurien.« Nach zahlreichen Fangfragen und Querverhören wurde ihr geglaubt. Der Stadtkapitän ließ sie gegen Verrechnung auf den Banco in Prà mit Geld ausstatten und bis zum Eintreffen des Grafen Quirin, dem er schrieb, in den Palast der Melzi bei Varese schaffen. Im Juni umarmte Aurora ihr in Tränen die Füße und bat um Vergebung begangenen Unrechtes. »Unrecht?« fragte Roana und schaute erloschen an Quirin vorbei, dessen Lider sich feuchteten. Im September, nachdem sie unterwegs kaum ein Wort gesprochen hatte, erreichte man Trianna, wo genächtigt wurde. Beim Aufbruch fehlte sie. Sie war fort mit dem Pferde. Mittags in Kelmarin sah sie auf dem Brautfelsen Fastrada, kehrte um, ritt nach Ghissi und flüchtete sich in die Schmiede. Maitagorry fing sie auf. Wochen lag Roana in Ohnmacht. Als sie endlich im Zypressenpalast erwachte, nahm sie die Hand, die auf ihrer Stirn lag, und küßte sie verzagend wie die Hand des Geliebten. Die Hand gehörte Aurora. Seit Varese in Umständen, pflegte sie die

Verratene gesund, während Maitagorry zu Kelmarin Domna Fastrada verhexte, die über den köstlichen Unfug lachte und anfangs Dezember mit einer Fehlgeburt niederkam.

Bis in den März brauchte Roana, sich zu erholen. Während das Reichsheer, an der Spitze die Erzbischöfe Rainald von Köln und Christian von Mainz, sich schwerfällig über die Alpen wälzte und die lombardischen Städte sich ohne Schwertstreich ergaben, reiste Kaiserin Beatrix auf dem Wege ins Hoflager den Tec stromabwärts. In Unruhe über Roanas Schicksal, ohne befriedigende Antwort von Seiten des Herzogs, nahm sie den Umweg über Kelgurien. Im Palas des Toc-Schlosses erstatteten Gero und Arabella eine schonend umschriebene, dennoch erschreckende Auskunft. Barral und Fastrada, durch Sartena benachrichtigt, standen zum lehnsüblichen Kniefall an der Schiffslände bei Lorda. Mit inquisitorischer Kälte bedacht, ging Fastrada drei Tage später zurück nach Kelmarin. Die Kaiserin ließ den Bischof Aurel bitten. Sie erschien in Ghissi, als Aurora ihr erstes Kind gebar. »Laß dich nicht stören, Maitagorry«, verfügte der hohe Besuch und begab sich zu Roana ans Fenster. Als Barral eintrat, sah Maita kurz von der Entbindung auf. »Ihr solltet Euch schämen, Mon Dom«, sagte sie und nabelte ab. »Wie war es, Töchterchen?« – »Schön, Mutter!« – »Dafür ist es ein Junge.« – Barral faßte Roanas Hand. »Willst du jetzt wieder zu uns kommen?« – Die Hand vereiste. »Ich will ins Kloster!« rief sie, bevor ein Weinkrampf sie überwältigte.

Barral ging über die Felder. An den oberen Zisternen holte Maita ihn ein. Sie blieb auf dem Maultier. »Ich bin nicht der Knecht meiner Weiber!« raunzte er. Sie wendete und trabte von dannen. »Maita! Maita!! Mai-ta!« In der Schmiede fütterte sie seinen jüngsten Bastard, ihren Urenkel, an dem die Enkelin gestorben war. Ihr Wink entfernte den unkenntlich verfetteten, schwachsinnigen Larrart. Barral hängte den Flegel heraus. »Was fällt dir ein, mich zu behandeln wie ein Stück Vieh?« – »Wenn der Herr die Antwort darauf nicht weiß, kann ich ihm nicht helfen.« – »Ich verlange sie.« – »Hat der Herr einen Gickel, dann nutzt sie ihn nichts.« Er horchte auf das Klingeln der Hämmer. Sie verließ die Küche, das Kind auf der Hüfte. Nach einiger Zeit kam sie ohne Kind wieder, einen Bottich auf dem Kopf. – »Eis? wofür?« – »Um Euer Herz zu erwärmen.« Sie begann Gemüse zu putzen. Er packte sie. »Das war einmal, Mon Dom. Maita ist Einundsechzig. Alt genug, um zu sterben. Luziade Sechsundsechzig. Alt genug, von Maita begraben zu werden. Hast du noch etwas vor im Leben, dann sage es mir, bevor ich den Baum umlege. Deine Geliebten zu zertrampeln, ist keine Beschäftigung. Das kann der kleinste Luderjan. Ich frage im Ernst. Wofür lebst du noch? Ob dein schlechter Sohn Cormons uns regiert oder ob du schlechter Mensch es tust, macht dem Lande nichts mehr aus.« – »Grazian ist kein schlechter Sohn.« – »Ach, geh fort und schmiede etwas!«

Während er schmiedete, kam die Kaiserin, sich zu Maita auf die Herdbank zu setzen. »Ist der Herzog nicht hier?« – »Er schmiedet sich frei.« – »Frei von wem? Dies Mannsvolk wird uns arme Weibsbilder nie begreifen.« – »Kaiserliche Gnaden, Ihr seid keine Lauchstange und gehört nicht in unseren Topf.« – »Es ist alles der gleiche Topf, Maitagorry. Adam und Eva hätten keine Kinder haben dürfen. Vom Baum der Erkenntnis nahmen sie nichts mit.« – »Wir Weiber schon, Frau Kaiserin. Die Erkenntnis, daß die Adams ab und zu eine Maultasche brauchen.« – »Verwürze deine Suppe nicht.« – »Maita!« rief Barral. »Eis!« – »Jetzt will er abgeschreckt werden«, sagte Maitagorry, hob den Bottich auf den Kopf und schritt hinüber. Als sie zurückkam, wischte sie mit dem Handrücken die Nase. – »Warum weinst du?« fragte Beatrix. – »Weil er kuscht! statt mich hinzurichten! Erledigt.«

Tags darauf ritt die Kaiserin nach Kelmarin, nur von Quirin begleitet. Sie fand Fastrada im Gespräch mit ihrem erzäbtlichen Bruder Desider und dem Kardinal Zölestin, den die Wut rötete. »Ich verbitte es mir, daß im Namen Christi zerstört wird! Ich löse kein Sakrament! Kein Papst löst ein Sakrament, von diesen zwei Sakramenten keines, denn keiner der beiden darf es, der Verwandtschaftsgrad ist kanonisch der gleiche. Und wenn wir fünfzehn verknechtete Päpste hätten: niemals, Eure Glückseligkeit, werdet Ihr mich bereitfinden, ein Weib, das aus Liebe irrte, zu verdammen. Wer beurteilt, in welcher Herzensverwüstung dieses Gesuch um Annullierung der Ehe geschrieben wurde? Ich werfe es ins Feuer! sie mag ein neues schreiben. Nach dem Gesetz hat sie böswillig verlassen. Nach dem Gesetz hat die Frau Demütigungen demütig zu tragen. Und der Mann darf, was er will? Kloster! Das wäre es! Hat diese geprüfte Frau sich gegen Gott versündigt? Erbarmend hat sie gehandelt. Aufgerichtet hat sie den Zerschlagenen, der sie zerschlägt. Getrocknet hat sie die Tränen, die sie nun selbst weint. Es steht nicht in den Evangelien, daß, wenn die Kirche irrte, der Mensch dafür zahlen soll. Wenn Euch Gott kein Herz in die Brust setzte, so laßt Eure Finger von den Dogmen! Wer ist die Dame? was will sie?« – »Die Majestät der Kaiserin«, sagte Quirin. Hochatmend küßte der Patriarch ihr die zierlich geschmückte Hand.

Beatrix küßte sein Pektorale. »Ich habe«, bekannte sie leise, »noch niemals einen so edlen Zorn erlebt. Ich danke Euch, Herr Kardinal. Was ich zu dem Bigamiestreit bemerke, ist die Weisheit einer einfachen Bauernfrau. Alle Beteiligten tragen Schuld. Alle Beteiligten vergeben einander. Herzogin Fastrada siedelt in ihren maurischen Hof über, Herzogin Roana erhält ihre Pflichten und Rechte zurück. Die abgeklärte ältere Schwester verzichtet zu Gunsten der widerhaarigen jüngeren auf das Leibliche der Ehe, die Dümmere zu Gunsten der Klügeren auf geistige Eifersucht. Vor den Menschen sind sie Schwestern, die einander schwesterlich ehren. Was sie vor Gott sind, wenn es einst heißen wird, Seele neben Seele mit der Seele des Herzogs im Paradiese zu leben, mag Gott entscheiden.« – »Amen«, sagte der Kardinal. »Amen, Eure Glückseligkeit, oder wollt Ihr nicht sprechen So sei es? Euer Schweigen ist mir Antwort genug. Domna Fastrada?«

»Ich küsse der Majestät die Hand. Ich küsse dem Kardinal den Ring. Ich bitte meinen Bruder, nichts mehr zu unternehmen; meine Schwester, mir zu verzeihen, wie ich verzeihe. Was die Majestät vorschlägt, schlug auch ich vor, drei Jahre zurück. Wir haben uns in den Trotz verrannt, Roana mit unfraulicher Härte, ihrer Jugend entsprechend, der Herzog mit Starrsinn, seinem Alter entsprechend, ich mit dem geblähten Willen, ihm die letzten irdischen Jahre durch Betrachtung des ewigen Lebens zu verschönen.« – Auf der Stirn des Kardinals erschien eine scharfe Unmutsfalte. Die Kaiserin schnitt den Disput ab. »Diese Anklagen, Herzogin, kleiden Euch nicht. Noch weniger kleidet Euch die Anmaßung gegenüber der Kirche. Unfrauliche Härte, sagt Ihr. Ich entnehme daraus, daß Ihr niemals geliebt habt.

Wo so verwundet wurde, wird nichts mehr, wie es früher war. Die Wunden klaffen. Sie zu schließen, bedarf es anderer Anstrengungen, als daß man sich billig versöhnt. Wenn es nach mir ginge, ginge ich mit Roana in die Wetterau, bis der vor drei Jahren erbetene Brief in der Pfalz Gelnhausen eintrifft. Leider muß ich zu neuer Zerstörung aufbrechen. Die italischen Lande sind nicht der geeignete Ort für ein gepeinigtes Herz. Ghissi, Kelmarin, Lorda nicht die geeigneten Orte. Aurora bietet die Zuflucht Amselsang. Eure Aufgabe, Herzogin, wird darin bestehen, still zu warten, ob und wann Roana zu Euch kommt. Roanas Aufgabe, still zu warten, ob und wann ihr Gemahl zu ihr kommt. Aurora, Roana am ähnlichsten, wird dem Herzog klar machen, wo seine Mannes- und Ritterpflicht liegt. Nicht Ihr. Ich wünsche kein Wort zu hören. Sonst öffne ich die Schaffs und überschütte Euch mit dem, was ich denke. Ebenso den Erzabt, ebenso den Herzog. Niemand verkennt, was Ihr im Morgenlande littet. Aber niemand als ich, die ich durch Roana aus der Verfinsterung errettet wurde, kann ermessen, was Ihr mit Euren geläufigen muselmanisch-christlichen Bücherworten, Scherzen, halben Erfahrungen und vollendeten Überheblichkeiten angerichtet habt. Bin ich verstanden? Herr Kardinal, Ihr wollt die Güte besitzen, mit mir nach Ghissi zu reiten und die Seele, die sich nicht ausspricht, durch Anhören der Konfession zu erleichtern.«

Zwei Stunden hörte Dom Zölestin in der Vierzehnheiligenkirche die Schneeschmelze eines in die Martern der Leidenschaften verstrickten Herzens und absolvierte die Reuige, die er kaum unterbrochen hatte. Zwei Stunden mühte er sich, den verharschten Gletscher des Schweigens aufzutauen, mit dem der Herzog sich bedeckt hielt. Dann lief er bläulich an. »Bis auf Weiteres schließe ich dich aus von den Sakramenten. Der Bischof von Lorda wird sich mit deiner greisenhaften Verstocktheit befassen.« Den ganzen Abend spielte Barral Ball. In der Nacht starb Maitagorrys uralter Vater Ubarray. Aus Franken kam ein Brief Domna Valescas, die verlassen im einstigen päpstlichen Exil von Mompessulan lag und das Ende kommen fühlte. Barral fand sie als Tote und nahm ihre Testamente an sich. In Mompessulan erreichte ihn die Nachricht vom Thronwechsel in Aragon. Als Graf von Ortaffa ritt er zur Lehnshuldigung. Auf dem Rückweg beim Baden in der schäumenden Gebirgsklamm ereilte seinen Knecht Thoro der Schlag. Die kochenden Strudel verschlangen, warfen und zermörserten den Leichnam. Der Bischof von Maguelone schickte einen Boten: Dom Pantaleon rang verfallend um Atem. Barrals Welt wurde leer. Ihm war, als zögen die Toten die Lebendigen mit sich ins Grab. Beim Begräbnis Leons stürzte die fast blinde Loba durch einen Fehltritt in die offene Grube, drehte sich, da Arabella sie zu halten versuchte, und brach auf der Sargkante das Genick. Barral blieb, bis auch sie beerdigt lag. Vergeblich bat Arabella, vergeblich weinte sie Tränen der Liebe, ihn mit Roana zu versöhnen. Er ging über Rodi, nicht über Amselsang. In Kelmarin beobachtete er, wie Maitagorry, die ihn nicht sehen konnte, den Brautfelsen mit scharfen Seifen bearbeitete. Die Augen brannten ihm. Den maurischen Hof mied er. Seinen Meiern und Knechten befahl er dreitausend Sandsäcke zu füllen. Ein Ungewitter, von Lorda heranziehend, schüttete Fluten von Regen über das Land und die Berge. Stunde für Stunde hob sich der Quelltopf. Am Abend noch ritt der Herzog aus mit Hunderten von Handlangern, Zelten, Fackeln, zwanzig Elefanten und einem Herzen voll schwarzer Entwürfe.

An der Stelle, da Fastrada vor nahezu dreißig Jahren ihren Erstling Grazian gebar, legte er die Elefanten als Deich in das Bachbett. Gegen ihre Rücken wurden Säcke geschichtet. Eine Bodenschwelle ließ er angraben. Die Flut begann zu schießen. Der Spiegel stieg. »Auf die Sackmauern die Elefanten! Lehm in die Lücken! Strohgeflechte dagegen! Schließen!« Der Spiegel stieg weiter. Die Tiere streckten den Rüssel hoch. Bei Sonnenaufgang brach der Fluß durch die Enge, zerriß den Hügel und besträhnte die Wälder. Die Feuerglocken läuteten. Von einer Anhöhe herab, zwei Meilen weiter, sah Barral den Wildstrom durch Gehöfte schäumen, ertrunkenes Vieh und ertrunkene Menschen mit sich wirbelnd. Er kehrte um, hieß die Tiere aufstehen, die Sandsäcke entfernen und alles nach Hause gehen.

Übernächtigt, mit Gott und Welt zerstritten, saß er in der Krone der höchsten Pappel, als ein empörter Bauernhaufe nahte. Sie legten die Axt an den Baum. Barral fuhr hinunter. »Nun? einen unschuldigen Baum könnt ihr schlagen? schlagt!« Sein blaublitzender Blick verschüchterte sie. Er stülpte die Lippen vor. »So«, sagte er grimmig. »Jetzt weiß ich, wohin er muß.« Die Bauern knieten sich in die Schlammwüste, denn der Bischof sprang aus dem Sattel. – »Hiergeblieben!« rief Dom Aurel, als Barral davonstapfte. »Die Predigt ist für den Mörder!« – »Wollt Ihr die Obrigkeit unterwühlen? Ich bin der Herzog und Herr. Hütet Euch, Herr Bischof von Lorda! Euren Vorgänger enthauptete ich wegen Aufsässigkeit!« – »Was wäre da noch zu unterwühlen?« brüllte der Geistliche dagegen. »Ihr selbst unterwühlt Euch. Herzog? wo? Herr? wo? Vor Christus steht Ihr am jüngsten Tag wie ich und wie du und wie du und wie ihr. Zwei Dutzend ersäufte Menschen liegen in Eurer Waage. Jede einzelne dieser Leichen wiegt. Jede Träne der Witwen und Waisen wiegt! Damit nicht genug. Es wiegt auch die Trauerlast Eurer verstoßenen Gemahlin, die Euch einst aus dem Rachen des Todes zurückholte. O hätte sie es nicht getan! Wer holt Euch jetzt aus der Hölle? Wieder ein unschuldiges Mädchen? Auf den Knien werdet Ihr zu mir kriechen, meine besudelten Schuhe zu küssen, ein Wicht, der den Himmel versuchte! In Verzweiflung werdet Ihr das Bittersalz der Einzigen, die Euch retten kann, abschlekken wie die Stute ihr Fohlen und werdet schreien, es ist Manna!«

Er ließ den Donner verrollen. »Reibt mein Tier trocken«, befahl er den Bauern. »Im Trotz, Mon Dom«, fuhr er fort, »löst Ihr nichts. Ihr seid nicht mehr Vierzehn, auch nicht Siebenundzwanzig wie damals, als Ihr mich ohrfeigtet. Des Menschen Leben währet siebenzig Jahre, daran fehlen Euch vier; wenn es hoch kommt, achtzig, daran fehlen Euch die vierzehn des kindischen Dahindämmerns; und wenn es köstlich war, dann war es Mühe und Arbeit für Andere. Du willst Deine Grafschaft Lorda blühen machen, das versteht die blökende Herde nicht, die sich freut, wie der Hirt den Herrn, den er liebt, zum schlotternden Rotz zusammenspuckt, aber das Land wird nicht blühen, ehe denn Du wieder blühst. Der Himmel schickte dir schlimme Zeichen. Befriede dich, und er wird nicht zögern, dir die Wege zu weisen, deren du bedarfst. Mir, als du mich schlugest, gabest du den Rat: gehe hin und sündige fürder woanders! Ich, ohne dich zu schlagen, sage dir, Sohn Christi: mit einem Fußtritt wird der Heilige Michael dich hinausbefördern. Ritter? wird er fragen, das will ein Ritter sein? Da hast du den Fußtritt, den du deinem Weibe Roana versetztest. Widerriefest du den? Bringt mir, wird er sagen, die Seele Roana. Seele Roana, was ist? Verzeihst du? oder soll ich ihn in die Hölle pfeffern?«

Abends bei sinkender Sonne, alle Fenster von Lorda glitzerten, ruderte Barral über den Tec, lieh sich am Ufer aus Quirins Stall ein Pferd und traf in der Dämmerung vor dem Hügelschloß Amselsang auf Aurora. Sie verstand ohne Worte, daß er nicht begrüßt, nicht gefragt, nur verstanden sein wolle. »Ich rufe sie Euch, Herr Vater.« Roana kam, etwas schräg zur eigenen Richtung. Mit gespannt mildem Lächeln, bis in die Poren durchsintert von Wehmut, blickte sie an ihm vorüber auf die im Abendrot glimmenden Mauern von Stadt und Schloß Lorda. Sie wehrte den Kniefall ab und preßte seinen eisgrau gewordenen Kopf an ihre Brust. – »Nimm mich wieder auf«, bat er. – »Ginge ich dir sonst entgegen, Liebster? Wohin in aller Welt soll ich denn gehen als zu dir?«

DIE TEILUNG DER WASSER

Kardinal Fugardi atmete freier, als er die Nachricht erhielt, seine Mutter Valesca sei gestorben. Nun war Herzog Barral, wennschon Erbe ihres Vermögens, keine Gefahr mehr: man konnte ihn, da ohne Beizeugen, Lügen strafen. Die Gefahr war, daß der gegenwärtige Papst, bereits nach Anagni geflüchtet, den Kampf aufgab. Zum Greifen nah saß der Schachpartner Rainald verschanzt in Tusculum, wo er das zweite der kaiserlichen Heere unter Christian von Mainz abwartete, das vor Ancona festlag. Zum Greifen nah war die Entscheidung. Auf dem Flankensprunge von Salerno nach Genua befand sich der sizilische König, auf dem Sprunge über Dschondis zum Tec der berberische Sultan, auf dem Sprunge in den burgundischen Rücken des Reiches der König von Franken, Erstgeborener Sohn der Kirche Christi, welchen Titel Seine Heiligkeit dem immerdar Argwöhnischen, immerdar Zaudernden als Sporn verliehen hatte. Mit dreißigtausend Mann berannte der päpstliche Generalkapitän Herrn Rainalds Feldbefestigungen. Herr Rainald wich aus und zeigte sich nicht. Unter den Mauern der kleinen Stadt kam der Angriff zum Stehen. Aus dem Gebirge zog Herr Christian heran; aus den Mathildischen Landen mit einem dritten Haufen der Kaiser. Die Deutschen vertrugen die Gluthitze schlecht. Erschöpft vom Marsche, sahen die Ritter des Mainzers die Römer heranbrausen. »Ausweichen, Dom Balthasar!« hieß es auch hier. »Jetzt hinaus, Dom Konrad!« hieß es beim Kölner. Beide Söhne Barrals, in zwei verschiedenen Heeren kämpfend, ohne Kenntnis voneinander, fielen zur gleichen Stunde, als Erzbischof Christian aus der Fluchtfinte Kehrt machte, Erzbischof Rainald aus der Belagerung hervorbrach und die Römer zu blutigem Staub zermahlen wurden.

Der Kaiser nahm Rom. Franken und Sizilien beeilten sich, die ihnen untergeschobenen Absichten zu leugnen. Der Sultan beorderte seinen Gesandten von Dschondis heimwärts. Kardinal Fugardi verfügte sich auf dem Seewege nach Kelgurien. Papst Alexander rüstete zum Aufbruch, um nicht zwischen das Reich und die zweideutig gewordenen Salernitaner Normannen zu geraten. Im Dome von Terracina, gegen Norden von den Pontinischen Sümpfen gedeckt, las er ein Requiem, im Hafen eine Feldmesse, flehte zu Gott, was er tun solle, und blieb. Gott schlug die Heere des Kaisers mit Seuche. Tausende und Abertausende, Sechzig auf Hundert, wurden dahingemäht. Schaum vor dem Munde, zuckten sie aus. Vor Tivoli sank der Erzkanzler Rainald vom Sattel, setzte sich an den Straßenrand, diktierte sein Testament und deckte den Mantel über sich, um klaglos, wie er gelebt hatte, zu verscheiden. Kaiser Friedrich erreichte mit dem Rest seiner Truppen die Lombardei. Die Truppen schmolzen. Der ehrempfindlichste Mann des Weltballes schor sich den Rotbart, zog einfache Knechtskleidung an und entkam unerkannt über die Pässe der Hochalpen. In Susa beredete Dom Grazian Cormons die Kaiserin Beatrix, über Kelmarin und den Tec nach Hause zu reisen.

So geschah es, daß Barral dem Bach vorerst weiter erlaubte, bei Ongor in die Gallamassa zu münden. Während oben im maurischen Hof zwei Brüder Salâchs mit Fastrada verhandelten, verhandelten im Kelmariner Seehof Grazian mit Roana, Barral mit Fugardi, im Gästepalast Kaiserin Beatrix mit den Kardinälen von Cormons und Mirsalon. Da die lombardischen Lehen verloren waren, fand Roana es an der Zeit, sich beim Herzog für die Grafung Grazians zu verwenden. Widerstrebend willigte Barral ein. Als der Sohn außer den Lehen Cormons auch die Stellvertretung des Vaters und den Titel Markgraf verlangte – beides hatte Dom Gero Sartena inne –, wurde Barral stutzig. Ein langer Blick traf den Blick seines Ältesten. »Ich werde dich erproben, wie ich den Eidam erprobte. Wann willst du mir meine Schnur Helena zeigen?« – »Wann Ihr befehlt.« – »Ungesäumt.«

Domna Helena, am Abend zuvor aus Genua eingetroffen, küßte seine Hand. Ihr Haar war blauschwarz, tiefbraun die Augenfarbe, hoch und etwas mager der Wuchs. Ihre Gedankenschärfe paßte zu dem, was Grazian bei Herrn Rainald gelernt hatte. Ihre Kälte in der Beurteilung der Zusammenhänge und Möglichkeiten machten den Herrn Kelguriens schaudern und hoffen. Er schickte den Sohn hinaus. »Ich brauche einen Nachfolger«, sagte er nach drei Stunden. »Der Nachfolger muß warten können und sein Handwerk beherrschen. Ich ernenne niemanden. Noch bete und glaube ich, daß Balthasar und Konrad ebenso heimkehren wie Grazian. Daß er der Erstgeborene ist, würde mich nicht bestimmen. Überzeugt mich. Zunächst verwende ich ihn als meinen Gesandten, um mir die anstrengenden und nutzlosen Reisen zu ersparen. Habe ich Vertrauen gefaßt, so will ich froh sein, mich auf Lorda beschränken zu können.« – »Ihr dürft vertrauen, Herr

Vater.« – »Das ist leichter erklärt als bewiesen, Tochter Schnur.« – »Mit Mißtrauen, Herr Vater, erreicht Ihr nichts.« – »Ach? Aus meiner eigenen Jugend, Helena, weiß ich, welch ein Sporn im Fleische mir die väterliche Härte gewesen ist. Nur war ich nicht gar so weich und beeinflußbar wie meine Söhne, Konrad ausgenommen. Die Töchter gelangen mir besser, Konrad ausgenommen. Gut. Ich gebe mir also den Ruck. Er mag lernen. Er mag teilnehmen. Ihr verbürgt Euch, daß er ein ehrlicher Sohn ist?« – »Wenn er es nicht ist, Herr Vater, fällt er leichter in die Grube des Vertrauens als des Mißtrauens.« – »Und das Weib dazu?« – »Auch.« – »Nach dem Imbiß im Saal. Er wird einen Vorgeschmack erhalten, wie verteufelt schwierig das Schaukeln sich anläßt.«

Bescheiden, lerneifrig und aufmerksam lauschte Grazian den Abreden seines Vaters mit den drei Kardinälen. »Es wäre nicht anständig«, sagte Barral, »wenn ich in dieser Lage meinem Herrn die Treue bräche. Wir haben weder den Kardinal Orlando als Papst Alexander noch den Kardinal Guido von Crema als Papst Paschalis anerkannt. Herr Guido Paschalis ist krank. Warten wir, bis er stirbt. Herr Rainald ist tot. Warten wir, ob Kaiser Friedrich, den der vernünftige Herr Wichman von Magdeburg beraten dürfte, jene Vernunft annimmt, deren Stunde mir gekommen scheint.« – »Diese Vernunft«, erwiderte Kardinal Fugardi, »läßt sich beschleunigen. Erzabt Desiderius informierte mich, daß Bruder Magdeburg, den wir für das Kardinalat vormerkten, im Kreise der Reichsfürsten Umschau hält nach jemandem, der, um den Kaiser zu zwingen, zum alexandrinischen Lager stößt.« – »Wäret Ihr, wie ich, Herr Kardinal, Bauer, so kenntet Ihr das Sprichwort: pinkele in keinen Brunnen, du könntest aus ihm trinken müssen. Mein Brunnen ist das Reich. Mein Brunnen ist die Kirche. Aber gewiß nicht der Herr Erzabt. Aus dem trinke ich nicht. Was der gebannte Erzbischof von Magdeburg denkt, will, meint, wünscht oder erzählt, mag er mir selbst erzählen, nicht um zehn Ecken. Alexandrinisch zu werden, bleibt mir immer.« – »Das bleibt Euch nicht, sondern das tut Ihr jetzt. Ihr seid der einzige Nichtgebannte. Ihr liegt gefährdet zwischen Franken und der Lombardei. Gott der Herr hat gesprochen Mene mene tekel!« – »Nun, und? wo habt Ihr den Kaiser? Wo zeigen sich Risse im Bau des Reiches? wie verhindert Ihr den Heerbann von Polen bis Flandern? Nach dem Sieg, Herr Kardinal, wird man übermütig und schmeichelt sich in dem Glauben, man habe gesiegt. Ähnliches teilte ich nach dem Fall Mailands Eurem Gegner mit. Auch Ihr seid sterblich.« – »Und Ihr, Herzog, seid auf dem Rücken gezeichnet. Wollt Ihr ein zweites Interdikt? wollt Ihr die Auflösung Eurer zweiten Ehe als eines Falsifikates auf Blankpergament?« – »Bitte sehr, mein Sohn. Du könntest von dem Falsifikat fressen müssen.« – »Eine Unverschämtheit, Herr Herzog!« – »Reden wir von Scham? oder reden wir von Treulosigkeit, Herr Kardinal? oder von Dummenfang? Das Blankpergament mit der Signatur Hadrianus Papa Pontifex Quartus wurde gegengezeichnet vom Kurienkanzler Orlando, nicht von Euch. Sagt dem Herrn Orlando, er solle mir schöntun. Den Papst, der mir paßt, erkenne ich an, wann es mir paßt.« – »Mirsalon hat ihn anerkannt.« – »Bitte sehr. Mirsalon pflegt in Säcken zu denken.« – »Cormons erkennt ihn an.« – »Einen Dreck, Herr Kardinal. Dom Zölestin?« – »Ich erkenne nicht an«, bestätigte der Patriarch. – »Franken«, beharrte Fugardi,

»hat anerkannt. Die gesamte Lombardei hat anerkannt. Ihr seid ohne Ausweg, Herr Herzog.« – »Da irrt Ihr. Ein Wort, und ich mache Euch zum Gefangenen. Ein Wort, und das Geheim-Testament Eurer Adoptivmutter wird geöffnet. Ich bin es leid, mit Blutsaugern zu verkehren. Ich liefere Euch dem Kaiser aus.« – »Das wäre unklug, Herr Herzog. Seine Heiligkeit könnte im Falle eines Gewaltaktes nichts anderes tun als den großen Bann gegen Euch schleudern, somit auch gegen Dom Zölestin.« – »Obwohl Euer Papst froh wäre, Euch los zu werden?« – »Obwohl. Es mag sein, daß ich für Seine Heiligkeit ein ähnlicher Albdruck bin, wie es mein Gegner für den Kaiser war, aber der Kaiser würde nichts gewinnen, wenn er mich hat. Keine Schachpartie, Ihr sagtet es, geht zu Ende, ehe der König mattgesetzt wurde oder der König aufgibt. Kaiser und Papst machen die kleinen Schritte, ihre Kanzler die großen, dennoch sind nicht die Kanzler das Haupt. Ich habe Auftrag, die Versöhnung mit des Kaisers Majestät herbeizuführen. Ich nehme also dankbar zur Kenntnis, daß Ihr bei gelegenerer Zeit den Übertritt, auf den die Fürsten des Reiches warten, vollziehen werdet.« – »Und ich, Herr Kardinal, nehme dankbar zur Kenntnis, daß wir inzwischen wohl so weit sind, über das Eigentliche sprechen zu können. Wie lauten die Bedingungen für die Kirchenbuße des Kaisers, der Reichsfürsten, des reichstreuen Episkopates und einiger Millionen von Gläubigen? Wird da gepeitscht, oder wird da gefeilscht, oder begnügt man sich mit der gegenseitigen Wertschätzung? Da Eure Forderungen ganz gewiß über jedes erreichbare Ziel hinausschießen werden, sagt sie meinem Sohne Grazian, der sie dem Kaiser nebst seiner Gemahlin Beatrix überbringen wird.«

Sogleich nach der Grafung in Cormons ritt er ins Mohrengebirge, sich verabredetermaßen mit Salâch zu treffen. Schon kurz hinter der Grenze bat ihn ein Bruder des Emirs unter schmelzenden Liebenswürdigkeiten, einen geschmückten Schimmelhengst annehmen zu wollen, den es nach dem Bade im Kelmarinbach gelüste. Diese höflichste der Unhöflichkeiten verpflichtete den Gast, einen halben Vormittag zu plaudern, Gegengeschenke zu überreichen und der Ahnung Ausdruck zu leihen, eben jetzt geschehe daheim etwas Düsteres, das unabdingbar zur Rückkehr mahne. Der Prinz drängte ihn, nur ja nach dem Rechten zu schauen, verabschiedete sich erleichtert und wurde hinter der nächsten Wegbiegung umgebracht. Das Nämliche widerfuhr den zwei Prinzen, die in einwöchigem Aufenthalt bei Fastrada nichts als Blumen geredet hatten.

Barral wußte von den Brudermorden so wenig wie vom Schicksal seiner Söhne, das bei der Pfalz zu erforschen Grazian Weisung besaß. Er rätselte im Reiten an Helena. Ihr Gehirn war feiner als dasjenige Rubens, gefährlicher als dasjenige Lobas. Ihren Mann beherrschte und verachtete sie. Eine so von Ehrgeiz durchbrannte Frau mußte gefesselt werden. In Cormons nächtigend, versuchte er sie zu lokkern. Kein Scherz verfing. Kein Lächeln, kein Widerspruch antwortete ihm. Gern war sie bereit, bei Fastrada Sarazenisch, bei Ruben Fränkisch zu lernen; erst aber wollte sie nach Trianna, was der Vater ihr aufgetragen hatte, da er von dem Wunderaltar nichts hielt. »Kind«, sagte er, »was nutzt Euch die Heilige Anna, wenn der Mann und das Bett nicht dabei sind?« – »Ich bin Jungfrau, Herr Vater«, erwiderte sie kühl. – Dem Herzog fiel die Kinnlade. »Warum?« – »Aus Angst.« – Er schüttelte den Kopf. »Und das soll mein Sohn sein? Angst vor der Angst der Frau? Jaja, es tut scheußlich weh. Oder Angst vor dem Gebären?« – »Auch das.« – »Auch das tut scheußlich weh. Was verlangen wir Männer eigentlich? Uns tut es nicht weh.« – »Ihm schon, Herr Vater.« – Ein zweites Mal fiel der Kiefer. Dann lachte er, ohne sich zu äußern. Unfruchtbarkeit beseitigte man durch Maitagorry, Verwachsungen durch einen Schäfer. »Ihr möchtet also kein Kind?« – »Nein, Herr Vater.« – »Demnach braucht Ihr auch nicht zur Heiligen Anna. Ich mag Euch so, wie Ihr seid. Enkel bekomme ich genug. Verstand wenig.« Ein dankbarer Schimmer leuchtete in ihr auf.

Er verpflichtete Fastrada, den Eiskeller Helenas durch betränte Geschichten aus dem Harem kalt zu halten, und betrachtete von der Höhe herunter aus üppigen Blütenhöfen das kahle Land gegen Lorda. Sein Entschluß stand fest. Wie viel böses Blut auch immer zu erwarten war: er würde, wenn es not tat, die ganze Grafschaft mit Gewalt räumen. Die Räumung der damals überschwemmten Senke hatte er bereits befohlen, Deiche und Schaffs errichtet, drei Nachlehnerklagen beim Pfalzgericht mit Nasenschnaufen beantwortet. Fünfzigtausend Sandsäcke lagen gefüllt, dreihunderttausend genäht. Er konnte die Flut verbauen, konnte sie durch Aufziehen des Wehres auch im alten Bett abströmen lassen. Er brauchte kein Instrumentarium. Frieden brauchte er, Kraft und Gesundheit auf ein Jahrzehnt, Verständnis der Mitmenschen, Hilfe. Fastrada verfolgte sein Brüten mit Sorge. »Davon versteht Ihr nichts«, brummte er. »Und überhaupt: redet mir nicht so viel vom Sterben. Unchristlich wie ein Baum will ich umfallen. Oder wie Thoro im Bach. In meinem Bach. Aber nicht bevor er begriffen hat, wohin ich ihn haben will!«

In der Dämmerung ging er, sich in die süße Glut Roanas zu senken. Es bekümmerte ihn, daß sie nicht mehr so wild war wie früher. Fragte er, schloß sie die Augen. »Nicht fragen, Liebster.« Er scheute sich, ihre Empfindlichkeit, die er spürte, zu wecken. Nach wie vor verkehrte sie nicht mit der Schwester. Wollte er zum Brunnenpalast, so sagte er es. Sie schloß die Augen und nickte. Nie mehr kam ein verletzendes Wort über ihre Lippen. Aber auch nie ein Gruß an Fastrada, nie eine Erkundigung. Dabei liefen die Viktualien ebenso wie jede Anforderung an Handwerker durch ihre Hände. Nie gestattete sie den geringsten Abstrich. Eine Kaplanstelle, eine Klosterstiftung, zwanzig Maurer für eine Erweiterung der Terrassen: was Fastrada wünschte, war für Roana Befehl. Überstieg es die Einkünfte, wurde es anderwärtig verrechnet. Bemerkungen aus Rubens Munde überhörte sie, ebenso wenn Gäste sich im Gespräch vergaßen. Fastradas vier Töchter und Eidams, ehrerbietig an der Mutter hängend, wußten, daß sie Roana alles verdankten, liebten sie innig, wohnten unten und statteten oben Visite ab. Bischof Aurel aß unten drei Hähnchen, oben drei Hähnchen, stillte seine Wißbegier über die zwei Frauen bei Barral und fand den Waffenstillstand fürs Erste vernünftig. Wer von unten kam, genoß Fastradas lebhaftes Gespräch; wer, von oben kommend, in den Frieden des Seehofes tauchte, empfand Roanas leise und beschattete Art wie eine Erholung von zu viel Geist, ihren Umgang mit den Kindern wie die Wärme über den Wassern. Jederzeit, wenn der feste Erziehungsplan es erlaubte, durften Rodero und die drei Töchter hinauf in den Brunnenhof. Roana verbot es nie. Sie hatte sich lediglich geweigert, den Sohn ins Kloster zu geben. Barral war es zufrieden. Der Junge trug den

Namen zu Recht. Sein Mut, seine Ritterlichkeit, sein trokkener Witz, selbst seine Züge, alles sprach von dem verewigten Retter Kelguriens. Zu seinem achten Geburtstag wünschte er sich als einziges Geschenk, das Grab des Urgroßvaters sehen zu dürfen. Vater und Sohn ritten nach Rimroc. Die Pforte des Grabturmes wurde aufgemeißelt. »Da liegt die Frau Großmutter Judith«, sagte Rodero. An die Nische links von ihr schrieb Barral mit Ockerkreide ein F, daneben ein B, an die dritte Nische ein R. Auf dem Heimweg erzählte er dem Sohn von dem Schiedskampf im Gebirge.

Grazian, vom Kaiser zurückkehrend, überbrachte ein kaiserliches Beileidsschreiben zum Tode Balthasars und Konrads, deren verlorene Lehen auf den Bruder übertragen wurden. Ein zweites Schreiben, herrischer, ja schroffer, verlangte Gestellung der Heerfolge für kommendes Frühjahr nach Susa, ein drittes die nachträgliche Ableistung der Würzburger Schwüre auf Paschalis und alle künftigen Gegenpäpste, Schwüre, von denen Herr Rainald Kelgurien mit Fleiß ausgenommen hatte. »Ich wüßte Anderes zu tun«, sagte Barral. »Dein deutscher Vogt in Cormons vogtet gut. Sobald ich die Antworten fertig habe, gehst du aufs Neue an die Pfalz.« Am nächsten Morgen ließ er sich Helena kommen. In Kelmarin aufgeblüht, nicht mehr so mager wie anfangs, machte sie über Nacht einen verfrosteten Eindruck. Sie las die Schreiben. »Nun? Wie beurteilt Ihr das, Tochter Gehirn?«

Ohne Aufwand, bewegungslos sitzend, schilderte sie, was mit Kelgurien geschehe, wenn es der sterbenden Puppe von Crema sich anschlösse, schilderte die Umzingelung, schilderte die Auswege: eine Absprache mit Dschondis, eine Absprache mit der Freigrafschaft Corasca, ein heimliches Treffen mit König Ludwig von Franken, Verzögerung gegenüber dem Kaiser. »Doppelte Briefe, Herr Vater. Schickt Quirin an den Erzbischof Wichman.« – »Ihr meint, Grazian verrät mich?« – »Ja.« – »Helena, das sind blutige Eröffnungen.« – »Es ist so, Herr Vater. Auch mich hat er blutig eröffnet.« – Er sah sie an aus der Schräge, den Mund offen, die Augen schmal. »Aha?« sagte er. »Ist er beim Schäfer gewesen? Und nun Haß? Verdächtigung? Mädchen! So hübsch, so jung! darüber kommst du hinweg.« – »Nicht über die Art.« – »Die Art ist immer die gleiche.« – »Ich kenne nur diese eine. Aber zehn andere vermag ich mir vorzustellen. Als Ihr in Cormons bei mir waret, habe ich sie mir alle zehn vorgestellt, die elfte nicht.«

Barral lächelte. »Lot«, sagte er und wiegte den Kopf. »In einem Jahr wirst du anders denken. Hab du nur erst ein Kind, dann weißt du, daß der Schmerz gelohnt hat und daß es schon schön ist, Frau zu sein. Ihr schenkt dem Leben das Leben. Wir dummen Hengste sind dazu da, es euch zu machen. Aber arm. Du hast einen auf der Welt, der dich versteht und achtet, daran halte dich. Wenn du ahntest, wie du aussiehst, wenn du dankbar schaust. Da geht die Sonne auf. Hundert mal so viel Sonne wirst du haben, wenn du anfängst zu lieben; wenn du dich freust auf das Kind. Liebst du, so tut nichts mehr weh. Das muß ich alter Mann dir sagen. Meine Töchter und die Schnur Aurora haben es einfacher. Darum nehme ich so Anteil an dir. Diesem Grazian muß eine Falle gestellt werden. Ohne Beweise ist nichts zu wollen. Er muß hineintappen; besser noch fortbleiben. Wenn er fort ist, gehen auch wir. Ich nach Dschondis, Ruben nach Franken, Ihr nach Corasca. Corasca hat den

Würzburger Schwur nicht geleistet. Wer den Riegel Corasca nicht aufschiebt, kommt nicht nach Kelgurien hinein von Norden. Der Vater des grünen Jungen, der heute dort herrscht, war einmal halb auf dem Wege nach Franken. Damals warnte ich. Loba hatte ihn in der Zange. Heute würde ich nicht mehr warnen. Ködert ihn, meinethalben mit Land. Zwei tote Söhne, Helena. Was soll ich mit so viel Land ohne Söhne? Und ich habe Konrad nicht wiedergesehen.«

Salâch kam freiwillig auf das Instrumentarium zu sprechen. Demnach saß ihm das Messer an der Gurgel. – »Befestigst du deine Küsten?« fragte Barral dazwischen. Vor Schreck, daß er erkannt war, verstummte der Emir. »Nun, man kann sie auch«, fuhr Barral fort, »gegen Mirsalon oder Genua verteidigen wollen. Was brauchst du von mir?« – »Steinbrecher, Freund. So viele wie möglich und so schnell wie möglich. Zimmerer und Schiffbauer.« – »Wenn du versprichst, daß sie christlich leben dürfen, schicke ich sie. Solltest du vorhaben, meinen Bach durch deine Wassermeister betrachten zu lassen, so leben sie unbeaufsichtigt muselmanisch, und der Prophet freut sich der Ausspähkünste. Du sagtest Steinbrecher. In meiner Jugend, als Schäfer, war ich recht neugierig. Ich lernte sogar im Steinbruch. Der Steinmetz von Ortaffa nahm mich mit. Einen vollen Tag saß er da, vom Morgendämmer bis zum Abendrot, unter jederlei Beleuchtung, und schaute den Stein entzwei, wie er das nannte. Auch ich. Schlage ihn, sagte er. Der Hammer fuhr mir in weitem Bogen durch die Luft davon. Der alte Mann schlug einen einzigen leichten Schlag mit der Finne, und der Trumm Stein sprang ab. Drei Jahrzehnte schaute ich meinen Bach entzwei. Du, wenn ich nicht irre, deinen Sultan vier Jahrzehnte. Und ich muß meinen Kaiser entzweischauen. Es könnte sein, daß ich, wenn der Sultan bei dir zu landen versucht, dir in christlicher Nächstenliebe zu Hilfe eile. Es könnte umgekehrt sein, daß die grüne Fahne des Propheten, was sie nie durfte, freundschaftlich an den Ufern des Tec weht, vorausgesetzt, jene Prinzen, die dir die Treue nicht schworen, suchten unterdessen das Weite.« – »Ihr Aas fraßen die Hunde«, sagte Salâch, ballte die Fäuste vor der Brust und lachte lautlos. Sie schlossen einen Vertrag ohne Pergament und Siegel, dafür mit sofortiger Wirksamkeit. Sechs muselmanische Wassermeister nahmen in Fastradas maurischem Hofe Wohnung, während Roana und Lonardo Ongor, dem es nicht gut ging, Tag für Tag unterwegs waren, die Bauern, Meier, Pächter, Pfarrvikare und Nachlehner zur Räumung des Landes zu überreden, gegen besseres Tauschland in den Grafschaften Tedalda, Ortaffa, Sartena und Cormons.

König Ludwig von Franken bat den Herzog Barral unter übertriebenen Vorsichtsmaßnahmen nach Mompessulan. Barral beorderte Helena beschleunigt aus Corasca hinterdrein. Sie blühte, verhüllt und bedrückt, in einer für ihn unmißverständlichen Weise. Er hob ihr Kinn. Ihre Augen wichen seinem milden Forschen nicht aus. »Vor mir keine Angst, kein Versteck, Helena.« – »Ich bin in Hoffnung«, gestand sie. – »Grazian könnte es nicht gewesen sein?« – »Nein, Herr Vater.« – »Schwierig. Aber nicht unlösbar. Äußersten Falles bleibt ein kleiner Besuch im Kloster. Dafür hat Gott die Klöster erfunden. Was spricht der Freigraf? Was verlangt er?« – »Nichts außer mir. Er will den Würzburger Schwur nicht leisten. Er unterstellt sich Eurer Führung. In seinen Bergen ist wenig zu zerstören. Er rechnet aber auf Euren Heerbann. Inzwischen ritt er nach Bramafan und Prà. Die Bischöfe von Brianz und Imbraun sind ihm sicher.« – »Rafael Bramafan«, sagte Barral, »geht mit mir. Salâch Dschondis mit mir. Prà immer mit Genua, in diesem Falle mit uns wie Mirsalon. Wir müssen nur vermeiden, daß ich gezwungen werde, dem Reiche die Treue zu brechen.« – »Das Reich brach sie Euch, Herr Vater. Der Freigraf erhielt ein kaiserliches Breve, das ihm den Besuch des Herzogs Grazian von Kelgurien ankündigt, da sich der gewesene Herzog Barral als Reichsverbrecher in der Reichsacht, als in Bigamie lebend im Kirchenbann der Kirche Paschalis befinde. Der Freigraf solle, bestimmte die Pfalz, unter der Hand den sauberen Herrn Grazian aufnehmen und den Kriegszug gegen Euch vorbereiten.« – »Das sind reizvolle Nachrichten, Helena. Meine Kirchenbuße kostete annähernd siebentausend Leben. Damals gelobte ich mir, niemals wieder solle ein Unschuldiger für den Wahnsinn der Machthaber sterben müssen. Läge der Kelmarinbach auf der fränkischen Tec-Seite, beugte ich mich mit Freuden. Da liegt er nicht. Verrat ist eine klare Sache für den, der verrät. Wenn Konrad fallen mußte, vergieße ich um Grazian keine Träne. Was veranlaßtet Ihr?« – »Das Notwendige, Herr Vater. Markgraf Gero rief den Heerbann auf, erklärte Grazian für vogelfrei, er und Lonardo sperren die Grenzen gegen Corasca.« – »Warum das?« – »Damit der Vogel glaubt, auf der Leimrute Corasca sei gut Kirschen essen.« – »Ihr seid ein Teufelsweib, Helena. Corasca liefert aus?« – »Wozu?«

Corasca erledigte den Fall durch Erdrosselung, legte die Drosselschnur einem Offizialbericht bei, wonach der ungetreue Sohn sich selbst entleibt habe, und bat um Waffenhilfe. Barral schickte Dom Zölestin auf dem Seewege nach Rom, den deutschen Vogt von Cormons an die Pfalz und einen mirsalonischen Kaufherrn nach Magdeburg. Helena hatte die verschiedenen Schreiben so aufeinander abgestimmt, daß die zu erwartenden Antworten wie die Nocken einer Mühlwelle das Stampfwerk bewegten, hier lösend, dort hebend. Genau berechnet waren die Rittlängen. Quirin hielt den fränkischen Zauderer hin, der abwechselnd Lehnsfolge, Truppenstraße und Vertragsfestungen forderte. Papst Alexander wurde anerkannt gegen rückwirkendes Verbot des Klosterwuchers, Bestätigung der Ehe Roana, Seligsprechung Guilhems, Einleitung des Prozesses auf Heiligsprechung, Drohung des Interdiktes gegen Franken, falls es Gewalt übe, Ablaß auf sieben Jahre für das Kirchenverbrechen der weiter bestehenden Reichstreue. Dem Kaiser kündigten Kelgurien und Corasca für die Zeit der Kirchenspaltung die Heerfolge auf, leisteten aber den Zehnt unter der Voraussetzung, der Kaiser betrachte die Reichsacht als erloschen. Im Frühsommer 1168, während Helena mit einem posthumen Sohne Grazians niederkam, trafen Barral und der Freigraf in Brianz mit dem Erzbischof Wichman zusammen. Als kaiserlicher Bevollmächtigter erneuerte er die Reichsacht, die ein leeres Wort blieb, da der Kampf um die Lombardei die Kräfte beanspruchte. Als mäßigender Ratgeber ohne erklärtes Amt versprach er sich zu verwenden, daß Kelgurien nicht in die Arme Frankens getrieben werde. Sein Rat fehlte, als der Gegenpapst Paschalis starb und die kaiserliche Partei ihm einen Nachfolger Kallixtus gab. Die lombardischen Städte trugen den Kopf hoch. Zwischen Mailand und Genua gründeten sie eine Stadt, die vorerst nur aus befestigten Wällen bestand und zu Ehren des Hauptes der Christenheit auf den Namen Alessandria getauft wurde.

Barral begleitete den Erzbischof bis hinauf auf den Paß. Die nächsten Schritte waren verabredet. Herr Wichman betrachtete die Kastelle. Er betrachtete eine Murverbauung, deren Schaff aufgezogen wurde; die Steine donnerten hinab. Er betrachtete Felstrümmer und Eisblöcke, die ein Hebebaum in die Tiefe beförderte. Er betrachtete die Künste der Bogenschützen. »Ich werde nicht verfehlen«, sagte er freundlich, »der Majestät zu berichten, daß ein Angriff nur über See oder durch die Tec-Ebene möglich ist.« – »Auch brieflich oder mündlich«, erwiderte Barral, ritt nach Bramafan, wo er Dom Rafael zum Markgrafen der Pässe ernannte, und schrieb einen kelgurischen Fürstenkongreß nach Cormons aus, zu dem er die Grafen der Freigrafschaft ebenso einlud wie ihre nördlichen Nachbarn den Tec hinauf, Prà und Mirsalon ebenso wie die Bischöfe von Brianz und Imbraun. Die Versammlung brandete über alle Ufer, die Barral ihr gesteckt hatte. Es erschienen weit über hundert Herren und Gesandte, fremde Erzbischöfe und Abordnungen reichsunmittelbarer Städte. Das kaiserliche Ohr, das im Vorjahr mit Begierde dem Geflüster eines kleinen Gleisners lauschte, horchte mit Entsetzen auf die unaufhaltsame Lawine, die das Geflüster vom Kamm der Alpen hinuntersprengte. Man beschloß die Wiedererrichtung des sagenhaften Rodiates, eines Königtums aus den Zeiten der Merowinger, woran einzig noch die Stadt Rodi erinnerte. Barral weigerte sich, den Abfall vom Reiche zu vollziehen, weigerte sich, den Titel eines Königs zu tragen, nahm zwar die Lehnshuldigungen entgegen, schon um die Exekution der Reichsacht von seinen und Corascas Grenzen fernzuhalten, blieb aber unbeugsam bei seiner These, als Vicedom des Kaisers zu handeln. Am Schluß beredete er Heißsporne und Zauderer zu einer allgemeinen Ergebenheits-Schwuradresse, wonach sie einen Beistandsbund geschlossen hätten, bis die Einheit der Kirche wiederhergestellt sei.

Das Grab des seligen Guilhem unter dem Kardinalshut, der angestaubt aus der Wölbung herabhing, lag stets mit Lilien, Feldfrüchten, Ölbaum- und Lorbeerzweigen geschmückt. Lange betete Barral zu seinem Fürsprecher im Himmel, ließ den Blick zu Roderos goldener Herzkapsel schweifen und grub nach dem Wurm des Gewissens. »Seliger, heiliger Herr, gütiger Beichtvater durch ein halbes Jahrhundert meines armen Lebens, helft mir durch ein Zeichen. Ich will kein Zerstörer sein. Ich will, daß Kelgurien atmen kann. Siebentausend Geborene hat man mir getötet. Die Ungeborenen flehen, bevor sie noch gezeugt wurden. Von vier Söhnen hat Gott mir einen gelassen außer den Bastarden. Auf zwei Augen steht, was ich schuf. Was ich zu schaffen gedachte, das grünende Paradies Lorda, mißrät, meine schwindenden Jahre werden mißbraucht. Ein schwacher Mann, unerleuchtet, gehe ich durch die Welt meines Alters, Herzog statt Bauer, säe Tränen statt Korn, schmiede Schwerter statt Pflugschaaren, schreibe mit Tinte auf Pergament statt mit Wasser auf Erde, gründe Burgen an den Grenzen statt Dörfer auf den Feldern und weiß nicht, welcher der Wege mein Weg ist. Ich holte mir Heiden, meinem Bache den Weg zu weisen, und sie weisen ihn falsch. Ich holte meine Gemahlin zurück von den Heiden, jene, die Ihr mir vermähltet, und sie versteht mich nicht. Es zerreißt mich die sanfte Trauer Roanas, und ich kann ihr die feinen Spuren der Bitternis neben den Lippen nicht mehr auslöschen. Ungreifbar ist alles für mich geworden. Unfruchtbar liegt sie auf dem Brautfelsen, ich habe ihn nicht mehr betreten dürfen. Ich fürchte mich, das kostbare, dünne Glas zu zerbrechen. Ich ahne, sie möchte versöhnt sein mit allem. Aber wie kann ich die Schwestern versöhnen, ich, so im Unfrieden mit mir? Seliger, heiliger Herr! wenn der Selige heiliggesprochen wurde, stifte ich ihm in den Armen des Baches, den ich teilen und wieder vereinen will, auf der Höhe des Hügels eine Stadt und Kirche und in den Wüsteneien ein Kloster, das den Pilgern behilflich sein soll. Auf den fernen Smaragd-Inseln seid Ihr erschienen, Erscheinungen berichten von Eurem Wirken. Nur mir, dem Ihr die letzte Ohrlocke schicktet und den letzten Segen auf Erden, mir, dem schwierigsten unter den liebsten Beichtkindern, versagt Ihr den Trost. Der Honig auf meinen Fühlern ist fort, der alte Käfer weiß nicht, wohin kriechen. Wie soll dann das Leittier die Herde führen? Früher fragte ich das Orakel der Wöchnerinnen, ob Herz, ob Leber. Wenn Ihr die Herzkapsel aus der Gewölbeverankerung fallen laßt, heißt es Roana und Kelmarinbach. Wenn der Kardinalshut herabkommt, Fastrada und König des Rodiates.«

Er legte sich auf den Stein und wartete. Nichts antwortete seinem Begehren. Er stattete dem Patriarchen Visite ab und ritt nach Ghissi, verzehrt von Sehnsucht nach Maitas Suppe. Larrart lag im Sterben. Seine Züge zerflossen vor Glück. »Mon Dom ist bei mir.« Tief in der Nacht, Barrals Hand auf der Stirn, hauchte er ohne Kampf aus. Barral schloß ihm die Augen und traf auf die Augen Maitagorrys. »Die Nächsten sind wir«, sagte sie still. Sie entkleideten den Toten, wuschen ihn, falteten ihm die Hände und betteten ihn in Eiskies. Die Totenkerzen wurden entzündet, mitten in der sonst dunklen Schmiede. Barral sprach das Gebet, Maita die Beschwörung. »Mon Dom«, sagte sie aus dem Schweigen. »Vertragt Ihr eine Wahrheit? Ich verletze ein Gelübde. Dafür gehe ich in die Hölle.« – »Ich kann dich kaum hören, Maita.« – »Mit allen Schwüren der Hölle müßt Ihr mir sagen, wen Ihr auf Erden und bis in den Himmel am meisten liebt.« – »Roana.« – »Roana war hier und hat mich verpflichtet, sie umzubringen, wenn Ihr tot seid. Nun wecke ich den Eidam und Faustina und die Kinder, damit sie die Bälge treten. Er wünschte sich den Gesang des Gebläses, bevor das Armesünderglöckchen läutet.«

Bis zum Begräbnis Larrarts vertrieb sich Barral die Zeit, dem Baum eine Salbe zu kochen, die Mauern zu erweitern und nährende Erde in die Wurzeln zu bringen, die er mit fetter Jauche goß. Die Zypresse wuchs noch immer. Eine Astspitze schnitt er für den Toten ab und warf ihm auch etwas Sand aus dem Weinkreis in die Grube. Der Tag war schwül schon am frühen Morgen. Beklommen beobachtete die Gemeinde, daß der Herr mehrfach verstohlen nach dem Herzen faßte. Beim Leichenschmaus vertrat ihn sein Bastard Quirin, einst Larrarts Sohn. Der einzige Mensch, mit dem Barral sprach, war die hoch tragende Aurora, die er wie eine Tochter liebte. »Im Zypressenpalast ist eine Sänfte, Töchterchen. In dem Zustand solltet Ihr nicht mehr reiten.« – »Ach, Herr Vater. Im sechsten Monat kann man noch Manches. Aber Ihr gefallt mir heute nicht. Was ist mit Eurem Herzen?« – »Schwer ist es, Aurora. Es hängt gewiß mit dem Wetter zusammen.« – »Mit Eurer Seele, Herr Vater. Ich verstehe mich auf Augen. Das eine Mal, da ich die Euren falsch auslegte, büßte ich mit schrecklichen Zerknirschungen. Wenn ich Roana anschaue und die feinen

Risse zu den Seiten der Lippen sehe, möchte ich immer auf die Knie sinken. Diese Schuld nimmt mir niemand ab.« – »Unsinn, Töchterchen. Diese Schuld trage ich. Also? geh in die Sänfte, nicht wahr?« – »Euer Ohr, Väterchen. Helena und ich machen uns Gedanken, warum Ihr heute Du, morgen Ihr sagt. Ist das Mißtrauen?« – »Vergreisung, Töchterchen. Fühlt ihr euch verknechtet, wenn ich euch duze?« – »Bevorzugt und befreundet.« – »Das sollt ihr haben, du jedenfalls. Und Helena, bis sie von Corasca geheiratet wird.«

Das Wetter sammelte sich nicht. Unter weißgrauem Himmel querte er die Furt, ritt aber in scharfem Trab die acht Meilen durch. Er dachte an Maitas Peitschung. Stand denn Roanas Dasein ganz allein auf ihm? Was für schwarze Wünsche! Schwarz wuchs die Wolke über dem Tec. Ein malvenfarbener Schimmer überdunstete den maurischen Hof ob Kelmarin. Fastrada besaß keinen Zugang zur Erde. Aber unerschöpflich wie die Wasser des Baches waren ihre durch nichts bewiesenen Kenntnisse vom Jenseits. Die letzte Meile legte er in gestrecktem Galopp zurück. Das Land verfinsterte sich in einer Minute. Die Vögel verstummten. »Wo ist die Herzogin?« – »Im Bad, Mon Dom.« – Er stürzte in den Palmengarten. »Roana!« Er fiel aufs Knie. »Nicht aufrichten, Roana! nicht aufrichten! nimm den Arm aus dem Wasser!« Er faltete die Hände. Über der nackten Geliebten flatterte eine weiße Taube, immer in der gleichen Höhe. Zwischen den beiden Geschöpfen schwebte ein goldener Fleck. – »Es sitzt etwas auf mir!« rief Roana hinüber. »Meine Haare knistern.« – Sie knisterten nicht nur, sie sprühten Feuer. Beidseits Lorda gleißte ein doppelter Blitz hinab. Dann wurde es doppelt dunkel.

Die Donner rollten und rollten. Schwarzgrün zogen die Fluten über die Wälder von Kresse. Der goldene Fleck funkelte. Kardinal Guilhem, unter dem Buchenlaub auf Roana schwebend, hob segnend drei Finger der Rechten. Die Erscheinung verblaßte. Barral warf die Stirn in den Kies. So blieb er, von Blitzen überflammt, bis das Gewitter in rauschenden Regen überging. Während die Luft sich gereinigt erhellte, tat er die Kleider ab, watete duch den See und überschritt wortlos das Verbot. Wortlos im Wolkenbruch, die Augen geschlossen, die Stirn mit dem Handrücken bedeckt, um den Mund ein rätselhaftes Zucken, öffnete sich Roana weit der Empfängnis. »Guilhem soll er heißen, Roana.« Sie hielt ihn in sich fest.

Als sie stumm umschlungen ins Haus gingen, blieben sie stehen. Über dem maurischen Hof, den man zwischen zwei Palmen erblicken konnte, wölbte sich siebenfarbig ein Regenbogen. »Jetzt möchte ich zu Fastrada«, sagte sie. »Mit dir.« Ihre Haut zog sich zusammen. Barral drehte einer Pfauenhenne den Hals um. Fastrada und Roana brieten sie am offenen Feuer der Terrasse. Barral erklärte den Wassermeistern, daß und warum sie unrecht hätten mit der Richtung, die sie dem Bache zu geben versuchten. Das Land lag im letzten Abendlicht. Noch in der Dämmerung beschrieb er, wie der Bach fließen müsse. Dann schickte er sie zu Bett. Die Nacht senkte sich violett auf die Grafschaft, geisterhaft schimmerten die Silberschleifen des Tec. »Roana! Fastrada!« Die Frauen schwenkten den Vogel aus dem Feuer. Aus den höchsten Höhen löste sich zwischen der Mondsichel und den ersten Sternen ein goldener Tropfen. Still wie eine Feder auf der Luft, fiel er nieder, immer größer, ein sattes Leuchten. Barral kannte jeden Baum zwischen Kelmarin und den Strömen. Dort, wo Bischof Aurel ihn zusammengepredigt hatte, berührte das Gleißen die Erde. »Es schwebt auf«, flüsterte Roana. »Was ist das nur?« – Barrals Kehle war vor Ergriffenheit rauh. »Der Heilige Guilhem geht über den Karst und nimmt meinen Bach an die Hand. Diesen Weg ahnte ich nicht.« Neunmal setzte sich das Licht und entfaltete sich über dem Tec zur Glориole, die langsam verlosch. In den Kirchspielen läuteten die Glocken.

DAS LICHT

Dom Gero und ein versiedelter Bauer wurden ausersehen, den bereits einjährigen kleinen Guilhem über die Taufe zu halten. Dreitausend Gäste waren geladen, dreihundert Gerüchte schwirrten. Papst Alexander in Person, sagte man, werde das Sakrament spenden, aber in keiner Kathedrale, sondern auf freiem Feld, unbekannt wo. Sechs Kardinäle seien anwesend, darunter gar Genua, vielleicht wegen der gleichzeitigen Hochzeit Corasca mit des Herzogs Gehirn, einer geborenen Genuesin. Überall an den Schiffsländen tauschte man Nachricht. Die Kaiserin weilte in Kelmarin, mit ihr der Erzbischof Wichman von Magdeburg, als einfacher Ritter verkleidet, beide summarisch vom Papste gebannt, der Papst wiederum vom Kaiser geächtet. Ob die Gebannte dem Geächteten den Pantoffel küssen würde? Andererseits nahm auch der Kurienkanzler Fugardi teil, ebenso der zisterziensische Erzabt Desiderius. Das deutete auf Verhandlungen. Man wußte, wie viel Geld, Blut und Scharfsinn Kaiser und Papst aufwandten, die Städte der Lombardei wechselseitig zu zerstören. Man wußte, die Großen des Reiches drängten stattdessen nach Osten, allen voran Albrecht der Bär und Heinrich Welf der Löwe, doch habe Magdeburg es durch Desiderius einzurichten verstanden, sie auf dem Umweg über die Begehrlichkeit des Zisterzienserordens so zu verstreiten, daß die

Kurie nichts sehnlicher wünsche, als dem unbequemen Erzabt den Purpur aufzuschwatzen. Das unglaublichste Gerücht aber betraf die Heiligsprechung eines vor kaum drei Jahren zur Ehre der Altäre Erhobenen, des vor wenig mehr als einem Jahrzwölft unter ungeklärten Begleitumständen verstorbenen Cormonter Patriarchen Dom Guilhem Sartena.

Aus allen Feldern der Windrose ritten, fuhren und schwankten die Geladenen herbei. Ärmer denn je bot sich das Karstland der Grafschaft Lorda, verlassen bröckelten die Hütten und Höfe; in der weglosen Ödnis steckten als Weiser bewimpelte Lanzen. Man traf sich auf den Uferkronen eines jüngst errichteten, doppelt gedeichten, vorerst trockenen Kanals, weltliche und geistliche Fürsten auf überdeckter Estrade. Als die Sonnenuhr Mittag zeigte, stampften trompetend vierundzwanzig Elefanten heran und knieten vor dem Papst nieder, der sie mit dem Weihwasserwedel besprengte. »Wasser!« schrie eine Bäuerin, »Wasser!«, lief hinunter und küßte das erste Rinnsal. Hundert Ritter hatten alle Hände voll zu tun, die Freudetrunkenen vor dem Ertrinken zu bewahren, denn die Flut schoß schnell. Rauschend und strudelnd stieg und stieg sie. Dann wurde sie ruhig, ein glatter, stiller Spiegel. Aus der Ferne, bis zu den Schultern im Naß, kam der Herzog gegangen, schilfbehütet. Hinter sich drein zog er einen mit Zeltteppichen geschmückten Kahn, auf dem der Täufling im Schoße der Mutter saß. Man jubelte und klatschte. Auf einer von Pferden getreidelten Bark glitten die Gebeine des Seligen Guilhem und sein Kardinalshut vorüber. Man fiel aufs Knie, auch der Papst. Sechs Kardinäle trugen den Schwanensessel mit dem Herrn der Christenheit – Weiß seine Farbe – auf das Schiff, das den Geistlichen vorbehalten war. Die Weltlichen ritten, angeführt von dem prallen Knaben Rodero auf goldgezäumtem Sarazenenschimmel.

Die Teilung der Wasser erregte unendliches Staunen. Der breite Kanal stieß gegen eine Stirnmauer, an der die Barken anlegten. Vor ihr stürzten die Silbersträhnen beidseits über flache Langwehre; enge Steilwehre wässerten durch doppeltmannshohe Schöpfräder den Hügel. Der Hügel war eine Insel, hinter der sich die Arme des Kelmarinbaches wieder schlossen. Als einzige Baulichkeit der künftigen Stadt enthielt er die Gruft des Seligen inmitten des aufgezeichneten Grundrisses für eine Kirche. Sie war am Abend zuvor durch hingespannte Paramente als Feldkirche geweiht worden. Neben ihr, an einem Gerüst aus ungeschälten Baumstämmen, hing das Geläut, ein Geschenk Roanas. Vor dem Feldaltar las der Bischof von Lorda unter demütiger Assistenz des Papstes und des Vikars von Kelmarin die Messe. Es folgte in der Tat die Erhebung des Seligen Guilhem, als eines wundertätigen Fürbitters, zum heiligen Blutzeugen Christi. Seine Gebeine wurden in Prozession um den Hügel getragen, Kirche, Stadt und Säugling auf seinen Namen getauft. Der Papst taufte über einem marmornen Becken, das der Kardinal von Cormons gestiftet hatte. Die gemeißelte Wandung zeigte den rundum wellenden Bach, Fische und Bäume, ein Wasserweib unter der Segenshand, Wappen und Taube. Der Kardinal von Genua traute den Freigrafen von Corasca mit der verwitweten Domna Helena Cormons. Eine Friedenspredigt des Kardinals Fugardi und das offizielle Begräbnis seiner Adoptivmutter Valesca beendigten den kirchlichen Teil. In achtzig Zelten bewirteten Taufpaten und Brautvater das Haupt der

Kirche Christi, die Gemahlin des Kaisers und den letzten Bettler, dem der Papst abends die Füße wusch. Nachts brieten Ochsen, Truthähne, Spanferkel und schwertlange Welse aus dem Tec. Gut fünfzehntausend Menschen außer den dreitausend Geladenen waren versammelt. Der Wein floß aus Brunnen, drei Tage und Nächte. Der Bach floß, wohin er wollte. Er grub sich ein drittes Bett in die Gallamassa, bis der Herzog befahl, die Schaffs fallen zu lassen. Von da ab verstummten die Wehre. Neun Teilungen der Wasser hatte er vor. Neun Jahre rechnete er zu brauchen.

Neun Stunden verhandelte im Seehof zu Kelmarin der Kardinal Kurienkanzler Fugardi mit dem Erzbischof Wichman von Magdeburg, ergebnislos, da Fugardi auf Unterwerfung, Wichman auf gegenseitiger Anerkennung bestand. Dreimal riefen sie Domna Helena Corasca, die an die dreißig Fäden in der Hand hielt und keinen verlor. Als Fugardi den Herzog hinzuziehen wollte, erklärte sie mit dunklem Wohllaut, alle Vollmachten und Druckmittel zu besitzen; der Herzog kümmere sich nicht um Kram. – »Kram?« fragte Herr Wichman. – »Kram, Herr Erzbischof. Ihr werdet weder daheim noch hier einen Bauern finden, der unreifes Korn mäht oder Ernten auf grünem Halm verkauft. Solange Ihr wie Euer Partner von Hagelschlägen auf dem Weizen des Nachbarn träumt, nicht auf dem eigenen, düngen wir unsere Erde, behalten den kaiserlichen Zehnt ein und verwenden ihn, außer für Kastelle und Heerbann, zum Ankauf von Mutterboden.« – »Gegen wen, meine Tochter«, fragte Fugardi, »richtet sich der Heerbann?« – »Ich spreche hier nicht als Tochter der Kirche. Oder betrachtet Ihr mich als Schwester?« – »Wessen?« – »Des Erstgeborenen Sohnes der Kirche. Die Kirche täuscht sich, wenn sie glaubt, mich mit dem Zauderer schrecken zu können. Inzwischen hat er mit weberischen Brandschwärmern zu tun.«

Eben diese Weberaufstände im Pelze Frankens benutzte im maurischen Hofe der äußerst geschmeidig zu Werke gehende Kardinal von Genua, um Fastradas hartnäckigen Bruder für den Purpur mürbe zu machen. »Ihr täuscht Euch«, sagte er. »Ich habe keinen Auftrag. Ich weiß zwar von dem päpstlichen Wunsche, daß der berühmte Ordensreformator in den Stand eines Weltgeistlichen übertreten möge, aber was schiert es den Frommen? Der Fromme dient Gott. Sorge ist es um die Einheit des Glaubens, lieber Bruder, die mich bewegt, Euren Rat zu erbitten, eine Bitte um Erleuchtung, da Euer Eifer für Christus Euch prädestiniert. Wer könnte den allfälligen Kreuzzug führen? Führen muß ihn ein Mann des Heiligen Stuhls, um Himmels willen kein Corpus diaboli. Er muß die volle Autorität haben, also Kardinal und Legat sein, ein Prediger von Graden überdies, und nicht zuletzt sollte er, ritterlich aufgewachsen, über die Fähigkeit eines Feldhauptmanns gebieten, dürfte aber nicht wie ich an der Schwelle des Alters stehen, sondern etwa wie Ihr zwischen Vierzig und Fünfzig, denn Strapazen erwarten ihn. Überlegt Euch, wen Ihr mir vorschlagen wollt. Es wird Nacht, mich wandelt Müdigkeit an.«

Nachts im Mondenschein badeten Beatrix und Roana am Brautfelsen. »Bist du jetzt wieder glücklich, Roana?« – »So lange wie es geht. Neun Jahre sind schnell vorbei.« – »Nimmst du die neun Jahre so wörtlich? Ich habe das Gefühl, dein Waldbär wird Hundert. Er strotzt von Gesundheit, Kraft und Herz.« – »Du kennst ihn nicht, Beatrix. Er hat die Verdüsterung nicht verwunden. Er träumt von seinen toten Söhnen. Die Reichsacht sitzt auf ihm wie ein Alb. Sein Mißtrauen ist fort. Er ergab sich in das Schicksal, wie es auch aussieht.« – »Aber wie schön, Roana!« – »Nicht schön. Oder doch schön. Anders schön, als es zu ihm paßt. Alles, was er noch will, ist der Bach. Wenn der Bach einmal in den Tec mündet, wo er soll, zwischen Lorda und Sartena, fehlt ihm, wofür er lebt. Und ich fürchte, er erlebt es nicht. Ich fürchte, er wird blind. Was dann?« – »Blind?« – »Seit der Erscheinung ist er lichtempfindlich wie eine Eule. Du ahnst nicht, was ihn der Taufakt gekostet hat. Ungeschützt in der Sonne über den Wassern. Er war halb rasend vor Schmerz, er, der nie klagt. Immer verlangt er nach Eis. Im Dunkel sieht er eisige Helle, Gletscherfirn. Bäche aus geschmolzenem Silber überrieseln ihn. Wenn es ganz still ist, hört er ferne Posaunen, Chöre und Harfen. Aber es sind nicht die Harfen meines Bruders Lauris, den hat er vergessen, und die Trompeten sind nicht die Schreie seiner Elefanten.« – »Roana, ich möchte dir in Freundschaft etwas sagen. Frauen wie dich gibt es auf Erden vielleicht noch zwanzig. Einen Mann wie ihn gibt es kein zweites Mal. Der Kaiser weiß es. Der Kaiser hat ihm den Fürstenkongreß von Cormons hoch angerechnet. Mehr als du zittert der Kaiser, daß hier ein Anderer die Zügel ergreifen könnte. Danke du deinem Schöpfer für jeden Tag, den du an der Seite deines Gemahls erleben darfst. Gib ihm alle Liebe, die du hast. Gib ihm, wenn er danach verlangt, Eis auf die Augen. Rätsele an keinem seiner Rätsel, sondern nimm sie entgegen als von Gott gegeben. Das letzte Mal war ich hier, deine Ehe zu heilen. Jetzt bin ich hier, den Riß zwischen Kelgurien und dem Reich zu vernähen. Neun Jahre, sagt er, braucht sein Bach. Und ich sage dir, neun

Jahre braucht der Kaiser, bis er einsieht, daß er nicht siegen kann, so wenig wie Fugardi. Der Papst weiß es längst; er ist müde. Erzbischof Wichman weiß es längst; er ist klug. Am Schluß, auf den Ruinen von hundert Städten, werden sie alle den Wassermann von Sankt Guilhem bitten, er, der Alte von Kelmarin, der Bauer ohne Ehrgeiz, der von den silbernen Posaunen des Jenseits Überrieselte, möge ihren unfruchtbaren Streit schlichten. Glaube mir, Roana, er stirbt nicht, ohne seinen göttlichen Auftrag erfüllt zu haben. In dieser Welt der Mächtigen ist er der Einzige, dem die Macht nichts gilt; in dieser Welt der Zerstörer der Einzige, der gründet; in dieser Welt der Gottlosen der einzig Fromme. Darum zermartert er sich und schweigt die Redenden zu Boden. Er muß alt sein. Nur wer auf nichts mehr hofft, nichts mehr für sich will, nur wen nichts mehr beschäftigt als die eisige Helle des Paradieses, kann den Gekrönten und den Gesalbten sagen: ihr irrt. Und er wird es ihnen sagen mit der Geradheit der nach Erde duftenden Ackerfurche, so wie die brotduftende Maitagorry die zwei Sakramente unterpflügte, nicht ich. Nicht hier, in der Schmiede bist du gerettet worden.«

»Ich frage mich«, sagte Roana, »liegt es an deiner und meiner Jugend, oder liegt es an deinem und meinem Wesen, oder liegt es an den vierzehn muselmanischen Jahren, oder woran liegt es, daß du, die Kaiserin, mir alles einleuchtend ausdrücken kannst? Fastrada, Mitgemahlin und Stiefschwester, wenn sie auch nur anfängt zu erklären, treibt mich aus dem maurischen Hofe, den ich doch sonst recht gern mag.« – »Und er? der Herzog?« – »Er fühlt sich so weit ganz wohl dort oben. Freilich: nun ja. Manchmal schaut er sie an, daß es mir weh tut. Diese belesene, vernünftige, gutartige Frau begreift nicht, wann geschwiegen sein muß. Es wechselt bei ihr, und sie geht immer einen Schritt zu weit. Mit meinen Kindern nie, aber mit ihm. Erst schwatzt sie ihn feierlich in sein Grab, dann scherzt sie ihn derb wieder hinaus. Er und ich, wir schweigen oft tagelang miteinander. Ein Blick, eine Bewegung, das einfache Gefühl, er ist ja da, und dreißigtausend Worte sind gespart.« – »Es geht Wärme von ihm aus«, sagte Beatrix. »Aber jetzt friert mich. Jetzt wollen wir Burgunder trinken.«

Drei Tage danach sah Kelmarin das Schauspiel einer Kardinalskreation. Der Papst betete in der kleinen Einsiedlerzelle des Heiligen Veranus, die eine Apsidiole der kleinen Pfarrkirche bildete, dann vor dem Hochaltar. Sechs Kardinäle waren bei ihm. »Quod vobis videtur?« fragte er nach der Formel. »Was bedünkt euch, wenn Wir in der Brust einen künftigen Kardinal tragen und ihn euch nennen?« – »Nennt ihn uns, Heiliger Vater«, bat der Kardinal von Genua und ließ das Prosternationspolster hereinschaffen. – »Unsere Brust«, fuhr Seine Heiligkeit fort, »dachte an den benediktinischen Bruder Desiderius Ortaffa. Quod vobis videtur?« – »Bene!« riefen die Kardinäle. »Benissime!« Der Erzabt wartete bereits vor dem Kirchenportal, sein »Non sum dignus«, zu sprechen. Fünfhundert Neugierige standen Spalier. Bleich schritt der Unwürdige hinein, überpurpurt von Würden kam er heraus und erteilte den ersten Segen als Kardinal. Mit der Glut seines Glaubens begab er sich ungesäumt an den von Gott ihm gewordenen Auftrag, die Schlangenhäupter der Ketzerei zu zertreten, wozu er ein Kreuzheer brauchte. Er erschien vor Barral, der die Lippen schürzte und die Luft aus der Nase blies, bevor er kurz auflachte. – »Ich kann mir vorstellen«, sagte Kardinal Desider,

»daß es Euch schwerfällt, meinen Ring zu küssen.« – »Fein, Herr Kardinal, wenn Ihr das könnt. Ich küsse das Pektorale des apostolischen Legaten. Der Türsturz in Ortaffa bleibt, wenn es recht ist. Adam und Eva im Weinberg waren ein prächtiges Paar. Der Heilige Guilhem fand schöne Worte darüber. Adam und Eva hatten zwei Söhne, Kain und Abel. Kain erschlug seinen Bruder aus Neid auf das bessere Opfer. Die Abels zahlen es den Kains heim. Was kann Adam Anderes tun als seine tote Eva beweinen? Von mir nicht ein Schwert. Ich habe dem Himmel meine Schuldigkeit erwiesen, indem ich zuschaute, wie mir dreieinhalbtausend Weber verbrannt wurden. Ich spreche wie der Heilige Guilhem: mit Gott, Herr Kardinal, nicht ohne ihn. Und ich spreche mit den Worten der Messe: dona nobis pacem. Die Audienz ist beendet.« – »Herr Herzog.« – »Herr Kardinal, Ihr seid als Zerstörer bestallt. Mir liegt ein sterbender alter lieber Freund in Ongor, dessen Weib sich für mich, ihren Vater, opferte, den reite ich jetzt zu trösten. Das ist mir wichtiger.« – »Darf ich Euch begleiten, Herr Vater?« – »Seit wann Vater? Wenn du mir schwörst, kein Wort von Weberei reden zu wollen, gern. Was das Kreuzheer betrifft, so frage den Erzbischof Wichman. Der Kaiser wird Wert darauf legen, sich als guter Christ zu zeigen, und Lonardo kommt mit oder ohne Kardinal in das Paradies zu meiner Tochter Graziella. Laß mir die Tränen, mein Sohn, und stiehl dich hinweg.«

Zwei Jahre dauerte es, bis der Legat seine Truppen um sich geschart hatte, darunter wahrhaftig ein kaiserliches Aufgebot. Weitere neun Monate, genau so viel, wie Roana benötigte, zu empfangen und eine Tochter Beatrix zu gebären, gingen dahin, bis die Brandherde der Weberei auf eine einzige befestigte Stadt zusammengedrängt waren, zwanzigtausend Menschen, darunter an drei bis vier tausend rechtgläubige Christen. Dreimal teilte Barral unterdessen den Kelmarinbach, dreimal unterdessen sanken die lombardischen Städte in Asche und richteten sich wieder auf. Endlich schritt der Legat aus der Belagerung zum Sturm auf die Ketzer. Die ersten Dächer gingen in Flammen auf. Die ersten Breschen klafften in den Mauern. Der Anführer des kaiserlichen Haufens fragte den Kardinal, was mit den Rechtgläubigen geschehen solle. »Sie freuen sich auf den Himmel«, erwiderte Desider erstaunt. »Schlagt sie alle tot. Gott erkennt die Seinen.« – »Das ist ein Wort, Herr Kardinal«, sagte der Ritter und stach ihn nieder. Nach einem flehentlichen Fußfall Fastradas willigte Barral ein, daß Seine tote Erhabenheit im Grabturm zu Rimroc bestattet werde, aber weitab von den gezeichneten Nischen. Er ließ sich durch den Freigrafen von Corasca vertreten, denn am gleichen Tage wurde Dom Lonardo beerdigt, den der Tod von fünf Jahren qualvollen Siechtums erlöste.

Von Ongor aus die acht Kelmarin-Mündungen abreitend, wies er zwischen Lorda und Sankt Guilhem die ozeanischen Siedler ein. »Hier habt ihr Land!« rief er, »ich verleihe es euch als bäuerlicher Genossenschaft, sobald es blüht und ihr mein Geld, meinen Rat, meine Hilfe nicht mehr braucht. Hier habt ihr Mutterboden, ich kaufte ihn euch und ließ ihn euch stiften von einstigen Karstländern, die inzwischen tragen. Hier habt ihr Wasser, ich zwang es euch herbei. Ableitungen und Mühlen sind euer Werk. Hier habt ihr Hütten für den Anfang, die Kabanen und Boris der Deichbauer, die schon wieder drei Meilen weiter sind. Ich bin euer Herr, gesegnet von Alter und von Kraft.

Her mit dem Stärksten, daß ich ihn niederringe! Her mit der Schönsten, daß ich meiner Erde ein Kind mache! Roana, Ihr erlaubt? Das ist eure Herzogin, schaut sie euch an. Erweckt hat sie mich vom Tode, damit ich euch und euren Kindern, die ihr noch heute Nacht zeugen werdet, Leben schaffe. Alle Kinder, die heute über neun Monate geboren werden, beschenke ich mit einer vollen Mark Silber, das reicht für eine Kuh oder Aussteuer. Jede Ableitung über Feld, wenn zu Weihnacht fertig, bezahle ich mit Zehntfreiheit auf ein Jahr für die Gemeinde. Ist das ein Wort? Her mit den Beiden!«

Bei der fünften Teilung im Sommer 1174 wurden die Tore von Lorda geschlossen, Sandsäcke davorgelegt und mit Lehm verstrichen, die Einwohner auf die Stadtmauern getrieben. Herzog und Bischof standen auf dem Turm der Kathedrale. Fackeln lagen bereit, um, wenn es not tat, durch ein Feuer- und Rauchzeichen die Schließungen der Schaffs befehlen zu können. Nach tagelangem Regen spendete der Quell Wasser im Übermaß. Vor den seidigen Höhen von Kelmarin blitzten im Frühlicht die Kanäle, ein dichtes Netz. Die Pappelwälder in den einstigen Sümpfen von Ongor spielten mit ihrem Laub. Von dort bis halbwegs Sartena zog sich ein grüner Teppich aus Feldern, Hecken und Busch. Die Glocken von Sankt Guilhem und die der übrigen jungen Dörfer läuteten. Die Flut füllte den neuen Stau. Bald strömte sie über. Dom Aurel klopfte auf den Busch. »Heute nacht Heidentum?« – »Schlimmster Sorte.« – »Ich bin dabei, Mon Dom. Ihr wollt wohl gar nicht sterben, wie?« – »Hand!« – Schweigend versuchten die zwei Bullen einander niederzuzwingen, während ihre Augen, diejenigen Barrals hinter einem Knüpfschleier, an den Zungen des

Baches hingen. Hin und her, wie Jagdhunde auf der Fährte, bahnten die Kelmarinläufe neue Wege durch die Ödnis, verwandelten Senken in Seen, die wieder ausliefen, umspülten Hänge, schossen voran, schlugen Haken und eilten um die Wette dem Tec entgegen. »Verdammt«, knurrte der Bischof, während seine Kraft nachließ. »Jetzt wollen sie doch wieder in die Gallamassa.« – »Was denkt sich die Kirche eigentlich«, fragte Barral, »den Mädchen einen Mann wie Euch wegzunehmen?« – »Tut sie gar nicht. Wollen wir ringen heute nacht? der Stärkste mit dem Stärksten?« – »Wer siegt, Dom Aurel, muß die Schönste beschlafen.« – »Eben eben, Mon Dom.« – »Gut gut, Aurel. Vorher Brüderschaft. Da, da, da sitzt du.« – »Hei!« rief der Bischof und sprang wieder auf. »Beide in den Tec!« – »Noch nicht. Der nördliche vielleicht. Der südliche kann mir gestohlen sein. Doch! beide! Jetzt ist Lorda umzingelt. Stellen wir ab, oder lassen wir fließen?« – »Laß fließen, Untier.« Er beugte sich über die Brüstung. »Wein! großes Geläut!« Zum Dröhnen des Erzes ritzten sie einander den Handballen und leerten einen Ziegenschlauch.

Nachts in den Einöden, beim Volksfest unter dem Sternenhimmel, fragte der Bischof die Auserwählte, wen sie heiraten wolle. »Den Unterlegenen, bischöfliche Gnaden.« – »Der hat aber schon zwei Frauen.« – »Ihr habt zwei Frauen?« – »Er.« – »Er wirft Euch noch allemal. Und Ihr als Priester dürft ja überhaupt gar nicht.« – »Was darf ich nicht?« – »Weder das Eine noch das Andere.« – »Du siehst, Mädchen, die Sache ist unlösbar.« – »Die wäre schon lösbar, wenn der Herr Bischof sich hütet.« – »Erkläre dich.« – »Bischöfliche Gnaden, wir kommen aus dem Gebirge. Wir haben unsere Sagen und Märchen. Und unsere Bischöfe haben wir auch. Die kennen unsere Sagen und Märchen.« – »Das Märchen von dem Hirten Luziade und der Fee Maitagorry?« – »Wenn Ihr das kennt und trotzdem hierbleibt, bleibt Ihr in der Absicht, ein junges Mädchen in die Hölle zu stoßen.« – »Was geschieht, wenn ich bleibe?« – »Ich denke, Ihr kennt die Sage?« – Dom Aurel blickte unsicher zu Mon Dom, der ihn die ganze Zeit höchst seltsam betrachtet hatte. – »Gib mir dein gesalbtes Ohrläppchen«, murmelte Barral. »Du Rotfuchs hast gemeint, mir ein Bein stellen zu können? Hinaus aus meinem Kreis. Wenn verschmäht, muß das Kind sich umbringen. Wenn nicht vermählt, gleichfalls. Stiehl du dem Glauben nicht seinen Aberglauben und der Erde nicht ihre Freuden, dem Mädchen nicht die Entjungferung und der Entjungferten nicht den Mann. Troll dich. Dreh derweil einen Bratspieß.« In aquitanischer Bauernsprache befahl er die Spuren des Gesalbten zu tilgen. Es waren dazu Beschwörungsformeln vonnöten, die in nichts dem Aufwand der Kirche nachstanden. Dann schlossen die Siedler einen so dichten Ring um die Stätte der Vermählung, daß kein Unberufener zuschauen konnte.

Unterdessen kam Helena Corasca, unförmig in der Sänfte sitzend. »Aber Helena!« rief Barral. – »Es ist wichtig«, erwiderte sie. – »Nichts ist so wichtig, daß man ein Kind aufs Spiel setzt. Wenn ich dir alle Vollmachten gab, warum dann fragen? Hätte der Kaiser jemanden wie dich, wären wir weiter.« – »Der Kaiser empfinge mich gewiß nicht am Brautbett. Also, Herr Vater. Unser Papst ist so gut wie nicht mehr vorhanden. Es waren zu viele Hagelschläge. Damit er uns nicht ganz verloren geht, lieh ich Herrn Fugardi die Erbgüter Domna Valescas im Mathildischen.

So weit der Kirchenschänder, nach kaiserlichem Sprachgebrauch. Der Hammer der Gottlosen, dessen Beatrix zur Hure erklärt wurde, weil die erste Frau noch lebt, sieht kaum besser aus. Er traf sich mit dem König von Franken, in Franken, nicht auf der Grenzbrücke. Er beginnt sich zu demütigen, während Verwilderung der Titulaturen um sich greift. Jetzt will er Alessandria nehmen, die Strohstadt, wie er sie nennt. Er wird sich wundern, wie hart das Stroh ist. Sein Heer zählt höchstens achttausend Mann. Kein Paß steht ihm offen.« – »Ich begreife nicht, Helena, weshalb du mir das alles erzählst.«

Ihre Nase kräuselte sich, ihre Augen wurden wässrig schmal. »Weil er mit seinen achttausend Mann über Brianz geht. Der Bote, der uns das ankündigt, reitet morgen heim. Ohne Vollmacht zu verhandeln. Ich habe die fertigen Antworten bei mir. Ihr müßt nur unterschreiben und siegeln. In jeder der Antworten figuriert Eure Reichsacht. In jeder anders. Zwingen wir ihn, sie aufzuheben, kann er uns dennoch die Falle stellen. Weder Quirin noch Ruben wissen Genaueres über die fränkische Begegnung. Es wäre denkbar, daß Herr Ludwig den Tec abwärts marschiert, er auf dem einen Ufer, ein kaiserlicher Haufe auf dem unsrigen, und er selbst, der Kaiser, erscheint in Brianz, wo er die Reichsacht erneuert.« – »Wann soll das sein?« – »Im September, Herr Vater. Domna Roana schrieb einen Einladungsbrief an die Kaiserin für September. Ich brachte ihn mit, um ihn beizufalten. Es fragt sich, ob wir erpressen oder vertrauen sollen. Erpressung ist das Sicherste für den Augenblick, Vertrauen ein Stück Zukunft. Andererseits wäre zu bedenken, ob wir, wenn wir Brianz sperren, nicht den ganzen lombardischen Krieg ersticken. Letztlich geht der

Zank zwischen Kaiser und Papst um die Mathildischen Lande. Gräfin Mathilde vermachte sie dem Heiligen Stuhl. Alle Kaiser fochten das Testament an. Wer Florenz halten will, braucht die Lombardei. Gibt er Florenz auf, ist er alles Italische quitt, auch den Papst Kallixtus, und hat die Hände frei für Kelgurien.« – »Übel«, sagte Barral. »Da haben wir nun die Pastete. Seifen sind nicht gekocht, Stangen nicht da, kein Beißholz, dafür ein krauses Näschen, ein tapferes Weib und ein alter Schäfer, der sich auf Geburten versteht. Diese Weglänge hast du nicht berechnet. Ist das Fruchtwasser schon fort?« – »Ja.« – »Dann wirst du das große herzogliche Petschaft in die Zähne nehmen und öffentlich niederkommen. Oder kannst du noch zurück?« – »Es gibt kein Zurück, Herr Vater. Der lombardische Wahnsinn muß durchgefochten werden. Die Schwierigkeit liegt darin, daß der Kaiser zu hochmütig ist und zuviel Ehre des Reiches im Munde führt. Ich erkundigte mich unter der Hand. Der Papst wäre bereit, alle Schwüre gegenüber dem Lombardischen Bund zu hintergehen und sich mit dem Kaiser zu treffen. Der Kaiser ist sich zu schade, selbst zu verhandeln. Er läßt die Erzbischöfe von Magdeburg, Mainz, Köln, Bamberg verhandeln, manchmal auch die Kaiserin, stattet sie mit bindenden Vollmachten aus und widerruft alles, wenn es ihm nicht paßt oder wenn er schlecht schlief. Ich führe ein weiteres Schreiben bei mir, daß Ihr dem Kaiser in Brianz den Steigbügel halten werdet, womit die Reichsacht erlischt, es sei denn er richte Euch hin.« – »Helena, wie ist es? Ausziehen?« – »Ja.« – »Aurel!!« – »Wir müssen das aber sofort entscheiden. Wir können nur entweder erpressen oder vertrauen, ihn entweder durchlassen oder nicht durchlassen.« – »Wieso? Wir können ihn durch das obere Gallamassa-Tal und Brianz lassen, das mittlere unter Brianz sperren, den Tec sperren.« – »Gut, Herr Vater. Die nebensächlichen Einzelheiten ändern nichts an der Hauptsache. Wir können ihm den Steigbügel küssen als unserem Herrn, der sich geirrt hat, oder wir fallen endgültig von ihm ab. Der Papst ernannte den Bischof von Rodi zum Erzbischof Primas von Gallien. Wollt Ihr also König des Rodiates oder kaiserlicher Vasall sein? Das alles entscheidet sich mit dem Durchzug über die beiden Pässe der oberen Gallamassa.«

Er steckte ihr die gespannte Maus der Linken in die Zähne, bis die Wehe vorüber war. Bischof, Hebamme und drei starke Männer standen bereit. Ruhig atmend wartete sie die nächste Schmerzwelle ab, während die ausgelassene Freude des Bauernfestes um sie tobte und die Spießbraten ihre würzigen Knoblauchdüfte in die Luft wölkten. Sie sprachen auf Sarazenisch weiter. »Also was schlägst du mir vor?« – »Ich habe Euer Vertrauen nie anders aufgefaßt, als daß Ihr der Herr seid, dem ich das Kochen der Suppe und den Aufwasch abnehme. Schlucken oder ausspucken müßt Ihr selbst. Ihr seid der Mann, Ihr seid der Herrscher. Ich die Kanzlei und ein schwaches Weib.« – »Da hast du«, sagte er liebevoll. Sie biß in seine Linke, während die Rechte sie unter den Achseln umfaßte und aus der Sänfte hob. »Es sind lauter gute Menschen, Töchterchen, kein böser Blick dabei. Ich gehe ohne Geleit nach Brianz. Dein Mann steht in Rauchnähe, die Falle zu schließen, Rafael Bramafan an den Schaffs der Murverbauungen, der Heerbann halbwegs Imbraun. Wenn der Kaiser mich dann festsetzt oder kehlt, ist Gero Herzog in Kelgurien bis zur Großjährigkeit meines Jungen. Jetzt hoch. Hoch!«

Der Kaiser setzte ihn nicht fest. »Hätten Wir«, sagte er, »mehr so treue Ungetreue wie Euch, wären Wir nicht hier. Euer Mut nötigt Uns Staunen ab.« – »Mein Mut, Majestät, ist eine Frau, die Witwe meines ungetreuen Sohnes Grazian.« – »Wir bitten Euch um Verzeihung, Vetter. Die Reichsacht ist aufgehoben.« – »Die Majestät kann bitten?« – »Sie muß, Herzog. Zwar schwebt in den Wolken, wenn ich die Augen schließe, ein Lächeln, das ich mein Lebtag nicht vergessen werde, das Lächeln von Pavia und Würzburg, aber es kommen Zeiten, in denen ich mir ganz andere Erniedrigungen abgewinnen dürfte. Ich grüße Euren genuesischen Mut. Sie möge stets daran denken, daß in Zukunft eine Finte der anderen folgt. Ich werde sogar die Mathildischen Güter opfern, um sie nicht hergeben zu müssen. Dies alles berührt Euch nicht. Ich bewundere Domna Helenas Scharfsinn. Wir gingen über Brianz aus dem einzigen Grunde, um festzustellen, ob Wir Uns auf Kelgurien verlassen können. Warum ludet Ihr nicht wenigstens meine Gemahlin ein?« – »Weil wir die Majestät des Kaisers nicht zu erpressen wünschten. Die Gemahlin ist jederzeit eingeladen. Kelgurien verläßt sich auf den Friedenswillen der Majestät. Ich bin Landbauer.« – »Herr Wichman sagte es mir. Ich bete zu Gott, daß Ihr noch fünf Jahre aushaltet.« – »Vier, Majestät. Dann ist mein Werk vollendet.« – »Welches Alter hat Euer Erbe?« – »Rodero zählt fünfzehn.« – »Verlobt?« – »Unverlobt.« – »Verlobt mit Unserer zwölfjährigen Judith, mailändischer Patentochter Eurer Gemahlin Roana. Mein Papst wird sein Bigamie-Dekret in evangelischer Nächstenliebe vergessen.«

Barral ritt nach Corasca zur Taufe. Helena ließ sich den Wunsch nicht ausreden, der Sohn müsse Barral heißen, der

Herzog Gevatter stehen. »Aber Helena, Barral heißt Dachs. Es ist ein Kosename, den meine Mutter mir gab, wenn der Kummer sie überwältigte. Wie ich wirklich heiße, weiß ich selbst nicht. Und Pate sein bedeutet den christlichen Weg des Kindes beaufsichtigen. Ich bin dreiundsiebzig. Was verlangst du? Soll ich Hundert werden?« – »Ja. Bitte, Väterchen. Wenn der Geburtshelfer Aurel tauft, kann das Beißholz wohl Pate sein.« – »Nehmen wir das Reisholz, Helena. Rodero festigt sich gut und hat einen süßen Kern. Die Nacht, als ich auf dem Wege nach Brianz in Imbraun die Testamente siegelte, stand er plötzlich in meinem Zimmer. Von allen den Söhnen, die ich in die Welt setzte, gibt er als Einziger außer Quirin mir Liebe zurück. Das wird ein besserer Herrscher als ich, der ich ihm Besseres hinterlasse als Dom Carl mir. Wäre er sechs Jahre älter, grafte ich ihn, nicht zuletzt für die kommenden Beilager. Es wird lächerlich, wenn der alte Bock noch springt. Aber ich muß es. Der Herr der Erde muß seiner Erde, da sie Jungfrau ist, die Kinder machen. Fastrada belustigt sich, sie hat den Glauben im Aberglauben nie begriffen. Roana versteht ihn. Rodero, was meinst du, kann der ihn noch lernen?«

Helena musterte ihn lange, als sähe sie ihn zum ersten Mal. »Nein, Herr Vater«, sagte sie mit ihrer dunklen, weichen Stimme, die das Härteste und Gefährlichste wie eine uralte Wahrheit aussprechen konnte. »Wenn Ihr tot seid, wird die Welt anders. Als kaiserlichem Schwiegersohn und König des Rodiates geht ihm Vieles verloren, woraus Ihr lebt. Trotz seiner abgöttischen Liebe zu Euch, trotz seiner Ähnlichkeit mit der Mutter, trotz allen heidnischen Erbströmen wird er niemals in den Geheimnissen der Erde stecken wie Ihr. Bauern spüren das. In der Nacht, als ich niederkam, spürte auch ich es. In der Nacht, als Ihr die Testamente siegeltet, war der Schäferkönig bei mir, den Ihr zu erkunden befahlet. Es verhält sich ungefähr, wie Ihr ahntet. Der Bannkreis der Blutrache ist durchbrochen. Jenes Mädchen, aus dessen Brautbett Ihr vor sechzig Jahren bei den Mannbarkeitstänzen flüchtetet, wurde durch ihn gehindert sich zu erstechen; den Vater, als er erstechen wollte, traf der Schlag. Sie starb am vierten Kind.« – »Er hatte also auch zwei Frauen?« – »Ja.« – »Wie schaust du mich an?« – »Ihr wißt, was ich will.« – »Ja. Wo?« – »Wo ich gebar. Unter den Sternen, zwischen den Herden und Lagerfeuern.« – »Es kommt alles noch einmal wieder, bevor ich gehe. Nur der Flamingo nicht. Aber das Nachtpfauenauge. Vor sechzig Jahren setzte sich ein Nachtpfauenauge dem Vater der mir Erkorenen in das Haar, ein Falter so groß wie meine Hand. Der Aberglaube trügt nicht, Helena. Hellgrau und schwarz gezeichnete Flügeldecken, Dämmerung und Tod. Dabei fürchte ich mehr das Licht als die Finsternis. Wie mache ich dem Schöpfer meinen Aberglauben klar und meine Lust an der Erde?« – »Den soll er sich selber klarmachen«, erwiderte sie.

Empfängnis und Geburt, Saat und Ernte, Teilung der Wasser, Regen und Sonne gingen über die Felder der Grafschaft Lorda. Kaiserin Beatrix hinterlegte bei Roana zu Kelmarin die Verlobungssumme für ihre Tochter, Roana in der Pfalz Hagenau die Verlobungssumme für ihren Sohn, der in Corasca statt wie bisher in Sartena gezogen und von Helena in die Geheimnisse der Fadenknüpfungen eingeweiht wurde. Sie lehrte ihn erkennen, was es bedeutete, daß dem Kaiser vor Alessandria die böhmischen Hilfsvölker nach Hause liefen; daß und warum als mutmaßlich nächster Schritt ein Hilfsbegehren an des Kaisers Vetter Heinrich Welf den Löwen erfolgen müsse. Über diese Begegnung am Comer See erfuhr man widersprüchlichste Einzelheiten. Rodero bekam sie einzeln gesagt. »Trage vor«, befahl Helena drei Tage später. Er schilderte die Auseinandersetzung, schilderte den schwarzbärtigen kleinen Mann, doppelten Herzog, Schwager des englischen Königs, schilderte seinen Drang nach Osten, seine fünfzehntausend sächsischen Ritter in Bayern und seine Weigerung, ihrer auch nur an hundert herauszugeben. Die Ungeheuerlichkeit des kaiserlichen Fußfalles vor dem Vetter beurteilte er richtig als ein kühnes Mittel, Herzog Heinrich in die Zange zu nehmen, des Herzogs anschließende Forderung nach Abtretung der Pfalz Goslar und ihrer Silberminen als unverzeihliches Überspannen des Bogens. – »Was folgerst du daraus?« – »Der Kaiser wird den lombardischen Krieg beenden, indem er sich mit Papst Alexander einigt, und wird seine Kräfte daheim versammeln, um Bayern von Sachsen zu trennen.« – »Was bedeutet das für Kelgurien?« – »Handlungsfreiheit und ein Verlangen um Truppen für die Exekution im Reiche.« – »Wie beantwortest du das?« – »Ich verabrede mit Domna Helena, daß sie ein halbes Ja spricht, bis uns die gleiche Stellung wie dem böhmischen König eingeräumt wird.«

Nach einer vernichtenden Niederlage des Kaisers beim Vorbeizug an Mailand verbreitete sich die Nachricht, er sei gefallen. Barral stand bis zu den Knien im Wasser, die Augen verbunden. »Ehe kein Pfalzbote kommt, Rodero, glaube ich nichts. Wenn er wirklich tot ist, haben wir Feuer im Dach des Reiches. Ich reite nicht. Ich schicke Dom

Gero mit Vollmacht. Was ich dann tue, wird sich zeigen. Was würdest du tun?« – »Den Heerbann aufrufen und warten, Herr Vater.« – »Wann gedenkt dich Dom Gero zu rittern?« – »Frühestens nächstes Jahr, Herr Vater. Er verlangt drei Prüfungen. Freispruch im Reiten durch die Pferdehirten von Trimarî, Freispruch im Ballspiel durch die Bauern von Ghissi, Freispruch im Fechten durch einen fremden Fechtmeister, der nicht wissen darf, wer ich bin.« – »Gut so. Dann wollen wir anfangen.« Vater und Sohn fochten, ritten und spielten jeden siebenten Tag. Roana fand, Barral werde immer jünger. »Das macht die Freude an deinem Sohn, Roana.«

Der Kaiser lebte. Zwar hatten die neuen Mailänder Langspieß-Fußvölker ihm bei Legnano fast als letztem von siebenhundert Rittern das Pferd unter dem Leibe erstochen, das Schlachtfeld aber nicht abgesucht. Drei Tage verschollen, war er heil wieder aufgetaucht. Er saß mit einem winzigen Heer in dem stark befestigten Pavia, mitten im Netz des verzankten Lombardischen Bundes. Rodero betete ihn an. »Nicht bewundern«, sagte Helena. »Beobachten und lernen, wer wem auf welche Weise was tut, um über welche Scheinziele, Halberfolge, Sprungäste und Umwege wohin zu gelangen. Ich sprach mit deinem Vater und mit Dom Gero. Du wirst morgen vorzeitig gerittert und gehst übermorgen zu Schiff nach Terracina. Ich habe sichere Kenntnis, daß die Gesandten des Kaisers unterwegs nach Anagni zum Papst Alexander sind. Jetzt liefere dein Meisterstück und behorche die Quellen. Wir müssen erfahren, nicht daß, sondern wie der Papst die Lombarden betrügt, um den Kaiser gegen sie zu benutzen, ob und wie er Fugardi ausschaltet, und mit welchen Seifen, Messern und Löffeln der Kaiser den Papst balbiert. Deine Mutter erteilt dir schriftliche Vollmacht, über ihr Vermögen in Prà zu verfügen. Du wirst es nicht mißbrauchen. Ruben geht mir dir. Boten sind teuer, schnelle Boten noch teurer, am teuersten ist der Friede. Im letzten Augenblick, wenn der Schlauch zu platzen droht, gibst du dich dem Erzbischof Wichman zu erkennen und steckst ihm das Schwert unseres Abfalles zu. Gleichzeitig schicke ich zwei Zisterzienseräbte aus der Schule deines Oheims Kardinal Desider. Dieser Aufwand sollte genügen.«

»Das braucht Jahre, Helena«, murrte Barral, als das Schiff den Tec abwärts entschwand. »Ich sehe ihn nicht wieder.« – »Ihr seht ihn wieder, es dauert ein Jahr. Die Winkelzüge der Großen mit Siebzehn studieren zu können, ist ein Gottesgeschenk.« – »Roana. Was meinst du? Sehe ich ihn wieder?« – »Ganz gewiß und bald.« – »Er ertrinkt nicht?« – Die Frauen lachten. »Väterchen«, sagte Helena, »Ihr müßt keine Nachtpfauenaugen sehen. Man hat mir erzählt, Ihr liebt keine Abschiede. Warum dann plötzlich weinerlich werden? Der König von Kelgurien übt sich im Schwimmen, und der Wassermann von Kelmarin geht an die schwierigste Teilung.« – »Es ist die letzte, Helena.« – »Dafür die schwierigste. Wenn Ihr den Hügel abtragen wollt, müßt Ihr in der Tat Hundert werden.« Roana wandte sich, um in der Kathedrale zu beten. Helena wechselte den Ton. »Es paßt nicht zu Euch, den Kopf hängen zu lassen. Wollt Ihr vor Eurer jungen Frau den alten Mann spielen? Ihr seid nicht krank, Ihr leidet an nichts als an ein wenig Empfindlichkeit gegen Licht. Aber jede Todesahnung, jede Stimmung verdüstert die Seele Roanas. Verbietet Euch das, Ihr könnt es. Ihr habt Leben die Menge vor Euch. Ich reite.« – »Dank, Helena. Die Predigt war gut und notwendig.« Er kniete sich neben Roana und umschloß dermaßen fest ihr Handgelenk, daß sie, halb vor Schmerz, halb vor Glück, leise aufschrie. Dann lächelten sie beide, bargen beide das Gesicht in den Händen und beteten für die Heimkehr des guten Sohnes, für das Gelingen des Friedenswerkes, für die Vollendung der Grafschafter Wasserkunst.

In der kleinen Sakristei des Domes von Anagni, in die sich der Papst zum inbrünstigen Grimm der Lombarden ohne sie und den Kardinal Fugardi zurückgezogen hatte, verfertigte des Kaisers Notar als juridischer Federkiel binnen knapper zwei Wochen einen Geheimvertrag voller Fallgruben und Henkerstricke. Der Heilige Vater, greisenhaft eigensinnig, durchtrieben von Glaubenseifer und Falschheit, gehetzt von der Furcht vor dem nahen Ende und müde gegenüber der Aussicht, die Versöhnung vielleicht nicht mehr erleben zu können, schob zwar die abgefeimtesten Klauseln seines Kanzlers in das Dokument hinein, konnte aber nicht verhindern, daß Fugardi, die Siegelpetschafte schon in der Hand, bei nochmaligem Überlesen des Artikels IX den Mund aufsperrte, gurgelnd um Atem rang und entseelt auf den Marmor gemäht wurde. Es war dies die erste Nachricht, die Dom Rodero, unwissender Stiefbruder des hohen Toten, nach Hause sandte. »Ein Druckmittel weniger«, bemerkte Helena. »Der Nachfolger ist eine Puppe. Jetzt hat der Kaiser gewonnenes Spiel.« – »Er war immerhin mein Sohn«, sagte Barral beklommen. »Nicht daß ich ihn liebte. Ich liebte seine Mutter. Mit Sechzig zu sterben! Diese jungen Leute sterben, weil sie sich ärgern.«

Der Artikel IX stellte fest, daß der Papst, da er niemals irre, zum Schlichter des Streites zwischen dem Kaiser und dem Lombardischen Bunde berufen sei. Die Lombarden schäumten Galle und Gift. Ihr Bund zerfiel. Alexander klammerte sich an den Vertrag mit dem Kaiser. Der Kaiser, der den Vertrag in toto beschwor, wozu die Anerkennung des Papstes, die Verjagung des Gegenpapstes und die Abtretung des Mathildischen Gutes gehörte, brachte den Vertrag in toto zu Fall, indem er dafür sorgte, daß Seine Heiligkeit schon bei der Wahl des Konzilortes kräftig irrte und, immer tiefer in Fehlentscheidungen verstrickt, froh war, den Artikel IX unter Schweigen begraben zu können. In Kelgurien irrte Barral. Die Hügelschwelle war weder abzutragen noch zu umgehen. Eine Probeflutung lenkte den Bach weit nach Norden und von dort auf die eigene Quelle zurück. »Mich selbst von hinten zu ersäufen!« brummte er und rief zu Emir Salâch um Hilfe, teils für den Bach, teils für das schwindende Augenlicht.

Salâch kam mit all seinen Ärzten und Wassermeistern. Er besaß Grund, sich fürstlich zu erweisen, denn hinter ihm lag ein Anschlag auf sein Leben, den er mit Hinrichtung des Muftis von Dschondis beantwortet hatte. Helena gab sich Mühe, den Patriarchen Dom Zölestin im Zaum zu halten. »Wenn wir in dieser Lage, Herr Kardinal, von Christianisierung oder auch nur von Missionsfreiheit sprechen, drehen wir dem armen Manne den Hals um. Glaubenskrieg ist im Islam keine Kleinigkeit. Wir leisten ohne Bedingung die vor Jahren insgeheim vereinbarte Waffenhilfe. Auf Schutz angewiesen für immer, schmort der Topf ganz von allein vor sich hin. Der Dampf entweicht unter den Deckelrändern. Was kümmert es uns, welcher Prophet dort verehrt wird? Ohnehin verehren sie alle unsere Heiligen, die bis zu Mohammeds Geburt gelebt haben, Christus also auch, den Heiligen Guilhem also nicht. Das kommt. Die Quellen sind abgeschnitten.«

Den Augen Barrals konnte mit Essenzen und Salben geholfen werden, doch sollte er hohen Mittag meiden. Dem Hügel ging man härter zu Leibe. Hundert Schöpfräder, getrieben durch eine bislang streng gehütete muselmanische Neuigkeit, nämlich hundert Windmühlen aus Gestänge und Segeln, hoben das Wasser in steiler Treppe auf die Kuppe des vermergelten Kiesrückens, dessen Boden angegraben und zerwaschen wurde. Es bedeutete dies eine Verzögerung des ursprünglichen Zeitplanes um mindestens anderthalb Jahre. Roana verbarg ihr Glück nicht. Helena weilte bereits in Mirsalon, dessen Flotte auslief, und veranlaßte das Gleiche in Genua. Dom Gero Sartena und Dom Rafael Bramafan zogen kampflos durch das Mohrengebirge. Die Kriegsgaleeren des berberischen Sultans wurden auf hoher See geentert, in Grund gebohrt, verbrannt oder zum Abdrehen genötigt. Der Emir schaffte das priesterliche Mitspracherecht ab, köpfte drei Dutzend Mullahs und Ulemas, die anderer Meinung waren, und schickte einigen seiner Brüder, betagten Prinzen, die seidene Drosselschnur, mit deren Hilfe sie ehrlich ins Paradies gelangten. Salâch selbst wurde auf offener Straße durch den Pascha der eigenen Leibwache ermordet. Barral erschien zum Leichenbegängnis. Er setzte eine Frist von drei Tagen, innerhalb welcher die Mißgelaunten auf den Schiffen des gewesenen Emirates, das er zur Grafschaft verknechtete, übers Meer davonschwimmen konnten. Die zum Bleiben Entschlossenen durften bleiben; fünf Städte wurden geräumt, um christliche Ritter aufzunehmen; die Ausgewiesenen verteilte er auf halb Kelgurien; ihren Glauben durften sie bewahren, alle künftigen Kinder mußten christlich getauft werden; das Heer führte er mit sich, ihm nördlich Sartena ein feste Burg zu gründen; Arsenale und Schatzkammern zog er ein. Vor der Peterpaulskirche taufte der Kardinal von Mirsalon Tausende. Ein Bischof wurde inthronisiert, das Bistum dem Erzbischof von Rodi unterstellt. Als Gegengabe erhob Rodi die Prälatur Ghissi zum Suffragan-Bistum. Es zählte vierzigtausend Seelen. Barral gab einen goldenen Krummstab in Auftrag, verziert mit blauem, weißem und grünem Zellenschmelz, besetzt mit Edelsteinen, die eine Monstranz und eine Zypresse umrahmten.

Man schrieb Juli 1177. »Die Christenheit«, sagte Helena, »hat ihre großen Tage. Heute, Herr Vater, küßt der Kaiser vor dem Sankt-Markus-Dom zu Venedig dem Papst Alexander die Füße. Venedig steht auf Wäldern von gerammten Eichenpfählen in der Lagunenbracke. Der Papst hat sich zwei schöne Schimmel mitgebracht, auf daß der Herr Kaiser, so der Titel, ihm zur Ableistung des Stallmeisterdienstes den Steigbügel halten kann. Zu reiten hat er hundert Klafter. Mehr als Kallixt und Bügel gewann er nicht. Die Mathildischen Güter wurden nicht päpstlich, der Lombardische Bund ist tot.« – »Du siehst, Helena, es lohnt schon, zwanzig Jahre lang Heere von Menschen auf einem Schachbrett umkommen zu lassen und am Ende festzustellen, daß der schaukelnde Turmbauer sich freigespielt hat. Es ändert nichts, wenn der Primas von Gallien den Kaiser zum Titularkönig des Rodiates krönt. Kelgurien gehört meinem Jungen. Ich wünsche, daß die Hochzeit im gleichen

Atemzug stattfindet.« – »Aber Herr Vater, wo gibt es das? Seit die Welt steht, wird im Brauthause geheiratet!« – »Nun? ist ein Kelgurien, wie ich es dem Kaiser in den Schoß lege, kein Brauthaus?« – »Nein, Väterchen. Das ist eine Morgengabe.« – »Und da soll ich mit meinen dann Siebenundsiebzig noch auf Reise in den Rheingau gehen? Niemals. Jetzt kann der Herr einmal auf seinen Diener Rücksicht nehmen. Ich baue ihm eine Pfalz in Rodi, jungfräulich!« – »Das kostet Ritter gegen Heinrich Welf. Wie hoch darf ich bieten?« – »Frage Gero, frage Rafael, frage deinen Mann. Aber nicht mich. Wozu ernannte ich drei Markgrafen?«

Das Kaiserpaar erschien im August 1178 zur Krönung wie zur Trauung. Es nahm seinen Aufenthalt im kaiserlichen Pfalz-Palaste zu Rodi, einem schimmernden Wunderwerk, das achthundert sarazenische Handwerker innerhalb eines knappen Jahres anstelle des alten ortaffanischen Hofes errichtet hatten. Die römische Arena, aus der zweihundert Häuser entfernt waren, diente als Stallung. Kathedrale, Kreuzgang und erzbischöfliche Residenz erhielten nach sechzigjähriger Bauzeit ihre Weihen. Kardinal Zölestin las eine Gedenkmesse für den Heiligen Guilhem, dem Rodi das herrliche, himmelhohe, ernst geschmückte Haus verdanke, und stimmte das Tedeum an. Der Kaiser und König besaß die Huld, seinem Vicekönig Barral die eigens gefertigte, auf alt patinierte merowingische Krone symbolisch über den Kopf zu halten, bevor er sie dem Erzbischof zu getreuen Händen übergab. Als der Kaiser ihn mit »Mein königlicher Bruder« anredete, senkte Barral den Kopf, rötete sich und schaute wie ein gereizter Stier mit quellenden Augen auf, während er heimlich den Daumen zwischen zwei Finger steckte. »Diese Feige«, murmelte er, »fresse ich gern.« Abends unterzeichnete er ein Gebirge von Dokumenten, mit denen Helena die kaiserlichen, aragonischen, fränkischen eroberten Lehen, Gelder und Ansprüche so unlösbar unter Rodero, Guilhem, Quirin, Graziellas Söhne und Fastradas männliche Enkel verteilte, daß Kelgurien mit oder ohne Bruderstreit eine Einheit werden und bleiben mußte. Das vorletzte Dokument, unter Berufung auf des Kaisers erwählten Nachfolger König Heinrich das Kind, erklärte den Grafen von Cormons und Ortaffa, Dom Rodero, für großjährig. Mit dem letzten dankte Herzog Barral zum Schrecken seines Sohnes ab. »Es genügt mir, Graf von Lorda und Herr von Ghissi zu sein. Um Kram habe ich mich niemals gekümmert. Ich brauche nichts außer meinem Baum, meinem Bach und der Liebe, die mich umgibt. Ist die Braut versteckt? dann beginne jetzt mit dem Polterabend.«

Rodero und Judith wurden getraut und gekrönt. Barral küßte seinem Sohn den Fuß und das Schwert, schwor ihm Gefolgstreue, ließ sich die Lehen bestätigen und hielt ihm den Steigbügel. Unbemerkt im Trubel der Feste ritt er mit seinem Leibknecht nach Ghissi. Mit leiser Erheiterung horchte er beim Hochamt auf die Verlesung des vizeköniglichen Dekretes, wonach dem abgedankten Herzog Barral hinkünftig als einzigem Herrn Kelguriens der Ehrentitel Mon Dom gebühre, mit welchem er anzureden sei. Maitagorry wollte es nicht glauben. »Abgedankt? Warum?« – »Weil ich Bauer bin. Weil ich Freude habe, deine Suppe zu essen und deinen Brotduft zu schnuppern. Kerzengrade und schlank noch immer, Feuerweib. Irgendwann muß der Mensch anfangen, den Seinen zu sagen: nun macht, nun zeigt, nun dreht euch nicht immer nach dem Alten um. Hast mich lieb? Streck deinen Ringfinger. Heiraten haben wir nicht dürfen. Und waren doch Mann und Frau, Maita. Das ist mein Siegelring Ghissi. Du bist Ghissi, wie ich. Quirin erbt es. Wenn der Baum fällt, weichst du nicht einen Zoll von der Stelle. Der Bischof schickt mir den Ring, sobald du ihn abgibst.« – »Mon Dom, man kann den Baum doch auch absägen, dann fällt er nicht.« – »Maita, man betrügt den Tod nicht. Der Bischof von Lorda liefert dir im Winter einen Vorrat Eis, für mich persönlich. Du wohnst nun in Etche-Ona. Der Eiskeller wird morgen begonnen. Weine nicht. Es war schön, daß du mich liebtest; schön, wie du mich liebtest; so liebe mich bis an unser Ende. Wir leben noch lange.«

Im Seehof zu Kelmarin streichelte er Roana. »Ich nehme Abschied, bevor ich es nicht mehr kann. Ich bin gesund und kräftig. Das danke ich dir. Niemand auf der Welt hat mich so einsam verzweifelt brennend tief geliebt wie du. Niemandem habe ich so weh getan wie dir, mit der ich ins Paradies gehen will zu deiner Mutter. Wir trennen uns nicht mehr. Ich mag nicht allein sein. Auch zu Fastrada mußt du immer mitkommen. Ich fürchte mich, ihr etwas sagen zu sollen. Wenn ich eines Tages tot bin, dann sage du ihr – nein, sage ihr nichts. Sie war eine gute Frau. Es ist nicht ihre Schuld, daß Gott ihr die Zunge größer machte als das, worauf es ankommt. Hast du begriffen, daß ich nur dich ganz liebe?« – Roana nickte. »Und den Bach. Den hättest du auch manchmal ganz gern verdroschen und wagtest es nicht, aus Angst, er geht dir fort. Aber wir gehen nicht fort. Selbst im Gewitter auf dem Comer See, als ich umkommen wollte, war ich bei dir.«

Im Frühjahr 1179 führte Barral den Kelmarinbach durch den zerschnittenen Hügel. Den Winkel der neuen Mündung in den Tec bepflanzte er mit Reben und errichtete auf der Höhe ein kleines Haus, das er Helena schenkte. »Vermache es du unserer Tochter, dann fällt es nicht auf. Köstlich sind Weinberge und Weinlese.« Den Landstreifen nördlich, einen ehedem sartenatischen Besitz, verkaufte er an Dom Gero. In den Ödländern Südfrankens erwarb er ein bewaldetes Flußtal, übergab es den Benediktinern gegen die Auflage, ein Kloster des Namens Sankt-Guilhem-zur-Wüste zu gründen, und stattete es mit reichen Nachlehen aus. Die Verträge wurden gesiegelt Ende April im maurischen Hofe Fastradas an einem böigen, warmen Tage. Spät in der Dunkelheit, nach ausgedehntem Krebsessen, an der fackelerleuchteten Brüstung beim Schmettern der Nachtigallen, flog ihm etwas in das Gesicht. Er griff danach. »Schau«, sagte er heiter. »Ein Pfauenauge.« Die Frauen bewunderten die Flügelzeichnung. Dann ließ er den Falter frei. »Morgen gehen wir nach Ghissi, Roana.« – »Das trifft sich!« rief Fastrada. »Ich wollte nach Marradî, meine Waisenkinder in Marien Fürbitte beschenken.«

In der Furt begegneten sie einem Seminaristen des Bischofs. »Bringst du mir meinen Siegelring?« – »Ja, Mon Dom, woher wißt Ihr?« – »Dergleichen weiß man.« Maitagorry saß auf der windgestürzten Zypresse, deren Wurzeln in die Luft ragten. Er befahl den Stamm durchzusägen. »Nicht verwurmt«, sagte er. »Nun ja, der Aberglaube kann täuschen. Keine Rede vom Tod. Hackt ihn zu Scheitholz. Heute abend feiern wir ein Freudenfest. Geh Suppe kochen, Maita. Sorge für Wein. Ich stifte einen Ochsen am Spieß. Heda! Hacke und Spaten!«

Die Geräte kamen. »Macht weg. Ich brauche keine Maulaffen. Ein Kissen für Ma Domna.« Vorsichtig arbeitend, löste er den Erdklumpen, der die Monstranz enthielt, aus dem Wurzelwerk. Mit dem Arm wischte er sich die Stirn. Seine Augen versanken in den Augen Roanas, ganz lange und ganz still. »Mut«, sagte Roana. »Bis vor die Kirche gehe ich mit.« – »Was weißt du davon?« – Sie lächelte verloren. »Wer kennt denn deine Träume? aus dreimal sieben Jahren?« – »Die Zahl hat es in sich, Roana. Zahlen überhaupt.« Er legte die Ellbogen auf den Grubenrand. »Achtundsiebzig bin ich geworden. Sie geben Quersumme Fünfzehn: drei mal fünf. Die schönen Einundzwanzig mit dir sind teilbar durch drei und durch sieben, hochheilig. Quersumme drei. Und doch ein Unsinn. Du sitzest anmutig wie damals vor zweiundzwanzig Jahren. Zweiundzwanzig, nicht einundzwanzig.« – »Wer rechnet auch falsch, Liebster? Ich rechne Kelmarin, wo Nöck und Nixe sich fanden.« – »Aber es war Lorda!« – »Barralî, es war Kelmarin.« – »Wollen wir uns streiten? Du sollst recht haben. Roana, meine Sonne, Judiths Tochter.«

Er klopfte die Krume ab. Geschwärztes Silber kam zum Vorschein. Er reichte es Roana zum Kuß, bevor er es küßte. Der Mittag glühte. Die Kirche war leer und kalt. Das Monstranz-Testament lag beim Ordinariat. Er setzte das Silber und den Dreck mit übermütigem Ausdruck mitten auf den rotsamtenen Thron des Bischofs, kniffte das Gesicht in tausend Falten, bekreuzigte sich und ging. In der Vorhalle schlug er den Arm hoch, taumelte zurück, drehte sich und fiel der Länge nach um, die Füße auf den geweihten Steinen, den Kopf draußen auf der Erde, die lavendelblauen

Augen offen im tiefblauen Himmel. Roana schloß ihm die Lider. Der Bischof, durch den dumpfen Fall und das Laufen der Leute aus dem Schlaf geweckt, absolvierte und salbte ihn. Schweigend, während das große Trauergeläut begann, entkleideten, wuschen, salbten und eisten ihn Roana und Maitagorry. »Du hast nicht vergessen, Maita?« – »Nein, Braut Roana. Aber zunächst hat er Fackeltänze befohlen. Das muß sein.«

Ehe die Nacht herniedersank, wußte Kelgurien bis nach Brianz und Corasca, Mompessulan, Dschondis und Prà, der Gewaltige sei tot. Es wußte freilich nicht wo, bis auf Fastrada, die noch abends im Zypressenpalast anlangte, sich wunderte, daß da keine Zypresse mehr stand, und über den Freudenschein auf dem Domplatz die Stirn runzelte. Als Maitagorry die Verhaßte sah, hieb sie ihr einen funkenstiebenden Zypressenbüschel in den Rock und entschwand wie eine Katze ins Dunkel. Da biß Roana die Zähne zusammen, umarmte die alte Schwester, die sich schreiend wälzte, hob die Hände und stand regungslos wie ein lodernder Baum. »Niemand rühre mich an!« rief sie. Erst als ihre Seele emporfuhr, bemerkte man, daß aus dem Dachstuhl von Etche-Ona Rauch quoll. Im Stall brüllten die Tiere und verstummten. Man löschte. Maitagorry hockte erstickt vor der von Eiskies bedeckten Leiche Mon Doms.

Immer saftiger strömten die Balladen der Bänkelsänger, immer fruchtbarer grünten die von dem Wassermann erschaffenen Gefilde, immer tiefsinniger blühten die Märchen von dem Schäferkönig und der mit Kresse bekränzten Quellnixe im Berge Kelmarin, und noch dreihundert Jahre später, mit abergläubischer Scheu vor dem bemoosten

Brautfelsen stehend, glaubte das Volk ihn nicht gestorben, sondern es glaubte ihn zurückgekehrt in seinem Nachfahren aus dem Stamme Roana, dem guten König, der an den Ufern des Tec die Reben schnitt, Gärten bestellte und in einer Welt voll Kriegslärm den Frieden wahrte.

NACHWORT

»*Die Kinder der Finsternis* nennt der zu früh verstorbene Wolf v. Niebelschütz, der mit Südfrankreich geheimnisvoll vertraut und von weither verständigt war, seinen letzten Roman«, schrieb der hervorragende Provence-Kenner Marcel Pobé 1962, »doch strahlt darin über den Höhen der Alpilles hellstes Licht urechter Poesie.« Zwanzig Jahre später fand Hans Wollschläger die treffend-schöne Formulierung vom »Literatur gewordenen Stück Erinnerung an Unser Aller Vorzeit, in die das dichterische Gedächtnis tiefer zurückreicht als alle Dokumente.« Es ist zugleich die Antwort auf Leserfragen nach Archiv- und Quellenmaterial, das es nicht gab. Manche Leser reisten auf Barrals Spuren und enträtselten in der Provence die Landschaft Kelguriens, die Orte des Roman-Geschehens.

Wolf v. Niebelschütz nannte seinen Roman ein »Märchen aus dem 12. Jahrhundert, erzählt von einem Erzähler des zwanzigsten«. Er spann sein Märchen aus Phantasie und Traum, aber den ersten Faden zu dem riesigen Gobelin lieferten ihm ein paar Zeilen im Guide Michelin über die Kirchenbuße von St. Gilles, wo Graf Raimund von Toulouse – zur Strafe für seine Weigerung, die protestantischen »Weber« auszurotten – vom päpstlichen Legaten nackt in die Kirche gepeitscht wurde.

An dem brutalen Vorgang entzündete sich Niebelschütz' Leidenschaft für historische Zusammenhänge. Eine zweite Notiz über 26 gegeneinander befestigte Geschlechtertürme in Forcalquier – gedacht als Schutzmaßnahme für die auf der Hauptburg wohnenden Ganerben – erregte seine Neugier und machte ihm die eigene starke Affinität zur Romanik und zur Provence bewußt. Beim intensiven Studium mittelalterlicher Spezialgebiete wie Ritter- und Turnierwesen, Troubadoure und Minnesang, Stellung der Frau, Handel, Geldwesen, Landwirtschaft, Bewässerungssysteme usw. stieß er fast überall auf Konflikte zwischen weltlicher und kirchlicher Macht. Der Herrschaftsanspruch der Kirche und ihre Ländergier waren ihm bekannt, aber ihre Gewalt über die Seelen vermittelten ihm, auf einer ersten Reise, erst die Werke romanischer Kunst, genauer: der Plastik. Im Anschaun romanischer Kapitelle – z.B. in Chauvigny bei Poitiers, um nur die eindringlichsten zu nennen – begriff er, unter welch ungeheurer Angst die Menschen damals lebten, begriff sie aus den überlieferten Höllenvisionen der Steinmetzen und den Allegorien der Luxuria unter Satans Hufen. In der Kunst fand er alles ausgedrückt, womit die Kirche drohte und die Gläubigen schreckte. »Eine Zeit, die solches empfand, muß eine wilde Freude am Leben gehabt haben, um es ertragen zu können.«

Die sorgsam vorbereitete Reise führte – oft um eines einzigen Kapitells, eines Taufbeckens, eines restlichen Reliefs in einer Mauer willen – in kleinste Ortschaften abseits der großen Straßen; so erschloß sich für die Roman-Idee die Landschaft der Provence mit genau vorstellbaren Handlungsorten, Verbindungswegen, Furten, mit ihrem Klima und ihrer Vegetation. Der Stoff verdichtete sich in der steinernen Wüste von Les Baux (»Burg Ortaffa«), gelegen im Dreieck von Arles (»Rodi«), Avignon (»Lorda«) und Aix-en-Provence (»Cormons«); auf Ganagobie mit dem großartigen Blick auf die Durance; auf dem Treidelpfad nördlich Paray, dem Canal du Centre, und in der winzigen Altkirche St. Pierre nahe Montmajour. Zum topographischen Eindruck fügte die Phantasie erste Figuren und Handlungsfäden.

Zwei dicke Bände füllen die Vorarbeiten zum Roman. Szenarien und genaue Genealogien entstanden (letztere auch graphisch); Namen für Städte, kleine Dörfer, Flüsse und Klöster mußten zur Provence, Namen für handelnde Personen zur erdachten Figur passen. Nach zweijähriger Vorarbeit lag das Konzept, dessen Niederschrift Wolf v. Niebelschütz danach nicht mehr ansah, zur Ausarbeitung fertig vorbereitet im Kopf. Dennoch konnte es geschehen, daß sich während der Arbeit Figuren plötzlich selbständig machten und zu Hauptpersonen wurden, obwohl sie ursprünglich als Nebenfiguren gedacht waren, oder daß ein unerwartetes Erlebnis einem ganzen Komplex tiefere Bedeutung gab.

Solches geschah, nachdem der Roman zur Hälfte geschrieben war und der Verleger mit seinem Autor die Orte der Handlung bereiste. Zwischen der Fontaine-de-Vaucluse und der Isle sur Sorgue erspähte Wolf v. Niebelschütz am Straßenrand ein Hinweisschild, das die Mitreisenden übersahen: »*Le Partage des Eaux*« – Die Teilung der Wasser –, er bog ein und stand überwältigt: von der Stirnmauer aus bis weit zum Horizont, nur fern im Hintergrund von Bäumen und Gebüschen flankiert, erstreckte sich wie ein Spiegel eine breite unbewegte Wasserfläche, von der Sonne beschienen, wunderbar klar und durchsichtig. Das Wasser schien zu stehen, und doch teilte es sich hier: auf voller Breite durch leichte Wölbungen nach rechts und links in tiefer gelegene Flußläufe gelenkt, floß es in zwei entgegengesetzten Richtungen davon. Am rechten Ufer befand sich sogar noch ein altes Wasserrad mit Schöpfeimern, zwar außer Betrieb, doch veranschaulichend, wie vormals das Wasser damit nach oben geleitet wurde. Das Erlebnis, mehrfach überhöht durch mystische und seelische Vorgänge, bewegt das vorletzte Kapitel des Romans und den Anfang des letzten.

Überhöhung bedeutet immer auch scheinbares Abweichen von der Realität in die scheinbare Unwirklichkeit. Doch »wer die höchste Unwirklichkeit erfaßt, wird die höchste Wirklichkeit gestalten« (Hofmannsthal). Es ist der geniale, mutige, manchmal beklemmende Schritt des Dichters in die erahnte oder erträumte Region des Phantastischen.

Ilse von Niebelschütz

DIÖZESEN DES PATRIARCHATS CORMONS

CORASCA SEDISTERON ZWISCHENBERGEN BRAMAFAN FROUSCASTEL, Pra (Prälatur) TRIANNA Farrancolin (Prälatur, später Bistum zu Cormons) SARTENA LORDA

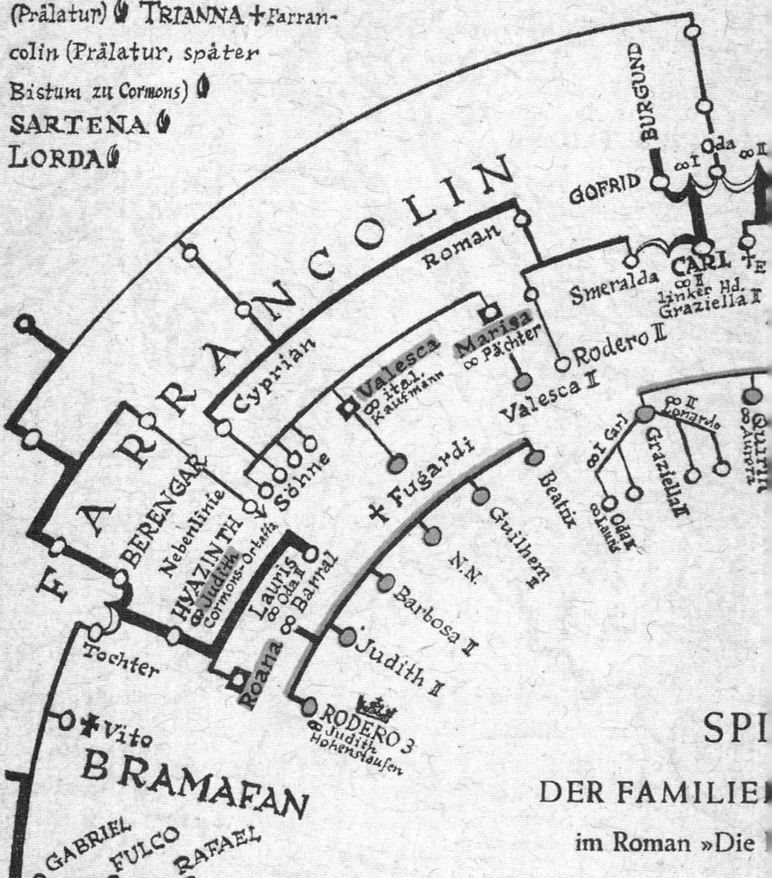

SPI

DER FAMILIE

im Roman »Die

Zum Nachlesen

Märchen bedürfen keines Stammbaumes; Personarien verraten weni über das Leben der Figuren; ohne Spannung steht das Unwesentlich neben dem Wesentlichen, scheinbar verwirrend. Die Beigabe dient aus

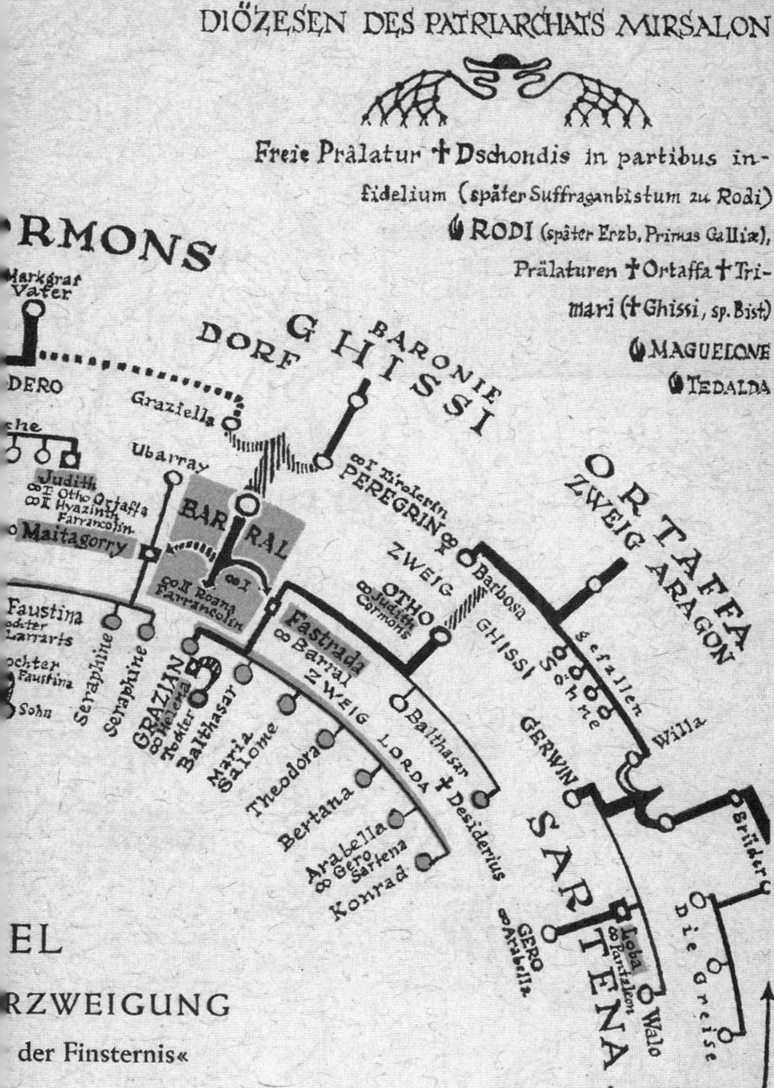

EL

RZWEIGUNG

der Finsternis«

oten vom Autor

rücklich nur denjenigen, deren Lektüre unterbrochen wurde: als Hilfe ır Rückerinnerung, nicht zum Vorauseilen. Besser ist es, dem Spiel er Welt frischen Sinnes zu folgen, als sich ängstlich zu vergewissern.

Wolf v. Niebelschütz

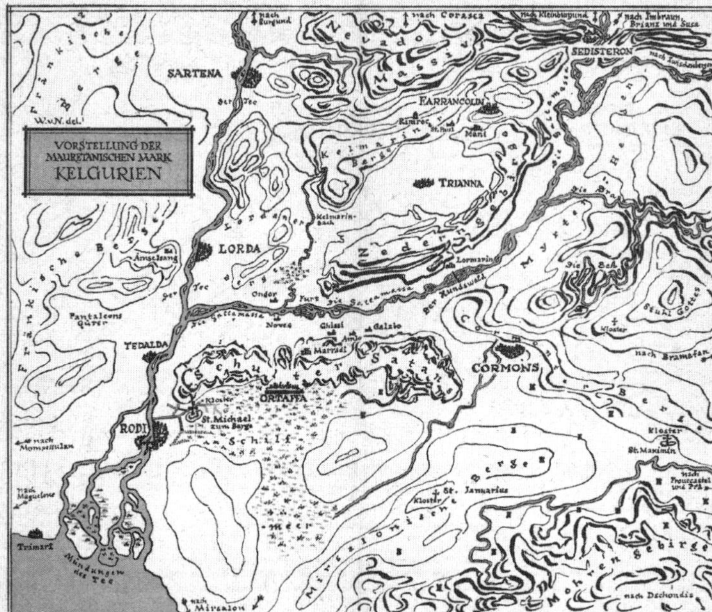
VORSTELLUNG DER
MAURETANISCHEN MARK
KELGURIEN
W.v.N. del.
Fränkische Berge
SARTENA
LORDA
TEDALDA
RODI
Trimart
Mündungen des Tec
Pantaleons Quver
nach Momspellulan
nach Maguelone
nach Mirsalon
nach Burgund
nach Corasca
nach Kleinburgund
nach Imbraun, Brianz und Susa
SEDISTERON
Nevado Massiv
FARRANCOLIN
TRIANNA
Kelmarin Berge
Kelmarin-bach
Zedern Gebirge
Lormarin
Der Hundswald
Die Gattamassa
Der Tec
Ondor
Furt
Noves
Ghissi
Galzio
Marradi
ORTAFFA
Schutter Satans
Kloster
St. Michael zum Berge
Schilf
Meer
CORMONS
Myrten Berge
Stuhl Gottes
nach Bramafan
Kloster
St. Maximin
nach Frouccastel und Prâ
St. Januarius
Mirsalonische Berge
Mohren Gebirge
nach Dschondis
Die Bra